조선시대 불교 공간과
한문학의 자장

조선시대 불교 공간과
한문학의 자장

임종욱 지음

이회

책을 내면서

2006년 『여말선초 한문학의 동향과 불교 한문학의 진폭』을 내고 근 10년만에 불교와 한문학 관련 저서를 내게 되었다. 이 책에 실린 글들은 그간 내가 이런저런 기회에 발표했던 논문들을 모은 것이다.

지난 10여 년 동안 나는 주로 소설 쓰기에만 열중해서 불교와 한문학 관련 논문들은 청탁이 있거나 학술회의 등에서 발표할 기회가 생길 때 응해 그리 많이 쓴 편은 아니었다. 하지만 내가 학부부터 대학원에서 공부한 전공이 불교한문학이니, 결국 내 본령은 이 쪽 방면이라고 해야 할 것이다. 지난 시절을 되돌아보면서 앞으로 갈 길을 생각하노라니 자연스럽게 그 동안 썼던 논문들이 눈에 밟혔다. 잘 썼거나 못 썼거나 내게는 소중한 고민의 흔적들이었다. 그래서 심기일전하여 새롭게 시작한다는 의미에서 글들을 모아 내기로 했다.

글들을 살펴보니 그 동안 내가 쓴 논문들은 조선 후기 불교 한문학과 경남 지방 문인들의 시문집에 주로 관심을 가졌던 것 같다. 특히 불교 한문학 쪽은 다성(茶聖)으로 불리는 초의(艸衣) 스님과 한말과 식민지 시대 때 굳건한 의지로 세상을 살핀 석전(石顚) 박한영(朴漢永) 스님의 시문에 눈을 열어 두었다. 어떤 글이나 아직 부족한 점이 많이 보여 공부를 등한시한 흔적이라 생각하니 아쉽고 후회스럽다. 그러나 이것이 나의 역량의 한계니 숨기거나 치장할 수도 없다. 읽는 분들이 넓은 마음으로 살펴주시기를 바랄 뿐이다.

앞으로는 좀 더 체계적이고 일관성이 있는 테마를 잡아 정말 저술이라 불릴 만한 책으로 인사드릴 것을 다짐한다.

책을 낼 때마다 음으로 양으로 나를 도와주었던 분들이 늘 먼저 떠오른다. 그런 분들이 있었기에 오늘의 내가 그나마 떳떳해질 수 있었다. 한 분 한 분 모두에게 감사의 말씀을 드려야 하지만, 너무 많기에 나중에 책을 드리면서 사례의 뜻을 전하겠다.

그렇다고 해도 다듬어지지 않은 원고를 책으로 내준 도서출판 이회의 김홍국 사장님과 박현정 편집장님, 편집을 맡아 애써주신 이순민 선생께는 감사의 뜻을 전해야겠다. 늘 도움을 받는 출판사 가족들에게 고맙다는 인사를 드린다. 그리고 어머니와 동생들, 두 딸 견지와 은지에게도 사랑한다는 말을 전한다.

2015년 7월 16일
남해에서 쓴다.

차례

절제와 균형, 그리고 반성의 길
– 석전 박한영 스님의 漢詩 세계 –

제 2 부
조선시대 한문학의 탐구 _ 207

鄭夢周의 漢詩에 나타난 儒佛에 대한 생각과 그 의미

西浦 金萬重의 한시와 산문에 대하여

제 3 부

한문학 연구의 주변들 _ 361

한국 문집 속의 불교 관련자료 전산화에 대하여
– 자료의 개관과 예시를 중심으로 –

佛敎人材 육성에 대한 몇 가지 단상

제1부

불교 한문학의 다양한 얼굴

죽음, 새로운 시작으로서

전통 선시와 현대적 공감

그 위에 한줌 흙이 뿌려진다. 그리고 만사가 끝나 버린다. 파스칼의『팡세』의 한 구절이다. 그러나 자신이 말한 대로의 절차를 거쳐 만사가 끝나 버린 파스칼은 아직 살아 있다. 이 세상엔 죽음으로써 그 생애가 종말을 고하는 사람이 압도적으로 많지만 죽은 후에도 새로운 생애가 시작되는 사람도 있다.

– 이형기의 아포리즘 모음집『존재하지 않는 나무』중에서

1. 글을 시작하면서

범상한 사람의 눈으로 보기에 승려들의 죽음만큼 기이한 장면을 없을 듯하다. 한 가지 예를 들어보기로 하자. 옛날 중국에 어떤 스님이 살고 있었다. 그 스님이 어느 날 자신이 죽을 날이 다가왔음을 알았다. 세간에 평판이 대단했던 스님인지라 자신이 죽는다 하면 공연히 떠들썩해질 것 같아 죽을 날을 알리기가 꺼려졌다. 그래서 조용히 죽을 꾀를 냈다.

어느 날 설법을 마치면서 대중들에게 자신은 아무 날 아무 시에 대웅전 앞마당에서 열반하겠다고 공표했다. 큰스님이 열반에 든다는 소문은 삽시간에 퍼졌고, 약속한 날이 되자 사람들이 벌떼처럼 모여들었다.

시간이 되어 스님이 앞마당에 나왔다. 등에는 큰 나무 관을 지고 있었다. 개미 떼처럼 바글거리는 대중들을 본 스님이 표정을 찡그리며 한마디 했다.

"오늘은 죽을 기분이 나지 않는다. 열흘 뒤로 미루겠다."

그리고는 나무 관을 등에 지고 처소로 들어가는 것이었다.

열흘 뒤 다시 사람들은 몰려들었지만, 이전보다는 수자가 조금 줄었다. 역시 제 때에 맞춰 나온 스님은 대중들을 굽어보며 똑같은 말을 뇌까렸다. 열흘 뒤 다시 사람들은 모였지만 처음의 반밖에 되지 않았다. 이렇게 몇 차례 죽음을 연기하자 마침내 아무도 나와 보지 않게 되었다. 그러자 스님은 빙긋 웃으면서 말했다.

"이제야 좀 죽을 만하구나."

스님은 관 안에 들어가 눕고 뚜껑을 덮어 버렸다. 마침내 열반에 들었고, 그 사실을 아는 이는 아무도 없었다.

보통 승려가 세상을 뜨는 것을 일러 해탈(解脫) 또는 열반(涅槃)이라 부른다. 해탈은 무크티(mukti)의 한역어인데, 인간이 숙명적으로 겪어야 할 윤회(輪廻)의 고통으로부터의 완전히 벗어나는 것을 뜻한다. 열반은 니르바나(nirvana)의 음차인데, '불어 끄는 것' 또는 '불어 끈 상태'가 원래의 의미다. 즉 타오르던 번뇌의 불꽃이 꺼지고, 깨달음의 지혜가 완성된 경지를 일컫는 말이다. 이처럼 불교에서는 죽음을 삶의 종말로 보지 않고 어떤 좋지 못한 상태에서 벗어나 나은 상태로 나아가는 것으로 보고 있다.

인간이 가진 수많은 고통 가운데 가장 헤어날 수 없는 것이 죽음이다. 생로병사(生老病死)의 끝에 죽음이 있는 것이다. 인간은 존재를 자각하면서부터 끊임없이 이 영원히 피할 길 없는 구렁에서 빠져나오기 위해 애썼지만, 그 성과란 미미한 정도가 아니라 무력을 절감했을 뿐이다.

동양을 대표하는 사상인 유교와 도교, 불교 역시 각각 자신들만의 가치
관에 입각해 이 문제에 대한 해답을 제시하고자 했다.

유교는 죽음보다는 삶에 충실하라고 하면서 죽음의 문제를 극복하고
자 했다. 일찍이 공자는 『논어(論語)』에서 "내가 삶도 모르는데 어찌 죽
음에 대해 알겠는가.(未知生 焉知死)"(先進篇)라면서 삶을 알아가는 과정
이 죽음에서 벗어나는 길임을 암시했다. 도교에서는 영원히 죽지 않고
생명을 건강하게 유지하는 것으로 죽음의 문제에 접근했다.

이런 해법들도 나름대로 장점이 있고, 사람들의 두려움을 해소하는
데 기여하지 않은 것은 아니지만, 궁극적인 해답은 될 수 없었다. 불교
역시 성실하고 선한 삶이 곧 죽음을 대비하는 것이라는 극락지옥설을
제시하기도 했지만, 삶과 죽음이 반복되는 윤회를 털어버리고 완전한
존재가 되는 것이 죽음의 문제에 대한 존재론적 대안이 된다고 판단했
다. 죽음이든 삶이든 본래무일물(本來無一物)이라 하여 그 허상에서 빠져
나올 것을 역설했던 것이다. 이런 점에서 불교가 보여준 죽음의 대처방
식은 유교나 도교가 지닌 한계를 극복한 성격이 짙다고 할 수 있다.

죽음을 맞는 일은 속세의 사람이나 출가하여 수행하는 승려나 매한
가지다. 열반이나 해탈은 가만히 앉아 얻을 수 있는 열매가 아니다. 스
스로 끊임없는 자기 성찰과 탐구하는 자세가 뒤따를 때 얻어지는 것이
다. 수행을 통해 해탈의 길로 들어서는 것은 그런 의미에서 또 하나의
자리행(自利行)이라고 말할 수 있을 것이다.

일반적으로 옛 선승들이 일상의 삶과 경험, 깨달음의 경지를 한시의
형식을 빌려 표현한 시를 두고 선시(禪詩)라 부른다. 아직 이 용어에 대
한 보편적인 정의가 확정되지는 않았지만, 선시가 담는 내용과 외연이
무엇인지는 어느 정도 정리가 된 셈이다. 다만 우리가 잊지 말아야 할
사실은 선시는 '죽은' 장르가 아니라는 점이다. 한시는 그 고유한 미적

가치는 살아 있지만 더 이상 이런 형식으로 문학 창작 행위를 하지는 않는다. 그러나 선시는 형식만큼이나 내용이 유의미한 장르다. 때문에 한시의 형식을 벗어던지고도 선시의 의미는 여전히 유효하며, 그 내용의 전승을 통해 선시는 지금 시대에도 미래에도 문학 창작의 한 동력으로 작용할 것이 분명하다.

본고에서는 이러한 맥락 아래 한시로 된 선시와 한시의 껍질을 벗어던지고 우리 시대에도 여전히 존립하는 그 내용에 대해 이야기해보고자 한다. 다만 선시가 담고 있는 내용의 범위가 대단히 넓어 한 편의 논문에 수용하기란 불가능하다. 때문에 여기서는 그 가운데 앞에서 언급한 죽음의 문제를 중심으로 선시가 실현한 외연과 이것이 오늘날의 현대시에서 현현된 모습들을 간략하게 살펴보고자 한다.

선시에서는 죽음의 문제가 소재 또는 주제가 된 작품을 선별했는데, 그 가운데 특히 선승들이 세상을 뜨면서 마지막으로 외친 「임종게(臨終偈)(또는 열반송(涅槃頌)」에 주목했다. 현대시에서는 우리 현대시단에 큰 획을 그었거나 긋고 있는 시인 네 사람의 작품을 살펴보았다. 아직 미진한 부분이 많지만, 하나의 시론(試論)으로서 평가해주길 바란다.

2. 타자의 죽음에서 나를 보는 방식

열반을 이승에서 저승 또는 차안에서 피안으로 가는 행위라고 본다면, 그것은 시작과 끝이 있는 하나의 과정으로 요약할 수 있다. 또 같은 열반이라 해도 나 자신의 열반과 타인의 열반은 다르게 다가온다. 한 사람의 죽음이 열반에 든 것인지 윤회에 든 것인지 과연 누가 판단할 수 있겠는가? 그러기에 승려들이 타인(물론 같은 승려지만)의 죽음에 대해 느끼는 것은 다를 수밖에 없다.

먼저 8세기 무렵 인도로 구법여행을 갔던 혜초(慧超, 704~787)의 선시 한 편을 읽어보자.

故里燈無主	고향에서는 등불이 주인을 잃었고
他方寶樹摧	타향에서는 보배나무가 꺾이고 말았네.
神靈去何處	신성한 혼령은 어디로 갔는가
玉貌已成灰	옥 같던 그 얼굴이 재가 되었네.
憶想哀情切	생각할수록 애달픈 마음 더욱 간절하니
悲君願不隨	그대의 염원 이루지 못한 것이 서러워라.
孰知鄉國路	그 누가 고향으로 가는 길을 알겠는가
空見白雲歸	부질없이 흰 구름만 덧없이 돌아가네.

「구법 여행 중에 사찰에서 입적한 중국 스님을 애도하면서」
-혜초의 『왕오천축국전』에서

이 선시는 혜초처럼 인도에 와서 수행정진하다 이역 땅에서 생애를 마친 한 스님을 애도하는 시이다. 책에는 이 시를 짓게 된 계기가 되는 구절이 나온다.

산중에는 절이 또 하나 있는데, 이름은 나가라다나(那揭羅馱娜, Naga-radhana)라고 하며, 여기에 중국인 스님 한 분이 계셨다. 그는 이 절에서 입적하였다. 그 절 대덕이 말하기를 스님은 중천축에서 왔으며 삼장(三藏)의 성스러운 가르침을 환히 습득하고 고향으로 돌아가려고 하다가 갑자기 병이 나서 그만 천화(遷化)하고 말았다고 하였다. 그때 이 말을 듣고 너무나 마음이 아파 4운(韻)의 5언율시를 적어 그의 저승길을 슬퍼했다.

서역을 향한 구법 여행 와중에 생사를 달리한 스님은 한두 분이 아니었을 것이다. 지금도 감당하기 어려운 인도 여행인데, 그 당시 열악한 조건 속에서 이루어진 여정이었으니 생명의 위험은 도처에 도사리고 있었을 것이다. 오직 부처님의 숨결과 발자취를 체험하겠다는 뜨거운 구도정신으로 이루어진 도정에서 고결한 생명을 바친 구도승의 모습은, 한편으로 장중한 감동을 불러일으키지만, 또 한 편으로는 끝없는 고뇌와 연민을 몰고 온다. 더구나 귀향을 앞두고 병이 들어 눈을 감은 스님의 일은 남의 일 같지 않았다. 어쩌면 혜초 역시 구법 여행 중에 이곳에 살과 뼈를 묻을 수 있다는 의구심을 떨쳐버리기 어려웠을 것이다. 그래서 만리타향에서 생명을 다한 이름 모를 스님에 대한 조가(弔歌)는 더욱 구슬프게 들려온다.

그러나 불법(佛法)을 다 깨우치겠다는 거룩한 서원을 이루지 못하고 꺾여버린 사실은 죽음보다 더 안타까운 일이기도 하다. 육신의 죽음보다 윤회의 번뇌를 뚫고 해탈의 기쁨을 마무리하지 못했기에 더욱 가슴이 아픈 것이다. 고향으로 흘러가는 흰 구름을 바라보면서 영혼이라도 저 구름을 타고 고향으로 돌아가길 간절히 기도하는 시인의 모습이 선명하게 다가온다.

구도자이기에 앞서 죽음 앞에 인간으로 돌아간 혜초의 절박한 심경이 잘 그려져 있다. 이역의 쓸쓸한 낙조(落照)를 등지고 스님의 부도비 앞에 합장한 혜초 스님의 마음속에는 만감이 교차했을 것이다.

이 선시를 읽으면 혜초가 아직 죽음으로부터 자유롭지 못한 것을 알 수 있다. 그 원인은 여러 가지로 분석할 수 있겠지만, 자신이 아직 죽음의 문제에서 벗어나지 못한 데서 나온 듯이 보인다. 혜초가 인도 구법 여행을 간 것은 그의 나이 20살이 되던 723년으로 추정하고 있다. 생사의 번뇌에서 벗어나기에는 이른 나이였다. 때문에 한 승려의 죽음에 자신의 모습을 고스란히 투영시키고 있는 것이다.

그러나 같은 타인의 죽음을 애도한 선시라 해도 진각혜심(眞覺慧諶, 1178~1234)의 태도는 조금 다르다.

死生無盡日   죽고 나는 일은 다할 날이 없는데
去來幾多時   (삶과 죽음) 오갔던 것은 그 얼마였던가?
自有不錯路   스스로 그 길을 그르치지 않는다면
行之卽涅槃   가는 그곳이 바로 열반이리라.
　　　　　　　　　　　　　　　　　－「죽은 혼령을 위하여(爲亡靈)」

죽은 사람이 승려인지 속인인지 이 시만 읽어서는 알 수 없다. 그러나 누구라도 상관없는 것이 열반의 길 위에 시인 자신이 도달해 있기 때문이다. 혜심은 혜초와는 달리 부정적으로 타인의 죽음에 접근하지 않고 주체적으로 인식한다. 열반으로 가는 그 길을 그르치지 않고 불퇴전의 자세로 밀고 나간다면 궁극의 극점에 도달함을 그는 깊이 이해하고 있다. 타인의 죽음이 열반에 이르렀는가에 관계없이 시인은 열반의 세계에 닿아 있는 것이다.

이런 태도에서 한 발 더 나간 죽음의 인식은 선시는 아니지만 신라가요인 월명사(月明師)의 「제망매가(祭亡妹歌)」에서 볼 수 있다.

生死路隱   生死路는
此矣有阿米次肹伊遣   예 이샤매 저히고
吾隱去內如辭叱都   나는 가ᄂᆞ다 말ㅅ도
毛如云遣去內尼叱古   몯다 닏고 가ᄂᆞ닛고
於內秋察早隱風未   어느 ᄀᆞᅀᆞᆯ 이른 ᄇᆞᄅᆞ매
此矣彼矣浮良落尸棄如   이에 저에 ᄠᅥ딜 닙다이

一等隱枝良出古	흔돈 가재 나고
去奴隱處毛冬乎丁	가논곧 모드온뎌
阿也 彌陀刹良逢乎吾	아으 彌陀刹애 맛보올 내
道修良待是古如	道닷가 기드리고다 〈梁柱東 譯〉

이 시에서 죽음은 이승의 아픔을 대변하지만 누이의 극락왕생을 굳게 믿기에 그 죽음은 마냥 고통스럽게만 다가오지 않는다. 내가 그곳에 가야 할 일만 남아 있는 것이다. 그러기 위해서 시인은 이승의 삶이 다할 때까지 정진수행하면서 재회의 그 날을 기다린다.

이 시는 삶과 죽음이라는 엄연한 현실을 초극하여 미망을 떨치고 열반의 길로 가는 도정에 선 한 인간의 모습을 엄숙하면서도 생생하게 그려내고 있다. 진정 죽음의 의혹을 넘어 열반의 깨달음에 이른 사람만이 쓸 수 있는 작품인 것이다.

3. 임종게에 나타난 열반의 지형도

1) 이곳에서 털고나가기

실제 선승들이 죽음 이후의 열반 체험을 알 길이 없는 우리들 입장에서 그 미지의 세계에 대해 어떤 식으로 규정을 내리거나 묘사하기는 불가능하다. 우리는 다만 그들이 남긴 「임종게」를 통해 그 지고한 과정을 되새길 뿐이다.

열반은 죽음이 시작되는 곳에서 출발한다. 이제 막 번뇌의 이승을 하직하고 열반의 문을 열어젖히는 순간이 있고, 그런 순간을 포착한 선시를 우리는 읽을 수 있다. 대개 이런 선시는 이승의 삶에 대한 표현이 많이 등장한다. 물론 그렇다고 그것이 이승에 대한 집착의 발현으로 볼 필요는 없다. 무지개는 그 자체로 아름답지만 사람마다 주목하는 빛깔은 다른 것과 마찬가지다. 이런 선시는 무지개의 가장 안쪽으로 바라본다고 할 수 있을 듯하다.

세 수로 이루어진 백운경한(白雲景閑, 1299~1375)의 「임종게」가 그런 예에 속한다.

人生七十歲	사람이 나서 일흔을 산다는 것은
古來亦稀有	옛날부터 참 드문 일이로다.
七十七年來	일흔 일곱 해 전에 왔다가
七十七年去	일흔 일곱 해만에 가노라.
處處皆歸路	세상 곳곳이 다 돌아갈 길이고
頭頭是古鄉	만나는 물건마다 바로 고향이로다.
何須理舟楫	어쩌자고 배와 노를 장만해서
特地欲歸鄉	일부러 고향 갈 행랑을 꾸리리오.
我身本不有	내 몸도 본래 없는 것이었으니
心亦所無住	마음 또한 깃들일 곳이 없다네.
作灰散四方	재로 만들어 사방에 뿌릴 것이니
勿占檀那地	사바 세상 한 뼘 땅도 훔치지 말거라.

이 선시는 어떻게 보면 아주 친절한 작품이다. 「임종게」가 자신의 열반에 대한 솔직한 고백이면서 그 체험을 이승의 사람들에게 전해주는 정보의 기능을 한다면, 이 시는 그런 기능을 가장 잘 수행하고 있다.

세 편의 시는 열반을 준비하는 수행자의 심리를 그 흐름에 맞추어 잘 표현하고 있다. 첫 수에서는 일흔 일곱 해 동안 산 이승의 삶을 선명하게 보여준다. 백운은 그 장수한 고희의 삶에 시선을 두지 말라고 말한

다. 그저 일흔 일곱 해 전에 왔다 이제 떠나는 것이다. 그리고 다시는
돌아오지 않는다. 나의 장수를 보지 말고 나의 열반, 해탈을 보라고 사
람들에게 충고하는 것이다.

이어 열반의 길은 요란하거나 번잡한 절차가 필요한 일이 아님을 알
려준다. 어느 곳에 있든 무엇을 만나든 돌아갈 곳이고 도착한 곳이라는
설명이다. 열반의 형식에 사로잡혀 열반의 의미를 망각하는 사람들에
게 울려주는 경종과도 같은 구절이다.

끝으로 모든 것을 털어버리고 떠날 준비를 마친 시인의 마음가짐이
구체적으로 드러난다. 몸뿐만 아니라 마음도 집착할 것이 없는 상태에
이른 열반의 경지를 꾸밈없이 전달한다. 승려가 입적한 뒤 다비(茶毘)를
통해 티끌 하나도 남기지 않는 의미가 이 시에는 잘 설명되고 있다.
티끌 하나 남기지 않으려는데 요란한 부도비 따위가 무슨 망발이냐며
꾸짖는 소리가 들릴 듯하다. 이렇게 하여 시인은 죽음에서 새로운 삶으
로 출발하는 그 지점에서 열반의 서장을 열고 있는 것이다.

태고보우(太古普愚, 1301~1382)의 「임종게」 역시 그런 유형의 작품에
속한다고 볼 수 있다.

人生命若水泡空	사람의 목숨이란 물거품처럼 허망하니
八十餘年春夢中	살아 여든 해가 한 바탕 봄꿈이로다.
臨終如今放皮俗	죽는 이제야 가죽 부대를 내던지노니
一輪紅日下西峰	한 바퀴 붉은 해가 서녘 봉우리로 떨어진다.

태고 역시 세상살이의 허망함과 이승에 깃들었던 삶의 햇수를 헤아
린다. '고희'라는 시간의 상징이 여기서는 '봄꿈'으로 바뀌어 등장하는
데, 양자 모두 비근한 비유에 지나지 않는다. 인간의 삶 자체가 통속적
일 수는 없지만, 떠나는 마당에 있어서 그것들은 큰 가치를 지니지 않는

다. 물거품만 가득 채워 한 바탕 봄꿈처럼 살다 가죽 부대를 던져버리듯이 세상의 삶은 공(空)으로 돌아가는 것이다. 그만큼 충일하게 삶을 살았기 때문에 가능한 내버림이다.

그런 점에서 마지막 구절은 흥미롭다. 붉은 해는 열반으로 가는 시인 자신의 상징일 것인데, 서녘 봉우리로 떨어진다는 것은 곧 열반의 세계로, 해탈의 본원으로 돌아가는 의미를 지닌다. 불교에서 진리의 소재를 물을 때 "조사가 서쪽에서 온 까닭(祖師西來意)"은 무엇인가고 묻는다. 이제 그 까닭을 알았으니 서쪽, 서방정토(西方淨土)로 간다는 말이다.

이처럼 열반의 도정에서 그 출발점을 주시하는 선승들은 이승 사람들이 귀담아 들을 수 있는 쉬운 말들을 골라 쓴다. 미망과 집착을 버리고 열반의 수행을 하라는 메시지가 담겨 있다. 물론 이런 「임종게」가 쉽다고 해서 유형 가운데 만만한 부류임을 가리키지는 않는다. 어쩌면 선승의 수행과도 관계가 있을지 모르겠는데, 이들의 선시에는 어떤 홀가분함 같은 것이 느껴지기 때문이다. 마지막으로 길을 떠나기에 앞서 잠시 머물던 곳을 되돌아보는 나그네의 심정 같은 것 말이다.

2) 중간에서 머물기

너무 도식적인 풀이 같지만 다양한 「임종게」에서 볼 수 있는 또 하나의 유형은 여기(迷妄)를 떠나 저곳(涅槃)으로 가는 도중에 서 있는 장면들이다. 이 유형에 속하는 선시들은 마치 한 다리는 이승에 걸쳐 두고 다른 다리는 열반에 닿아 있는 상황을 보여준다. 즉 한 작품 안에 이 두 방향을 향한 시선이 모두 제시되어 있는 것이다. 마치 사람이 죽어 저승으로 완전히 가지 못하고 중유(中有)의 세계를 떠도는 듯한 느낌을 준다. 무지개 속을 떠돌고 있는 것이다. 그리하여 무지개의 이쪽과 저

쪽이 다 들여다보이게 된다.

이런 시에서는 시인의 내면이 비교적 잘 드러난다. 친절하다기보다는 다소 도발적인 느낌이 들만큼 직설적이기도 하다. 그러므로 대개 시의 내용은 자신의 생각이나 경험을 벗어나지 않지만, 이승의 큰 테두리 안에서 움직이게 된다.

우리 불교사에서 가장 억울한 최후를 맞은 승려 가운데 한 사람인 허응보우(虛應普雨, ?~1565)의 「임종게」에 이런 점이 잘 드러나 있다.

> 幻人來入幻人鄉   요술쟁이가 요술쟁이 세상에 왔다가
> 五十餘年作戱狂   오십 여 년 동안 미친 짓만 하였구나.
> 弄盡人間榮辱事   사바 세상 영광과 치욕을 다 눙쳐 버리고
> 脫僧傀儡上蒼蒼   허수아비 중 껍질 벗고 푸른 하늘로 가노라.

보우는 자신의 느낌을 표현하는 데 거침이 없다. 그리고 힘과 기질이 그대로 울려나온다. 사바세계는 정상인이 살 수 없는 요술쟁이 세상이라고 단언하는 데서도 그런 강함은 충분히 느껴진다. 그가 숭유억불이라는 망령에 사로잡힌 조선시대를 살았고, 그런 말세의 혼탁한 세상에서 불교 중흥을 위해 애쓰다 요승(妖僧)으로 몰려 죽음을 당했다는 사실을 알지 못한다고 해도, 이 시인이 얼마나 세상과 현실에 대해 물러서지 않는 굳센 정신을 지녔는지 충분히 짐작할 수 있다.

그에게는 수행자라는 본분조차도 한낱 허울에 지나지 않았다. 승복을 걸쳤기 때문에 내 일을 수행하는 것이 아니라 일을 함으로써 자신이 존재한다는 강한 외침을 읽을 수 있다. 그 외침은 자신에게라기보다는 이 세상에 아직 머물러 있는 요술쟁이들에게 향하고 있다. 요술쟁이 세상에서 미친 짓을 다 마치지 못하고 떠날 때 남는 아쉬움의 감정을 애써 수습하면서 영욕으로 얼룩진 이승의 삶을 마감하고 있는 것이다.

그런 떨침의 자세와 노력이 이 시에서는 요술쟁이 세상과 푸른 하늘의 중간 지점에서 중 허물을 벗는 모습으로 그려지고 있다.

이어보는 부휴선수(浮休善修, 1543~1615)의 「임종게」도 이런 유형에서 크게 벗어나지는 않는다. 다만 그의 시에서는 세상에 대한 외침보다는 스스로에게 소곤대는 듯한 차분함으로 나타난다.

> 七十餘年遊幻海　　일흔 해를 요술 바다에서 노닐다가
> 今朝脫殼返初源　　오늘에야 껍질 벗고서 근원으로 돌아간다.
> 廓然眞性元無物　　분명한 참된 본성은 본시 물건이 아닌데
> 何有菩提生死根　　어디에 보리와 생사의 근본이 있겠는가.

이 시에도 일흔 해를 노닌 '요술 바다'와 껍질을 벗고 나가는 '근원'이 함께 등장한다. 이 미묘한 의식 앞에서 시인은 대단히 사색적인 태도를 유지한다. 그는 세상에 대해 훈시하기보다는 자신의 깨달음에 몰두하고 천착하는 데 더 많은 노력을 기울인다.

참된 본성이란 눈에 보이는 가시적인 물건이 아니다. 더 나아가 어떤 설명으로도 형상화할 수 있는 사념의 덩어리도 아니다. 물건도 사념도 모두 차별상일 뿐이다. 그런 차별상은 이승의 삶에서는 의미가 있을지 모르지만 궁극의 경지인 열반에 이르게 되면 무용지물이 되어 버린다. 언어의 통발에 갇혀 진정한 해탈로 나가지 못하고 그 문턱에 머무는 것은 어리석은 일이라는 충고를 진지하게 던진다. 문자나 형상의 틀을 넘어섰을 때 궁극의 열반 세계가 확연하게 열리는 것을 시인은 거듭 강조한다. 그러나 그 강조는 대단히 부드러울 뿐더러 음성 또한 차분하고 고즈넉하다.

여기서 한 발 더 나아가게 되면 세속에 디딘 발은 완전히 떨어지고 광막한 허공에 오르게 된다. 열반의 본지풍광(本地風光)이 열리는 것이

다. 월저도안(月渚道安, 1638~1715)은 그런 경지를 '뜬 구름'이 내포하고
있는 이미지로 처리하고 있다.

> 浮雲自體本來空   뜬 구름은 자체가 원래 빈 것이니
> 本來空是太虛空   원래 빈 것은 바로 허공이 빈 것이다.
> 太虛空中雲起滅   허공이 빈 가운데 구름이 일어 흩어지니
> 起滅無從本來空   일고 흩어짐도 하릴없이 본래 빈 것일세.

그는 열반의 경지를 태허(太虛)라는 말로 대변한다. 그 태허의 공간에
낀 뜬 구름은 멀리서 보면 무슨 형상을 가진 듯 보이지만 그 역시 본래
는 비어 있을 뿐이다. 뜬 구름은 허황한 세상을 비유하면서 동시에 그
세상을 초탈하는 매개로써도 기능한다. 세상은 물질적이라 감각적으로
체득되지만, 뜬 구름을 생각해보면 허상이기는 마찬가지라는 것이다.
구체적인 세상은 뜬 구름을 통해 본래 그 자체의 태허의 세계로 닿게
된다. 바로 시인은 열반의 도정을 그런 뜬 구름의 이미지로 그려낸다.
그 무엇으로도 열반의 구경(究竟)을 설명할 수 없기에 취하는 방편이다.
그 구름마저 흩어져 오로지 청정무구한 허공만이 존재하는 곳을 상상
해 보라고 설득한다. 아니 그 허공조차도 생각의 틀에서 지워버리라고
권한다. 그리하여 도달한 곳이 바로 말로도 생각으로도 유추할 수 없는
열반임을 시인은 인식시키고자 하는 것이다.

3) 저곳에서 바라보기

그리하여 마침내 열반의 완전한 현현이 이루어졌다. 더 이상 시각을
현혹하는 무지개는 없다. 무색무취의 공간에 이르렀다. 거기에서는 세
상의 말도 사람의 생각도 아예 존재하지 않는다. 그런 상상불가의 세계

가 바로 열반과 해탈의 참모습이다. 언어도단(言語道斷)이고 이언절려(離言絕慮)의 경지는 말로는 도저히 그려지지 않는다. 결국 그런 경지를 묘사하는 시는 시이면서 시가 아닌 것이 되어 버린다. 청허휴정(淸虛休靜, 1520~1604)과 중관해안(中觀海眼, ?~?)의 「임종게」를 보자.

千思萬思量	천 가지 만 가지 온갖 생각이
紅爐一點雪	붉은 화로에 떨어지는 한 점 눈송이로다.
泥牛水上行	진흙 소가 물 위를 내달리는데
大地虛空裂	대지는 허공 중에 쩍 갈라지네.
一隻龜毛箭	거북 털로 만든 화살 한 발을
三彈兎角弓	토끼 뿔로 만든 활에 걸어 세 번 당겼네.
嵐風吹處坐	산골바람이 앉은 자리로 불어오더니
直射破虛空	바로 허공을 쏘아 깨뜨려버린다.

뜨겁게 달아올라 벌겋게 타오르는 화롯불 위로 떨어지는 한 송이 눈발. 극미세의 세계에서 보면 눈송이는 우주이자 대양이다. 화롯불로 다가가면서 이 우주는 서서히 녹아들고 삽시간에 공(空)의 세계에 닿게 된다. 그렇게 흔적도 없이 사라지는 진멸(盡滅)의 세계가 열반이라는 것이다.

주갑으로 둘러싸인 거북에게 털이 날 리 없고, 두 귀밖에 없는 토끼에게 뿔이 있을 리 없다. 그 털로 화살을 만들고 뿔을 깎아 활을 만든다는 말은 불가능이나 모순을 넘어 황당무계한 궤변이다. 그러나 그런 궤변으로만 이 열반의 세계는 형상화된다. 그러나 그 형상화조차도 또다시 말의 그물이 되어 사람을 낚아챈다.

이 그물에서 풀어내기 위해 시인은 다시 한 번 억설(臆說)을 주장한다. 진흙으로 만든 소가 물 위를 질주하고, 존재하지 않는 사물로 만든 화살이 날아가 또 불가시(不可視)한 허공을 쏘아 깨뜨려버린다는 것이다. 선적 사고와 경험이 모두 녹아 있는 선시가 궁극적으로 도달하게 될 모습이 바로 이런 것일 수도 있다.

이런 표현이나 시어들은 이미지도 아니고 어떤 상황도 아니다. 그 말들로 상상에 빠지다가는 천 길 낭떠러지에서 구르는 것처럼 허방에 떨어질 뿐이다. 말에 현혹되지 말라고 말하는데, 또 말에 현혹되는 꼴이다.

「임종게」는 선승이 삶을 마치고 열반에 들 때 마지막으로 외치는 목소리다. 삶의 끝이면서 죽음의 시작이지만, '죽음'이란 산 사람의 언어일 뿐이다. 죽은 사람은 죽음이란 말을 쓰지 않는다. 더욱이 선승의 뇌리에 보이는 죽음의 세계는 곧 해탈과 열반에 맞닿아 있다. 그 열반의 투시도로써 「임종게」는 쓰인다고 해도 과언은 아닐 것이다. 투시도 속의 내용이 무엇인지 알아내는 것은 시인의 몫이 아니다. 읽는 독자의 몫인데, 과연 몇 사람의 독자가 오독의 그물에서 빠져나올 수 있을지도 미지수다.

이 글에서는 「임종게」가 마치 세 가지 유형으로 구분되는 것처럼 말했지만, 이는 그저 서술을 위한 방편일 뿐이다. 조금 더 그런 성향이 있다는 것이지 이것이 「임종게」의 무게와 깊이를 재는 잣대로 쓰여서는 안 될 것이다. 독자의 눈이 아니라 시인의 눈이 되어 열반의 내면을 응시하는 수단으로서 「임종게」를 읽을 필요가 있다. 그런 과정을 통해 우리는 「임종게」가 가진 문학적 향기를 맡을 수도 있을 것이다.

4. 현대시에 보이는 선시의 울림

한시로 쓰이는 선시의 시대는 갔다. 선시는 여러 가지 이유나 계기가 있어 한시의 껍질을 벗어 던졌다. 한시 형식으로 된 전통 선시는 사라졌지만 선시가 추구하고 형상화한 미적 세계마저 사라진 것은 아니다. 깨달음의 차원을 벗어나 심미적 대상으로 또는 그 본질로 선시를 바라보는, 새로운 패러다임이 요구되는 시대가 되었다. 그런 의미에서 현대의 시인은 또 다른 의미의 구도자다.

우리 시대의 많은 시인들이 이런 역할을 진지하게 수행해 왔고, 또 수행하고 있다. 「임종게」를 통해 죽음을 노래하고 열반의 세계를 보여준 선승들의 선시는 다른 언어를 통해 우리 시에서 재현되거나 혁신되고 있는 것이다. 이런 동향을 굳이 선시의 전통으로까지 접목시킬 필요가 있겠냐는 의견이 나올 수도 있다. 그러나 한 아이의 탄생에는 모태에서의 성장이 필요한 것처럼 우리 시의 전사(前史)를 무작정 부정할 수는 없다.

선승들이 「임종게」를 통해 열반의 세계를 노래했다면 현대의 시인들은 시를 통해 비슷한 작업을 하고 있다. 그것은 죽음을 다루는 시에서 발견된다. 몇 편의 죽음과 소멸을 다룬 시를 통해 「임종게」의 울림이 어떻게 현대시에로 계승되었는지 가늠해보기로 하겠다.

1) 이형기의 「낙화」 : 요절과 소멸의 두려움 또는 갈망

이형기는 우리 현대시문학사에 굵은 족적을 여럿 남겼지만, 세간에 잘 알려진 것은 17살 되던 해 『문예』지의 추천을 받아 등단함으로써 최연소 등단 기록을 남겼다는 점이다. 이후 그 기록이 깨졌는지는 모르겠지만, 이형기는

확실히 조숙한 시인이었다. 또 애잔한 감상이 어린 「낙화」가 너무 유명해 정작
이형기의 다른 시들이 빛을 못 보지 않나 하는 생각도 든다. 자신도 평소 「낙화」를
자신의 대표작으로 여기지 않았고, 이 때문에 다른 작품들이 외면당하는 것에 아
쉬움을 토로한 적도 있었다. 그러나 그렇다고 해도 죽음을 논의하면서 「낙화」를
빠뜨릴 수는 없다.

가야 할 때가 언제인가를
분명히 알고 가는 이의
뒷모습은 얼마나 아름다운가.

봄 한철
격정(激情)을 인내한
나의 사랑은 지고 있다.

분분한 낙화……
결별(訣別)이 이룩하는 축복에 싸여
지금은 가야할 때,

무성한 녹음과 그리고
머지않아 열매 맺는
가을을 향하여

나의 청춘은 꽃답게 죽는다.

헤어지자
섬세한 손길을 흔들며
하롱하롱 꽃잎이 지는 어느 날

나의 사랑, 나의 결별,

　　샘터에 물 고이듯 성숙하는
　　내 영혼의 슬픈 눈.

-「낙화(落花)」전문

　약관 20살의 나이에 썼다는 이 시는 단순히 감상조의 시로만 읽힐 수 없는 진지한 성찰이 담겨 있다. 결실을 맺기 위해 아름다움을 속절없이 버려버리고 죽어야 하는 '꽃'의 숙명은 어쩌면 시인이 겪어야 하는 천형인지도 모른다. 언어로 표현되지 않은 상태일 때의 이미지는 가장 완벽하지만 언어로 표현되지 않고서는 시가 될 수 없다. 심상(心象)을 언어로 옮기는 일은 어쩌면 열매 맺기 위해 떨어져야 하는 꽃처럼 어쩔 수 없는 자멸(自滅)인 것이다.

　시인은 거기서 '허무'를 찾지만 더 나아가 '성숙'을 노래한다. 언어의 물방울을 모아 이미지의 샘물을 만들면서 시인과 시는 성숙하는데, 그것은 또한 완벽한 이미지와의 결별이기 때문에 '슬픈' 것이다. 이형기는 그 때부터 이미 완벽주의자였던 것일까?

　이 시에는 또 요절에 대한 갈구가 엿보이기도 한다. 결실의 때를 기다리지 못하고 분분하게 떨어지는 꽃잎은 청춘의 죽음을 암시한다. 불꽃을 향해 온몸을 내던져 하릴없이 소멸하는 불나방처럼 시인은 가장 꽃다운 시를 남겼을 때 죽기를 소망하고 있는 것이다. 그런 면에서 한 편의 시는 곧 그 시인의 목숨 하나와 등가의 가치를 지닌다. 시를 씀으로써 시인은 끊임없이 탄생과 죽음을 반복하는 셈이다. 시를 쓰지 않을 때 시인은 시체다. 바로 그런 지고의 상태에 도달하여 마침내 더 이상 내뱉을 말을 없어지는 상태로 승화하려는 시인의 팽팽하게 당겨진 도전 욕구가, 그리고 그 종말이 이 시에는 배여 있다. 그 때가 바로 '가야 할 때'고 시인으로서의 삶의 정점인 것이다. 한편의 완벽한 시를 이루는

순간은 열반과 해탈의 순간과 맥락이 닿는다. 젊은 시, 싱싱한 시를 씀
으로써 궁극의 완성, 해탈에 이르고자 하는 시인에게 「낙화」는 다른
의미의 열반송, 임종게인 셈이다.

초기 이형기의 시를 보면 이러한 감상과 함께 현상에서 진실을 간파한
섬세하고 예리한 깨달음이 알알이 고운 언어로 영글어 있다. 그런 면에
서 순수한 서정의 세계가 녹아 있다고 보아도 좋을 것이다. 그리고 이런
정서는 그의 후반기 시에 가서도 더러 진지하게 출몰하곤 한다.

2) 오규원의 「이 시대의 죽음 또는 寓話」: 죽은 세상에서 탐색하는 살아있는 언어

오규원은 순수시는 더 이상 순수할 수 없다고 본다. 불순해지고 음흉
해져서 순수와는 거리가 멀어지니 '순수시'는 이데아만으로 남아 있을
뿐이다. 자유와 도덕이 기교가 되어 사람을 눈멀게 하는 세상에 순수시
가 기댈 서정은 없다. 사람은 그저 자기에게 유리하게 사물과 언어를
해석하고 세상의 풍상에 적응하면 된다. 이미 이런 사람들이 사는 세상
은 죽은 사람들의 세상이다. '죽음'이라는 요상한 단어로 포장된 인간이
꾀하는 것은 오로지 변명뿐이다.

죽음은 버스를 타러갔다가
걷기가 귀찮아서 택시를 탔다

나는 할 일이 많아
죽음은 쉽게
택시를 탄 이유를 찾았다

죽음은 일을 하다가 일보다
우선 한 잔 하기로 했다

생각해 보기 전에 우선 한 잔 하고
한 잔 하다가 취하면
내일 생각해 보기로 했다

내가 무슨 충신이라고
죽음은 쉽게
내일 생각해 보기로 한 이유를 찾았다

술을 한 잔 하다가 죽음은
내일 생각해 보기로 한 것도
귀찮아서
내일 생각해 보기로 한 생각도
그만두기로 했다

술이 약간 된 죽음은
집에 와서 TV를 켜놓고
내일은 주말여행을 가야겠다고 생각했다

건강이 제일이지……
죽음은 자기 말에 긍정의 뜻으로
고개를 두어 번 끄덕이고는
그래, 신문에도 그렇게 났었지
하고 중얼거렸다

                    -「이 시대의 죽음 또는 寓話」 전문

이 시는 가장 적나라하게 이 시대를 사는 소시민들의 뿌리 뽑힌 시민 의식을 보여준다. '죽음' 대신 '나'라든가 '사람'을 넣어도 이 시의 정서는 그다지 달라지지 않는다. '인간은 제삿날 받아놓고 사는 존재'란 진부한 명제나 해설 없이 바로 사람을 죽음으로 치환해버리는 시인은 정말 대담무쌍하다. 말을 다루는 기교가 눈부셔서 현란하다. 이 시는 알레고리랄까 어딘가 글의 모두에 소개한, 죽을 날을 예언한 스님의 모습을 떠올리게 만든다.

오규원은 이 시에서 죽음의 공존성에 대해 이야기하고 있는 듯하다. 삶 안에 죽음이 있고, 죽음 안에 삶이 있다는 생각은 영혼불멸의 입장을 담은 것은 아니다. 오히려 삶과 죽음을 이분법으로 분별하는 미망을 넌지시 질타하는 논리가 서려 있다.

우리는 죽음을 목에 걸고 살면서 건강을 찾고 내 부실한 행동의 이유를 건져 올린다. TV나 신문에 나오는 사건을 보면서 흥분하고 분노하는 것이 우리들 소시민의 일상사가 되어가고 있다. 오규원은 그 매너리즘에 비수를 들이댄다. 다만 그 비수가 너무 발랄하고 경쾌해서 쉽게 깨닫기 어려울 정도다.

오규원은 죽음이라는 팍팍한 실존의 문제를 언어로 되살려내는 일에 아주 분주했다. 그가 구사한 언어나 이미지들은 비교적 밝지만, 우리는 그 언어 안에 드리워진 어둠을 어렵지 않게 발견할 수 있다. 그는 죽음을 미화하지는 않지만, 엄숙주의에 빠져 생의 활기를 잃어버린 우리들의 자화상을 웃음으로 치환하고자 노력했다. 그의 언어가 생생하게 다가오는 것도 죽음의 문제에 대한 집요한 탐색과 이를 극복하고자 하는 노력에서 온 것인지도 모를 일이다.

비장미와 절규를 갑옷 속에 숨긴 이 해학의 청룡열차. 오규원은 누구보다 '문학이란 당의정'이라는 논리에 충실한데, 안타깝게도 사람들은 사탕만 핥아먹고 쓴 진국이 나온 즈음이면 잽싸게 버려버린다. 이것도 기교라면 기교겠다.

3) 윤제림의 「당숙은 죽어서 새가 되었다」: 존재의 영원성에 대한 성찰

윤제림의 초기 시집 『삼천리호 자전거』(1997년)를 읽으면 한 작품의 양이 네 페이지를 차지하는 경우도 있다. 두 세 페이지에 이르는 시도 드물지 않다. 그러다 『사랑을 놓치다』(2001년)로 오면 시행은 짧아지는데 산문시(散文詩) 형태가 눈에 많이 띤다. 그런데 『그는 걸어서 온다』(2008년)에 오면 시행이 아주 간결해져서 체중조절(?)을 많이 한 흔적이 완연하다. 몸무게를 줄였다고 해서 근육의 튼실함과 기골의 헌걸참이 부실해졌다는 뜻은 아니다. 군살을 다 뺐다는 말이다. 군살이 빠진 틈으로 근육과 기골이 촘촘히 들어차서 시 한 구절이 감당하는 무게가 지게를 가득 채운 벽돌장 무게보다 더 육중하게 느껴진다.

그가 죽음을 대면하면서 던졌던 질문은 죽음은 존재의 소멸을 의미하는가 하는 문제였다. 육신의 관점에서 보면 당연히 죽음은 소멸이다. 그러나 육신도 끊임없이 죽는다. 갓 태어난 육신과 성장하고 늙어갈 때의 육신은 분명 같지 않다. 그렇게 보면 죽음은 육신의 소멸이 아니라 둔갑 또는 갈아타기임을 상상하는 것도 비약이 되지는 않는다. 아래 시는 세상을 떠난 당숙이 소멸하지 않고 다시 산새로 '몸 갈아타기'를 했음을 말하고 있다.

한 소리 또 하고
또 하고.

당숙은 죽어서 산새가 되었다.

한 노래 또 하고
또 하고.
　　　　　　　　　　　－「당숙은 죽어서 새가 되었다」 전문

　그런 기적은 어디에도 없지만 살아생전 당숙의 꼬장꼬장하고 카랑카
랑한 육성이 귓가에 쟁쟁 울리는 듯하다. 그리고 당숙의 잔소리가 조카
를 사랑하고 걱정하는 따뜻한 마음에서 우러나왔음도 절감하게 된다.
더 나아가 시인이 얼마나 당숙을 그리워하는지 절절하게 느끼게 만든다.
　어느 바람 시원한 여름날 숲길을 걷다가 산새가 지지배배 지저귀는
소리를 듣는다. 울음 같기도 하고 노래 같기도 한 산새의 지저귀는 소리
는 돌아가신 당숙의 모든 것으로 수렴되어 승화한다. 그것은 당숙이라
는 한 우주와 산새라는 한 우주의 완전한 교집합이다. 당숙은 여전히
시인의 곁에 살아 있는 것이다.
　윤제림의 시집에는 유독 죽음과 닿은 작품이 많이 실려 있다. 연륜이
늘어나면서 그만큼 결별의 시간은 잦아진다. 망자에 대한 그리움을 시인
은 '산새'를 통해 발산시키고 있다. 그립다는 감정은 부재(不在)에서 비롯
한다. '다시' 만날 수 있거나 '또' 얻을 수 있으면 진정 그리울 수 없다.
윤제림의 그리움은 아무래도 삼라만상에게로 넓혀가는 듯하다.
　윤제림은 죽음의 문제를 어렵게 생각하지 않는다. 산새의 울음소리
에서 당숙의 잔소리를 들을 때 죽음은 이미 친근한 존재가 되고 자연의
섭리로 인식되는 것이다. 죽음을 대수롭지 않게 여기는 마음 또는 자세
야말로 「임종게」의 시인들이 들려주는 죽음(또는 해탈)의 진상과도 닿아
있는 것이다.
　그의 시가 선시의 기이하고 재치 넘치는 발상법에 많이 빚지고 있다
는 점은 다음과 같은 짧막한 시에서도 충분히 공감할 수 있다.

어느 날인가는 슬그머니
산길 사십 리를 걸어내려가서
부라보콘 하나를 사먹고
산길 사십 리를 걸어서 돌아왔지요

라디오에서 들은 어떤 스님 이야긴데
그게 끝입니다.
싱겁지요?

-「어느 날인가는」 전문

참으로 싱거우면서도 진국이 우러나온 작품이다. 이 작품의 울림이
큰 것은 숨김없이 제 마음을 드러내는 순수함과 천진함 때문일 것이다.
어린 시절 군것질이 하고 싶어 십리 길도 멀다 않고 읍네 구멍가게를
다녀온 추억이 있다면, 이 노승의 심정에 절로 고개가 끄덕여질 것이
다. 이 노승은 곧 어릴 때의 시인 자신이면서, 우리 모두의 내면에 자리
하고 있는 동심(童心)일 것이다.

4) 유하의 「세상의 모든 저녁 1」: 견딜 수 없는 소멸의 견뎌내기

유하는 초기 시집에서 당시 누구나 겪었던 그 시절의 아픈 기억을
여과 없이 폭로했다. 무협지 형식을 빌림으로써 과도한 감정의 소모
없이 이를 객관화하는 데도 성공했다. 가장 고통스런 상황 속에도 유머
는 꽃핀다는 진리를 그는 보여주었다. 저속해 보이는 문화 현상들을
대담하게 수용해 이를 풍자적인 기법으로 승화시키는 데 있어 그를 따
를 시인은 아마 없을 것이다.

그런 그가 당시 맞닥뜨린 정치적 현실에 대응해 투사로 나서지 않은

것은 여러 이유가 있었겠지만, 아픔을 내면에서 소화하고 자기화하는 시인적 기질이 크게 영향을 끼쳤을 것 같다. 그의 시인적 기질은 사랑의 열병을 앓고 그 사랑의 대상에 맹목적으로 매달리다 결국 쓸쓸하게 홀로 상처를 치유해야 했던 길고 고통스런 여정으로 전화(轉化)되었다.

　　여의도로 밀려가는 강변도로
　　막막한 앞길을 버리고 문득 강물에 투항하고 싶다
　　한때 만발했던 꿈들이 허기진 하이에나 울음처럼 스쳐간다 오후 5시 반
　　에프엠에서 흘러나오는 어니언스의 사랑의 진실
　　추억은 먼지 낀 유행가의 몸을 빌려서라도
　　기어코 그 먼 길을 달려오고야 만다
　　기억의 황사바람이여, 트랜지스터 라디오 잡음 같이 쏟아지던
　　태양빛, 미소를 뒤에 모으고 나무에 기대 선 소녀
　　파르르 성냥불처럼 점화되던 첫 설레임의 비릿함, 몇 번의 사랑
　　그리고 마음의 서툰 저녁을 불러 모아 별빛을 치유하던 날들……
　　나는 눈물처럼 와해된다
　　단 하나 무너짐을 위해 생의 날개는 그토록 퍼덕였던가
　　저만치, 존재의 무게를 버리고 곤두박질치는 물새떼
　　세상은 사는 것이 아니라 견디는 것이기에
　　오래 견디어 낸 상처의 불빛은
　　그다지도 환하게 삶의 노을을 읽어 버린다
　　소멸과의 기나긴 싸움을 끝낸 노을처럼 붉게 물들어
　　쓸쓸하게 허물어진다는 것,
　　그렇게 이 세상 모든 저녁이 나를 알아보리라
　　세상의 모든 저녁을 걸으며 사랑 또한 자욱하게 늙어 가리라
　　하지만 끝내 머물지 않는 마음이여, 이 추억 그치면
　　세월은 다시 흔적 없는 타오름에 몸을 싣고

이마 하나로 허공을 들어 올리는 물새처럼 나 지금,
다만 견디기 위해 꿈꾸러 간다

　　　　　　　　　　　　　　　　　–「세상의 모든 저녁 1」

　젊은 나이에 그는 벌써 황혼이 주는 적적함과 인내를 절실하게 체험했다. 그는 사랑의 아픔을 황혼의 이미지로 드러냈다. 견딜 수 없더라도 견뎌야 하는 시간들은 독한 기억의 채찍을 맞으면서 더욱 헐벗어지고 피범벅이 되었다. 그는 황혼이 끝나면 무엇이 오는지 알고 있었고, 그런 파국을 그대로 맞을 수는 없었다. 그는 세상과 사람에게서 받은 고통을 치유하기 위해 아무리 그 유혹이 달콤하다고 해도 자신의 목숨을 내던질 수는 없었던 것이다. 고통 받는 상처를 치유하는 역정 속에서도(그 종착역이 나는 그의 고향 '하나대'가 아닐까 여겨진다.) 그는 자신을 키워내면서 동시에 고통 받게 만든 물질 공간에 대한 응시와 그 진단을 중단하지 않았다. 그 도정의 끝에서 그가 장악한 결과가 '바람 부는 압구정동'이었을 것이다.

　이 시에서 죽음은 철저하게 은유화되어 있다. 그렇기 때문에 시 전체가 왠지 장송곡 같은 느낌이 들도록 만든다. 세상살이 자체가 부딪힘과 그 충격의 견딤이라는 아포리즘적 선언이 시 전반에 녹아들어 있다. 견디기 힘든 소멸을 견뎌내야 하는 것은 우리 모두에게 주어진 숙명이기 때문이다.

　사람이란 죽음 앞에서 얼마나 무력한 존재인가를 그는 말한다. 화자의 심경은 장중하지만 깊은 슬픔과 비감에서 헤어나지 못한다. 그 몸부림의 끝에 죽음이 있는데, 화자는 도저히 거기까지는 가지 못한다. 삶의 끝, 죽음의 문턱, 곧 자멸 또는 자살 직전까지 갔다가 돌아와 버린 영혼의 자기 고백이 이 시의 주조를 이룬다. 역설적이게도 열반에 드는 일에 실패한 사람이 쓴 「임종게」의 울림을 이 시는 보여주고 있는 것이다.

5. 끝맺는 말

문학적 전통이란 비유하자면 물이나 바람과 같은 것이다. 흘러간 물
은 사라지는 것이 아니라 다시 수증기가 되어 공중을 부유하다가 오래
전 제가 흘러갔던 그 강물을 다시 흐른다. 바람 또한 돌고 돌아 다시
우리들의 얼굴로 상쾌하게 불어온다.

한시로 쓰였던 선시는 그 자체로 보면 이미 떠나간 문학이다. 문학사
의 유산으로 지금 남아 있고, 많은 사람들은 그 존재마저 제대로 인식하
지 못한다. 그러나 선시에 담겨 있고 담고자 했던 그 많은 진실들은
결코 떠나간 것이 아니다. 돌고 돌아 다시 우리 앞에 흐르고 부는 물과
바람처럼 선시의 울림은 여전히 우리 문학의 속살을 파고들어 혈맥을
형성하고 있다.

여기서 본 고전문학 시대 선승들이 쓴 선시의 한 부류인 「임종게」에
담긴 정서와 이미지, 비유법 등은 문학적 전형 또는 관습으로서 여전히
유효하다고 생각한다. 죽음은 너무나 사적인 체험이기 때문에 사람마
다 농도가 제각각일 것이다. '죽음' 인식에 대한 서정의 계보를 짚어보
면 옛 선시의 「임종게」나 오늘날 시인들의 죽음 소재 시들이 아주 동떨
어져 있는 것이 아님을 알 수 있다.

다만 이런 '계보 잇기'는 흉내 내기가 되어서는 안 될 것이다. 온고지
신(溫故知新), 법고창신(法古創新). 옛 것을 찾아 이해하고 이를 창조적으
로 계승하는 자세가 필요하다.

雪巖秋鵬과 조선 후기 문화 공간으로서의 大興詩壇

1. 시작하는 말

대흥사는 불교사나 법주사, 부석사처럼 역사가 오랜 고찰(古刹)은 아니다. 전해오는 기록은로는 백제 구이왕 7년(426) 신라의 정관존자(淨觀尊者)가 창건했다고도 하고, 신라 법흥왕 1년(514) 아도화상(阿道和尙)이 세웠다고 하며, 헌강왕 원년(875) 도선국사(道詵國師)가 세웠다고도 하지만, 크게 신빙할 만한 기록은 아니라고 본다. 대개 고려시대 초엽이나 중엽 무렵에 창건되었을 것으로 보는데, 사실 임진왜란 때 조국을 구한 서산대사(西山大師) 휴정(休靜, 1520~1604)이 자신의 의발을 이곳에 옮기라는 유지가 있고 난 이후부터 대찰(大刹)로서 풍격과 명성을 얻은 것으로 보인다. 이렇게 볼 때 단지 시간적인 장구함만으로 대흥사의 역사적, 문화적 가치를 최상승으로 보기는 어렵다. 그러면 어떤 측면에서 우리는 대흥사의 진정한 가치를 찾아야 할 것인가?

대흥사의 진정한 가치는 임진왜란 이후, 특히 17세기부터 19세기 중반까지 이 사찰이 보여주었던 놀라운 성과에서 찾아야 할 것으로 생각된다. 더욱이 그 성과는 어느 특정한 부문에만 편중된 것이 아니라 당시 우리 문화사와 지성사의 가장 빛나고 독창적이며 영속적인 업적에 속

하기 때문에 놀랍고 주목해야 할 의미가 있다. 13대종사와 13대강사라
는 말로 상징되는 고승대덕들의 출현은 말할 것도 없이 참으로 척박했
던 조선 후기의 불교사에서 이 땅의 법맥(法脈)을 존속시키고 발전시켰
던 성과였다. 그리고 정약용(丁若鏞)과 김정희(金正喜), 홍석주(洪奭周),
신위(申緯) 등으로 대변되는 조선 후기 지성들의 발자취와 문예적 담론
들이 대흥사 일대를 중심으로 지속적으로 진행되어 왔다. 정약용의 방
대한 학문적 성과와 김정희의 추사체(秋史體), 소치(小癡) 허유(許維)의
묵죽화, 초의선사를 통해 만개한 다문화(茶文化), 남도의 민요와 판소리
등 다양한 예인(藝人)들이 이 시기에 쏟아져 나와 활동했다. 물론 이들
의 활동 범위가 대흥사에만 국한된 것은 아니지만, 대흥사가 지니고
있던 문화적 잠재력과 지적, 예술적 분위기가 중요한 밑거름이 된 것은
부정할 수 없는 사실이다.

　국토의 최남단 해남에 자리한 대흥사지만 이 시기 대흥사는 어느 곳보
다 활발하고 생기가 넘치는 곳이었다. 수행을 위한 참선도량으로 면벽의
장중함이 있었고, 강백들이 경전의 내밀한 세계를 학인들과 토론하던
낭랑함이 있었다. 또한 선열(禪悅)과 시심(詩心)이 어우러진 묵향(墨香)이
감돌았고, 유불(儒佛)의 동이(同異)에 대해 주고받던 선의의 격론이 벌어
지기도 했다. 이와 더불어 사색의 동반자로서 각자의 분발을 격려하던
당대 지성들의 대화가 치열하게 전개되었다. 그러면서도 올바른 시대를
만나지 못한 울분과 그릇된 세상을 계도하고 바로잡고자 하는 열망이
서로의 손을 잡게 만들었다. 필자의 생각에 이렇게 다양한 계층과 관심들
이 한 곳에 모여 웅장한 교향악이 울려 퍼지며 성황을 이룬 공간은 조선
후기를 통해 이 지역 밖에서는 찾기 어렵다고 여겨진다.

　조선 후기하면 으레 실학(實學)의 시대라 하여 개명한 유가 지식인들
이 다양한 문화 활동을 전개한 시대라는 것이 일반적인 인식이지만,

이런 주장은 어느 정도 수정되고 다각화할 필요가 있다. 우선 조선 후기에 시대의 변화를 예감하면서 변신을 꾀한 지식인층이 실학이라는 테두리 내에서만 태동한 것도 아니며, 실학 내부에도 그것이 시대적인 한계이든 사고 영역의 한계이든 장점만큼이나 단점도 존재하고 있다. 실학 이외의 다른 문화적 움직임에 대한 외면이나 무관심은 오히려 실학의 본질과 가치마저도 전도시킬 우려가 있는 것이다.

아울러 실학은 정치적, 경제적인 변화를 지향하던 성격이 강하다. 반면 그들이 일정 정도 우리 문화에 대한 관심이 진지했다고 할 수는 있지만, 대개 이론적이거나 사변적인 측면에 머물러 있었고, 특히 청나라 문화에 대한 경도나 한자 문화를 전범으로 고집했던 일은 높은 평가와 함께 냉정하게 비판할 부분이기도 하다.

물론 조선 후기에 한양을 중심으로 한 경화사인(京華士人)들의 예술 세계가 중심을 지향하면서 발전했던 것도 사실이다. 그런데 요즘도 심각한 문제로 대두되고 있는 수도권 쏠림 현상은 이미 이 시기에도 그 싹이 보이고 있었다. 지방 문화라면 기층 민중들의 생활 예술이나 연희, 또 당파적 색채가 강했던 유가 지식인들의 지역 학문이나 학파가 있었기는 했다. 하지만 기층 민중들의 예술은 생활에 기반을 두고 있기 때문에 생활권을 벗어날 수는 없었으며, 지방의 유가 지식인들이 밟고 있는 땅은 촌락이었지만, 그들이 지향했던 공간은 한양이라는 정치 공간이었다. 결국 조금 과격하게 말한다면 일부 문화 현상을 제외하면, 조선 후기의 문화는 제도권 문화였다고 말할 수 있다.

그런데 대흥사를 중심으로 전개되었던 일련의 문화 현상은 탈중심적 지방 문화의 전형성을 그대로 간직하고 있다. 탈중심적이기 때문에 현실에 고착되기 쉬운 정치성이 상대적으로 약하다. 덩달아 사상적으로도 운신의 폭이 컸으며, 특히 평등과 조화를 근거로 삼는 불교가 저변에 든든하게 깔려 있기에 차별이나 집착을 배제할 수도 있었다.

필자는 진작부터 조선 후기 문화사의 흐름 속에서 대흥사를 중심으로 이루어졌던 문화 현상의 실상에 관심을 가져왔다. 조선 중·후기의 불교사 연구가 여러 가지 이유로 답보 상태에 빠져 있고, 조선 후기 문화에 대한 관심이 상대적으로 유교 문화를 중심으로 진행되고 있는 현실 속에서 대흥사를 공간으로 하여 펼쳐진 이러한 문화 운동은 충분히 주목할 가치와 의의가 있다고 생각한다.

이 글은 그런 필자의 생각과 관심을 마무리한다기보다는 첫 단추를 잠그는 계기로서, 시론적(試論的)인 성격이 강하다. 필자는 대흥사를 중심으로 전개된 일련의 문화 운동을 포괄하여 '대흥시단'이란 말을 쓰고 싶다. 이 말은 단순히 이 운동이 호남 남부를 영역으로 한 지역적 범주에만 국한되지 않으며, 정신적인 동료 의식과 이념의 공감대, 개방된 사고에 뿌리를 둔 자유로운 공간임을 보여주고 싶기 때문이다. '대흥'은 사찰의 이름이면서 뜻 그대로 '크게 일어난다[大興]'는 르네상스적 의미를 함축하고, '시'는 단순한 운문 문학 장르가 아니라 문화 전반을 지칭하는 고유한 자의(字意)를 기반으로 한다. '단'이란 학연이나 지연에 얽매이지 않은 열린 공동체로서의 성격을 드러낸다고 하겠다. '대흥시단'은 모든 문화 영역이 한 자리에 어우러진 지점을 지칭하지만, 현재까지는 문학 교류적인 측면으로만 제한하여 논의하려고 한다.

이런 점들을 염두에 두고 본고를 읽어주시면 고맙겠다.

2. 문화 공간으로서의 '대흥시단'의 입지적 성격

여기서 말하는 입지적 성격이란 대흥사 일대를 중심으로 한 문화 운

동이 조선 후기에 활발하게 진행된 이유를 의미한다. 아직 대흥시단에
대한 결론적 논의를 내릴 수 없는 시점에서 입지적 성격을 말하는 것은
시기상조일 듯도 싶다. 그러나 그런 현상의 배경으로서 대흥사 일대가
가진 몇 가지 특징을 짚어보는 것은, 그 접근의 기본적인 방향을 설정하
고, 어떤 점을 중점적으로 연구할 것인가를 정리하기 위한 필요조건이
라 여겨져 간단하게 살펴보기로 하겠다.

먼저 지리적 입지를 살펴보자. 대흥사가 소재하고 있는 두륜산(頭輪
山)은 전남 해남군에 위치해 있다. 최고봉인 가련봉(703m)을 중심으로
두륜봉(630m)과 고계봉(638m), 노승봉(凌虛臺, 685m), 도솔봉(672m), 혈
망봉(379m), 향로봉(469m), 연화봉(613m) 등 8개 봉우리가 능선을 이루
면서 대흥사를 감싸고 있다. 대흥산 또는 대둔산이라고도 부른다.

표고 자체로는 높다고 할 수 없지만 평야지대에 위치해 있고, 바로
바다로 이어진다는 점을 고려하면, 이곳에서는 각기 다른 세 가지 절경
(絕景)을 한 자리에서 맛볼 수 있는 공간이 된다. 해양과 평야, 산림이
제공하는 다양한 물산(物産)들이 어우러져 있으며, 지형의 다양성만큼
사람들이 심리적으로 누릴 수 있는 여유와 개성을 다방면으로 발산할
수 있게 만든다. 풍부한 자원과 상하좌우로 펼쳐진 다양한 자연 경관은
문학과 문화의 토양으로 더할 나위없는 가능성을 제공해준다. 기후적
으로 남단에 위치하고 있어 활동할 수 있는 절대시간에 여유가 있다.
또 농산물의 주산지이자 물산이 풍부한 만큼 사람들도 이동보다는 정
착하려는 성향이 강하다. 때문에 심리적인 안정감을 주게 되는 것이다.
결국 동적이면서 정적인 요소들을 두루 갖추고 있는 공간이 바로 대흥
사 일대가 된다.

다음으로 정치적 입지를 생각해 볼 수 있다. 대흥사 일대는 한반도에
서 가장 남단에 위치한 만큼 변방적 요소가 강할 수밖에 없다. 변방이란

제도권 문화가 유입되기 어려운 만큼 독자적인 문화를 양성할 수 호재가 되기도 한다. 자칫 배타성과 폐쇄성 때문에 문화가 더디게 발전할 수도 있지만 한 번 정착한 문화는 충분히 성숙할 수 있는 시간적 여유를 누릴 수도 있다. 또 변방인 탓에 이곳은 관광지로서보다는 유배지(流配地)로서 기능을 더 많이 해왔다. 유배란 사실상 고도의 정치적 안배와 타협이 일궈낸 행위이기는 하지만, 유배를 당한 인물은 대개 고급 지식인이었고, 상대적으로 진보적인 성향의 인물일 가능성이 높다. 그런 사람들이 보여주는 지적, 문화적 행위 역시 고급스럽고 진보적인 색채를 띠게 된다. 조선조 때 오지에 가까우면서도 대흥사 일대에 독자적이면서 보편적인 문화가 생성될 수 있었던 것은 이런 정치적 성격과 무관하지는 않을 것이다.

세 번째로 경제적 입지를 따지지 않을 수 없다. 앞서 이미 지적했지만 어느 지역보다 농산물과 해산물, 산곡(山谷)이 제공하는 임산물(林産物)이 풍부했던 만큼 생활이나 음식 문화가 여유가 있고 다채롭게 전개되었다. 물론 중앙 정부로부터 상대적으로 많은 공물을 제공하도록 요구된 부정적인 측면도 있지만, 의식주에 얽매이지 않아 탈경제적인 여유와 관심을 유도하기에 알맞은 입지였음을 부정할 수는 없다.

네 번째로 문화적 입지를 생각할 수 있다. 지리적, 정치적, 경제적으로 상대적인 자유를 가질 수 있었던 이 지역은 문화적 속성 역시 교조적이거나 전범적인 성격보다는 실용적이고 합리적인 착상과 의지를 실천에 옮길 수 있었다. 그러므로 장식적이거나 형식적인 겉치레보다는 소박 단순하면서도 쉽게 물리지 않는 내구성을 가진 문화가 싹틀 수 있는 조건을 갖추게 된다. 꾸밈[文]보다는 바탕[質]을 중시하지만 편견에 따른 편향성이 적기 때문에 내용과 형식의 균형을 맞추기[文質彬彬]에도 유리했다. 그리하여 고상함이나 품위, 격식을 지향하는 기득권 문화가 아니라 순수하고 자연스러우면서 생활과 조화를 이루는 장인문화(匠人文化)가 꽃필 수 있었다. 즉 본성의 억압보다는 본성의 자연스런 발산을 실현하기에 제약이 비교적 적었다는 말이다.

끝으로 종교적 입지를 말할 수 있다. 대흥사는 조선 후기 내내 불교 사상과 문화가 지속적이고 실질적으로 발달했다. 물론 조선조의 사찰이 중앙 정부나 지방 행정 관청의 군사적, 경제적 요구에 부응해야 하는 차별적인 속박에서 대흥사가 완전히 자유로웠다는 뜻은 아니다. 그런 속박이나 약탈 때문에 많은 사찰들이 산문(山門)을 폐쇄하거나 몰락해 가고, 그 때문에 사원으로서의 기능을 유지하기 어려웠던 데 비해 대흥사는 이런 험한 분위기 속에서도 숨통을 틀 수 있는 여건을 마련하고 있었다.

우선 서산대사의 의발이 간직됨으로서 호국(護國) 사찰로서의 위상을 지닐 수 있어 권력 기구의 공격을 상대적으로 덜 받을 수 있었다. 국왕의 교지(敎旨)를 보관한 사찰을 아무리 권력자라고 해도 함부로 수탈하기는 어려웠을 것이다.

그러나 가장 큰 대흥사의 미덕은 13대종사와 13대강사로 통칭되는 법맥의 끊어짐 없는 전승에 있다. 여기서 먼저 이들의 면면을 살펴보자.

13대종사(大宗師)

1. 풍담의심(楓潭義諶) 1592~1667.
2. 취여삼우(醉如三愚) 1622~1684.
3. 월저도안(月渚道安) 1638~1715, 『月渚集』.
4. 화악문신(華嶽文信) 1629~1707.
5. 설암추붕(雪巖秋鵬) 1651~1707, 『雪巖雜著』 3권, 『雪巖亂稿』 2권.
6. 환성지안(喚惺志安) 1664~1729, 『喚惺詩集』 1권.

7. 벽하대우(碧霞大愚) 1676~1763.

8. 설봉회정(雪峯懷淨) 1678~1738.

9. 상월새봉(霜月璽封) 1687~1767, 『霜月大師詩集』 1권.

10. 호암체정(虎巖體淨) 1687~1784.

11. 함월해원(涵月海源) 1691~1770, 『天鏡集』 2권.

12. 연담유일(蓮潭有一) 1720~1799, 『林下錄』.

13. 초의의순(草衣意恂) 1786~1866, 『一枝庵詩稿』, 『一枝庵文稿』.

13대강사(大講師)

1. 만화원오(萬化圓悟) 1694~1758.

2. 연해광열(燕海廣悅) ?~?.

3. 영곡영우(靈谷永愚) ?~?.

4. 나암승제(懶庵勝濟) ?~?, 『懶庵集』.

5. 영파성규(影坡聖奎) 1728~1812.

6. 운담정일(雲潭鼎馹) 1741~1804, 『雲潭林間錄』 1권.

7. 퇴암태관(退庵泰瓘) ?~?.

8. 벽담행인(碧潭幸仁) ?~?.

9. 금주복혜(錦洲福慧) ?~?.

10. 완호윤우(玩虎倫佑) 1758~1826.

11. 낭암시연(郎巖示演) ?~?.

12. 아암혜장(兒庵惠藏) 1772~1811, 『兒庵集』.

13. 범해각안(梵海覺岸) 1820~1896, 『梵海禪師遺稿』, 『梵海詩稿』.

이밖에도 대흥사가 배출하거나 대흥사에서 활동한 고승, 시승(詩僧)
들의 수효는 적지 않다. 일례로 허정법종(虛靜法宗, 1670~1733)[1]과 철선

---

1) 조선 중기 편양문파(鞭羊門派)의 선사. 완산전씨(完山全氏)고, 자는 가조(可祖)며, 호
는 허정(虛靜)이다. 12살 때 오잠장로(玉岑長老)를 은사로 득도했다. 화엄의 원돈법계설

혜즙(鐵船惠楫, 1791~1858)[2] 등을 들 수 있다.

26분의 종사와 강사 가운데 11사람이 문학적 업적인 문집(文集)을 남기고 있다. 이렇게 많은 승려들이 문집을 남겼다는 말은 곧 문화적 역량과 물질적 토대가 어느 정도 공고했다는 말에 다름 아니다. 그들은 겉만 승려가 아닌 내용까지 속속들이 수행자였다. 이런 점으로 말미암아 대흥사와 대흥사 소속 승려들은 기층 민중과 지배층인 유가 지식인들 모두에게서 존경과 지지를 받을 수 있었던 것이다.

이런 여러 가지 입지적 조건들은 대흥사를 단순한 사찰로서가 아니라 지방 문화를 다양하게 살찌우고 적절하게 수렴하면서 새롭게 재창조하는 공간으로 자리하게 만들었던 것이다.

이제 본론으로 들어가야 할 때가 왔다. 어차피 대흥시단 전반에 대한 총체적인 검토와 분석은 충분한 연구가 이루어지지 않아 거론하기 벅차다. 다만 오늘은 그 가운데 각론으로 두 부문과 논의하고자 한다. 26분의 대종사와 대강사 가운데 한 사람인 추붕설암(雪巖秋鵬, 1651~1706)의 생애와 문학을 살펴보는 것으로 마무리를 하고자 한다.

(圓頓法界說)을 공부하다 크게 깨달았다. 20여 살 때 묘향산에 들어가 도안(道安)에게 대장경을 배웠고 도안의 제자 추붕(秋鵬)의 법(法)을 이었다. 진상(眞常)과 내원(內院), 조원(祖院) 등 여러 절에 머물렀는데, 법을 배우려는 승려들에게 낮에는 경전을 강의하고 밤에는 참선을 지도했다. 1708년 구월산으로 초청되어갈 때 따르는 문도가 100여명이나 되었다. 묘향산으로 돌아와 남정사(南精舍)에서 입적하니, 세수 63세, 법랍(法臘) 52세이었다. 추붕(秋鵬)의 제자로, 대흥사에 부도가 있다. 법맥은 휴정(休靜)에서 편양, 도안, 추붕, 법종으로 이어진다. 저서에『허정집(虛靜集)』2권이 있다.

2) 조선 후기의 스님. 호는 철선(鐵船)이고, 성은 김씨며, 본관은 영암이다. 문집에『철선소초』가 있다. 5세에 아버지를 여의고, 14세에 두륜산 대흥사의 성일(性一)에게 승려가 되었다. 19세부터 완호(玩虎)와 연암(蓮庵), 철경(掣鯨) 등에게 경을 배우고, 수룡(袖龍)의 법을 받았다. 20년 동안 강설하여 학인들을 지도하고, 또 20년 동안 좌선했다. 글을 잘 하고, 글씨도 매우 훌륭했다. 저서에『철선소초(鐵船小艸)』1권이 있다.

3. 추붕설암의 생애와 문학

설암추붕은 효종 때 태어나 숙종조 때 주로 활약한 선승이자 시인이다. 그의 법맥은 휴정(休靜, 1520~1604)에서 편양(鞭羊, 1581~1644), 도안(道安, 1638~1715)을 거쳐 이어졌고, 법종(法宗, 1670~1733)에게 전해졌다.

조선조 중기로 접어들면서 조선 정부의 억불 정책은 고착화되는 양상을 띠게 된다. 이런 암울한 상황에 대응하기 위해 불교계에서도 다양한 체질 변화의 움직임이 일어나게 된다. 물론 방편적인 반응이었지 포교 활동이나 이치의 추구, 개오(開悟)의 노력까지 후퇴한 것은 아니었다. 다만 편견에 빠진 사대부 지식인과 지배층을 설득하기 위해 좀 더 다른 방식의 접근도 필요했던 것이다.

그런 방식 가운데 하나가 바로 문학을 통한 교류였다. 지적으로나 문학적으로 어깨를 견줌으로써 문인들의 지속적인 관심과 이해를 이끌어내는 방향을 택했던 것이다. 이미 고려시대부터 면면히 이어졌던 선적 상상력과 선시의 전통은 이제 조선시대 문단에서도 무시할 수 없는 위치를 차지하기에 이르렀던 것이다. 그런 울력을 밑바탕으로 조선 불교의 새로운 활력소로 시문학이 등장한 것이다.

이런 일련의 노력은 비단 한두 사람의 선승들의 전유물은 아니었다. 당시의 대부분의 스님들이 불교적 사유와 문학적 재능을 갖추고서 사대부들과 적극적인 교유에 앞장섰다. 여기서 우리가 읽을 설암추붕 선사 역시 그런 분 가운데 한 사람이다.

추붕은 선승으로서도 걸출한 역할과 업적을 남겼지만, 시인과 문인으로 남긴 유산이 훨씬 크다고 말할 수 있다. 그에게는『설암잡저(雪巖雜著)』3권과『설암난고(雪巖亂藁)』2권이 전하고 있는데, 이 두 저술은 모두 그가 평생 동안 썼던 시와 산문이 수록되어 있다.『설암잡저(雪巖

雜著)』 3권에는 시와 산문이 섞여 있는데, 시는 제목으로 725편이 실려 있고, 산문은 총 79편이 실려 있다. 『설암난고(雪巖亂藁)』 2권에는 시만 제목으로 132편이 실려 있다. 두 저술을 합해보면 시는 제목으로 총 857편이고, 산문은 79편에 이른다. 그의 시는 연작시가 많으니, 작품수로 따지면 족히 1000편이 넘을 것이다. 이렇게 방대한 작품량을 남긴 선승은 비교할 대상이 없을 만큼 그의 문학적 업적은 독보적이라고 말할 수 있을 것이다.

1) 설암추붕의 생애

스님은 1651년(효종 2) 8월 27일에 태어났다. 법명은 추붕(秋鵬)이고, 법호는 설암이며, 성은 김씨로, 평안남도 강동(江東) 사람이다. 강동은 대동강의 중류 평야에 임해 있는 지역으로, 농산물의 집산지이다. 아버지의 이름은 김응소(金應素)고, 어머니는 진주(晉州) 장씨(張氏)였다.

스님은 가냘픈 모습에 풍채 역시 빼어난 데가 없었지만 두 눈동자만큼은 형형한 빛이 사람을 쏘았다고 한다. 계행(戒行)에 있어서는 아주 엄격했지만 사람과 마주할 때에는 신분의 귀천에 관계없이 평등하게 대하기도 했다. 담론을 나눌 때는 불꽃이 일듯 정열적이었고, 샘솟듯 그칠 줄모르고 쏟아져 나오는 변설은 대중을 압도하고도 남음이 있었다.

원주 법흥사의 종안(宗眼) 스님에게서 머리를 깎고 스님이 된 뒤 벽계구이(碧溪九二) 선사를 찾아가 손수 물 긷고 절구질하면서 경론을 배웠다. 스님은 이 무렵 묘향산 보현사에서 화엄을 강론하며 세상에 이름을 떨치고 있던 월저도안(月渚道安, 1638~1715) 대사를 찾아 길을 떠난다. 가득 고이면 넘치고, 머물지 않는 물처럼 피안의 세계에 도달하려는 스님의 구도 집념은 굳건했다. 제자다운 제자를 기다리던 월저 스님과 진리를 찾아 불원천리 스승을 찾은 설암 스님. 두 사람은 만나자마자 조금의 의심도 없이 의기투합했다. 월저 스님은 스님이 특이한 법기(法器)임을 알아차리고 제자로 받아들였던 것이다.

월저 스님을 모시고 10여 년을 정진한 끝에 마침내 스승으로부터 청허(淸虛)에서 편양(鞭羊), 풍담(楓潭)으로 이어지는 의발을 전해 받게 된다. 스승의 법을 이어받은 뒤 남쪽 지방을 순회하며 가르침을 펴기 시작하자 남방의 학인과 납자들은 스님의 명성을 듣고 구름처럼 몰려와 그의 가르침에 깊이 심취했다고 한다.

1706년(숙종 32) 8월 5일에 입적하니 세수 56살이었다. 다비하여 사리 5과가 나오자 나누어 낙안(樂安)의 징광사(澄光寺)와 해남의 대둔사(大芚寺)에 각각 탑을 세워 봉안했다. 홍문관 대제학 이덕수(李德壽)가 비명을 지었다.

문집으로 제자 법종(法宗) 등이 1722년(경종 2)에 편집한『설암잡저』3권 3책과『설암난고』2권 1책이 전해진다. 그밖에『선원제전집도서과평(禪源諸詮集都序科評)』2권이 전하고, 『법집별행록절요사기(法集別行錄節要私記)』1권이 있었지만 일실되었다. 대둔사 백설당(白雪堂)에서 법회를 열었던 때의 기록인『화엄강회록(華嚴講會錄)』이 대둔사에 전하며, 문도는 34명에 이르렀다고 한다.

이 전기는 각안(覺岸)이 편찬한『동사열전(東師列傳)』에 나오는 내용을 정리한 것이다.

여기서 한 가지 첨부할 사항이 있다. 어느 기록에도 나오지는 않지만 스님은 생애 가운데 어느 때인가 중국(中國)을 여행했던 듯하다. 그렇게 볼 수밖에 없는 이유는 스님의 시에 중국과 관련된 작품이 너무나 많이 등장하기 때문이다. 물론 전고(典故)를 끌어오고 용사(用事)를 하다보면 자연스럽게 중국 소재의 시어(詩語)들이 많이 등장하게 된다. 그러나 스님의 시에 보이는 중국 소재는 그 양이나 질에 있어서 단순히 전고용사에 따른 결과라고 보기는 어렵다. 따로 장을 두어 이 점을 설명하겠지만 시인이 직접 그것에 가보지 않고는 다룰 수 없는 깊이와 진지함이 작품 속에 녹아 있다. 이 문제는 아직 불교사 연구에서도 지적되지 않은 부분이라 확신하기는 어렵지만 차분하게 스님의 생애를 다시 한 번 천착할 필요를 느낀다. 조선시대 스님으로 중국을 여행한 예를 찾아보기 힘든 상황에서, 이 사실이 증명된다면 대단히 흥미 있는 문제가 될 것으로 보인다. 신라나 고려시대 때 나오는 스님들의 중국 여행이 구법(求法) 차원의 방문이었다면, 조선 시대 스님들의 중국 여행은 그렇게 보기는 어려울 것이다. 과연 어떤 사정이 있어서 그런 일이 이루어졌는지도 밝혀져야 할 것이다.

　많은 시문을 남긴 만큼 스님의 시세계도 폭이 넓고 깊다. 시대적 분위기에 맞게 당시 사대부 지식인들이나 권력층들과 교유하면서 남긴 작품들이 상당수에 이른다. 그밖에 제자나 동료, 선배 등 당대의 스님들에게 쓴 시도 적지 않은 분량이다. 그러나 스님의 일상생활을 단아하게 노래한 작품도 많고, 세태를 풍자하거나 인정을 꼬집은 작품도 더러 눈에 띤다. 또 산사와 암자를 묘사하고, 산천의 아름다움이나 절기 풍습 등을 담은 시들도 남아 있어, 다채로움이 여느 문인들의 문집을 능가할 정도다. 거기다 영사시(詠史詩)로 구분될 작품도 있고, 당시 민중들의 모습을 담은 시나 소상팔경(瀟湘八景)을 노래한 작품 등 이채로운 시들이 문집 속에 실려 있다. 정밀하게 스님의 시세계는 다시 조명될 필요가 있다.

　여기서는 스님의 평상 생활을 엿볼 수 있는 작품들과, 아름다운 이 땅의 명산을 노래한 시, 유가 지식인들과 교유하면서 쓰인 작품들, 그리고 잡체시 몇 편을 읽어 스님의 시세계가 어떠했는지 살펴보기로 하겠다. 그리고 끝으로 스님이 남긴 산문 작품들의 특징에 대해 간략하게 살펴보겠다.

2) 평상심의 詩化

스님의 시에서는 이른바 선리시(禪理詩)는 발견하기 어렵다. 깨달음의 세계는 어차피 말로 표현할 수 없는 것이니, 굳이 시로 남길 필요를 못 느꼈으리라 짐작된다. 그래서 스님의 일상사를 노래한 작품들을 읽으면 참 평탄하고 쉽다는 느낌을 갖게 된다. 물론 이것이 스님의 시가 격조가 떨어진다는 것과는 전혀 다르다. 스님의 시를 읽으면 그 분이 얼마나 따스한 인간미가 넘쳤는지 금방 알 수 있다. 선승이라 해서 어렵고 난해한 구절을 남발한다거나 남다른 깨달음의 경지를 보여줘야 한다는 부담감이 전혀 느껴지지 않는다. 가장 몸을 낮게 두었지만, 그 때문에 스님의 수행의 깊이가 얼마나 높은지 실감한다. 묘한 아이러니가 아닐 수 없다.

먼저 읽어볼 시는 「꽃을 탄식하며 2수(嘆花 二首)」란 제목의 작품이다. 두 편의 5언절구로 꾸며져 있다.

昨夕巖邊數朶花　　어제 밤 바위 가엔 두서너 송이 꽃이 피어
浮光似向幽人語　　은은한 빛이 산 사람이 말하는 듯했지.
淸晨忽起卷簾看　　맑은 새벽에 문득 깨어 주렴을 걷고 보았더니
一夜盡隨風雨去　　하룻밤 사이 모두 비바람에 쓸려가 버렸네.

可憐灼灼滿枝花　　가련해라, 울긋불긋 가지마다 가득한 꽃이여.
落盡狂風空逐水　　광풍에 모두 지고 부질없이 물 따라 떠가네.
世間萬事儘如斯　　세간의 모든 일들이 대개 이와 같거늘
何必人情能獨久　　하필이면 사람 마음만이 오래일 수 있으리오.

　얼핏 보면 세태를 꼬집고 안타까워하는 내용이 아닌가 여겨진다. 그러나 자세히 읽으면 꼭 세상의 인심이 각박하고 변화무쌍한 것을 탄식하는 그런 시는 아니다. 오히려 당연한 이치를 담담하게 받아들이는 관조와 해탈의 자세가 엿보이는 시라고 하면 지나친 말일까? 이백의 「산중문답(山中問答)」에 나오는 명구 '도화유수요연거(桃花流水杳然居去)'의 의장이 은근히 더해져 있다. 꽃도 활짝 필 때가 있으면 바람에 날려 떨어질 때가 있는 게 자연의 이치이다. 사계절 내내 꽃이 피어있기를 바란다면 이것은 탐욕이고 집착이다. 인정이 너무 메말라 버리는 것도 문제지만, 모든 것을 인정에만 의지하는 것도 문제이다. 때가 되면 바람에 쓸려 떨어지는 꽃잎처럼 우리도 우리의 삶에 지나친 애착을 버리고 관조할 수 있는 여유를 갖자는 것이 스님의 마음이 아닐까 여겨진다.

　이어지는 작품은 제목이 「그윽한 삶(幽居)」이다. 스님에게는 유독 '유거(幽居)'란 제목이 붙은 시가 많다. 산사에서 자연을 벗 삼아 살아가는 삶이니 유거란 표현이 어울린다. 그러나 유거는 은거(隱居)와는 다르다. 은거는 세상과 완전히 결별하면서 등진 채 살아가는 삶의 방식이지만, 유거는 세상과 나란히 한 삶의 방식이다. 세속의 욕망이며 인연이야 끊었지만, 하화중생(下化衆生)의 염원은 더욱 간절해지는 것이 수행자의 삶이다. 내 한 몸을 깨끗이 하겠다는 은둔이 아니니, 스님의 관심은 항상 세상과 중생들을 향해 있을 수밖에 없다. 그런 의미에서 유거란 말은 아주 적절한 제목이라고 할 수 있다.

深山竟日無人到	깊은 산이라 하루 종일 오는 사람은 없고
滿地白雲長不掃	땅에 가득한 흰 구름은 한참을 쓸지 않네.
蝸舍淸幽更寂寥	달팽이집은 맑고 그윽해 쓸쓸하니
簷前但聽觀音鳥	처마 앞에선 관음조 소리만 들리네.

투명하고 순수한 스님의 마음이 그대로 읽히는 시이다. 마음마저도 비워버리고 눈에 들어오는 물상들을 보이는 대로 바라보는 편안함이 우리를 휴식의 세계로 인도하는 듯하다. 찾아오는 이가 없다고 한탄하지도 아쉬워하지도 않는다. 기별을 넣어 부를 리는 더욱 없다. 인연에 따라 오면 오는 것이고, 오지 않으면 또 그런 것이다. 그러니 구름이 덮였다고 해도 바람이 쓸어가면 쓸어가는 대로 상관하지 않는다. 현상을 있는 그대로 받아들이지 집착한다거나 애써 외면하려고 하지도 않는다. 이런 무착(無着)의 삶에 도달한 스님의 생활이 참 부럽다. 작은 집이나마 몸 하나 눕힐 수 있으니 넉넉한 공간이다. 정치(情致)는 절로 우러나오고 고요한 절간의 한정(閑情)은 덤으로 얻은 것이다. 구김살 없는 환한 웃음으로 관음조의 울음소리에 귀 기울이고 있는 스님의 모습이 한 눈에 들어오는 작품이다.

세 번째 작품은 「새벽에 일어나서(曉起)」다.

多少長歌短笛聲	이어지는 긴 노래와 짧은 젓대 소리가
一宵聊慰故人情	밤새도록 애오라지 그리운 마음을 위로하네.
殘燈挑盡天將曉	쇠잔한 등불이 심지 다하자 먼동이 터오고
時聽村雞報五更	때때로 들리는 닭 울음이 오경을 알리는구나.

스님의 일상생활이 어떠한지 시 한 편만으로도 짐작할 수 있다. 이런저런 상념에 잠겨 잠 못 드는 밤에 어디선가 피리 소리가 들려온다. 감정을 다스리는 것이 승려이지 감정이 죽어버려 재가 되었다면 그것은 목석이다. 진중하게 속세의 인연이며 세상사의 논리에 대해 묵상하다가 밤을 까맣게 새우고 맞는 새벽에 이번에는 촌닭이 울어 날이 밝는 것을 알려준다. 희미하게 터오는 동녘을 바라보며 잔잔히 애상에 젖은 스님의 모습은 언뜻 속가의 중생(衆生)의 자세를 벗어나지 못한 듯이

보인다. 그러나 말로는 전할 수 없는 인생과 사색의 무게를 평이한 시어
들로 꾸며내는 솜씨며 기품은 새로운 맛을 보여준다. 이런 것이 스님의
평소 삶이었고, 마음의 흐름이었던 것이다.

3) 名山에서 노래한 所懷

승려와 산은 끊으려고 해도 끊을 수 없는 관계에 놓여 있다. 생활
터전이 바로 산이기 때문이다. 더욱이 산마다 자리한 유서 깊은 사찰을
생각하면, 산은 곧 부처님이 계신 곳이고 깨달음과 그 실천이 이루어지
는 공간이기도 하다. 산에 대한 찬송과 예찬이 선승들의 시에 많이 보이
는 것은 당연한 일이라고 하겠다.

평안도 강동에서 태어나 남도의 땅 대둔사에서 활동한 스님이었으
니, 전국의 모든 산천이 스님의 활동 무대였다. 특히나 스님의 고향인
평안도에 있는 묘향산은 각별한 인연이 있는 곳이라, 묘향산을 노래한
시가 많은 것은 자연스런 일이겠다. 여기서는 묘향산과 금강산 두 산을
노래한 작품을 읽어보자.

첫 번째 작품은 「묘향산에서(妙香山)」이다.

茫茫天際妙香山	망망한 하늘 끝에 묘향산 있어
雪立亭亭鎭北關	눈 속에 우뚝 솟아 북관을 진압하네.
怪石飛泉駭遠矚	괴석과 나는 듯 샘물은 멀리서 보고 놀랐는데
仙花樂樹解愁顔	신선 꽃과 악수는 근심스런 얼굴을 풀어주네.
金皇駐蹕人皆仰	금황이 말을 세우니 사람들 모두 우러르고
檀帝遺蹤鬼亦慳	단제가 자취를 남기니 귀신도 아낀다네.
最愛毘盧峯萬丈	가장 사랑하는 비로봉은 만 길인데
磨天紫翠白雲間	마천의 자줏빛 녹색이 구름 사이로 보인다.

그야말로 고향의 산천에 대한 무한한 애정과 사랑이 담뿍 담긴 시다. 북녘의 산이니 정상에는 눈발이 날릴 것이고, 험준한 언덕과 계곡 사이로는 기암괴석과 시원한 폭포수 물줄기가 연이어질 만하다. 그 모습에 스님의 얼굴도 활짝 펴지고, 상쾌한 포말(泡沫)은 얼굴을 씻어내 사람을 놀라게 한다. 부처님과 단군왕검의 유적이 어렸으니, 유서 깊은 산임을 알겠고, 덩달아 사람들 경외하고 귀신도 서릴 것은 자명한 이치다. 멀리서 봐도 아름다운 비로봉의 우아한 자태와 저녁 햇살을 받아 울긋불긋 빛나는 봉우리는 참으로 천하의 장관이라고 해도 과장이 아닐 것이다.

이 시는 마치 망향(望鄕)의 노래처럼 들린다. "차마 꿈엔들 그곳이 잊힐리야."라고 정지용 시인도 노래했지만, 눈을 감아도 손에 잡힐 듯 떠오르는 고향 산천의 모습을 스님은 노래하고 있다고 해도 좋을 작품이다. 북녘에 고향을 둔 분이 이 시를 읽는다면 그 모습이 눈에 아련히 떠오를 것이다.

두 번째 시는 「금강산에서(金剛山)」이다. 스님은 금강산을 여러 번 다녀왔던 것으로 보인다. 금강산에 산재한 사찰들을 읊은 작품이 많은 것으로도 알 수 있는 일이다. 이름에서부터 벌써 금강산은 불교와 떨어질 수 없는 사이다. 봉우리마다 골짜기마다 사찰이 하나씩 있다고 할 정도로, 명산대찰(名山大刹)이란 말이 잘 어울리는 산이 금강산이다. 사대부 문인들도 금강산을 유람하면서 엄청난 기행시들을 남기고 있지만 스님들의 시에는 또 다른 맛과 멋이 담겨 있다.

暮入蓬萊訪衆香　저물녘 봉래산 들어 중향봉을 찾으니
諸天法地興難量　제천의 법지는 그 흥취를 헤아리기 어렵다.
三千靜界琳王宅　삼천의 청정한 경계는 임왕의 집이고
十二仙樓玉帝鄕　열두 신선 누대는 옥제의 고향이네.
萬瀑洞中飛錫杖　만폭동 가운데로 석장을 날리고

百川橋上賦詩章   백천교 위에서 시장을 읊는도다.
徘徊喜見靑童過   배회하다 청동이 지나는 것을 반갑게 보니
無奈當年是永郞   당시의 영랑인들 어찌할 수 없었겠네.

 스님은 유람을 위해 금강산을 찾은 것은 아니다. 물론 그 아름다운 절경에 감탄이 절로 나왔겠지만, 스님의 시선은 그곳에만 머물러 있지 않는다. 금강산이 이고 있는 광활한 우주와 곳곳에 어린 신화며 전설에까지 스님은 관심을 가졌다. 물질세계의 정수로서만 금강산이 인식되는 것이 아니란 말이다. 그야말로 시공을 초월한 안목으로 스님을 금강산을 그리고, 의미를 담는다. 금강산은 삼천 대천 세계를 재현하고 있으며, 12개 신선의 누각들이 다 모여 있는 곳으로 설정한다. 그러므로 부처님만이 아니라 보살들과 심지어 옥황상제까지 공존하는 곳으로 확대시킨다. 불교라는 테두리에 갇히지 않고 사물을 상대적인 관점에서 바라보았던 스님의 열린 마음이 읽히는 대목이다.
 금강산의 아름다운 경치를 접했으면서도 경련에 와서야 약간의 묘사가 있을 뿐이다. 자연을 노래했지만 서경(敍景)은 거의 없다. 남들이 충분히 노래했으니 흥겨운 풍악소리도 물릴 만하지 않느냐, 이제 금강을 다른 눈으로 바라보자. 이런 스님의 충고가 들리는 듯하다. 예부터 많은 수도자들이 몸을 맡겨 수행에 전념했던 명산이기에 스님의 감회는 한 곳에만 머무를 수 없었던 것이다.
 푸른 옷을 입은 동자가 지나가는 것을 보고 신라시대 때 금강산에 유람왔던 영랑의 모습을 떠올리기도 하면서, 스님의 발걸음은 더욱 가볍고 유쾌하게 바뀌고 있다. 신라의 화랑으로, 효소왕 때 술랑(述郞), 남랑(南郞), 안상(安詳) 등과 더불어 4선(四仙)의 하나로 꼽혔던 그는, 금강산 일대를 유오(遊娛)한 일로 유명하다. 영랑의 발자취는 고려와 조선

시대 문인들 사이에 널리 회자되어 「영랑도남석행(永郞徒南石行)」이라고 바위에 새겨진 삼일포(三日浦) 방면을 답사하는 사람들이 많이 나타나기도 했다고 한다. 아마 스님이 본 '푸른 동자' 역시 그 참배객의 일원이었을 것이다. 영랑이나 지금의 순례객이나 마음은 한결같으니 동일 인물이라고 해도 무방한 일일 것이다.

4) 사대부들과의 교유시

앞에서도 말한 것처럼 스님은 사대부들과도 다양하게 교유했다. 그 결과 주고받은 시가 상당수에 이른다. 험난한 시대를 살았지만 스님은 그들과 대등한 차원에서, 아니 인격적으로나 시문학에 있어서 한 수위의 경지를 보여주었다. 스님의 시가 이를 증명한다.

여기서는 교유시보다 스님의 유교 이해의 깊이를 보여주는 시를 골라보았다. 먼저 읽을 시는 「조양의 공자의 사당에 쓰다(題朝陽聖廟)」는 제목이다.

天降玉書日	하늘이 옥서(玉書)를 내린 날
衰周現水精	쇠퇴한 주나라가 수정을 드러냈지.
感麟編絕筆	기린에 감동해 끊긴 붓을 이었고
避火壁藏經	불을 피해 벽에다 경전을 감추었네.
望海乘桴志	바다 보며 뗏목 띄울 생각을 가졌고
登山小魯情	산에 올라 노나라가 적다 여겼었지.
千秋終不泯	천추에도 끝내 사라지지 않을
玉振與金聲	옥진과 금성이로다.

이 시에서 우리가 먼저 주목해야 할 점은 성묘가 있는 '조양'이라고

하는 곳이다. 보통 조양하면 중국 산동성(山東省) 일대를 말한다. 해가
제일 먼저 떠오르는 곳이란 의미에서 붙여진 이름이다. 제목의 조양이
그곳이라면 스님은 생전에 중국 땅을 방문한 적이 있다는 말이 된다.
아닌 게 아니라 스님의 문집에 보면 시를 쓴 장소가 중국일 듯한 느낌을
주는 작품이 여러 수 보인다. 중국을 다녀온 기록을 아직 읽어보지 못했
고, 그런 언급을 하고 있는 자료도 없어 단언하기는 어렵다만, 좀 더
고증할 필요가 있는 문제라 생각된다. 이것이 사실이라면 그 엄혹한
시대에 중국 기행까지 실천했던 스님으로서 새로운 자리매김을 해야
할 것이다.

중국을 다녀왔다고 해도 떳떳하게 내놓고 여행할 상황이 아니었으니,
대단히 비밀스럽고 조심스러운 여행이었을 것이다. 무슨 이유로 그런
위험한 일을 감행했는지 더욱 궁금해진다. 따로 중국 기행시에 대한 논의
를 진행하면 좋겠지만, 이 글이 해제의 성격을 띠고 있어 확증이 없는
사실을 지나치게 강조하는 위험이 있다. 그래서 이 시를 소개하면서 간략
하게 언급하는 선에서 그치겠다. 좀 더 스님의 생애에 대한 연구가 진척
되어 논의가 가능해지면 따로 글을 써서 밝히고자 한다.

이 시를 읽어보면 스님의 유가 이해도 만만치 않았다는 사실을 알게
된다. 그들과 문장으로 겨루기 위해 유가 지식이 필수적이긴 했겠지만,
승려로서 공자의 사당을 찾아 참배했다는 사실 자체가 흥미롭다. 불교
와 유교의 화목한 공존을 꿈꾸었던 스님이었으니, 이런 예식은 당연한
과정이었을 것이다. 하늘이 내린 글이란 유가의 경전일 것이고, 수정
구슬은 밝은 미래를 상징하는 대응물일 것이다. 기린이 잡히자 공자가
상심 끝에 『춘추』 쓰기를 멈췄던 일이나 진시황의 분서갱유(焚書坑儒)로
유가에 큰 시련기가 닥쳤던 일 등을 기술한 것은, 이런 일을 거울삼아
불교에 대한 억압을 거둬들이라는 충고였을 것이다. 세태에 상심하여

뗏목을 타고 바다를 건널 생각까지 하고, 산에 올라 천하가 좁은 것을 안 기상 등도 우의적인 의미가 담겨 있는 것처럼 보인다. 불교와 유교가 동원이류(同源異流)라는 이념이 바탕에 깔려있는 것이다. 그런 시련을 겪고도 유교가 이렇게 번성했듯이 불교의 연원도 영원하리라는 희망과 자신감이 마지막 구절에 담겨 있다. 아울러 두 사상이 결합하여 조화를 이룬다면 마치 금성옥진(金聲玉振)과 같은 아름다운 음악이 완성될 것이라고 자신 있게 말하는 것이다.

이 시를 통해 스님은 단지 공자의 사당에 참배하는 효과만이 아니라 같은 배를 탄 동류로서 불교와 유교를 아우르려는 의지를 표명했다고 할 수 있다.

다음 시는 유가들과의 교유시에 해당하는 작품이다. 제목이 「주선비에게(贈朱生)」인 이 시는 여느 시와는 달리 약간의 훈계조가 담겨 있어 시선을 끈다.

> 勿於人世惹塵緣   인간 세상 티끌 인연에 이끌리지 말게나.
> 錦繡胸襟養浩然   입신양명 벼슬길 올라 호연지기 길러야지.
> 一語丁寧吟以託   한 마디 말로 정녕 그대에게 부탁하노니
> 黃金難可換靑年   황금으로도 청춘을 살 수는 없는 법이지.

주 선비는 누구일까? 그가 무슨 사단을 일으킨 것일까? 아니면 세상 사람들의 비난을 그가 막아준 것일까? 티끌 욕심에 얽매여 부정한 언사를 일삼느니 가슴 속에 아름다운 호연지기를 품으라고 스님은 충고한다. 그것은 세상 사람들을 향한 스님의 포효일 것이다. 그리고는 이어지는 간절한 부탁. 인생에서는 청년기는 다시 오기 어려우니 임전무퇴의 정신으로 최선을 다하라고 말한다.

어찌 보면 불가나 유가나 젊은 시절의 정진이 결국 세속의 성공이든

득도의 경지든 뭔가를 이룰 수 있는 터전이 된다. 젊어 게으른 사람이 성공하는 경우란 거의 없다. 그러니까 스님은 주 선비에게 망념에 사로잡혀 기운을 허비하지 말고 오로지 일로 정진하여 청운의 꿈을 이루라는 당부를 담은 셈이다. 그것은 개인적인 영화를 위한 것이 아니라 나라와 중생을 위한 바른 길이기 때문일 것이다. 한 인재에 향해 쏟는 스님의 마음이 읽힌다.

5) 雜體詩의 세계

이어 읽을 작품은 잡체시들이다. 스님에게는 모두 세 편의 잡체시가 있다. 두 편은 '삼오칠언(三五七言)이라 해서 글자 수가 구를 바꾸면서 3·5·7언으로 늘어나는 형태를 보인다.

또 한 편은 회문시다. 회문시는 시행을 앞에서 읽어나가나 뒤에서 거슬러 읽어나가는 다 뜻이 통하는 시 형식을 말한다. 한자어가 고립어이기 때문에 가능한 솜씨라고 하겠다.

먼저 「회문시(回文)」부터 읽도록 하자. 이런 시는 사실 희작(戱作)에 가까운 것이라 굳이 해설을 달 필요는 느끼지 않는다. 그저 읽어보고, 스님의 시재(詩才)와 재치를 느낀다면 만족할 만하다. 물론 그렇다고 감상할 내용이 없다는 말은 아니니 스스로 그 뜻을 음미해보는 것도 좋으리라 여겨진다.

遊仙戀日長	노닐던 신선이 긴 해를 사랑했건만
脈脈情思苦	지극히 바라보며 그리는 마음은 괴로워라.
愁怨結丹心	근심과 원망으로 마음을 굳게 먹었지만
別離傷白首	헤어지는 아픔에 흰 머리만 늘었다네.

浮雲碧漢秋	가을 녘 푸른 한수에 구름이 떠 있고
細靄晴林暮	저물 녘 개인 수풀엔 아지랑이가 가늘구나.
流涕欲沾巾	흐르는 눈물로 수건을 적시니
夢魂歸永路	꿈 속 혼백은 돌아갈 길이 멀구나.
路永歸魂夢	길은 아득히 혼백의 꿈으로 돌아가고
巾沾欲涕流	수건이 젖었으니 눈물이 흐를 듯하네.
暮林晴靄細	저물녘 숲에는 가는 아지랑이도 개였고
秋漢碧雲浮	가을 한강 가에는 푸른 구름이 떴구나.
首白傷離別	머리 흰 늙은이는 이별을 슬퍼하고
心丹結怨愁	마음은 붉게 원망과 근심으로 맺혔네.
苦思情脈脈	괴로운 상념들은 끊임없이 이어지는데
長日戀仙遊	날마다 신선의 노님을 그리워하고 있노라.

바로 읽으나 거꾸로 읽으나 수려한 산천 유람을 마치면서 가졌던 비감(悲感)이 잘 그려져 있다. 그만큼 스님은 다정다감한 성격의 소유자였던 것으로 보인다.

다음 시는 「유람을 떠나는 천해를 보내며, 2수(送天海遊翫 三五七言)」이다.

重吳笠	오나라 초립은 무거운데
香楚鞋	초나라 짚신은 향기롭네.
東遊瀛丈北	동쪽으로 영장산 북쪽을 노닐고
南走嶺湖西	남쪽으로 영호산 서쪽을 달렸네.
山海盡輸雙屐齒	산과 바다로 나막신 신고 세월 모두 보내건만
風流肯與子長齊	풍류로는 자장과 어깨를 나란히 하네.(一)

瀛海深	영해가 깊었고
蓬萊遠	봉산은 멀도다.
兩地古流芳	두 땅에는 예부터 향기가 흐르니
一節今欲遍	한 지팡이로 이제 두루 다니리라.
鶉衣百結拂秋風	죄다 기운 메추라기 옷 가을바람에 흩날리니
行色飄飄雲一片	흩날리는 행색이 한 조각 구름과 같구나.(二)

두 작품 모두 유람을 하면서 얻은 경험이 소재로 쓰였다. 평생 운수
행각을 펼쳤던 스님의 삶의 단편들이 잘 그려져 있는 작품이다.

끝으로 「삼오칠언(三五七言)」을 읽어보자.

桃花紅	복숭아꽃은 붉고
李花白	배꽃은 희구나.
誰非妙法門	누가 묘법의 문이 아니라 하는가
自是如來色	이로부터 여래의 본색이겠네.
若能信得此無生	이 무생의 진리를 믿을 수 있다면
公案盡翻千七百	천칠백 공안을 모두 털어버렸으리라.

이 작품의 스님의 선수행(禪修行)의 일단이 소개되어 있어 흥미롭다.
자연이 보여주는 그대로의 빛깔 속에 묘법(妙法)의 문이 열려 있다고
스님은 말한다. 그 빛깔이 바로 여래의 빛깔이라는 선언은 꾸밈이나
우회적인 비유가 아니라 단박에 진리를 깨치는 순간의 경험이 중요하
다고 말하는 것이다. 1700가지 공안이 한 번에 듣고 한 자락 소식만
못하다는 말이 이를 증명한다.

불가의 스님들에게는 유독 잡체시가 많다. 잡체란 결국 파격(破格)을
말한다. 삶에 있어서든 사유에 있어서든 자유로움을 추구했던 승려들

에게 시 창작 역시 격식에 얽매이는 것보다는 격식을 깨뜨리는 일이 자연스럽다고 봐야겠다. 더욱이 그들의 격식 깨기는 인위적인 행동이 아니라 생활과 사유의 본질에서 절로 움튼 것이다. 이런 점에서 선승들의 파격시는 새롭게 읽혀지고 의미가 부여되어야 할 것이다.[3]

6) 사찰제영시의 모습

사찰은 승려들의 거주지이자 수행처다. 깨달음의 고향이자 열반의 장소이기도 하다. 그러니 스님들의 문학 작품에 사찰이 빈번하게 등장하는 것은 당연한 결과다.

설암추붕의 문집에도 물론 사찰이 많이 등장하지만, 많은 작품량에 비하면 빈도수가 높다고 하기는 어렵다. 그런데도 『설암난고』에는 의외로 많은 사찰시가 실려 있다. 속집(續集)의 성격이 강한 문집이니 특별한 의미가 있지는 않지만, 스님에게 있어서 사찰은 어떤 의미로 다가왔는지 살펴보는 일은 흥미롭다.

먼저 「수월암에서(題水月庵)」란 작품을 읽어본다.

宿雲風卷盡	저녁 구름 바람에 모두 걷히자
秋日客登臨	가을날 나그네가 수월암에 올랐다.
石勢擎天壯	바위들 기세는 하늘을 받칠 듯하고
山根入海深	산 뿌리는 바다 깊이 박혔다네.
池臺多水月	연못 가 누대엔 달빛이 흥건히 비추는데
人世幾光陰	인간 세상은 얼마나 많은 시간이 지났는가.

---

3) 불가 선승들의 잡체시를 깊이 연구한 책으로 배규범의 『불가 잡체시 연구』(지만지, 2010년)가 있다.

| 灰劫無由問 | 억겁의 세월 도안 물을 말이 없어 |
| 憑軒也獨吟 | 추녀에 기대 홀로 읊조린다. |

수월암(水月庵)은 기록상 두 군데가 있다. 하나가 강원도 철원군 철원면 율리리에 있는 사찰로, 안양사에 딸린 암자였다. 또 하나는 강원도 회양군 내금강면 장연리에 있던 사찰로, 장안사에 딸렸던 암자였다. 스님이 노래한 수월암이 어느 쪽인지 알 수는 없지만, 바다가 보이는 쪽이라면 후자일 가능성이 높겠다.

가을날 해 저물녘 산사에 올라 우뚝한 바위와 꺼질 듯 낮아지는 언덕을 바라보면서 스님은 인간 세계와는 다른 시간의 흐름을 본다. 그것은 영겁의 세월 속에 자리한 깨달음의 시간이 아니었을까? 물아일체가 되어 개오(開悟)의 희열에 잠긴 수도자의 모습이 차분한 음성으로 그려져 있다.

이어지는 작품은 「불대사 회고, 불대사는 원오국사가 창건했다(佛臺寺懷古 寺乃圓悟國師所創)」는 시다.

曹溪尋舊跡	조계산에서 옛 자취를 찾으니
樓閣傍崇阿	누각은 높은 언덕 옆에 있네.
浩劫憑僧問	호겁의 세월을 스님에게 물으니
靈蹤爲我誇	영험한 자취를 내게 자랑하네.
碑殘磨雨雪	쇠잔한 비석은 눈비에 씻겨가고
塔古沒泥沙	오래된 탑은 모래흙에 잠겼구나.
鐘梵俱岑寂	범종은 모두 쓸쓸하기 그지없으니
其如感慨何	그 감개를 어이 할까나.

불대사(佛臺寺)는 전남 고흥군 조계산에 있던 사찰이다. 지금은 폐사

되어 버렸는데, 스님이 이곳을 찾았을 때도 쇠락한 모습이 완연했던 모양이다. 머물던 스님이 옛 가람의 풍광을 자랑삼아 말하지만 비석은 기울었고, 탑은 반나마 땅에 묻혀 있었다. 범종의 늠름한 울음소리도 먼 옛날의 이야기가 되어 버렸다.

 누추하게 변한 사찰의 현재 모습을 보면서 스님은 잠시 영겁의 세월 아래 영원한 것은 없다는 진리를 새삼 깨달았다. 아울러 조선 불교가 처한 위기와 현실에 안타까운 마음을 가누지 못했다. 감개에 젖어 퇴락한 도량의 물상들을 목격한 스님의 심사가 잘 드러난 작품이다.

 끝으로 「모악산 수도암에서(暮岳山修道菴)」를 읽어본다.

藻殿森嚴鎭海壖	조전이 삼엄하여 바닷가 빈 터를 눌렀으니
松門石逕兩脩然	송문 사이 석경은 두 줄기로 소연하다.
一春花影迷禪砌	봄날 내내 꽃 그림자는 선사의 섬돌에 어지럽고
半夜鐘聲到客船	한밤중 종소리는 객선에까지 이르렀네.
聖像爭傳僧十六	성상은 열여섯 스님께 다투어 전했고
香烟遍覆界三千	향연은 삼천세계를 두루 덮었구나.
歸來頓忘人間苦	돌아오니 문득 인간 세상 괴로움을 잊었고
坐地飜疑鶴背仙	앉았노니 학 등에 탄 신선인가 하였더라.

 현전하는 수도암(修道庵)도 역시 두 군데가 있다. 전남 장흥군 두원면 운대리에 있는 사찰인 하나인데, 1370년 도희(道喜)가 창건했다. 또 하나는 경북 김천시 증산면 조룡리 청암사 산내에 있는 사찰이다. 이곳에는 약광전석불좌상(국보 451호)과 3층석탑(국보 452호), 석조비로자나불좌상(국보 462호) 등의 문화재가 소장되어 있다.

 스님이 찾은 수도암은 장흥에 있는 암자다. 옛날에는 모악산을 운암산(雲巖山)이라고도 불렀다고 한다. 어려운 현실 속에서도 수도에 용맹

정진하는 스님들의 모습과 자세가 드러나 있다. 암자 이름마저 '수도암'
이니 명실상부한 수도처임을 알 수 있다. 한 줄기 향불이 삼천대천세계
를 감싸고 있는 암자에 서서 스님 역시 학을 탄 신선이 된 듯한 기분을
만끽한다.

7) 도반 송별시의 모습

박지원은 인간 세상 이별 가운데 가장 힘든 것은 '생이별'이라고 말한
적이 있다. 사별(死別)은 어쩌면 쉽게 포기할 수 있는 아픔일 것이다.
그러나 살아 이별은 언젠가 만날 수 있다는 미련이 있기에 더욱 힘든
일인지도 모르겠다.

스님의 시에도 이별을 노래한 작품이 꽤 있다. 사별의 번뇌를 담은
작품도 없진 않지만, 역시 묘미는 잠시 동안의 이별을 노래한 작품이겠
다. 물론 속인(俗人)들과의 이별을 노래한 작품도 있지만, 함께 수도에
전념하다 헤어지는 도반들과의 헤어짐을 담은 작품이 관심을 끈다.

「아산의 장실로 돌아가는 법명선자를 배웅하며(送法明禪子之牙山丈室)」
란 작품을 보자.

五夜呼兒出	오경 무렵 아이가 부르니 나가서
三盃餞客行	석 잔 술로 길 떠나는 그대를 배웅했지.
燕雲千里道	연나라 구름은 천리 길이거늘
楚竹一筇輕	초나라 대지팡이는 가볍기만 하네.
岳色東南曉	동남쪽의 산 빛은 새벽이지만
溪聲遠近淸	원근의 개울 소리는 맑기만 해라.
牙山是何處	아산은 어느 곳인가
極目不勝情	눈 뜨고 봐도 감당키 어렵구나.

스님과 이별을 한다면서 대뜸 술 석 잔을 권했다고 나온다. 금욕(禁慾)을 미덕으로 삼는 수도자에게 술이라니 무슨 망발인가 싶다. 그러나 술 석 잔이란 결국 왕유(王維)의 "勸君更進一杯酒, 그대에게 다시 한 잔 술을 권하노니"(「송원이사안서(送元二使安四)」)의 점화(點化)고, 이백(李白)의 금곡수주(金谷數酒)에 대한 비유임을 안다면, 떠나는 벗을 보내는 아쉬움을 시로 승화하겠다는 심정을 말한, 심주(心酒)임을 알게 된다. 또 경쾌하게 주장자를 짚으며 수행의 길을 떠나는 친구에 대한 은근한 야속함과 개울물 소리 따라 한 소식 듣기를 바라는 간곡한 염원이 이 시에는 깃들여 있다. 그래서 이별의 시면서도 탈속(脫俗)한 느낌이 이 시에는 배어 있다.

다음으로 「묘향산으로 가는 서심 스님을 배웅하며(送瑞諶師之香山)」란 작품을 읽어보자.

萬里那堪獨去忙	만 리 길 어찌 홀로 저리 바삐 가시나
別情無恨海茫茫	이별의 정은 끝없거늘 바다도 아득하네.
香城法地通燕塞	법지인 향성은 연새와 통하는데
落照晴天渡漢陽	맑은 하늘 지는 노을은 한양을 건너간다.
衲帶片雲驚鶴態	납의엔 조각구름 둘러 학의 자태에 놀라고
杖投孤竹拂龍光	석장을 고죽에 던지니 용광이 빛나네.
東風況入離亭柳	동풍이 헤어지는 정자 옆 버드나무에 불어
裊裊垂絲惹恨長	간들간들 늘어진 가지에 긴 슬픔을 이끌도다.

이 시를 읽으면 사람의 심사를 이렇게 부드럽고 아기자기하게 표현하는 재주를 지닌 한 시인을 만나게 된다. 바람에 흔들리는 버드나무 가지가 등장하는 것은 이별의 심상을 표현하는 일상적인 물상이니 대단할 게 없다. 그러나 가지 끝에서 슬픔이 매달려 흔들린다는 표현은

쉽게 나오기 어려운 절창(絕唱)이다. 그리고 슬픔에만 얽매이지 않고 결국 고행의 수도자의 길은 깨달음과 득도의 지름길임을 잘 알기에 격려와 희망이 서리게 된다. 누더기 납의라도 구름이 두르니 학의 모습으로 바뀌고, 대나무를 깎아 만든 지팡이일지라도 짚어가는 골짜기마다 용광이 빛난다고 했다. 이쯤 되면 애이불상(哀而不傷)이 아니라 애이함희(哀而含喜)의 경지라 해도 좋을 것이다. 감정에 휘둘리지 않는 스님의 마음 밭이 잘 드러난 작품이다.

다음 작품인 「용흥사 침계당주 천우 스님을 배웅하며(送龍興寺枕溪堂主天宇上人)」는 더욱 그런 희열이 잘 발산되어 나온다.

龍興寺裏枕溪堂	용흥사 안 침계당은
政是吾師駐錫鄕	우리 스님께서 주석하신 곳이지.
幽澗雨過流水急	그윽한 산골에 비 내리니 물살이 급하고
曲欄風動藻花香	굽은 난간에 바람 불자 꽃향기가 그윽하다.
千秋景物供詩料	천추의 경물은 시의 재료를 제공하고
八部人天入道場	팔부의 인천들도 도량에 들었구나.
我亦當年乘興地	나 역시 당시엔 함께 흥을 탔으니
送君難禁有餘狂	그대 보내며 넘치는 광기를 숨기기 어렵네.

떠나보내면서도 슬픔보다는 기쁨이 시 전체를 감돌고 있다. 콸콸 울리는 물소리와 난을 에워싼 꽃향기가 진동한다. 삼라만상이 모두 시상을 울려주는 매체고, 팔부대중이 사찰을 가득 메우고 있다. 마주치는 일들 하나하나가 다 신바람에 들려 있다. 그런 즐거운 추억을 함께한 도반이 떠난다니 더욱 섭섭할 듯한데 그런 기미는 시 어디에도 보이지 않는다. 후회 없이 다 즐겨본 다음에 오는 넉넉한 마음은 남은 감정을 추스르기에도 부족한 모양이다. 한바탕 떠들썩하게 놀았으니, 이제 잠

시 헤어졌다가 나중에 다시 만나 시흥(詩興)을 이어보자는 느긋하면서
도 즐거운 상상이 시를 가득 채우고 있는 것이다.

8) 자연과의 교감

세속 시인들이 세상을 떠돌며 견문을 넓히는 일을 유랑(流浪)이라 한
다면 스님에게 있어서는 만행(卍行)이 된다. 그 떠돎의 공간은 속세이기
도 하지만 시야를 더욱 확장하면 자연(自然)일 것이다. 그러므로 자연은
대상(對象)이 아니라 공존(共存)하는 장소가 된다. 발걸음을 옮길 때마다
접하게 되는 자연은 곧 자아(自我)의 반영이면서 영혼의 귀의처이기도
하다.

스님의 눈에 들어온 자연은 어떤 이미지를 담고 있을까? 그 한 맥락
을 살펴보기로 하자. 첫 작품은 「벼랑의 대나무(崖竹)」다.

孤竹生絲節義深	외로운 대나무 가지 뻗어 절의가 깊은데
千年終不改淸陰	천년토록 끝내 맑은 그늘 바꾸지 않더라.
葉飄晴吹秋聲亂	맑은 바람에 잎 날리자 가을 소리 요란하고
枝拂寒雲瘦影森	찬 구름에 가지 흔들려 파리한 그림자 촘촘하다.
歲暮寧嫌霜雪苦	세모에 어찌 눈서리의 괴로움을 싫어하리오
月明長待鳳凰尋	달 밝을 때마다 항상 봉황이 찾아오길 기다렸지.
誰知特立危亡地	저 위험한 곳에 특별이 자라는 뜻을 누가 알랴
獨抱當時叩馬心	말고삐 당기던 당시의 마음을 홀로 안았으니.

낭떠러지에 뿌리를 내려 자란 대나무를 형상화했다. 숲을 이룬 대나
무가 아니고 한 떨기 외롭게 자란 대나무일 듯하다. 위태로운 장소에
피어 뿌리를 깊이 내리고 흔들리지 않으니 절의가 깊다고 말할 수 있다.

여름날엔 따가운 햇볕을 성글게 가려주고 바람을 맞으면 사각사각 소리 내는 잎사귀가 귀를 간질인다. 또 겨울날 찬바람에 푸름을 잃지 않는 것을 두고 고절(孤節)의 이미지보다는 괴로움을 괴로움으로 받아들여 감내하는 심성으로 재현했다. 언젠가 봉황이 날아와 진정한 자신의 가치를 알릴 날을 기다리는 대나무. 그것은 곧 시인인 스님의 영상이기도 하다. 백척간두(百尺竿頭)에 서서 고난의 수행을 거듭하는 수행자의 모습으로 대나무는 자연의 한 공간을 차지하고 있는 것이다.

다음 작품 「궂은 비(苦雨)」에서 자연은 조금 다른 모습으로 다가온다.

春雨濛濛苦不晴	주룩주룩 내리는 봄비는 개지 않아 괴롭거늘
掩門愁坐倍傷情	문 닫고 근심스레 앉으니 갑절 마음 상한다.
小窓冷落微風入	조용하니 작은 창엔 산들바람이 불어들고
衰鬢蕭條丈髮生	소조하니 쇠한 머리털은 한 길이나 자랐네.
咫尺故人盟已斷	지척의 벗들은 맹세가 벌써 깨어졌거늘
前溪流水咽難平	옛 개울의 흐르는 물은 목매인 소리로다.
誰能爲我驅雲霧	누가 능히 나를 위해 구름 안개를 몰아주랴
快覩青天白日明	청천의 밝은 태양을 기뻐하며 볼 것인데.

만물의 생장을 돕는다는 봄비가 뜻밖에 쉬 개지를 않는다. 봄맞이를 하러 나갈 차비도 갖추었는데, 빗발이 상춘(賞春)의 발길을 가로막았다. 비 구경도 재미난 행락의 하나일 테지만, 스님은 서운한 마음이 앞섰다. 머리털이 한 길이나 자랐다는 말은 과장이면서 곧 서운한 마음의 길이이기도 하다. 빗길에 막혀 도반을 만나지 못하고, 만남이 더뎌져 수행의 기쁨을 나누지 못하는 심정의 비유이기도 하다.

그래서 스님은 구름 안개가 걷히고 밝은 해가 푸른 하늘을 채울 날을 고대한다. 짓궂게 내리는 봄비가 성가셔서가 아니라 겨울에서 봄으로 접어드는 계절의 길목에서 생명이 충만하는 장관을 보고 싶은 마음이 너무 앞섰기 때문이다. 그것은 자연을 거스르려는 자세가 아니라 다양한 자연을 즐기고 싶은 마음일 것이다.

마지막으로 「가을 흥취(秋興)」란 작품을 읽어보자.

病餘秋事正芳華	병 끝에 가을일은 바로 꽃처럼 화려한데
白日幽居漫興加	한낮에도 그윽하게 지내니 만흥이 더해진다.
山果足當韶石餠	산 속 과일은 소석의 떡과 맞먹거늘
野泉心許趙州茶	들녘 샘물은 조주의 차와 어울리더라.
風敲瘦竹胡苕細	바람이 마른 대나무 치자 호초가 하늘거리고
霜着幽林蜀錦多	그윽한 숲에 서리 내리자 촉금이 펼쳐졌네.
況是重陽佳節近	하물며 중양이라 가절에 가깝거늘
東籬依舊菊花斜	동쪽 울타리엔 여전히 국화가 한창이네.

가을이 보여줄 수 있는 모든 정취가 작품 한 수 속에 온전하게 갈무려져 있다. 울긋불긋 화려하게 자태를 드러내는 꽃들과 행동하기에 좋은 적당한 날씨와 온도. 과일은 지천에 깔려 먹음직스럽게 익어가고, 샘물도 정갈하여 차 한 잔 끓여 마시기에 적당하다. 푸른 대나무와 어울린 연홍빛 능소화는 색채감이 물씬 풍기고, 서리 위로 떨어진 붉은 꽃잎은 마치 질 좋은 비단을 펼쳐놓은 듯하다. 게다가 은일을 추구했던 도연명(陶淵明)을 연상시키는 노란 국화와, 멀리 타향을 떠돌던 친지들이 모이는 중양절도 코앞에 다가와 있다.

결실의 계절을 맞아 자연이 주는 온갖 은혜와 풍성한 성과를 스님은 짧은 시로 가름하면서, 깊은 감사의 마음을 담아 놓고 있다.

9) 추붕설암의 산문세계

스님의 산문 79편은 『설암잡저』 3권 곳곳에 흩어져 있다. 보통 산문 작품은 문집을 편찬하면서 문체별로 모아 정리하는 것이 상례인데, 『설암잡저』는 잡저(雜著)라는 이름 탓인지 편집에 일관성을 띠고 있지는 않다. 반면 시 작품은 어느 정도 시체(詩體) 별로 나누어져 있으니, 전혀 편집자의 손길이 닿지 않았다고 할 수도 없다.

스님의 산문은 신행서(贐行序)나 누기(樓記), 사기(寺記), 천소(薦疏), 비명(碑銘), 권선문(勸善文), 편지글[書], 상량문(上樑文) 등 의례나 상황에 따라 쓰인 글이 많다. 스님의 당대 선승으로서의 지위나 위치를 볼 때 이는 당연한 일일 것이다. 그러나 스님의 산문 가운데 백미(白眉)로 꼽아야 할 작품은 당연히 「묘향산지(妙香山誌)」일 것이다. 총 6천여 자(字)에 이르는 방대한 산문인 이 글에서, 스님이 평생 고향처럼 여기며 살아갔던 묘향산의 모습을 웅건(雄建)한 문체로 묘사하고 있다.

글은 묘향산에 처음 사찰이 생기게 된 이야기에서 시작해 향화가 끊이지 않다가 조선조에 들어 화재가 나 크게 손실을 입은 것을 다시 중건한 사실로 이어진다. 새롭게 들어선 건물들의 쓰임새와 모습을 일일이 지적하며 묘사하는데, 스님의 사찰에 대한 애정이 물씬 풍겨난다. 이어 스님은 시야를 넓혀 묘향산 전체를 아우르면서 산세며 세밀한 경치에 이르기까지 다채로운 묘사를 이어나간다. 굳이 산에 오지 않아도 묘향산이 어떤 산인지 손금 보듯 짐작할 수 있을 만큼 친절하면서 상세하다. 티끌 하나도 놓치지 않으려는 세심함과 항상 발길이 닿았던 곳인 만큼 익숙함이 글귀마다 새겨져 있다. 그 가운데 한 대목을 읽어보자.

오호라! 창생이 복을 심을 땅이요, 하늘의 열매를 받을 수 있도다. 그 남쪽 한쪽 바위 벼랑은 높이가 만장이나 되고, 가운데 있는 용추(龍湫)는 어둠에 잠겨 바닥을 볼 수 없었다. 넓이나 길이가 모두 12주(肘)로 온갖 길과 나는 샘물이 법왕봉 정상으로부터 좌우로 떨어져 무지개를 만들었다. 따라 흘러 구부정하게 굴러 이곳에 흘러 들어오니 웅덩이가 용추에 흘러드는 물이 되었다. 성난 파도와 바람은 물거품을 뿜고 구슬을 굴리듯하니, 마치 하수(河水)의 물결치는 용문과 벼락 치는 산골짜기와 같아 이곳이야말로 누대의 지극한 정치이다.

　嗚呼 蒼生種福之地 天實爲之授也 其南一面巖崖 高可萬仞 中有龍湫 沈黑不見底 廣袤皆一二肘 百道飛泉 自法王峯頂 橫亙練落彩虹 泓流宛轉 而流入于此 瀦爲龍湫水之激也 怒浪颲風 噴沫跳珠 如河激龍門 震蕩山谷 此乃臺之絶致也

용추 주변의 경관을 눈에 잡힐 듯이 실감나게 묘사하고 있다. 스님의 글은 박진감이라든가 굴곡이 심한 변화에 매력이 있지는 않다. 오히려 차분한 마음으로 곡절을 하나하나 나열하듯 펼쳐놓아 읽는 사람으로 하여금 편안한 기분을 느끼도록 만든다. 노골적으로 감정을 토로하기 보다는 스스로는 절제하면서 읽는 이의 감동을 이끌어내는 묘미가 있다. 때문에 지나친 격정이 아닌 침잠과 관조 속에서 묘사하려는 대상이나 사건을 살피게 만든다. 이는 스님의 품성이 문체 속에 그대로 수용된 결과라고 보아도 좋을 것이다.

설암추붕 스님이 남긴 시와 산문은 조선조 선승들 누구와 비교해도 양에서 있어 견줄 이가 없을 정도로 방대하다. 더구나 『설암난고』를 통해 조금 보충되긴 했지만 상당수가 유실되었을 것을 생각하면, 스님이 평생 얼마다 진지하게 삶과 사물을 대했는지 짐작하게 한다. 아직 확언할 사항은 아니기에 여기서는 할애했지만, 스님의 중국 여행이 분명한 사실로 확인되면 더욱 스님의 문학과 사상, 생애는 새롭게 조명될

여지가 남아 있다.

4. 끝마치면서

조선 후기에 대흥사 일대를 중심으로 전개되었던, 유불(儒佛) 지식인
들의 정신적, 문학적 교류 양상과 기층의 문화와 접목되면서 발달했던
다양한 결과물들, 그 밖의 회화와 서예, 연희 등등의 문화적 현상들을
포괄해 살펴보려는 시도는 이제 시작 단계에 머물러 있다고 좋을 것이
다. 이런 접근은 단순히 미시사(微示史)나 풍속사(風俗史)의 연구라는 차
원은 아니라고 여겨진다. 특정한 지역을 중심으로, 특정한 시대에, 다
양한 인물들이 모여 이룩한 문화가 어떤 의미를 지니며 무엇을 계승하
고 발전시키면서 보존해야 하는지를 전반적으로 다루는 과제라고 생각
된다. 이런 일은 한두 사람의 개인 연구자들의 노력으로 이루어질 수는
없다. 바로 현재에도 같은 공간에 몸을 받고 살아오는 있는 분들과 지역
자체 단체에서 거시적인 안목으로 접근하고 협력해야 가능한 일일 것
이다. 이것은 단순히 지역의 문화유산을 개발하여 수익 증대를 꾀한다
는 차원의 사업은 아니다. 바로 그 시대를 살았던 사람들의 정신과 예술
혼을 읽는 것이면서, 진지한 삶의 모습을 재구하는 일이기도 하고, 궁
극적으로 현재의 우리는 어떻게 현실에 대응할 것인가를 제시해주는
나침반을 마련하는 일이기도 하다. 그런 점에서 많은 분들이 이 일에
관심을 가져주기를 바라는 것이다.

끝으로 추붕설암의 한시 가운데 대흥사와 관련 있는 두 편의 시를
인용하면서 마무리를 짓겠다.

첫 작품은 「삼가 운을 빌려 월저 스님에게(謹次上月渚)」다.

　　南國叢林擅大名　　남국의 총림에서 큰 이름을 드날렸으니
　　長春洞裏陳禪情　　장춘동⁴⁾에선 선정을 진설하셨네.
　　佛身出處時因問　　불신이 하신 행동을 때때로 물었더니
　　笑指東山水上行　　웃으며 동산이 물 위를 걷던 일을 가리키셨지.

　월저도안(月渚道安)⁵⁾은 설암의 직계 스승이다. 월저에서 추붕, 법종
으로 이어지는 사제(師弟) 3대는 모두 시승이면서 법력(法力)로 높았던
고승들이었다. 스승이 대흥사에서 법석을 열어 진리를 잔잔하게 일러
주던 모습을 회고하면서 지은 작품이다. 월저 스님의 넉넉하고 낙천적
인 성격을 읽을 수 있다. 동산수생행(東山水上行)은 유명한 화두(話頭)다.
어떤 스님이 운문(雲門)스님에게 "어떤 것이 배우는 사람의 참 모습입니
까?" 하고 물으니, 운문이 "동산(東山)이 수상행(水上行)이로다." 라고 대
답한 데서 나왔다.
　다음으로 「대흥사 천상인의 방에 쓰다(題大興寺天上人房)」다.

　　閑占長春洞　　한가로이 장춘동에 머물면서
　　忘機送歲時　　망기하며⁶⁾ 세월을 보내노라.
　　慈雲籠雁塔　　자운은 안탑을 에워싸고
　　定水入龍池　　정수⁷⁾는 용지로 흘러드네.

---

4) 장춘동(長春洞) : 전남 해남 대흥사(大興寺)를 끼고 도는 계곡 이름.
5) 조선 후기의 스님. 속성은 유(劉)씨고, 본관은 평양(平壤)이며, 호는 월저(月渚)다. 9세
　때 사미가 되어 구족계를 받고, 금강산에 들어가 의심(義諶)의 지도를 받으면서 휴정(休
　靜)의 밀전(密傳)을 연구하여 화엄학에 통달했다. 언기(彦機)와 의심이 계획했다가 이루
　지 못한『화엄경』의 번역작업을 완성하고,『화엄경』과『법화경』1,100여 권을 간행하여
　전국 명산 사찰에 반포한 후 묘향산 진불암(眞佛庵)에서 죽었다. 화장 후 사리 3과를
　수습하여 보현사, 해남 대흥사(大興寺), 평양의 세 곳에 부도를 세워 봉안했다. 문집에
　『월저집』이 있다.
6) 망기(忘機) : 속세의 일이나 욕심을 잊음.

魯酒三盃斷	노주[8]의 석 잔 술은 끊겼지만
胡麻一鉢隨	호마[9]는 한 바리때에 가득하네.
窓前冬栢樹	창 앞에 서 있는 겨울 잣나무는
開落幾花枝	몇 꽃가지나 피었다 졌는가.

천상인(天上人)이 누구인지는 정확하게 알 수 없다. 시의 분위기로 볼 때 함께 수행하던 도반이든가 아니면 제자가 아니었을까 싶다. 수행하던 모습을 앞부분에 그리면서 수행의 결과가 얼마나 진척되었는지 넌지시 물어보고 있다. 각박하지도 않으면서 진지하고 여유가 있으면서도 긴장을 늦추지 않는 수행자의 자세가 은연중에 드러나 있다.

---

7) 정수(定水) : 맑고 고요한 물. 선정(禪定)의 마음을 비유한다.
8) 노주(魯酒) : 노(魯)나라에서 빚은 술. 싱거운 술.
9) 호마(胡麻) : 검은깨와 참깨를 통틀어 이르는 말.

兒菴惠藏의 선시에 나타난 자연미

1. 들어가는 말

영조(1724~1776 재위)와 정조(1776~1800 재위) 시대를 축으로 하는 조선 후기는 여러 면에서 변혁과 반동의 시기였다. 실학적 사고와 정조의 개혁 정치가 미처 정착되기도 전에 닥친 정조의 죽음과, 이어지는 세도 정치는 조선조 후기 정치사가 희망과 좌절을 함께 겪도록 만들었다. 뒤이어지는 강제 병합은 국제 정세의 변화를 제대로 읽지 못하고 옹색한 자리 지키기에 급급했던 좁은 안목이 빚은 결과였다고 할 수 있다.

그러나 조선 후기 200년은 임병(壬丙) 양란의 극심한 경제 문화적인 피해를 극복하고 독자적이고 주체적인 문화 운동이 점진적으로 추진되던 시기이기도 했다. 그 중심에 영조와 정조 같은 뛰어난 군주와 정신적·실질적 자산을 제공했던 일련의 진보적 학자들이 자리하고 있지만, 조선 왕조 500년 내내 숭유억불(崇儒抑佛)이라는 사회제도적 억압 속에서도 제 역할을 충실히 수행한 스님들과 불교계 지식인들의 노력과 성과 또한 무시할 수 없다. 불국토(佛國土) 수호라는 이념을 걸고 왜적과 항쟁한 청허휴정(淸虛休靜, 1520~1604)과 그 제자들의 행동하던 본보기를 비롯해 많은 고승대덕들이 출현해 업장(業障)의 고해 속에서 방황하던 민중들에게 현재와 미래의 등불을 제공했던 것이다.

본고는 정조 시대 후반에 태어나 세도 정치 시대 초기를 살다간 선승 아암혜장(兒菴惠藏, 1772~1811)의 생애와 그가 남긴 시작품을 통해 조선 후기 문화사 속에 스님이 끼친 역할과 영향을 살펴보려는 취지로 쓰였다. 스님은 고작 40년의 짧은 세수(世壽)를 누리고 세상을 떠났지만, 대둔사에 주석하면서 동시대 승려인 백파긍선(白坡亘璇, 1767~1852)과 초의의순(草衣意恂, 1786~1866) 사이에서 정신사적 맥을 잇는 구실을 했던 것으로 보인다. 너무나 이른 죽음으로 많은 저서나 작품을 남기지는 못했지만, 현전하는 시문만으로도 우리는 스님의 가치를 충분히 논할 수 있다. 스님의 한시에 보이는 자연풍광에 대한 청아(淸雅)한 관조 자세와 꾸밈없는 진솔한 묘사는 사경시(寫景詩)의 새로운 가능성을 보여준 성과로 판단된다. 또한 많지 않은 글 속에 외전(外典)이라 할 수 있는 『주역』과 『논어』에 대한 자신의 의견을 피력한 문답체의 글도 있어 유불선(儒佛仙)을 함께 아우른 지식인으로서의 위상도 살펴볼 수 있다. 그리고 스님이 평소에 즐겨 읽었던 『능엄경(楞嚴經)』의 사유 체계가 그의 시문학 형성에 끼친 영향 관계 역시 주목을 하기에 충분하다.

이런 몇 가지 점에 대해 간략하게 살펴보면서 궁극적으로 조선 후기에 대둔사를 중심으로 펼쳐졌던 일련의 문화 운동 전반에 대한 개괄적인 논의를 시도하고자 한다.

2. 아암혜장의 생애와 문학

스님은 1772년에 태어나 1811년에 세상을 떠났다. 청장년기 때 일군 학문적 울력을 꽃피우기 시작해야 할 나이에 열반의 길로 들어서고 말

앉다. 워낙 짧은 생애를 살다보니 실제로 이루어놓은 교학상 입론이나
세속적 업적도 적을 수밖에 없고, 생애를 조감할 수 있는 자료 역시
많지 않다. 생애에 대해서는 스님의 문집인『아암집』부록에 실린「탑
명(塔銘)」과 정약용(丁若鏞, 1762~1836)이 쓴「부도비명(浮屠碑銘)」등을
통해 살필 수 있다. 두 글에 실린 전기적 사실은 대동소이하다. 다만
정약용의 글에는 자신과의 개인적 인연을 상세하게 소개하고 있는 차
이가 있다. 여기서는「비명」의 전문을 읽음으로써 스님의 생애를 조감
하기로 하겠다.

　　스님의 본성은 김씨고, 소자(小字)는 팔득(八得)이며, 혜장은 그의 법
　명이다. 자는 무진(無盡)이고, 본호는 연파(蓮頗)로, 새금현(塞琴縣) 화
　산방(花山坊, 지금의 해남군 화산면)인데, 옛날 백제의 남쪽 변방에 있던
　고을이다.
　　스님이 태어난 곳은 외딴 마을인데다 집안 또한 가난해서 어렸을 때
　출가하여 대둔사에서 삭발을 하고 춘계천묵(春溪天黙) 스님 밑에서 수업
　하였다. 천문스님은 외전(外典)을 널리 통달한 분으로, 아암은 무리를 뛰
　어넘는 출중한 지혜로써 배운 지 몇 년 만에 명성이 총림(叢林)을 울리게
　되었다. 그러나 그는 몸집이 작은 데다 소박하고 어리석은 듯이 보여 여
　느 스님과는 기품이 달랐다. 마을의 선비들이 모두 '팔득'이라 불렀는데,
　스님의 재주를 아끼고 됨됨이를 사랑하여 친근하게 여긴 때문이었다. 성
　장해서는 널리 불가의 경전을 배우고 연담유일(蓮潭有一, 1720~1799)과
　운담정일(雲潭鼎馹) 스님을 차례로 모셨다. 나이 27살 때 정암(晶巖) 스
　님의 법통을 잇고자 향을 올리니, 소요지종(逍遙之宗)으로 화악문신(華
　嶽文信)의 적통을 이은 것이다.
　　스님은 여러 스승을 좇아 경전을 배웠는데, 항상 머리를 숙인 채 조용
　히 경청했지만 문밖을 나서면 문득 입 속으로 '흥!'하고 비웃는 소리를
　냈다. 그러나 오직 연담스님의 수차(手箚)와 구수(口授)를 대할 때만 그

러지 않았다. 나이 서른에 두륜산의 대회에서 주맹이 되었는데, 이 때 모
인 사람이 백여 명을 넘었다.(이하 일부는 생략한다.)

스님은 외전 가운데에서도 특히 『주역』과 『논어』를 좋아해서 책 속에
담긴 뜻을 낱낱이 살펴 한 치도 빠뜨리지 않으려고 했고, 기운(奇閨)의
수나 율려(律呂)의 도, 성리학 관련 여러 서적에 이르러서도 정밀하고 정확
하게 익히고 이해해서 변변찮은 선비라면 도저히 따르지 못할 정도였다.

스님은 시 짓기를 좋아하지 않아 평소 쓴 작품이 거의 없었다. 또 그런
일을 달갑게 여기지도 않았는데, 갑자기 시를 써주는 사람이 있으면 반드
시 좇아 화답을 해서 사람을 놀라게 했다. 변려문에 더욱 능통하여 율격
이 엄정했고, 불교 경전 가운데에는 『능엄경』과 『기신론』은 좋아했지만
조경(竈經)이나 측주(厠呪) 따위는 입에 올리지 않아 스님들이 안타깝게
여겼다.

스님에게는 제자가 넷 있었다. 수룡색성(袖龍賾性)과 기어자홍(騎魚慈
弘), 철경응언(掣鯨應彦), 침교법훈(枕蛟法訓)이 그들이다. 이미 의발을
전수하자 스님이 갑자기 늙으셨으니, 신미년 가을에 병을 얻어 그 해 음
력 9월 14일 북암(北菴)에서 입적하셨다. 그 때 스님의 나이 고작 마흔이
었다.[1]

---

1) 「兒菴藏公塔銘」, 兒菴本金氏 小字八得 惠藏其法名 字曰無盡 本號曰蓮頗 塞琴縣之花
山坊人 塞琴 古百濟南徼 生地微 家且貧 幼而出家 落髮於大屯寺 從春溪天黙學 天黙淹
貫外典 而兒菴警慧出群 學之數年 名噪緇林 顧短小樸獸 不類闍梨 鄉中薦紳先生 皆呼
之曰八得 蓋愛其才而狎之也 旣長 廣受佛書 歷事蓮潭有一·雲潭鼎馹 年二十七 拈香於
晶巖之室 卽逍遙之宗 華嶽文信之嫡傳也 兒菴從諸師受經 雖低首聽說 及出戶 覺口中有
聲曰呎 呎也者 哂之也 惟蓮潭手箚口授 則不呎也 年甫三十 主盟於頭輪大會 會者百有
餘人(以下 刪錄之) 兒菴於外典 酷好周易論語 究索旨趣 期無遺蘊 若碁閨之數 律呂之度
及性理諸書 皆精核硏磨 非俗儒可及 性不喜詩 所作絶少 又不能副 急有贈 必追和之 乃
驚人 尤工駢儷 律格精嚴 於佛書篤好首楞嚴·起信論 而竈經·厠呪 未或被脣 髡者病之
有四徒 曰袖龍賾性·騎魚慈弘·掣鯨應彦·枕蛟法訓 旣授衣鉢 兒菴乃老 辛未秋得疾 以
九月幾望 示寂于北菴 其臘僅四十.

정약용의 「비명」에 보면 스님과 다산이 처음 교유를 가진 시기는 1801
년이었다. 10년의 연배 차이가 났음에도 불구하고 두 사람은 만난 날부
터 흉금을 터놓고 『주역』에 대한 토론과 선담(禪譚)으로 교제한 사연이
자세히 실려 있다. 특히 스님의 시 「장춘동잡시(長春洞雜詩)」 20편 가운
데 한 수인, 백수시(柏樹詩)라 불리는 작품이 중국에까지 전해져 당시
중국의 대학자 옹방강(翁方綱, 1733~1818)이 찬탄하며 직접 시집을 인쇄
하고, 『금강경』 1권과 자신의 시 한 축을 사신(使臣) 편에 보내온 사실이
기록되어 있는데, 스님의 문학이 지녔던 국제성을 읽을 수 있다.

35살 때 이미 여러 제자들에게 의발(衣鉢)을 전하고 시와 술을 즐기며
자유자재한 생활을 즐겼다고 정약용은 기록하고 있다. 그렇게 4, 5년을
지내다가 홀연 세상을 등진 것이다. 노사(老師)의 설법을 듣고 코웃음을
칠 정도였다면, 속례(俗禮)에 얽매이지 않았던 스님의 자세를 충분히 짐
작할 수 있다. 어떤 의미에서 스님은 상당히 파격(破格)의 삶을 살았다고
평가할 수 있을 것이다. 스님은 1796년(정조 20) 즉원(卽圓)선사의 법을
이어받아 대둔사의 강석(講席)을 맡았고, 문집에 『아암집(兒庵集)』이 전
하고 있다.

스님의 문학에 대한 평가 역시 많이 보이지는 않는다. 다만 문집의
앞뒤로 여규형(呂圭亨, 1849~1922)[2]의 서문과 문손(門孫) 원응계정(圓應
戒定)[3]이 쓴 발문이 있는데, 두 사람의 글에서 약간의 시평(詩評)을 얻을

---

2) 조선 후기·한말의 학자. 본관은 함양(咸陽)이고, 자는 사원(士元)이며, 호는 하정(荷亭)
으로, 경기도 양근(楊根) 출생이다. 한학(漢學)에 중점을 두고 수학하여, 1882년(고종
19) 증광문과(增廣文科)에 급제하고 승지(承旨)를 거쳐, 1895년 제도 개편 때 중추원의관
(中樞院議官)이 되었다. 국권피탈 뒤에는 제1고등보통학교 한문교사를 지냈고, 시(詩)·
서화(書畵)·불경(佛經)에 모두 능통하여 살아 있는 『사문유취(事文類聚)』란 칭송을 받
았다. 1916년 오세창(吳世昌), 장지연(張志淵) 등과 『대동시선(大東詩選)』을 편집했고,
광대들이 부른 「춘향가」를 중국의 『서상기(西廂記)』 문체를 모방하여 희작(戲作)한 『춘
향전(春香傳)』이 전한다. 문집에 『하정집』 4권이 있다.

수 있다.

　스님의 시를 살펴보면 시인의 시이지 스님의 입 기운이 감도는 것과는 전혀 차원이 다르다. 소사(小詞)와 사륙문(四六文), 『주역』과 『논어』에 대한 글을 읽으면 몽둥이를 휘두르고 고함을 지르는 선가(禪家)의 종풍(宗風)에 조금도 가깝지 않다. 그래서 이런 까닭으로 의심하는 사람도 있었다. 아아! 바로 이런 점이 바로 아암이 아암 스님다운 바이고, 그의 시가 참된 시가 된 까닭인 것이다. 다산 정약용이나 담연 김공 같은 당대의 큰 학자들이 서로 오가면서 보낸 편지에서 칭송해 마지않았으니, 이것이 어찌 공연한 일이겠는가?4)

　연파노스님은 근대에 태어나 스스로 출가하여 경학에 마음을 두었을 뿐 저술은 즐기지 않으셨다. 그러나 학자들이 연이어 찾아와 풍월을 듣고 시를 주고받았는데, 그 때 남기신 주옥같은 글들을 문인들이 찾아 모으는 것까지 금하진 못했다. 그 약간의 유고를 살펴보니 담긴 뜻이 맑고 멀뿐더러 꾸밈이 전혀 없어 옛 사람의 기풍 속으로 들어간 것이었다. 가히 곤륜산의 조각 옥이란 적을수록 더욱 값진 것이라고 할 만하다.…… 때문에 다산 정약용이 「대둔사비각다례문」을 읽고 "이 작품은 관각 대가의 글이니, 이윤보와 임이호5)의 끊어진 명성을 이을 만하다. 글자마다 옥구슬이

───────────

3) 조선 후기의 학승(學僧). 속성은 허(許)씨고, 호는 원응(圓應)이며, 계정은 법명으로, 전남 해남(海南) 출생이다. 어려서부터 일람첩기(一覽輒記)의 재주를 보였고 시문(詩文)이 출중했으며, 서화에도 뛰어났다고 한다. 일찍이 대둔사에 들어가 동화(東化) 밑에서 승려가 되어, 율간(栗間)에게서 구족계를 받고, 그 뒤 보제(普濟)에게서 보살계를 받았다. 보제에 이어 월화(月華) 등 당대의 법사(法師) 밑에서 공부한 후 영·호남 일대의 명찰을 찾아 돌며 강석(講席)을 열고 강론을 계속하다가 대흥사에서 입적했다. '육신보살'이라는 칭송을 들은 문신(文信)의 8세 법손(法孫)이다.

4) 呂圭亨, 「兒菴遺集序」, 觀其時 乃詩人之詩 絕不類衲子口氣 且其小詞四六文與周易魯論語 無一近於棒喝家風 或以是疑之 嗚呼 此其所以爲兒菴也 此其所以爲眞詩文也 一時名流 如丁茶山金覃硏諸公 相往答 稱詡而不已者 豈徒然哉.

튀기고 구절마다 기운이 용솟음치니 푸성귀나 먹는 사람의 입 기운을 찾을 수 없다."고 칭송했던 것이다. 이로 보건대 노스님은 참으로 덕을 지니신 분이라 하겠다. 그 말씀하신 시와 글들이 비록 세상에 알려지길 원하지 않았다고 해도 어찌 가능한 일이겠는가![6]

두 사람의 평에서 공통된 점은 아암의 시가 보여주는 품격이 스님답지 않다는 것이다. 이른바 소순기(蔬荀氣)[7]라고 하는 승려시의 단점이 보이지 않을뿐더러 시인다운 품격을 갖추고 있고, 한 나라의 문장을 책임지는 대문장가의 기풍이 서려 있어 도저히 승려의 시로만 국한해 볼 수 없다는 말이다. 스님의 시가 스님답지 않다면 비난이라고 할 수도 있지만, 사실은 스님의 그릇으로만 아암의 문학을 논할 수 없다는 극찬의 말이다. 더욱 그가 요절한 것이 아쉽게 느껴지는 대목이 아닐 수 없다.

여규형은 스님의 시를 두고 진정한 시인의 시라 평했고, 원응계정은 꾸밈이 없으면서도 대가의 풍모가 그대로 배어있는 문학이라고 평했다. 이 두 가지 지적을 통해 우리는 아암의 시문학에 담긴 미학적 가치와 문학사적 가치를 아울러 정리할 수 있다.

---

5) 임상덕(林象德) : 1683~1719. 조선 후기의 문신. 본관은 나주(羅州)고, 자는 윤보(潤甫) 또는 이호(彝好)며, 호는 노촌(老村)이다. 1699년 진사가 되고, 1705년 증광문과에 장원, 문학(文學)을 지냈다. 저서에 『동사회강(東史會綱)』과 『노촌집』 등이 있다.

6) 圓應戒定,「蓮坡老師遺集跋」, 蓮坡老師 間生于近代 自出家 潛心經學 不喜著述 學士 多至 聞風酬唱 涕唾珠玉 不禁門人才 麕拾 觀其略干之遺稿 寄意淸遠 絶去粉澤 駸駸入 古人室 可謂崑産片玉 愈寡愈珍 …… 故丁茶山鏞 見其大芚寺碑閣茶禮文 讚曰此篇是館 閣大手 能嗣李閏甫・林彝好之絶響 覺字字跳盪 句句聳疎 非復蔬笋口氣者也 由是觀之 老師眞有德者 其發言之詩若文 雖欲不聞於世 安可得乎.

7) 스님들이 육식은 않고 채식만 하면서 주로 자연과 어울려 생활함으로써 실생활의 진솔하고 진지한 체험이 없는 물외적(物外的) 시풍을 유가 비평가들이 꼬집은 평어(評語)다. 속기(俗氣)가 없다는 긍정적인 측면을 높이 평가하기도 하지만, 이를 선시의 단점으로 지적하는 입장도 있다. 여하간 '소순기'의 문학은 선시의 특징과 성격을 이해하는 데 중요한 단서임은 분명하다.

3. 산수시의 禪味

생애에서도 본 것처럼 스님은 시 쓰기를 그리 즐기지 않았다. 그러면서도 누군가로부터 시를 받으면 즉시 화답하여 사람을 놀라게 하는 시재(詩才)를 타고나기도 했다. 그렇게 상황에 맞춰 시를 쓴 탓에 작품수가 많지도 않을뿐더러 그나마 다 전해지지도 않았을 것이다. 현전하는 『아암집』에는 제목으로 따지면 26수, 작품수로 보면 81수의 한시가 실려 있다. 한 수가 한 편인 작품도 있지만, 호흡이 긴 장편 고시(古詩)도 여러 편 썼고, 특히 연작시가 눈에 많이 띤다. 그 가운데 몇몇은 의례적으로 써준 화답시나 증별시(贈別詩)지만, 스님의 문학과 선심(禪心)을 엿볼 수 있는 회심의 작품들도 있어 관심을 두기에 충분하다.

우리는 여기서 스님의 주된 생활공간이었던 산수자연과 일체가 된 심경을 노래한, 일련의 산수시(山水詩)를 읽어 시세계의 한 성격을 살펴보려고 한다. 특히 문집의 첫 머리를 장식하고 있는, 20편으로 이루어진 「산거잡영(山居雜詠)」에 관심을 두어 이의 분석을 통해 그 목적을 이루고자 한다. 이 연작시는 해남 대둔산 일대의 산자수려(山姿水麗)한 절경을 접하면서 느낀 자연의 아름다움과 선승으로서의 심경이 7언절구로 다채롭게 토로된 작품이다. 자연 경관과 선적 깨달음이 혼재되어 있는, 소박하면서도 울림이 큰 작품들로 구성되어 있다. 그 가운데 다섯 편의 작품을 중심으로 감상을 전개해 보자.

白墮紅瓢綠滿枝	흰 꽃은 떨어지고 붉은 꽃 구르는데 푸른 잎만 가지에 가득하니
凄凉芍藥與薔薇	함박꽃과 장미꽃도 처량해 보이는구나.
微香正在窓前竹	은은한 향기는 바로 창가 대나무에 서렸으니
時復臨風誦杜詩(8)	때로 바람을 맞으며 두보의 시를 읊조리노라.

　이 작품은 사람마다 다른 아름다움의 소재에 대해 말하고 있다. 즉 무엇을 아름답게 보느냐의 문제에 대해 입장을 밝히고 있는 것이다. 희고 붉은 꽃을 보고 아름답다고 경탄하지만 어지간해서는 푸른 나뭇잎을 보고 아름답다고 하지는 않는다. 그러나 화려한 꽃은 금방 시들어 떨어져 버린다. 조락(凋落)이라는 숙명을 안고 있기에 꽃이 더 아름다울 수도 있겠지만 영원할 수 없다는 점에서는 참된 아름다움은 아니다. 그래서 스님의 눈에는 하얀 함박꽃도 붉은 장미꽃도 그 부화한 자태에 안쓰러움을 느끼는 것이다.

　그러면 스님은 진정한 아름다움의 소재를 푸른 나뭇잎에서 찾은 것일까? 그렇지 않다. 창가에 한 두 그루 아담하게 자란 대나무에 서린 향기에서 그 소재를 찾는다. 형상이나 실체를 지니지 않은 향 속에 영원한 아름다움은 담겨 있다는 것이다. 화려한 꽃이 미(迷)의 세계라면 푸른 나뭇잎은 오(悟)의 세계로 비유할 수 있다. 그러나 참다운 깨달음은 미오(迷悟)의 경계를 넘어선 곳에 있다. 그것이 바로 색(色)의 세계를 초월한 향(香)의 세계다. 향은 비어있지만(空) 가득 찬(滿) 공간이다. 그 향의 아름다움을 깨우칠 때 아름다움의, 자연의 진경(眞境) 속에 발을 들여놓았다고 말할 수 있다는 것이다. 물론 스님은 형색(形色)과 향공(香空)을 이분법적으로 가르지는 않았다. 자연을 느끼되 눈으로만 느끼지 말고 몸으로, 마음으로 오감(五感)으로 느끼라는 권유일 것이다.

　결구(結句)를 보면 바람을 맞으며 두보(杜甫)의 시를 읊조린다는 표현이 나온다. 두보의 시하면 함께 어깨를 견주는 것이 이백(李白)의 시다. 이백의 시에 드러나는 자연이 웅혼(雄渾)한 기상을 자랑한다면 두보의 시에 담긴 자연은 조촐하면서도 침울(沈鬱)한 맛이 있다. 그런 고졸(古拙)한 자연미를 완상(玩賞)하려는 스님의 생각이 담긴 표현이거나, 재기 발랄한 꾸밈보다는 사무사(思無邪)의 자세를 웃길로 보는 마음이 드러

난 구절이라 하겠다. 역시 현란한 형상미(形象美)보다는 은은히 스머드
는 가식 없는 평담미(平淡美)를 강조한, 미의식의 반영이라고 보아도 좋
을 것이다.

金山洞府小如杯	금산의 골짜기가 작기가 술잔만 해도
山色開門海色來	산 빛으로 문을 열면 바다 빛이 다가오네.
坐到夕陽猶陰几	앉아 석양이 닿도록 자리는 항상 그늘졌으니
一群幽鳥下香臺(10)	이름 모를 산새들이 향대로 내려오네.

이 시는 스님의 일상생활이 잘 드러난 작품이다. 스님은 1811년에 북
암(北菴)에서 입적했다. 북암은 초의선사가 40년 동안 주석했다는 일지
암(一枝菴)과 그렇게 떨어지지 않은 산등성이에 있는 암자다. 암자에 서
면 양편으로 산줄기가 휘감아 돌고 그 아래 가운데 대둔사가 자리했으
며, 멀리 장춘동(長春洞) 골짜기가 한눈에 잡힐 듯 펼쳐져 있다. 아마도
이 시는 그 북암에 있으면서 쓰였을 것이다.

골짜기의 규모가 아담한 것을 "작기가 술잔만 하다(小如杯)"고 표현한
데서부터 시를 읽는 맛이 남다르다. 술잔이라 해서 옹색한 느낌이 들지
않는 것도 스님의 남다른 재치와 시재(詩才)의 반영일 것이다. 병풍처럼
둘러쳐진 골짜기의 산세(山勢)라도 볼 양으로 문을 열어 젖혔더니 산
빛 대신 바다 빛이 방안으로 냉큼 들어섰다는 말이다. 사실 그 곳에서
바다는 보이지 않는다. 그러나 여기에서도 스님은 빛과 어우러진 향을
맡았을지도 모른다. 빛 속에 담긴 향을 맡을 경지니 스님의 자연애(自然
愛)가 얼마나 무르녹아 있는지 짐작할 수 있다. 창호 문을 열고 내다본
경치에 넋이 나가 석양이 내릴 때까지 하릴없이 바라보는 스님의 모습
이 여일(如一)하게 그려져 있다.

게다가 북암은 북향(北向) 집이라 해를 등지고 있어 방안은 항상 어둡

다. 그러나 바람이 잘 통하는 골짜기라 습하고 침침하기보다는 그윽하
면서 은은한 멋이 풍겨난다. 그러니 새떼들도 인적에 놀라지 않고 내려
와 하룻밤 묵을 안식처로 삼는 것이다. 놀랍게도 시의 마무리는 향대(香
臺)로 끝난다. 향대가 실제로 있는지의 여부와는 관계없이 진여(眞如)의
향을 맡기는 사람과 짐승 사이에 차이가 없는 셈이다. 마루와 봉당 사이
를 오가며 지저귀는 새들과 문가에 기대 그 광경을 무념(無念)히 바라보
는 시인의 한가로운 자태가 한 폭의 수묵화를 보는 것처럼 선명하게
다가온다.

> 治牆百本種山家　　담을 꾸미려고 산사를 둘러 심었으니
> 九月應舒滿眼花　　구월이면 응당 피어 눈에 가득 꽃이겠네.
> 澆了水瓶還獨立　　병에 물 담아 뿌려 주고 홀로 우뚝 섰으려니
> 南風習習灑袈裟(12)　남풍이 솔솔 가사 결을 스치는구나.

이 시는 도연명(陶淵明, 365~427)의「잡시(雜詩)」[8] 가운데 한 구절이
그대로 연상되는 작품이다. 도연명은 국화를 꺾으면서 남산을 바라보았
으니 역시 색(色)의 세계다. 실화(實花)와 실경(實景)이 도연명의 자연 감
상 대상이다. 그런데 아암의 경우는 다소 다르다. 담을 둘러 국화 움을
심어 두고 가을이 오면 필 국화를 상상한다. 색의 세계를 넘어선 공의
세계가 그의 감상 대상인 것이다. 그렇다고 허무맹랑한 허상에 매달리는
것도 아니다. 국화 움을 둘러 심고 가을에 필 국화를 상상했으니, 인(因)
이 있는 과(果)를 추구한 것이다. 색을 무시한 공이 아니라 색에 바탕을
둔 공에 스님은 닿아있다. 실경을 바탕으로 펼치는 상상의 세계는 색과

---

8) 採菊東籬河　　동쪽 울타리 아래서 국화꽃을 꺾으려다
　 悠然見南山　　아스라이 저만치 남산을 바라보노라.

공이 융화되어 있는 공간이고, 그래서 아암의 시속에 드러나는 자연은 이른바 여산진면목(廬山眞面目)에 한 발 더 다가서 있는 것이다.

수병에 물을 담아 한 움 한 움 정성 들여 물을 뿌리는 행위도 관불(灌佛)과 같은 성스러운 의식의 변용이다. 물을 다 준 다음 우뚝 홀로선 스님의 '독립(獨立)'은 '독존(獨尊)'의 반열로 올라서 있다. 나만이 존귀한 것이 아니고, 모든 중생 만물 하나 하나가 다 존귀하다는 선언적 의미가 담겨 있다. 국화와 내가 별개가 아니라 똑같이 소중한 조물주의 피조물이요 존귀한 존재라는 깨달음이 전제되어 있다.

가을이면 만발할 국화꽃도 결국은 나 혼자 즐기려는 소유물로서의 풍성함이 아니다. 삼라만상(森羅萬象)이 함께 공유하는 물건으로서 국화는 존재한다. 그런 공유의 마음을 드러내는 것이 결구에 나오는 남풍(南風)이다. 굳이 다지자면 바람은 색의 차원이 아니라 공의 차원이고, 향의 차원이다. 바람이 있기에 향은 흩어지고 사방으로 전해진다. 도연명은 남산(南山)이지만 아암은 남풍(南風)인 것이다. '산'(山)과 '풍(風)'의 차이를 굳이 해명하지 않더라도 똑같은 국화라는 소재를 이용한 산수영물시(山水詠物詩)가 사고와 시각의 차이에 따라 얼마나 넓게 확산될 수 있는지 이 작품은 잘 보여준다. 가사 깃을 싸하게 감도는 바람과 향의 매개를 통해 아암은 자연을 체험했던 것이다.

群山磊落出雲中　　뭇 산들 우뚝우뚝 구름 사이로 솟구치고
返照橫時面面紅　　저녁노을 비껴가니 산마다 붉게 물들었네.
漁子時來收釣網　　어부들은 때맞추어 낚시 그물 거두는데
刺桐花落有南風(14)　엄나무 꽃잎들이 남풍에 날려 떨어지네.

산사와 어촌의 저녁 풍경을 눈길이 가는 대로 점찍듯이 소묘한 작품이다. 흰 구름 깔린 위로 올망졸망 솟아오른 산봉우리들과 저녁노을이

드리워 붉게 물든 산등성이, 그리고 낚시며 그물을 거둬 집으로 돌아가려는 어부들, 바람에 날려 떨어지는 엄나무 꽃잎들. 늘 있는 것이고, 늘 보던 풍경일 뿐이다. 그러나 그 심상(尋常)함 속에서 우리는 비범함을 느낀다. 너무나 당연하고 자연스러워 희한하달 것이 없는 데도 시구가 진부하다거나 누구의 작품을 흉내 냈다는 혐의를 일으키지 않는다. 그 평범한 풍경들이 비범한 의미를 담고 있음에 우리는 경이를 느낄 수밖에 없는 것이다. 정약용이 관각대수(館閣大手)의 솜씨라고 기렸던 것은 물론 산문을 두고 한 말이지만 이렇게 군더더기 하나 없이 네 개의 자연 현상을 병렬했으면서도 그 속에 아름다움의 내면을 드러내는 수완도 대수의 이름값을 제대로 했다고 평해야 할 것이다.

　재미있는 것은 아암은 '꽃'을 그리 달갑게 여기지 않았다는 사실이다. 그는 '꽃'은 내밀한 자연의 아름다움에로 다가가는 것을 간섭하는 존재로 본다. '이화(梨花)에 월백(月白)'할 때 '일지춘심(一枝春心)'9)을 달래지 못해 잠 못 드는 시인도 있었고, 사모의 정을 가누지 못하고 '읍향이화월(泣向梨花月)'한 '십오월계녀(十五越溪女)'10)를 노래한 시인은 있었지만, 꽃을 싫어했던 시인이 있었다는 말은 들어보지 못했다. 물론 아암 역시 꽃을 싫어했을 리 없었고, 꽃이 가진 아름다움을 외면하지도 않았다. 다만 '꽃'만 보고 자연은 보지 못하는 범부(凡夫)들의 근시안적 안목을 깨우치기 위한 의장(意匠)이었을 것이다. 그렇기 때문에 아암은 만개한

---

9) 고려 말기의 문인 이조년(李兆年, 1269~1343)의 시조로, 『청구영언(青丘永言)』에 전한다.

10) 조선 중기의 문인 임제(林悌, 1549~1587)의 한시 「무어별(無語別)」. 전편은 다음과 같다.

十五越溪女	열다섯 살 예쁜 계집아이가
羞人無語別	남 부끄러워 말도 못하고 헤어졌네.
歸來掩重門	돌아와 중문을 굳게 잠그고서
泣向梨花月	배꽃 사이 달빛 보며 하염없이 눈물짓네.

꽃보다는 떨어지는 꽃을 즐겨 그렸고, 피어난 꽃보다는 필 꽃을 관조했는지도 모른다. 달은 보지 않고 손가락 끝만 보는 장애로서 '꽃'을 상정했던 것이라고 생각해본다. 이 작품에도 역시 향공(香空)의 세계를 상징하는 바람은 어김없이 등장한다.

嚴角仙花著數重　　바위틈에 몇 떨기 꽃이 신선인 양 피었는데
土人道是木芙蓉　　동네 사람들은 '목부용'이라 부르네.
一枝斜展空中去　　한 가지 언뜻 떨리자 하늘 따라 날아가니
微礙前山玉筍峰(18)　짐짓 앞산 옥순봉을 가려버렸네.

이 작품에는 참으로 미묘한 운치와 여운이 담겨 있다. 기구(起句)와 승구(承句)에서는 바위틈에서 숨듯이 자란 목부용의 은일자적인 자태를 소개한다. 동네 사람이 '목부용'이라 부르니 꽃나무의 정식 이름은 아니고, 향토어(鄉土語)일 것이다. 이름도 없는 꽃인데, 아름답기도 하려니와 외롭게 핀 것이 선인(仙人)의 고집과 지조를 갖춘 것처럼 스님에게는 느껴졌다. 그래서 굳이 본이름을 찾으려 하지 않고 향토어 그대로 이름을 불러주었던 것이다. 그만큼 비근한 자연 물상에 대한 친숙한 감정의 표현이 한 귀 시구 속에 절절히 배여 있다.

그 순간, 갑자기 가지가 떨리면서 고개를 떨어뜨리더니 꽃이 공중으로 날아가 버렸다. 물론 시 자체로 봤을 때 날아간 것인지 흔들린 것인지 분명하지는 않다. 중요한 것은 색(色)의 화신인 꽃이 '공(空)'중으로 날아간 것이다. 즉 색이 공으로 옮아가는, 아니 색과 공이 혼연일체가 되는 대변화의 순간을 스님은 기묘한 솜씨로 포착해내고 있는 것이다. 참으로 대방가(大方家)의 재주라고 찬탄할 수밖에 없다.

그런데 그 섭리의 주재자는 역시 바람(風)이다. 바람은 꽃을 움직여 공중에 보냄으로써 꽃향기가 온 누리에 가득 차도록 만든다. 더욱 놀라

운 것은 마지막 결구(結句)에 숨겨져 있는 암시와 복선이다. 표현 그대로 읽으면 떨어지거나 또는 흔들리는 꽃잎이 앞산 거대한 산봉우리를 가린 다는 말이다. 시인의 눈에서 꽤 거리가 있는, 바위 틈 사이에 핀 꽃나무 의 꽃떨기 몇 개가 어떻게 거대한 산봉우리를 가린단 말인가? 아마도 꽃잎조차 제대로 보이지도 않았을 것이다. 여기서 미세하고 일면적인 상황을 거시적이고 전면적인 현상으로 환치시킬 수 있었던 스님의 상상 력이 확연하게 드러난다. 일종의 시적인 재치면서 유머라 할 수 있다.

　그러나 가만히 생각해보면 가려진 부분이 있다는 것은 역설적으로 보이는 부분도 있다는 말이다. 스님은 꽃이라는 색(色)이 가린 틈새로 '옥순봉'이라는 거대한 자연의 실체를 보고 있었던 것이다. 그러므로 여기서 제시된 옥순봉은 단순히 산봉우리란 뜻만 아니라 미의 본체에 대한 다른 이름으로도 상정이 가능하다. 스님은 눈이 아닌 마음으로 옥순봉이라는 자연을 감상하고 있는 것이다. 다소 가려짐으로써 전체 가, 본질이 선명하게 보이는 선염법(渲染法)적 기법을 스님은 시에서 활 용하고 있는 셈이다. 그런 미의 본체를 간파했을 때의 놀라움과 기쁨, 그리고 어리벙벙한 감정이 전구(轉句)와 결구로 이어지는 공간 속을 스 치듯 지나가고 있는 것이다. 책에나 나오는 무하유지향(無何有之鄕)의 실체를 목격했을 때 거기에는 꽃도 없고 바람도 없고 색이니 공도 없는 별천지가 전개되었다. 바로 그 틈새를 통해서 말이다.

　스님의 시에서 눈으로 감지되는 자연은 물질성을 띤 색(色)의 공간이 다. 그러나 자연을 색으로만 감상하고 즐긴다면 그것은 일차원적인 아름 다움만 볼 뿐이다. 가시적인 자연이 사라지면 아름다움도 함께 사라지기 때문이다. 그래서 스님은 색을 넘어선 산수자연의 진면모를 읽었다. 그 것은 바람과 향으로 대변되는 공(空)의 공간이다. 그러나 그런 공으로

대변된 자연미(自然美)가 관념적이거나 추상적이지 않은 것은 색(色)의
세계를 디딘 채 공의 세계로 올라와 있기 때문이다. 시각을 통해 감지되
는 범상한 자연 경물들을 작품 속에 버무려 놓았지만, 그 속에는 이미
비범하고 범상치 않은 마음의 세계가 도사리고 있다. 노자가 말한 대교
약졸(大巧若拙)이 스님의 손끝에서는 졸이대교(拙而大巧)로 환골탈태하는
것이다. 평상심으로 자연을 관조했고, 그런 마음으로 자연을 읊조린 아
암의 시를 읽으면서 산수자연의 본체가 드러나는 과정을 지켜보는 것은
참으로 유쾌하고 흥미로운 경험이 아닐 수 없다.

4. 결론을 대신해서

  본고는 아암혜장의 문학 세계뿐만 조선 후기 대둔사를 중심으로 전
개되었던 일련의 문화 운동에 대한 관심과 연구를 위한 시론적 성격의
글이다. 때문에 일단 아암의 산수시 몇 편을 읽어 스님의 시가 갖는
매력과 의미를 범박하게나마 재구하는 정도에서 글을 마무리하게 되었
다. 서론에서 언급했던 과제는 좀 더 시간을 두고 살피면서 정리하려고
한다. 특히『능엄경』의 사유 체계와 관련된 부분을 해명하는 것은 더더
욱 중요한 과제가 아닐까 생각한다.
  끝으로 아암 선시의 문학사적 의의에 대해 몇 마디 첨가하고자 한다.
  스님은 많은 시를 남기지도 않았고, 시의 본질이나 효용에 대한 구체
적인 의견을 개진하지도 않았다. 그저 소박한 자기표현의 도구로 스님
은 시를 썼다. 그래서인지 스님의 시는 화려하지 않았다. 그러나 소박
하고 꾸미지 않은 바탕 위에 아름다운 자연의 모습을 진솔하게 그려냈
다. 공자가 말한 회사후소(繪事後素)의 예술관으로 스님의 시를 논의할

수도 있을 것이다. 바탕에 대한 관심, 마음에 대한 강조는 선승들의 기본적인 강령일 수도 있겠지만, 이를 자연의 문학화 과정에서 성공적으로 구현한 것은 높은 평가를 받아야 할 것이다.

스님에게 있어 자연은 이미 눈으로 몸으로, 마음으로 정갈하게 씻어내고 남은 정화된 존재였다. 때문에 감정이 이입되거나 정서의 대체물로 자연이나 자연 소재들이 동원되지 않았다. 이렇게 무념(無念)의 경지에서 자연을 인식하고 이를 문학적으로 표현한 데 스님의 시가 갖는 가치와 의의가 있다고 말할 수 있다.

스님의 이런 시인식과 미의식은 같은 대둔사에서 오래 주석하면서 선승으로, 논객으로, 시인으로, 문화운동가로 활발하게 활동한 초의선사의 문학과 사상에 적지 않은 영향을 주었을 것으로 판단된다. 초의의 산수시는 아암의 시가 보여준 성과를 토대로 다양성과 다층성을 확보하면서 물자체(物自體)로서의 자연을 더욱 영롱하게 그려내고 있다. 그리하여 필자가 진경산수시(眞景山水詩)라 부르는, 마음의 눈으로 그려낸 산수시 세계를 완성하고 있다. 교학상으로 보았을 때 아암은 당시 불교계의 개혁을 주장한 백파(白坡)의 주장을 동조한 듯이 보이지만, 문학적으로는 초의 선시의 선구로서의 역할을 했던 것이다. 이런 점에서도 스님은 백파와 초의의 중간 단계에 서서 든든한 징검다리 구실을 했다고 말할 수 있는 것이다.

艸衣意恂의 禪詩와 자연미 수용

眞景山水詩로서의 가치 해명을 중심으로

1. 들어가는 말

초의 의순(1786~1866)은 정조 집권 중반기에 태어나 고종 3년에 세상을 떠난 선승이다. 그가 승려였다는 사실은 그가 남긴 다양한 문학적 성과와 저술의 성격을 규정해주는 표지가 된다. 그의 생애를 일별해 보면 그의 삶이 얼마나 다채롭게 전개되었던가를 쉽게 알 수 있다. 그는 상당량의 한시를 남긴 시인이면서, 스승이나 다름없는 백파긍선(白坡亘璇, 1767~1852)과 삼종선(三種禪) 문제로 선통 논쟁을 전개한 논객이기도 했다. 뿐만 아니라 그는 자신이 머물던 해남 대흥사 산자락에 차밭을 일궈 우리 식생에 맞는 차 품종을 개량하고 제조법 고안에도 관심을 가졌던 과학적 안목을 지닌 다인(茶人)이었으며, 진묵조사(震黙祖師)와 관련된 전기와 설화를 모아 정리하기도 하였다.

더욱이 시야를 넓혀본다면 그는 당대 최고의 유가 지식인들과 폭넓게 교유한 경력을 보여준다. 숭유억불(崇儒抑佛) 정책으로 일관한 조선조라 할지라도, 유불(儒佛)의 습합이 암묵적으로 인정된 형편을 생각한다면 이는 그만의 특별한 사건은 아닐 수도 있다. 그러나 그가 교유한 인물들의 편린을 살펴보면, 그가 단순히 유가 지식인들의 호사 취미에 휩쓸려 어울렸었던 것이 아님을 짐작하게 해준다. 추사(秋史) 김정희(金正喜, 1786~1856)를 비롯하여 다산(茶山) 정약용(丁若鏞, 1762~1836), 자하(紫霞) 신위(申緯, 1769~1847), 연천(淵泉) 홍석주(洪奭周, 1774~1842), 대산(臺山) 김매순(金邁淳, 1776~1840), 도촌(道邨) 김인항(金仁恒, ?~?), 위당(威堂) 신관호(申觀浩, ?~?), 소치(小癡) 허유(許維, 1809~1892) 등이 바로 그들이다. 이들은 당대 최고의 지성들이면서 격변을 예감케 하는 조선조 후기 정치·문화사의 진전에 직접적으로 참여한 인물들이다.

이밖에도 그가 한양에 올라와 머물 때 맺은 당대의 일류 문인과의 교유는 그 범위가 20여 인을 헤아릴 뿐만 아니라, 두릉시사(杜陵詩社)라는 집단적 문학 교유를 성형할 정도로 성대한 것이었다. 이처럼 그는 일개 승려로서는 누구도 생각할 수 없는 다양한 활동과 경험을 보여주면서 자신의 시대를 열어나갔다. 아니 이러한 폭넓은 활동의 전개는 어쩌면 그가 시야를 개방한 승려였기에 가능한 일이라고 볼 수도 있다.

이렇게 다양한 성격으로 정리되는 그의 문학과 정신사적 편력은 그 중요성과 비교할 때 심도 있는 연구가 뒤따르지 못했다. 실학사의 마지막 세대들과 인간적·학문적으로 교류하였고, 당대 고문의 대가들과도 어깨를 나란히 했으며, 시인묵객들과도 승속을 떠난 지인으로서 문학적 교감을 나눈 그가 이처럼 상대적으로 주목의 대상에서 멀어진 까닭은 그의 관심사의 진폭이 너무 컸던 탓이었다고도 여겨진다. 특정한 측면만 주목하기에는 논의의 범위가 좁아지고 관심의 전 영역을 다루기에는 대상이 너무 넓었던 것이다. 이제까지 그의 문학과 학문에 천착한 연구 성과도 그리 많지 않으며[1], 그의 문집에 대한 국역 작업도 일부

---

1) 이종찬, 「초의선사의 생애와 시문학」, 『한국불교문학사론』, 불광사, 1993.
  이진오, 「艸衣禪師의 詩와 그 문화사적 의의」, 『韓國佛敎文學의 硏究』, 民族社, 1997.
  배규범, 「艸衣詩 연구」, 『백련불교논집』 1집, 백련불교문화재단, 2000.

분에 한정되어 있다.[2]

조선조 후기의 문화사적 변모 양상을 검토할 때 그것이 주로 유가계 인물들의 동향을 중심으로 꾸려지고, 개화기 시대의 지식인 활동에 대한 관심이 중인(中人) 출신 지식인들의 그것에 주된 관심사가 놓인다는 사실과 비교하면, 동시대 불가계 지성들의 활동 양상에 대한 접근이 상대적으로 빈곤했음을 느끼게 된다. 이처럼 다소 편향적으로 연구된 이 시대의 문학사와 사상사의 본질을 바로잡기 위한 방편으로, 한편 근대로의 전환기에 불가계 지성들의 성격과 의미를 규명하기 위해서도 초의 의순에 대한 지속적인 관심과 연구는 반드시 필요한 과제라고 아니할 수 없는 것이다. 본고는 그런 큰 과제를 전제로 하면서 주로 그의 한시가 남긴 시세계와 그 의미를 중심으로 살펴보고자 한다.

2. 생애와 저작

초의의순(艸衣意恂)은 1786년 4월 5일 전라남도 무안군 삼향면(三鄕面)에서 태어났다. 속성은 장씨(張氏)였고, 초의는 그의 법명(法名)이다. 그가 일생동안 동년우로서 친교를 맺은 김정희는 같은 해 6월 3일 충남 예산군 신암면(新岩面) 용궁리(龍宮里)에서 태어난다. 5살 때 백파긍선으

이동재, 「艸衣禪師의 詩文學攷」, 동국대학교 교육대학원 석사논문, 1987.
권보경, 「艸衣意恂의 漢詩 연구」, 이화여자대학교 석사논문, 1993.
박동춘, 『초의 선사의 차문화 연구』, 일지사, 2010.
2) 김봉호 역주, 『艸衣選集』, 문성당, 1977.
임종욱 역주, 『艸衣選集』, 동문선, 1993.
통광 역주, 『艸衣茶禪集』, 불광출판부, 1996.
이종찬 등 역, 『초의집』(전3권), 동국역경원, 2010.
김영욱 옮김, 『선문사변만어』, 동국대학교 출판부, 2012.

로부터 구족계를 받아 정식으로 선문(禪門)에 귀의했으며, 15살 때에 전남 나주군 다도면 덕룡산 운흥사에서 벽봉민성(碧峰敏性)을 증사(證師)로 하여 출가했다. 19살 때 월출산(月出山)에 올랐다가 뜨는 달을 보고 개오(開悟)하였고, 다음해부터 그는 다도(茶道)에 관심을 가지기 시작하였다.

그의 시작(詩作)은 22살 때인 1807년부터 전남 화순군 쌍봉사(雙峰寺)에서 시작된다. 24살 때 처음으로 정약용과 교분을 가졌고, 김정희와는 30살 때인 1815년에 처음으로 대면한다. 39살 때 대둔사에 일지암(一枝菴)을 지어 평생 이곳을 거처로 삼아 시작과 저술 활동을 전개했다. 초의 선논쟁을 펼친 계기가 된 백파의『선문수경(禪門手鏡)』은 1827년(42살)에 쓰였는데, 이에 대해 논란한 글인『선문사변만어(禪門四辨漫語)』가 언제 쓰였는가는 정확한 연대가 고증이 안 되고 있다. 다만 그의 제자인 원응 계정(圓應戒定)이「선문사변만어서문」을 쓰고 책으로 간행한 연대가 1913년임이 확인된다. 이후 그는 한양 도성을 네 차례에 걸쳐 방문했고, 그 사이에 불국사와 금강산 기행을 가졌다. 1886년 8월 2일 일지암에서 입적했다. 향년 81살이었고, 법랍은 76살이었다.

그의 생애는 어떻게 보면 단조롭다고도 할 수 있다. 그는 일생동안 문화적 충격에 놓인 적도 없는 듯하며, 독서와 독학을 통해 다양한 정보를 수용했던 듯하다. 그러나 그는 동시대 식자층들과 폭넓게 교유하면서 서서히 변화하고 있던 동아시아의 문화사적 움직임에 눈을 뜨게 되었고, 김정희, 정약용 등과 서신을 교환하고 왕래하면서 실학적 사고의 의미를 인식했다. 그는 선구적인 유가 지식층처럼 중국을 다녀온 경험도 없었고, 서세동점(西勢東漸)의 시대적 분위기에 대응하는 모습을 보여주는 언사나 행동을 남기지도 않았다.

이는 그가 자신의 학문을 구축하고 세계관을 완성한 토대는 외적인 동인에 영향을 받아 이루어진 것이 아니라 내적인 성찰과 다양한 성향

의 인물들과 교유를 통해 자성적으로 얻어진 결과임을 보여준다. 그것
은 그의 사회적 신분이 승려임으로 해서 지닐 수밖에 없었던 한계였고,
아직 서구 문화의 충격이 가시적으로 드러나기 이전에 살았던 데서 연
유하리라 판단된다. 이것이 바로 그의 문학과 사상에 대한 접근에는
좀 더 면밀하게 텍스트를 이해해야 할 이유가 된다. 초의 자신은 미처
깨닫지 못하고 있었지만 그에게는 세계사상의 변화를 외면하면서 내부
의 문제를 해결하려는 보수적인 성향과 지식의 계보를 새롭게 정리하
고 평가할 필요성을 강조하는 진보적인 성향이 혼재되어 있었던 것이
다. 정조(正祖)의 개혁 정치가 파탄으로 끝맺고 보수와 수구의 물결이
완강하게 일어나면서 정치적인 난맥상과 그에 대한 진단과 대안 모색
이 거듭되는 시기에 그는 어느 한 편으로만 경도되지 않고 균형 감각을
유지하려 했던 완충적 지식인의 전형이라고 규정할 수 있는 것이다.

그는 일생동안 적지 않은 저술을 남겼다. 그 저술의 폭 또한 심상한
것이 아니었음은 몇몇 제목만 열거해보아도 짐작할 수 있다. 차와 관련
한 작품인 「다신전(茶神傳)」이 초록된 것은 45살 때인 1830년이었고,
한국 차의 역사와 가치를 한시로 노래한 「동다송(東茶頌)」은 52살 때인
1837년에 쓰였다. 같은 해에 불교논저인『문자반야집(文字般若集)』도 저
술했다. 66살 때 그동안 써온 시고(詩藁)를 모아『초의시고(艸衣詩藁)』을
엮었다고 추측되는데, 석오(石梧) 윤치영(尹致英)과 신관호가 쓴 「서문
(序文)」이 전하고 있다. 그밖에도 연대는 분명치 않지만, 여러 편의 저술
이 전한다. 대표적인 논변서인『선문사변만어』가 전하며,『진묵조사행
적고』와『선문염송선요소(禪門拈頌選要疏)』와『초의선과(艸衣禪課)』등
이 현전한다. 그가 세상을 떠난 뒤 1890년에 일생동안 쓴 산문을 수집
한『일지암문집(一枝菴文集)』이 간행되었고, 시작들은『초의시고(艸衣詩
藁)』(전2권)라는 이름으로 1906년에 출간된다.

그의 저술은 일부는 활자본으로 편집되기도 하고 일부는 필사본으로 전해지고 있다. 시와 산문집도 이본들이 몇 권 전하고 있지만, 내용상으로는 큰 편차를 보이지는 않는다. 본 논고는 아세아문화사에서 1980년에 영인 출판된 『초의전집(艸衣全集)』을 주된 텍스트로 삼았다.

3. 한시의 경향

초의의 한시는 조선 후기 한시사의 전개에 큰 의미를 가진다. 그것은 무엇보다도 그의 시 가운데 자연을 대상으로 쓰인 작품에서 두드러진다. 조선 후기에는 여러 방식의 시운동이 전개되었지만, 자연 소재의 한시의 경우 구투를 완전히 벗어버린 작품이 쉽게 발견되지 않는 한계가 있다. 그것은 조선조의 자연산수시가 주로 유가 문인들에 의해 노래되고, 그 결과 유가의 자연관, 즉 자연을 즉물적(卽物的)으로 느끼고 그 직관된 정서를 노래하기보다는 도(道)의 체현물(體現物)로 인식함으로써 자연에 일종의 의도적인 훼손을 가했다는 사실에서 비롯되었다. 그러나 초의는 자연을 순수 자연 그 자체로 인식하고, 그 자연에서 느껴지는 감흥을 시화하는 데 성공했다. 필자는 이것을 '진경산수시(眞景山水詩)'라는 용어로 설명하고자 하며, 그 진경산수시 운동의 한 실천자로서 초의를 들고자 한다.

초의의 산수시는 여러 갈래에서 해명이 가능하겠지만, 여기에서는 소재와 창작 환경을 고려하여 '사찰시(寺刹詩)', '산천시(山川詩)', '기행시(紀行詩)'로 나눠 살펴보겠다.

1) 사찰시의 妙境

사찰은 초의가 항상 머물면서 수도와 창작에 전념했던 공간이다. 물론 사찰은 인위적인 건축물이지만, 사찰 조경은 단순히 인공물의 수준을 넘어서서 자연과 가장 조화를 이룬, 즉 '법자연(法自然)'의 경지에서 세워진 것이라고 볼 수 있다. 때문에 사찰 소재 산수시는 그 자체로 하나의 아름다운 산수자연시를 형성하게 된다. 아래 작품을 읽어보자.

惺起北窓眠	북창에서 자다 깨어 일어나니
河傾遙夜闌	은하수는 기울고 먼동이 밝아온다.
四山峭且深	뭇 산은 높고 골짜기 깊으니
孤菴寂而閑	외딴 암자는 조용하고 한가하기만.
皎皎月入樓	밝은 달빛은 누대에 찾아들고
嫋嫋風生欄	산들산들 바람은 난간에 스민다.
沈沈氣羃樹	가라앉은 기운은 나무에 덮여 있고
零露流竹竿	차가운 이슬은 대나무를 흐르네.
儉素終違己	지나간 나날은 내 뜻에 어그러졌으니
對此還苦顔	이런 일 대하려니 오히려 괴로운 얼굴.
人不解意表	남들이야 내 심사를 헤아리겠는가.
難超嫌疑間	세상사 혐의를 벗어날 길 없네.
胡不妨未然	어찌 미리 막질 못했었나
履霜方惡寒	서리를 밟으니 오한이 몸에 인다.
漸看東頭明	동녘은 흰히 밝아 오고
曉霞起前山	새벽안개는 먼 산에서 밀려온다.[3]

이 작품은 문집상에 보이는 초의의 최초의 작품이다. 쌍봉사(雙峰寺)

---

3) 「八月十五日(丁卯(1870), 在雙峰)」, 『艸衣詩藁』 권1.

는 전라남도 화순군 이양면 증리 중조산에 있는 절인데, 대웅전(국보 274호)과 철감선사탑(澈鑒禪師塔, 국보 287호)이 특히 유명하다. 22살 청년 시절에 쓴 5언고시로, 한가위 날 새벽에 일어나 자연을 관조하면서 느낀 자신의 감회가 잔잔하게 기술되어 있다. 지나온 과거에 대한 참회의 심정과 더불어 닥쳐올 미래를 준비하는 마음가짐이 시의 저변에 깔려 있다. 이 작품에서 묘사된 자연은 불법(佛法)의 대체물도 아니고, 작자의 심정이나 정서를 비유한 상징도 아니다. 그것은 시인의 눈에 그대로 인식된 자연 자체일 뿐이다. 그러기에 우리는 이 작품을 읽으면서 사찰과 그 주변의 아름다운 자연 환경이 손에 잡힐 듯 떠올릴 수 있는 것이다. 평범함 속에 오묘한 솜씨를 담은 작품이라고 할 수 있다. 이어지는 작품은 대둔사에서 읊은 자연의 노래다.

採薇休溪畔	나물을 캐다가 시냇가에서 쉬노라니
溪流淸且漣	냇물은 맑고 또 잔잔히 물결이네.
新藤經雨淨	갓 자란 등나무 비 갠 뒤 더욱 깨끗하고
古石依雲娟	이끼 낀 돌에는 구름 덮여 어여쁘다.
嫩葉憐方展	고운 이파리는 서럽도록 돋아나고
葵花欣未娟	드리워진 꽃 시들지 않아 즐겁기만 하여라.
靑巖當繡屛	푸른 바위는 수놓은 병풍인 듯하고
碧蘇代紋筵	푸른 이끼는 무늬 돗자리를 대신할 만하구나.
人生亦何屛	사람살이 다시 무엇을 구하겠는가
支頤澹忘還	턱 괴고 앉아서 돌아갈 일 잊었네.
滄凉山日暮	차가운 물줄기 산 해는 기울고
林末起暝煙	숲 너머 아련히 연기가 솟아나네.4)

4) 「溪行(庚午(1810), 在大屯寺」, 『艸衣詩藁』 권1.

초의는 그 대상이 사물이든 사람이든 함부로 그를 평가하거나 자기류의 관점에서 독선적으로 재단하지 않았다. 언제나 그의 시선은 따뜻하고 정감에 차 있으며, 포근하게 상대를 감싸는 여유를 지니고 있었기 때문이다.

이 작품에도 그의 이 같은 태도가 잘 드러나 있다. 이끼 낀 돌 하나, 이름 모를 풀 한 포기와도 그는 항상 대화를 나누었고, 존재 속에 담겨진 신비를 공유했다. 저물어 가는 산사, 그 곁을 흐르는 시냇가에 서서 아름다운 자연을 만끽하고 우주와 융화를 이룬 그윽한 희열이 이면에 자리하고 있다. 25살 때의 작품이다.

寂寂回廊生澹烟	쓸쓸한 회랑 따라 안개는 담담히 피어오르고
萬緣消盡晝如年	온갖 인연 끊었기에 한나절도 한 해인 듯하다.
浮雲影薄山花落	뜬구름에 옅은 그림자 산꽃은 떨어지고
流水聲長岸柳眠	끊길 듯 이어지는 물소리에 버들은 잠들었네.
苔遍古松全老後	이끼 낀 늙은 소나무는 노후를 온전히 했는데
草深荒屋半頹邊	풀 우거진 무너진 건물은 반나마 퇴락했구나.
可憐荊棘林中子	가련하구나, 가시덤불 사이에 얽힌 사람들아
妙手誰能救爾懸	누가 능히 묘한 재주로 이를 구제할 것인가.[5]

사나사는 경기도 양평군 옥천면 용문산에 있는 절이다. 923년(신라 경명왕 7년) 대경(大鏡)과 융천(融闡) 두 스님이 함께 창건했는데, 원증국사석종비명(圓證國師石鐘碑銘)이 있다.

이 작품도 앞 시와 마찬가지로 서경의 수법이 돋보이는 작품이다. 한낮의 노곤하고 나른한 분위기가 적요한 산사를 가득 메우고 있다.

---

5) 「午入舍那寺」, 『艸衣詩藁』 권2.

오직 떨어지는 꽃떨기만이 그 적요를 깨고 있지만 그 파동마저도 사찰을 감싸고 있는 정적을 강화시키는 요소일 뿐이다. 속세의 험난한 길을 걸으면서도 그 고통을 깨닫지 못하는 이들이 어찌 이 적요의 의미를 이해할 수 있겠는가. 자연과 혼연일체가 되어 만뢰(萬籟)가 모두 잠들어 있는 정적미가 완연히 느껴진다.

削立蒼崖路欲窮	깎아지른 푸른 벼랑길도 끊기려 하는데
精藍瀟灑翠微中	깔끔한 도량이 아지랑이 사이에 놓였다.
水因照影方知淨	그림자 훤히 내비치니 물 맑은 줄 알겠고
山到無雲始見空	구름 한 점 없는 산이라 비로소 공을 본 셈이지.
碍日何妨剗茂綠	햇살 가려진 것이 무슨 방해되어 나무를 베며
惜春不遣掃殘紅	가는 봄이 아쉬워 지는 꽃도 쓸지 못하게 하나.
前程但得無岐派	앞길에는 더 이상 갈림길 없으리니
不向人尋西復東	사람 찾아가지 않고 자유롭게 길을 가리라.[6]

윤필암은 경기도 양평군 용문산에 딸린 암자로, 고려 중엽 묘덕(妙德) 비구니가 창건했다.

색계(色界)에 갇혀 살아야 하는 것이 인간에게 주어진 한계상황이다. 생로병사의 윤회를 거듭하는 육신을 훌훌 내던져 버리고 진리의 터전에 발을 들여놓은 경지, 이를 우리는 공이라 부른다. 그러나 또 색과 공은 격리된 별개의 공간이 아니다. 역시 인간이 만든 구분일 뿐이다. 마음을 다잡기에 따라서는 색은 공이 될 수도 있으며, 깨우침이 이런 경지까지 이른다면 공조차도 색으로 환원될 수 있는 것이다. 무성한 나뭇잎이 햇살을 가리고, 가는 봄을 아쉬워한다고 색계의 변화가 중지

---

6) 「潤筆庵」, 『艸衣詩藁』 권2.

되지는 않는다. 그저 현상을 그대로 인식하고 물자체(物自體)로 받아들일 뿐이다. 이렇게 될 때 발길을 어지럽히는 갈림길도 사라지고 오직 공의 세계에서 자유롭게 유영하는 깨끗한 영혼만이 남게 되는 것이다.

正到山深處	깊은 산중에 막 닿아 보니
瀟灑一庵僻	아담한 암자가 자리하고 있다.
空林春雨去	텅 빈 숲에 봄비가 지나가니
山翠濃欲滴	농익은 푸른 산 빛 방울질 듯하구나.
拂檐花影澹	처마에 어린 꽃 그림자는 담담하고
繞門流水碧	문을 두른 시냇물은 푸르게 흐른다.
誰言雲無心	구름이 무심타고 누가 말했던가
我來生穹石	나를 반겨 바위 위로 피어오르네.
冉冉度中峯	봉우리 너머로 뭉게뭉게 솟구쳐서
遲遲留遠客	멀리서 온 손님 발길을 잡는구나.
依汝松俱住	너에게 의지해 소나무와 함께 살리니
差可竝心跡	그럭저럭 마음의 자취 같이할 만하다.[7]

상원암은 경기도 양평군 용문면 면수리 용문산에 있는 절이다. 용문사에 딸린 암자로, 1398년(태조 7년) 조안(祖眼) 스님이 중창했다.

작품에는 구체화되어 있지 않지만 시인은 암자에 닿기까지 순탄치 않은 여정을 밟았던 것 같다. 봄비를 흠뻑 맞았고 시내를 건넜다. 거기다 해마저 저물었으니 봄날 저녁의 썰렁한 한기가 장삼자락을 파고들었을 것이다. 그러니 암자를 만났을 때 반가움은 오죽했을까. 구름도 자신을 반겨 맞이하는 듯하다. 쌓였던 여독은 말끔히 가셔지고 쾌적한 솔바람 소리는 번뇌에 찌든 심신을 다정하게 감싼다. 마음마저 넉넉해

---

7) 「暮抵上院」, 『艸衣詩藁』 권2.

지니 이곳이 극락이 아니고 무엇이겠는가. 자연이 베푸는 온갖 은혜를
너그럽게 포용했던 초의이기에 가능한 시심이었을 것이다.

山空春去後	봄 지나자 산은 텅 비었는데
雲起客來時	손님이 오자 구름이 이는구나.
不干去來者	오고가는 이들을 상관치 않아
終不爲人知	끝내 사람들에게 알려지지 않네.[8]

　용문사는 경기도 양평군 용문면 신점리 용문산에 있는 절이다. 913년
(신라 신덕왕 2년) 창건되어 1378년(우왕 4년)에는 지천(智泉)이 개풍 경천
사에 있던 대장경을 옮겨 봉안하기도 했다. 천연기념물 30호인 은행나
무가 유명하고 권근(權近)이 지은 정지국사비(正智國師碑)가 유명하다.
　도연명의 「잡시(雜詩)」의 한 구절이 떠오르는 작품이다. "마을 곁에
초막을 지었는데, 수레들 떠들썩한 소리 들리지 않는다. 어쩌면 그럴
수 있느냐 묻는다면, 마음이 멀어지니 땅도 절로 멀어진다네."[9] 찾는
이도 없어서 구름의 움직임마저 잠잠했는데, 손님의 발길에 잠시 흩어
진다. 사람이 오고간다고 무슨 별다른 생각을 하겠는가. 다만 이 정적
을 깨치지 않기만 바랄 뿐이다. 외계의 변화에도 흔들리지 않는 굳은
마음이 잘 표현되어 있다.
　이처럼 초의의 사찰시에는 자연을 관조하고 그 순리의 흐름에 조응
된 다양한 심경이 표현되어 있다. 평범함 속에서 오묘의 경지를 깨치는
자연의 묘경(妙境)이 담겨 있는 것이다.

---

8) 「至龍門寺」, 『艸衣詩藁』 권2.
9) 結廬在人境 而無車馬喧 問君何能爾 心遠地自偏.

2) 산천시의 仙境

　운수행각을 삶의 방편으로 살아가는 승려에게 있어서 자연은 곳 삶
의 터전이 된다. 때로는 시끄러운 저자거리를 헤매기도 하고, 때로는
고즈넉한 언덕길을 걷기도 하며, 때로는 심산유곡 깊은 골짜기 넓은
강물을 거슬러 오르기도 한다. 이렇게 살면 빈번하게 접하게 되는 자연
물상은 심상한 것인 만큼 의미가 남다를 수밖에 없었을 것이다. 생활의
터전이면서 수행의 정토이기도 한 자연 강산은 초의에게 어떤 의미로
다가왔을지 찾아보기로 하겠다.

斜日西馳雨散東	해는 서녘으로 지고 빗발은 동녘서 흩뿌리는데
詩囊茶椀小舟同	시 주머니와 다기를 들고 쪽배에 함께 올랐다.
雲開正滿天心月	구름 걷히자 하늘은 달빛으로 충만하고
夜靜微凉水面風	고요한 밤 선선한 바람이 물 위를 굴러간다.
千里思歸何所有	고향으로 향하는 마음을 어찌 이루겠는가
一身餘累竟難空	이 몸에 끼친 업보 털어내기도 벅찬 것을.
誰知重疊青山客	누가 알리 청산이 중첩된 먼 지방 나그네가
來宿金波萬頃中	금물결 일렁이는 속에 잠을 청하고 있음을.[10]

　열수는 한강(漢江)의 옛 이름이다. 한강 가에 해는 뉘엿뉘엿 저물고
가랑비가 아련히 사위를 적실 무렵 쪽배 한 척을 세 내어 배에 올랐다.
시간과 날씨로 보아 뱃놀이는 아니었고 수심에 잠긴 마음을 달래고자
오른 뱃길이었을 것이다. 한 잔 차를 마시고 한 수 시를 읊는 정취는
아름답지만, 고향으로 달려가는 애틋한 마음을 다잡지 못하고 근심을
물결에 띄워 보내는 한 나그네의 쓸쓸한 모습만 눈에 선할 뿐이다. 초의

---

10)「洌水泛舟」,『艸衣詩藁』권2.

의 인간적인 면모를 보여주는 작품이다.

그러나 고뇌 속에 어린 자연은 그의 서글픈 심정을 담아낼 듯 기대되지만, 실상 자연에 자신의 감정을 대응시키는 모습은 보여주지 않는다. 자연은 탈 감정의 존재이기 때문이다. 변함없이 그대로인 자연이기 때문에 시인은 나약해지는 자신의 태도에 자괴감을 느끼는 것이다.

登山莫登逶迤山	산을 올라도 굽은 산은 오르지 말지니
逶迤之山凡艸樹	굽은 산에는 풀과 나무가 평범하기 때문이지.
君不見	그대는 보지 못했나
迦葉峻山層白雲上	험준한 가섭산 흰 구름 너머로 가면
直入銀漢吐風雨	곧바로 은하수 있어 비바람을 토해낸다네.
懸松倒柞許人攀	쓰러진 소나무 꺾인 떡갈나무 잡고 올라갈 순 있어도
崩崖落石縈細路	무너진 언덕 구르는 돌이 길마다 얽혀 있네.
强欲一步進	억지로 한 발짝 내디딘다 해도
已覺退三步	이내 세 발짝을 밀려 내려오네.
危磴幾屈膝	위태로운 돌층계에 몇 번이나 무릎 꿇었고
側棧屢驚度	휘청거리는 나무다리에 놀란 일도 여러 번이지.
絕驗難寄飛猱足	끊기고 험준해서 원숭이 발도 건너기 어렵고
嵩峻倒壓戾天羽	높고 가팔라서 하늘 나는 새도 거꾸로 박힌다네.
終凌絕頂非人力	마침내 정상에 닿는 것은 인력이 아니고
知有山靈冥祐護	천지신명의 도움이 있었기 때문이지.
不知幾萬丈之穹隆	아득한 낭떠러지는 몇 길인지 알 수 없고
峭壁下臨無地	깎아지른 벼랑 밑엔 땅이라도 있나 모르겠구나.
目眩足酸不敢俯	눈 아른대고 다리 떨려 내다볼 엄두도 안 나고
列岳攢峯爭盤紆	연이은 뾰족한 봉우리는 다투어 굽이친다.
騰驤起伏勢難數	내달리고 기복이 심해 앞길을 점치기 어렵구나.

環坐陳險艱	둘러앉아 그 험난함을 이야기하는데
慰言如相訴	위로의 말이 마치 하소연인 듯 들린다.
掬嘗巖竇泉	바위 사이 샘물을 한 움큼 떠 마시니
神爽如發悟	정신이 맑아져 오도에 든 것 같도다.
摘蔬裹簞食	채소 나물로 도시락을 까먹으니
靈香通胃腑	신령스런 향내가 폐부까지 스며든다.
談論恐非人間意	담론은 인간 세상의 뜻이 아닌 듯하고
賦詠疑是天上趣	읊조리는 시 또한 천상의 체취가 풍기는구나.
地上神仙眞玆是	지상의 신선이 바로 여기 있는데
何必吸風復飮露	어찌 바람 마시면서 이슬을 음복하는가.[11]

이백(李白)의「행로난(行路難)」을 읽는 듯한 감동을 주는 작품이다. 굽은 산길을 가지 말라는 말은 충고일까 권유일까. 아니면 참된 진리의 세계에 이르기 위해서는 그만한 각고의 노력이 필요하다는 암시인가. 읽을수록 새로운 맛이 느껴지는 수작이다. 인위적으로 신선이 되고자 애쓰는 짓은 얼마나 어리석은 행동인가. 피나는 수련과 정진을 피하고 암수(暗數)를 써서 피안에 도달하려는 무리들이여. 경계하고 경계할지어다. 별유천지비인간(別有天地非人間)은 망령된 작위로 얻어지는 것이 아니다. 겸허한 자기 인식 위에 불퇴전의 각오가 뒤따를 때라야 가능한 것이다. 거룩한 우주의 기운을 한껏 심호흡하면서 대자연과 혼연일체가 된 자연인 초의의 자태가 사자처럼 우람하게 각인되어 있다.

山萬疊兮水萬重	산도 첩첩 물도 첩첩
重重疊疊鬱穹窿[12]	겹치고 쌓여서 울창하게 하늘을 업었네.

---

11)「登迦葉峯」,『艸衣詩藁』권2.
12) 궁륭(穹窿) : (1) 활 모양으로 되어 가운데가 높은 것. (2) 하늘.

崝嶸參錯奇秀傑	우뚝 솟아 연이어진 봉우리들 기이한데
皆含肅穆正齊容	모두들 정숙하고 온화해 품위를 갖추었다.
琮琤喧吼遞相響	시냇물은 옥 구르듯 골짝을 달려가고
時會碧潭靜溶溶	때로 푸른 연못에 모여 조용히 고이네.
闊脚步步尋源去	발걸음도 활기차게 근원 찾아 올라가면
境深步窮源不窮	깊은 숲 속 길은 끊겨도 근원은 안 끝난다.
風凉雲暖日華妍	시원한 바람 따뜻한 구름 햇살은 화창하고
樹葉相舒花欲紅	나뭇잎 무성한데 꽃도 붉게 피는구나.
將恨春歸無覓處	아쉬워라 이 봄 가면 찾을 곳도 없으려니
誰知轉入此中住	이런 곳에서 머무를 줄 아는 이 누구인가.
葵英收藏堅固林	꽃잎들을 그득 모아 숲은 더욱 견고해지고
流曦攝入光明戶	햇살을 잔뜩 먹어 산마다 밝게 빛난다.
我願與爾同住持	내 너와 더불어 머물기를 원하니
長年常作主中主	언제나 이곳에서 주인다운 주인이 되련다.
淸洞澗流瘦如藤	맑은 골짜기 흐르는 시내 등걸처럼 늙으면
鐵心石腸13)寒無慕	철석같이 견고한 마음 그리워할 것 없다네.
霧露雲霞作衣裳	안개와 이슬과 구름과 노을은 나의 옷이 되고
霜花雪葉充糗糧	서리에 섞인 꽃잎과 눈 덮인 잎들은 양식이 되었네.
水邊林下乾坤靜	숲을 지난 시냇가 천지는 고요하게 잠겼고
像外壺中日月長	세상 밖 세상에는 세월도 유장해라.
也有家風自展揚	선가의 풍모 또한 절로 드날릴 게고
鳥歌花舞弄一場	새들의 지저귐에 꽃은 한바탕 춤추겠지.
共居不知觀自在14)	함께 사면서도 관자재를 모르고

---

13) 철심석장(鐵心石腸) : 마음의 심지가 굳어서 조금도 흔들리지 않음.

14) 관자재(觀自在) : 관세음(觀世音). 아박로지저습벌라(阿縛盧枳低濕罰邏)라 음역하고 광세음(光世音), 관세자재(觀世自在), 관세음자재(觀世音自在)라 번역한다. 줄여서 관음이라 한다. 대자대비를 근본 서원으로 하는 보살의 이름. 미타삼존(彌陀三尊)의 하나로 아미타불의 왼쪽 보처(補處). 관세음이란 세간의 소리를 본다는 뜻이다. 관자재는

相逢不拜妙吉祥[15]   만나서도 묘길상에 인사하지 못했네.
若人問我向他道   누가 있어 나에게 다른 길을 묻는다면
只緣識得自金剛   다만 인연으로 금강에서 앎을 얻었다 하리라.[16]

초의는 그의 나이 53살 때 금강산을 여행했다. 예로부터 명승 절경이 곳곳에 널려 있다 했지만 초의의 눈에 비친 금강산은 바로 불도량 그것이었다. 새삼 자연과 일체가 된 희열감을 온몸으로 느낄 수 있었다. 그 깊은 오도의 기쁨을 한 편의 시로 엮었다. 그곳은 선경(仙境)이면서 부처님의 목소리가 충만한 공간인 것이다. 삼라만상이 내는 모든 소리 소리마다 부처의 옥음(玉音)이 들리고 나에게 주어진 길과 일이 무엇인지를 일깨워준다. 자연에 대한 최대의 예찬이 작품에 점철되어 있는데, 그것은 이미 합목적적인 이념을 근거로 술회되는 것이 아니다. 금강산이라는 한 개체가 주는 위대함에 경복(敬服)하는 자연 존재의 경탄이 있을 뿐이다. 그런 자연 속에서 선풍(禪風)은 절로 날리는 것이며, 새들의 지저귐이나 바람 소리, 물소리가 내 마음의 음률로 울려 퍼지는 것이다. 이러한 비경에 접어들어 그 근저로부터 일어난 선경(仙境)의 감흥이 진솔하고 가슴 벅차게 우러나 있는 작품이다.

3) 기행시의 趣境

일생을 전라도 대둔사에서 생활한 초의지만 시간을 내서 한양이며

지혜를 관조하여 자재한 妙果를 얻은 사람을 말한다.

15) 묘길상(妙吉祥) : 문수사리(文殊師利). 대승보살. 문수와 만수(曼殊)는 묘(妙)의 뜻이고, 사리와 실리(室利)는 두(頭), 덕(德), 길상(吉祥)의 뜻이다. 보현보살과 함께 석가모니불의 보처이고 왼쪽에 있으면서 지혜를 맡는다.

16) 「遊金剛山詩(戊戌(1838)春 與秀洪同作)」, 『艸衣詩藁』 권3.

경주 등 조국의 곳곳을 여행하기도 한 그였다. 그 여정의 의미나 목적은
다양해서 특정한 문맥을 형성하지는 않지만 여행의 길목에 만난 자연
경관을 노래하는 여유를 초의는 잃지 않았다.

暮山蒼翠接天霞	저문 산의 푸른 기운 하늘의 노을과 잇닿았고
芳草湖邊落日斜	호숫가 풀은 고운데 저녁 햇살은 비낀다.
沙上煙交初暗柳	모래사장 안개 사이로 버들가지는 가물거리고
風前葉護已殘花	바람 앞의 나뭇잎은 떨어진 꽃을 감싸고 있구나.
塵緣俗想俱爲化	속세의 인연 때 묻은 상념 모두 사라져서
水意山情可自誇	물의 뜻 산의 정을 자랑도 할 만하이.
聞道禪房猶是遠	들으니 산방은 아직도 멀다 하니
下船仍宿水邊家	배에서 내려 하룻밤 물가 주막서 잠드노라.[17]

갈대로 뒤덮인 강변이 펼쳐지고 수면 위로는 안개가 자욱한 저녁 무
렵, 어쩌면 자연의 가장 아름다운 순간이 초의의 눈에 포착되었다. 무
심(無心)과 무상(無常)의 경지에서 영혼을 자유롭게 방기한 잔잔한 정취
가 곱게 수 놓여 있다. 서경과 서정이 앞뒤로 교묘하게 조화를 이뤄
한층 시의 운치를 배가시켰다.

輕霞冉冉曙光晴	부드러운 노을은 살랑거리고 서광은 맑은데
旭日娟娟上赤城	곱디고운 밝은 해가 거리를 붉게 물들인다.
朝冷烟從溪面起	싸늘한 아침 물안개는 시내를 따라 피어나고
岸高人在樹巓行	나무 우뚝한 강가 언덕을 행인들은 지나간다.
林深尙見餘花發	숲은 우거져 철 지난 꽃들은 아직 눈에 띄고
春盡猶聞好鳥聲	봄날 지났는데도 꾀꼬리 소리는 우런 들린다.

---

17) 「蘆灘暮泊」, 『艸衣詩藁』 권2.

惆悵龍門山下路　　인적 끊긴 용문산 아래 산길을 쓸쓸히 가노라니
寶坊[18]遺與野人耕　　옛 절터 남은 비탈 밭을 농군들이 갈고 있구나.[19]

전편이 서경으로 이루어진 보기 드문 작품이다. 예로부터 율시(律詩)
는 선경후사(先景後事)라 해서 첫 두 연에서는 경치를 묘사하고 나머지
두 연에서는 일을 표현하는 것이 정칙이었다. 일종의 내용상의 대구라
고 할 수 있다. 그러나 이 파격이 작품의 묘미를 더욱 싱그럽게 만든다.
그것은 시인의 눈에 어린 맑은 세계 인식 때문일 것이다. 자취만 남은
절터의 스산한 모습과 농촌의 한가로운 정경이 아름다운 한 폭의 묵화
를 대하는 것 같다. 강가 언덕을 거니는 행인들과 서늘하게 퍼져나가는
물안개의 대비는 그대로 한 폭의 수묵 산수화를 연상시킨다. 깊은 산이
기에 철도 늦게 지나가 꽃은 아직 지지 않았는데, 주인 잃은 절터만
덩그러니 놓여 있다. 그리고 그 사이 골짜기를 일궈 농사를 짓는 농군들
과 노을 아래 펼쳐지는 자연의 따뜻한 자태, 이런 것들이 작품 속에
어우러져 좋은 구도를 갖추었다.

容與孤舟引興長　　한 척 배는 물결 따라 넘실대며 흥을 돋우고
小亭新霽上朝陽　　맑게 갠 아침 햇살에 정자는 반짝인다.
澄江靜似臨明鏡　　고요한 푸른 강물은 마치 맑은 거울 같고
絕境開如到上方　　빼어난 경치 한갓지기는 도량을 찾은 듯하네.
掃蘚重廻舊欄面　　이끼를 말끔히 닦으니 정자는 의구하고
刪枝添顯遠山光　　나뭇가지 잘라내니 산 경치가 한눈에 든다.

---

18) 보방(寶坊) : 방(坊)은 절. 보배로 만든 절, 곧 아주 좋은 절이라는 뜻. 『대집경(大集經)』
　　에 여래가 무량신통력(無量神通力)을 일으켜 칠보로 이루어진 보방에 이르렀다는 말이
　　나온다.
19) 「早過斜川 古寺遺址」, 『艸衣詩藁』 권2.

綠陰如海無人覺　　바다 같은 녹음을 사람들은 알지 못하고
分許幽禽盡日凉　　그윽한 새소리에 바람맞으며 하루를 보냈네.[20]

깔끔하게 다듬어진 서경시다. 뱃놀이를 즐기면서 접할 수 있는 주위의 아름다운 경치가 한눈에 들어온다. 강가 언덕에는 정자가 아담하게 서 있고 강물은 투명해서 바닥까지 손에 잡힐 듯하다. 묵은 이끼와 잔가지까지 쳐냈으니 늘 대하던 자연이지만 싱그럽기 그지없다. 자연의 진면모를 알 사람이 얼마나 되겠는가. 근심 없는 사람들만이 이를 즐길 수 있을 뿐이다.

亭亭特立暎秋林　　당당하게 우뚝 서서 가을 숲을 비추니
仙鶴風流檀麝襟　　선학의 풍류에는 향기로운 냄새가 스몄다.
白玉莊成新月面　　백옥으로 단장한 듯 초승달 같은 얼굴에
黃金間點翠蘭心　　황금빛 점찍어 푸른 난의 마음을 담았다.
應從天上今纔降　　하늘에서 이제 금방 내려왔을 것이니
豈向人間容易尋　　어찌 인간세상을 그리 쉽게 찾겠는가.
憐爾羞霑凡雨露　　속세에 물들까봐 이다지도 저어해서
慇懃移入白雲深　　은근히 날개를 펴 백운동에 들어왔지.[21]

단풍으로 짙게 물든 숲에 학이 한 마리 노닐고 있다. 울긋불긋한 가운데 순결의 상징인 양 서 있는 하얀 학의 자태를 보고 초의는 이곳이 바로 출세간의 세계임을 인식한다. 부처인가 신선인가. 고결한 마음의 분신처럼 기품이 우아한 학은 정녕 자연의 진수를 모아 놓은 것 같다.

---

20)「遊石湖亭與諸公賦」,『艸衣詩藁』권2.
21)「白雲洞見白鶴翎有作(己亥(1839)秋)」,『艸衣詩藁』권3.

晚山當戶碧　　　　저물 녘 산 빛은 더욱 짙푸르고
疎雨洗新秋　　　　성긴 비는 가을을 맑게 씻었네.
坐到清凉夜　　　　앉아서 청량한 밤의 기운을 마시니
團團月入樓　　　　둥근 달은 천천히 다락을 채운다.

月朗金風²²⁾夜　　달빛은 명랑하고 가을바람 부는 밤
天空玉露秋　　　　옥 같은 이슬 하늘을 비끼는 가을이라네.
偶成文酒會²³⁾　우연히 그대 만나 문주회를 가지니
好是水明樓　　　　물빛마저 밝은 다락이 정녕 좋아라.²⁴⁾

　수사 심낙신²⁵⁾과 운주루에서 만나 그의 시에 차운한 것이다. 첫수에
서는 운주루 주변의 밤경치를 깔끔하게 묘사했고, 둘째 수에서는 가을
밤 우연한 수사와의 반가운 만남을 그렸다.
　이처럼 초의의 산수시에는 때 묻지 않은 자연과 그 자연을 만끽하는
사람의 순수 무구한 심경(心境)이 조화를 이루고 있다. 때문에 초의의
산수시는 단순히 자연을 묘사하고 담았다는 의미에서가 자연의 실상을
시로 그렸다는 점에서 그 성취의 진수를 맛볼 수 있는 것이다.

---

22) 금풍(金風) : 금은 오행설(五行說)에 가을에 해당하기 때문에 금풍은 곧 가을에 부는
　　바람을 말한다.
23) 문주회(文酒會) : 시문을 짓고 술을 마시면서 풍류를 즐기는 모임.
24) 「運籌樓陪水使沈公樂臣同賦」, 『艸衣詩藁』 권3.
25) 심낙신(沈樂臣) : ?~?. 철종 때의 무신. 본관은 청송(靑松)이고, 자는 사양(士良)이다.
　　1819년 무과에 선발되어 1842년 경상좌도병마절도사(慶尙左道兵馬節度使)가 되었다.
　　이어서 함경도병마절도사(咸慶道兵馬節度使)와 경기수군절도사(京畿水軍節度使) 겸
　　삼도통어교동부사(三道統禦使喬桐府使)를 역임했다. 1857년 어영대장(御營大將)이 되
　　었다가 총융사(摠戎使)로 옮겼다.

4. 끝맺는 말

초의의 한시는 조선 후기 한시사에서 중요한 의의를 가지는 것으로
볼 수 있다. 경직된 성리학풍의 시들과 이를 만회하고자 했던 일부 실학
파 문인들의 시문학, 그리고 또 하나의 시파를 형성하면서 창작에 몰두
했던 중인층(中人層)들의 한시 등 다양한 움직임이 있었던 시기가 조선
후기였다.

그런 한국시사의 격변기 속에서 초의의 한시가 갖는 의미는 무엇일
까? 그것이 본고가 쓰인 목적이다. 불가의 승려이기에 철리(哲理)를 노
래하고 불리(佛理)의 깊은 이치를 궁리한 작품도 많이 남긴 초의였지만
역시 그의 시의 정맥은 산수 자연시에서 찾아야 할 것이다. 그런 산수시
의 일부를 '사찰시'와 '산천시', '기행시'로 나누어 검토해보았다. 그 결
과 초의의 산수시는 묘경(妙境)과 선경(仙境), 취경(趣境)을 아우르면서
자연이 보여주는 그 유연하고 당당한 물태(物態)를 가식이나 과장 없이
진솔하게 표현했음을 알 수 있었다. 이런 평범함 속에 그려진 자연 산수
시는 일견 담담하게 인식될 수도 있지만, 이 사실은 조선 후기 한시,
특히 산수시의 향방에 큰 의미를 제공하는 것으로 믿는다.

초의가 살다간 시대가 조선 후기에서도 상당히 후반부이기 때문에
그의 산수시가 가진 진경산수적(眞景山水的) 풍치가 그로부터 시작된 것
인지 아니면 마감된 것인지, 또는 그 과정의 한 모습인지 좀 더 광범위한
자료 조사와 작품을 살펴야 할 것이다. 그러나 조선 후기 화풍(畵風)이
조선의 것을 찾자는 방향에서 완성되었던 것과 마찬가지로 조선시(朝鮮
詩) 운동의 종착점도 결국 진경산수시(眞景山水詩)의 완성으로 귀결되리
라고 상정하면서 그 한 예증으로 초의의 시문학을 검토해 보았다.

조선 후기 茶道의 중흥조,
艸衣 스님의 다도사적 위치

1. 들어가는 말

우리나라에서 차가 처음 전래되어 애용된 시기는 가야시대 초기 수로왕의 비 허황후(許皇后)에서 출발했다는 설과 신라 선덕여왕 시대에 당나라에 사신으로 다녀온 대렴(大廉)이 차의 씨앗을 들여와 지리산에 심은 데서 출발한다는 설 등이 논의되고 있다.[1] 물론 처음부터 대중적인 기호식품으로 보급되지는 않았겠지만, 왕실과 사찰, 귀족 계층을 중심으로 제의와 행사 등에 따르는 필수용품으로 확산되기 시작한 것만은 분명하다.

고려시대에 들어와서 이런 풍습은 더욱 보편화되어 문인과 승려들 사이에서 없어서는 안 될 위치로까지 올랐다. 문인들은 그런 음다(飮茶)의 경험을 시문에 담았다. 예컨대 이규보(李奎報, 1168~1241)의 「영 수좌의 화답을 받고 다시 차운하여 화답하다(聆公見和 復次韻答之)」는 제목의 다시(茶詩)를 들 수 있다.

---

1) 배규범, 「草衣意恂의 茶詩 연구」, 『溫知論叢』 14집, 溫知學會, 2006, 251쪽.

占斷巖根結小庵	바위 아래 터를 잡아 작은 암자를 얽었으니
薜蘿緣壁掛茅簷	등덩굴이 벽을 타고 올라 초가 처마에 걸렸네.
晚涼新月偏窺戶	서늘한 저녁이면 초승달이 문틈으로 스며들고
夜靜淸風自卷簾	고요한 밤이면 맑은 바람이 절로 발을 걷어 올리지.
山味好烹龍耳菌	산중의 별미로는 삶은 용이균2)이 좋은데
僧筵不用虎形鹽	스님 자리라 아예 범 모양 소금은 쓰지 않는구려.
茶談未罷還浮白	다담이 끝나기도 전에 다시 술을 나누니
蕭洒中間闌燠兼	소쇄한 생활에다 난만함까지 겸했구나.3)

이 시에서도 엿볼 수 있지만, 고려시대부터 차는 문인과 스님들의
교유 자리에 반드시 따라야 할 음료로 자리하고 있었다. 그리하여 명전
회(茗戰會) 또는 투다(鬪茶)라 하여 차 맛의 우열을 겨루는 풍습까지 전해
지고 있다. 고려 후기 때의 문인 이연종(李衍宗)4)이 지은 「차를 주신 박
치암에게 사례하며(謝朴恥庵惠茶)」에 그 정황이 나온다. 제법 긴 5언고
시라 앞부분만 소개한다.

少年爲客嶺南寺	어렸을 때 영남 땅 절간의 손님이 되어
茗戰屢從方外戲	차 싸움이란 방외의 유희를 여러 번 했었지.
龍巖巖畔鳳山麓	용암 바위 곁 봉산 산기슭에서

---

2) 용이균(龍耳菌): 균류 식물의 이름. 줄기는 흰색이고, 잎은 우산처럼 퍼진 잎은 회색인
데, 옥처럼 밝게 빛난다고 한다. '용이'는 옛날 감여가(堪輿家)들이 풍수가 아주 좋은
장소를 가리키는 말이었다.

3) 이규보, 『東國李相國集』 권2.

4) 이연종(李衍宗): ?~?. 고려 후기의 문신. 본관은 가리(加利)고, 자는 덕유(德孺)다.
이승휴(李承休, 1224~1300)의 아들로, 감찰대부(監察大夫) 등을 역임했다. 부친의 문집
『동안거사집(動安居士集)』을 처음 발간했다. 1321년 사헌규정(司憲糾正)으로 원나라에
파송되어 과거에 응시했다. 1352년 개편 때 밀직사겸감찰대부(密直使兼監察大夫)에 임
명되었다.

竹裏隨僧摘鷹觜	대숲 속 스님들 따라 매부리[5]를 땄다네.
火前試焙云最佳	불 앞에서 말린 것을 가장 좋다 하는데
況有龍泉鳳井水	더군다나 용천[6]과 봉정 샘물까지 있음에랴.
沙彌自快三昧手	스님들은 원래부터 차 끓이는 솜씨가 대단했으니
雪乳䬼甌點不已	찻잔 속에 설유[7]를 쉬지 않고 집어넣었지.[8]

그러나 고려시대까지는 널리 애용되던 음다의 전통은 조선시대로 들어오면서 점차 쇠퇴하기에 이른다. 불가의 풍습을 꺼려하던 사대부들의 무관심이 시간이 지나면서 왕실에서조차 자취를 감추게 하는 요인으로 작용했던 듯하다. 조선 초기까지는 음다의 흔적을 찾을 수 있지만, 중기로 접어들자 소수의 인물들만, 그것도 기호식품이 아니라 약용(藥用)으로만 쓰이는 상황에까지 이르렀다. 차가 가지고 있는 다양한 효과를 생각할 때 안타깝기 짝이 없는 현실이었다.

이런 가운데 차의 중요성을 재인식하여 승려로서의 수행과 세속과의 교유에 적극 활용하고자 했던 사람이 초의의순(草衣意恂, 1786~1866) 스님이었다. 스님은 단순히 즐기는 대상으로서만 차의 가치를 평가한 것이 아니라 만들기도 쉽지 않고 구하기도 어려운 차를 조선의 풍토에 맞게 개발하고 시험하여 불가에서뿐만 아니라 사대부 문인들도 즐겨 음상(飮賞)하는 차원으로까지 끌어올렸다. 여기서 한 걸음 더 나아가 스님은 좋은 차를 만들고 즐기기 위한 이론을 모색하기도 하고 제다(製茶)

---

5) 메부리(鷹觜) : 응취(鷹嘴)라고도 하는데, 차(茶) 이름이다. 유우석(劉禹錫)의 「서산난야시다가(西山蘭若試茶歌)에 보면 "宛然爲客振衣起 自傍芳叢摘鷹觜)란 시구가 있다.

6) 용천 : 용이 살고 있는 샘을 말하는데, 사찰 또는 스님들이 지내는 곳을 가리키게 되었다.

7) 설유(雪乳) : 눈과 젖처럼 희고 맑은 물. 샘물을 말하는 데 차를 끓이기에 아주 좋다고 한다.

8) 이연종, 『東文選』 권7.

방법에서부터 음다(飮茶) 도구의 고안과 보급, 그리고 당대를 넘어 후세에 길이 전하기 위해 제자들에게도 자신의 이론과 기술을 전승시키는 데도 공력을 아끼지 않았다. 그리하여 초의 스님에 의해 창안되고 보편화된 다양한 이론과 기법들이 조선 후기를 통틀어 현재까지 지속적으로 보편화되는 데 남달리 기여했던 것이다.

한편 스님은 제다와 음다를 통해 문화생활의 다변화를 넘어 당시 정치와 문화의 중심 계층으로 자리한 문인사족(文人士族)들과의 문학적 교유에도 활용했다. 스님이 평생 교유했던 당대 최고의 지식인들의 면면을 보면 이는 쉽게 확인이 된다.[9]

한때 명맥마저 끊겨 다도의 본거지라 할 수 있는 산사(山寺)에서도 찾아보기 어렵거나 변질되어 전해지던 풍습을 되살려 일변시킨 스님의 노력은 결코 과소평가될 수 없는 업적이다. 본고에서는 우리 한국의 다성(茶聖)이라 불리는 초의 스님의 다도사적인 의미를 조망해보고, 스님의 구체적인 실천 방법과 후대에의 전승 과정 등을 살펴보고자 한다.[10]

2. 「동다송(東茶頌)」과 「다신전(茶神傳)」의 다도사적 의의

스님이 남긴 시집인 『초의시고(艸衣詩藁)』에는 차와 관련이 있는 작품이 21편 정도[11] 된다. 「동다송」까지 포함하면 이는 양적으로나 질적인

---

9) 김상현, 「초의선사의 다도관(茶道觀)」, 『사학지(史學志)』 10집, 단국대학교 사학회, 1976, 61쪽 참조. 이 논문에 보면 스님의 시집 『일지암시고(一枝庵詩藁)』에는 모두 37명의 인물들과 교유한 것으로 나온다.

10) 스님의 차문화에 대한 논문은 본고에서 인용된 글들 외에도 김방룡의 「선승들의 차문화에 대한 일고(一考)」(『韓國禪學』 21호, 2008년)와 송해경의 「초의 다신전 등초의 한문화사적 의의」(『韓國禪學』 36호, 2013년) 등이 있다.

면에서 당대 최고의 수준을 보여주는 것이었다. 특히 스님의 남다른
혜안은 차를 즐기는 생활에만 머물지 않았다는 데서 찾을 수 있다. 스님
은 누구보다 차의 생산과 법제, 관리 및 활용 등에 큰 관심을 두었고,
우리 땅에서 생산된 조선차(朝鮮茶)의 가치와 효험을 알리는 데 앞장섰
다. 스님 이전에 차의 문화사란 것이 거의 없었던 사실을 감안하면 이는
당연한 일로 보인다. 이런 두 영역에서의 관심과 실천이 가장 잘 드러난
저작이 「동다송」과 「다신전」이다.

「동다송」은 1837년에 쓰였고, 이 시를 쓴 동기는 해거도인(海居道人)
홍현주(洪顯周, 1793~1865)가 변지화(卞持和)를 통해 다도에 대해 물어온
일에 대한 답변으로 이루어진 것이었다. 처음 시를 쓸 때는 제목이 「동
다행(東茶行)」이었다가 나중에 「동다송」으로 바뀌었다고 한다.[12] ‘행
(行)’이 ‘송(頌)’으로 바뀐 정황과 까닭에 대해서는 다른 논의가 있지만,
궁극적으로 작품 자체의 수정이나 새로운 창작이 아닌 이상 내용의 해
석에는 차이가 없을 것으로 보인다.

1837년이면 스님은 이미 1830년과 이듬해에 한양을 다녀온 뒤다. 당
시 여러 경화사족(京華士族)들을 방문하여 시작(詩作)을 나누면서 교분
도 트면서 조선차의 가치와 음다의 방법에 대한 공감대가 형성되고도
꽤 시간이 지난 때였다. 때문에 차와 관련된 이해를 그들에게 인식시키
거나 제고시킬 필요는 크게 없었다. 또 차에 관한 스님의 교양과 지식,
경험을 장황하게 설명할 이유도 딱히 없었다. 그럼에도 불구하고 스님
이 양적으로나 질적으로 상당한 노력과 수준을 요하는 이 작품을 쓴
데는 다른 이유를 찾아볼 수 있지 않을까 생각한다.

먼저 「동다송」 전체를 차분히 감상해 보기로 하자.

---

11) 배규범, 앞의 논문, 260쪽 참조.
12) 정민, 『새로 쓰는 조선의 차 문화』, 김영사, 2011, 298쪽.

后皇嘉樹配橘德	하늘이 좋은 나무를 귤의 덕과 짝 지우니
受命不遷生南國	천명 받아 옮김 없이 남쪽 땅에서 난다네.
密葉鬪霰貫冬靑	촘촘한 잎은 눈과 싸워 겨우내 푸르고
素花濯霜發秋榮	흰 꽃은 서리에 씻겨 가을 떨기를 피우누나.
姑射仙子粉肌潔	막고야산의 신선인가 분 바른 듯 고운 살결
閻浮檀金芳心結	염부의 단금인 양 꽃다운 맘 맺혀 있네.
沆瀣漱淸碧玉條	벽옥의 가지는 이슬에 맑게 씻기었고
朝霞含潤翠禽舌	물총새 혀 같은 싹엔 안개가 함초롬해.
天仙人鬼俱愛重	하늘 신선과 사람 귀신이 모두 중히 아끼나니
知爾爲物誠奇絶	네 물건 됨이 참으로 기특함을 알겠구나.
炎帝曾嘗載食經	염제께서 진작 맛봐 『식경』에 실으시매
醍醐甘露舊傳名	제호와 감로 그 이름이 예부터 전해오지.
解酲少眠證周聖	술 깨우고 잠을 줄임 주공(周公)께서 증명했고
脫粟伴菜聞齊嬰	차나물 곁들인 밥 안영(顔嬰)에게 들었다네.
虞洪薦餼乞丹邱	우홍은 제물 올려 단구에게 빌었고
毛仙示叢引秦精	모선은 진정[人名]을 끌어 차 숲에 보여주었네.
潛壤不惜謝萬錢	땅속 귀신 만 전 돈에 사례함을 안 아꼈고
鼎食獨稱冠六情	임금 밥상 육정 가운데 으뜸이라 일컬었지.
開皇醫腦傳異事	수문제의 두통 나은 기이한 일 전해져서
雷笑茸香取次生	뇌소차와 용향차가 차례로 나왔구나.
巨唐尙食羞百珍	당나라 때 상식에 갖은 진미 있었어도
沁園唯獨記紫英	심원에선 다만 홀로 자영만을 기록했지.
法製頭綱從此盛	두강으로 법제함이 이때부터 크게 번져서
淸賢名士誇雋永	어진 이와 명사들이 깊은 맛을 뽐냈다네.
綵莊龍鳳轉巧麗	용봉단의 비단 장식이 도리어 사치로우니
費盡萬金成百餠	떡차 백 개 만드는 데 만 금을 허비했구나.
誰知自饒眞色香	참다운 빛깔과 향이 저절로 넉넉해서
一經點染失眞性	조금만 오염되어도 성품 잃는 걸 누가 알리.

道人雅欲全其嘉　　도인께서 그 어여쁨을 온전히 보전하려

曾向蒙頂手栽那　　몽산의 꼭대기에 손수 심어 길렀다네.

養得五斤獻君王　　다섯 근을 길러 얻어 임금께 바쳤나니

吉祥蕋與聖楊花　　길상예와 성양화가 다름 아닌 이것일세.

雪花雲腴爭芳烈　　설화차와 운유차가 매운 향기를 다투었고

雙井日注喧江浙　　쌍정차와 일주차는 강절 땅에 떠들썩했지.

建陽丹山碧水鄉　　건양과 단산은 푸른 물의 고장이라

品題特尊雲澗月　　제품으로 특별히 운간월을 꼽는다네.

東國所産元相同　　이 땅에서 나는 것도 원래는 서로 같으니

色香氣味論一功　　빛깔과 향, 기운과 맛, 효과가 한 가질세.

陸安之味蒙山藥　　육안차의 맛에다 몽산차의 약효를 지녔으니

古人高判兼兩宗　　옛 사람들은 둘을 겸했다고 높이 평가했지.

還童振枯神驗速　　늙음을 떨쳐 젊어지는 신통한 효험이 빨라

八耋顏如夭桃紅　　여든 살 노인 얼굴이 복사꽃처럼 붉어라.

我有乳泉把成秀碧百壽湯

　　　　　　내게 유천의 샘물이 있으니 수벽백수탕을 만들
　　　　　　었는데

何以持歸木覓山前獻海翁

　　　　　　어떻게 지니고 가 목멱산 해옹에게 바칠 것인가?

又有九難四香玄妙用　또 구난사향의 현묘한 작용이 있나니

何以敎汝玉浮臺上坐禪衆

　　　　　　무엇으로 옥부대 위에서 좌선하는 이들에게 가
　　　　　　르칠꼬.

九難不犯四香全　　구난을 범하지 않고 사향 또한 보전했으니

至味可獻九重供　　지극한 맛은 구중궁궐 이바지로 바칠 만하네.

翠濤綠香纔入朝　　푸른 물결과 초록빛 향기가 조정에 들어가자마자

聰明四達無滯壅　　총명함이 사방으로 퍼져 막히고 체함이 없구나.

矧爾靈根托神山　　신령스런 네 뿌리를 신산에 의탁하니

仙風玉骨自另種	신선의 풍모, 옥 같은 뼈가 저절로 별종일세.
綠芽紫筍穿雲根	초록 싹과 자줏빛 순이 구름 뿌리 뚫고 나니
胡靴犎臆皴水紋	뙤놈 신발과 물소 가슴, 주름진 물결무늬 이네.
吸盡瀼瀼淸夜露	송송 맑은 밤이슬을 죄다 빨아들인 잎에
三昧手中上奇芬	삼매의 솜씨 거치니 기이한 향이 올라온다.
中有玄微妙難顯	그 가운데 현미(玄微)함은 드러내기 어려우니
眞精莫敎體神分	참된 정기 체(體)와 신(神)은 나누지 못하리라.
體神雖全猶恐過中正	체와 신이 온전해도 중정(中正)을 잃을까 염려 되니
中正不過健靈倂	중정이란 건(健)과 영(靈)이 나란함에 지나지 않네.
一傾玉花風生腋	한 번 옥화를 기울이자 겨드랑이서 바람이 일고
身輕已涉上淸境	어느새 몸은 가벼워져 상청경을 노니는구나.
明月爲燭兼爲友	밝은 달을 등불 삼고 아울러 벗을 삼아
白雲鋪席因作屛	흰 구름 자리를 까니 덩달아 병풍이 되네.
竹籟松濤俱蕭涼	대바람과 솔바람이 온통 모두 서늘하여
淸寒瑩骨心肝惺	맑고 시원함이 뼈에 저리고 마음까지 오싹해라.
唯許白雲明月爲二客	흰 구름과 밝은 달을 두 벗으로 허락하니
道人座上此爲勝	도인의 자리 위에 이것으로 '승(勝)'을 삼으리.[13]

68구 434자에 이르는 대작이다. 스님은 작품을 통해 차의 유래와 음다의 역사, 그리고 아직도 차가 충분히 보급되지 못한 조선에서의 현황 등을 간곡하게 진술하였다. 그리고 마지막으로 음다가 다도인(茶道人)에게 주는 효능으로 작품을 마무리한다.

엄격하게 말하면 조선 후기는, 전통이 새로 시작하는 단계가 아니라

---

13) 「동다송」 전문. 원문 인용은 금명보정(錦溟寶鼎, 1861~1930) 스님의 『백열록(栢悅錄)』에서 가져왔고, 번역은 정민의 『새로 쓰는 조선의 차 문화』, 김영사, 2011, 300~306쪽에 나오는 번역을 참고했다.

끊어진 것을 복원하는 의미를 담고 있다. 그러나 스님에게 그것이 복원이든 출발이든 큰 차이는 없었다. 현실적으로 음다의 명맥이 끊어진 것은 사실이고, 일부 계층에서 제다와 음다의 의미를 반추하고 있다지만 여전히 소수의 사람들에 지나지 않았다. 스님의 목표는 특권층의 기호식품으로 차가 머물지 않고, 사부대중(四部大衆) 모두가 어느 때나 부담 없이 즐기는 생활 음료가 되기를 발원하고 있었던 것이다.

이런 점에서 홍현주라는 한 인물이 맡을 수 있는 역할은 누구보다 구체적이다. 그는 정조의 외동 사위로서 왕실에 차를 보급하는 데 일정 정도 영향력을 행사할 수 있었다. 뿐만 아니라 당파나 이해관계에서 비교적 자유로운 처지니 만큼, 그의 차와 음다에 대한 관심과 실천은 한양에 있는 지배층에게 차를 알리는 데 적지 않게 도움이 될 것이었다.

경화사족들 간의 차에 대한 관심의 고조는 이미 1830년 스님이 서울을 찾았을 때 들고 간 차를 마셔본 인물 중 금령(錦舲) 박영보(朴永輔, 1808~1827)가 「남차병서(南茶并序)」를 지어 스님에게 주고, 이 작품을 읽은 자하(紫霞) 신위(申緯, 1769~1845)가 「남차시병서(南茶詩并序)」를 짓는 등의 일에서도 확인이 가능하다.[14] 더욱이 스님은 같은 해 2월에 「다신전」 초록도 마무리 지어 바랑에 넣고 다녔을 것이니, 경화사족들과 교유를 가지면서 음다의 방법과 중·조간(中朝間) 차의 동이점(同異點)에 대한 인식도 공유했을 것이다.

이런 점에서 봤을 때 「동다송」의 창작은 경향의 음다인들에게 차의 내적인 가치를 고취시키고 조선차의 효용성에 대한 인식시키는 데 상당한 기여를 했을 것으로 볼 수 있다. 덩달아 사족들뿐만 아니라 눈앞에

---

14) 박영보와 신위는 사제(師弟) 관계로, 두 작품은 초의 스님이 서울에 올라간 해인 1830년 겨울 무렵에 쓰인 적으로 보인다. 박동춘(朴東春), 「초의선사(草衣禪師)의 다문화관(茶文化觀) 연구」, 동국대학교 박사학위 청구논문, 2010, 132쪽 참조.

차밭을 두고서도 제다와 음다 방식에 대한 이해가 부족해 왜곡된 음다 문화를 보여주던 승려 계층에게도 새로운 경종을 울릴 수 있었다.

이처럼 경화사족과 영호남 일대 유가 지식인들을 대상으로 한 다도의 보급과 인식 확산, 그리고 주요 차 생산 계층이었던 승려들과 주된 산지였던 사찰 및 인근 차밭에서의 생산력 증대는 거의 스님의 분주한 활동에 의해 이뤄졌다고 볼 수 있다. 이렇게 차 보급을 위한 근거를 마련한 스님의 노력은 궁극적으로 차의 대중화라는 방향으로 나아갔을 터인데, 「동다송」은 그 기폭제적인 역할을 했던 것이다.

「다신전」은 「동다송」보다 훨씬 일찍 편집되었다. 1828년 지리산 옥부대(玉浮臺) 칠불선원 아자방(亞字房)을 방문한 스님은 거기서 『만보전서(萬寶全書)』를 발견했고, 이 책에 실린 장원(張源)15)의 글 『다록(茶錄)』의 중요 내용을 가려 뽑아 「다신전」을 엮었다. 아자방을 방문한 해는 1828년인데, 그리 길지 않은 「다신전」이 2년이나 지난 1830년에 마무리가 된 까닭은 「다신전후기」에 나온다. 즉 등초해 와서 바로 책으로 묶으려고 했지만 건강이 좋지 못해 제자 수홍(修洪)이 관심을 가지기에 정서를 맡겼는데, 그 역시 병을 얻고 말았다. 그래서 여가 중에 쓰다 보니 늦어졌다는 것이다. 「다신전」을 등초하게 된 동기는 "우리 총림에 조주의 다풍(茶風)이 있기는 하지만, 근래 승려들이 다도를 알지 못하니, 이를 등초해 외람되게 후학들에게 전하기"16) 위해서였다.

여기서 잠시 원저자인 장원과 『다록』에 대해 정리해 보자.

장원은 중국 역사에서 그리 유명한 인물은 아닌 듯하다. 5만 명이

---

15) 장원 : ?~?. 명나라 포산(包山, 洞庭 西山, 지금의 江蘇 震澤縣) 사람. 자는 백연(伯淵)이고, 호는 초해산인(樵海山人)이다. 저서에 만력(萬曆) 23년(1595)을 전후해 편찬한 『다록(茶錄)』이 있다.

16) 艸衣, 「茶神傳後記」: 叢林或有趙州風 而盡不知茶道 故抄示可畏.

넘는 인명이 실린『중국역대인명대사전(中國歷代人名大辭典)』(상해고적출판사, 1999년)에도 그의 이력은 나오지 않는다. 명나라 말기 무렵 은거하면서 학문에 열중한 사람으로 보이는데, 특히 30년 동안 은거하면서 음다를 즐겼고, 차에 대해 깊이 있는 연구를 진행한 듯하다. 고대전(顧大典)이 쓴「다록서(茶錄序)」에 그 경위가 이렇게 나온다.

산야에 숨어 살면서 다른 일은 하지 않고 날마다 제자백가의 글들을 읽었다. 두루 독서하는 여가에 샘물을 길어 차를 끓여 마시며 스스로 즐거워했다. 이처럼 추위와 더위를 이기며 30여 년 동안 지냈는데, 정신이 피로하고 생각이 끊길 때도 차의 본령을 연구하기를 그치지 않았다.[17]

현재『다록』은 다서전집본(茶書全集本)에 실려 있는데, 분량은 1,500여 자에 이른다고 한다. 책은 23칙(則)으로 나눠져 있으며, 내용은 간략하면서도 요점을 찔러 절실하고 현실에 맞는 논의가 담겨 있으니, 단순히 옛 것을 답습하지 않았다는 평가를 듣고 있다. 23칙의 목록은 다음과 같다.

1. 채다(采茶) 2. 조다(造茶) 3. 변다(辨茶) 4. 장다(藏茶) 5. 화후(火候)
6. 창변(湯辨) 7. 탕용노눈(湯用老嫩) 8. 포법(泡法) 9. 투다(投茶)
10. 음다(飲茶) 11. 향(香) 12. 색(色) 13. 미(味) 14. 점염실진(點染失真)
15. 차변불가용(茶變不可用) 16. 품천(品泉) 17. 정수불의차(井水不宜茶)
18. 저수(貯水) 19. 다구(茶具) 20. 다잔(茶盞) 21. 식잔포(拭盞布)
22. 분다합(分茶盒) 23. 다도(茶道)[18]

---

17) 隱於山谷間 無所事事 日習誦諸子百家言 每博覽之暇 汲泉煮茗 以自愉快 無間寒暑 歷三十年 疲精殫思 不究茶之指歸不已.
18) 이 23개 목록을「다신전」목차와 비교해 보았다.「다신전」22개 항목인데, 21번까지는 같다. 22번 분다합이 없고, 23번 다도가「다신전」에는 다위(茶衛)로 들어간 듯하다. 원

「다신전」은 후기에도 나오는 것처럼 제다인 또는 음다인들에게 차에 관한 일반론을 교육하기 위한 교재로 사용되었을 것으로 보인다.[19] 정민의 지적처럼 실제 음다 생활에서 쓰이는 방식과 「다신전」의 내용이 다른 것은 원전을 충실하게 등초한 까닭일 것이다. 그런 차이를 스님이 몰랐을 리 없다. 그런데도 「다신전」을 조선의 현실에 맞게 수정하지 않은 것은 이 책이 원론으로 활용된 교재였기 때문일 것이다. 강의나 실습을 하면서 원칙과 응용법을 함께 설명하기는 원전 그대로의 자료가 유용했을 것으로 생각된다.[20]

「동다송」과 「다신전」은 스님의 차에 대한 높은 식견과 애정을 한눈에 볼 수 있는 귀한 자료다. 스님은 전통이 끊어진 우리 차의 역사에 깊은 우려를 가지고 이를 되살리고자 다방면으로 애를 썼다. 스님은 먼저 주변에 널린 차밭에서 찻잎을 거둬 차로 만드는 방법을 고민했을 것이고, 그런 가운데 음다의 전통이 확산되기를 기도했다. 아무래도 여유가 있고 파급력이 큰 지배층들에게 그 가치와 활용 방법을 인식시킬 필요가 있었다. 그리하여 스님은 기회가 닿을 때마다 자신이 만든 차를 들고 유가 지식인과 경화사족들에게 음다의 기회와 자리를 만들었다. 그리하여 길게는 조선의 모든 대중들이 차를 마시는 단계로까지 나가고자 했을 것이다.

이런 일련의 노력과 의도가 빚어낸 가장 값진 결과물이 「동다송」과 「다신전」이었다. 스님은 차의 유래와 역사, 조선으로의 전래, 조선에서의 차의 현실 등을 다양한 방법으로 알렸고, 아울러 차의 제작 방법과

저인 『다록』과 「다신전」의 내용 차이와 목록이 다른 점에 대해서는 앞으로 관심을 가지고 봐야 할 듯하다. 「다신전」의 목차는 김창배 화·역주(畵·譯註) 『다신전』(솔과학, 2009년)을 참고했다.

19) 정민, 앞의 책, 31쪽.

20) 이 논문 끝에 『다록』 원문을 첨부했으니 참고하기 바란다.

음다의 과정, 거기에 필요한 다구(茶具)의 종류 등을 체계적으로 정리했다. 이런 꼼꼼한 마음씀씀이와 준비 과정이 있었기에 스님을 두고 조선 차의 '중흥조'라거나 '다성(茶聖)'이라 부르는 것이 어색하지 않은 것이다.

3. 수행의 심화와 교유의 공간

이렇게 역사적·이론적인 소양을 바탕으로 스님과 다도인들 사이에서는 어떤 음다의 분위기가 형성되었는지 알아보도록 하자. 이를 통해 이론의 공간에서 음다의 실천으로 나가는 과정을 확인할 수 있을 것이다.

우선 스님은 음다를 특별한 제의나 행사로만 인식하지 않았다. 스님에게 있어 차는 일상이었다. 어디를 가든 스님은 간단한 다구와 직접 만든 차가 담긴 바랑을 지니고 다녔다. 뜻 맞는 사람과 앉아 환담을 나눌 때면 으레 차를 끓여 대접했지만, 꼭 누가 있어야만 차를 즐긴 것도 아니었다. 좋은 경치를 만나면 경치를 마주 보고 차를 마셨고, 맑은 물이 있으면 물을 떠 차를 끓여 마셨으며, 반가운 벗이 찾아오면 벗과 차와 시를 나누었다. 차가 지나치게 격식이나 때, 장소를 매몰되면 운치가 배어나지 않는다고 보았던 것이다. 운수행각을 하면서 자유에 몸을 맡긴 스님으로서는 당연한 마음가짐일 것이다. 스님 스스로도 차를 즐길 뿐 장소와 때, 사람을 가리라고는 말하지 않았다.

이런 스님의 여유롭고 차별 없는 차 생활을 보여주는 시가 「석천에서 차를 끓이면서(石泉煎茶)」다.

天光如水水如烟　　하늘빛은 물과 같고 물은 아지랑이 같아
此地來遊已半年　　이 땅에 와 노닌지도 어느덧 반년일세.
良夜幾同明月臥　　좋은 밤이면 항상 밝은 달과 함께 누웠고

淸江今對白鷗眠　맑은 강가에서 오늘 흰 갈매기와 졸고 있네.
嫌猜元不留心內　시기며 질투 따위는 원래 마음에 담지 않았으니
毁譽何曾到耳邊　헐뜯음과 칭송의 말이 어찌 귀에 들리리오.
袖裏尙餘驚雷笑　소매 속에는 여전히 경뢰소[21]가 남았으니
倚雲更試杜陵泉　구름에 기대며 다시 두릉의 샘물을 시험한다네.[22]

　1830년 겨울에 한양에 올라와 한 해를 보내고 다음 해 봄에 지은 작품이다. 소매 속에 남은 경뢰소 차가 손님을 대접하기 위한 것이든 자신이 마시기 위한 것이든 한적하게 마음을 비우고 나날이 물이 올라오는 자연을 대하는 넉넉한 마음이 읽힌다. 하늘과 물이 맞닿아있고 그 사이는 아지랑이로 자욱하다. 밤이면 달빛을 보며 잠들고 낮에는 갈매기와 어우러져 세월을 보내니 마음에 무슨 근심이 있고 담아둘 분별이 있겠는가. 시기며 질투, 비난과 칭송 따위 모든 것이 내 몸 밖의 부질없는 티끌일 뿐이다.

　이런 유유자적한 마음을 잃지 않는 비결은 무엇일까? 스님의 오랜 수행과 법력의 힘이겠지만, 차를 가까이 둔 습관 또한 무시할 수 없다. 차를 따고 다듬고 볶고 담아 두면서 얻은 평정심과 찻물을 끓여 차를 우리면서 닦은 중정(中正)의 경지에서 큰 힘을 얻었을 것이다. 스님이 소매 안에 경뢰소가 남았다고 슬쩍 비친 것도 그런 뜻을 드러낸 것이다.

　소매는 곧 마음속이고, 경뢰소는 수행의 결과물을 비유한다. 그 경지를 전다삼매(煎茶三昧)로 보든 다선일여(茶禪一如)로 보든 스님에게 차는

---

21)『합벽사류(合璧事類)』에 보면 "당나라 각림사의 스님 지숭이 세 가지 차를 만들었다. 손님을 대접할 때는 경뢰소를 썼고, 자신이 마실 때는 훤초대를 썼으며, 부처님께 공양할 때는 자용향을 썼다.(覺林寺僧志崇 製茶有三等 待客以驚雷莢 自奉以萱草帶 供佛以紫茸香"는 말이 나온다. 그러나 「동다송」 협주에는 경뢰소는 자신이 마실 때 쓰고, 훤초대는 부처에게 공양할 때 자용향은 손님을 대접할 때 쓴다고 했다.
22) 초의, 『艸衣詩藁』 권상.

선수행과 뗄 수 없는 관계에 놓여 있음은 분명하다. 맑은 차를 마시면서 스님의 선 수행은 깊어갔고, 차밭을 일구고 차를 따서 법제하는 과정은 또 하나의 고행(苦行)이었던 것이다.

이어지는 작품에서는 동도의 길을 걸었던 스님들과 함께 한 음다의 모습을 그려놓았다. 「금강석 위에서 언선자와 함께 왕우승의 종남별업 작품에 차운하면서(金剛石上與彦禪子和王右丞終南別業之作)」다.

聽鳥休晚參	새소리 듣다가 저녁 예불에 늦었더니
薄遊古澗隈	아늑한 시냇가에서 잠시 노닐었다네.
遣興賴佳句	흥겨운 심정은 아름다운 시구에 담았고
賞心會良知	마음을 헤아림은 좋은 벗들과 만남일세.
泉鳴石亂處	돌 틈에서는 샘물 소리 울려 퍼지고
松響風來時	바람이 불자 소나무 소리가 번져나가네.
茶罷臨流靜	차 마시고 시냇가에 고요히 머무노라니
悠然忘還期	후련한 마음이라 돌아갈 기약도 잊었어라.[23]

자연과 혼연일체가 되어 무심의 경지를 노니는 스님의 일상생활이 잘 드러난 작품이다. 시냇가를 거닐자니 시심이 일어 절로 시구가 떠오르는데, 마침 좋은 벗들까지 곁에 있어 마음은 더욱 살뜰해진다. 1822년에 지어진 작품이니, 도촌(道邨) 김인항(金仁恒)[24]이 찾아왔을 무렵 지은 것이다. 40여 년 연상인 김인항이지만 방외(方外)의 벗으로 만나니 세상의 차별은 무의미했을 것이다. 시 안에 타인의 낌새는 느껴지지 않지만 스님

---

23) 초의, 『艸衣詩藁』 권상.
24) 김인항 : 1749~1828. 조선 헌종 때의 학자. 자는 사범(士範)이고, 호는 도촌(道村)이다. 어려서부터 효행이 출중해 조정으로부터 여러 차례 하사품이 내려지고 정려되었다. 평생 관직에 나아가지 않고 초야의 학자로 지내면서 농상(農桑)의 중요성을 강조했다. 문집에 『도촌집』 2권 1책이 있다.

의 느긋한 심사가 어디서 유래했는지는 절로 감지된다.

　샘물 소리며 소나무 소리는 모두 만뢰(萬籟)로 어우러지는 자연의 소리다. 그러니 귀에 거슬릴 것이 없다. 소리에서 오히려 스님은 소리 없음을 깨닫게 되고, 그 무성(無聲)의 공간을 다석(茶席)이 차지한다. 도연명이 국화를 꺾다가 남산을 바라보며 만끽했을 유연(悠然)의 심정을 스님은 차를 끓이고 마시면서 공유했던 것이다. 커다란 바위 위에서 바라본 세상은 멀면서 가깝고 곁에는 차와 도반(道伴)이 자리하여 기꺼움을 더한다. 그러니 예불 좀 늦기로서니 대수겠는가? 염불 소리보다 좋은 자연의 소리가 온몸을 사로잡고, 부처의 마음을 그대로 닮은 선우(禪友)가 당당하다.

　차를 마시면서 자연과 한 몸이 되고, 차 향기 속에서 법열(法悅)에 잠기는 스님에게 지상은 온통 무릉도원이며 해탈의 공간이다. 또 한 잔 차를 나누면서 이심전심으로 조사(祖師)께서 서쪽에서 온 까닭을 공유하는 동도의 벗은 진리의 세계로 함께 가야 할 분신이다. 선다(禪茶)와 명선(茗禪)의 세계는 바로 지척에 있었던 것이다.

　끝으로 읽을 작품은 「산천도인이 차를 보내줘 고맙다고 한 시에 차운하면서(奉和山泉道人謝茶之作)」다. 스님은 당대의 수많은 시인묵객들과 교유하면서 시를 지었는데, 늘 그 매개가 차였음을 알려주는 작품이다.

古來賢聖俱愛茶	예로부터 성현들이 모두 차를 아끼신 것은
茶如君子性無邪	차는 군자와 같아 성품이 삿되지 않기 때문.
人間艸茶差嘗盡	사람이 풀과 차를 가려 마시게 된 것은
遠入雪嶺採露芽	멀리 설령에 들어가 노아를 따면서부터라오.
法製從佗受題品	법식에 맞게 만들어 품질에 따라 나눈 뒤에
玉壜盛裹十樣錦	옥단지에 그득 담아 비단으로 거듭 감쌌습니다.
水尋黃河最上源	물이라면 황하에서도 가장 상류의 것이 으뜸인데

具含八德美更甚	여덟 가지 덕을 두루 갖춰 아름다움이 더욱 깊네요.
深汲輕軟一試來	깊이 길러 가볍고 부드러운 물을 한 번 맛보면
眞精適和體神開	참되고 정갈하며 조화로워 몸과 마음이 열릴 겁니다.
麤穢除盡精氣入	거칠고 더러움을 다 없애고 맑은 기운이 들어서니
大道得成何遠哉	대도를 얻어 이룸이 어찌 멀리 있겠습니까?
持歸靈山獻諸佛	지니고 영산으로 돌아가 부처님께 바치나니
煎點更細考梵律	달이는 법 더욱 따져 범율을 살폈지요.
闕伽眞體窮妙源	차의 참된 실체가 오묘한 근원을 다했으니
妙源無着波羅蜜	오묘한 근원이란 집착이 없는 바라밀입니다.
嗟我生浚三千年	아! 내 삼천 년 뒤에 태어났으니
潮音渺渺隔先天	아득한 법음이여 만물의 근원과 막혔습니다.
妙源欲問無所得	오묘한 근원 묻고자 해도 들을 곳 없으니
長恨不生泥洹前	부처님 열반 전에 나지 못한 게 못내 한스럽구려.
從來未能洗茶愛	항상 차 좋아하는 마음을 씻어내지 못했거늘
持歸東土笑自隘	이 땅에 가지고 돌아오니 속 좁음을 웃습니다.
錦纏玉壜解斜封	비단으로 묶은 옥단지 마개를 어서 풀어
先向知己修檀稅	먼저 이 벗에게도 선물로 보내시구려.

1850년 김명희(金命喜)[25]에게 차를 보내줬더니 감사를 표하면서 쓴 시에 차운한 작품이다. 스님은 김명희의 형인 김정희(金正喜, 1786~1856)와도 각별한 인연을 맺었지만, 동생과의 교분 역시 남달랐다. 그런 교분의 무게 때문인 듯, 이 작품은 제2의 「동다송」이라고 널리 불려 졌을

---

25) 김명희 : 1788~1857. 조선 후기의 서예가. 본관은 경주고, 자는 성원(性源)이며, 호는 산천(山泉)이다. 형 김정희(金正喜)와 함께 글씨가 뛰어났다. 1810년 진사에 합격했다. 1822년 동지겸사은사(冬至兼謝恩使)의 일행으로 가는 아버지를 따라 북경에 가서 유희해(劉喜海) 및 진남숙(陳南淑) 등과 교분을 맺었다.

만큼 스님의 차에 대한 논의는 넓어졌고 더욱 절실해졌다.

첫 구를 스님은 선언적 발언으로 시작하고 있다. 차는 군자와 같으니 사악함이 없기 때문이라는 것이다. 뒤이어 차의 오묘한 근원은 '집착이 없는 바라밀'이라 했다. 피안(彼岸)의 경지에 이르고자 하는 보살의 모든 수행을 일컫는 말이 바라밀이라면 '무착바라밀'이란 무엇일까? 그것은 아낌없이 내가 가진 것을 내어주는 보시바라밀(布施波羅蜜)일 것이다. 무착, 곧 보시와 유가의 가르침인 사무사(思無邪)를 동격에 놓는 대담한 발상이 아닐 수 없다. 이 말은 곧 사무사를 행하는 선비와 무착보시에 전념하는 승려는 불이(不二)의 관계망 안에 놓여 있다는 주장으로 해석할 수 있다. 이렇게 선비와 승려를 동격으로 이어주는 매개는 무엇인가? 다름 아닌 차다.

차 달이는 일을 범율(梵律)에 따져 행한다고 해 제다와 음다의 행사가 선 수행의 일환임을 강조한다. 그러므로 나는 차를 만들고 끓이고 마시면서 부처가 남긴 오묘한 근원을 깨쳤다고 스님은 은근히 자랑한다. 말로는 오묘한 근원을 부처에게 직접 듣지 못해 안타깝다 했지만 무착바라밀의 실천 주체인 차가 있음에 이 또한 엄살로 느껴진다.

이처럼 거침없이 당대 최고의 선비이자 학자에게 주체적으로 자신의 존재를 확인하는 발언을 하기란 조선 후기는 쉽지 않은, 아니 위험한 시기였다. 그럼에도 불구하고 스님은 그런 제약이나 억압에 마음을 두지 않고 제 할 말을 다 토설해낸다. 세교(世交)가 아닌 심교(心交)를 허락한 사이였기에 가능한 일일 수도 있다. 그러나 한편 그런 무아와 망아(忘我)의 교유가 가능했던 것은 차가 베푸는 공존과 화해의 열린 공간이 있었기 때문이 아닐까도 여겨진다.

스님은 차를 특정 계층의 전유물이 아니라 누구나 편안하게 즐길 수 있는 대상으로 승화시키고자 하는 바람을 가졌다. 그런 희망이 이루어지

기 위해서는 음다의 생활화가 선행되어야 한다. 그리고 이는 결국 본인
스스로 먼저 실천해야 가능할 것이다. 위에서 본 몇 편의 시를 통해
우리는 스님이 수행을 심화하고 교유를 확대하는 방편이자 도구로서
차를 활용했음을 알게 된다. 이렇게 생활에 무젖은 음다는 스님을 무애
(無碍)의 공간으로 이끌었고, 또 많은 사람들이 호응했던 것이다.

4. 완성이 아니라 출발로서의 초의의 위상

초의 스님을 조선 후기 다도사에서 중흥조로 자리매김할 수 있게 만든
중요한 요소 가운데 하나는 그가 다도에서도 뛰어난 제자들을 배출했기
때문이었다. 즉 당시 차를 즐기던 인사들은 대개 호사 취미나 기호식품
으로서 자족적인 관심에 머물렀다. 「동다기(東茶記)」를 지은 이덕리(李德
履, 1728~?)나 「각다고(榷茶考)」26)의 저자 정약용(丁若鏞, 1762~1836)처럼
차 전매를 통한 국가 수입 증대 등을 논하면서 차의 효용이나 음다의
실익을 논의하기도 했다. 그런데 스님처럼 차의 대중화와 생산 및 소비
에 적극적으로 관심을 두면서, 그 이론과 원리, 차와 관련된 다양한 실천
방법 등을 후세에까지 전승한 사람은 찾기 힘들다. 즉 스님은 이전에
끊어졌던 다도의 전통과 정신을 자신의 손으로 되살렸다는 의의를 넘어
서 이를 후대에까지 끊어지지 않도록 이어주었다. 이 점이야말로 진정
스님의 중흥조로서의 가치가 단연 돋보이는 부분이라 아니할 수 없다.
이론이나 기법이 당대에서만 그치고 명맥이 소멸된 예는 수없이 많으며,
스님 이전까지 차의 역사도 이를 실증한다. 스님 앞에 몇몇 사람들이
논의와 저술로 차의 가치를 세상에 알렸지만, 그것이 한 때의 울림에

---

26) 丁若鏞, 『經世遺表』 권11 地官 修制 賦貢制 5.

지나지 못했다고 평가할 수 있는 근거도 여기에서 찾을 수 있다. 물론 스님 이후에도 차에 관심을 가지고 다양한 접근을 한 유가 지식인들이 없지는 않고, 그들 나름의 입론(立論)을 제시하기도 했으나, 논의가 산발적이어서 제대로 계승되지 못한 아쉬움은 여전하다.

스님의 다도를 계승한 인물로 이들 유가 지식인들도 포괄적으로 포함될 수는 있을 것이다. 그러나 스님과 함께 교유하면서 음다의 자리에 나와 차를 즐겼던 경화사족을 비롯한 유가 지식인들은 동호인(同好人)의 수준을 넘어서지 못했다고 말할 수 있다. 그들은 완성된 차를 즐겼을 뿐이었다. 물론 차의 가치를 격찬하고 시나 글로 이를 표현한 일도 주목받을 만한 일이기는 하다. 다만 이들은 조선 후기 다도사의 한 장(章)은 차지할 수 있을지라도 그들의 이론이나 실천이 후대까지 이어지는 생명력을 지니지는 못했다.

스님의 다도는 주로 불가의 제자들에 의해 전해졌고, 현재까지도 이어지고 있다고 단언할 만하다. 스님의 의발을 전해 받은 많은 제자들이 시대를 이어 차를 키우고 만들면서 음다를 즐겼다.[27]

당대의 제자들 가운데 견향상훈(見香尙熏, 1801~1885)이나 만휴자흔(萬休自欣, 1804~1875) 등은 제다(製茶)에서 일가를 이루었으며, 이밖에도 『초의시고』나 기타 스님의 저서에는 스님과 함께 차의 역사를 이끈 제자들의 이름이 산견된다. 이리하여 이제 조선차 하면 바로 초의차(艸衣茶)가 연상될 만큼 스님의 차는 학파로서 이후의 다도사를 이끌게 된다.

스님이 은사(恩師)는 아니지만 비구계와 보살계를 받은 범해각안(梵海

---

27) 본 장의 논의는 2015년 6월 6일 전남 순천시 송광사에서 열린, 월간 〈차의 세계〉에서 주고나한 〈다백(茶脈)의 재발견 학술대회〉에서 발표된 논문들의 논의를 수용한 것이다. 본고 역시 그때 발표한 글을 보완한 것이다. 아울러 박동춘의 앞의 논문, 153~182쪽 사이의 기록도 참고했다.

覺岸, 1820~1896)은 『동사열전(東師列傳)』이라는 뛰어난 승려 전기집을 편찬했다. 뿐만 아니라 차와 관련하여 「다약설(茶藥說)」이나 「초의다(草 衣茶)」, 「다구명(茶具銘)」 등의 저술을 남겨 스님의 선다(禪茶) 정신이 후 세로 이어지는 데 일익을 담당했다. 또 그는 「다가(茶歌)」[28]를 비롯해 「적다(摘茶)」와 「제다(題茶)」 등과 같은 시를 남겨 초의 스님의 다시(茶 詩) 전통을 이어나갔다.[29]

금명보정(錦溟寶鼎, 1861~1930)은 범해각안의 제자로, 그의 문집인 『백 열록(栢悅錄)』에는 가장 완정한 상태의 「동다송」이 실려 있기도 하다. 또 80여 편에 이르는 다시가 남아 있다.[30]

한편 초의 다맥의 계승자로서 그간 거론되지 않았지만, 반드시 짚고 넘어가야 할 중요한 인물이 있다. 연해적전(蓮海寂田, 1889~?) 스님이 장 본인이다. 속명이 김국신(金國臣)인 그는 33살 늦은 나이로 조계산 송광 사에서 담허품준(潭虛品俊) 스님에 의지하여 출가했다. 그리고 수행 중 1924년에 금명보정 스님에게서 보살계와 비구계를 수계하면서 초의 스 님으로부터 이어진 다맥까지도 전수받았다. 스님은 초의로부터 계승된 구증구포법(九烝九曝法)을 실천했고, 점다법(點茶法, 마른 찻잎을 끓여 마시 는 음다법)을 활용했다. 또 많은 후학과 제자들을 키워 한국 차의 전통이 끊어지지 않도록 배려했다.[31]

이어 초의차를 계승한 사람으로 응송(應松) 박영희(朴暎熙, 1896~1990) 의 업적도 거론하지 않을 수 없다. 그는 1937년부터 20여 년 동안 대흥

---

28) 『梵海禪師遺稿』 상권.
29) 고영섭, 「범해 각안의 선(禪)사상과 다(茶)사상」 참조. 송광사 학술대회 논문집.
30) 현봉 스님, 「금명보정의 종통(宗統)과 다풍(茶風)」 참조. 송광사 학술대회 논문집.
31) 최석환, 「연해적전의 생애를 통해본 조선 후기 선차문화의 재발견」 참조. 송광사 학술 회의 논문집.

사 주지로 취임하여 초의차를 복원, 계승하는 일에 전력을 기울였고, 다도 실천에도 앞장섰다.

이 분들 외에도 현재 경향 각지에서 초의 스님의 다도를 계승하고 발전시키는 데 앞장서서 활동하는 사람들이 적지 않다. 초의 스님의 조선차 사랑과 그의 제다 및 음다의 기풍이 현재까지도 오롯하게 전해지고, 앞으로도 없어지지 않을 것임은 이런 여러 사람들의 헌신적인 관심과 노력에 기인한다고 해도 좋을 것이다. 이렇게 볼 때 스님은 조선차의 전통을 새롭게 발굴해 완성(完成)했을 뿐만 아니라, 이후 전개되는 한국 다도사의 첫 걸음을 떼게 만든 장본인으로서 출발(出發)의 자리에서 있었다고 평가할 수 있다. 초의 스님은 150여 년 전에 세상을 떴지만, 여전히 살아 있는 '다성'으로서 '중흥조'로서 차를 좋아하고 즐기는 사람들의 거울이 될 것이다.

5. 끝맺는 말

초의 스님의 선다 이론과 업적은 스님만의 것이라고 할 수는 없다. '초의'라는 이름은 이제 한 승려의 법명을 넘어서 한국의 차를 상징하는 아이콘으로 대두하고 있다. 이는 물론 스님의 각별한 조선 차 사랑이 발판이 된 것이지만, 그 이상의 정신적 혈맥(血脈)이 자리하고 있다고 말해야 온당할 것이다. 황무지나 다름없던 당시의 현실에서 스님은 홀로 동분서주하면서 조선 차의 명맥을 되살리고 이어나가기 위해 노력했다. 이제 그런 스님의 노력을 더욱 빛나게 할 책임은 현재의 우리들에게 있음을 잊어서는 안 될 것이다. 본고의 요지를 정리하면 다음과 같다.

① 「동다송」과 「다신전」은 중국차 이론을 답습하는 데 주로 머물렀던 조선 후기의 다론(茶論)에 새로운 방향성을 제시한 저술이라고 할 수 있다. 경화사족을 비롯한 각지의 유가 지식인들과 교유하면서 스님은 자신의 이론과 저술, 직접 만든 차로 차의 가치와 효용을 전 방향적인 관점에서 인식시키고 제고했다. 스님의 차와 관련된 일련의 활동은 차를 특정 계층의 전유물이 아닌 모든 사람들이 음용할 수 있는 음료로 대중화하는 데 목표를 두었다고 할 수 있다.

② 스님이 남긴 차와 관련된 시작(詩作)들은 선(禪)과 차(茶)가 불이(不二)의 관계에 있음을 입증하는 자료이기도 하다. 그 자체로서도 아름다운 문학작품이기도 하려니와 스님의 모든 언행들은 차를 떠나서는 생각할 수 없을 만큼 밀접했음을 말해주는 근거이기도 하다. 그런 점에서 스님은 차 이론의 입안자이면서 차 생활을 대중화하는 데 첫 걸음을 내디딘 인물로서도 의의가 있는 것이다.

③ 스님의 조선 후기 다도사에서 중흥조로서의 위상은 많은 저술이나 실천에서만 드러난 것은 아니었다. 스님은 유가 지식인들에게도 차의 현재와 미래를 인식시키는 한편 불가의 제자들에게 이를 전승시켜 자신의 차 이론이 당대의 산물로만 그치지 않도록 했다. 그리하여 범해각안이나 금명보정, 연해적전, 응송 박영희 등과 같은 뛰어난 다인(茶人)들이 배출되어 현재까지도 한국 차의 가치와 전통을 이어오도록 만들었다.

한국 차는 초의라는 걸출한 스님이 없었다면 온전하게 복원되어 현재까지 계승되기 어려웠을 것이다.

부록 : 『다록(茶錄)』 - 張源

【引】洞庭張樵海山人 志甘恬澹 性合幽棲 號稱隱君子. 其隱於山谷間 無所事事 日習誦諸子百家言. 每博覽之暇 汲泉煮茗 以自愉快. 無間寒暑 歷三十年 疲精殫思 不究茶之指歸不已. 故所諸茶錄 得茶中三昧. 余乞歸十載 夙有茶癖 得君百千言 可謂縷悉具備. 其知者以爲茶 不知者亦以爲茶. 山人盍付之剞劂氏 即王濛·盧仝復起 不能易也. 吳江顧全典題.

【採茶】採茶之候 貴及其時 太早則味不全 遲則神散. 以谷雨前五日爲上 後五日次之 再五日又次之. 茶芽紫者爲上 面皺者次之 團葉又次之 光面如筱葉者最下. 徹夜無云 浥露採者爲上 日中採者次之. 陰雨中不宜採. 産谷中者爲上 竹者次之 爛石中者又次之 黃砂中者又次之.

【造茶】新採 揀去老葉及枝梗碎屑. 鍋廣二尺四寸. 將茶一斤半焙之 候鍋極熱 她茶急炒 火不可緩. 待熟方退火 撤入篩中 輕團那數遍 復下鍋中. 漸漸減焙乾爲度. 中有玄微 難以言顯. 火候均停 色香全美 玄微未究神味俱疲.

【辨茶】茶之妙 在乎始造之精. 藏之得法 泡之得宜. 優劣定乎始鍋 清濁系乎末火. 火烈香清 鍋寒神倦. 火猛生焦 柴疏失翠. 久延則過熟 早起卻還生. 熟則犯黃 生則着黑. 順那則甘 逆那則澀. 帶白點者無妨 絶焦點者最勝.

【藏茶】造茶始乾 先盛舊盒中 外以紙封口. 過三日 俟其性復 復以微火焙極乾 待冷貯壇中. 輕輕筑實 以箬襯緊. 將花筍箬及紙數重封扎壇口 上以火煨磚冷定壓之 置茶育中. 切勿臨風近火. 臨風易冷 近火先黃.

【火候】烹茶旨要 火候爲先. 爐火通紅 茶瓢始上. 扇起要輕疾 輕聲稍稍重疾 斯文武之後也. 過於文則水性柔 柔則水爲茶降; 過于武則火性烈

烈則茶爲水制. 皆不足于中和 非茶家要旨也.

【湯辨】湯有三大辨十五小辨. 一日形辨 二日聲辨 三日氣辨. 形爲內辨 聲爲外辨 氣爲捷辨. 如蝦眼·蟹眼·魚眼連珠 皆爲萌湯 直至不涌沸如騰波鼓浪 水氣全消 方是純熟; 如初聲·轉聲·振聲·驟聲 皆爲萌湯 直至無聲 方是純熟; 如氣浮一縷·二縷·三四縷 及縷亂不分·氤氳亂繞 皆爲萌湯 直至氣直冲貴 方是純熟.

【湯用老嫩】蔡君謨湯用嫩而不用老 蓋因古人制茶造則必碾 碾則必磨 磨則必羅 則茶爲飄塵飛粉矣. 於是和劑印作龍鳳團 則見湯而茶神便浮 此用嫩而不用老也. 今時制茶 不暇羅磨 全具元體. 此湯須純熟 元神始發也. 故日湯須五沸 茶奏三奇.

【泡法】探湯純熟 便取起. 先注少許壺中 祛蕩冷氣傾出 然后投茶. 茶多寡宜酌 不可過中失正 茶重則味苦香沉 水勝則色清氣寡. 兩壺後 又用冷水蕩滌 使壺涼潔. 不則減茶香矣. 罐熟則茶神不健 壺清則水性常靈. 稍後茶水沖用 然後分釃布飲. 釃不宜早 飲不宜遲. 早則茶神未發 遲則妙馥先消.

【投茶】投茶有序 毋失其宜. 先茶後湯日下投. 湯半下茶 復以湯滿 日中投. 先湯後茶日上投. 春秋中投. 夏上投. 冬下投.

【飲茶】飲茶以客少爲貴 客眾則喧 喧則雅趣乏矣. 獨啜日神 二客日勝 三四日趣 五六日泛 七八日施.

【香】茶有眞香 有蘭香 有清香 有純香. 表裡如一純香 不生不熟日清香 火候均停日蘭香 雨前神具日眞香. 更有含香·漏香·浮香·問香·此皆不正之氣.

【色】茶以青翠爲勝 濤以藍白爲佳. 黃黑紅昏 俱不入品. 雪濤爲上 翠濤爲中 黃濤爲下. 新泉活火 煮茗玄工 玉茗冰濤 當杯絶枝.

【味】味以甘潤爲上 苦澀爲下.

【點染失眞】茶自有眞香 有眞色 有眞味. 一經點染 便失其眞. 如水中着咸 茶中着料 碗中着果 皆失眞也.

【茶變不可用】茶始造則靑翠 收藏不法 一變至綠 再變至黃 三變至黑 四變至白. 食之則寒胃. 甚至瘠氣成積.

【品泉】茶者水之神 水者茶之體. 非眞水莫顯其神 非精茶曷窺其體. 山頂泉淸而輕 山下泉淸而重 石中泉淸而甘 砂中泉淸而冽 土中泉淡而白. 流於黃石爲佳 瀉出靑石無用. 流動者愈於安靜 負陰者勝於向陽. 眞源無味 眞水無香.

【井水不宜茶】茶經云：山水上 江水次 井水最下矣. 第一方不近江 山卒無泉水. 惟當多積梅雨 其味甘和 乃長養萬物之水. 雪水雖淸 性感重陰 寒人脾胃 不宜多積.

【貯水】貯水甕須置陰庭中 覆以紗帛 使承星露之氣 則英靈不散 神氣常存. 假令壓以木石 封以紙篛 曝於日下 則外耗其神 內閉其氣 水神敝矣. 飮茶惟貴乎茶鮮水靈 茶失其鮮 水失其靈 則與溝渠水何異.

【茶具】桑苧翁煮茶用銀瓢 謂過於奢侈. 後用瓷器 又不能持久. 卒歸於銀. 愚意銀者宜貯朱樓華屋 若山齋茅舍 惟用錫瓢 亦無損於香·色·味也. 但銅鐵忌之.

【茶盞】盞以雪白者爲上 藍白者不損茶色 次之.

【拭盞布】飮茶前後 俱用細麻布拭盞 其他易穢 不宜用.

【分茶盒】以錫爲之. 從大壇中分用 用盡再取.

【茶道】造時精 藏時燥 泡時潔. 精·燥·潔 茶道盡矣.

禪脈의 흐름을 꿰뚫으며
문장의 바다에서 노닐다

석전 박한영 스님의 산문 세계

1. 들어가는 말

석전(石顚) 박한영(朴漢永, 1870~1948) 스님은 한말(韓末)과 식민지 시대 때 우리 불교를 일본 불교와 결합시켜 법맥을 끊으려는 야욕을 용맹정진의 일념으로 막아낸 분이다. 스님은 한말과 일제 식민지 체제 내에 가장 주체적으로 행동했고, 불교 원리에 입각해서 많은 불교지도자들을 양성하면서 스스로 강백(講伯)으로서의 모범을 보였다. 그 수난의 시기를 굽힘없이 절의와 정도를 지키면서, 수많은 논설을 쓰고 솔선수범하여 한국 불교의 정통성을 수호했다. 수행과 함께 불교계 정화에도 힘썼고, 후학 양성을 무엇보다 절실한 한국 불교의 과제로 여겨 이 분야에서 많은 업적을 남기기도 했다.

스님의 생애가 그러한 것처럼 스님의 문학 역시 이런 스님의 삶과 시대상이 잘 녹아있다. 스님의 문장은 대개 행사나 사업에 따라 쓴 글이 많지만, 스님의 사상과 시대정신을 엿볼 수 있는 내용도 담겨 있어 주목할 가치가 충분히 있다.

스님은 1870년 음력 8월 18일에 태어났고, 1948년 음력 2월 29일에 입적했다.

속명은 한영(漢永)이고, 법호는 영호(映湖)며, 아호는 석전(石顚)이고, 법명은 정호(鼎鎬)로, 속성은 밀양 박씨(朴氏)고, 전북 완주군 초포면 오사리 출신이다. 어려서부터 유교 경전을 배우다가 1889년 완주군 위봉사(威鳳寺)에서 출가하여 김금산(金錦山) 스님에게 의지해 득도했다. 1891년 장성(長城) 백양사(白羊寺)의 환응(幻應) 스님에게 4교(四敎)를 전수받았고, 1895년 선암사(仙巖寺)의 경운(擎雲) 스님에게 대교(大敎)를 배운 뒤 순창 구암사(龜巖寺)에서 설유처명(雪乳處明) 스님의 법을 이어 받았다.

1896년 구암사에서 개강하고, 1899년에는 경남 진주 대원사(大源寺)의 요청으로 강석을 여니 전국에서 수백 명의 학인들이 운집했다고 한다. 이후 해인사(합천)와 법주사(보은), 백양사(장성), 화엄사(구례), 범어사(부산), 석왕사(안변) 등에서 부처님의 진리를 강의했다.

1911년 해인사 주지 이회광(李晦光)이 일본 조동종(曹洞宗)과 한국 불교를 연합하려 하자 오성월(吳惺月), 한용운(韓龍雲) 등과 함께 임제종(臨濟宗)의 정통론을 내세워 이를 저지했다. 1926년 서울 개운사(開運寺)에 강원을 개설, 불교계의 영재들을 배출하였으며, 그 뒤 조선불교월보사 사장과 불교전문학교(동국대학교의 전신) 교장(1933년) 등을 역임했다. 1945년 해방이 되자 조선불교중앙총무원회의 초대 회장으로 추대되어 불교계를 이끌다가 정읍 내장사(內藏寺)에서 입적하니 세수 78세, 법랍 67세였다. 장금봉(張錦峰), 진진응(陳震應)과 함께 근대불교사의 3대 강백(講伯)으로 꼽히며 화엄대종주(華嚴大宗主)로 추앙받고 있다.

저서에 『석전시초(石顚詩鈔)』와 『석림수필(石林隨筆)』, 『석림초(石林草)』 외에 많은 논설 등이 있다.

본고에서는 스님이 남긴 많은 산문 가운데 『석림수필』과 『석림초』에 실린 몇몇 문장들을 중심으로 스님의 문학관을 살펴보고자 한다.

2. 『석림수필』에 보이는 시선일규론(詩禪一揆論)

먼저 『석림수필』이 어떤 성격의 글인지 확인하기 위해 책의 모두에 올린 서문이라 할 「유인(有引)」부터 읽어보도록 하자. 이 글은 1943년 여름에 쓰였는데, 이 무렵에 『석림수필』의 내용들도 길지 않은 시간 동안 집필된 것으로 보인다.

> 무엇 때문에 『석림수필』이라 했는가? 나 석전이 근대 선시의 경지를 바탕으로 삼아 느낀 대로 써나간 것이다. 말년의 저물녘 풍경에 접어들면서부터 시선도 맑게 개지 못하고 몇 달 동안에는 걸음걸이도 옮기지 못해 산사의 창가에 누워 고즈넉이 생각하면 자연 풍광은 흐릿하고 둥근 달은 밝고 환한데 잠에서 깨어나, 일찍이 오고가면서 남긴 발자취와 웃으며 나눈 담소의 흔적을 물소리를 듣고 산 빛을 보면서 읊은 바를 간략하게 모은 것이다. 황홀하게 죽지사[1]를 함께 부르며 소매 깃을 맞대고 지나가며 성 안 가득 안개와 달빛이 자욱하여 마치 양주[2]인 듯할 때 화답한 것들이다.
> 빛나고 선명할 때 이슬 날리는 하늘은 밝아오려 하고 골짜기마다 울리는 소리는 어디에서 구할 것인가? 또 비슷하기로는 위산[3]의 1500명 선중

---

1) 죽지사(竹枝詞) : 악부(樂府)의 한 체(體). 남녀의 사랑이나 풍속과 인정을 주로 읊었다. 당(唐)나라 유우석(劉禹錫)의 신사(新詞) 9수에서 시작한 것으로, 칠언절구(七言絕句) 형식이다.
2) 양주몽(揚州夢) : 감회(感懷)에 젖는다는 말. 당나라의 두목(杜牧)이 양주에서의 화려했던 생활을 읊은 시에서 나왔다.
3) 위산(潙山) : 771~853. 선종(禪宗) 5가(五家)의 하나인 위앙종(潙仰宗)의 개조. 이름은 영우(靈祐)고, 시호는 대원선사(大圓禪師)며, 복주(福州) 출생이다. 15살 때 출가하여 한산(寒山)과 습득(拾得)을 만났고, 나중에 백장회해(百丈懷海)의 법을 이었다. 걷는 모

과 경산[4]의 1700명 법려들이 함께 모여 가사장삼을 입고 비 그치고 달 밝을 때 법어를 듣는 것과 같으니, 이는 진정 선재동자[5]와 함께 미륵불 앞에서 손가락 한 번 튕기는 사이에 이전 선지식들이 얻은 법문(法門)에 참례하는 것과 같았다. 조심스럽게 만수삼매의 모습을 받들어 모시고자 생각했으니 거울마다 서로 찍히고 구슬마다 서로 비추어서 주인과 손님 이 서로 얽혀 아무 거리낌도 없는 것이다.

그렇기 때문에 수필의 체제라 하는 것이다. 어찌 반드시 고문체이 아니 고 어록체가 아니며 또 시화체(詩話體)에도 맞지 않는다는 말에 얽매일 필요가 있겠는가? 바로 누에꼬치에서 실을 뽑아내는 것처럼 꼬치가 다하 면 실도 바닥나는 것이다. 부지런히 마음속에서 하고 싶은 말을 쓰면 족 한 것이다. 어찌 공자의 '말이 꾸며지지 않으면 쓰여도 오래 가지 않는 다.'고 한 말을 본받으리오. 계미년(1943년) 6월 5일에 쓴다.

云何以石林隨筆오 沙門石顚이 隨近代禪詩境로 感而筆之者也라 自以 崦嵫晚景으로 重添眼華未霽하고 數月來에 跬步不移하여 頹臥山窓하여 而靜思之면 則黯憺湖山하고 輪奐虹月인대 闔眼也着하여 曾所往來之步 屨과 警欬之痕을 隱約乎水聲山光之中에 所唱也라 恍若齊唱竹枝聯袂過 하고 滿城煙月似揚州에 所嚼也라 的歷霜天欲曉鯨音起하고 万壑聲從何

습이 불법(佛法)에 들어맞았다 하여 위산에 있도록 했다는 이야기는 유명하다. 저서에 『위산영우어록(潙山靈祐語錄)』과 『위산경책(潙山警策)』이 있다.
4) 경산불감(徑山佛鑑) : 1178~1249. 송나라 때의 승려. 사천(四川) 재동(梓潼) 사람으로, 속성은 옹(雍)씨고, 이름은 사범(師範)이며, 호는 무준(無準)이다. 9살 때 음평도흠(陰平 道欽)을 따라 출가했고, 소희(紹熙) 5년(1194) 구족계(具足戒)를 받았다. 상주(常州) 화 장사(華藏寺)에 가서 둔암종연(遯庵宗演)을 섬기면서 3년을 지내다가 영은사로 돌아왔 다. 저서에 『무준사범선사어록(無準師範禪師語錄)』 5권과 『무준화상주대어록(無準和 尙奏對語錄)』 1권이 전한다.
5) 선재동자(善財童子) : Sudhana. 구도(求道)의 보살 이름. 복성장자(福城長者)의 아들 로, 53명의 선지식(善知識)을 두루 찾아보고, 최후에 보현보살(普賢菩薩)을 만나서 십대 원(十大願)을 듣고, 아미타불 정토에 왕생하여 법계(法界)에 들어가기를 원하기 때문에 이렇게 말한다.

處求아 于且依俙者는 潙山之千五百禪衆과 徑山之千七百法侶가 濟濟着
伽黎하고 諦聽法語于雨止月上之際하니 是可與善財童子參彌勒閣前하여
一彈指頃에 頓前來善知識所得法門이라 悄然而思欲奉觀曼殊三昧之景象
하니 鏡鏡相印하고 珠珠互映하여 主伴重重하여 互相無碍者與라 然則隨
筆之體製也라 何必拘得非古文非語錄이라 亦不合詩話云者리오 直若抽
一繭之緖하여 繭若盡이면 緖乃已라 娓娓書胸中欲言者면 足矣라 豈欲效
仲尼所云 言之不文이면 行也不遠乎哉리오 癸未六月五日

　이 서문을 읽으면 스님이 이 글을 쓴 까닭을 대강 짐작할 수 있다.
즉 나름대로 평생 살면서 보고 느낀 바 선시(禪詩)의 전통과 이론에 대한
자신의 생각을 정리하려는 목적으로 집필했다는 것이다. 나이가 들어
몸도 불편하고 눈도 침침한데 산과 들, 달빛과 개울 물소리를 들으면서
평소 하고 싶은 이야기들을 두서없이 열거했으니, 문체나 체제가 맞지
않는다 하여 흉이 되겠냐고 자문자답한다. 선재동자가 여러 선지식을
찾아다니면서 진리의 요체를 터득한 것처럼 자신 또한 옛 문인과 선사
들의 글과 시를 읽으면서 얻은 한 소식을 갈무리겠다는 의도가 이 글로
남게 되었던 것이다.
　물론 이 말에는 스님의 겸사가 담겨 있으니 액면 그대로 받아들일
수는 없다. 실제로 이 책에는 스님이 평생 칼을 벼리듯 모으고 다듬은
선시에 대한 생각들이 주옥처럼 열거되어 있다. 그 생각들을 정리한다면
아주 중요한 불교문학, 특히 선시에 대한 역사와 이론을 개관할 수 있으
리라 짐작된다. 그 노력은 우리들 후학의 책임이라 아니할 수 없다.
　여기서 그런 큰 소임은 감당할 수 없으니 책 가운데 세 번째로 실린
글 「상승의 경지에 이르면 시와 선은 한 꾸러미 안에 있다(及到上乘詩禪
一揆)」를 읽어 스님이 일궈낸 생각의 편린을 맛보고자 한다.

남송 때 엄우6)가 쓴 『창랑시화』에 보면 '시와 선은 같다'는 논의가 있
다. 그러면서 다만 삼당을 기준으로 삼았는데, 성당 때의 시는 대승선과
같고 중당과 만당 이후로 가면 소승선과 같으며, 송나라 시에 이르면 논
할 것도 없다고 했다. 이렇게 말한 것이 어쩌다 이치로 굳어져서 고병의
『당시품휘』의 선구자가 되었다. 그러나 시가에서 고금을 넘어선 본령에
는 이르지 못했으니, 오직 당나라만 보고 송나라는 무시하는 견해는 실로
담판한7)으로서 그릇된 것이다. 또 당시가 선과 같다는 말도 그림자나 메
아리와 같아 근본을 깨달은 것으로는 보이지 않으니 결국 격화소양8)의
수준을 면하지 못했다. 창랑이 선도에 대해 알지 못해 벌어진 일이다.

나는 사문이 되어 선도에 대해 기뻐한 지 오래되었고, 또 시의 반열을
좇은 지도 벌써 수십 년이라 어설프나마 시와 선에 대한 관견도 가지고
있다. 때문에 일찍이 「초의선사비문」 뒤에 대략 '시선일규'에 대한 논지
를 서술했지만 같은 도를 걷는 사람이 서로 보고 한 번 웃을 수 있는 정도
였을 뿐이었다. 만약 선백과 시인이 각기 그 말류(자신들만의 주장)에 근
거하여 선과 시는 풍마우9)라 서로 미칠 데가 없으니 이를 두고 서로 통한
다고 하면 미치지 않았으면 어리석은 노릇이라고 하면, 이는 손과정10)이

6) 엄우(嚴羽) : ?~?. 송나라 복건성 소무(邵武) 사람. 시론가(詩論家). 자는 의경(儀卿)
또는 단구(丹丘)고, 호는 창랑포객(滄浪逋客)이다. 논시(論詩)에 뛰어났고, 성당(盛唐)
을 높이 평가하면서 송시(宋詩)의 산문화와 의론화에는 반대했다. 저서에 『창랑집(滄浪
集)』과 『창랑시화(滄浪詩話)』가 있다.
7) 담판한(擔板漢) : 널쪽을 짊어진 사람과 같이, 한쪽만 보고 다른 한쪽은 보지 못하는
편견자를 말한다. 바보라는 뜻.
8) 격화소양(隔靴搔痒) : 신을 신고 가려운 곳을 긁는다는 뜻으로, 일을 하느라고 애는
쓰되 정통을 찌르지 못해 답답한 것을 일컫는 말이다.
9) 풍마우(風馬牛) : 거리가 서로 멀어서 서로 통하지 못함. 『좌전(左傳)』에 "군처북해(君
處北海) 유시풍우불급상야(惟是風牛不相及也)"라 하고 그 주석에 "풍은 놓아준다는 뜻
인데 빈모(牝牡)가 서로 유인하기 위한 것"이라 했다.
10) 손과정(孫過庭) : 648~703. 당나라 초기 진류(陳留) 사람. 자는 건례(虔禮)다. 왕희지
(王羲之)의 서법을 배워 초서를 잘 썼다. 필세가 종횡으로 뻗쳤고, 묵법(墨法)이 청윤(淸
潤)했다. 『서보(書譜)』는 왕희지를 중심으로 하는 전인적 서법을 근본으로 글씨를 공부

『서보』에서 말한 "저 알지 못한 자라면 뭔들 족히 괴이할 게 있겠는가?" 와 같다.

　대개 불교가 중국에 들어온 이후 초당 측천무후(624?~705) 시기에 선종이 비로소 세워졌는데, 중당 시기에 이르러 마조대사[11]가 강서 지역에서 '대기대용'을 주창했고, 석두대사[12]가 형양 지역에서 홀로 '현풍'을 내세우니 격외의 선학이 이에 대성했다고 말할 수 있다. 또 시율에 있어서는 개원[13]과 천보[14] 연간에 역시 흥성했다. 이백과 두보라는 대가 외에도 왕유, 맹호연, 위응물, 유종원 등이 지극히 담담하고 우아하면서 도에 맞는 논조를 이었으니, 실로 변경[15]과 항주[16] 양송 때의 염송 선가의 운율과 격조를 열었다. 대략 몇 편을 열거해 이를 증명하면 다음과 같다.

　왕우승[王維]에게는 "세상에 계수나무 꽃 떨어질 때, 밤은 조용하고 봄산은 비었네. 달이 뜨자 산새들 놀라고, 때로 봄 개울가에서 우네."가 있다. 맹양양[孟浩然]에게는 "배에 돛을 달아 수천 리를 왔는데, 명산은 모

하는 방법을 논한 것으로, 특히 저자의 자필본(自筆本)으로 유명하다.

11) 마조도일(馬祖道一) : 709~788. 당나라 때의 선승. 속성은 마(馬)씨다. 시호는 대적선사(大寂禪師)고, 한주(漢州) 십방(什邡) 사람이다. 19살 때 출가하여 경율(經律)을 익혔다. 혜능(慧能) 문하의 남악회양(南岳懷讓)의 법을 이었다. 일찍이 강서(江西)에서 선학(禪學)을 널리 떨쳐 강서마조(江西馬祖)로도 불린다.

12) 석두희천(石頭希遷) : 700~790. 당나라 때의 선승. 육조(六祖, 慧能)에게 사사하고, 혜능이 입적한 뒤 청원행사(靑原行思)에게 배우고 인가를 받았다. 호남(湖南) 형산(衡山)에 있는 남사(南寺)에서 바위 위에 암자를 짓고 좌선(坐禪)한 데서 석두화상(石頭和尙)으로 불렸다.

13) 개원(開元) : 당나라 현종 때 쓰였던 연호. 연대는 713~741년.

14) 천보(天寶) : 역시 현종 때 쓰였던 연호. 연대는 742~756년.

15) 변경(汴京) : 오대(五代) 양(梁)나라와 진(晉)나라, 한(漢)나라, 주(周)나라, 북송(北宋, 907~1127) 때의 국도(國都). 변량(汴梁)이라고도 하며, 양(梁)은 대량(大梁, 開封)에서 유래되었다. 지금의 하남성 개봉으로, 변허(汴河) 연변이었기 때문에 이렇게 불린다.

16) 항주(杭州) : 전당강(錢塘江) 하구에 위치한 도시. 서호(西湖)를 끼고 있어 소주(蘇州)와 함께 아름다운 고장으로 알려졌다. 7세기 수(隋)나라가 건설한 강남하(江南河, 大運河의 일부)의 종점으로 도시가 열려 남송(南宋)시대에는 수도가 되었으나, 임시수도라는 뜻에서 행재(行在)라고 하다가 임안(臨安)이라고 개칭했다

두 보지 못했네. 심양 성곽 아래 배를 묶어 두니, 비로소 향로봉이 보이네. 동림사는 어찌 보이지 않나. 해 저물자 범종 소리만 들리네."가 있다. 위소주[韋應物]에게는 "한 잔 술을 들고자 하니, 멀리서 비바람 부는 저녁을 위로하노라. 낙엽 떨어져 빈산에 가득한데, 어디에서 그 발자취를 찾을까?"가 있다. 유유주(柳宗元)에게는 "낚시꾼이 야밤에 서암에서 자는데, 새벽에 상수 맑은 물을 길어 초나라 대나무로 물을 끓이네. 연기 날아가고 해 떠도 사람 보이지 않으니, 뱃사공 노래 소리에 산과 물과 푸르구나." 등이 있다.

하늘의 영감으로 시를 이루었으니, 꼭 선에 의지하지 않아도 절로 임제 문하의 사조용[17] 등의 법과 합치하고 있다. 어느 날 밤 마조가 제자들과 함께 명월당 앞에 모였다. 마조가 주변을 둘러보면 말했다. "달이 정녕 밝으니 어찌 뜻을 말하지 않는가?" 서당장[18]이 말했다. "밥 먹기 좋을 땝니다." 백장해[19]가 말했다. "긴 대나무가 좋군요." 남전원[20]은 대꾸하지 않고 소매를 날리며 떠났다. 그러자 마조가 말했다. "경율은 지장에게 들었고, 선도는 회해에게 돌아가며, 오직 보원만 홀로 물외로 넘어섰구나."

---

17) 사조용(四照用) : 임제사조용(臨濟四照用)이라고도 한다. 임제종(臨濟宗) 용어로, 두 가지 해석이 가능하다고 한다.

18) 서당지장(西堂智藏) : 735~814. 당나라 때의 선승. 선화(虔化, 江西) 사람으로, 속성은 요(廖)씨다. 8살 때 출가하여 25살 때 구족계를 받았다. 건양(建陽) 불적암(佛迹巖)에서 마조도일(馬祖道一)을 뵙고 심인(心印)과 가사(袈裟)를 받았다. 마조도일이 입적한 뒤 정원(貞元) 7년(791) 사람들의 요청으로 개당(開堂)하고, 나중에 건주(虔州) 서당(西堂)에 주석(住錫)하면서 마조의 선풍(禪風)을 널리 떨쳤다.

19) 백장회해(百丈懷海) : 720~814. 당나라 중기의 선승. 속성은 왕(王)씨고, 이름이 회해며, 시호는 대지선사(大智禪師)고, 복주(福州) 장락(長樂) 사람이다. 백장산(百丈山)에 오래 머물러 백장선사(百丈禪師)라는 호칭을 얻었다. 각조(覺照) 또는 홍종묘행(弘宗妙行)이라는 별칭도 있다.

20) 남전보원(南泉普願) : 748~834. 당나라 때의 승려. 정주(鄭州) 신정(新鄭, 河南 開封 新鄭) 사람으로, 속성은 왕(王)씨다. 10살 때 대외산(大隗山) 대혜(大慧)에게 수업을 받았다. 대력(大曆) 7년(772) 숭산(嵩山) 회선사(會善寺) 고율사(暠律師)에게 나가 구족계를 받고 법려율사(法礪律師)가 제창한 상부율종(相部律宗)을 익혔다.

이 마조의 기상은 맑은 물결도 일지 않았지만 뜻은 절로 다르니, 절로 『시품』에서 "한 글자도 드러내지 않았지만 모두 풍류를 얻었다."는 말과 합치하는 것이 아니겠는가?

때문에 내가 "상승의 경지에 이르면 시와 선은 한 꾸러미에 있다."고 말하는 것이다. 저 송나라와 원나라, 명나라와 청나라 시대에 이르면 시가 때로 품격이 조금 다르더라도 상승의 경지에 이르면 시는 선이리니, 어찌 유독 성당 때의 시만 그렇겠는가? 창랑의 무리들은 이를 몰랐던 것이다. 동파[蘇軾]의 「나한송」은 구절구절이 요체를 보았고, 왕양명의 시 "그윽한 사람 달이 뜨자 항상 홀로 즐겁고, 좋은 새 산이 비니 때로 길게 우네. 밤 고요한데 파도는 삼만 리고, 달이 밝으니 나는 주장자가 하늘 바람에 떨어지네."는 최상승의 선도를 얻었다 할 만 하지 않은가? 이 때문에 원자재[21]도 "강과 바다가 비록 커도 소수와 상수가 없는 것은 아니다."라고 말했던 것이다. 그러나 이후의 문장이 기니 다른 날에 더하겠다.

南宋嚴滄浪詩話에 有論詩如禪인대 而只以三唐爲準이라 謂盛唐詩는 如大乘禪이요 中晚已下는 如小乘禪이며 及宋也에는 無論焉이라 言或成理하여 而乃開高棅撰唐詩品彙之先河者也라 然未達詩家超古今之本領으로 惟唐無宋之見은 實倣擔板漢者非與라 且其唐詩如禪之話도 亦似影響이라 而不見団地之所悟니 終不免隔靴搔癢者矣라 滄浪不知禪道故已라 石生爲沙門으로 而悅禪道尚矣고 亦從詩班輒數十年하여 粗有談詩禪之管見이라 故曾於草衣禪師碑后에 畧敍詩禪一揆之旨나 然可與同道者相見一笑而已라 如或禪伯詩人各據其末流하여 謂禪與詩는 猶若風馬牛不相及이니 而爲合一揆者는 非狂則愚라면 此孫過庭書譜所云 彼不知者에는 曷足怪焉이라 蓋惟佛敎入中國以後에 初唐則天際禪宗始建인대 至若

---

21) 원자재 : 삼원(三袁)으로 불린 형 원종도(袁宗道), 둘째 원굉도(袁宏道), 막내 원중도(袁中道) 가운데 한 사람일 것인데, 누구의 말인지는 추후 확인할 문제다. 이들의 문학론은 후대에 공안파(公安派)로 불렸다.

中唐하여 馬祖大士가 唱大機大用於江西하고 石頭大士가 獨造玄風於衡
陽하니 格外禪學이 可謂大成矣라 抑于詩律은 則至若開元天寶中에 亦云
盛矣라 李杜大家以外에 王孟韋柳가 繼極澹雅合道之調하니 寔開汴杭兩
宋拈頌禪家之韻格이라 略揭數章以明之라 王右丞之"人間桂花落 夜靜春
山空 月出驚山鳥 時鳴春澗中"하고 孟襄陽之"挂席幾千里 名山都未逢 泊
舟潯陽郭 始見香爐峰 東林不何見 日暮但聞鐘"하며 韋蘇州之"欲持一瓢
酒 遠慰風雨夕 落葉滿空山 何處尋行跡"하고 柳柳州之"漁翁夜傍西巖宿
曉汲淸湘燃楚竹 煙消日出無人見 款乃一聲山水綠"等이라 天籟詩成하니
不謀諸禪나 而允合臨濟門庭之四照用等法也라 一夕馬祖與弟子等과 會
于明月堂前이라 顧謂曰 月正明하니 盍言其志오 西堂藏云 正好供養이라
百丈海云 正好脩行이라 南泉願 拂袖以去라 馬祖曰 經入藏하고 禪歸海
하며 惟普願 獨超物外로다 這馬祖氣象은 不動淸波이나 意自殊로 悠然合
詩品之不著一字盡得風流者가 非耶아 余故曰 及到上乘이면 詩禪一揆니
라 及若宋元明淸之代면 詩或品尚小異라도 然上乘詩禪이니 何獨專推于
盛唐이리오 滄浪輩不及知之라 東坡羅漢頌句句見諦 王陽明詩之"幽人月
出每孤逞 好鳥山空時一鳴 夜靜海濤三萬里 月明飛錫下天風"者는 得不爲
最上昇禪乎아 是以袁子才亦云 江海雖大라도 不無瀟湘也하니 然而向下
文長하니 付在佗日하노라

스님은 이 글에서 엄우가 『창랑시화』에서 "시를 논할 때는 선과 같이
한다(論詩如禪)"는 시선일여(詩禪一如)의 논리를 펼친 것에 대해서는 인
정하지만, 그가 단지 당나라 때의 시만을 두고 대승선이니 소승선이라
지적하면서 송나라 이후의 시는 아예 논외로 한 것에 대해서는 반대하
고 있다. 즉 시의 흐름과 품격이란 그렇게 두부모 자르듯 나눠지는 것은
아니며, 송원명청 시대의 시에 대해서도 마찬가지 논의를 할 수 있다는
것이다.

스님은 공평한 시선을 두어 당나라 때의 시인, 이백과 두보를 포함해

서 왕유, 맹호연, 위응물, 유종원 등의 시에서도 선취를 느낄 수 있을
뿐만 아니라, 송나라 때의 시인인 소식이나 왕양명의 시에서도 이런
시경(詩境)은 얼마든지 찾을 수 있다고 보았다. 결국 스님은 엄우나 그
를 따르는 무리들의 소견이 비좁아서 넓은 안목으로 시를 이해하지 못
했다고 갈파했던 것이다.

스님의 이런 선시론은 후세 선적 감흥을 시로 노래한 사람들의 창작
논리에 큰 힘을 실어주었다. 엄우의 주장대로 시에서의 선적 성취가
당시(唐詩)로 완성되었다면, 이후 선시를 쓰는 사람들의 시는 평가를 받
을 기회조차 없어졌을 것이고, 선시 창작을 해야 할 이유도 당위도 위태
로워졌을 것이다. 그런데 석전 스님이 시선일규론을 내세워 당시 이후의
시, 즉 엄우가 더 논할 가치도 없다고 했던 송나라 이후의 시에 대해서도
선적 성취를 인정함으로써 선시 창작의 새로운 길을 열어놓게 되었다.

물론 스님의 이런 논의는 많은 시간이 지난 뒤에 나왔지만, 송나라
이후의 시에 대한 선적인 평가를 주저하게 만들거나 보류했던 그간의
비평적 태도가 스님의 논의로 인해 일순간에 암중모색의 난맥을 극복
하게 되었다. 이런 점에서 스님의 시선일규론은 주목할 가치가 있는
동시에 문학비평사에 새로운 지평을 열었다고 말해도 좋을 것이다.

3. 『석림초』에 보이는 문학 인식

『석림초』에는 64편의 글이 실려 있다. 탑송(塔頌)과 비기(碑記), 비명
(碑銘), 행략(行略), 유고서(遺稿序)와 창화서(唱和序), 발문(跋文), 중수기
(重修記), 상찬(像讚), 영찬(影贊), 상량문(上梁文) 등 쓰임새도 다양한데,
전반적으로 행사나 불사의 회향(回向) 때 써준 글이 주류를 이룬다. 비

록 행사의 필요에 따라 쓰인 글이지만, 이런 글도 꼼꼼히 다져 읽으면 스님 사상의 전모를 확인하는 데 도움이 될 것이다.

여기서는 그 가운데 비교적 문학적 논의가 담긴 글 「집초엄상인유고서(輯草广上人遺稿序)」를 읽어보도록 하겠다.

대개 선가 시문의 연원을 따져 올라가보면 불교가 처음 전래된 한위육조 때는 경전을 한역하던 시기로 작자가 있어도 보조하는 데 지나지 않았다. 무릇 천축의 경전은 곡령에서 전교가 시작되어 삼당(初唐·中唐·盛唐)에 이르러 선가의 작품이 바야흐로 왕성해졌지만, 그 문장을 독실하게 논한 것이라면 오히려 조금씩 진전이 있어 소초(疏抄)가 집필되고 이치를 다지는 사업에서 다른 말이 없을 수는 없었지만 시학에서 가장 눈부셨던 것은 저산이나 낭선, 서악, 백련의 무리들이 우뚝하게 자득하여 한 시대를 고취시켰다. 비록 이백과 두보, 한유와 백거이 등과 재갈을 날리며 함께 달렸어도 또한 손색은 없었다.

송나라가 세워진 즈음 아홉 스님이 연이어 나와 능히 성당 시기의 성과에 버금갈 만했다. 이어 남송과 북송 때에도 시가들이 별처럼 뿌려졌을 뿐만 아니라 심진숭22)이나 석문범, 온릉환23), 경산고24) 등은 문단에서 붉은 깃발을 펄럭였는데, 가히 구양수와 소식, 주희, 육상산 등과 서로 밀리지 않았으니, 선가의 작가로 하나하나 대가였다고 일컬을 만했다.

또 원나라 때의 중봉본과 파스파25), 주원장의 명나라 때의 운서26)와

---

22) 심진계숭(鐔津契嵩) : 1007~1072. 송나라 때 운문종(雲門宗) 승려.

23) 온릉계환(溫陵戒環) : ?~?. 송나라 때의 승려. 월(越, 浙江) 소흥(紹興) 사람이다. 온릉 개원련사(開元蓮寺)에 있어서 온릉대사(溫陵大師)로 불려진다.

24) 대혜종고(大慧宗杲) : 1089~1163. 송나라 양기파(楊岐派)의 선승. 성은 해(奚)씨고, 자는 대혜(大慧)며, 호는 묘희(妙喜)다. 12살에 출가해 혜제(慧齊)와 소정, 문준(文準) 등의 수하에서 참선(參禪)하여 수행하고, 원오극근(圓悟克勤)에게 인가를 받았다. 경산(徑山)과 아육왕산(阿育王山) 등 이름난 사찰을 두루 다니며 설법하여 제자 양성에 힘썼다.

25) 파스파(八思巴) : 1235~1280. 티베트 불교 샤카파(薩迦派)의 제5대 조사(祖師). 오사장

감산27), 우익28), 일우29)의 무리들은 풍아 소리가 유장했고, 청나라 초기를 본다면 명나라의 유일30)들이 마음을 바꿔 출가하여 유교와 불교가 합일되었다. 팔대산인31)과 약지화상, 편행상인은 가장 빼어나고 우아했으나 나머지는 말할 바가 못 되니 어찌 논하겠는가? 그러나 고금 선가의 작품들을 총괄해 논한다면 시는 넉넉하지만 문장이라면 부족하니 어쩐 일인가? 대개 흰 구름이나 그윽한 돌은 천하 국가의 밖에 있어 학문과의

살사가(烏斯藏薩斯迦) 사람이고, 원명은 나고라사견장(羅古羅斯堅藏, 로드 겐첸 펠삼포)이다. 원나라의 세조 쿠빌라이를 섬겼다. 파크파라고 부르기도 한다. 파스파의 뜻은 성자(聖者)다.

26) 운서(雲棲) : 1532~1612. 명나라 때의 승려. 이름은 주굉(袾宏)이고, 자는 불혜(佛慧)며, 호는 연지(蓮池)다. 처음에 유생(儒生)이었다가 30살 때 출가했다. 행각(行脚) 생활을 하다가 운서사의 옛 터에 선실(禪室)을 짓고, 염불하며 계율을 실천하다가 만력 40년에 입적했다. 저서 32종이 전한다.

27) 감산(憨山) : 1546~1623. 명나라 때의 승려. 안휘(安徽) 전초(全椒) 사람으로, 속성은 채(蔡)씨고, 이름은 덕청(德清)이며, 자는 징인(澄印)이고, 호가 감산이다. 12살 때 금릉(金陵) 보은사(報恩寺) 영녕(永寧)에게 경전을 익혔다. 주굉(袾宏), 진가(眞可), 지욱(智旭)과 함께 명나라 4대 고승(高僧)으로 손꼽힌다.

28) 우익지욱(蕅益智旭) : 1599~1655. 명나라 때의 학승(學僧). 소주부(蘇州府) 오현(吳縣) 사람으로, 속성은 종(鐘)씨고, 자는 우익노인(蕅益老人) 또는 소화(素華)며, 스스로 팔불도인(八不道人)이라 불렀다. 이름은 제명(際明) 또는 성(聲)이고, 자는 진지(振之)다. 저서에 『열장지진(閱藏知津)』 44권과 『능가경의소(楞伽經義疏)』 9권, 『정토성현록(淨土聖賢錄)』 6권, 『교관강종(敎觀綱宗)』, 『아미타경요해(阿彌陀經要解)』 등이 있다.

29) 일우독철(一雨讀徹) : 1587~1656. 명나라 말기 때의 승려. 운남(雲南) 정공(呈貢) 사람으로, 속성은 조(趙)씨다. 초자(初字)는 견효(見曉)인데, 창운(蒼雲)으로 고쳤고, 호는 남래(南來)다. 아버지 벽담(碧潭)을 따라 곤명(昆明) 묘담사(妙湛寺)에서 출가했다. 저서에 『법화주계(法華珠髻)』 약간 권과 『화엄경해인도량참의(華嚴經海印道場懺儀)』 2권이 있다.

30) 유일(遺逸) : 명망이 높은 사람으로 초야(草野)에 묻힌 사람. 또는 세상에서 버림받고 초야에 묻혀 있는 일사(逸士).

31) 팔대산인(八大山人) : 주탑(朱耷, 1626?~1705?). 명말청초 때 강서(江西) 남창(南昌) 사람. 보명(譜名)은 통란(統𨨶)이고, 호는 설개(雪箇) 또는 인옥(人屋), 아산(丫山), 전계(傳綮), 여옥(驢屋)이다. 명나라가 망한 뒤 삭발하고 승려가 되어 시중을 떠돌며 서화와 시주(詩酒)를 벗 삼아 거짓 미치광이 생활을 했다. 작품집으로 『산수화조화책(山水花鳥畫冊)』이 있고, 저서에 『팔대산인시초(八大山人詩鈔)』가 있다.

차이가 아주 큰 까닭이겠다.

　우리나라의 선가로 눈을 돌리면 삼국시대와 신라, 고려 시대에는 불가와 유가를 들락날락하면서 명가의 거벽으로 굴기한 이들이 적지 않았다. 그러다가 조선시대에 들자 교풍이나 문학풍조가 모두 날마다 떨어져 5백 년을 살펴보면 문단에서 큰 업적을 남긴 이가 몇 사람에 지나지 않고 시단 또한 그러하니 하물며 체제를 갖춘 대가를 많이 볼 수 있겠는가! 헌종과 철종 시기에 와서는 복초상인이 있어 영남의 고성에서 태어났는데, 집(본관)은 웅천 박씨였다. 옥천사에서 득도하니 초엄은 그의 법호였다. 그가 깨달은 선경(禪境)의 본령은 대강이 직접 쓴 「삼화전」에서 가히 알 수 있는 것은 서로 웃으며 말할 수 있고, 그밖에도 여러 방면에도 달통했다.

　나는 그의 이름을 매천 황현 공에게서 들었다. 복초상인은 경사에 대해 황매산 아래 사는 박만성[32]에게 배웠는데, 박람강기하고 공령시[33]에도 능해 당시 거벽으로 손꼽혔다. 시는 광릉의 강위[34]에게 배웠지만 시는 같은 궤를 걷지 않고 따로 한 길을 열어 평범한 격조를 훌쩍 넘었다. 기상이 넉넉하고 청신해 사람의 마음을 풀어주었으니, 근래의 시승 가운데 짝할 이가 없을 정도였다. 그러나 상인은 머물지 않음을 마음으로 삼아 선으로써 율을 강하는 삼사[35]를 표준으로 삼기가 어렵다고 여겨 시원하게

---

32) 박치복(朴致馥) : 1824~1894. 조선 말기의 은사. 자는 동경(董卿)이고, 호는 만성(晩醒)이며, 본관은 밀양이다. 부모상을 당한 뒤 1860년 가족을 이끌고 삼가(三嘉) 황매산(黃梅山)에 들어가 백련재(百鍊齋)를 짓고 제자를 가르쳤다. 1864년 허전(許傳)을 스승으로 섬겼다. 1888년 3월 시폐소(時弊疏)를 올렸다. 문학 방면에서『대동속악부(大東續樂府)』로 주목받았다. 문집에『만성집』이 있다.

33) 공령시(功令詩) : 과거(科擧)를 볼 때 쓰는 시체(詩體). 공령(功令)은 ① 배우는 사람의 성적을 고과하고 학관(學官)을 선발하는 학사(學事)에 관한 규칙. ② 법령(法令). ③ 과문(科文)의 딴 이름을 일컫는 말.

34) 강위(姜瑋) : 1820~1884. 조선 후기의 시인. 본관은 진주고, 자는 중무(仲武) 또는 위옥(韋玉), 요초(堯草)며, 호는 추금(秋琴)이다. 민노행(閔魯行)에게 시를 배웠다. 1883년 한국 최초의 신문『한성순보(漢城旬報)』를 간행했다.『한성주보(漢城週報)』로 고쳐 발행하면서 국한문을 혼용하는 데 많은 공을 세웠다. 저서에『동문자모분해(東文字母分解)』와『용학해(庸學解)』,『손무자주평(孫武子注評)』등이 있다.

한산습득36)과 제전37)의 풍모를 담았으니, 어찌 직접 자신의 시문을 편집
했겠는가? 또 당시의 선가 무리들이 상인의 마음이 탁 트인 것을 달갑게
여기지 않았고 문자를 보는 안목도 낮았다. 때문에 상인의 시문은 세월
따라 흩어져 세상이 남아 있는 것이 봉황 털의 한두 개 정도였다. 그런즉
이 유고의 지나친 청아함도 허다한 세월을 지나 다만 수십 편의 잔고로
남았을 뿐이다.

　오호라! 상인과 같은 좋은 재목으로 크게는 세상을 구제하는 보배로운
뗏목이 되지 못하고 작게는 궁궐의 관리로도 쓰이지 못했으나, 이 얼마
되지 않지만 향기로운 구슬 같은 문집이 후진에 의해 수집되지 못했다면
남아 있은들 무슨 소용이겠는가? 더욱 가슴에서 슬픈 마음을 금할 길이
없다. 마을의 노인들에게 들으니 상인의 말년은 편하지 못해 하루도 따뜻
한 방에서 안식을 얻지 못해 바다와 산을 떠돌면서 거친 길을 헤매며 다
녔다 한다. 때로는 지달산38)의 정상에 올라 새벽에 해가 떠오르는 푸른
바다를 보기도 했고, 홀로 불함산(백두산) 천지까지 걸어올라 주장자를
놓고 발을 씻으며 통쾌하게 노래를 부르기도 했으며, 궁벽하고 끊어진 변
방을 외롭게 걸으며 시를 읊조려 하늘에서 부는 바람을 맞고 바위 위에
앉아 초탈하게39) 살았다고 한다. 이것이 상인의 신령스런 노닒으로 과연

<hr>

35) 삼사(三師) : 구족계(具足戒)를 받은 세 명의 화상(和尙). 계화상(戒和尙)과 갈마사(羯
　磨師), 교수사(敎授師)를 말한다.
36) 한산습득(寒山拾得) : ?~?. 당나라 때 선승(禪僧)들. 이전에는 당나라 초의 전설적인
　인물로 보았지만 최근 실재했던 인물로 보아, 8세기 무렵 생존했을 것으로 추정한다.
　운수(雲水) 풍간(豊干)과 함께 절강성 천태산(天台山) 국청사(國淸寺)를 출입했는데, 누
　더기를 걸치고 부엌으로 들어가 중들이 먹다 남긴 밥을 거두어 먹었다고 한다. 세 사람을
　합쳐 삼은(三隱) 또는 삼성(三聖)이라고 부른다.
37) 제전(濟顚) : 도제(道濟) 1137(1148)~1209. 송나라 임제종(臨濟宗) 양기파(楊岐派) 승
　려. 임해(臨海, 浙江) 사람이고, 속성은 이(李)씨다. 이름은 심원(心遠)이고, 자는 호은
　(湖隱)이며, 호는 방원수(方員叟)다. 18살 때 영은사(靈隱寺)에서 출가했다. 성격이 광
　전(狂顚)하고, 술과 고기를 좋아해 사람들이 제전(濟顚)이라 불렀다. 『북간집(北磵集)』
　권10과 『정자사지(淨慈寺志)』 권10을 남겼다.
38) 지달산(枳怛山) : 금강산(金剛山)의 옛 이름.

물상의 껍질을 소요했으니 어찌 족히 조충음로하는 옅은 무리들과 그 아량을 비교할 수 있겠는가!

상인과 함께 세상을 산 분으로 해양[40]의 초의[41]존자가 있으니, 풍아의 운취를 깊이 터득하여 사대부 학자들과 시를 주고받아 명성이 멀리까지 퍼져 요공[42]의 풍모를 본받았다. 그러나 식견이 있는 사람은 시라면 동격이지만 문장은 못 미친다 했더니, 고금의 선가 가운데 골라 예단의 맹주로 삼는다면 당연히 초엄상인에게 돌아갈 것은 이론이 없을 것이다.

蓋溯禪家詩文之過程이면 佛敎初渡之漢魏六朝는 且屬翻譯時期로 有或作者不過羽翼이라 夫西竺經論은 致鵠於傳敎하여 沿及三唐에 禪家之作이 方成蔚然하고 篤論其文이라면 則猶浸沈하여 疏抄之餕餡와 理數之窠窟에서 不能無異辭이라 若其詩學之宓著는 曰杼山 曰浪仙 曰西岳 曰白蓮之輩가 脫然自得하여 鼓吹一代라 縱與李杜韓白과 揚鑣並驅하여 亦無遜色矣라 立宋之初에 九僧齊出하여 能接盛唐之踵武라 暨乎北南之際에 不惟詩家星羅하여 至若罈津嵩 石門範 溫陵環 徑山杲等은 能樹文壇之赤幟하여 可與歐蘇朱陸으로 不相上下하니 則是謂禪家之作에 亦一大家耳라 且有元朝之中峰本과 八思巴 朱明之雲棲 憨山 藕益 一雨之倫이 風雅颯颯하고 觀於淸初면 則明朝遺逸이 幡然出家하여 一合儒佛이라 若八大山人 藥地和尙 徧行上人爲最秀最雅하나 其餘也는 自鄶以下니 豈足

---

39) 초탈하게─蟬蛻 : 몸을 깨끗이 하여 고아(高雅)하게 살면서 더러운 세속(世俗)을 초탈(超脫)한 것을 비유하는 말.

40) 해양(海陽) : 전남 광주(光州)의 옛 이름.

41) 초의(草衣, 艸衣) : 1786~1866. 조선 말기의 스님. 자는 중부(中孚)고, 호는 초의(艸衣)며, 당호는 일지암(一枝庵)이고, 속성은 장씨(張氏)로, 전남 무안(務安) 출신이다. 다도(茶道)의 정립자다.

42) 요공(寥公) : 도잠(道潛, 1043~?). 북송 때의 시승(詩僧). 항주(杭州) 지과사(智果寺)에 있었다. 처음 이름은 담잠(曇潛)이었는데 소식(蘇軾)이 항주에 자사(刺史)로 있을 때 이름을 도잠으로 고쳐 주고 참료자(參寥子)의 별호를 지어주었다. 저서로『참료자집(參寥子集)』12권이 있다.

論哉리오 然而統論古今禪家之作品하면 詩則有餘나 而文不足하니 何者
오 多居白雲幽石은 外天下國家하여 而學問迥異故耳라 若就我邦之禪家
면 在三國羅麗間에 能出入梵漢하여 故屈其名家之巨擘이 不爲不多矣라
降及漢陽之期하여는 教風與詞藻가 俱漸日下之勢爾故夷攷五百年에 能
擅文壇者가 不過數人하고 詩壇亦然하니 況復多見具體大家哉리오 當於
憲哲朝之際에는 有復初上人인대 生於嶠南之固城하니 其第凝川朴氏也
라 得度于玉泉寺하니 草广은 其號也라 其悟達之禪境本領은 槪如自述之
三花傳에 可與知者는 相笑而道고 及其旁通諸門이라 鎬也는 聞諸梅泉黃
公인대 上人復初는 聽經史於黃梅山下朴晚悝인대 而强記淹博하고 能解
功令하여 時推巨擘이라 學詩道於廣陵姜古懽이나 然詩非同倫하여 別開
一路하여 超脫凡格이라 氣涵淸新하여 令人意消하니 近古詩僧中에 絕無
此作爾라 然而上人은 以無住爲懷하여 難可以禪講律三師로 爲標準이라
澹宕有寒拾濟顚之風하니 豈堪手編其詩若文이리오 且一時禪家流가 不
屑上人之坦蕩하고 又少文字眼이라 以故上人之詩文은 隨煙散滅하여 所
存乎人間者가 寔攸鳳毛之一二라 然則玆編之淸癖도 亦消許多歲月에 只
得數十殘稿而已라 嗚呼라 以若上人之良材로 大不作濟世寶筏하고 小不
試金馬玉署나 和此零馥殘瓊로 不復見後進之蒐存이면 存亦何所爲리오
尤不禁感悗于中이라 聞夫故老하니 上人之末路는 崎嶇蒼源하여 不能安
於一日之燠室이라 落拓海山하여 荒塗而周流라 或登积怛之絕顚하여 曉
觀浴日之滄瀛하고 獨步不咸之天池하여 振錫濯足以浩歌하며 孤行嘯詠
於窮荒絕塞라가 蟬蛻於天風石上云耳라 是上人之神游로 果能消搖於有
物之表니 豈足以雕蟲吟露之淺淺輩로 較其雅量也哉리오 上人並世에 有
海陽草衣尊者니 深得風雅之趣하여 酬唱於搢紳碩學間으로 嘖嘖聞遠하
고 師寥公之風이라 然識者는 謂詩可同道나 文或不及이라 擬擇近古禪家
하여 藝壇主盟者면 竟歸草广上人에 無異論矣리라

초엄 또는 복초로 불렸던 한 스님이 평생 남긴 글을 모아 유고집을
내면서 서문을 부탁받고 쓴 글이다. 초엄 스님은 뛰어난 재능과 호한한

학문을 갖추었으면서도 선승으로서의 자유로운 기질을 버리지 못해 천지를 떠돌면서 호연지기를 드날렸다. 그러나 구애받지 않는 성품 때문에 쓴 글을 제대로 보존하지 않아 죽은 뒤 남은 글은 많지 못했다. 또 떠돎이 천성이 되어 한시도 편한 삶을 누리지 못했다.

이런 스님의 삶에 대해 박한영 스님은 애달픈 마음과 함께 그의 탁월한 시와 문장을 찬탄하여 스님의 고달픈 삶이 결코 헛되지 않았음을 거듭 말해준다. 멀리 중국 시승의 역사를 끌고 와 조선 말기의 무명 승려였던 초엄의 문학과 생애로 연결시키는 구성은 스님의 기품 있고 묵직한 글쓰기 능력을 생생하게 보여준다. 불교와 불교 문학의 장구한 흐름을 짚어내는 솜씨나 지식 역시 범상치 않다.

제법 긴 글이라 읽기에 숨이 차지만, 원문의 문장과 번역, 어느 쪽을 읽어봐도 도도하게 흐르고 생기 넘치며 진정성 있는 스님의 힘찬 문장을 느낄 수 있을 것이다. 이런 문장력이야말로 스님의 문학에 대한 천부적인 재능을 보여줌과 함께 꾸미거나 자랑하려는 글이 아닌 심성의 맑고 깨끗함, 오로지 논리와 표현으로써 글을 썼던 자세를 읽을 수 있다.

4. 끝맺는 말

박한영 스님은 풍전등화와 같은 위기의 시대 한말에 태어나 이 땅의 불교의 뿌리와 전통을 지키는 한편, 인재의 육성이 국운의 동력임을 깨닫고 후진 양성에도 최선을 다했다. 또 문학에도 큰 관심을 가져 적지 않은 시와 산문을 남겨 우리 문학사에 한 획을 그었다. 또 선시(禪詩)의 이론적 검증에도 주목해『석림수필』과 같은 이론서를 남기기도 했다.

스님의 시는 맑고 시원하면서도 섬세한 시인적인 감성과 시대의 기운을 드러내는 격조 높은 시를 지었다. 또 힘차고 웅혼한 문장으로 글쓰기의 모범이 될 만한 튼실한 산문을 후세에 남겨놓았다. 스님의 시 전반과 산문에 대한 논의는 다음 기회로 미루겠다.

글을 마치면서 개인적으로 스님의 시문이 아름다운 우리 글로 번역되어 많은 사람들이 읽고 본받을 수 있는 날이 와야 한다고 느끼면서,[43] 스님의 연보와 평전(評傳)이 쓰여 이 시대 사람들의 사표(師表)로 길이 자리하기를 진심으로 바란다.

---

43) 스님의 시와 문장은 1988년에 문도들에 의해 『영호대종사어록(映湖大宗師語錄)』으로 번역이 되어 나왔다. 그러나 시는 완역이 아니라 발췌역이어서 아쉽고, 문장도 『석림수필은』 완역되었지만, 『석림초』는 발췌역이라 부족한 감이 있다.

절제와 균형, 그리고 반성의 길

석전 박한영 스님의 漢詩 세계

1. 들어가는 말

한말과 식민지 시대, 해방 직후까지 살았던 석전 박한영 스님은 많은 문장을 남겨 자신의 시대에 대한 목소리를 남겼다. 그와 함께 스님은 적지 않은 한시를 쓰기도 했다. 본고는 앞에서 본 산문세계에 이어 스님의 한시가 남긴 내용과 의미를 살펴보고자 한다.

승려의 신분이었으니 스님의 시는 선적 깨달음을 담았다고 볼 수 있고, 당연히 스님의 시는 선시(禪詩)로 불려야 할 것이다. 그러나 뒤에서 논하겠지만, 스님이 유일하게 남긴 시집 『석전시초(石顚詩鈔)』는 온전히 스님의 시가 다 실렸다고 보기 어려운 점이 있다. 그래서 여기에서는 스님의 시가 가진 선시적 깊이보다는 먼저 전형적인 한시로 보아 논의를 전개하고자 한다. 이런 논의를 바탕으로 스님의 문학세계가 좀 더 확연하게 드러나고, 선시적 외연을 충분히 논할 단계에 이르면 논의를 확장시키고자 한다.

본고는 먼저 스님의 시집 『석전시초』가 발간된 경위를 최남선이 쓴 서문을 통해 살펴보고, 이어 시세계의 전모를 넓은 관점에서 주목하고자 한다.

2.『석전시초』발간 경위와 시집 체제의 특징

박한영 스님의 생전에 유일하게 남긴 시집인『석전시초』는 1940년에
발간되었다. 발행자는 최남선(崔南善, 1890~1957)이고, 그가 운영했던 출
판사인 동명사(東明社)에서 출간되었다.

상·하 두 권으로 편집된 시집은 서두에 최남선의「서(序)」와 정인보
(鄭寅普)의「석전상인소전(石顚上人小傳)」이 실렸고, 이어 시 작품이 수록
되었다.

먼저 최남선의「서」를 읽어보도록 하자. 이 글을 통해 우리는 스님의
시집이 나오게 된 경위와, 그것이 왜 굳이 최남선의 손을 빌리게 되었는
지도 알 수 있을 것이다.

내가 지각을 가졌을 때부터 가만히 전적과 문헌을 살피는 일에 뜻을
두었는데, 우리 선현들이 말씀과 글을 남긴 것과 이치를 생각하는 자취가
불가의 사찰과 이름난 스님들의 손으로 전해지는 경우가 많아 옛 일을
살피는 데 의지할 곳으로 여겼다. 또 부처님의 가르침이 처음 이르렀을
때에는 뛰어난 스님들이 연이어 나와 역사에 빛나는 즉 더욱 기뻐하여
스님들을 좇아 노닐었다.

그러다가 석전 스님을 만났는데, 스님은 옛 일을 온축하고 지식이 두루
통했으며 내외 경전에도 박식했는데, 부끄럽게도 나를 좋게 보아주셨다.
이로부터 좋은 인연을 맺어 나날이 가까워졌다. 그러나 세상이 점점 어지
러워져 교법도 함께 쇠퇴하던 때라 연줄에 따라 이익만 바라게 되어 종풍
이 무너져 내리는 판이었다. 이에 스님은 동지 두세 분과 함께 사찰을 굳
건히 지키셨는데, 나는 부끄럽게도 도와야 할 처지인데도 그럴 수 없어
주변에 있지 못했지만, 대개 일을 서로 돕고 한 것은 다른 사람은 능히
살펴 알 수 있는 바가 아니었다.

내가 뜻을 품고 일하면서 어려움이 많아 항상 혈혈단신 혼자 몸으로

우리나라 지역 안을 두루 다니고자 생각했는데, 스님께서 이를 아시고 매번 여름과 가을 사이에 함께 참여해 주셨다. 그래서 일찍이 동쪽으로 금강산에 들어갔다가 바다를 따라 낙산사에 이르렀고, 경포대를 떠돌다가 남쪽으로 지리산을 지나 바다를 건너 한라산 정상까지 올라 말 떼들이 백록담에서 물을 마시는 것을 보기도 했다.

이어 북쪽으로 불함산(백두산)을 예방하고 천지 곁에서 쉬니, 햇살이 수면 위로 퍼져 온갖 무늬가 만 가지로 흩어졌다. 이어 차호[1]의 그윽함과 묘향산의 기묘함에 이르기까지 이르지 않은 곳이 없었다. 그 사이에 몹시 황폐한 곳을 뚫고 나가고 먼지와 연기를 털고 나가 내가 옛 것으로 살피고자 원했던 것을 이룬 바가 한두 차례가 아니었다. 스님에게 이런 일은 해야 할 바가 아니었지만 나를 좋아하여 수고로움에도 찾았고 찾으면 기뻐하셨으니, 스스로 일가를 이룬 사람과 다르지 않으셨다.

나 또한 오랜 동안 스님을 따르면서 불교 경전의 원류에 대해 조금씩 듣게 되어 거칠게나마 이해를 가지게 되었다. 이렇게 한 것이 벌써 수십 년째였다. 그 사이에 스님은 더욱 연로해졌고 행보도 느려졌으며, 나 역시 백발이 성성하게 되었다.

얼마 전에 내가 만주에서 돌아왔는데, 스님이 지나시다가 들렀다. 사람 살이의 변화가 구름이 흩어지고 물결이 이는 것 같음을 생각하고 지난 일들을 돌이켜 생각하니 울적한 기분이 어지럽게 모여들었다. 그러나 오직 스님과 나는 빛나게 서로를 비추고, 자취는 물리치고 형상도 잊으면서 기뻐 노닐면서 서로 돌아보았던 것이다.

그러다 이야기가 나이가 늙고 장성한 데 미치니 스님의 올해 세수가 일흔임을 깨닫게 되었다. 아하! 스님은 경률을 깊이 아시는 고승이시다. 평범한 사람들이 누리는 기쁨과 즐거움을 스님은 모두 버리시고 담박함

---

1) 차호(遮湖) : 함경남도 이원군(利原郡)의 어항(漁港). 군의 남부 해안에 자리하고 있으며, 이원 철산(鐵山)의 광석 적출항이고 명태와 청어, 대구 등의 어획이 많다. 1942년 읍으로 승격되었다.

을 맛보고 고고함을 즐기시면서 오늘에 이르셨다. 나는 스님에게 진실로 선물로 올릴 만한 것이 없지만 인정으로 보면 그만둘 수도 없었다.

그래서 가만히 생각해보니 스님이 경전을 강독하시는 여가에 문득 운율이 있는 시를 즐겨 지으셨다. 따르고 취한 것이 풍부하고 넓었으며, 들어간 깊이도 멀고 심오했다. 이에 스님의 의경(意境)을 담으리라 뜻하고 좇아 원고를 부탁드려 인쇄공에게 맡기고자 했다. 이는 감히 스님의 시 작품을 전해 길이 남기고자 하는 것은 아니고, 그저 스님께서 한 번 펼쳐 보시고 평소 노닐면서 남긴 일의 그림자를 살펴 빙그레 웃고 물리치지만 않는다면 만족할 일이다.

바야흐로 인쇄를 시작할 즈음 책을 내게 된 과정을 적어 책의 앞머리에 붙이니, 스님은 연로하셔도 쇠약하지 않으시고 나 또한 약한 몸이지만 길게 보전한다면 내가 스스로 스님 앞에 이르는 것은 또 뒷날의 일일 것이다. 이런 심정을 아마도 스님만은 아시리라. 기묘년(1939년) 초동(12월)에 동주 최남선이 쓴다.

「石顚詩鈔序」

余自有識에 竊有意忟攬典獻하더니 而吾先民言文之遺와 思理之迹은 往往猶傳於浮屠之宮과 名釋之手라 考往者가 以爲歸러니 且自空法肇至 하여는 閎碩間出하여 爲史藉華하니 則益喜從沙門游라 旣而에 遇石顚師한대 師故蘊通識하고 淹貫內外하여 謬以余爲可語라 由是로 契好日篤이러니 値世事多紛하여 敎法亦已衰라 甚且延緣覬利하여 壞蕩宗風하니 師 與二三同志로 固持壇宇라 余愧爲毗輔에 然或不能無左右나 盖其綢繆相 爲에 有非他人所能關知者라 而余抱志多艱에 常以獨身孑然으로 思博綜 域內에 師默然揣之라 每於夏秋之間에 挾以俱라 盖嘗東入金剛하여 遵海 至洛山寺하니 浮于鏡浦하고 南歷智異하며 渡海陟漢拏之頂하여 觀群馬 下飮白鹿潭하고 而北禮不咸하여 息天池之側하니 日光布水하여 絢綵萬 狀이라 以至遮湖之幽와 妙香之奇는 無不到焉하니 其間剔披榛荒하고 拂 拭塵煤하여 以達吾討古之願者가 非一二라 師於此等은 盖所事之外나 然

而好余故로 其勞而求之하고 求而喜之하니 與顒門者不殊라 余亦從師久
에 浸聞竺典源流하니 則又見謂粗解라 如是者가 閱數十寒暑라 而師益老
하고 行步僂然하니 余亦髮種種白矣라 頃余自滿洲還에 師過之하니 因念
人事之變이 如雲波蕩滿하고 回思往昔하니 感慨紛集하여 而獨師與余가
炯然相照하고 迹斥形忘하여 爲之流連相顧라 言及年紀老壯에 悟師今歲
登壽七十이라 嗟乎라 師毗尼高僧也라 擧凡人間所以資歡娛者를 皆師所
屛棄하고 味澹泊하며 樂枯槁하여 以至於今이라 余於師에 固無以爲獻인
대 顧情不可以已라 竊覰師誦經之暇에 輒喜爲韻語라 擷取富博하고 造詣
夐深이라 意此爲師興象所寄하여 迺從而請其稿라 付諸手民하여 非敢爲
師圖咳唾之傳하여 以爲壽라 倘師一展閱에 以其游戱影事而莞爾勿拒면
足矣라 刊方始에 爲綴其緣起하여 以附卷首인대 師는 大年不衰하고 余亦
蒲柳長保하리니 則余之所以自致於師者는 又在他日이라 此懷를 獨師知
之리라 己卯(1939년)抄冬(12월)에 東州崔南善이라 .

1939년이면 아직 태평양전쟁은 발발하기 전이었지만, 일본은 전시동
원체제를 구축하면서 중국에서의 전쟁을 수행 중이었고, 조선에 대해
서도 가혹한 수탈과 식민지 통치가 극악으로 치닫는 때였다. 그런 시기
에 스님의 시집이 나온 것은 최남선의 후의가 아니었다면 어려운 일이
었을 것이다. 이 시집이 스님의 유일한 작품집임을 생각한다면 다행스
럽다 할 만하다. 다만 출판 자체보다는 발행자의 처신이나 시대적 상황
때문에 몇 가지 아쉬운 점을 남겼다.

첫째는 발행자가 최남선인 점은 이 시집에 스님의 모든 작품이 수록
되지 않았을 가능성을 남겼다. 최남선은 삼일운동 때 「독립선언서」를
기초하고 민족대표 48인으로 참여한 인물이지만, 이 시기의 그는 친일
파로 활동하고 있었다. 그런 그가 스님의 시 가운데 시대 상황에 대해
비판적이거나 부정적인 내용을 담은 작품을 담았을 리 없다. 이런 사실

은 시집에 실린 작품들이 주로 개인적인 심회나 기행에 따른 작품, 사찰이나 친교를 나눴던 인물들과 교유시 위주로 구성된 것으로도 짐작할 수 있다.

즉 시집을 보면 앞머리에 실린 「고희를 맞는 아침에 삶을 아홉 편의 시로 술회한다(稀朝自述九章)」을 제외하면 첫 작품의 창작 시기는 1907년이 된다. 이 해면 스님의 나이 38살인 되는데, 이전까지 일체 시를 쓰지 않았을 리 없다. 그 다음 시는 1914년(45세)으로 건너뛴다. 과연 그 이전에 스님은 시를 한 편도 짓지 않았을까? 20대 젊은 시절은 그냥 보내고 30대도 후반에 접어든 시기의 작품들로 시집은 출발하고 있다. 더구나 그 앞 시기가 국운이 가장 위태롭던 시기였음을 감안하면 그런 시대를 산 스님의 소회가 없을 리 없겠고, 당연히 다양한 정서가 표출되었을 것이다. 이런 점을 생각한다면 그 이후의 작품들도 어떤 방식이든 걸러졌을 가능성이 높아 보인다.

또 시집에 실린 마지막 작품은 1939년까지로 끝난다. 1940년대는 내내 전쟁과 해방 이후의 혼란 등으로 어수선한 시기였다. 이런 격동의 시기에 스님은 자신의 경험과 심회를 담은 시들을 남겼을 것이다. 어지러운 시기일수록 스님은 자신뿐만 아니라 제자와 대중을 계도하기 위한 노력을 기울였을 터인데, 그 방편이라면 산문보다는 시가 더 적절했을 것이다. 그래서 스님이 남긴 다른 시편들을 수습해야 할 책임을 후학들은 져야 하는 것이다. 시집 출판 이전의 미수록 작품이나 입적하기 전까지 쓴 작품들을 모으는 일이 시급하다고 여겨진다.

『석전시초』에는 시제(詩題)로는 414편, 작품수로 598수의 작품이 실려 있다.[2] 이를 시 형식 별로 나눠보면, 오언절구가 11수, 칠언절구가

---

2) 스님이 차운했던 원시(原詩) 6편도 차운한 작품에 이어 수록되었다.

293수, 오언율시가 30수, 칠언율시가 223수, 오연배율이 4수, 칠언고
배시가 8수, 오언고시가 21수, 칠언고시가 3수, 장단구 악부체가 5수
다.[3] 칠언시가 많은 것은 일반적인 추세라 하겠지만, 배율과 고시가
적지 않은 사실은 참고할 만하다. 마음속에서 쉬지 않고 솟아나는 시심
을 풀어내기에 규칙에 얽매이지 않고 분량에서도 자유로운 이런 형식
이 필요했을 것으로 보인다.

3. 한시에 나타난 다양한 정서

　시집에 실린 스님의 시만으로 본다면, 개인적인 심회와 감흥, 승속(僧
俗)을 아우른 교유의 자취, 다양한 기행의 여적을 노래하고 있는 작품이
주류를 이루고 있다. 그러나 우리가 알고 있는 스님의 행적과, 한말(韓
末)과 식민지 시대 우리 민족과 나라의 운명을 전제로 한다면 이런 시들
이 스님의 시세계 전체를 대변한다고 말하기는 어렵다.

　더구나 시집을 찬찬히 살펴보면 이런 시들에서도 스님의 시안(詩眼)은
여전히 살아 있음을 알게 된다. 불국토 대자연을 바라보면서 느낀 심경
이 시행 속에 녹아 있고, 암울한 현실을 살아가는 조선 사람들의 답답한
심정이 은연중에 서려 있다. 한편 극한의 어려운 현실을 살아가면서도,
이런 상황을 감정적으로만 받아들이지 않고 내면 깊이 수용하면서 긴장
과 이완이 겸비된 언어로 표출한 점도 주목해야 할 것이다.

　사실 시대 상황이 암울한 분위기로 점철되어 있다고 해서 시가 울분
과 감상(感傷)으로 치달아야 하는 것은 아니다. 현실의 간난을 정확하게
인식하면서 미래에 대한 혜안이 갖춰져 있지 못하다면, 이를 극복할

---

3) 이병주, 「持戒, 講說, 詩作에 뛰어났던 峻峰」 참조.

대안도 나오지 않는 법이다. 스님은 참담한 현실을 눈 감고 잊기보다는 이를 솔직하고 여과 없이 보여주는 데 주력하고 있다. 그러면서도 지나친 감정의 유출보다는 격조와 절제를 갖춘 온유미(溫柔美)를 확보했다. 그만큼 스님은 자기 시대의 현실에 대해 민감했고, 적극적으로 대처하고자 하는 한편 균형을 잃지 않았던 것이다. 스님의 시는 어두운 시대를 함께 걸었던 지식인 선각자의 눈에 잡힌 그 시대의 풍속화이자, 자기 체험을 진솔하게 진술하면서도 냉철하게 이지적(理智的)으로 표현했다고 말할 수 있을 것이다.

다만 선시(禪詩)로서 스님의 시를 분석하려 든다면 우리는 스님의 시에 대해 다른 시선을 주어야 할 것이다. 이 논문은 스님의 시세계의 전모를 다양한 각도에서 접근해 이해하는 것이 목적인만큼 선시적(禪詩的) 특징에 대한 논의는 후일로 미루고자 한다. 그런 과제는 시뿐만 아니라 스님의 다른 글들까지 참조해서 입체적으로 접근해야 하기 때문이다.

그리하여 본고는 선시적 측면은 제외하고 스님의 일상사와 여행 체험, 그리고 시회(詩會)에 참여했을 때의 심경, 우국적(憂國的) 심상이 드러난 작품들을 주로 다루게 되었다.

1) 내면과 세상을 관조하면서

스님은 승려이자 교육자, 사회 지도자로서의 위상이 뚜렷하지만, 결국 스님도 세상을 살아가는 한 개인이었다. 개인이 감당하기에 세상의 외풍은 만만치 않았고, 이런 시련이나 위협에서도 강인하게 인고해야 하는 삶이 스님을 불편하게 했다. 마음가짐과 행동 양자에서 강함과 부드러움을 겸비했던 스님이지만, 역경과 시련에 대응하면서 샘물처럼 고인 심사는 자연스럽게 시에서도 노출되었다. 스님의 시 가운데 이렇게 내면에 서렸던 심회의 일면을 읽을 수 있고, 현실에 대한 단상을 우회적으로 노래한 작품들을 먼저 살펴보자.

「외로운 소나무를 읊음(詠孤松)」(長短句)[4]이라는 제목을 단 시는 그런 전형을 보여주는 예라고 하겠다. 시집의 첫머리에 실린 「고희를 맞는 아침에 삶을 아홉 편의 시로 술회한다(稀朝自述九章)」는 시집에 실린 가장 말년(1940년)의 작품으로, 자신의 일생을 담담하게 회고한 작품이라 가장 생생한 목소리로 그런 심경을 들려주기도 한다. 그러나 비유적으로 자신의 삶을 형상화한 이 작품만큼 독자의 심금을 울리지는 못한다.

特立孤靑者伊誰	우뚝 서서 홀로 푸르니, 너는 누구인가?
淨如琉璃萬山雪	맑기는 유리 같고 온 산에 내린 눈과 같구나.
高柳何堪終夕風	키 큰 버들이 어찌 저녁 내내 부는 바람을 감당하리요,
霜楓已過重陽節	서리 내린 단풍에 벌써 중양절이 지나갔네.
庭畔一孤松	뜰 가에 있는 한 그루 외로운 소나무여
移自北城截	성 북편에서 거둬 여기에 옮겨 심었네.
藏而靑山色	감춰놓은 것은 푸른 산의 빛깔이고
濯而流水潔	씻어낸 것은 흐르는 물의 깨끗함일세.
不嫻種樹經	나무 심는 법을 따르지 않았음인가
封培多決裂	북돋아주어도 자꾸 무너지네.
葉如數片雲	이파리는 몇 조각 구름인 듯하고
枝如三寸鐵	가지는 세 치 쇠 조각 같구나.
天寒冰山積	하늘이 추워 얼음은 산에 쌓였고

---

4) 장단구(長短句): 사곡(詞曲)의 다른 이름. 사곡의 구절이 길고 짧은 차이가 있어, 이로 인해 절조(絕調)가 다르기 때문에 이렇게 불린다.

群動不敢出	뭇 짐승들도 감히 나오질 않네.
獨自冒繁霜	홀로 흩날리는 서리를 무릅쓰니
皚皚鶴垂髮	하얀 모습은 학이 수염을 드리운 꼴일세.
耻入紅塵勢孤危	세상에 끼기 싫어 형세는 고고하고
不令綠陰偏丘蛭	푸른 그림자는 개미 언덕에 이르지 않지.
多爾天性淸而韻	대개 너의 천성이 맑고 운치가 있어
半夜潮音似江浙	한밤의 바람에 이는 소리가 강가에 있는 듯하네.
翳翳入夫南牕前	어둑한 그늘이 저 남쪽 창 앞에 들어
不被樵牧夭而札	나무꾼에게 베어져 잘려지지 않지.
落落迴夫櫟社隅	우뚝하여 저 역사[5]의 구석에서 멀리 있으니
不受匠石眄而疾	장인의 곁눈질과 재앙을 받지 않네.
色色總空香亦然	다양하게 하늘을 꾸미고 향기 또한 그러하니
桃李園中何蕭瑟	도리[6]의 뜰 안에선들 어찌 쓸쓸하리오.
鬱勃梅花凌雲筠	기운 왕성한 매화와 구름을 넘는 대나무는
歲暮音信江南絶	한 해가 저무니 소식이 강남에서 끊겼다네.
會待爾作老龍鱗	마침 너를 기다려 늙은 용의 비늘[7]을 삼으니
層層架屋可盤屈	층층으로 세운 집을 둘러칠 수 있겠네.
白石山翁臥其間	백석산 늙은이가 그 사이에 누웠으니
撫琴長嘯對明月	거문고 만지고 길게 읊으며 밝은 달을 대하노라.[8]

1916년 9월경에 쓰인 작품이다. 나라를 빼앗긴 지 여섯 해가 지났고, 누구보다 강포한 외세의 압제에 당당하게 대처하던 시기다. 마흔일곱이라는 장년의 나이에 세상과 자신의 형상을 객체화하여 관조하

5) 역사(櫟社) : 신사(神社)임을 상징하는 상수리나무.
6) 도리(桃李) : 화려하고 아름다운 꽃을 비유하는 말.
7) 늙은 용의 비늘[老龍鱗] : 묵은 용의 비늘. 노송(老松)을 비유하는 말이다.
8) 『석전시초』권상. 1916년 9월 作.

고 있다.

외로운 한 그루의 소나무는 곧 스님의 자화상이라고 할 수 있다. '소나무' 대신 주어를 '나'로 바꾼다면 더욱 그 의미는 생생하게 되살아난다. 소나무는 마음 속 깊이 푸른 산의 기상을 감춰 놓았고, 외양은 흐르는 물에 깨끗이 씻은 순수함을 담고 있다고 했다. 세상은 추워 온통 얼음으로 둘러쳤고, 그 서슬에 아무도 바깥으로 나오지 않는다. 그런 서리 흩날리는 세상에 홀로 눈발을 덮어쓰고 서 있는 소나무는 고고한 학의 자태를 지녔다는 것이다. 세상의 혼탁함에 휩쓸리기 싫어 외따로 떨어져 살지만, 그윽한 향기는 하늘까지 이른다고, 소나무의 덕성과 풍취를 노래하고 있다. 매화와 대나무가 없는 세상, 그 엄혹한 시절에 시인은 소나무를 벗으로 삼아 고통과 번뇌를 잊겠다고 다짐한다. 소나무에 둘러싸여 무현금(無絃琴)을 뜯으면서 밝은 달과 대면하고 있는 '백석산 늙은이'는 바로 시인 자신일 수밖에 없다.

이처럼 시인은 환란과 모순으로 가득 찬 세상을 정확하게 인식하고 있다. 시인은 자신이 음풍영월에 젖어 사는 '태평시대의 백성'이 아니었음을 자각하고 있는 것이다. 선사(禪師)로서 잡념을 버리고 구도의 길에 전념해야 함이 본분임을 알면서도 그릇된 길로 가는 세상에 대한 관심과 염려도 잊지 않고 있는 것이다. 시인이 굳이 매화나 대나무가 아닌 소나무를 자신의 반려로 삼았는지 이해할 수 있는 대목이기도 하다. 그는 '정(淨)'과 '결(潔)'을 추구하면서도 세상의 혼탁함에도 맞서 융화를 이루어내는 화쟁(和諍)의 길을 추구했기 때문이다.

다음으로 볼 「척수대9)에서(滌愁臺)」는 흰 모래톱 위 바위에서 자라난

---

9) 척수대(滌愁臺) : 경남 거창 황산마을 입구에 있는 큰 바위. 주변에 낙락장송이 무성해 위엄을 더하고 있다. 삼국시대 때 신라와 백제의 사신이 무사히 임무를 마치고 돌아가면서 근심을 씻은 곳이라 해 이렇게 불린다.

푸른 소나무의 이미지를 그대로 가져오면서 다소 해학적인 운치를 자아내는 작품이다.

渭川橋以北	위천 다리 북쪽에
古崟頻長洲	오랜 바위가 긴 모래톱을 내려 보네.
鬱鬱澗松立	무성하게 시내 소나무는 서 있고
淙淙白石啾	찰찰 흰 돌 사이로 물소리 울려라.
淥波自相溹	맑은 물결이 절로 서로 샘솟는데
無人來滌愁	와서 근심 씻는 사람은 없구나.[10]

1924년 11월 3일 겨울에 스님은 눈을 맞으며 영남 땅 유람에 나섰다. 이때 스님은 '설제남유초(雪際南遊草)'라 하여 18수의 시를 지어 여행에서 얻은 감회를 정리했다. 그 중 다섯 번째 작품이다.

돌 틈으로 흐르는 맑은 물소리를 들으면서 시인은 화엄의 세계를 만끽한다. 불법(佛法)의 광대무변함을 한 편의 짧은 시에서 여실하게 드러내면서 이 화엄의 세계에 들어와 그 은택을 사람들이 누리려 하지 않는 방종을 '근심 씻는 사람'이 없다는 말로 눙치고 있다.

시인은 부드러움이 강함을 이긴다는 지혜를 세상 사람들이 이해하기를 바라는 듯하다. 두 눈을 부릅뜨고 불의한 세상과 대결할 때에도 여유와 웃음을 지녀야 한다고 역설하고 있는 것처럼 보인다. 이런 시인의 자세가 어떤 위협과 회유에도 절조와 원칙을 잃지 않고 당당하게 살아간 원동력이 아니었을까 여겨진다. 유람을 떠난 길에 만나 절경을 앞에 두고 내면이 흔들리지 않아야 외부의 충격에도 중심을 잃지 않는 금강(金剛)의 저력을 잔잔하게 일깨우고 있는 것이다.

---

10)『석전시초』권상. 1924년 11월 作.

한편으로 바위 이름의 유래처럼 나라가 맡긴 임무를 무사히 마치고 귀환하는 사신들의 심정이 투영되어 읽혀질 수도 있겠다. 나라 잃은 유민(遺民)의 처지와 번뇌를 이 바위를 보면서 씻고 싶다는 심정과 함께 나는 나라와 중생을 위해 무엇을 하고 있는지 자신의 사명을 돌이켜보는 시간도 되었을 것이다.

이어지는 작품 「선암사 경운11)노사께서 시를 보내셨기에 차운하여 감사드리며(仙巖寺擎雲老師寄之詩和韻奉謝)」는 스님의 스승에 대한 애틋한 그리움과 존경하는 마음이 담겨 있다.

陽生梅發雁來初　　따스한 햇발에 매화 피고 기러기 막 날아올 때
斂衽雙擎一素書　　옷깃 여미고 두 손 모아 편지를 받들었네.
字眞珠撒輝江際　　글씨는 참으로 강가에 뿌려진 구슬처럼 반짝이고
詞合蘭芳透谷餘　　글귀는 골짝에서 자란 향기로운 난초처럼 은은
　　　　　　　　　하구나.
遙將妙手雲猶按　　아득해라 오묘한 솜씨여, 구름이 어루만진 듯하니
難點頑頭石不如　　돌덩이만도 못한 나라 고개 끄덕이기도 어렵구나.
弟子酣嬉依昔日　　제자가 즐거움을 누림이 예전과 같으니
可能許賜出門車　　산문을 나갈 만하다고 허락해 주셨었지.12)

---

11) 경운(擎雲) : 1852~1936. 조선 말기 때의 스님. 강백(講伯). 사경사(寫經師). 성은 김(金)씨고, 경운은 법명이다. 17살 때 출가하여, 구례 연곡사(鷰谷寺) 환월(幻月)의 제자가 되었다. 승주 선암사(仙巖寺)의 대승강원(大乘講院)에서 불경을 공부했고, 직접 강의를 담당해 선암사를 당대 강학의 중심지로 만들었다. 1917년 조선불교선교양종교무원(朝鮮佛教禪教兩宗教務院)이 창립되었을 때 교정(教正)에 추대되었다. 근대의 대표적인 사경승으로, 1880년 명성황후(明成皇后)의 발원(發願)으로『금자법화경(金字法華經)』을 쓸 때 서사(書寫)했다. 1896년부터 선암사에서『화엄경』사경을 시작해 6년 만에 완성했는데, 한 행 한 자를 끝낼 때마다 일배(一拜)하면서 서사한 일화가 유명하다.
12)『석전시초』권하. 1931년 11월 25일 作.

경운선사는 스님에게 선암사에서 대교과(大敎科)[13]를 가르쳐준 은사다. 승려로서 제 직분을 다할 수 있도록 길을 열어준 잊지 못할 스승이다. 그런 스승이 매화 피는 겨울날에 시 한 수를 보내오셨다. 아마도 제자를 격려하는 편지 한 통도 같이 왔을 것이다. 그 도타운 마음에 느꺼워 화답하는 시를 썼다.

스승의 글과 시를 '강가에 뿌려진 구슬'과 '향기로운 난초'에 비유했다. 구슬처럼 세상의 어둠을 밝히고 난초의 향기처럼 꾸미지 않고서도 세상을 교화해 나가라는 스승의 말없는 가르침에 대한 감동의 표현이다. 그 가르침의 솜씨는 오묘하여 구름이 자연을 감싸주는 듯 부드러우면서도 편안하게 온몸을 휘감는다. 그러니 완석(頑石)이라도 고개를 끄덕일 수밖에 없는데, 자신의 그릇을 돌아보니 스승의 권계가 부질없기만 하다. 과연 나는 스승의 바람에 부응하면서 살고 있는지 깊은 반성에 잠기는 것이다. 이런 심정은 단순한 자괴(自愧)가 아니라 결심과 신념을 한 번 더 다잡으려는 용맹정진이 새겨져 있다.

이 무렵 스님은 1929년 조선불교 교정(敎正)에 취임해 불교계를 지도하다가 1931년에는 중앙불교전문학교(동국대학교 전신) 교장으로 선임되었다. 또 여러 잡지에 글을 쓰면서 사람들에게 자신의 생각을 펼친 시기이기도 했다. 의욕이 넘쳐흐르고 행동에서도 물러섬이 없는 때 스승의 시는 한 발 물러서 자신을 되돌아보는 귀중한 시간을 갖게 만들었다. 대교과를 마치고 난 뒤 이제 세상에 나가 부처의 가르침을 설파하라고 했던 그 시절의 채찍과 격려가 날아든 것이다. 진정 제자를 잘 아는 스승이기에 가능한 마음씀씀이었다. 정신이 번쩍 들기도 하고, 세상에

---

13) 대교과(大敎科) : 스님들이 강원(講院)에서 경교(經敎)를 연구하는 이력과목(履歷科目) 중 하나. 『화엄경』과 『염송(拈頌)』, 『전등록(傳燈錄)』을 말한다. 이러한 과목이 어느 때 규정되었는지 자세히 알 수 없으나, 조선 중엽에 생긴 것인 듯하다.

는 내 뜻을 알아 동참하는 도반(道伴)이 있음을 깨닫는 순간이기도 했
다. 초심(初心)을 잃지 않고 대자대비(大慈大悲)의 마음으로 중생을 교화
한다는 장엄한 깨우침이 새로운 즐거움으로 스님을 감싸주었다.

　스님은 독야청청한 기인(奇人)이 아니라 세상 사람들과 더불어 살아
가는 행자(行者)였다. 나를 섬기고 남을 섬기면서 세상의 어둠을 밝히고
자 했다. 그런 가운데 자신을 돌아보고 사람들의 마음을 읽어나갔다.
그 무겁고 길기만 한 발걸음을 쉬지 않고 내면과 세상을 관조했다. 이런
인고의 시간들은 스님 자신을 버티게 하는 주춧돌이 되었고, 가야할
길을 열어주는 관문이 되었다.

2) 자연을 벗 삼으며

　스님은 누구보다 자연을 사랑했다. 그런 연하(煙霞)의 벽(癖)[14]이 여
가가 날 때마다 자연의 아름다운 풍경들을 찾아가게 만들었다. 그런
때문인지 스님의 시에는 유독 정황을 자연에 비유해 표현하는 구절이
많다.[15] 스님에게 자연은 국토애(國土愛)를 실천할 수 있는 공간이자 자
연을 닮아 세상을 섬기려는 마음을 닦는 수행의 장이기도 했다.

---

14) 연하의 벽 : 산수자연을 지극히 애호하는 마음. 당말오대(唐末五代) 때의 스님 관휴(貫
　　休, 832~912)의 「별노사군귀동양(別盧使君歸東陽)2」에 보면 "숲속에서 자연을 그리는
　　병 치료하기 어려워, 다시 친구와 부모님 계신 고향을 나서노라.(難醫林藪煙霞癖　又出芝
　　蘭父母鄕)"는 구절이 있다.
15) 스님에게 있어 '자연 비유'는 한시의 의례적인 관행을 넘어서 있다. 창의적이고 싱싱하
　　면서도 마음에서 우러나온 진심이 비유 안에 녹아있다. 스님의 작시법을 되새길 때 '자연
　　비유'라는 특징은 반드시 점검해야 할 과제로 여겨진다. 이병주 선생도 앞의 글에서 이
　　점에 대해 "석전에 있어 대상의 자연은 저만큼 떨어져 있는 자연이 아니라, 바로 한마음
　　의 대상이다. 이백(李白)의 '서로 바라다보아도 싫지 않은(相看兩不厭)'의 자연이다. 석
　　전에게도 이런 상념이 진하게 갈무려 있다."고 지적했다.

스님에게 있어 자연은 곧 중생이었고, 중생이 곧 자연이었다. 그러기에 자연은 즐기는 대상이나 깃들어 사는 거처 이상의 의미를 지녔다. 그런 대상과 거처를 넘어 자신과 혼연일체가 된 동지의식(同知意識)을 스님은 자연에서 느끼고 있었다. 그런 자연과의 교감이 시에서 도탑게 드러나는 것은 너무나 자연스러운 일일 것이다.

먼저 자연 순례시(巡禮詩)로서 스님의 개성이 잘 드러난 「백두산에 올라 천지를 바라보면서(登白頭頂俯瞰天池)」부터 읽어보자.

1.	風雨吹吾急	비바람 불어 나를 다급하게 몰아쳐도
2.	輕輕上白頭	가벼운 발길로 백두산 정상에 올랐노라.
3.	岡巒觸石拔	언덕과 봉우리는 바위와 엉겨 빼어나고
4.	滄渤騰空浮	푸른 바다가 하늘을 타고 올라 떠 있네.
5.	突兀嵒獅立	우뚝한 바위들은 사자인 듯 서 있는데
6.	翶翔水鳥流	날개 펼친 물새들이 물결 위를 흘러간다.
7.	晻陽龜鼉伏	어둡다 개이는 날씨 거북이 서린 듯하고
8.	劚壁鬼神愁	깎아지른 벼랑은 귀신마저 시름에 빠뜨리네.
9.	噓氣凝成雪	호흡을 할 때마다 엉겨 눈보라가 되니
10.	瞠眸轉窅洲	두 눈 부릅뜨고 움푹한 물가를 휘돌아 본다.
11.	堆沙何皎皎	모래톱은 어찌 저리 희고 흴는지
12.	群鹿得呦呦	떼 지어 노는 사슴이 목메어 우네.
13.	朝旭明東土	아침 햇살이 우리 땅을 밝히어도
14.	金風冷滿洲	가을바람은 만주 땅에서 서늘하구나.
15.	猶如阿閦國	당당히 아촉불(阿閦佛)16) 나라와 같으니
16.	一見難再繇	한 번 보아도 다시 보기는 어렵다네.
17.	又似絳霄漢	더욱이 하늘은 붉게 물들었으니

---

16) 아촉불 : 불교에서 분노를 가라앉히고 마음의 동요를 진정시키는 역할을 하는 부처.

18. 可望誰狎遊   본다한들 누가 함부로 노닐겠는가.
19. 睠言北山史   돌아보나니 북산17)의 역사여
20. 終古幾人憂   지금까지 몇 사람이나 근심했는가?
21. 四海爭隨黠   사방 천지가 교활하게 서로 다툴 때
22. 天民長守愚   하늘 백성은 길이 우직하게 살았지.
23. 谷陵平似砥   골짜기 구릉들은 숫돌처럼 평탄하거늘
24. 蠻觸競分溝   하찮은 것들18)이 지경을 나눠 다투었지.
25. 戀楚悲騷子   초나라가 그리워 슬퍼한 굴원(屈原)이여
26. 登台哂聖丘   태산에 올라 세상을 비웃은 공자(孔子)여.
27. 迢然千仞表   아득히 천 길로 솟은 이곳에 있자니
28. 灑脫萬情由   세상의 온갖 물정이 다 부질없구나.
29. 霰散紛虹霓   싸락눈이 흩날리니 무지개가 나부끼고
30. 趾高近北斗   발 닿은 곳 높아 북두칠성이 코앞일세.
31. 膽腔洗如月   뱃속은 씻겨나가 달빛처럼 밝아졌고
32. 裘袂颯生秋   가죽옷 소매에서는 가을바람이 시원해라.
33. 穹壤無縫綴   천지19) 자연 어디 하나 꾸민 곳이 없으니
34. 波雲換碧朱   뭉게구름 이는데 붉으락푸르락 하염없다.
35. 秋琴詩細憶   강위(姜瑋)20)의 시를 더듬어 생각노니

---

17) 북산 : 하남(河南) 낙양(洛陽) 동북쪽에 있는 북망산(北邙山)을 말하기도 하고, 강소(江蘇) 남경(南京) 동쪽에 있는 종산(鍾山, 또는 紫金山)을 말하기도 한다. 그러나 여기서는 백두산을 가리키는 말로 쓰인 듯하다.

18) 하찮은 것들[蠻觸] : 와각상쟁(蝸角相爭), 『장자(莊子)·즉양(則陽)』편에 나오는 이야기. 달팽이의 왼쪽 뿔에 나라가 있는데 촉(觸)이라 하고 오른 뿔에 있는 나라는 만(蠻)이라고 하는데, 두 나라가 영토를 놓고 서로 싸워서 죽은 시체가 백만이나 되었다고 했다. 인간들이 세상에서 헛되게 다투는 것을 비유하는 말이다.

19) 천지(穹壤) : 궁(穹)은 하늘, 양(壤)은 땅. 그리하여 천지(天地)를 의미한다.

20) 강위(姜瑋) : 1820~1884. 조선 말기의 시인. 자는 중무(仲武) 또는 위옥(葦玉), 요초(堯草)며, 호는 추금(秋琴)이다. 곤궁한 선비 집안에 태어나 각 방면의 학문을 닦았다. 1883년 한국 최초의 신문 『한성순보(漢城旬報)』를 간행했다. 『한성주보(漢城週報)』로 고쳐 발행하면서 국한문을 혼용하는 데 많은 공을 세웠다. 석전 박한영 스님은 스스로 자신의

36.	蛻衲氣難追	가사장삼 벗는다 해도 기상은 못 따르리.
37.	寒嘯經辛苦	추위에 울부짖고 온갖 난관 참아가며
38.	孤行詠峭幽	홀로 등정해서 험산의 그윽함을 읊조렸네.
39.	愧吾行脚遠	부끄러워라, 내 행각도 멀리까지 왔는데
40.	虧你集衿休	네 덕분으로 옷깃 여미며 쉬는구나.
41.	騏驥奮開輂	천리마를 휘몰아서 덩굴풀을 열어나갔고
42.	杖瓶虛寄舟	지팡이와 물병 들고 헛되이 배에 탔노라.
43.	風光饒穩霽	날이 개자 아름다운 경치를 실컷 맛보니
44.	汀嶂擬巡周	천하의 강과 산을 두루 본 듯 여겨지네.
45.	呵凍催旋旆	곱은 손 녹이면서 돛대를 급히 휘모니
46.	深羞浩蕩鷗	거침없는 갈매기들에게 못내 부끄럽구나.[21)

1926년 6월 17일 스님은 후학 최남선(崔南善, 1890~1957)과 함께 백두산 기행을 떠났다. 풍산(豊山)에 닿아 교육가 58명과 합류해 20일 날 60명이 수레를 타고 백두산 최정상까지 올랐다가 내려왔다. 이때 감회를 읊은 시 14수를 모아 '백두유초(白頭遊草)'라 했다, 이 작품도 그 가운데 한 편이다. 오언배율(五言排律)이다.

백두산에 올라 천지의 장엄한 모습을 바라보면서 느낀 서정과 반성이 전편을 가득 채우고 있다. 아울러 시상의 전개에서는 서경과 서정이 반복되어 펼쳐지도록 배려했다. 백두산과 천지가 보여주는 아름다움을 회화적으로 그리다가(1~18句), 시인 자신의 감회와 분석으로 돌아오더니 (19~28句), 백두산 정상의 수시로 변하는 기후를 묘사하고(29~34句), 등

시는 강위를 배웠다고 고백했다. 즉 「희조자술구장」의 여덟 번째 시 「불석담예(拂石譚藝)」에서 "글씨는 벽하에게 물어서 익혔고, 시는 강위의 시풍을 사숙했다.(書曾問碧下 詩淑古懽風)"는 것이다. 강위의 시와 석전 시의 상관관계는 주목할 필요가 있다.

21) 『석전시초』 권상. 1926년 6월 作.

반 과정과 정상에서의 개인적인 경험으로 마무리된다(35~46句). 백두산과 천지가 보여주는 자연미에 한없이 몰입하도록 유려하게 시구를 배열하는 한편 자연 앞에서 부질없는 싸움과 자랑으로 스스로를 왜소하게 만드는 사람의 어리석음을 반성하게 만든다. 자연미를 마음껏 즐기면서도 자연 속에서의 나의 존재에 대해서도 명상하라고 넌지시 이르는 것이다. 서정적인 측면과 이지적인 측면을 교차시키면서도 결국 자연과 자아는 하나의 세계 안에서 어우러져 존재하는 것임을 깨닫도록 만든다. 이런 균형 감각은 그의 한시 전체를 아우르는 특징이 되고 있다.

다음에 이어지는 시는 자연의 웅장하고 아름다운 모습을 일필휘지로 잡아내는 스님의 절묘한 솜씨가 돋보이는 작품이다. 「새벽에 천지연폭포를 바라보면서(曉看天池淵)」다.

曉日天池浴	하늘 연못에서 몸을 씻고 솟아나는 새벽 해
虹霓斷復連	고운 무지개는 끊어질 듯 이어지네.
光風吹瀨急	햇살 띤 바람이 여울로 내달려 불어
蕩破西峰煙	서편 봉우리 안개를 단박에 쓸어갔구나.22)

1924년 7월에 스님은 제주도를 여행한다. 이때 지은 22편의 시를 엮어 '영주기행(瀛洲紀行)'이라 이름 붙였다.23) 이 시는 새벽어둠을 깨치고 자연의 장관 천지연폭포가 시야에 드러나는 짧은 과정을 생생하게 재현한다. 솟아오르는 해를 좇아 천지연의 수면은 온통 붉게 물들어 간다. 햇무리도 눈부시게 피어올라 끊어질 듯 아련하게 이어지며 온 누리를 고운 무지갯빛으로 채색한다. 그야말로 세상이 처음 열리는 개벽(開

---

22) 『석전시초』 권상. 1924년 作.
23) 스님은 1932년 6월 19일부터 두 번째 제주 여행을 한다. 이 때 지은 시 10편을 모아 '재입영주기행(再入瀛洲紀行)'이라 했다.

閨)의 경이로움을 스님은 만끽하면서, 그 엄숙한 시간을 5언절구라는 가장 짧은 시 형식 속에 가득 채우고 있는 것이다.

태양에서 부서져 내리는 빛의 알갱이들이 파편처럼 튀고, 스님은 그 모습을 '광풍(光風)'이라는 아름다운 시어로 장식하고 있다. 그 힘찬 바람의 진군에 어둠을 지키던 희뿌연 안개마저 멀찍이 달아나고 말았다. 그리고 장엄한 위용을 드러내는 폭포와 자연의 눈부신 변화를 목격하고 넋을 놓은 인간. 순식간에 벌어진 어둠에서 광명으로의 거대한 약진을 스님은 한 순간도 놓치지 않고 기승전결 네 구에 녹여 버렸다. 자연의 숭고함과 그에 동참할 수 있는 사람의 행복이 수 놓여 있다.

앞의 시가 스님의 자연 체험이 꾸밈없는 필치로 한달음에 시화된 것이라면 「강릉 경포대에서(江陵鏡浦臺)」는 자연을 향한 이지적인 접근이 두드러진다.

臺於天下未曾有　　경포대는 천하에서 다시 없을 곳이니
纔合碧雲聽棹歌　　막 푸른 구름 드리운 곳에서 뱃노래를 듣노라.
始信峿翁好奇語　　비로소 어옹[24]이 기이한 말씀 좋아함을 믿겠으니
託神鷗伍夢烟波　　내 넋도 갈매기 무리에 맡겨 연파를 꿈꾸겠노라.[25]

경포대라는 자연을 노래하고 있지만, 직접 그 아름다움을 표현한 구절은 기구(起句)에서만 찾아볼 수 있다. 경치가 주는 감동이 천지연폭포

---

24) 이 시의 말미에 "이어당이 항상 말하기를, 죽어 다시 태어나면 흰 갈매기가 되어 낙산 경포대에서 노닐겠다고 말했다.(李峿堂每言來生作白鷗 游於洛山鏡浦臺間)"는 해설이 나온다. 어당은 이상수(李象秀, 1820~1882)의 호다. 본관은 전주(全州)고, 자는 여인(汝人)이다. 한원진(韓元震)의 학통을 이어 호론(湖論)에 속했다. 어려서부터 가난하고 병약했지만 15살 때 상경해 수학했다. 특히 문장으로 이름이 높았다. 1910년 규장각제학에 추증되었고, 저서에 『어당집』이 있다. 시호는 문간(文簡)이다.

25) 『석전시초』 권상, 1928년 作.

만 못해서 감정을 숨긴 것은 아닐 것이다. 기구에서 '미증유(未曾有)'라고 한 시어에서 스님의 감동은 숨김없이 드러난다. 그럼에도 스님은 경관의 묘사보다는 경관이 인간에게 주는 감화의 측면에 초점을 맞추고 있다. 즉 자욱한 구름 사이로 들려오는 뱃노래 소리에서, 예전에 이 경포대를 끔찍이 사랑했던 한 사람을 떠올리는 것이다. 아슴푸레 들려오는 뱃노래와 유유히 노니는 갈매기 떼를 보면서 스님은 어당 이상수가 죽어 다시 태어나면 갈매기가 되어 경포대에서 노닐겠다는 기원이 실현되었다고 본다. 얼마나 경치가 아름다웠으면 그런 소원을 가졌겠는가. 그러면서 자신도 내 넋을 갈매기에 맡겨 자연 사랑의 꿈에 동참하겠다고 선언하는 것이다.

　자연에 대한 번다한 묘사 없이도 그 자연의 미증유한 아름다움을 전달하는 방식은 직정적(直情的)이진 않지만 자연 묘사의 또 다른 방식이라고 할 수 있다. 같은 여산폭포(廬山瀑布)를 두고 당나라의 시인 이백(李白, 701~762)[26]과 송나라의 시인 소식(蘇軾, 1037~1101)[27]이 각기 다른 시선으로 접근한 예를 떠올리게 된다. 천지연폭포 시가 이백의 시풍이라면 경포대 시는 소식의 시풍이 반영되어 있다. 시를 읽고 보는 스님의 안목과 관심의 폭이 넓었음을 이 두 편의 시를 통해 알게 된다.

---

26) 이백의 「망여산폭포(望廬山瀑布)」
　日照香爐生紫煙　향로봉에 햇살 드리우니 안개는 푸르게 이는데
　遙看瀑布掛長川　멀리서 보는 폭포는 하늘가에 아득히 걸렸도다.
　飛流直下三千尺　날릴 듯 내리 떨어져 길이는 삼천 척이니,
　疑是銀河落九天　은하수가 구천으로 떨어지는 듯하구나.
27) 소식의 「제서림벽(題西林壁)」
　橫着成嶺側成峰　가로 보면 뻗어간 고개요, 옆으로 보면 솟은 봉우리라
　遠近高低各不同　멀리 가까이서 높고 낮은 곳에서 보기에 따라 각기 다르구나.
　不識廬山眞面目　여산의 참다운 모습을 우리가 알 수 없는 것은
　只緣身在此山中　이 몸이 이 산중에 있기 때문이겠지.

끝으로 보는 「쌍계사 불일폭포에서(雙溪寺佛日瀑有吟)」는 위 두 편의
시경(詩境)이 한 편 속에 녹아 있는 느낌을 준다. 마침 그 대상도 폭포다.

貪看飛瀑不知春	폭포수 보기를 즐겨 봄이 온 줄도 몰랐더니
亂落桃花着眼新	어지러운 복숭아 꽃잎에 눈길도 시원하구나.
峰鶴逗空翻石氣	봉우리 학은 하늘을 돌며 안개[28] 속에서 홰를 치고
潭龍噓雨忽天紳	연못 속 용이 비를 뿜으니 홀연 하늘 띠[29] 되었네.
褰衣半日吟蒼壁	옷깃을 추어올리며 한나절 푸른 벼랑에서 읊조렸고
送酒雙溪感故人	절간에서 술을 보내니 벗들이 감동한다.
磵道更尋殘拓字	골짜기 길에서 다시 마음에 새겨진 글자를 찾아보는데
紅霞籠樹失歸津	붉은 노을이 나무를 두르니 갈 길을 잊었노라.[30]

비산하는 폭포에서 날리는 물안개가 시원해 스님은 지금이 봄인 줄
도 몰랐다. 온몸에 서늘한 기운이 감돌아 겨울인가 싶었는데, 함께 흩
뿌리는 복숭아 꽃잎을 보면서 봄임을 깨닫게 된다. 자욱한 물안개가
바람에 날려 휘도는 모습에서 홰를 치는 학을 느끼고, 연못으로 떨어지
는 물방울에서 비를 뿜어내는 용의 존재를 실감하게 된다. 감흥(感興)을
느낀 대로 묘사한 대목이다.

---

28) 안개(石氣) : '석기'는 산석(山石)을 휘감고 있는 안개 기운. 우집(虞集)의 「부석죽(賦石
竹)」에 보면 "용은 천 년 촉촉한 안개 기운을 뿜고, 학은 비낀 샛길 있는 숲 그늘을 지나간
다.(龍噓石氣千年潤 鶴過林陰一逕斜)"는 구절이 있다.

29) 하늘 띠[天紳] : '천신'은 하늘로부터 드리워진 띠. 보통 폭포(瀑布)를 형용할 때 쓰인다.
한유(韓愈)의 「송혜사(送惠師)」에 "이때 비가 처음 개는데, 내리붓는 폭포가 하늘 띠처
럼 드리웠네.(是時雨初霽 懸瀑垂天紳)"란 구절이 있다.

30) 『석전시초』 권상. 1914년 作.

그런 폭포 앞에서 스님은 이끼 푸른 벼랑에 기대 앉아 시를 읊조리는
데, 절에서 보내준 따뜻한 술이 함께 온 벗들의 기분까지 달궈준다. 폭
포를 떠나 돌아오면서도 여운은 가시지 않아 좋은 시구를 더듬는다.
시구를 찾노라 머뭇거리는 발걸음은 고심의 흔적이 아니라 감동을 즐
기는 울림일 것이다. 붉은 노을이 드리워진 숲에서 스님은 잠시 어리둥
절 한다. 자연과 내가 하나가 됨으로 해서 만끽하는 희열 때문에 돌아갈
길마저 잊고 만 것이다. 감흥을 객관화시켜 되새김질하는 대목이다.

1914년에 지어진 작품으로 스님의 초기작에 속한다.[31] 작품의 앞 4구
에서는 불일폭포의 멋진 풍광을 노래했고, 이어지는 4구는 폭포 주변을
배회하는 시인 자신의 모습이 묘사되어 있다. 어떻게 보면 소재가 다른
두 편이 하나로 모여진 것처럼 보인다. 그러나 앞 4구가 폭포를 눈[眼]으
로 보아 우러난 감정을 담았다면, 뒤 4구는 폭포를 본 여운, 즉 마음[心]
에 남아 번져나가는 심사를 노래했다면 어떨까? 서경(敍景)과 논정(論情)
의 조화를 통해, 맹목적인 찬사보다는 심정적으로 가까이서 본 자연과
멀리서 본 자연이 한 편의 작품 안에 융화되어 있다고 볼 수도 있다는
말이다. 「백두산에 올라 천지를 바라보면서」에서 지적했던 것처럼 자연
에 감동하는 자아와 그 감동을 내면화하여 반성(또는 返照)하는 자아가
율시라는 시 형식 안에 절제되어 구현된 것이다.

3) 가람에서 느낀 심회

아름다운 자연을 찾노라면 그 자연과 사이좋게 자리한 유서 깊은 고

---

31) 『석전시초』에는 시제(詩題) 414편의 시가 실려 있는데, 이 시는 네 번째 작품이다.
   「희조자술구장」이 첫 번째지만, 이것은 고희 때 지은 것이니, 실제로는 세 번째 작품이
   되는 셈이다. 시집에는 1907년에 지은 작품부터 수록되어 있다.

찰(古刹)을 만나는 일은 이 땅에서는 너무나 당연한 경험이다. 스님의 기행시편 사이사이로 고찰 탐방을 노래한 시가 겹쳐지는 것도 이런 특징 때문일 것이다.[32] 자연과 사찰은 그만큼 뗄 수 없는 인연의 실타래 속에 묶여 있다. 승려로서 사찰을 찾은 마음은 또 남달랐을 것이다. 여행을 즐겨 했던 스님이니 발길 닿는 대로 사찰을 찾았고, 거기서 스님은 불교의 역사와 현실, 자신의 마음가짐 등 여러 가지 생각들을 시에 담아 놓았다.

먼저 해인사를 찾아 쓴 「해인사에서(海印寺感懷)」란 작품부터 보자.

天寒木落梵鐘稀	날은 차고 낙엽 지는데 범종소리는 잦아들고
遠客蕭然向晚歸	먼 길 나그네는 호젓하게 느지막이 돌아가네.
雪後靈岺多成削	눈 온 뒤 영봉에는 삭막한 기운이 감돌고
煙中庵樹却依微	안개 속 암자의 나무도 희미하게 보이는구나.
名泉慣我留飛屨	좋은 샘물은 나와 친해 가는 발길을 멈추게 하고
法苑無人感落暉	산사에는 사람이 없어 저녁 햇살만 느껴지네.
悵望白雲如我嬾	게을리 떠가는 흰 구름을 슬피 바라보노라니
澹忘石翠已霑衣	돌이끼가 옷에 물든 줄도 까마득히 몰랐네.[33]

팔만대장경을 품에 안은 해인사였건만 스님은 인적도 뜸한 산사로 묘사한다. 전체적인 시의 분위기도 그다지 밝지 않다. 법보사찰(法寶寺刹)로 불리는 해인사의 풍정이 이러하다면 그 시대 다른 사찰의 모습은 어떨지 짐작할 수 있다. 그것이 1924년 스님이 찾았을 때 해인사의 모습이었다. 그저 산사에 숨어있는 샘물을 마시면서 답답한 마음을 풀어

---

32) 『석전시초』에는 모두 78개 사찰의 이름(중복 제외)이 나온다. 이 중 여섯 군데는 중국 여행 때 찾은 사찰이다.

33) 『석전시초』 권상, 1924년 作.

볼 뿐이다. 퇴락한 대찰(大刹)의 안타까운 모습을 보면서 깊은 상념에
젖어 무턱대고 발길을 서성거리는 스님의 우울한 심사가 그려진다. 이
런 탐방의 길목에서 스님은 불교를 중흥하고 국운을 일신해야 한다는
다짐을 견고하게 다졌을 것이다. 스님이 당시 남긴 수많은 논설들과
『석전수필』 등에 실려 있는 해박한 불교지식, 모순을 바로잡고 진리를
선양하려는 힘찬 목소리는 그런 국토 탐방의 여정(旅程) 속에서 싹터
나온 것을 알 수 있다.

스님의 시편들 가운데 가장 많은 부분을 차지하는 것이 기행시(紀行
詩)다. 대개, 산수 자연에 대한 감탄이나 묘사가 아니라 사찰의 자취를
찾고 그 연혁을 헤아리는 내용들이 많은데, 이런 경향에서도 스님의
마음이 다다르고 있던 곳이 어딘가를 짐작하게 해준다. 스님은 단지
절간의 아름다운 풍광에만 관심을 둔 것이 아니라 현재의 불교와 앞으
로 가야 할 불교의 길, 그리고 지난 불교의 자취와 스님들이 남긴 올올
한 열매들을 줍고 갈무려 미래의 선지식과 불자들에게 전하자는 서원
을 세웠던 것이다.

이어지는 작품은 「불국사에서(佛國寺)」다.

蕭條今佛國	오늘날 불국사 쓸쓸하다만
在今最神雄	그래도 이 땅의 웅장한 가람일세.
幢影侵蹊曲	당간의 그림자는 굽이굽이 길로 뻗었고
林暉背塔紅	숲속의 햇살은 탑 너머로 붉게 어렸네.
經疎僧語硬	독경 소리가 다하자 법어 소리 우렁차고
夕近鍾飯空	저녁이 가까우니 범종 소리가 하늘을 채운다.
霜後中庭菊	서리 내린 뒤뜰에 핀 국화꽃이
獨凌衰俗風	홀로 말세의 풍속을 이기고 섰도다.[34]

이 시에서 우리는 스님이 현실에 절망하지 않고 미래에 대한 희망을 접지 않았음을 읽을 수 있다. 어쩔 수 없이 쓸쓸한 국면을 떨어버리진 못했지만, 그래도 불국사에는 1300년을 이어온 대찰로서의 당당한 위세가 살아 있다. 하늘을 덮을 듯 펄럭이던 깃발을 거두었던 당간(幢竿)은 아득히 속세의 길까지 그림자가 뻗어있다. 그리고 부처님의 미소 같은 햇살이 사방을 따뜻하게 감싼다. 독경 소리에 이어 법어 소리도 힘차고, 범종 소리는 하늘을 넉넉하게 뒤덮고 있다.

이런 불국사를 둘러보면서 스님은 뭔가 희망의 징조를 발견한다. 그것은 바로 서리가 내려 모든 꽃들이 다 지고난 뒤에도 홀로 노란 꽃잎을 떨어뜨리지 않는 국화의 기상과 다를 바 없다. 세상은 말세(末世)라 참담한 기운이 만연해 있지만, 국화의 절개와 기상을 잊지 않은 도반(道伴)과 신중(信衆)이 있기에 이 나라의 미래는 어둡지 않다고 스님은 확신한다.

이어 「소요산 자재암에 이르러(投止逍遙山自在庵)」라는 제목의 시를 읽어보자.

鳥道纔通過棧橋	험한 길 겨우 열려 사다리 길로 지나가니
琳宮宛在碧雲消	고운 절간이 푸른 구름 사이로 완연하네.
石氣投窓常月曙	바위 기운이 창을 넘어와 달빛이 환하고
瀑流激石却春潮	폭포수 거센 물결은 봄 조수를 밀어내네.
剛喜化工藏絕勝	조물주가 빚은 절경이 참으로 흐뭇하지만
偏嫌蕩子破開寥	애꿎은 탕자들이 고요함을 깰까 두렵구나.
曉公不作空山暗	새벽이 빈산의 어둠을 그냥 두지 않으니
花雨誰能感絳霄	꽃비처럼 붉은 기운을 누가 비단 하늘에서 느낄꼬.[35]

---
34) 『석전시초』 권상. 1925년 作.
35) 『석전시초』 권상. 1919년 作.

경기도 동두천시 소요산에 있는 자재암 일대의 아름다운 경치와 스님의 감회가 잘 어울려 있는 작품이다. 자재암 인근에는 원효(元曉, 617~686) 스님이 노닐던 곳이라고 하여 원효대라 불리는 폭포도 있고, 요석공주가 원효 스님을 찾아와 기거했다는 집터도 남아 있다. 소요산은 규모는 작아도 산세가 특이한 데다 봄철이면 진달래와 철쭉이 장관을 이루고, 가을에는 단풍이 특히 유별나서 예로부터 경기의 소금강이라 일컬어지는 명산이다.

이 시는 첫 연부터 무명(無明)과 해탈(解脫)의 차이를 상징적으로 보여준다. 험한 길을 올라온 것이 고행의 과정이라면 환하게 열린 암자는 해탈의 기쁨일 것이다. 암자 뒤로는 바위가 병풍처럼 둘러쳤고, 앞으로는 탁 트인 사바세계가 한 눈에 잡힌다. 또 원효의 이름을 딴 폭포에서 쏟아지는 물줄기 소리가 시원해 산길에 지친 여행객의 피로를 씻어준다. 조물주가 좋은 가람을 지으라고 베푼 절경이지만, 한편 속세의 탐방객들이 경치 구경에만 골몰해 하늘의 마음을 저버릴까 염려하기도 한다.

어쩌면 이런 장면은 스님이 살던 그 시대 절간의 일상적인 모습일 수도 있을 것이다. 각박한 식민지 시대를 살면서 마음의 안식보다는 절박한 현실로 부대끼는 중생들이 부처님의 거룩한 뜻을 돌아볼 여가가 많지는 않았을 것이다. 한 때의 흥겨움에 빠지지 말고 밤 새워 불공을 드리면서 마음의 업장을 무너뜨리고, 그리하여 찬란히 돋아나는 새벽노을의 아름다움 속에서 헝클어진 마음을 다잡아 보라는 스님의 마음이 작품의 마지막 연에 잘 그려져 있다.

끝으로 「쌍계사에서(雙溪寺)」를 읽어본다.

花開江上雙溪寺　　화개 마을 강 위에 있는 쌍계사여
亂石疎篁一徑深　　돌길 거칠고 대나무 숲 성근데 한 줄기 길은 깊구나.

禪侶相逢南祖塔	선 수행 하는 도반들이 남조[36]탑에서 서로 만나니
老樵猶說國師林	늙은 나무꾼도 국사[37]의 숲을 여전히 말하네.
昔年爲客誦明月	예전에 나그네 되었을 때 밝은 달을 읊조렸더니
斜日整襟懷古琴	비낀 햇살에 옷깃 여미며 오랜 거문고를 품었노라.
借得孤雲煉丹琺	고운 선생의 연단법을 빌려 얻는다면
駕雲靑鶴不難尋	구름 타고 청학동을 찾기도 어렵지 않으리라.[38]

1924년에 쓰인 이 작품은 스님의 심사가 비교적 편안하게 그려져 있다. 화개 마을에서 사찰까지 이어진 좁고 긴 길에 대한 묘사로 시작되는데, 선찰(禪刹)을 찾아가는 과정을 깊고 험준한 고비가 연이어지는 선 수행의 그것에 비유하는 듯이 보인다. 혜능선사를 기리는 국조탑이 있고, 당나라에서 차나무를 가져와 재배한 짐감국사 혜소의 비가 있는 쌍계사가 스님의 눈에는 예사롭게 보이지 않았을 것이다. 5구와 6구[頸聯]에 나오는 밝은 달과 거문고는 자신의 이야기라기보다 신라 말기 혜소선사의 일화를 회상한 것으로 보인다. 이역 멀리까지 가서 공부하고 돌아온 국사의 탐구정신을 자신의 지표로 삼겠다는 다짐일 것이다.

마지막 구절에서 스님은 대 가람을 찾은 자신의 느긋한 심정을 재미

---

36) 남조(南祖) : 선종에서 말하는 남종(南宗)의 시조. 즉 혜능선사(慧能禪師)를 말한다. 제기(齊己)의 「제증상서룡안사리선사(題贈湘西龍安寺利禪師)」에 보면 "남조의 의발을 일찍이 우러러 뵈었고, 동림[慧遠法師]의 천월도 예전에 지나갔네.(南祖衣盂曾禮謁 東林泉月舊經過)"란 구절이 있다.

37) 진감국사(眞鑑國師) 혜소(慧昭, 774~850)을 가리키는 말. 신라시대의 승려로, 804년 당나라에서 공부하고, 830년 귀국해 지리산에 가서 절터에 사찰을 창건했다. 불교음악인 범패를 도입하여 보급했고, 중국에서 차(茶)나무를 들여와 지리산 일대에서 재배했다. 전설에 따르면 혜소는 화개면에 이르러 나무기러기 세 마리를 만들어 날려 보내 절터를 알아보았다고 한다. 이 때 한 마리는 화개면 운수리 목압마을에 앉고, 다른 한 마리는 국사암 터에, 또 다른 한 마리는 현재의 쌍계사 터에 앉았다고 한다.

38) 『석전시초』 권상. 1924년 作.

있는 비유를 들어 표현한다. 속세의 번뇌를 다 떨치고 연단의 힘을 빌려 청학동에서 살고 싶다는 낭만적인 희망을 노래했을 수도 있다. 그러나 쌍계사가 주는 편안한 심정을 최치원과 청학동의 이미지를 통해 비유했다고 보는 것이 옳을 듯하다. 오랜만에 산사에서 느낀 한정(閑情)이 유쾌한 울림으로 시화된 것이다.

식민지 시대 스님이 찾은 사찰은 깨달음의 구도(求道) 도량만은 아니었다. 이런저런 이유로 명찰은 쇠퇴해 있고, 이는 곧 조선 불교의 현실과 이어져 있었다. 그런 공간의 만남을 스님은 자신의 의지를 더욱 벼리는 기회로 삼았다. 아울러 오랜 시간 타향을 떠돌던 나그네가 고향에 돌아온 듯한 편안한 심정을 얻은, 휴식과 재생의 공간으로도 다가왔다.

4) 시회(詩會, 詩社)에서의 자기표현

스님의 일생은 사바세계의 중생 제도(濟度)와 교육, 자신의 본성을 찾으려는 불국토 여행, 그리고 구도 정신을 다잡는 사찰 순례로 점철되어 있다고 할 수 있다. 이렇게 행적은 다양해도 그 길에서 늘 함께 했던 길벗이 바로 시였다. 작시는 스님에게 있어 또 하나의 수행 과정이자 결과물이었다. 아울러 승속(僧俗)을 이어주는 다리가 되기도 했다. 세상에서 만난 지식인들과의 인연은 다양하게 교차되었지만, 가장 큰 매개는 시였다. 그래서 스님은 항상 시회를 열기도 하고 찾기도 했다. 그리하여 시회에서의 만남과 감상을 시로 담는 일에도 정성을 기울였다.

스님의 시회 참여가 단순한 도락(道樂)의 기쁨을 얻기 위한 방편은 아니었을 것으로 보인다. 그러나 함께 모여 시를 논하고 지으면서 스님의 시는 더욱 수준이 높아졌다. 또 문학적 담론을 넘어 어둡기만 한 현실에 대해 서로의 심정을 토로하고 대안을 모색하는 시간을 가지기도 했을 것이다. 생애 내내 스님이 참여했던 시회의 모습과 그 정감은 어떻게 펼쳐졌는지 알아보기로 하자.

먼저 「한강 두포사 시회에서(漢江之斗浦寺詩會)」란 제목의 시부터 읽는다.

春江滑笋寺烟清	봄날 물결은 출렁이고[39] 절간은 안개가 맑은데
相笑諸君不惜行	서로 웃으며 모인 분네들 걸음을 아까워 않네.
半榻花飛天女氣	자리마다 꽃비 날려 하늘 선녀 기운이 감돌고
芳堤柳繁故人情	향긋한 방죽에는 버들 우거져 벗님네 정취가 새로워라.
斜陽亭古狎鷗沒	햇살 비낀 오랜 정자엔 갈매기가 오락가락
直北峰青太華生	북으로 이어진 푸른 봉우리엔 산 기상이 우뚝.
相應鷄聲莽蒼外	아득한 저 너머로 닭 울음소리 이어지는데
漁樵競渡漢南城	어부와 나무꾼 노래가 남녘 산성을 넘어간다.[40]

시회에 참석했다기보다는 봄날 강가로 봄나들이를 나간 사람의 정취가 그려져 있다. 강가에 소박하게 자리한 절간에서 오붓하게 만나 웃음을 나누는 시객(詩客)들의 모습이 잡힐 듯 분위기가 화기애애하다. 자리로는 꽃비가 날리고, 멀리 방죽엔 버드나무가 치렁치렁 떠난 벗님들의 손길인 듯하다. 갈매기 날고 푸른 봉우리가 둘렀으니 어디 깊은 외진 산속의 풍경이련만 멀지 않은 곳에서는 닭 울음소리가 들리는가 싶더니 어부와 나무꾼들의 흥겨운 노랫가락이 이어진다. 이만큼 시를 짓기에 좋은 여건이 어디 있겠는가? 스님에게는 시회 자체의 모습보다는 시심이 우러나오도록 자연이 마련해준 풍성한 잔치가 더욱 소중했던

---

39) 출렁이고[滑笋] : '활홀'은 물결이 출렁거려 일정하지 않은 모양.
40) 『석전시초』 권상. 1917년 3월 作.

것이다. 그래서 그런 풍경들을 하나하나 작품 속에 담았다.

　이런 사실에서 스님에게 시회가 세상을 살면서 얻은 긴장과 피로를 씻어내는 기회가 되었음을 시사한다. 시는 스님에게 재충전의 시간이자 자신의 언행을 되돌아보는 기회가 된 것을 알게 해준다. 그리하여 시회는 시로 서로의 실력을 다투는 대립의 장소가 아니라 일상의 분주함을 떠나 인정과 의리를 느끼는 화해와 여백의 장소로 작용하는 것이다.

　「봉산관 구로시회에서(鳳山館九老詩會)」라는 제목의 작품 역시 그런 풍치가 그대로 이어진다.

香山九老興難收	향산[41] 아홉 늙은이[42] 흥겨움 거두기 어렵더니
復見鷺梁江上頭	다시 노량 강가에서 옛 모습을 뵙는구나.
三月猶寒花信漫	삼월이라 날은 추워도 꽃소식은 가득하고
故情似暖夕陽流	옛 정은 따스하여 노을빛 따라 흐르는 듯.
蒲芽未出靄初縐	부들 싹은 움트지 않았어도 아지랑이 자욱하고
柳笛遠生雲倦留	버들피리 소리 멀리 울려 구름이 느리게 머무네.
會得淸游卜他夜	마침 맑은 모임을 이번 밤에 잡았으니
滿汀明月湧金樓	물가에 가득한 밝은 달이 금루에서 솟구친다.[43]

　앞의 시가 1917년 3월에 지어졌는데, 이 시는 16년이 지난 1933년 3월 6일에 지어졌다. 세월의 흐름을 느낄 수 없을 만큼 시에 담긴 밝은 이미지는 변함이 없다. 세월의 풍파는 더욱 거칠어졌어도 시회의 분위

---

41) 향산(香山) : 중국 하남성(河南省) 낙양시(洛陽市) 용문산(龍門山) 동쪽에 있는 산 이름. 당(唐)나라 때의 시인 백거이(白居易, 772~846)가 일찍이 이곳에 석루(石樓)를 쌓고 향산거사(香山居士)라 자호(自號)했다.

42) 아홉 늙은이[九老] : 백거이가 향산에서 함께 시를 지으면서 어울렸던, 호고(胡杲) 등 아홉 사람을 가리키는 말.

43) 『석전시초』 권하, 1933년 3월 6일 作.

기는 탈속과 정감으로 가득했음을 말해준다. 스님의 어떤 시보다 시회를 노래한 작품들에서 스님은 아무런 부담이나 경계 없는 마음이 표출되고 있다. 그래서 반갑고 고마운 사람들이고, 결코 놓칠 수 없는 추억의 시간이었을 것이다.

그러나 세월은 무상하여 세상은 점점 더 험악하고 위태로운 지경으로 바뀌어갔다. 일본 제국주의의 압제는 강화되고, 민족혼을 말살하려는 마수는 더욱 예리하게 갈아들어 왔다. 여전히 시회는 스님의 차가운 바람 부는 마음을 녹여주는 공간이지만 세사의 시련은 마냥 스님을 내버려 두지 않는다. 「이달 하현(44)에 안석정에서 시회를 가지면서(是月下弦有安石汀詩會)」라는 제목의 시가 그런 삼엄한 분위기의 일단을 보여준다.

安石溪濱竹葉春　　편안한 돌 시냇가에 대나무 잎에도 봄이 왔는데
一遭管領好風神　　한 번 좋은 바람신이 다스리는 때를 만났네.
咸集藏光林下老　　재주 숨기고 숲 아래 늙은 분들 다 모였으나
漫評染翰古今珍　　고금의 진귀한 시문(詩文)만 두루 평하는구나.
拂峽雪消泉響活　　골짜기 사이로 눈은 녹아 샘물 소리 활기차고
過橋風暖柳搖新　　다리를 스치는 바람도 따뜻해 새로 버들을 흔드네.
幾時華髮團欒得　　늙은 나이에 몇 번이나 단란한 때를 얻을 것인가?
今月駸駸已缺輪　　이 달님도 빨리 흘러 벌써 이지러지기 시작한 것을.(45)

1938년 정월 22일에 지어진 시다. 절기도 겨울이지만 시절은 더욱 한겨울이던 때였다. 봄은 오고 있으나 세상은 봄이 아니라 얼음과 눈보라가 날리는 엄동(嚴冬)이었다. 시회의 분위기 역시 이런 현실을 비껴갈

---

44) 하현(下弦) : 매월 음력 22일이나 23일을 일컫는 말
45) 『석전시초』 권하, 1938년 1월 22일 作.

수는 없었다. 재주를 숨김[藏光]은 곧 자유롭게 속마음을 털어놓을 수
없는 당시의 상황을 암시하고, 세태에 대한 이야기는 금기가 되어 지난
날의 사연들인 시문들만 화제로 올려야 하게 되었다. 그런 답답함이
마지막 두 구절[尾聯]에서 어쩔 수 없이 토로되고 만다.

이 두 구절이 세월의 흐름 속에 조락해 가는 심신을 아쉬워하는 표현
으로만 보기는 어렵다. 일제의 감시와 검열이 날로 심해지는 시기에
속으로 끓어오는 울분과 번뇌를 부드럽게 표현한 것으로 봐야 정확할
것이다.

스님이 시회에 참석하면서 느낀 소회를 표현한 작품들은 스님의 생
애에서 가장 즐거웠던 순간들을 담았다고 할 수 있다. 뜻 맞는 벗들과
아름다운 자연, 그리고 스님의 삶과 함께 한 시가 있었다. 그렇기 때문
에 작시와 논시(論詩)의 치열한 과정보다는 유쾌하고 화목한 모임으로
시들은 흐름을 잡고 있다. 스님이 1943년에, 불교비평사에 한 획을 그
은 저술『석림수필(石林隨筆)』을 쓸 수 있었던 원동력도 평생을 두고 진
행된 시회에서 크게 도움을 받았을 것이다.[46] 그런 한편 이런 시회도
말년에 오면 일제의 압박 때문에 예전의 정감이 많이 바래졌다. 스님은
또 그런 아쉬움을 시에서 완곡하게 드러내기도 했다.

5) 역사의 현장에 선 懷古

스님이 어두운 시대를 살아갔던 심경을 비교적 솔직하게 그려낸 경
우는 일련의 영사시(詠史詩)를 통해 확인할 수 있다. 역사는 어쨌거나

---

46) 스님이 그 험악한 시절에『석림수필』과 같은 시론서를 썼는지는 알 수 없다. 과연 무슨
　말을 하고 싶어 이 저술을 남긴 것일까? 필자는 역설적으로 아무런 말도 할 수 없었기
　때문에 이 저술을 남겼다고 보고 싶다.

이미 일어난 사실을 바탕으로 삼으니, 영사시에서는 과거의 일에 빗대 자신의 시대를 은유하기가 수월할 것이기 때문이다. 여러 가지 이유로 후련하게 토로할 수 없었던 스님의 속내를 이런 작품들에서나마 일부 엿볼 수 있다.

「마의태자릉에서(麻衣太子陵)」[47]는 그런 스님의 마음을 읽을 수 있는 좋은 예다. 망국의 한을 품고 죽은 마의태자의 무덤을 참배하면서 자신의 시대를 반추하는 강개(慷慨)한 심정이 잘 드러나 있다.

山木翻其葉	산 나무에서는 이파리가 나부끼는데
猶含故國暉	망한 나라의 햇살을 머금은 듯하구나.
幽蘭憐獨醒	그윽한 난초가 홀로 깨어 있음이 어여쁘고
杜宇恨公非	두견새는 그대가 그릇되었다 한스러워 하네.
雲裔書存石	후손들의 글씨는 돌에 남아 있는데
野人祭以薇	들사람들은 고비로 제사를 지내네.
忽聽空谷籟	문득 빈 골짝의 바람소릴 듣노라니
更整七斤衣	다시 무거운 옷깃을 고쳐 여미노라.[48]

금강산 여행을 하는 길에 비로봉 북쪽 능선 아래 있는, 천년왕국 신라 (新羅, 기원전 57~935)의 마지막 태자 마의태자의 무덤을 찾았다. 천 년의 세월도 훨씬 지난 망국 태자의 무덤이라 초라하기 그지없었지만, 따스한 햇살이 내리 비춰 망자의 넋을 위무하는 듯이 보였다. 돌 틈 난초가

---

47) 마의태자릉은 금강산 비로봉 바로 아래에 있다. 옆에는 마의태자가 타고 다니던 용마가 돌로 변했다는 용마석도 있다. 외금강 상팔담을 지나 신계천의 최상류 지역인 아홉 소골을 지나면 있다. 장대석 같은 자연석을 쌓아 만든 무덤으로, 옆에 '신라마의대자릉(新羅 麻衣太子陵)'이라 새겨진 비석이 있다. 둘레가 약 10m, 높이는 1.5m다. 1933년 스님은 금강산 여행을 가는데, 이때 마의태자릉을 들러 참배했다.

48) 『석전시초』 권하, 1933년 作.

태자의 조촐한 충절을 기렸고, 두견새 울음소리가 나라 잃은 사람의 설움을 대변하고 있었다. 천 년 전 마의태자나 지금 무덤 앞에 선 스님이나 그 신세나 심정이 너무나 닮아 새삼 가슴이 복받쳤다.

난초에서 우리는 군주의 부덕을 충간하다 쫓겨나 고결한 삶을 마친 굴원(屈原, 기원전 343?~기원전 278?)을 연상할 수 있다. 또 '고비'로 제사 지낸다는 시구에서는 부조리한 세상을 함께 할 수 없다면서 고사리를 먹다 죽은 백이숙제(伯夷叔齊)의 의연함을 읽게 된다. 아울러 변화하는 현실을 깨닫지 못하고 머뭇거리다 나라를 잃은 마의태자나 망국의 한을 품고 죽어 그 넋이 두견새가 된 전국시대 촉(蜀)나라의 망제(望帝) 두우(杜宇)의 일을 되짚으면서, 지금 식민지 시대의 우리들 역시 그들과 무엇이 다르냐고 항변하는 외침도 듣게 된다.

무거운 옷깃을 여미는 시인의 자세는 고통 받는 시대에 지식인이자 수도자가 해야 할 몫이 무엇인가를 간파한 선각자의 모습을 보게 되는 것이다.

앞 작품에서 신라의 마지막 태자의 망국한을 노래했다면 「부여 사비 루에서 옛 사람의 운을 받아(扶餘泗泚樓和前人韻)」는 백제의 멸망을 조상 (弔喪)한 시다.

泗泚長江依舊流	사비루 앞 백마강은 변함없이 흐르는데
汀洲烟柳喚新愁	모래톱의 안개 낀 버들은 새로 근심을 부르네.
釣臺明滅峰啣照	조대[49]는 아득하고 봉우리에는 노을이 들어

---

49) 조대(釣臺) : 조룡대(釣龍臺). 충남 부여군 백마강(白馬江)에 있는 수중암(水中巖). 낙화암(落花巖) 가까이에 있는 작은 섬 모양의 바위다. 옛날 당(唐)나라 군사가 백제(百濟)의 왕성을 공격하기 위해 강을 거슬러 올라오던 중 갑자기 풍랑이 일어 진군할 수 없게 되었다. 당나라 장수 소정방(蘇定方)이 연유를 알아내고는, 이 바위에 걸터앉아 백마의 머리를 미끼로 강물 속에서 백제 무왕(武王)의 화신인 청룡(靑龍)을 낚아 올림으로써

花石層懸葉已秋	화석은 층층이 드리웠고 나뭇잎은 어느덧 가을 일세.
鳥啄老楓空有響	새가 오랜 단풍나무를 쪼니 울림은 하늘을 떠돌고
客傷華髮獨登樓	나그네는 늙음을 아파하며 홀로 누대를 오른다.
黯然風雨今猶作	어둑한 비바람이 오늘도 여전히 불어오니
惱殺皐蘭寺下舟	애태워 괴로워하며 고란사50)에서 배를 띄우노라.51)

앞 작품보다 2년 먼저인 1931년 8월 18일에 썼다. 사실이건 전설이건 백제의 마지막 시간은 신라의 그것에 비해 훨씬 비극적이고 장엄했다. 계백(階伯, ?~660) 장군의 5천 결사대의 항전이나 3천 궁녀의 투신 등은 그 숭고한 정신은 강물 따라 여전히 살아 흐르지만, 무너진 왕조의 자취를 다시 찾은 망국의 시인에게는 결코 역사 속의 이야기가 아니었다. 지금 세상도 그때처럼 노을이 지고 있고, 생명이 스러지는 가을의 쓸쓸함 안에 깃들어 있는 것이다. '늙은 단풍나무'와 '새하얀 귀밑털', '어두운 비바람' 등 작품에 등장하는 소재 하나하나가 망국의 고뇌로 얼룩져 있다. 더구나 지금은 이민족에게 나라를 빼앗긴 때가 아닌가.

이 작품에 이어지는 또 한 편의 백제 기행시 「자온대52)에서 옛 일을

용의 조화를 막고 풍랑을 멎게 했다는 전설이 있다.

50) 고란사(皐蘭寺·高闌寺) : 충남 부여군 부여읍 부소산에 있는 사찰. 백제 말기에 창건했다. 앞에 백마강이 흐르고, 절 뒤 돌 틈에 고란정(井)과 고란초가 있다. 일설에는 부소산은 백제 왕궁의 동산에 속한 것이므로 그 때에는 절이 없었고, 낙화암에서 사라진 3천 궁녀의 혼을 위로하기 위해서 1028년(현종 19) 지었다고도 한다.

51) 『석전시초』 권하, 1931년 8월 18일 作.

52) 충남 부여군 규암면 규암리(窺岩里) 수북정(水北亭) 아래 있는 바위. 높이 24m의 바위로, 백마강 가에 깎아 세운 듯이 서 있다. 사람 4~5명이 앉을 만한 바위로, 『신증동국여지승람』에 따르면 백제 의자왕이 백마강을 건너와 이 바위에 올라 왕흥사(王興寺)가 있는 쪽을 향해 합장을 하면 이 돌이 저절로 따뜻해졌다 하여 이렇게 불렸다고 한다.

회상하며(自溫臺懷古)」역시 그런 스님의 심정이 반영되어 있다.

石何蘊玉臺常溫　돌이 어찌 옥을 품어 바위가 항상 따뜻했을까
緬憶當朝王氣存　그 시절 돌이켜 생각하니 왕기가 서린 탓이지.
王氣飛殘石不轉　왕기는 날아갔어도 바위는 굴러가지 않았으니
西風淅瀝雨黃昏　가을바람은 쓸쓸하고 비 흩뿌리는 저녁이로다.[53]

　자온대는 사비루에서 고란사로 내려와 배를 타면 백마강 남쪽으로 1킬로미터 쯤 떨어진 곳에 있다. 흐르는 물결에 배를 맡기면 얼마 지나지 않아 도착한다. 사비루를 참배한 스님은 같은 날 저녁에 자온대에 닿았을 것이다.

　스님은 바위가 따뜻했던 이유를 왕기가 서려 있기 때문으로 보았다. 국운이 아직 살아 있으니 바위에도 그 기운이 영험을 발휘했는데, 이제 올라본 바위는 차갑기만 했다. 그렇게 백제는 세상에서 사라졌어도 바위는 남아 융성했던 지난날을 슬프게 보여주고 있다. 앞뒤의 시를 볼 때 을씨년스런 가을비가 내리던 날 스님은 두 망국의 흔적을 찾았을 것으로 보인다. 수심과 회고의 젖은 시인의 마음은 그 날 내린 비처럼 촉촉이 젖었을 듯하다.

　다음 작품은 충무공 이순신의 충혼이 서려 있는 한산섬 제승당에 올라 느낀 감회를 노래한 「한산도제승당에서 느낀 바 있어(閒山島制勝堂有感)」다.

開山古島望蒼蒼　한산의 옛 섬을 아득하게 바라보다가
抛錫行舟抵夕陽　주장자 던지고 배를 저어 석양에 닿았네.

---

53) 『석전시초』권하, 1931년 9월 18일(?) 作.

儼見毅魂洪浪嘯	푸른 물결 소리에 삼가 의연한 혼백을 보고
乍晴靈雨老杉章	문득 신령한 비가 개니 늙은 삼나무가 빛나네.
慷歌戍月明何夜	울분에 찬 노래와 변방 달은 어느 밤에 밝았는가?
杳靄澹烟織晚光	어두운 아지랑이 담담한 안개가 저녁 빛에 엉겨 든다.
靜看浴鷗少情緒	자맥질 하는 갈매기를 보자니 생각도 스러지는데
沒靑浮白繞汀長	푸른 물에 빠졌다 하얗게 올라 물가를 둘러 길구나.54)

  섬을 바라보다 지난날 장군의 용맹과 기개, 수많은 병사들의 함성 소리가 들릴 듯해 치솟는 비분을 참지 못하고 한달음에 섬으로 들어갔다. 물결 따라 그날의 혼백들이 어른거렸고, 빗줄기 속에 빛나는 삼나무는 도열한 병사들을 떠오르게 했다. 강개한 노랫소리와 달빛 아래 울리는 북소리는 그날 밤처럼 지금도 시인의 마음을 꿈틀거리게 만들었다. 세사의 잡념은 사라지고 스님도 그날의 장군과 병사들처럼 파도가 출렁이는 해안을 응시하는 것이다.

  국난을 극복한 것은 이순신 혼자만의 충렬이 있어 가능한 것은 아니었다. 그와 함께 목숨을 걸고 적군을 물리치다 이름 없이 숨겨간 수많은 병사와 민중들이 있었기 때문이었다. 시인은 역사 유적지 앞에서 영웅을 꿈꾸고 있는 것은 아니다. '의연한 혼백'은 남에게 바랄 것이 아니라 나 자신이 그렇게 되어야 함을 역설하고 싶은 것이다.

  지옥 속에 살더라도 그곳에서 열반을 이룩할 수 있기에 지옥은 가치를 지닌다. 식민지 시대 지옥의 불기둥이 몰아치지만 지난날을 떠올리면서 스님은 새로운 용기와 희망에 가슴이 벅차올랐다. 이 시는 불벼락

---

54) 『석전시초』 권하, 1936년 作.

이 치는 지옥 속에서 열반의 칼을 예리하게 벼려 이룩해낸, 일종의 해탈의 노래라고 불러도 좋을 것이다.

끝으로 「포석정 옛 터에서(鮑石亭墟)」를 읽어보자.

覆陰篆石曲流觴	그늘 드리운 돌판 위에서 흐르는 물에 술잔 띄우고
淘盡群雄賸有香	뭇 영웅들 다 스러졌어도 향기는 우련 남았어라.
莫道流連竟亡國	흥청망청 놀다가 나라 망쳤다고 말하지 말라
茅堵可免劫波霜	잡풀 엉긴 섬돌은 영겁의 서리를 면했거늘.[55]

포석정은 천년왕국 신라의 영광과 비극을 함께 보여주는 유적이다. 열락에 젖어 방비에 소홀했다가 신라는 된서리를 맞았다. 유상곡수(流觴曲水)하며 시를 읊었던 포석정은 신라의 흥성을 대변하는 명소였다. 그러나 927년 11월 이곳에서 화려하게 연회를 벌이던 신라 경애왕은 갑작스런 후백제군의 공격을 받아 비참하게 최후를 마쳤다.

한 나라의 영욕이 알알이 밴 포석정에서 스님은 세월의 무상함과 아울러 역사를 통해 오늘을 사는 지혜를 배워야 한다고 조용히 다그친다. 그 다그침의 방향은 스님 자신이자 나라 잃은 조선의 모든 사람들이었다.

4. 끝맺는 말

스님은 난세를 만났어도 불퇴전의 정신으로 이를 극복할 수 있는 굳

---

55) 『석전시초』 권상, 1925년 作.

센 의지와 바른 안목을 가진 분이었다. 그러면서도 그는 섬세하고 다정다감한 마음을 읊조릴 줄 아는 시인이기도 했다. 무작정 강하기만 하면 쉽게 꺾여버리는 게 이치이다. 스님의 시에서는 부드러우면서도 감회가 어린, 다소 쓸쓸한 기운이 녹아 있는, 한 세계가 자리하고 있다. 그러나 한편 그의 의지는 코끼리보다 당당하고 굳세 어떤 시련 앞에서도 굴복하지 않을 만큼 강고했다. 이렇게 외유내강(外柔內剛)한 여유와 포용을 가졌기에, 스님은 어려운 시대의 사표(師表)가 되었고, 자신이 왜 존재하고 있는지 제대로 깨칠 수 있었던 것이다.

스님의 시를 한 마디로 평가한다면 깊은 성찰과 고뇌에서 우러나온 지성의 목소리가 담겨 있다고 말할 수 있을 것이다. 만해 스님이 동시대를 투사형(鬪士型)으로 살아갔다면 지사형(志士型)으로 살았다고 하겠다.

박한영 스님은 풍전등화와 같은 위기의 시대 한말에 태어나 이 땅의 불교의 뿌리와 전통을 지키는 한편, 인재의 육성이 국운의 동력임을 깨닫고 후진 양성에도 최선을 다했다. 또 문학에도 큰 관심을 가져 적지 않은 시와 산문을 남겨 우리 문학사에 한 획을 그었다. 또 선시(禪詩)의 이론적 검증에도 주목해『석림수필』과 같은 이론서를 남기기도 했다.

스님의 시는 맑고 시원하면서도 시인적인 섬세한 감성과 시대의 기운을 드러내는 높은 격조를 담아냈다. 또 힘차고 웅혼한 문장으로 글쓰기의 모범이 될 만한 튼실한 산문을 후세에 남겨놓았다. 아울러 내면에는 용암보다 뜨거운 열정을 담았지만, 시에서는 절제와 균형을 잃지 않았다. 그리고 개인의 감성을 노래하는 차원을 넘어서 시대를 읽고 반성하는 영역으로까지 시세계를 넓혀나갔다. 그러기에 지금도 스님의 시는 큰 울림으로 다가오는 것이다.

글을 마치면서 개인적으로 스님의 시문이 아름다운 우리 글로 번역56)되어 많은 사람들이 읽고 본받을 수 있는 날이 와야 한다고 느끼면서,

스님의 연보가 작성되고 평전(評傳)이 쓰여 이 시대 사람들의 사표(師表)
로 길이 자리하기를 진심으로 바란다.

---

56) 스님의 시는 서정주 시인이 생전에 남긴 유고를 정리하면서 찾은 원고를 바탕으로
『석전 학한영 한시집』(동국역경원, 2006)이 출간되었다. 대시인의 높고 깊은 안목이
서린 번역이기는 하지만, 일부만 번역되어 완역에는 이르지 못한 아쉬움이 있다.

제2부

조선시대 한문학의 탐구

鄭夢周의 漢詩에 나타난
儒佛에 대한 생각과 그 의미

1. 들어가는 말

　　고려 말에서 조선 초로 이어지는 한국사의 14세기는 여러 가지 측면
에서 중요한 시기이지만 문학사에 있어서도 주목할 필요가 있는 기간
이다. 왜냐하면 무엇보다도 이 시기는 현재까지 전해지고 있는 문집들
이 대량으로 발간되는 최초의 시기이기 때문이다.[1] 한국한문학의 소원
(溯源)이 비록 삼국시대까지 거슬러 올라갈 수 있다 해도 현존하는 자료
의 빈곤 때문에 어차피 접근이 용이하지 않다는 한계를 어쩔 수 없다.
반면 14세기의 경우는 상당수 작가들의 문집과 그들의 생애를 일람할
수 있는 전기적 자료들이 비교적 풍부하게 남아 있어, 개별 작가의 연구
뿐만 아니라 당대 사대부 지식인들의 교류양상과 사승(師承)관계 등을
구체화시킬 수 있는 시기로서 그 가치를 발하고 있다. 이 사실은 문학사
를 단순히 작품의 연대기적 정리라는 범주를 넘어서 일련의 지식인의
사회사라 할 수 있는 정신사(精神史)의 기술에 큰 가능성을 제공한다는

---

1) 물론 문집 판각 자체는 더 후대의 일이긴 하지만, 이 시대 문인들의 문집이 비교적
　폭넓게 남아 있다는 사실은 문학사의 기술을 풍성하게 만들었다는 점에서 의의가 크다고
　할 수 있다.

점에서도 의의가 크다고 할 수 있다.

본고는 이와 같은 14세기 고려말기에 활동했던 문인들의 문학세계를 총괄적으로 정리함에 있어서, 특히 이 무렵 우리나라에 전래된 성리학이 당시의 문인들에게 어떤 영향을 끼쳤고, 한편 이전까지 삼국과 고려의 정신세계를 지배했던 불교에 대해 그들은 어떤 태도를 지녔는가를 확인하기 위해 쓰였다. 본고에서는 그 가운데 대표적인 문인인 포은(圃隱) 정몽주(鄭夢周, 1337~1392)의 작품을 중심으로 그 양상의 일단을 정리하고자 한다.

정몽주는 목은(牧隱) 이색(李穡, 1328~1396)에 의해 '동방이학지조종(東方理學之祖宗)'2)이라는 평가를 받은 만큼 성리학에 남다른 애정과 소양을 가졌던 인물이다. 또한 여말선초라는 험난한 시대를 살아가면서 누구보다 큰 족적을 남겼지만, 학자와 사상가로서 또 시인으로서 당시 고려뿐만 아니라 중국과 일본 등지에서 두루 영향력이 깊었던 두 사상에 대해서도 깊은 관심을 가질만한 경험을 했다. 여러 차례에 걸쳐 이루어진 중국과 일본 사행(使行)은 그곳의 정치 상황뿐만 아니라 문화적, 사상적 흐름까지도 현장에서 관찰하고 이해할 수 있는 기회를 제공했기 때문이다. 그러므로 그의 문학에 나타난 성리학적 세계관과 불교에 대한 인식 여부를 점검하는 작업은 동시대 다른 작가의 그것을 살피는 일에 하나의 기준을 제공하면서 동시에 가장 현실 상황이 대변된 모습으로 구현되었을 것으로 볼 수 있는 것이다.

분명 정몽주는 성리학적 세계관을 바탕으로 자기 시대가 이상적인 방향으로 흐르기를 꿈꾸었고, 그렇게 만들기 위해 신명을 다 바친 인물이다. 그러나 한편으로 그는 뛰어난 외교관으로 활약했던 만큼 자신의

---

2) 『高麗史』「鄭夢周列傳」, 『역주 고려사』 권9, 707쪽.

이상을 교조적으로 실천하기 위해 일방적으로 자기주장을 내세우지는
않았다. 자신의 입장만큼이나 남의 생각이나 논리에 대해서도 눈과 귀를
열어두고 있었으며, 이런 점은 조선시대의 유교가 무모하리만치 불교를
배척하고 사갈시했던 점과는 차원이 다른 입장을 지녔고, 문제점을 파악
하는 만큼이나 그 대안이나 장점에 대해서도 진지하게 생각했던 것으로
보인다. 어쩌면 그런 그의 열려 있는 태도가 그를 왕조와 함께 운명을
함께 할 수 있었던 용기와 충정을 발휘할 수 있게 이끌었는지도 모른다.
　　본고는 정몽주의 성리학적 세계관을 먼저 살펴보고 이어 불교에 대
한 태도와 생각들을 검토하면서, 자칫 이분법적으로 인식될 수 있었던
두 사상에 대한 단면적인 평가를 넘어선, 포은의 양시론적(兩是論的) 공
존 논리를 확인하는 것으로 그 성격을 규명하도록 하겠다.

2. 性理學的 세계관의 양상

　　남송(南宋) 때의 유학자인 회암(晦菴) 주희(朱熹, 1130~1200)에 의해 집
대성된 성리학이 우리나라에 유입된 시기는 대개 안향(安珦, 1243~1306)
과 백이정(白頤正, 1247~1323), 그리고 우탁(禹倬, 1262~1342)에 의해 13세
기 말과 14세기 초에 이루어진 것으로 보인다.[3] 그러므로 정몽주를 위시
한 이색, 이숭인, 정도전, 권근 등은 한국 성리학사로 보아 제2세대에
속하는 인물들이다. 물론 삼국시대부터 전래된 유교의 여러 경전에 대한
이해는 이미 상당한 난숙기를 맞이했겠지만, 주로 주희의 경전 해석에
근거를 두고 전개된 성리학에 대한 질적인 심도를 이들에게서 찾기란
무리일 수밖에 없다. 더구나 조선이 개국하고 권근과 정도전에 의해

---

3) 배종호(裵宗鎬), 『한국유학사(韓國儒學史)』, 연세대학교 출판부, 1974, 57쪽.

『입학도설(入學圖說)』과 『불씨잡변(佛氏雜辨)』 등의 저술이 나온 사실을 감안하면 아직까지 성리학적 기반이 공고화되지 못한 시기를 살면서 불교 친화적 요소를 완전히 불식시키기는 어려웠을 것으로 생각된다.[4] 여말삼은(麗末三隱)이 구체적인 성리학 관련 저서를 남기고 있지 않아 그들의 학문적 소양의 심도를 재구할 순 없지만, 대신 이들의 문집에 실린 시문학을 통해 다소나마 그 실상의 확인이 가능하다. 특히 그들의 불교적 친화가 성리학의 이론적 원형이 불교적 논리로부터 발생했다는 사실을 인지할 때, 어떻게 변용되면서 수용되고 있는가의 여부도 고려해야 하리라 생각된다. 여기서는 정몽주의 성리학적 세계관의 양상이 어떻게 시적 변용을 거치고 있는지 주목하여 살펴보고자 한다.

정몽주는 중국 사행을 다니면서 중국의 선비를 만날 때면 항상 무언가 배우고자 하는 자세를 견지했다. 불행하게도 명망 있는 선비를 만나지 못할 때면 그 아쉬움을 시로 남길 정도로 배움에의 욕구는 강렬했다. 특히 중국체험을 노래한 작품들은 하나하나 인용하기 번거로울 만큼 그의 유교적 소양이 엿보이는 용사(用事)가 중첩되고 있는데 이 역시 단순한 현학취미의 발동이라기보다 그의 학구열의 한 면으로 보인다. 아래 시는 서선(徐宜)이라는 선비와 만났다가 헤어지면서 준 작품으로 정몽주의 그와 같은 풍모를 확인할 수 있는 경우다.

萬邦同軌日　　천하가 바퀴자국을 함께 하는 날
聖主右文時　　성스러운 군주가 문을 숭상하는 때일세.

---

4) 여말문인들의 불교친화양상에 대해 필자는 아래 두 논문에서 부분적으로 살펴본 바 있다.
　「김구용(金九容)의 시문학론」, 『동악한문학논집』 4집, 동국대학교, 1989.
　「도은(陶隱) 이숭인(李崇仁)의 시문학 연구」, 『한국문학연구』 11집, 동국대학교, 1988.

邂逅逢佳士	우연히 아름다운 선비 만나니
懽忻似舊知	흔연히 기쁜 마음 오래 전부터 안 듯하네.
風儀傾後輩	풍채와 위의는 후배를 앞지르고
經術卽吾師	경학과 학술은 나의 스승이로구나
遠大宜相勉	원대한 사업은 서로가 힘써야 할 것이니
何須惜別離	어찌 하찮게 이별을 아쉬워하리.[5]

  제1연에서 우리는 정몽주가 꿈꾸고 있는 이상세계가 어질고 현철한 군주가 나와 천하의 수레바퀴의 폭을 통일시키는 때라는 확고한 신념을 읽을 수 있다. 이는 바로 성인(聖人)에 의한 인정(仁政)이 실현되는 시기에 다름 아니다. 중화(中華)와 이족(夷族)이 차별적으로 존재하는 현재를 부정하고 문명(文明)과 야만(野蠻)을 거부하는 정몽주의 세계관이 확연해지면서 이를 통해 대동세계(大同世界)로 나아가고자 하는 그의 정치이념도 구체화된다. 이는 공자가 오랑캐라 해도 그들에게 도가 있다면 역시 문명국이라는 진술[6]과 등가의 발언이다. 때문에 그는 충의와 경술(經術)을 겸비한 선비의 뜻이 자신의 그것과 일치함을 보고서 지기(知己)를 만난 듯 기뻐하면서 육체의 이별은 정신적 동지를 가졌다는 즐거움에 비해 하찮은 것임을 힘주어 말한다.

  이처럼 뜻 맞는 동지를 만난 기쁨을 담고 있는 작품이 있는 반면 자정(自靜)의 세계를 노닐면서 자신의 담담한 심회를 가다듬고 있는 시풍을 보여주는 작품도 눈에 띈다.

---

5) 「膠水縣別徐教諭」, 『圃隱集』 권1.
6) 『論語』 「八佾篇」, 子曰夷狄之有君 不如諸夏之亡也.

世人多夢寐	세상 사람들 흔히 꿈을 꾸지만
夢破旋成空	꿈 깨면 돌이켜 헛된 것이지.
自是因思慮	이로 말미암아 생각해 보니
何能有感通	어찌 능히 감통함이 없으리오.
殷家得傅說	은나라 무정(武丁)은 꿈에서 부열을 얻었고
孔子見周公	공자는 또 꿈에 주공을 뵈었었네.
此理人如問	이 이치를 만약에 남들이 묻는다면
當求至靜中	마땅히 지극한 고요 속에서 구해야겠지.[7]

세상 사람들은 꿈이란 허탄한 것이라 믿을 것이 못된다고 말한다. 정몽주는 이것을 반박하여 오히려 꿈을 통해 현실의 조짐을 예측할 수 있다고 강변하고 있다. 그 예로 무정과 공자의 고사를 들어 이를 증명하는데 여기서도 우리는 정몽주의 사물을 분석하는 시각을 읽을 수 있다. 세상 사람들이 말하는 꿈이 말 그대로 백일몽(白日夢)으로 마음의 자세는 가다듬지 않고 헛된 이익만 찾는 어리석은 행동이라면, 정몽주가 해석한 꿈의 본원은 무정과 공자와 같이 항상 천하를 아우르고 정도를 실현하겠다는 믿음과 행동이 겸비된 '이상(理想)'을 말하는 것이다. 부질없는 미망에 사로잡힌 속인들의 행각을 바로잡고자 대아(大我)의 경지를 권면하는 동시에, 이와 같은 경지에 도달할 수 있는 이치를 묻는다면 고요한 자성(自省)의 공간에 자신을 두는 것이라고 대답하겠다는 것이다. 성리학의 궁극적인 목표가 인성(人性)의 핵심을 꿰뚫어 자신의 본성이 외부의 물상에 의해 해침을 당하지 않게끔 수련하는 것[8]이라면 정몽주는 나름대로 그 본지를 통찰하고 있는 셈이다. 여말 문인의 철리시(哲理詩)를 평하여

---

7) 「夢」, 『圃隱集』 권1.
8) 『孟子』 「告子章句」 上篇, 牛山之章 참조.

아직 유가경전에 실린 본문을 충실히 답습하면서 자구풀이의 수준을 넘지 못하고 있다는 논리[9]도 일면 긍정적인 지적이지만 이들에 대한 폭넓은 이해의 부족에서 나온 견해가 아닌가 여겨진다.

사행 도중 여관의 정원 연못에서 뛰노는 물고기를 보고서 지은 듯한 아래 시를 통해 포은 정몽주의 유가 이론에 대한 이해가 그리 낮은 수준이 아님을 재삼 확인할 수 있기 때문이다.

> 潛在深淵或躍如　　깊은 못에 잠겼어도 때론 힘찬 것을
> 子思何取著于書　　자사는 어찌하여 글에다가 남겼는가.
> 但將眼孔分明見　　눈으로 분명하게 살펴만 본다면
> 物物眞成潑潑魚　　온갖 만물 모두가 발발한 고기인 것을.
>
> 魚應非我我非魚　　고기 응당 나 아니고 나 또한 고기 아니니
> 物理參差本不齊　　물건의 이치 원래가 각기 다른 것이네.
> 一卷莊生濠上論　　호량의 논의 담은 장주의 책 한 권이
> 至今千載使人愁　　천 년 두고 뭇 사람을 어지럽히는구나.[10]

이 시를 이해하기 위해서는 얼마간의 예비지식이 필요하다. 자사는 공자의 손자인 공급(孔伋)의 호인데, 『중용(中庸)』을 지어 공자와 증자의 뜻을 이었다 하여 술성(述聖)으로 불리는 사람이다. 그 『중용』에 보면 "시경에 이르기를 '솔개는 날아서 하늘에 이르고 물고기는 못에서 뛴다.'하였으니 그 위아래의 드러난 것을 말한 것이다.(詩云鳶飛戾天 魚躍于淵 言其上下察也)"[11]라 한 구절이 있는데, 이 시의 첫 구절은 바로 이것을

9) 김종진(金宗鎭), 「여말 사대부의 성리학(性理學) 수용과 문학의 위상」, 고려대학교 대학원 석사학위논문, 1981, 51쪽.
10) 「湖中觀漁」, 『圃隱集』 권1.
11) 『中庸』 제12장.

인용한 것이다. 이 구절을 정현(鄭玄)은 주를 달기를 "성인의 덕이 하늘에서는 솔개가 날아서 하늘에 이르고 땅에서는 물고기가 못에서 뛰노는 것과 같다 한 것이니, 이는 그 천지에서 두드러진 것을 말한 것이다."라고 하였다.[12] 물고기가 물을 만나 자유롭게 유영하는 것이 성인의 덕이 천지에 가득 차서 소홀한 곳이 없는 것과 같다는 말이다. 정몽주는 연못가의 물고기를 보면서 『중용』의 이 구절을 떠올리고 어찌 물고기만 보고서 그 같음을 알겠는가, 만물의 움직임 하나하나에서 그와 같은 징후는 찾아볼 수 있는데 다만 사람들이 주의 깊게 살피지 않은 허물이라고 지적하는 것이다.

두 번째 시는 『장자(莊子)』의 「추수(秋水)」 편에 나오는 고사를 용사하여 지은 작품이다. 장자와 혜자(惠子)가 호량(濠梁)에 서있을 때 장자가 "피라미가 나와서 조용히 헤엄쳐 노니 이것이 물고기의 즐거움이로구나." 하니 혜자가 대답하기를 "자네는 물고기가 아닌데 어떻게 물고기의 즐거움을 아는가?" 물었다. 장자가 대답하기를 "자네는 내가 아닌데 내가 물고기의 즐거움을 모르는 줄 어떻게 아는가?" 하였다는 이야기[13]를 빌려온 것이다. 원래 조물주의 이치는 만물에 달리 적용되어 편차가 있는 것인데 장자가 이를 깨우치지 못하고 말장난을 일삼아 후세 사람을 미혹 속에 빠뜨렸다고 논박하는 것이 이 시의 요지이다. 물고기라는 비근한 사물을 접하면서도 이와 같은 철학적 논변을 가할 수 있는 정몽주의 임기응변도 뛰어난 것이지만 문자나 자의(字意)에 구애받지 않고 폭넓은 해석의 폭을 가졌던 그의 학문의 건강함을 확인하게 하는 작품이다.

---

12) 『국역 圃隱鄭先生文集』, 56~57쪽, 역주 182 참조.
13) 『莊子』「秋水」篇
　　莊子與惠子 遊施濠梁之上 莊子曰 儵魚出遊從容 是魚樂也 惠子曰 子非魚 安知魚之樂 莊子曰 子非我 安知我不知魚之樂.

위에서 살펴본 작품은 포은의 한시 가운데서도 중국 여행 중에 창작된 일련의 작품들에 보이는 성리학 관련 한시들의 내용과 의미를 일별한 것이다. 이를 통해 우리는 그의 이름과 함께 따라다니는 '한국성리학의 초조(初祖)'라는 칭호가 허튼 명성이 아니었음을 확인하게 되며, 성실하게 물어서 배우는 그의 학자적 자세와 진위를 분명하게 짚고 넘어가는 이론가로서의 풍모를 정리할 수 있게 된다.

다음으로 『포은집』에 실려 있는 다른 성리학 관련 작품들을 읽어 어떻게 정몽주의 유교 사상이 전면적으로 확산되었는가를 살펴보기로 하겠다.

한국사에 있어서 중세와 근대를 공유하면서 내적 성장을 수행한 조선조(朝鮮朝)의 전 기간을 지배한 이념이 성리학이었다.[14] 따라서 이의 한국적 태동기인 고려말기의 성리학의 수용과정과 그 변용 양상을 시작품을 통해 검토하는 일은 대단히 긴요하고 시의 적절한 작업이라 할 수 있다. 정몽주는 조선 초기부터 줄곧 한국성리학의 태두로서 존경과 추앙을 받아온 만큼, 비록 그가 이렇다 할 성리학 관계의 저작을 남기진 못했다 해도 대신 그의 시작품 속에 깊이 침전해 있는 성리학적 세계관의 규명을 통해 이 점은 보완될 수 있으리라 생각된다.

정몽주는 그의 평생을 안온한 분위기 속에서 정착하지 못하고 떠돌아다닌 관계로 시문학에 투영된 그의 정신사 역시 지속적이고 견고한 측면은 찾기 어렵다. 때문에 그의 문학작품을 통해서 확인할 수 있는 그의 정신사의 궤적은 대단히 다양한 반면 체계적이지 못한 아쉬움을 남기게 된다.

---

14) 윤사순(尹絲淳), 「조선조 성리학의 사회사상」, 『한국의 사회사상』, 한길사, 1987, 33~35쪽.

　　정몽주의 생애를 살펴보면 그가 비록 고려 왕조와 운명을 함께하여 만고의 충신으로 이름을 남겼지만, 그가 사람과 세상을 대하는 태도는 대립이나 반목을 능사로 하는 것이 아니라, 항상 상대방의 논리에도 귀를 기울이는 포용력을 보여주었음을 알게 된다. 이와 같은 그의 포용력 있는 대응태도의 원천은 바로 그가 신봉한 성리학의 사회적 투영에 다름 아니며 그의 여민동락정신(與民同樂精神)의 또 다른 구현으로 볼 수 있다.

東行冒零雨	찬비를 무릅쓰고 동으로 달려가
半月到咸州	보름 만에 함주에 이르렀네.
入夜哀歌發	밤들면 슬픈 노래 소리 일고
經秋古壘修	가을이 다 가도록 옛 성루를 보수하네.
疲氓苦思理	힘에 부친 백성들은 태평을 고대하고
明主肯無憂	밝은 임금은 근심 없기 애쓰는데.
自愧書生輩	슬프다. 서생의 무리여
徒然白了頭	하릴없이 머리만 다 희었구나. [15]

　　변방의 백성들은 군역과 성곽보수공사에 고초가 심해 탄식만 높아지고, 어진 임금은 근심을 없애기 위해 노심초사하는데 자신은 아무 보람도 없이 몸만 늙었다 하여 자탄의 심정을 술회하고 있다. 비에 흠씬 젖으면서 달포를 왔다면 자신의 고충도 컸을 것인데 이에 대한 하소연은 찾아볼 길이 없다. 개인의 시련을 앞세우지 않고 백성과 국가의 안위를 근심하면서 백성을 고통을 덜어주려는 정몽주의 심사와 노력의 한 면모를 여실히 보여주는 작품이다. 이와 같은 여민동락의 정신은 사실 여말

---

15) 「咸州東行冒雨」, 『圃隱集』 권2.

선초를 살다간 모든 신진사대부의 정치적, 윤리적 입장으로서 정밀한
분석을 요하는 부분이기도 하다. 이 사실은 과거에 급제하고 귀향하는
후배의 장도를 격려하면서 써준 시에서도 명백하게 강조되고 있다.

讀書窮聖域	글을 읽고 성인의 영역 궁구하고서
負笈走王畿	책 상자 지고서 서울로 왔었지.
道泰辭浮海	도는 커서 바다에 뜨기를 사양하였고
詩暄趁浴沂	봄날 따뜻할 때 욕기를 나갔었네.
談詩遺訓詁	시경을 이야기하되 훈고는 버려두고
玩易貫精微	주역을 완상하면서 정치와 미세함을 꿰뚫었지.
揚馬賦堪獻	양웅과 사마상여 같은 부를 능히 지었고
顔騫心所希	마음은 안연과 민자건 본받기 바랐었네.
芹宮閱寒暑	성균관서 추위와 더위 겪을 때
桂窟向芬菲	달은 더욱 향기를 내뿜었네.
戰藝才無敵	학예와 재주는 겨뤄 당할 이 없었으니
揚眉願莫違	의기를 드날려 어그러짐이 없기를.[16]

이 작품의 전반부는 정치를 보좌하여 태평성대를 바라는 임금이 과
거를 베풀어 은일한 많은 선비들이 모였다고 하여, 한 시대를 이어갈
인재의 등용은 군주의 돈독한 배려가 있어야 함을 암시하고 있다. 그러
면서 이수재의 개인적인 각고의 노력을 대응시켜 그가 임금의 뜻을 저
버리지 않았다고 칭송한 뒤, 한낱 외국사신과 같은 영광만을 바라지
않고 욕기의 자세로서 학문을 등한히 하지 않았다고 하였다. 『시경』을
읽었지만 오히려 훈고의 자질구레한 쇄사(鎖事)에 몰두하지 않고 『주역
(周易)』의 심오한 이치를 면밀하게 연찬하였다 하여 위기지학(爲己之學)

---

16) 「賀李秀才登第還鄉三十韻」 중 6~11연, 『圃隱集』 권2.

만을 일삼는 소승적 태도를 버리고 삶과 다스림의 원리를 궁구함으로 써 이타적(利他的)인 학문을 찾았다고 그의 높은 뜻을 칭송했다. 도심(道心)을 잘 간직하면서도 치인(治人)의 자세도 견지하기를 권하는 결미는, 결국 남을 훈계함으로써 자신을 경계하는 유자(儒者)의 덕성을 보여주는 부분이다. 이를 통해서 우리는 정몽주가 세태에 영합하여 임기응변하는 정치의 묘미만을 터득한 범주를 넘어서 성리학에 대한 성실한 학자의 길을 걷고자 했던 의지를 확인하게 된다.

그는 특히 『주역(周易)』과 『춘추(春秋)』를 중시하여 이 두 저작물을 애독했다. 전자를 통하여 자연의 이면에 감춰져 있는 섭리를 파악하여 사회적 실천의 원동력을 흡인했고, 후자로부터 춘추필법(春秋筆法)의 포폄사상(褒貶思想)을 견지했던 것[17]을 생각하면 정몽주가 위국충절의 정신을 발현할 수 있었던 원인이 어디에 근거하고 있는가를 알 수 있다. 이념의 과학적이고 체계적인 육화(肉化)를 발판으로 이를 사회적 실천으로 연계시킨 사실은 당시 성리학의 전반적인 이해의 수준이 결코 피상적인 지식의 정도를 벗어나 있었음을 증명하는 것이다.

아래 두 편의 절구는 그가 『춘추』와 『주역』을 읽고 느낀 바를 술회한 것으로 정몽주의 성리학에 대한 인식의 정도를 보여주고 있다.

> 紛紛邪說誤生靈　　어지러운 사설이 뭇 백성을 해치니
> 首唱何人爲喚醒　　어느 누가 먼저 외쳐 깨우치게 하려나.
> 聞道君家每欲動　　듣건대 그대 집에선 욕심이 일어날 때면
> 相從更讀洗心經　　서로 좇아 세심경을 거듭 읽는다던데.[18]

---

17) 김원경(金圓卿), 「유학적 문학관」, 『한국시가문학상의 유학사상 연구』, 학문사, 1985, 16~31쪽 참조.

18) 「讀易寄子安大臨兩先生有感世道故云」 2수 중 1, 『圃隱集』 권2.

仲尼筆削義精微	공자께서 쓰고 다듬어 그 뜻이 정미하니
雪夜靑燈細玩時	눈 오는 밤 밝은 등불 아래 세심히 살펴보네.
早抱吾身進中國	이 몸은 일찍이 중국으로 나아갔건만
傍人不識謂居夷	주위 사람 알지 못하고 오랑캐 땅에 산다 하네.[19]

사악한 이설(異說)들이 민심을 사로잡아 백성을 몽매로 이끄는 세태에 대해 결국 우리들 중 누군가가 나서서 바로잡아야 하지 않겠느냐는 메시지를 앞의 시는 담고 있다. 그러면서 자안(子安, 이숭인의 자)과 대림(大臨, 하륜(河崙)의 자) 두 선비에게 세심경(『주역』의 다른 이름)을 상독(常讀)한다니 이 백성들의 어리석은 욕망을 바로잡는 역할을 맡아달라는 완곡한 청을 표현하였다.

두 번째 작품에서는 공자가 춘추를 산정한 까닭이 깊고 심오해 항상 곁에 두고 경계의 모범으로 삼아서 자신은 이미 문명의 본질을 체득하였는데 주위의 소인들은 자신이 변방에 사는 것만 보고 비웃고 있다는 사실을 들어, 문화가 앞서면 장소에 관계없이 그 인격을 평가할 수 있다는 당위를 개진하고 있다. 이는 문명과 미개의 절대적 구분 기준은 바로 그 인간 개개의 수양의 정도로부터 비롯되는 것이지 생활공간의 위치와는 아무 상관도 없음을 말하여 고려가 변방이라 하여 스스로를 비하시키는 어리석은 행동은 마땅히 극복되어야 한다는 강변인 것이다. 이를 통해서도 정몽주는 단순히 중국문물의 찬연함에 현혹되어 자신의 현재적 위상을 망각한 사대주의자(事大主義者)가 아니었음이 입증된다. 치인(治人)에 앞서 수기(修己)가 탄탄히 정립되어야 주체적 자각이 이루어짐을 나름대로 설명한 작품으로 정몽주의 정치적 입장이 어떠했는가를 재구할 수 있다.

---

19)「冬夜讀春秋」,『圃隱集』권2.

그의 성리학적 세계관이 반영되고 있는 몇몇 작품의 분석을 통해 우리는 정몽주의 대단히 개방되고 주체적인 성리학 수용 자세를 확인할 수 있게 된다. 국가에 이롭고 백성의 생활을 안정시키는 대안으로서 그는 성리학의 학풍을 중시했던 것이다.

3. 불교에 대한 好意와 牽制

정몽주는 성리학적 세계 인식이 공고했던 인물이지만, 한편 불교에 대한 이해와 존재 가치, 그리고 문제점에 대해서도 잘 인식하고 있었다. 그는 학자이면서 정치가였다. 따라서 현실 정치에서 사람이 살아가는 데 불교가 끼치는 순기능에 대해 적지 않은 공감을 했던 것으로 보인다. 부처의 가르침을 좇는 행동이 사람을 선하게 만들고 궁극적으로 선한 행동을 유발한다는 점을 인정했던 것이다.

포은 정몽주는 일찍부터 불가의 선승들과 자유롭고 진지하게 교유를 해왔다. 다음 글이 이를 설명해준다.

> 엎드려 생각하니, 현릉(玄陵, 공민왕)께서 재위하셨을 때 소설산에 국사를 맞아 불사를 크게 벌려 태평의 장관으로 삼았는데, 이제 어록 가운데에 실린 것을 보니 바로 그날 자리에 올라 강설하신 것들이다. 생각하니, 옛 친구 김중현과 책을 끼고 스님과 사귀어 다닐 때, 국사가 중현을 한 번 보고 애중(愛重)하였기 때문에 나도 이에 따라 여러 번 가서 뵈었었다. 그 일은 바로 현릉 병신년(1356, 공민왕 5) 여름이었다. 그 뒤 현릉께서는 뭇 신하들을 버리셨고, 원증국사도 세상을 떠난 데다 우리 중현마저도 이미 별세했다. 병신년부터 올해 홍무(洪武) 정묘년(1387, 우왕 13)까지는 대개 32년이 된다. 이제 이 어록을 보니 나도 모르게 서글픈 마음을

어쩔 수 없다.[20]

포은은 공민왕이 불사(佛事)를 일으켜 태평성대의 실증으로 삼은 일을 긍정정인 시선으로 평가하고 있으며, 친구와 함께 선승의 문하를 드나들면서 가르침을 받았다. 이것을 단순히 고려 사회가 불교를 숭상했기 때문에 마지못해 따랐다거나 친구의 권유에 못 이겨 이루어진 행동으로 보기는 어렵다. 그런 교분이 이루어지고 서른 두 해가 지난 후에도 포은은 그 시절의 일들에 대해 그리움이 담긴 회상을 하고 있다. 더구나 강설(講說)한 내용을 읽으며 회상에 잠긴 그의 모습은 불교의 이치나 가르침에 대한 수용의 자세를 그대로 보여주는 것이다. 이런 자세에서 우리는 포은이 그것이 사상이든 종교든 자신과 다르다고 해서 일방적으로 매도하거나 극단적으로 비판하는 태도는 바람직하지 못하다고 생각했던 사실을 증명해준다.

포은은 칼날 위를 걷는 듯하던 고려 말기의 살벌한 정치 상황 속에서 지친 심신을 위로하고 마음의 평안을 얻을 수 있는 귀의처(歸依處)로서 불교의 교리를 인정해서 선찰(禪刹)의 의미를 수용하고 있다. 다음 시를 읽어보자.

靑靑長松樹	무성히 높이 자란 소나무 있어
生彼絶礀邊	저 멀리 산골짜기 물가에 살았네.
風來掀柯葉	바람 불면 가지 잎 들어올리고
聲作瑟瑟然	사락사락 소리를 일으키지.

---

20) 「題圓証國師語錄」, 『圃隱集』 권3, …… 因竊伏念 玄陵在位 特邀師于小雪山 張皇佛事 以爲太平之觀 今錄中所載 卽當日陞座所說也 憶 與先友金仲賢挾册從僧遊 師一見仲賢 愛重之 余亦因之數往謁焉 實至正丙申夏也 厥後玄陵損群臣 圓証下世 而吾仲賢亦已不幸矣 自丙申至今洪武丁卯 蓋三十又二年矣 今觀此錄 不覺悵然.

道人坐其下	도인이 그 아래 쉬어 앉아서
露脚濯淸泉	다리 걷고 맑은 샘에 발을 씻는구나.
下視濁世內	혼탁한 세상을 내려다보니
膏火正相煎	고화가 정녕 서로 달이고 있지.[21)]

절간(絶磵)이라 불리는 시승(詩僧)의 권자(卷子)에 붙인 이 시는 물론 시세계의 실상을 시로 묘사한 것이지만 평정과 조화를 갈구했던 포은 의 마음이 그대로 반영되어 있다. 무성하게 자란 소나무와 졸졸 흐르는 시냇물, 그리고 바람 따라 흔들리는 나뭇가지와 은은히 울려 퍼지는 산사(山寺)의 풍경 소리. 맑은 샘물에 발을 담그고 족욕(足浴)을 하고 있 는 도인(道人)은 선승(禪僧)이면서 포은 자신의 투영이기도 하다. 서로의 이익과 욕망을 충족시키기 위해 상대를 괴롭히고 또 자신을 학대하는 그런 혼탁한 세상이 아닌 도탄에 빠진 중생(衆生)을 구제하고 진정한 평화가 실현된 대천세계(大千世界)를 꿈꾸며 나가는 사람들이 사는 공간 을 포은은 찾고 있는 것이다.

이는 나라와 민족의 차이가 무조건 서로 적대할 이유가 아니라고 봤 던 포은의 넓은 세계관(世界觀)에서도 동일하게 적용된다. 이래 시는 외 교적 임무 때문에 고려에 왔던 영무(永茂)라는 일본(日本)의 승려에게 준 시다.

三韓佛敎正流行	삼한에는 불교가 참으로 유행하거늘
何用更求王舍城	어찌 다시 왕사성에서 구할까보냐.
萬里雲蹤無所托	만 리의 구름 자취는 의탁할 곳에 없고
五臺山色遠來迎	오대산의 경색이 멀리서 마중을 오네.

春深谷鳥同聲應	봄이 깊어 골짜기의 새소리가 어울리고
夜靜松風入夢淸	밤 고요해 솔바람이 꿈결 속인 양 맑구나.
不羨上人參法界	법계에 드는 스님이 부럽다 할 수는 없지만
筆端應得以詩鳴	붓끝에서는 응당 시 울림을 얻겠구나.[22]

포은이 살던 시대는 대륙에서는 중원을 지배했던 원(元)나라가 쇠퇴하고 신흥 명(明)나라가 들어서는 혼란이 거듭되고 있었고, 남쪽 해안에서는 왜구(倭寇)가 도처에서 출몰하여 주민들을 약탈하고 살상하는 참상이 거듭되고 있었다. 이런 험난한 시대 상황 속에서 그는 위기를 극복하기 위해서는 유연하고 탄력적으로 대처해야 할 필요를 누구보다 절감했다. 그러면서 그는 평화의 시대에는 유용하지만 위기 상황에서는 대처 능력이 떨어지는 제도로서의 유교의 한계를 잘 인식했다. 또 환란 속에서 갈 길을 몰라 방황하는 백성들에게 필요한 것은 미래에 대한 희망이며, 현실의 간난을 극복할 수 있는 정신적인 의지라는 사실도 깨달았다.

아울러 규범과 원칙을 중시하는 유교의 덕치(德治)가 소중한 이념이라는 소신에는 변함이 없지만 이익과 침략을 능사로 아는, 국가 사이의 알력과 부조리가 거세게 지배할 때는 자비보살행(慈悲菩薩行)을 가르치는 불교의 논리가 합리적이면서 현실적이라는 사실에도 주목했다. 한·중·일 세 나라가 종교로 신봉하는 불교의 가르침을 울타리로 삼아 서로의 이해관계를 풀어나간다면 왕사성이 인도에 있는 것이 아니라 바로 이곳에서 실현될 수 있다고 말한 대목이 여러 가지로 의미심장하다. 포은은 자리심(自利心)과 이타심(利他心)을 적절하게 구사하여 궁극의 화엄세계(華嚴世界)를 실현하려는 큰 구상을 했던 것은 아닐까 판단된다. 그런 세계 속에서는 중원(中原)이며 고려(高麗)며 왜(倭)라는 지역적인 차별도 없고, 화이

---

22) 「次牧隱先生詩韻 贈日東茂上人 時日本僧永茂欲遊五臺山」, 『圃隱集』 권2.

(華夷)의 대립적인 가치도 없어질 것이다. 말 그대로 깊은 봄날 새는 한가
롭게 지저귀고 솔바람 소리를 들으며 고침무우(高枕無憂)하는 평화로운
세상을 기대할 수 있다. 포은은 그런 역할을 불교에서 찾았다고 볼 수
있다. 이 사실을 두고 포은이 불교를 도구로 보았다는 식으로 평가절하
할 필요는 없다. 난세에 빛을 발하는 불교의 힘을 제대로 파악했다고
보는 것이 온당할 것이다.

다음 두 작품에서 우리는 정몽주가 불교에 대해 어떤 생각을 가졌는
지 단서를 포착할 수 있다.

<blockquote>

雲鎖寒松雪滿堂　　구름은 겨울 소나무를 싸고 눈은 절에 가득한데
上人飛錫向何方　　스님은 주장자 떨치며 어디로 갔는가.
淸談共幕禪窓燭　　선방에서 밤새도록 청담을 나누려 했더니
此計胡爲墮渺茫　　이 생각이 어찌하여 아득히 빗나갔나.[23]

秋山氣勢幾千層　　가을 산의 기세가 몇 천 층인데
孰與山中碧眼僧　　누가 산속의 벽안승과 어울릴까.
盡日上房無一事　　종일토록 상방에 일이 없으니
沙彌時復問傳燈　　사미승만 때때로 전등을 물어 오네.[24]

</blockquote>

첫 작품은 총상인(聰上人)을 만나러 산사에 갔는데 스님이 먼 길을
떠나 출타중인 바람에 만나지 못한 아쉬움을 노래한 것이고, 두 번째
작품은 빙산주지(氷山住持)에게 부친 시다.

추운 겨울날 험한 산길을 바투 올라간 것은 선승과 청담(淸談)을 나누
기 위해서였다. 물론 그 청담에는 물외한정(物外閑情)을 편안하게 나누

---

23) 「贈陽山聰上人」, 『圃隱集』 권2.
24) 「寄氷山住持」, 『圃隱集』 권2.

려는 뜻도 있었겠지만 혼란한 세로(世路)의 지침을 얻으려는 마음도 없
지는 않았을 것이다. 속세의 혼탁한 정세를 훌훌 털어버리고 중생제도
(衆生濟度)의 길이 어디에 있는지 들어보려는 심정이었을 것이다. 그런
데 길이 어긋나 버렸다. 진세(塵世)에서도 길이 어긋나 마음고생이 심했
는데, 출세간(出世間)의 세상에서도 일이 여의치 않았다. 그 답답한 심
정이 마지막 결구(結句)에 녹아있다. 포은이 느꼈던 '아득함(渺茫)'이란
것이 단지 한 사람을 만나지 못한 허탈감에서 나온 것이 아니라 어지러
운 세상에서 진정한 경국(經國)의 비책을 만나지 못한 불운에서 왔다는
생각이 들어 더욱 비장하게 다가온다.

두 번째 작품은 말 그대로 산사의 한가로움을 절묘하게 표현하고 있
다. 가을 산의 붉은 단풍 물결과 노승의 푸른 눈빛이 암암리에 대구(對句)
를 이루고 있는 구성도 흥미롭지만 일 없는 절 방에서 사미승이 묻는
전등(傳燈)의 질문이 있는 것이 또한 대조를 이루어 관심을 끈다. 청정한
가을 산에 진리를 찾는 승려의 눈빛은 형형(炯炯)하고, 무사(無事)한 가운
데 가장 빛나는 진리가 도사리고 있는 것이다. 두 실체가 대립하고 있는
듯이 보이지만 그 가운데에서 조화롭게 공존하는 오묘한 이치를 이 시는
보여주고 있다. 대립을 넘어 협력을 통한 문제의 해결이라는 포은 세계
관의 일면이 잘 드러난 작품이라고 할 수 있다.

또 다음과 같은 작품도 정몽주의 불교에 대한 깊은 이해와 함께 현실
을 두고 적절하게 비유하는 재치를 잘 보여준다.

松風江月接沖虛	송풍이며 강월이 공허한 데 닿았으니
正是山僧入定初	바로 이게 산승이 입정하는 처음이네.
可咲紛紛學道者	우스워라, 분분히 도를 배우는 사람이
色聲之外覓眞如	보고 듣는 밖에서 진여를 찾는구나.[25]

솔바람 소리가 울리고 강가에 달이 떠 있는 것은 지극히 보편적인 자연 현상이다. 언제 어디서나 조금만 관심을 기울여 살피면 눈에 띄는 일들이다. 포은은 바로 그러한 당연지사(當然之事) 안에 참된 진리가 숨어 있음을 간파했다. 평범함 속에 비범함이 있음을 깨닫는 과정이 바로 선정(禪定)의 본연의 이유라면 최상승(最上乘)의 입정(入定)조차 평범함의 극치가 아닐 수 없다. 어렵고 이해하기 힘들어야 진리인 줄 아는 사람은 결코 참된 진리를 찾을 수 없다. 그렇게 어렵다면 진리일 수 없기 때문이다.

이런 사실을 포은은 솔바람 소리와 강가에 뜬 달, 그리고 이것을 선정에 든 선승의 모습과 겹쳐 설명해준다. 그러면서 도(道)를 찾겠다면서 성색(聲色) 너머에서 방황하는 사람들의 어리석음을 탄식한다. 진여(眞如)여 세계가 어디에 있는지 간파한 사람이 아니라면 말하기 쉬운 과제가 아니다. 이 시는 단순히 망령된 행위로 세상을 어지럽히는 승가(僧家)의 태도를 비판하기 위해 지어졌다고 볼 수는 없다. 오히려 입으로는 경세제민(經世濟民)을 외치면서 사태를 더욱 어렵게 만드는 속세의 위정자나 위선적인 학자들에게 던지는 날카로운 일침(一針)일 것이다.

위에서 몇몇 작품을 통해 볼 수 있었던 것처럼 포은은 교조적인 유학자(儒學者)들과는 달리 불교에 대해 대단히 호의적이었으며, 불교에 대한 이해 역시 만만치 않았음을 확인할 수 있었다. 실제로 포은은 친불교적 유교지향성을 가졌던 것으로 확인되고 있다.[26] 이는 그가 많은 승려들과 교유했다는 사실과 문집 속에 승려들에게 남긴 시작품의 양이 적지 않다는 사실이 증명하고 있다.[27] 아마도 이러한 점 때문에 그는

---

25) 「贈僧」, 『圃隱集』 권2.
26) 이병도(李丙燾), 『한국유학사(韓國儒學史)』, 아세아문화사, 1987, 97~99쪽.

동시대의 과격한 반불주의자(反佛主義者)들과 원만치 못한 관계를 유지할 수밖에 없지 않았나 생각된다. 그러나 아래 시는 그가 승려들과 허물없는 친교를 유지했으면서도 유자로서의 자신의 본분을 항상 지키고 있었음을 보여주고 있다.

鉅細分萬殊	크고 작아 분분히 각기 다르나
粲然斯有理	찬연히 여기에 이치가 있나니.
處之苟臻極	머물기를 진실로 극진히 한다면
物我無表裏	물건과 나와는 어그러질 바 없네.
浮屠異於此	불가의 말은 이와 달라서
懸空譚妙旨	공을 내세워 묘한 뜻을 말하지.
一切歸幻妄	일체가 모두 환망 속으로 돌아가니
君父失所止	임금과 아비도 둘 곳을 잃게 되네.
自是千百年	이러고서 천백 년을 흘러왔으니
議論竟蜂起	의론이 마침내 벌떼처럼 일어났네.
上人虛心者	스님은 마음을 비워둔 사람이니
願與求正是	아무쪼록 더불어 바른 것을 구하시게.[28]

대뜸 첫 대목에서부터 하나의 이치에서 만 가지 물건이 생겨난다고 하는 성리학의 '이일분수설(理一分殊說)'[29]을 내세워 자신의 입장을 분명히 하고 있다. 이어서 마음의 단속을 극진히 한다면 물과 나의 차별상은 해소될 수 있는데 불가에서는 오히려 이것을 공의 개념과 결부시켜 마침내 묘지(妙旨)를 환망 속으로 몰고 간다고 냉혹한 비판을 가하고 있다.

---

27) 시(詩)가 22편이고, 문(文)이 2편이다.

28) 「幼菴卷子」, 『圃隱集』 권2.

29) 성리학상의 '이일분수설(理一分殊說)'에 대해서는 장덕순의 「性理學의 '理一分殊說」 (서울대학교 대학원, 1988년)을 참고하기 바란다.

성리학이 궁극적으로 불가의 이론과 대결하여 우세한 위치를 차지할 수 있었던 요인이 불가의 사회윤리(社會倫理)의 부재를 논박하여 사회적 실천성을 강조한 데 있었다는 설명[30]의 한 실현태를 여기서도 발견할 수 있다. 이와 같은 '무군무부(無君無父)'의 패덕을 지적하면서 불가의 논리가 오랜 세월을 횡행하는 동안 생긴 폐단 때문에 끝내 성리학과 같은 대체논리가 나올 수밖에 없었음을 강조하여 자기 학문의 정당성을 주장했다. 그리고는 환암의 넓은 도량으로 바른 길을 찾기를 권유하면서 자신의 논지의 핵심을 밝혔다. 정몽주의 성리학의 학리에 대한 이해가 범상치 않음을 느끼게 된다. 또 한편 대단히 완강하게 자신의 신념을 진술하면서도 전혀 과격성을 찾아볼 수 없는 문맥을 통해 그의 심성도야의 경지도 아울러 발견할 수 있다는 측면도 찾아진다.

4. 끝맺는 말

고려 말기 신진사대부들이 남긴 문학작품을 분석하여 이를 토대로 그들의 문학정신과 인생관·자연관·정치철학 등 광범위하게 펼쳐져 있는 정신사(精神史)를 구현하는 작업은 대단히 중요한 과제가 아닐 수 없다. 고려말기가 한국사에 있어서 커다란 변혁기였다는 사실 때문에 더욱 흥미진진하고 뜻 깊은 작업이라 생각된다. 왕조교체기이자 사상적으로 유불교체기라고 해도 무방할 만큼 여말(麗末)은 그 파란의 폭과 높이가 범상치 않았고, 이런 시대를 살면서 굵직한 족적을 남긴 인물 중 한 사람이 바로 정몽주였다. 아쉽게도 그의 사상의 전모를 확인할만한 저작이 없어 그의 명성에 어울리는 학술적인 논고를 마련할 수 없지

---

30) 윤사순, 전게논문, 38쪽.

만, 대신 그가 남긴 시문학 작품들을 체계적으로 정리함으로써 이를
보완할 수 있을 것이다.

포은 정몽주는 자신의 성리학적 세계관을 보여주는 일련의 작품을
통해 이론을 실제 생활에서 구현하려는 실천적 자세를 보여주었다. 부패
한 불가의 폐해를 극복할 논리로서 성리학의 위민정신(爲民精神)을 고양
할 필요성을 주장하고 내우외환에 시달리는 백성의 고통을 함께 아파하
는 여민동락(與民同樂)의 정치관이 노정되어 있었다. 또한 힘써 익힌 이념
을 백성들을 위해 베풀 것을 간곡하게 부탁하기도 하고 수기를 통해 치인
으로 나가는 치자로서의 올바른 자세를 제안하기도 하였다.

또 망국의 폐해를 드러냈던 불교의 실상만 두고 반불(反佛)의 논리에
함몰되었던 유학자들의 태도에 대해서도 그는 우려의 목소리를 내기도
했다. 유교든 불교든 초심(初心)을 잃고 사욕에 빠지면 세상은 혼란에서
벗어날 수 없으며, 결국 진정한 평화와 안정은 반목이 아니라 화합을
통해서 이루어질 수 있음을 역설했다. 포은은 이런 그의 생각을 시문(詩
文)을 통해 우리에게 들려주었다. 포은 정몽주가 여말선초라는 난세를
살면서도 누구보다 균형 잡힌 사고와 원숙한 안목을 지니며 시대가 자
신에게 부여한 임무를 충실히 수행할 수 있었던 이유를 우리는 이런
그의 유불(儒佛)에 대한 심오한 이해와 그 이해를 바탕으로 전개했던
경륜(經綸)에서 찾을 수 있을 것이다.

西浦 金萬重의 한시와 산문에 대하여

1. 시작하는 말

　한글 장편 소설인『구운몽(九雲夢)』과『사씨남정기(謝氏南征記)』를 쓴 조선 중기 때의 문인 김만중(金萬重, 1637~1692)의 이름을 모르는 사람은 거의 없을 것이다. 김만중은 한글소설을 창작해서 우리나라 소설문학사의 흐름과 발전에 지워지지 않을 발자취를 남겼지만, 한편『서포만필(西浦漫筆)』이라는 저술을 통해 자신의 문학관과 당대까지 이루어진 방대한 문헌학적인 지식과 정보를 정리하고 해석하면서 우리 한글 문학의 가치와 잠재력을 널리 알리는 데에도 크게 기여했다. 또한 그는 상당량의 한시와 산문 작품도 남겼는데, 이들 성과는 10권으로 편찬된『서포집(西浦集)』에 모두 수록되어 있다.

　김만중은 태어나기 전해에 터진 병자호란 때 아버지 김익겸(金益兼, 1614~1636)이 순절했기 때문에 유복자로 성장했다. 어머니 윤씨(尹氏)는 궁색한 살림을 살면서도 첫째 김만기(金萬基, 1633~1687)와 김만중 등 두 자식의 교육을 위해 필요한 서책이라면 값을 아끼지 않고 구해 주었고, 이웃에 사는 관리를 통해 책을 빌려 손수 필사해 교본을 만들어 학문에 힘쓸 수 있도록 최선을 다했다. 이런 어머니의 열성적이고 체계적인 교육 덕분에 김만중은 어릴 때부터 남부럽지 않은 학문 소양을 갖출 수 있었다. 김만중은 서인(西人)과 남인(南人)의 권력투쟁 속에서 생애 세 차례에 걸쳐 변방과 절도(絶島)에서 유배 생활을 했고, 결국 경상도 남해에서 유배 중에 별세했지만, 형인 김만기의 딸이 숙종의 원비(元妃, 仁敬王后)로 출가하여 외척의 한 사람으로서 든든한 후광을 입었다. 또 당시 정권을 장악했던 서인 노론(老論) 출신이라는 정치적 배경 때문에 순탄한 관직 생활을 유지할 수 있었다.

　그러나 그는 이런 외적인 조건에 안주하지 않고 항상 문학적·정치적 긴장과 비판 의식을 견지했다. 그는 평생 신중한 처신과 정확한 현실 인식, 상대방의 의견을 경청하면서도 옳고 그름에 대한 확신을 가지면서 굽히지 않는 지사적 태도를 견지했었던 것이다. 이런 여러 가지 요소들은 그대로 그의 삶에서 구현되었고, 동시에 문학에도 반영되었다.

　본고는 김만중이 썼던 시문(詩文)을 집대성한 『서포집』 10권에 실린 글들의 성격을 개괄하려는 목적으로 쓰였다. 필자는 남해군 문화원의 의뢰를 받아 『서포집』을 번역할 기회를 얻었고,[1] 번역 과정에서 김만중의 시문에 대해 처음으로 전모를 살펴볼 수 있었다. 본고는 그렇게 번역을 마친 뒤 필자가 느낀 김만중의 시문에 대한 생각들을 몇 가지 정리한 것이다.

2. 김만중의 한시가 지닌 몇 가지 양상

　김만중의 한시는 『서포집』 권1에서 권6에 걸쳐 실려 있다. 고체시(古體詩)에서 근체시(近體詩)로 형식에 따라 각권은 분류되고, 같은 형식에서는 창작된 순서에 따라 배열되어 있다. 김만중의 한시는 제목으로

---

1) 임종욱 옮김, 『서포집(西浦集)』 1권 시(詩) / 2권 산문(散文), 남해문화원, 2010년.

따질 때 229편, 작품수로 따지면 총 367수가 된다. 이를 각권으로 나눠 정리하면 아래와 같다.

권1 : 오언고시(五言古詩) 34편 68수
권2 : 칠언고시(七言古詩) 27편 33수
권3 : 오언율시(五言律詩) 59편(排律 포함) 85수
권4 : 칠언율시(七言律詩) 57편 70수
권5 : 오언절구(五言絕句) 10편 22수
권6 : 칠언절구(七言絕句) 42편 89수

229편 367수는 작품량으로 보면 많은 양이라고 할 수는 없다. 그러나 그의 시는 장편고시(長篇古詩)가 많다는 점(「단천절부시」는 212구에 이르고, 「차비파행운」은 86구로 되어 있다.)을 고려하면 절대량은 더 크다고 할 수 있다. 또 산문에서 서(書, 편지글)가 한 편도 없다는 점을 생각하면 시사(時事)와 관련 있는 한시가 문집 편찬 때 빠졌을 가능성도 배제하기 어렵다.(한 예로 牧隱 李穡의 경우 『牧隱集』에 실린 한시는 6천여 수가 넘지만 그의 정치적 활동이 가장 활발했던 공민왕 시기나 麗末鮮初 때의 작품은 거의 누락되어 있다.)

또 그는 비교적 정격한시(正格漢詩)를 많이 지었던 것으로 보이고, 사부(辭賦) 작품이 한 편도 없다는 점도 애석한 일이다.

이런 몇 가지 객관적인 사실을 바탕으로 그의 시에 보이는 특성들을 살펴보겠다.

1) 죽음을 대면하는 방식

태어나기 전에 아버지를 잃은 김만중은 어쩌면 평생 죽음의 문제와

대면하면서 살았다고 볼 수도 있다. 죽음은 상실(喪失)이었고 결핍이면 서 자신을 구축하고 있는 세계의 일부가 훼손되는 아픔이기도 하다. 그의 대표작인『구운몽』이 결국 삶의 무상성(無常性)을 탐구했다는 사실도, 이런 죽음에 대한 진지한 성찰과 한계에서 빚어진 결과가 아닐까 여겨지기도 한다.

그런 그의 심리가 반영된 탓인지『서포집』에는 만사(挽詞)가 대단히 많다. 편수로만 헤아려도 48편에 이르고, 제문(祭文)도 11편이 된다.(이 가운데 2편은 祈雨祭文이다.) 229편의 한시 가운데 48편이면 2할을 넘는 양이다. 또 그 대상도 군주나 왕후에서 동료, 선배, 내실(內室, 남의 아 내), 후학에 이르기까지 다양하다. 어떤 일을 당해 짓는 행사시(行事詩) 가 문인의 관례라는 점을 고려하더라도 그가 이런 만시 창작에 적극적 이었음을 알 수 있다. 즉 그에게는 타인의 죽음이 남의 일로 느껴지지 않았던 것이다. 이런 만사를 통해서 김만중은 어떤 감정을 드러냈던 것일까?

아래 작품에는 나이로는 연배가 높지만, 자신의 기량을 미처 발휘하 기도 전에 죽은 한 문관(文官)에 대한 그의 생각이 담겨 있다.

婉婉曲江會	느릿느릿 강물이 감아들어 만나는 곳에
憐君最少年	가엾구나 그대여 아직 한창 나이가 아닌가.
靑萍方出匣	청평2)은 바야흐로 칼집에서 나오려 하고
綠駬待揮鞭	녹이3)는 채찍 휘두르기를 기다리네.
英妙鬼神忌	영령하고 오묘해 귀신도 꺼려하고

2) 청평(靑萍) : 청평(靑萍). 옛 보검(寶劍) 이름. [文選·陳琳 答東阿王箋] 君侯體高世之 才 秉青萍·干將之器.
3) 녹이(綠駬) : 녹이(騄耳). 명마(名馬) 이름. 주목왕(周穆王)이 기른 팔준마(八駿馬)의 하나. [竹書紀年 卷下] 周穆王八年春 北唐來賓 獻一騄馬 是生騄耳.

凋零吾黨偏	시들고 영락하기는 우리 무리에서도 심했지.
脩文多舊侶	문장을 닦아 오랜 벗들이 많았고
掛劍摠新阡	칼을 걸어두니 새 묘지⁴⁾에 있네.
名譽髫齡早	명예는 어린 나이 때 일찍이 알려졌고
家聲諫疏傳	집안 명성은 간언하는 상소로 전해졌지.
傷心臺上柏	누대 위 잣나무를 보며 가슴 아프니
秋氣日蕭然	가을 기운도 날마다 쓸쓸해지네.⁵⁾

홍억(洪億, 1615~?)은 자가 중다(仲多)고, 본관은 남양이다. 그에 대한 행적은 별달리 알려진 것은 없지만, 1665년 51살이라는 뒤늦은 나이로 정시(庭試) 병과(丙科) 6위로 급제했다는 점과 정5품에 해당하는 사헌부 (司憲府) 지평이 마지막 관력(官歷)인 점을 고려하면 큰 뜻을 미처 다 펴지 못하고 죽었음을 짐작하게 한다.

이 만사에서 김만중은 죽은 이가 일찍부터 명성이 높았고 재능이 출중했음을 강조하고 있다. 그런 사람이 일찍 발탁되지 못하고 영락해 지내다가 51살이라는 나이에 과거에 급제하여 관료로 나온 것에 대한 안타까움을 김만중은 거듭 지적하고 있다. 그리고 그런 인재의 갑작스런 죽음은 한 개인의 불행이 아니라 시대의 손실임을 간절하게 느꼈다.

이 작품은 물론 인재의 죽음에 대한 애도하는 심정이 바탕에 깔려 있지만, 다른 한편으로 김만중 자신의 삶과 이력이 투영되어 있는 사실도 놓칠 수 없다. 김만중은 누구보다 자신의 삶을 신중하게 살아왔던 것으로 보인다. '과부의 자식'이라는 비난을 받지 않도록 하라는 어머니

---

4) 새 묘지[新阡] : 신천(新阡)은 새로 만든 묘도(墓道). [崔融·韋長史挽詞] 京兆新阡闢 扶陽甲第空.

5) 김만중, 「지평 홍중다 만사 6운. 이름은 억이다(洪持平仲多挽詞六韻 名億)」, 『서포집』 권3.

의 충고와 외척으로서 남의 주목을 받는 자리에 있다는 여건도 작용했겠지만 당파 간 알력이 심한 정계에서 관료로 살아가는 일이 항상 변수와 굴곡의 연속임을 그는 누구보다 잘 알고 있었다. 제 뜻을 다 펴지 못하고 죽은 망자처럼 자신 역시 어떤 변고를 당해 나락의 길로 들어설지 종잡을 수 없었을 것이다.

그런 정치적 불안감과 현실의 부조리함에 대한 인식이 이 작품을 더욱 우울한 분위기로 몰고간다. 본의 아니게 위축된 삶을 살았던 홍억의 죽음을 통해 자신의 현실적 삶에 대해 반추하게 되었던 것이다. 그가 자신에게 내려진 관직에 대해 항상 사직상소로서 이를 거절했던 의식의 저변에도 이런 심리가 적지 않게 작용했을 것이다. 그런 점에서 38살 때 있었던 금성(金城) 유배나 51살 때 있었던 선천(宣川) 유배보다는 생애 마지막에 겪은 남해(南海) 유배가 심리적으로 홀가분했을 가능성이 높아 보인다. 앞선 두 차례의 유배 때와는 달리 남해 유배는 그로 하여금 일체의 정치적 변수나 굴곡에서 벗어난, 그리하여 욕망을 다 떨치고 달관과 해탈의 공간으로 들어선 정신적 해방감을 제공했을 듯하기 때문이다.

다음에 볼 작품은 이사명(李師命, 1647~1689) 부인의 죽음을 애도하면서 지은 작품이다. 이사명은 김만중의 사위인 이이명(李頤命, 1658~1722)의 사촌동생이기도 했다.

鷄鳴士女警	닭이 울자 선비의 부인은 일어나
促織伴唔咿	철커덕거리며[6] 베틀 일을 재촉하네.
歲荒甘旨艱	시절이 흉년이라 좋은 음식 장만이 어려웠지만

---

6) 철커덕거리며[唔咿] : 오이(唔咿)는 책을 읽을 때 내는 소리를 형용하는 말. 여기서는 베틀 소리를 비유한다.

入廚不唅唅	부엌에 들어가도 탄식[7]은 하지 않았네.
仲卿豈長貧	중경[8]이 어찌 항상 가난했겠으며
年命苦參差	사람 수명이 들고남이 있어 괴롭구나.
蚌珠纔吐光	방주[9]에서 막 빛이 쏟아지려는데
蘭蕙忽已萎	난초와 혜초는 홀연 벌써 시들었네.
他年夫子貴	나중에 그대가 귀하게 되면
兒女各有歸	딸아이들도 각자 시집을 가겠지.
逝者差可慰	떠난 사람을 위로할 방법도 없지만
生者足酸悲	산 사람도 괴롭고 슬프겠구나.
疇昔門闌盛	옛날에 문란[10]이 흥성했을 때는
尊舅在堂時	집안 어르신도 집에 계셨었지.
佳兒與佳婦	훌륭한 자식과 그 배필들이
羅列玉樹枝	귀한 나무[11]의 가지처럼 벌였었네.
歲月曾幾何	세월은 그 얼마나 흘렀는가
人間萬事非	인간사 모든 일이 다 글렀네.
秋風會賢里	가을바람은 현리로 불어오는데
舊客爲躕躇	오랜 나그네는 머뭇거리네.
弱息托高門	연약한 자식은 좋은 집안에 맡겼으니

---

7) 탄식[唅唅] : 자자(唅唅)는 탄식(歎息)하거나 탄식하면서 내는 소리. [韓愈·嗟哉董生
行] 父母不慼慼 妻子不唅唅.

8) 중경(仲卿) : 후한 말기 때 지어진 악부시(樂府詩) 「공작동남비(孔雀東南飛)」에 나오는
여강(廬江) 사람 초중경(焦仲卿, ?~?)을 가리킨다. 초중경은 건안(建安) 연간에 군소리
(郡小吏)를 지냈다. 아내 유란지(劉蘭芝)가 어진 덕행이 있었지만 시어머니에게는 포용
을 받지 못하자 어쩔 수 없이 잠시 처가에 가 있도록 했다. 유씨는 다시 시집가지 않겠다
는 맹서를 했지만 집안에서 개가(改嫁)를 종용하자 결국 물에 빠져 죽었다. 초중경이
소식을 듣고 또한 스스로 뜰에 있는 나무에 목을 매 죽었다.

9) 방주(蚌珠) : 조개가 생산한 진주(珍珠).

10) 문란(門闌) : 권문세가(權門勢家).

11) 귀한 나무[玉樹] : 옥수(玉樹)는 훌륭하고 늠름한 자제(子弟)를 대신 부르는 말.

冢婦以爲師	총부[12]는 스승이 될 만했지.
怡愉未渠央	즐거움과 기쁨을 아직 다하지 못했는데
零落乃如斯	이렇듯 시들어 버렸구나.
白江逝悠悠	흰 강물은 서서히 흘러가고
孤墳水之湄	외로운 무덤은 강가에 자리했네.
遙知潘安仁	멀리서도 알겠네 반안인[13]이
定有悼亡詩	아내를 그리는 시를 지을 것을.[14]

시의 내용으로 볼 때 이사명의 부인은 전형적인 현모양처의 모습을 보여주고 있다. 남편과 시부모를 성심으로 공경하며 모셨고, 어려운 살림살이에도 실망하지 않으면서 주부로서의 역할에 그녀는 전념했다. 또 아이들을 잘 키워 아들 딸 모두 나라에 필요한 인재가 되고 출가해서는 어머니 못지않은 배필이 될 것이라면서 김만중은 칭찬을 아끼지 않는다.

그러나 현실은 그런 기대를 저버리고 갑작스런 죽음이 닥쳐오게 된다. 어려운 집안 살림을 잘 이끌어 이제 즐거움과 기쁨으로 여생을 보내야 할 시기에 그녀의 인생은 스러져버린 것이다. 옛날 중국의 반악(潘岳)이 그랬던 것처럼 남편 이사명 또한 죽은 아내를 그리워하는 「도망시(悼亡詩)」를 지을 것이라는 말에서 그녀가 인덕(仁德)을 두루 갖추었고, 부부 사이의 금슬 역시 간곡했을 것임을 짐작하게 만든다. 훌륭한 덕성을 갖추고 집안을 이끌었던 어진 여성에 대한 김만중의 애도하는

---

12) 총부(冢婦) : 장파(長派), 곧 종가(宗家)의 적장자손(嫡長子孫)의 부인. 종부(宗婦).
13) 반안인(潘安仁) : 반악(潘岳, 247~300). 서진(西晉) 형양(滎陽) 중모(中牟) 사람으로, 자는 안인(安仁)이다. 어릴 때부터 신동이라 불렸고, 또 기동(奇童)이라는 소리를 들었다. 아내의 죽음을 겪고 지은 「도망시」 3수는 진정이 넘쳐흘렀고, 당시 수사주의적 문학에 하나의 전기를 마련해 주었다.
14) 김만중, 「진사 이사명1) 부인의 죽음을 애도하면서(李進士師命室內挽)」, 『서포집』 권1.

마음이 애절하게 그려진 작품이다.

그런데 우리는 이 작품에서 문득 김만중의 어머니인 윤씨 부인의 모습을 발견하게 된다. 젊은 나이에 남편을 잃고 어려움 속에서도 가정을 이끌고 자식을 훌륭하게 길러낸 어머니의 삶이 진정 행복하다고 할 수는 없을 것이다. 그런 고난과 역경 속에서도 어머니 윤씨 부인은 아내로서 어머니로서의 역할을 충심을 다해 이루어냈다. 평생 죽은 남편을 그리워하고 그 분신인 아이들의 교육에 열성을 다했던 윤씨 부인의 삶은 이사명의 죽은 부인과 조금도 다르지 않다. 아니 어쩌면 먼저 죽어 남편의 애도와 그리움의 대상이 된 이사명의 부인이 자신의 어머니 윤씨보다 더 행복할 수도 있음을 김만중은 은연중에 느끼고 있다. 누구보다 가까이서 어머니의 고투를 목격했던 김만중이기에 현숙한 부인의 죽음 앞에서 고귀한 희생으로 일관한 어머니의 생애가 겹쳐지는 것은 당연한 일일 것이다.

물론 김만중이 썼던 모든 만사들이 자신과 가족의 삶으로 투영되지는 않았을 것이다. 그러나 김만중은 타인의 죽음에 대해 관례적인 애도와 상투적인 조사(弔詞)로 일반화시키지는 않았다. 그것은 자신의 뼈와 살 속으로 스며드는 고통으로 승화된다. 그렇기 때문에 만사는 더욱 진정성을 갖게 되고, 한편으로 자기 내면에서 재창조되는 것이다. 자의식이 강했던 김만중의 성격이 만사를 통해서도 잘 표출되었다고 말할 수 있을 것이다.

2) 어머니에 대한 연민과 가족애의 분출

집안의 기둥이 되어야 아버지가 존재하지 않는 가정은 아무리 좋게 미화해도 불행할 수밖에 없다. 그것은 자식들의 불행이면서 남편이 없는 여성의 불행이기도 하다. 김만중은 어머니가 별세한 뒤 그녀를 그리워하면서 어머니의 삶을 정리한 「선비 정경부인 행장」을 썼다. 그 글을 읽노라면 김만중이 얼마나 어머니를 존경했고 사랑했으며, 동시에 연민의 정이 사무쳤는지 피부에 와 닿는다. 그런 어머니에 대한 깊은 애정이 그의 한시에 드러나는 것은 어쩌면 당연한 일인지도 모른다.

한편 김만중의 유일한 동기였던 형 김만기에 대한 각별한 마음 또한 간과할 수 없다. 전란의 와중에 아버지를 여의고 홀로 된 어머니를 봉양하는 한편 갓 태어난 동생까지 챙겨야 했던 형 김만기의 삶은 어머니 윤씨나 동생 김만중보다 훨씬 신산의 세월이었을 것이다. 어린 나이에 가장이 된 그는 어떤 세파가 닥쳐와도 눈물을 보이거나 약해질 수 없었을 것이다. 나중에 그의 딸이 숙종의 비가 되어 국구(國舅)로 부귀영화를 누리게 되지만, 어린 나이로 후사도 없이 딸은 죽게 되고 자신은 정쟁의 와중에 휩쓸리지 않을 수 없게 된다. 그런 형의 모습은 다섯 살 터울이었던 동생 김만중의 눈에는 어떻게 인식되었을까? 김만중은 형이 죽고 난 뒤 그가 남긴 시문을 모아 정리해 『서석집(瑞石集)』을 편찬하면서 발문(跋文)을 통해 형 김만기의 정신세계와 자신의 추모하는 마음을 담아내기도 했다.

다른 글에도 보이지만 어머니 윤씨와 형 김만기, 동생 김만중 세 사람은 한평생을 서로 의지하고 위로하며 격려하면서 남다른 가족애를 보여주었다. 그런 결속감과 유대감은 여느 가정의 그것과는 또 다른 질감으로 이어졌다. 김만중의 한시에는 이런 어머니와 형에 대한 애틋한 가족애가 잘 그려져 있다

아래 작품은 김만중이 선천으로 유배를 간 뒤 맞은 어머니의 생일날에 지은 것이다.

去年今日侍萱堂　　지난 해 오늘에는 어머님을 모시고

兄弟聯翩捧壽觴　　형제들 모여 장수를 바라는 술잔을 올렸지.

一落塞垣音信斷　　한 번 변방에 떨어져 소식조차 끊겼으니

蘆山新塚已秋霜　　노산[15]의 새 무덤엔 어느새 가을 서리 내렸겠
　　　　　　　　　네.(1)

人間倚伏莽難推　　인간 세상 재앙과 복[16]은 막막해 헤아리기 어려
　　　　　　　　　우니

歌哭悲歡只一朞　　노래와 울음, 슬픔과 즐거움이 한 해 안에 일어
　　　　　　　　　났네.

遙想北堂思子淚　　북당에서 어머님은 아들 생각에 울고 계시려니

半緣死別半生離　　반은 사별 때문이고 반은 생이별 때문.[17](2)

塞門殘月半窓明　　변방에 지는 달이 겨우 창가를 밝히는데

萬事關心睡不成　　온갖 일에 얽힌 마음 쉬 잠들지 못하네.

夜夜林烏聽未了　　밤마다 숲 까마귀 소리 그치질 않으니

更堪雲外斷鴻聲　　구름 너머 기러기 소리를 어찌 견디리오.[18](3)

김만중에게는 9월 25일에 지은 시가 여러 편 있다. 김만중은 특별한
일이 없으면 항상 어머니를 곁에서 모시면서 봉양했다. 장성하여 분가

---

15) 노산(蘆山) : 경기도 광주(廣州) 노치면(蘆時面, 지금의 군포시 대야미동) 일대. 이곳에
　　선영이 있었는데, 형 김만기(金萬基, 1633~1687)의 무덤도 이곳에 있었다. 형 김만기는
　　이 해(1687) 3월 별세했다.

16) 재앙과 복[倚伏] : 의복(倚伏)은 화복(禍福)이 서로 원인이 되어 상호 의존하면서 전화
　　(轉化)하는 것을 일컫는 말. 의(倚)는 의탁(依托)이고, 복(伏)은 은장(隱藏)이다.

17) 사별은 형 김만기가 죽어 헤어진 아픔을 말하고, 생이별은 그가 유배를 감으로써 헤어
　　지는 아픔을 말한 것이다.

18) 김만중, 「구월 이십오 일에 유배지에서 짓노라 3수(九月二十五日謫中作), 『서포집』
　　권6.

하고 난 뒤에도 어머니를 찾아뵙고 문안을 여쭙는 일을 게을리 하지 않았다. 그가 젊어서 어사(御史)로 지방을 내려간 일 외에 지방관을 역임하지 않은 것도 어머니를 홀로 두는 일이 마음에 걸렸기 때문도 한 이유였을 것이다. 그러나 예외적인 이별이 있었으니, 바로 유배라는 사건이었다. 앞서도 말한 것처럼 김만중은 일생동안 세 번 유배 생활을 했다. 마지막 유배 생활은 그의 죽음으로 끝났고, 유배 중에 어머니가 세상을 떠나는 참담한 일도 겪었다.

위의 시는 유배를 당해 어머니의 생일을 맞아 곁에 있지 못하는 죄스런 마음과 그 해 봄에 형이 세상을 떠나 더욱 쓸쓸하고 고통스러울 어머니의 심정을 생생하게 그리고 있다. 아버지의 죽음 이후 또 다시 겪는 혈육의 죽음 앞에 그는 아무런 위로도 할 수 없는 처지에 놓이고 말았다. 한해 전에 생일날 모여 장수를 비는 술잔을 올리던 일이 이제는 아득한 먼 옛날의 자취가 되어버렸다. 어머니의 사별과 생이별 경험은 곧 김만중 자신이 당하는 사별이자 생이별이었다. 고적한 어머니가 계시는 북당과 차가운 땅 아래 누워있을 형님의 무덤가 어디에도 있지 못하고, 아득한 변방의 땅에서 몸을 뒤척이며 잠들지 못하는 김만중의 마음은 처절하기만 했을 것이다.

3) 불교 소재 한시들의 정서

김만중은 불교에 대해 상당히 우호적이었다. 그는 척불(斥佛)의 논리를 담은 글을 남기지도 않았고, 오히려 불교에 대한 깊은 이해와 공감을 보여주는 글이 눈에 많이 띤다. 이런 사실은 꼭 『서포집』에 실린 한시뿐만 아니라 그의 사상을 총 정리했다고 할 수 있는『서포만필』에서 더욱 역력하게 확인할 수 있다.

김만중이 불교에 대해 호의를 가졌고, 깊은 이해를 얻게 된 계기는 물론 그의 내면적이고 학구적인 자세에서도 비롯되었겠지만, 아무래도 어머니 윤씨의 영향도 무시할 수는 없을 것이다. 어머니 윤씨가 불교를 믿었는지에 대해서는 특별한 기록은 없다. 그러나 젊어서 홀로 되어 평생 수절하며 살았던 어머니 윤씨가 그 외롭고 고단한 심신을 기댈 수 있는 공간으로 불교가 떠오르는 것은 당연한 일로 보인다. 비명에 죽은 남편의 극락왕생을 기원하면서 두 아들이 씩씩하게 장성하기를 기원하는 어머니의 마음은 그녀의 발길을 자연스럽게 한양 인근 사찰로 이끌었을 것이다. 『서포집』에 승가사(僧伽寺)나 중흥사(中興寺) 같은 한양 주변 사찰이 등장하는 것도, 단순히 그가 유람의 일환으로 산사를 찾은 탓만은 아닐 것이다. 특히 선천과 남해에서 고통스런 유배 생활을 할 때 그를 위로하고 허심탄회하게 대화를 나눈 상대는 바로 승려들이었다. 『구운몽』이 결국은 불교적 무상관을 반영하면서 궁극적인 깨달음의 세계로 이끈 주체 역시 육관대사 같은 대덕(大德)들이다.

이런 김만중의 정서를 대변하듯이 그에게는 적지 않은 불교 관련 한시들이 전한다. 그 가운데 몇 편을 읽어보기로 하자.

첫 번째 작품은 중양절(重陽節) 날 중흥사에 가서 지은 것이다.

萬木絢紅葉	나무마다 붉은 잎을 둘렀는데
祇園淨素秋	가람은 밝고 깨끗한 가을일세.
入門淸磬發	산문을 들어서니 맑은 풍경소리 들리고
移席白雲留	자리를 옮기니 흰 구름이 머무는구나.
塔聳天應逼	탑은 우뚝하여 하늘은 응당 가까워졌고
泉鳴境轉幽	샘물소리 울려 지경은 더욱 그윽해졌네.
醉來從落帽	취한 뒤에 비록 모자를 떨어뜨리더라도
風急莫深愁	바람이 빠른 것이니 어찌 깊이 근심하겠는가.[19]

중양절은 음력 9월 9일로, 지금으로 따지면 추석(秋夕)에 해당하는 명절이다. 가을 날 산사의 아름다운 경치와 흥치가 잘 담긴 작품이다. 무엇보다 대구(對句)가 적절해서 그의 남다른 한시 소양도 알게 해준다. 산사에 들어서자 풍경소리가 맑게 울리고, 자리를 옮기니 구름이 따라온다는 비유에는 산사의 유유자적한 정취가 생동감 있게 그려져 있다. 마지막 미련(尾聯)에는 중양절을 대표하는 고사가 나와 흥미를 끈다.

중국 진(晉)나라 때 환온(桓溫)이 음력 9월 9일에 용산(龍山)에 올라 연회를 베풀었다. 그 자리에 맹가(孟嘉)도 참석했는데, 술에 취해 바람에 모자가 날려 떨어지는 것도 알지 못했다. 그러자 환온이 손성(孫盛)에게 그를 놀리는 시를 짓게 했는데, 그 시에 답한 맹가의 시가 매우 아름다웠다고 한다. 이 고사를 살짝 비틀어 바람이 거세 모자가 떨어진 것인데 무엇 때문에 걱정하느냐면서 탈속을 지향하고픈 심경을 담고 있다.

이어지는 작품은 각화사에서 지은 것이다.

手栽叢菊繞階斜	손수 심은 국화 떨기가 섬돌을 비껴 둘렀는데
花欲開時不在家	꽃이 피려는 할 때에는 집에 있지를 못하네.
贏得游人歸思切	떠도는 사람이 되어 고향 갈 생각 간절한데
禪房霜後數枝花	선방에서는 이슬 내린 뒤 몇 송이가 피었구나.[20]

각화사(覺華寺)는 경북 봉화군 춘양면 석현리 태백산에 있는 사찰이다. 물론 이 시에 나오는 각화사가 그곳인지는 분명하지 않다. 김만중의 생애를 더듬어 확인해 볼 일이다. 김만중은 1671년에 암행어사로 신정(申晸), 이계(李稽), 조위봉(趙威鳳) 등과 함께 경기 및 삼남지방의

---

19) 김만중, 「구월 구일에 중흥사에서 짓노라(九月九日 重興寺作)」, 『서포집』, 권3.

20) 김만중, 「각화사에서 국화를 보고는(覺華寺見菊花)」, 『서포집』, 권6.

진정득실(賑政得失)을 조사하기 위해 파견되었는데, 이때 각화사를 찾았을 수도 있다.

이 시에서 그는 타향살이의 쓸쓸함과 고향으로 돌아가고 싶은 마음을 진솔하게 그려내고 있다. 김만중은 일생이 그렇게 평탄하지 못했다. 정쟁에 휘말려 여러 차례 유배 생활을 치렀고, 결국 머나먼 해도(海島) 남해 섬에서 유배의 삶을 살다가 세상을 등지고 말았다. 이 시는 그런 고단한 그의 삶의 한 편린이 잘 드러나 있다. 직접 심은 국화꽃이 꽃망울을 터뜨렸는데도 그는 여전히 타향 땅에 살고 있다. 중양절이 되면 타향에 있던 사람도 귀향하는 것이 풍습이었다. 그러나 그는 고향에 가지 못하고 대신 산사를 찾았다. 그리고 자신이 심은 국화를 보면서 고향을 그리는 마음을 달래는 것이다.

다음 시는 성격이 조금 다르다.

曠野草如積   너른 들판에 풀은 우거졌는데
禪宮有廢基   선사(禪寺)는 무너져 터전만 남았네.
時看行路客   때로 지나가던 나그네가 보고는
下馬讀殘碑   말에서 내려 쓰러진 비문을 읽어보네.(1)

水雲澹落日   물과 구름은 노을 속에 담담하고
秋草埋殘碑   가을 풀 아래 쓰러진 비는 묻혀 있네.
至今弘慶寺   지금까지 홍경사에는
唯有白家詩   오직 백가의 시만 남았구려.[21](2)

두 수로 된 이 시에는 조선시대 불교가 배척을 당하면서 벌어진 사태가 은연중에 드러나 있다. 홍경사는 충남 천안시 성환면 대홍리에 있는

---

21) 김만중, 「홍경사 비석을 보고(弘慶寺碑)」, 『서포집』 권5.

사찰인데, 국보 28호로 지정된 봉선홍경사갈(奉先弘慶寺碣)이 있다. 김
만중 당시에는 절도 폐사되고 비석만 땅에 반쯤 묻혀 버려져 있었다.
김만중은 그 무너진 절터와 비석을 보면서 흥망성쇠의 현실과 불교의
쓸쓸한 현주소를 그려내고 있다.

　두 번째 작품 끝에 나오는 '백가의 시'란 삼당시인(三唐詩人)으로 유명한
백광훈(白光勳, 1537~1582)이 남긴 5언절구를 말한다. 그 역시 홍경사를
지나가다가 비슷한 주제의 시를 남겼다. 참고삼아 이 시도 읽어 보겠다.

秋草前朝寺	지난 왕조 때 절이 가을 풀에 남았는데
殘碑學士文	무너진 비는 학사의 글이로다.
千年有流水	천 년 세월에 흐르는 물만 남았는데
落日見歸雲	노을 속에서 떠도는 구름을 보노라.

　이밖에도 김만중의 문집에는 불교와 관련 있는 시는 더 찾아볼 수
있다. 관직에 있거나 유배 중에 있거나 그는 적적하고 괴로운 심사를
달래기 위해 자주 산사를 찾았던 것으로 보인다.

3. 김만중의 산문에 나타난 두 가지 양상

　김만중의 산문은 『서포집』 권7~권10 안에 수록되어 있다. 여기에는
다양한 장르에 걸친 산문 65편이 모여져 있는데, 여느 문집이라면 상당
량을 차지할 서(書, 편지글)가 한 편도 없다는 특색이 있다. 물론 김만중
이 평생 한 편의 편지글도 쓰지 않았을 리는 없다. 김만중 사후 후손들
이 문집을 편찬하면서 무슨 이유인지 편지글은 편찬에서 제외시켰던
것으로 보인다. 김만중이 정치적 충돌의 결과 유배를 당한 끝에 별세했

기 때문에, 그의 정치적 신념이나 당시 정세에 대해 구체적인 언급이 이루어졌을 편지들을 고의로 누락시킨 것이 아닌가 여겨진다. 이제 와서 따로 그의 편지글들을 찾아볼 수 없는 상황에서 이 점은 대단히 애석한 일로 여겨진다. 어쩌면 그의 편지글을 통해 우리는 김만중 당대의 역사적 현실이나 그의 개인사적인 궁금증들을 해결할 수 있었을 것이기 때문이다. 특히 두 편의 한글 장편 소설인 『구운몽』이나 『사씨남정기』는 김만중 자신이 썼으면서도 이에 대한 자신의 언급을 일체 찾아볼 수 없고, 이 때문에 현재까지도 여러 면에서 논란이 남아 있는 점을 생각하면 그 아쉬움은 더욱 커진다. 먼저 각권에 실린 산문의 현황부터 살펴보기로 하겠다.

> 권7 : 소(疏) 15편
> 권8 : 소(疏) 17편 / 차(箚) 1편 / 계(啓) 2편 : 합 20편
> 권9 : 제문(祭文) 11편 / 악장(樂章) 1편 / 비답(批答) 5편 / 교서(敎書)
> 　　　1편 / 옥책문(玉冊文) 1편 / 표전(表箋) 5편 / 서(序) 2편 / 발(跋)
> 　　　1편 / 기(記) 1편 / 지(識) 1편 : 합 29편
> 권10 : 행장(行狀) 1편

　문집에 실린 김만중의 산문을 일별하면 상소문이 32편으로 거의 절반을 차지하고 있는 사실을 알 수 있다. 더욱 흥미로운 것은 전체가 사직상소(辭職上疏)라는 점이다. 어떤 관직을 제수 받고 이를 철회해 달라고 군왕에게 올린 글이다. 특히 병조판서와 대제학에 제수되었을 때 올린 사직상소문은 각각 일곱 차례 이상씩 거듭되고 있다. 문무(文武)의 요직에 해당하는 두 관직에 대해 그가 이렇게까지 필사적으로 사양한 까닭이, 문면에 나온 것처럼 능력이 부족하고 자질이 떨어지며 질병으로 고통 받고 있다는 정황을 액면 그대로 받아들이기는 힘들다. 아마도

정치적 역학 관계가 이면에 숨어 있을 것으로 보인다.(그 한 이유로 김만중은 자신이 외척(外戚)의 일원이라는 점도 내세운다.)

어쩌면 그는 체질적으로 관료 생활을 달가워하지 않았던 것은 아닐까 여겨지기도 한다. 당쟁이 격화되고 부패상과 부조리가 서서히 머리를 드러내며 숙종의 정치적 횡포가 심해져가는 시기에 그는 차라리 여항에 묻혀 살면서 학문과 시작에 힘쓰고 어머니 봉양에 전력하고 싶었던 것일 수도 있다.

그의 산문 가운데는 상소문이나 비답, 교서 같은 관료라면 대개 쓰게 되는 공용문(公用文)이 상당 부분을 차지한다. 이러한 글이 보여주는 표현 방식이나 그의 정치관, 현실 인식 등을 확인하는 일은 다음으로 미루고, 여기서는 당시 정치가나 관료들의 부패상과 부조리함을 목격하면서 이를 비판한 내용과 세 편의 서발(序跋)을 통해 나타난 문학론에 대해 살펴보기로 하겠다.

1) 관료들의 기강 문란에 대한 비판

김만중에게는 두 편의 계문(啓文)이 있다. 계문은 계문(啓聞)이라고도 하는데, 신하가 정무(政務)에 관해서 임금에게 아뢴다는 뜻이다. 중국에서는 황제에게 아뢰는 것을 주문(奏聞)이라 불렀는데, 우리나라에서는 조선 초에는 신문(申聞)이라 부르다가 1433년(세종 15) 9월부터 계문으로 고쳤다. 여기서는 주목하고자 하는 글은 두 번째로 실린 계문이다. 「재앙을 만나 순문[22]했을 때 탑전[23]에서 올린 계(遇災詢問時榻前啓)」가 그것이다.

---

22) 순문(詢問) : 임금이 신하에게 묻는 것. 상의함. 순자(詢咨).
23) 탑전(榻前) : 임금의 자리 앞. 어전(御前).

천재지변이나 큰 변고가 일어났을 때 군주는 이런 사건이 자신의 부덕에서 비롯되었다고 여겨 조정의 신하들에게 무엇이 문제인지 대책을 올리라는 주문을 내린다. 이 글도 그런 숙종의 요청에 대해 김만중이 시사의 문제점을 지적하면서 올린 글인데, 지적하는 바가 대단히 준엄하다. 김만중이 당시 관료들의 기강 문란에 대해 무심하지 않았음을 잘 보여준다.

이 글은 크게 다섯 가지 정도를 거론하고 있다. 첫 번째가 관절[24]의 금지고, 두 번째는 하직(下直) 관행의 철폐, 세 번째는 지방관들의 잠간[25] 엄벌, 네 번째는 당파의 온상이 되어버린 이조전랑(吏曹銓郎) 직제의 개선, 다섯 번째가 고풍(古風)으로 불리는 부적절한 관례의 폐지를 들고 있다. 이런 비리와 기강 문란은 김만중이 문제점이라 지적할 만큼 심각한 정도에 이르렀던 듯하다. 또 이런 문제점들에 대해 서인 노론 가운데도 핵심적인 인물이었던 김만중이 간과하지 않고 개선이나 폐지를 주장한 것을 보면, 김만중의 현실 인실이 대단히 비판적이고 첨예했던 사실을 알게 된다.

그 가운데 두 번째와 세 번째 논의를 읽어보겠다.

지방관은 조정에서 사직하기 전에 반드시 먼저 제재(諸宰, 여러 제상) 및 승지, 삼사[26]의 집에서 만나는데, 이를 하직[27]이라 말합니다. 하직이

---

24) 관절(關節) : 권세가(權勢家)나 요직(要職)에 있는 인물에게 뇌물(賂物)을 바치고 청탁하는 것, 또는 그 서신(書信)을 일컫는 말. 당(唐)나라에서 과거 시험을 볼 때 시험관들이 사적으로 아는 응시자의 답안지를 식별하기 편리하게 표시했던 것에서 나왔다. 이에 고시관에게 뇌물을 써서 입격(入格)시켜 주도록 요구하는 것을 의미하기도 한다.

25) 잠간(潛奸) : 남몰래 은밀하게 간통(姦通)함. 조선시대의 간통죄는 특별한 예외를 제외하면 참형(斬刑)으로 처벌했다.

26) 삼사(三司) : 조선시대 사헌부(司憲府)와 사간원(司諫院), 홍문관(弘文館)을 합해 부른 말.

끝나지 않았으면 비록 조정에서 재촉하더라도 끝내 부임하지 못합니다. 무릇 타고 갈 말이 머물며 기다리고 관아의 일이 오래 비는 등 그 폐단이 적지 않습니다. 신이 전재들의 말을 들으니 하직하는 관례는 오래된 것이 아니고, 광해군 때부터 있어 왔다고 합니다. 비록 그 사람을 대면해 살펴 그의 능력 여부를 심사한다고 하지만, 말이나 외모로 사람을 취하는 일은 성인(聖人)도 할 수 없는 일이었는데 어찌 그 자리에서 이야기를 나눠보고 바로 그 재주의 유무를 알겠습니까? 이것은 망령되이 스스로를 높이 떠받들어 기세를 보이면서 청탁이나 징색과 같은 사사로운 욕심을 채우려는 짓일 뿐입니다. 또는 근래에 곤수28)나 수령이 여러 관리의 집에서 하직을 하면 그 집안의 하인배들이 미리 미포(米布)에 대한 첩자29)를 만들어 억지로 수결(手決)하게 하는데, 곤수나 수령으로서는 피하거나 거절할 방법이 없습니다. 이것은 더욱이 광해군 때에도 없었다고 합니다. 어리석은 신이 생각하기에, 지방관이 부임할 때 일을 맡은 재신(宰臣)이 지휘할 바가 있으면 그를 불러 지시를 하면 될 것입니다. 지방관도 품의해 정할 일이 있으면 알현을 청하는 것도 옳습니다. 만약 친구 사이에 서로 보는 일이라 마땅히 금지할 것이 없다면, 이 밖의 이른바 하직이란 것은 지금부터 마땅히 일체 폐지해야 할 것입니다.

고을마다 기생이 있는데, 대개 수졸30)로 아내가 없는 사람을 위해서

---

27) 하직(下直) : 임지(任地)로 떠나는 관리가 임금이나 소속 장관을 찾아서 작별을 아뢰는 일.

28) 곤수(閫帥) : 곤외(閫外). 병마(兵馬)를 책임 맡은 장군의 다른 이름. 곤외는 성 밖 또는 변방, 지방을 뜻하는데, 이는 『사기(史記)』「풍당전(馮唐傳)」에서 임금이 출정하는 장군의 수레바퀴를 밀면서 "성문 안은 과인이 주재할 것이니, 성문 밖은 장군이 주재하라." 한 데서 온 말이다. 뜻이 변하여 병사(兵使)나 병마절도사(兵馬節度使), 수사(水使)와 같은 지방관을 가리키거나 그 직분을 이르기도 한다.

29) 첩자(帖字) : 원래 뜻은 경서(經書)의 내용을 암기하여 첩시(帖試)에 응하는 것인데, 여기서는 물품의 내용과 수량을 적어둔 쪽지를 뜻한다.

30) 수졸(戍卒) : 변경(邊境)을 지키던 군인. 한(漢)나라 때 남자의 나이 23살이 되면 2년간

둔 것이지 사대부가 색을 낚으라고 둔 것은 아닙니다. 그런데 법전에는 수령의 잠간에 대한 조목은 있지만 감사나 도사[31]라면 분명한 금지가 없습니다. 때문에 전배들은 여기에서 소덕[32]이 출입하는 것을 살폈는데, 대개 그때는 이 폐단이 심하지 않아 그렇게 한 것입니다. 근일에는 사대부들 사이에 음란한 풍습이 크게 치달아서 심한 사람은 사람의 길에서 금수와 같은 경우까지 나간 일도 있으니, 관서[33] 사람들이 서로 전하는 말에 차마 들을 수 없는 것도 있습니다. 옛날 상간복상[34]의 풍조도 또한 이 지경에 이르지는 않았습니다.

2) 세 편의 서발(序跋)에 보이는 문학론

김만중의 호한한 학문적 깊이나 문학에 대한 논의가 어떠했는가는 『서포만필』을 통해 더욱 상세하게 이해할 수 있지만, 『서포집』에도 그 편린을 짐작할 수 있는 글이 있다. 『서포만필』이 비교적 객관적이고

병역에 복무했는데, 처음 1년은 고향에서 정졸(正卒)로 근무하고 나중 1년은 변경에 나아가 수졸이 되거나 황궁을 지키는 위사(衛士)가 되었다.

31) 도사(都事) : 조선시대에 주로 관리의 감찰과 규탄을 맡아보는 종5품의 벼슬. 중앙의 경우 충훈부(忠勳府), 의빈부(儀賓府), 의금부(義禁府), 개성부(開城府), 충익부(忠翊府), 중추부(中樞府), 오위도총부(五衛都摠府) 등에 딸렸으며, 각도 감영(監營)의 경우에는 감사 다음가는 벼슬로 지금의 부지사(副知事)와 같았다. 지방 관리의 비행을 감찰하고 과시(科試)를 맡아보았다.

32) 소덕(小德) : 덕행(德行)의 절목(節操) 가운데 작은 것. [論語·子張] 大德不踰閑 小德出入可也.

33) 관서(關西) : 평안남북도 지역을 아울러 일컫는 말.

34) 상간복상(桑間濮上) : 음란한 음악이나 망한 나라의 음악. 『예기』 악기(樂記)에 "상간복상의 음악은 망국의 음악이다.(桑間濮上之音 亡國之音也)"고 한 데서 나왔다. 은(殷)나라의 주왕(紂王)은 사연(師延)으로 하여금 음란한 음악을 짓게 하여 마침내 나라가 망하게 되자 사연은 복수(濮水)에 몸을 던져 죽었다. 뒤에 사연(師涓)이 그 곳을 지나다가 밤에 그 음악을 듣고 베껴, 진평공(晉平公)을 위해 연주했다. 이 일에서 상간복상이란 말이 나왔다. 상간은 복수(濮水)에 있는 뽕나무 숲 사이라는 뜻이다.

체계적인 논리와 근거를 가진 데 비해『서포집』서발은 주관적이면서 상황이나 실례가 구체적인 점에서 차이가 있다. 문학이란 결국 인간 감정의 발로이고, 감정은 어떤 구체적인 상황 속에서 표현되기 마련이다. 그런 점에서 이 세 편의 서발은 의미가 있다고 하겠다.

첫 번째 글은 김만중이『송시초(宋詩抄)』를 편찬하고서 쓴 서문이다. 『서포연보(西浦年譜)』에 따르면 송시 가운데 오칠율(五七律)과 칠절(七絶)을 뽑아 엮은 것이다. 지금은 이 책이 전하지 않아 어떤 내용인지는 알 수 없지만, 이 서문을 통해 그 취지나 문학적 입장을 확인할 수 있다.

송나라 사람의 시집이 우리 동방에서 유행한 일은 대개 드물었다. 지금 내가 선별한 것은 단지 여씨[35])의『문감』[36])과 방씨[37])의『율수』[38]) 및 근래에 연경(燕京)의 시장에서 구입한 몇 가지 초서(抄書)들에 근거하여 정밀하게 가려 뽑은 것이니 지나치게 간략하게 편집되었다 해서 괴이하게 여길 것은 없다. 비록 그렇지만 송나라 한 시대 풍인[39])들의 득실과 우열을 대강이나마 알 수 있을 것이다. 지금 사람들은 겨우 다섯 글자나 일곱 글

---

35) 여씨(呂氏) : 여조겸(呂祖謙, 1137~1181). 남송 무주(婺州) 금화(金華) 사람. 자는 백공(伯恭)이고, 호는 동래선생(東萊先生)이다. 임지기(林之奇)와 왕응진(汪應辰) 등에게 사사했으며, 주희(朱熹), 장식(張栻) 등과 사귀며 폭넓은 학식을 갖추었다. 순희(淳熙) 2년(1175) 주희와 육상산(陸象山)의 학문 조정을 꾀하기 위해 아호(鵝湖)라는 모임을 주재했다. 주희와의 공저(共著)인『근사록(近思錄)』이 특히 유명하다.

36) 문감(文鑑) : 여조겸이 지은『황조문감(皇朝文鑑)』을 가리키는 말.

37) 방씨(方氏) : 방회(方回, 1227~1306). 송원 교체기 때 휘주(徽州) 흡현(歙縣) 사람. 자는 만리(萬里)고, 호는 허곡(虛谷)이다. 저서에『동강집(桐江集)』과『속고금고(續古今考)』가 있다.

38) 율수(律髓) : 방회가 편찬한『영규율수(瀛奎律髓)』를 가리키는 말. 총 49권인데 당송 두 시대의 율시(律詩)만 골라 모았기 때문에 '율수'라 이름지었다.

39) 풍인(風人) : 고대(古代) 민가(民歌)와 풍속(風俗) 등을 채집(採集)하여 민풍(民風)을 살피던 관원. 또는 시인(詩人). [文選·曹植 求通親親表] 是以雍雍穆穆 風人詠之. 「呂延濟注」風人 詩人也.

자만 엮을 줄 알면 바로 송나라 문학을 얕보아서 볼 게 없으니 송나라 문학은 당나라 때 문학의 굳건함만 못하다고 말한다. 그러나 그 못하다는 까닭에 대해 알려고 하느냐 하면 그렇지 않다. 태사공이 기롱(譏弄)한 이식[40]과 무엇이 다르겠는가?[41]

이 글에서 김만중은 지금 사람들이 그 깊이나 내용은 알지도 못하면서 송시가 당시(唐詩)만 못하다고 치부하는 폐단에 대해 지적하고 있다. 정작 송시의 어떤 점이 당시만 못한지는 알지도 못할뿐더러 알려고 하지도 않는다는 것이다. 이래가지고서야 송시의 장단점도 모를 뿐만 아니라 당시의 정수에 대해서도 모를 것이라고 그는 비판한다. 실체는 보지 못하고 전언(傳言)이나 선입견을 가지고 문학을 재단하는 당시 문풍을 비판한 글이라고 할 수 있다.

다음 글은 『택재유타(澤齋遺唾)』에 붙인 서문이다. 택재는 김창립[42]의 호다. 그는 시문에 능했지만, 부귀공명에 대해서는 하찮게 여기다가 18살이라는 젊은 나이로 요절하고 말았다. 집안사람들이 그의 유고를 모아 낸 책이 『택재유타』인데, 그에 대한 서문을 부탁받고서 쓴 것이다. 김만중은 안동 김씨 집안과는 막역한 교분을 가져왔다. 『서포집』의

---

40) 이식(耳食) : 듣기만 하고 그 맛을 판단한다는 뜻으로, 남의 말만 듣고 함부로 이에 추종하는 것을 비유하는 말이다. [史記·六國年表序] 學者牽於所聞見 秦在帝位日淺 不察其終始 因舉而笑之 此與以耳食無異.

41) 김만중, 「宋詩抄序」, 『서포집』권9, 宋人詩集之行於東方者蓋鮮矣 今吾之選 只據呂氏文鑑·方氏律髓及近代燕市所鬻數種抄書而精擇之 無怪乎簡編之不多也 雖然 有宋一代風人之得失優劣 可以知其槩矣 今人纔解綴五七字 便薄宋謂不足觀 夫宋之不如唐固也 而要識所以不如著 不然 與太史公所譏耳食何異.

42) 김창립(金昌立) : 1666~1683. 조선 중기의 시인. 자는 탁이(卓爾)고, 호는 택재(澤齋)며, 본관은 안동이다. 김수항(金壽恒)의 아들이고, 김창협(金昌協)의 동생이었다. 태학(太學)에 나가 여러 번 과시(科試)에 합격했지만 탐탁찮게 여겼고, 부귀공명을 하찮게 여겼다. 시문에 능했지만 18살 때 병으로 요절했다. 문집에 『택재유타(澤齋遺唾)』가 있다.

서문은 김창흡[43]이 썼고, 김만중은 따로 김창립의 죽음에 대해 만시(挽
詩)[44]도 남기고 있다.

　대개 그의 사람됨이 가라앉고 고요하며 용기가 있었으니. 때문에 그가
시를 지을 때에도 옛 것을 배우는데 날카롭게 날을 세우지 시속에 영합하
기를 구하지 않았다. 그가 취하는 시법(詩法)도 모두 악부와 소선[45]에서
벗어나지 않고, 거슬러 올라가 주나라 때 시삼백[46]에까지 이르렀다. 왕
왕 성기[47] 사이에서 그것을 얻어 깜짝 놀라 살펴보면 한위 시대 사람들의
구어에서 나왔다고 의아하지 않을 것이 드물었다. 바야흐로 웅장하게 보
고 높이 내달리면서 중원(中原) 백설루[48]의 여러 인물들과 서로 당당하
게 어깨를 겨루었으니, 그가 해동의 여러 명가들을 보는 것도 거의 공자
문하의 동자들이 오패(五伯)[49]를 말하기를 부끄러워한 것과 같았을 것이

---

43) 김창흡(金昌翕) : 1653~1722. 조선 후기의 학자. 본관은 안동(安東)이고, 자는 자익(子
　益)이며, 호는 삼연(三淵)이고, 시호는 문강(文康)이다. 1689년 기사환국(己巳換局) 때
　아버지가 사사되자 영평(永平)에 은거했다. 성리학에 뛰어나 형 김창협(金昌協)과 함께
　이이(李珥) 이후의 대학자로 이름을 떨쳤다. 신임사화(辛壬士禍)로 김창집이 사사되자
　지병이 악화되어 그 해 죽었다. 저서에 『삼연집』과 『심양일기(瀋陽日記)』, 『문취(文趣)』,
　『안동김씨세보(安東金氏世譜)』 등이 있다.
44) 『서포집』 권6.
45) 소선(騷選) : 『이소(離騷)』와 『문선(文選)』 두 책을 가리키는 말.
46) 시삼백(詩三百) : 『시경(詩經)』을 가리키는 말. 공자(孔子)가 『논어(論語)』에서 "시삼백
　을 한 마디로 덮어 말하면 생각에 사악함이 없는 것이다.(詩三百 一言而蔽之 思無邪)"라
　고 말한 데서 나왔다.
47) 성기(聲氣) : 문장(文章)에 담긴 성운(聲韻)과 기세(氣勢). [劉勰·文心雕龍·附會] 夫才
　量學文 宜正體製 必以情志爲神明 事義爲骨髓 辭采爲肌膚 宮商爲聲氣.
48) 백설루(白雪樓) : 고적(古跡) 이름. 옛 터가 지금의 호북(湖北) 종상시(鍾祥城) 서쪽에
　있다. [王象之·輿地紀勝·京西南路·郢州] 子城三面塘基皆天造 正西絶壁下臨漢江 白
　雪樓冠其上.
49) 오패(五伯) : 춘추시대 때 천하를 장악했던 다섯 사람의 패자(覇者). 제(齊)나라의 환공
　(桓公), 진(晉)나라의 문공(文公), 진(秦)나라의 목공(穆公), 송(宋)나라의 양공(襄公),
　초(楚)나라의 장왕(莊王)을 일컬었다. 또는 송나라의 양공을 제외하고 오(吳)나라의 왕인

다. 불행하게도 일찍 죽는 재액을 만나 의지와 학업을 이루지 못했지만 요컨대 시도(詩道)에서 이룬 공이 있었으니, 넓었다가 꺾인 것이 비록 젊었지만 가히 일찍 죽었다고 하겠는가?50)

이 글의 앞에서 김만중은 요즘 문인들은 고시(古詩)에는 관심을 두지 않고 오직 과거 급제를 위한 시문 창작에만 몰두해서 시의 깊은 맛을 잃고 말았다고 지적하고 있다. 그것은 비단 남의 일만이 아니라 자신도 그랬다고 실토하면서, 시를 쓰면 바로 태워버렸다고까지 토로한다. 그런데 김창립의 『택재유타』를 읽어보니 그는 젊은 나이였음에도 불구하고 이소(離騷)나 『문선(文選)』 같은 옛 문헌을 읽어 육화했고, 『시경(詩經)』의 풍격에까지 이르고 있어 놀랐다는 것이다. 그러니 그는 결코 요절했지만, 문학적인 성과로 보면 일찍 죽은 것이 아니라고 자신 있게 말하는 것이다. 이 글에서도 김만중은 역시 당시 글을 짓는 사람들이 과거 급제와 같은 현실적인 이익에만 눈이 멀어 폭넓고 다양하면서 진정한 문학의 길로 들어서지 못하고 있는 점을 비판하고 있다.

마지막 글은 김만중의 형 김만기의 문집 『서석집(瑞石集)』을 엮고 난 뒤 책 뒤에 붙인 발문이다. 형제애가 남달랐던 두 사람은 사실상 그의 형이 아버지의 역할까지 맡았다. 김만중에게 형은 형이자 아버지였으며, 동시에 학문과 문학의 스승이기도 했다. 이런 사실과 형에 대한 추모의 정이 이 글에는 잘 나타나 있지만, 한편으로 형의 입을 빌려 자신

합려(闔閭)를 오백의 한 사람으로 보기도 하고, 어떤 이는 제나라의 환공, 진나라의 문공, 초나라의 장왕, 오나라의 왕 합려와 월(越)나라의 왕 구천(句踐)을 오백으로 보기도 한다.
50) 金萬重, 「澤齋遺唾序」, 蓋其爲人沈靜而有勇 故其爲詩 銳於學古而不求合於時俗 所取法 擧不外於樂府騷選 泝而至於周詩三百 往往得之於聲氣之間 猝然觀之 鮮有不疑於漢魏間人口語 方將雄視高鶩 與中朝白雪樓諸公相頡頏 其視海東諸名家 殆如孔門童子之羞稱五伯 不幸阨於短造 志業未成 而要爲有功於詩道 汪踦雖少 其可殤乎哉.

의 문학관을 피력하기도 했다.

　　옛날의 시인들은 비록 대가로 불려도 그 시는 천 수에 지나지 않았다. 요즘 사람들은 평측만 조금 알아도 지은 칠언율시가 움직였다 하면 수천 수에 이른다. 그러나 그 재료나 기상, 격조를 보면 벌써 열 수 안팎에서 끝장을 보고마니 어찌 많이 지었다고 하겠는가? 대저 재주가 작은 자는 많이 지어서는 안 될 것이고, 큰 자라고 해도 많이 쌓아두었다가 조금씩 내보내는 게 마땅할 것이다.[51]

　　시는 오언이 있고난 뒤에 칠언이 있었고, 고시가 있고난 뒤에 근체시가 있었다. 옛 사람들도 여기에서 진실로 길고 짧은 것의 구별이 없진 않았지만, 지금 사람들처럼 오로지 칠언율시만 쓰는 경우는 없었다. 근래의 시는 진솔하고 애상적인 데다 천박하고 다급하니 어찌 붓을 드는 처음부터 그 본원에 대해 몽매한 까닭이 아니겠는가? 무릇 글을 지을 때에는 비록 적적할 때 쓴 짧은 글일지라도 반드시 취해야 할 법이 있으니 일찍이 구차해 해서는 안 될 것이다.[52]

　　모두 형 김만기의 입을 통해 나온 말이지만, 발문에 썼다는 것은 곧 김만중 또한 이 점을 인정하고 있다는 말일 것이다.

　　첫 번째 발언에서 김만중은 요즘 시인들이 너무 시를 남발하는 것에 대해 주의를 준다. 예전의 대가들은 작품을 신중하게 발표했다. 그만큼 여러 차례 퇴고를 거듭하고 주변 사람들의 의견을 들어보아 부족한 부

---

51) 金萬重, 「先伯氏瑞石先生集跋」, 古之詩人雖號大家 其詩不過千首 今人纔辨平仄 所作　　七言律 動至累千首 然其材料氣格 已盡於十首之內 奚以多爲 大抵才具小者固不可多作　　其鉅者亦宜多積而少出也.

52) 金萬重, 「先伯氏瑞石先生集跋」, 詩有五言而後有七言 有古詩而後有近體 古人於此固　　亦不無長短 未有如今人之專習七律者 今世詩率傷淺促 豈不以把筆之初 昧其本源故歟　　凡有所作 雖寂寥短章 必有所取法 未嘗苟也.

분을 다듬어서 내놓았기 때문이었다. 이것은 결코 자신의 문학에 자신이 없어서가 아니라 더 나은 문학을 위한 자기 검열의 일환이었다. 그런데 요즘 사람들은 창작 기법을 익히기에만 혈안이 되어 그저 조금 지식이 쌓이면 거침없이 글을 짓고, 또 서슴없이 남들에게 공개한다. 문학에 대한 진지한 고민보다는 기교에만 매몰되니 좋은 작품, 오래 읽혀지는 작품이 나올 리 없다. 몇 편 읽어보면 벌써 시상이나 격조가 독흥(讀興)을 식게 만드니 딱한 일이라는 것이다. 창작에 대한 진지한 자세와 꾸준한 자기 검열을 통해 문학의 가치를 높여야 한다고 김만중은 말하고 있는 것이다.

두 번째 발언은 창작 방법론에 대한 지적이라고 할 수 있다. 시는 오언이 있은 뒤에 칠언이 나왔고, 고시가 무르익자 근체시가 나왔다면서, 이런 다양한 시 형식을 두루 익혀 자기 것으로 만들어야 함을 지적한다. 길이나 형식에 구애받지 않고 시를 써야 진정한 시인이라 할 수 있다는 것이다. 요즘 시가 지나치게 진솔하고 애상적인 데다 천박하고 다급해진 까닭도 근원적인 시학(詩學) 수련을 등한시한 때문이라면서, 시법(詩法)을 궁구해야 한다고 강조한다.

이처럼 김만중은 세 편의 서발을 통해 당대 시인들에게 경종을 울리고 있다. 기본을 갖추지 않고 재주만 믿고 쓰는 시는 좋을 수 없고, 실체를 보지 않고 풍문에 의존하는 비평은 내용이 부실하며, 많이 쓰는 것이 능사가 아니라는 지적 등은 비단 김만중 당대의 문학적 병폐는 아닐 것이다. 이런 점에서 그의 문학론은 한 시대에만 국한되어 의의를 가지는 것이 아니라 시대와 장소를 뛰어넘는 보편성을 획득했다고 말할 수 있을 것이다.

4. 끝맺는 말

그동안 김만중의 문학은 주로『구운몽』과『사씨남정기』같은 장편 한글 소설이나『서포만필』을 통해서만 이루어진 경향이 있었다. 그러나 실제로 10권으로 엮어진『서포집』에 실린 한시와 산문들도 김만중 문학의 중요한 보고가 아닐 수 없다. 다행스럽게도 근래 조금씩『서포집』에 실린 한시와 산문에 학자들이 관심을 가지고 연구 성과를 내놓고 있다. 앞으로도 이에 대한 연구가 더욱 활발하게 이루어져서 '한글 소설'과 '비평', '한시와 산문' 세 분야의 연구가 얽혀진 집대성된 김만중 연구가 나오기를 기대한다.

다산은 유배지에서
무엇을 보고 생각했는가

장기 유배 때 지은 작품을 중심으로

1. 시작하는 말

　한국 정치사에서 '유배'는 대단히 오랜 역사와 상황을 가진 정치적 처벌이었다. 삼한시대에 있었다는 소도(蘇塗) 역시 어떤 면에서는 정치적인 도피 또는 비교적 가벼운 정치적 처벌의 형식으로도 볼 수 있다. 유배는 군주 또는 정적에 의해 집행되는데, 처벌자의 목숨을 빼앗기보다는 최소한의 안전을 지켜주면서 정치적 권한이나 사회적 행동을 제약하는 효과적인 기능으로 작용했었다. 이를 통해 유배자는 자신의 정치적 견해를 일정 정도 유지하면서 앞으로 전개될 정치적 변화에 대처할 수 있게 되기도 했다.

　유배는 당한 사람 입장에서는 결코 유쾌하지 못한 처벌이지만, 때로 유배는 유배자 개인이나 유배자를 받은 지역에서는 긍정적인 결과를 가져오기도 했다. 당사자로서는 정쟁에 경도되어 소홀히 했던 개인적 수양이나 학문적 성찰을 가질 수 있는 여가를 얻을 수 있었고 ―물론 여가가 아닌 고통의 시간이기도 했지만―, 지역에서는 중앙정부에서 실권을 행사한 유력 인사와 교분을 여는 기회가 되기도 했다. 게다가 대개의

유배지가 문화적으로 소외되어 있거나 혜택을 받지 못하는 궁벽한 지역
이라는 점에서 이런 유력 인사의 유배는 환영할 만한 일이었다. ─유배자
에게 드는 모든 비용을 지방에서 분담하는 데 따른 폐해도 물론 있었다. ─ 대개
유배 온 사람들은 정치적 역량만큼이나 학문적으로도 상당한 수준에
올라온 사람인지라 이들로부터 지역의 자제들이 교육을 받을 수 있기도
했던 것이다. 이런 여러 점에서 유배는 정치사뿐만 아니라 문화사, 문학
사에서도 관심을 가져야 할 사건이라고 할 수 있다.

 우리 역사를 돌이켜보면 수없이 많은 인물들이 유배라는 형벌을 겪었
다. 며칠에 지나지 않는 아주 짧은 순간부터 몇 년 또는 죽을 때까지
유배지를 떠나지 못하는 경우도 있었다. 우리가 유배자 하면 먼저 떠오
르는 사람이 몇몇 있는데, 그 가운데에서도 다산 정약용(丁若鏞, 1762~
1836)을 빼놓을 수는 없겠다. 정약용은 마흔 살 되던 1801년 3월부터
1818년 8월까지 장장 18년에 걸친 유배 생활을 겪었다. 이보다 10년
전인 1790년에도 해미현(海美縣)에 유배를 간 적은 있었지만, 고작 열흘
만에 해배되어 돌아왔으니 그저 잠깐 동안의 외유에 지나지 않았다.

 같은 18년이라도 유배를 갔던 장소는 두 곳으로 나뉜다. 1801년 3월
부터 10월까지 머물렀던 경상도 장기(長鬐)와 황사영 백서사건으로 다
시 체포되어 불려와 심문을 받고 그 해 11월부터 1818년 해배 때까지
머문 전라도 강진 일대가 그곳이다. 그런데 이 두 곳은 유배 기간으로
보면 비교도 되지 않을 정도로 차이가 나지만, 내용을 들여다보면 기간
만으로는 설명할 수 없는 특징을 각기 가진다.

 장기에서 정약용은 저작 활동도 하지만 주로 시를 지으면서 시간을
보냈다. 이에 비해 강진에서 그는 적지 않은 시도 쓰지만 역시 본령은
저작 활동이라고 해도 무방하다. 우리가 『여유당전서』라는 이름으로
전해지는 그의 방대한 저술들 중 상당수가 이 강진 시기에 쓰이거나

완성되었던 것이다.

정약용의 한시를 말하면 대개 강진 시기에 써진 작품이라 생각하지만, 장기 시기에 쓰인 한시 역시 양으로나 질적으로 충분히 주목할 가치가 있다. 왜냐하면 기간은 짧았지만 이후 18년 동안이나 이어질 그의 유배가 남긴 업적의 단초들이 이 시기 작품에 고스란히 남아 있기 때문이다. 그러므로 이 글에서는 그의 유배 시기 가운데 장기 시절에 지어진 작품들을 살펴 그의 전 유배 기간 중에 써진 유배시의 중요한 맥락을 살펴보고자 한다.

이 글에서 인용되고 있는 한시와 그 번역은 박석무와 정해렴이 함께 역주한 『다산시정선(茶山詩精選)』(상·하, 현대실학사, 2001년)을 참고했다.

2. 그리움의 토로

예나 지금이나 집을 떠나면 가장 먼저 떠오르는 것은 가족들이다. 즐거운 여행길에서도 고향 생각에 향수에 젖어드는 것이 인정인데, 하물며 강제로 추방되고 징벌을 받아 생면부지의 땅에 유폐되었다면 그 그리움은 더욱 커질 것이다. 정약용이 아득한 천 리 먼 변방의 땅 장기에 유배령을 받은 것은 그의 나이 마흔 살 때의 일이었다. 더욱이 그는 정조 임금 때까지 군왕의 총애를 받으면서 한창 자신의 웅지를 펴고자 하는 시점에 억울한 누명을 쓰고 가족과 이별해야 했다.

박석무가 쓴 정약용의 전기 『다산 정약용 유배지에서 만나다』(한길사, 2003년)에 따르면 경상도 장기는 1980년대 중반까지도 황량한 벽촌이었으니, 정약용이 유배 왔던 시절의 모습은 황폐하기 그지없었을 것이다. 농사와 어업으로 생계를 꾸리는 민초들의 삶은 글에서 읽거나 상상한 정도를 넘어선 극빈의 상태였고, 한양 도성의 그것과는 기후와 환경이 비교할 수 없을 정도로 참담했다. 기층 민중의 삶의 질을 높이고자 하는 뜻은 진즉에 품은 야심에 찬 기획이었지만 자신의 삶이 바닥에 떨어져서는 이룰 수 없는 꿈일 뿐이었다. 자신에게 희망과 격려를 줄 가족들의 부재가 당연히 절감되지 않을 수 없었다.

아래 시는 장기로 유배와 맞은 단옷날 쓴 작품이다. 생면부지의 땅인 이곳에도 단오는 명절이라 사람들이 풍속을 즐겼다. 예쁘게 새 옷을 입은 지방민의 딸을 보면서 정약용 역시 한양에 있을 딸이 떠올랐다. 그에게 딸은 단 한 명이었고, 나이 또한 아직 재롱을 부릴 나이였다. 아빠 없이 쓸쓸하게 단오를 맞을 외동딸 생각이 간절했을 것이다.

幼女端陽日	어린 딸애 단옷날이면
新粧洗玉膚	옥 같은 살결 씻고 새단장했지.
裙裁紅苧布	치마는 붉은 치마
髻揷綠菖蒲	머리 뒤엔 푸른 창포잎 꽂았었지.
習拜徵端妙	절하는 연습한다 예쁜 모습 보여 주고
傳觴示悅愉	술잔 전하며 웃음 띤 모습 드러낸다오.
如今懸艾夕	오늘 같은 단옷날 밤에는
誰弄掌中珠	누가 있어 우리 딸아이를 구슬릴까.

　　　　　　　　　　　　　　　　　　　－어린 딸이 보고지고[憶幼兒]

알지도 못하는 이웃집 어린 딸이 새 옷을 입고 부모 곁에서 응석을 부리는 모습이 사랑스러운 만큼 어린 딸에 대한 애틋한 정은 더해갔을 것이다. 아비가 무슨 일로 갑자기 집에 없는지 영문을 모를 딸아이를 떠올리면서 유배의 시름은 더욱 깊어갔다. 한편으로 지난 해 단옷날 곱게 단장하고 작은 손으로 술잔을 건네는 아이의 귀여운 모습은 유배지의 고뇌를 씻어주는 청량제 구실도 했을 것이다. 경세치인의 굳건한 자세가 아닌 한 아이의 아버지로서 다정다감한 정약용의 맨얼굴을 이 시는 잘 전달하고 있다.

　이어지는 시는 가족 전체가 깃들여 살고 있고, 정약용 자신이 태어나 성장했던 고향에 대한 회고와 감상이 드러난다. 특히 작품 전체가 『시경(詩經)』 형식을 본뜬 4언구로 이루어져 민요풍의 느낌을 주는데, 낯선 땅에서 살아가면서 새로운 삶을 모색하던 그에게 잘 어울리는 시풍을 드러낸다.

酉山之下	저 유산 아래는
爰有我廬	내가 살던 집이 있네.
洌之洋洋	끝없이 넓은 한강에는
有牣其魚	물고기 가득 찼겠다.
有園有圃	뜰도 있고 남새밭 있고
有琴有書	거문고 있고 책도 있다오.
登彼黎山	저 모려산 올라
言采其蔚	제비쑥을 캐고지고
涉彼潢矣	저 낙동강 건너고
蹜彼屹矣	저 주흘산 새재를 넘어
至彼洌矣	저 한강에 이르르면
抒我鬱矣	내 답답함이 풀릴 텐데.
瞻彼鷙鳥	저 사나운 새를 보라
有迅其翼	그 날개 빨라서
歔其逝矣	빨리 날아서 가면
至于西北	내 고향 서북쪽에 다다르련만

| 將翺將翔 | 빙빙 돌며 한가롭게 날다가는 |
| 畏此矰弋 | 주살에 맞을까 그게 두렵다오. |

有羅其張	그물을 쳐 두었더니
有兔其離	토끼가 그물에 걸렸다네.
撲朔其股	발에 털이 더부룩한 수토끼
爰顧其雌	암토끼 돌아본다네.
盼其顧矣	그 광경 돌아보니
我心傷悲	내 마음도 슬퍼진다오.

-고향 생각[西山]

작품은 장기 땅에서 단숨에 달려 고향으로 가고 싶은 정약용의 간절한 심정이 생생하게 표현되어 있다. 네 연으로 구성된 시는 먼저 고향 땅의 전모를 입체감 있게 묘사한다. 둘 갈라져 흐르던 한강이 하나로 모여 큰 물줄기를 이루는 고향 땅 마현의 아름다운 경관이 풍경화를 보는 듯이 눈에 그려진다. 그러나 두 번째 연에서는 분위기가 완전히 바뀌는데, 유배지 장기에서 날아올라 낙동강을 건너고 주흘산을 지나 훌쩍 한강가에 이르는 귀향의 여정이 단숨에 전개되는 것이다. 귀향의 간절함과 향수의 깊이가 얼마나 큰지 몇 줄의 시행에서 바람처럼 회오리치고 있다.

세 번째 연에서는 그런 빠른 시상의 전개가 어디에서 오는지 암시하는 한편 유배를 당한 현실에 대한 각성과 불안감이 응집되어 있다. 새처럼 날래게 날갯짓하여 북쪽으로 날아가면 고향에는 금방 다다르겠지만, 고향에서 기다리고 있는 것은 반가운 가족들이 아니라 그를 죽음으로 몰아넣고자 숨어 기다리는 주살이었다. 당시 그를 둘러싸고 전개된 급박한 정치 상황을 정약용 역시 정확하게 인지하고 있었던 것이다.

주살에 맞을까 두려워 땅으로 내려와 토끼처럼 산을 타고 고향에 다가가도 그곳 역시 그물이 쳐져 있어 자신의 목숨을 노리고 있기는 마찬가지였다. 정조가 급사하자 정조의 총애를 한 몸에 받고 있던 그를 제거하기 위해 집권자들이 얼마나 혈안이 되어 있었는지 실감할 수 있는 구절이다. 그리고 정약용 자신도 그런 사실을 절감하고 있었다. 그물에 걸려 슬픈 눈으로 암토끼와 새끼들을 바라보는 수토끼의 모습은 바로 자신의 초상이었던 것이다.

이처럼 정약용은 귀양살이를 하면서도 자유롭게 고향 땅과 가족들을 그리워할 수도 없는 처지에 놓여 있었다. 그러기에 그리움은 더욱 절실한 것이었고, 절실함 속에는 어쩔 수 없이 일말의 절망감이 묻어 있었다. 자신의 유배가 일시적인 후퇴가 아니라 이후 18년 동안 이어질 참담한 유배의 서막임을 알 길 없던 정약용으로서는 희망과 불길한 심정이 뒤엉킬 수밖에 없었다.

3. 유배지의 풍경

외직으로 지내기는 했지만 경기도와 한양 도성에서 주로 생활해온 정약용에게 영남, 그것도 바닷가에 인접한 벽지 장기의 풍경은 생소하면서도 호기심을 자아내는 새로운 경물이었다. 학자로서의 예민한 관찰력과 한때 목민관으로 살면서 몸에 밴 관풍(觀風)의 기질은 유배지라고 해서 사라질 까닭은 없었다.

유배의 충격에서 차츰 벗어난 정약용은 자신이 처한 현실을 부정하지 않고 그곳에서 자신이 할 수 있는 길을 찾아나갔다. 그는 유약한 선비가 아니었다. 관직에 있을 때도 권력의 치마폭에 감싸여 단물만

찾아다니지도 않았고 시문에만 눈을 두어 신변의 변화에 둔감하지도
않았다. 그는 유배의 현실을 자기 계발과 현실 인식의 새로운 발판으로
삼을 줄 아는 지혜의 소유자였다. 이런 태도가 빚어낸 산물은 그의 방대
한 경세학(經世學)을 완성시킨 터전이었다. 강진 땅에서도 그곳 풍물을
담은 시를 썼듯이 정약용은 이미 장기에서도 민초들의 생생한 삶의 현
장에 관심을 두었다. 남의 글이나 말에서는 얻을 수 없는 현장의 속살을
그는 가슴 속에 알알이 새겼다. 그렇게 정약용은 민중의 삶과 숨결에
익숙해져갔던 것이다.

　다음 두 편의 짧은 시에는 그런 그의 치밀하면서 따뜻한 마음가짐이
잘 드러나 있다.

女音如慍復如嬌	여인들 말씨 화가 난 듯 어찌 보면 애교스럽고
孫穆書中未盡描	손목처럼 쓴다 해도 묘사를 다는 못해.
不用一錢思買髢	한푼이나마 돈을 들여 다리 살 생각 않고
額前紅髮揷雙條	두 가닥 붉은 머리채 이마 앞에 꽂는다오.

　　　　　　　　　　　　－장기의 귀양살이에서 본 풍속[鬐城雜詠] 6

鷄子新生小似拳	갓 까놓은 병아리 주먹 같은데
嫩黃毛色絶堪憐	연노랑 고운 털빛 너무도 사랑스러워.
誰言弱女糜虛祿	어린 딸 공밥 먹는다 말하는 자 누구더냐
堅坐中庭看嚇鳶	마당가에 붙어 앉아 솔개를 지킨다오.

　　　　　　　　　　　　－장기 농가[長鬐農歌] 5

　거칠고 억센 영남 지방의 사투리 억양은 나긋나긋한 한양 말에 익숙
한 정약용에게 생경하면서도 흥미로운 발견이었다. 처음에는 귀에 거
슬렸던 투박한 어투가 지방민들과 대화를 나누고 발길을 열면서 그들

의 언어에 담긴 진심과 인정을 느끼기에 이르렀다. 다만 이런 언어를
한문으로 옮겨 적을 수 없는 처지가 딱할 뿐이었다.

이와 아울러 정약용은 민초들의 근검절약하는 자세를 배우기도 했
다. 여성이라면 당연히 가질 법한 호사 취향은 뒤로 물린 채 검소하게
살아가는 아녀자의 처신에서 소박하면서도 야무진 그들의 기상을 정약
용은 읽어냈다. 이런 습성이 극단적인 가난과 궁핍에서 빚어진 부분도
있음을 그도 모르지는 않았을 것이다. 그러나 이런 절약하는 자세는
민초들에게만 강조해야 할 미덕이 아님도 그는 잘 인식했다. 오히려
물산의 풍요함에 눈이 멀어 부국(富國)의 길을 망각하고 있는 경화사족
(京華士族)들에게 절실한 자세였다. 그가 굳이 유배지의 풍속을 꾸준히
시로 옮긴 까닭도 민초들의 건실한 태도를 부각하려는 의도만큼 지배
층의 각성을 촉구하려는 측면도 컸을 것이다.

이어지는 시는 앞서 본, 딸을 그리워하는 그의 심정이 다시 한 번
변주된 매력적인 작품이다. 어린 농민의 딸이 갓 부화한 병아리가 사나
운 솔개의 먹이가 되지 않도록 마당에 앉아 지키는 농가의 풍경이 그려
져 있는데, 진솔하고 담백한 맛이 만 줄로 이어지는 장시 못지않은 감동
과 정감을 자아낸다.

병아리가 잘 자라 어미 닭이 되어 집안 살림에도 도움이 되고 달걀도
낳아 부식에도 쓰이도록 마음을 쏟는 아이의 귀엽고 옹골진 모습이 읽
는 이로 하여금 웃음과 함께 비장미를 불러일으킨다. 어쩌면 그런 계집
아이의 태도는 고향에서 자신의 어린 딸이 하고 있을 모습과 같을 수도
있다고 그는 생각한다. 쪼그리고 앉아 삐약거리며 먹이를 찾아 움직이
는 병아리의 움직임을 경이로운 눈으로 바라보는 아이의 천진난만한
모습에서 정약용은 사람의 품성이 본질적으로 얼마나 선한지 느꼈을
법도 하다.

그러면서 어린 아이라 할지라도 하릴없이 하루를 허비하는 것이 아니라 집안과 세상에 도움을 주는 일을 하는 데서 어떤 자각을 얻기도 했다. 한 가족이 걱정 없이 화목하게 지내려면 구성원 모두가 제 역할에 충실해야 하듯이 한 나라 역시 모든 계층의 사람들이 각자의 구실에서 소홀함이 없어야 하는 진실을 깨달은 것이다.

아래 작품은 해안가에서 수중의 해산물을 채취하는 해녀들의 생활이 그려짐과 동시에 백성들의 안위를 지켜야 할 지방관들의 횡포와 민초들의 애로를 만화경처럼 전개시키고 있어 주목을 끈다.

兒哥身不着一絲兒	아가야, 몸에 실오라기 하나 안 걸친 아가
出沒鹹海如淸池	맑은 연못같이 짠 바다 들락거리네.
尻高首下騖入水	꽁무니를 들고 머리 처박고 바닷물에 자맥질하고
花鴨依然戱漣漪	오리처럼 자연스레 잔물결 희롱하네.
洄文徐合人不見	소용돌이 무늬도 흔적 없고 사람도 보이지 않고
一壺汎汎行水面	박 한 통만 두둥실 수면을 떠다닌다.
忽擧頭出如水鼠	갑자기 물쥐같이 머리통 솟구치고서
劃然一嘯身隨轉	휘파람 한번 불고 몸을 따라 돌이킨다.
矸螺九孔大如掌	손바닥처럼 큰 아홉 구멍 희고 깨끗한 소라는
貴人廚下充餼膳	고귀한 양반님네 부엌에서 안줏감으로 쓰인다오.
有時蚌鷸黏石齒	때로는 바위틈에 방휼(蚌鷸)처럼 착 달라붙어
能者於斯亦抵死	솜씨 좋은 사람도 그 때는 죽고 만다오.
嗚呼兒哥之死何足言	아아! 아가가 죽는 거야 말할 것도 없지마는
名途熱客皆泅水	벼슬길에 빌붙으려는 아부꾼도 모두들 물 위로 헤엄쳐 가네.

－아가 노래[兒哥詞]

시의 앞부분은 해녀들이 자맥질하면서 해산물을 거두기에 바쁜 해녀의 일상적인 노동이 그려지지만, 후반부에 가면 어조가 꽤 달라진다.

이 시는 시적 화자가 작가 자신이 아니라 갓 시집와 해녀가 되어 물질을 하는 며느리를 안쓰럽게 지켜보는 시어머니로 설정한 것도 흥미롭다. 자맥질에는 익숙하지만 이미 늙어 험한 해파(海波)를 감당할 수 없는 시어머니는 서툴러도 힘이 좋은 며느리를 바다에 들여보냈다. 짜고 시린 바닷물이, 젊다 해도 며느리의 몸에 좋을 리 없었다. 물결을 타면서 열심히 해물을 건져 올리는 며느리가 대견하면서도 위험한 바다 속에서 무슨 일이라도 날까 시어머니는 조바심을 친다. 물속에 잠겨 한동안 떠오르지 않으면 가슴을 까맣게 타들어갔고, 그러다 불쑥 솟아올라 해물을 흔들면 애써 웃으며 가슴을 쓸어내리는 것이다. 그런 애달픔은 어제오늘의 일만도 아니었다. 그 시어머니 역시 젊었을 때 시집와 죽은 시어머니에게 똑같이 배웠던 것이다.

노동의 가치는 신성하고 존중되어야 하지만, 노동의 현실은 예나 지금이나 그렇게 이상적이지 못하다. 죽음의 길목을 넘나들면서 어렵게 채취한 해산물은 어민들의 입도 그들의 생활도 윤택하게 해주지 못한다. 헐값에 팔리거나 공물로 바쳐져 권력층의 안줏감으로 쓰이는 게 다였다. 소라 하나를 따려고 어민들은 목숨을 거는데, 정작 이를 먹는 사람들은 술 한 잔의 가치밖에 되지 않는다.

한양에서 살 때 정약용도 그랬을 것이다. 어민들이 물고기 하나를 잡기 위해 얼마나 위험과 수고를 마다않는지 그도 몰랐을 것이다. 그저 당연한 재물이거니 하며 한 잔 술의 취기를 돋우는 물건으로 여겼을 것이다. 유배를 와서야 그 때 그 해산물 안에 많은 눈물과 고투가 담겨 있음을 알게 된 것이다. 민초들이 달고 사는 노동의 각고와 가치를 알지 못하는 자는 치자(治者)의 자격이 없음을 정약용은 새삼 느끼고 있다.

그런 한편 노동의 현장에서 생명의 약동과 의미를 찾은 작품도 있다.

新篘濁酒如潼白	새로 거른 막걸리 젖빛처럼 뿌옇고
大碗麥飯高一尺	큰 사발에 보리밥은 높이가 한 자로세.
飯罷取耞登場立	밥 먹은 뒤 도리깨 잡고 타작마당 둘러서면
雙肩漆澤翻日赤	검게 그은 두 어깨가 햇빛에 번들번들.
呼邪作聲擧趾齊	호야호야 소리치며 발맞추어 두드리니
須臾麥穗都狼藉	잠깐 동안에 보리 이삭 온마당에 가득해라.
雜歌互答聲轉高	주고받는 잡가소리 갈수록 높아지고
但見屋角紛飛麥	보이느니 처마 위에 흩날리는 보릿대 가루.
觀其氣色樂莫樂	그 기색 살펴보니 즐겁고도 즐거워
了不以心爲形役	육신의 노예가 된 마음들이 아니로다.
樂園樂郊不遠有	낙토가 멀리 있지 않거늘
何苦去作風塵客	어찌하여 괴로운 벼슬길 떠나버리지 않으리오.

－보리타작[打麥行]

농민들에게 봄은 농사가 시작되는 활기찬 계절이면서 춘궁기가 닥치는 고통의 나날이기도 하다. 겨우내 갈무리한 양식이 바닥나 봄과 여름을 넘길 일이 꿈만 같다. 그럴 때 그들의 신명을 지켜주는 곡식이 보리다. 장기는 비교적 따뜻한 남쪽 지방이라 보리농사를 짓기에 안성맞춤이다. 허기진 배를 추스르고 보리타작에 나서는 손길이 씩씩하고 마음이 들뜨는 것도 당연하다.

농사일을 거들자니 경험도 기력도 딸리는 정약용은 그래도 도움이 될까 타작마당으로 나갔다. 막걸리 한 사발과 넉넉한 보리밥 참으로 힘을 낸 농군들의 도리깨질 소리를 듣자니 그 역시 신명이 잡힌다. 노동요 소리가 높아갈수록 마당에 쌓이는 보리 이삭의 키도 점점 높아간다. 땀으로 얼룩진 그들의 얼굴에는 수확하는 사람만이 느낄 수 있는 희열과 보람으로 가득하다. 땀의 가치를 아는 사람만이 체감할 수 있는 흥겨움이 정약용의 마음에도 솟구쳐 오른다. 권력과 이권을 좇느라 거짓을 일삼고 모략으로 밤을 지새우는 사람들은 죽어도 알지 못할 참된 삶이 이곳에 있는 것이다.

인간다운 삶이 어디에 있는지 정약용은 농사의 현장에 머물면서 새삼 인식하게 되었다. 자신에게 주어진 본분에 충실한 삶이야말로 진실한 인간의 모습인 것이다. '낙원(樂園)'과 '진객(塵客)'의 거리가 이렇게 먼 줄 그는 비로소 깨닫는다. 정약용에게 있어 유배지의 삶은 진실하고 보람에 찬 삶의 진면모를 발견하는 계기가 되었던 것이다.

4. 처지의 반성과 다짐

이런 생활의 발견은 자연스럽게 자신의 언행과 처지를 반성하고 새로운 출발을 다짐하는 방향으로 진행될 수밖에 없다. 권세를 누리기에 헛배가 부른 권력층을 질타하기에 앞서 자신부터 변화에 앞장서야 한다고 마음을 다잡는다. 이런 점이 바로 그의 학문이 '실학(實學)'이 될 수 있었던 기반이기도 하다.

사실 그런 그의 심경이 반영된 작품은 이것이라고 딱 내세우기에는 어려움이 있다. 어쩌면 그가 유배지에서 쓴 모든 작품과 저서가 이런 심경이 때로는 절절하게 때로는 은유적으로 반영되어 있기 때문이다. 또 때로는 반성과 다짐이 부정적으로 드러나서 시정이 침울하고 비감에 젖어 나타나기도 한다. 아래에서 읽어볼 두 작품이 그런 예라고 할 수 있겠다.

迷茫義路與仁居	의로운 길과 어질게 사는 것 희미하여 헷갈리고
求道彷徨弱冠初	그 길 찾으려고 약관 시절 처음엔 방황했다오.
妄要盡知天下事	망녕되이 세상 일 모두 다 알겠다고
遂思窮覽城中書	나라 안 책이란 책은 자세히 모두 보려고 했다오.
清時苦作傷弓鳥	태평 시대에 하필이면 활에 다친 새가 되어
殘命仍成掛網魚	남은 목숨 이제 그물에 걸린 고기 신세로구려.
千載有人知我否	천년 뒤라도 누가 있어 나를 알아줄는지
立心非枉是才疎	마음 잘못 세운 게 아니라 재주 얕기 때문이라네.

－스스로를 웃다[自笑] 3

　이 시는 비장하다 못해 자기 파괴적인 감정까지 드러나 있다. 제목 자체가 '스스로를 웃는다.' 했으니 자조적(自嘲的)인 것이야 어쩔 수 없다지만 유배지의 힘겨운 삶과 암울한 미래가 이런 심정을 더욱 재촉했을 것이다.

　젊었을 때 정약용의 포부는 컸고 기상도 꿋꿋했다. 불의에 맞서 싸울 용기도 있었고, 그것이 만용이나 허세로 흐르지 않을 정도로 학문을 연마한데다 자질도 어느 정도 갖추었다. 의로운 삶과 어진 삶에 대한 신뢰는 철옹성처럼 단단했다. 그런 자신을 다그치고자 견문을 넓히는 데 도움이 된다면 세상의 책이란 책은 모두 들춰보고 읽어 마음에 새겼다.

　그러나 세상에 나와 세상을 조금씩 알게 되면서 그런 포부와 긍지가 우물 안 개구리의 미망이었음을 알게 되었다. 세상은 나 혼자 운용하는 것도 아니었고, 항상 옳은 길로만 가는 것이 아니었다. 능력도 없이 집안이 좋아 인맥을 타고 높은 자리에 오른 사람들은 자신의 무능과 부패가 드러날까 노심초사했고, 그 해결책을 '싹수가 보이는 놈'을 때려잡는 데서 찾았다. 시에서 적어놓은 '태평 시대[清時]'는 그나 '싹수나 노란 놈'이나 똑같이 누렸지만, 그 내용을 보는 방식은 판이하게 달랐다. 그들의 마수에 걸린 자신은 '활에 다친 새'가 되었고, '그물에 걸린 고기'로 전락했다. 이런 끔찍한 현실 앞에서 정약용의 마음은 흔들린다.

성군(聖君)은 사라졌고, 세상은 부적격자들이 득세하고 있었다. 거기에서 천년 뒤에 자신을 알아줄 사람을 찾는 정약용의 심경은 참담하다 못해 참혹했다. 의지는 흔들리고 무력감이 온몸을 휘저었다. 그래서 '마음 세움(立心)'이 잘못된 것이 아니라 '재주 얕음(才疎)'이 부끄럽다는 고백은 읽는 이의 마음을 한없이 처량하게 만든다.

雜草牛行逕	잡초밭 소가 다니는 길이고
浮雲鶻沒天	뜬구름에 송골매가 하늘에 묻힌다.
漸衰依瘦杖	늙어가자 작고 가는 지팡이 짚고
獨立聽流泉	홀로 서서 흐르는 샘물 소리 듣는다.
沙暖漁罾散	모래 따스해지자 여기 저기 그물질이고
林風野蔓懸	숲에 바람 일자 야생 덩굴 대롱대롱
淸寧定何日	평화롭게 다스려질 세상은 어느날일까
惆悵念流年	세월 흐름 생각자니 서글퍼지네.

-홀로 서서[獨立]

이 시는 언뜻 보기에는 전원의 한갓진 풍경을 무심하게 묘사한 작품처럼 보인다. 그러나 전편을 타고 흐르는 시정은 쓸쓸하기 그지없다. 소가 풀을 뜯고 송골매가 하늘을 나는 그 길을 걸으면서 한가한 정취에 젖기보다는 외로움에 우울해한다. 샘물이 솟아 내를 이뤄 흐르는데 자신이 몸담을 곳은 어디에도 없다. 도성에서도 그랬듯이 유배지에서도 그는 철저히 혼자였다. 이런 유폐된 처지에서 그나마 희망을 읽을 수 있는 여지조차 많지 않았다. 시국은 점점 파국으로 치달았고, 모순은 잠재된 것이 아니라 암종처럼 커가고 있었다.

경련(頸聯)에 와서야 분위기가 조금 온화해진다. 모래사장의 따스한 햇살은 정겹게 몸을 감싸고, 물가에서는 사람들이 모여 천렵으로 떠들썩하다. 바람이 일 때마다 덩굴들은 몸을 흥겹게 놀리고 들판은 충일한 결실을 향한 계획들로 분주해진다. 사람이 세상을 속여도 자연은 올바른 이치의 길에서 한 치도 벗어나지 않는다. 이런 서정적인 분위기를 읽고서야 정약용은 심중에 억눌렸던 회오(悔悟)의 찌꺼기를 씻어낼 수 있었다. 여전히 세상은 참담하지만 '평화롭게 다스려질 세상'은 멀지 않은 곳에 있다고 자신을 설득하는 것이다. 그리고 그 설득은 호소력이 짙어 그에게 용기를 불어넣었다.

정약용은 시에서 자신이 유배지에서 체험한 자포자기의 심경을 여과 없이 표출했다. 그러나 그는 바닥에 떨어져서도 안이하게 자멸의 길로 가지는 않았다. 그것이 바로 정약용이 시대를 앞서고 미래의 전망을 제시할 수 있게 만든 원동력이었다.

5. 나라와 민중의 안위를 염려함

정약용이 유배지로 내몰린 원인을 한마디로 설명하면 결국 당파 싸움 때문이었다. 한유(韓愈)는 자신의 글 「붕당론(朋黨論)」에서 당파가 문제가 아니라 군자당(君子黨)은 배척당하고 소인당(小人黨)만 활개를 치는 모순에 대해 갈파했지만, 근본적으로 붕당은 이점보다 폐해가 많은 제도다. 특히 조선조 때처럼 국가와 백성의 이익보다는 자기 당파의 이해관계에 목숨을 걸었던 현실에서 당파의 반목과 이익 추구는 파멸의 길을 부추기는 악습이 아닐 수 없었다.

정약용 역시 그런 말폐에 대해 정확한 인식을 하고 있었다. 현실을 직시하지 못하고 허세와 외양 꾸미기에만 몰두해 국가를 존폐의 위기로 몰고 간 일이 얼마나 잦았는지 그가 모를 수는 없었다. 자신 또한 남인(南人)의 자장 아래 묶여 있었지만, 혹독한 현실을 몰고 온 주원인이 당파에 있었음을 외면하지 않았다.

蠻觸紛紛各一偏	제각기 편당 지어 아옹다옹 다투던 일
客窓深念淚汪然	나그네 되어 깊이 생각하니 눈물이 줄줄 흘러.
山河擁塞三千里	산과 강은 기껏해야 삼천린데
風雨交爭二百年	비바람 속에서 서로 싸운 지 이백년일세.
無限英雄悲失路	많은 영웅호걸이 길을 잃어 슬퍼했고
幾時兄弟恥爭田	어느 때나 형제끼리 전답 싸움 부끄럽게 여기랴.
若將萬斛銀潢洗	만일 저 많은 은하수로 씻어낼 수 있다면
瑞日舒光照八埏	상서로운 해의 빛이 온 누리를 비출 텐데.

－울적함을 풀어내다[遣興]

넓지도 않은 반도의 땅덩어리는 당파의 편재에 따라 조각나 있었다. 인재가 없는 것이 아니라 인재가 쓰일 길이 막혀 있었다. 비좁은 국토를 알뜰히 가꿔 삶의 터전으로 일궈야 할 사람들이 옥토를 황폐하게 만드는데 몸을 사리지 않았다. 이백 년 넘게 지속된 당쟁은 나라를 사시사철 비바람으로 몸살을 앓게 했고, 그 서슬에 고통을 받는 것은 고스란히 백성들의 몫이었다.

시대마다 뜻을 품은 영웅호걸들이 몸을 일으켜 웅지를 펴고자 했지만, 당쟁의 풍랑은 그들을 하나하나 거센 물살 속에 쓸려가게 만들었다. 따져보면 같은 말을 쓰고 같은 풍속 아래 사는 피붙이 같은 존재들인데, 화목과는 거리가 먼 재산 싸움에만 열을 올렸다. 그런 집안이 온전할 리 없듯이 나라 역시 와해되기는 시간 문제였다. 그 시기 정약용은 유배지에서 왕조의 몰락을 엿보았던 것이다.

은하수 물이라도 퍼올 수 있다면 이런 망조들을 쓸어버리고 싶다고 그는 욕망한다. 암울한 먹구름이 씻기고 밝은 햇살이 온 누리를 비춘다면 제 한 몸 희생하는 것이 두려울 리 없었다. 그러나 정약용의 간절한 염원이 현실화되기에는 상황은 점점 어려워지고 있었다. 그러기에 답답한 울분은 쉽게 가셔지지 않는 것이다.

장기로 유배 오는 도중 지나갔던 문경 새재에서 느낀 감회를 적은 아래 시는 시세를 그릇 판단해 나라를 망친 사례가 무릇 과거의 일만이 아님을 천명하고 있다.

吾觀陰雨備	내가 보기에 전쟁 방비책은
最於鳥嶺堅	새재를 굳게 지킴이 첫째이었다.
重關鐵葉扉	이중 관문에 철 조각으로 문짝 만들고
樓櫓摩中天	치솟은 망루도 하늘에 다가가듯 지어졌다.
天險旣難越	넘기 어려운 이 천연의 요새지인데
人謀何獨偏	사람들이 어찌하여 소홀히 여겼을까.
若遂廢亭障	관문을 만일 아예 없애버렸던들
便可高枕眠	도리어 베개 높이 베고 잠잤을 텐데.
荊榛暗風磴	산길 돌계단 숨겨져 위험하거늘
誰與通人煙	사람 자취 누구라도 통과하게 하겠는가.
攻守無常勢	공격과 수비는 일정한 형세 없고
膠柱難調絃	융통성 없이는 줄 고르기 어려운 건데
秋風廓無翳	추풍령도 확 트여 가려짐 없고
八羊平如田	팔양령도 평평한 밭 같았다.
隄防正在此	막을 곳은 바로 여기인데
疏闊自昔賢	옛날 인재들도 소홀히 터놓았다오.
亡羊莫補牢	염소 잃고 우리 고쳐 쓸데없지만

得魚休忘筌	고기 잡았어도 통발은 잊지 말아야지.
暫憩松根石	솔뿌리 바위에서 잠시 쉬면서
長嘯望山巓	산꼭대기 바라보며 큰소리치네.

―새재[鳥嶺]

임진왜란 당시 전략적으로 요충지인데다 산세가 험해 왜군의 승세를 제압하기에 좋은 새재를 버리고 장군 신립(申砬)은 탄금대로 물러나 배수진을 쳤다. 새도 넘기 어렵다는 새재를 버리고 평지에서 적을 맞은 것은 공격과 수비의 형세가 일정하지 않은 사실을 몰라 저지른 오판이었다. 그 결과 한양 도성을 버리고 멀리 의주까지 달아나는 비극을 가져왔다.

정약용은 옛 시절의 오류를 들춰내 옛 사람들의 잘못을 재판하고자 이 시를 쓴 것은 아니었다. 염소를 이미 잃었더라도 다시 짐승을 기르자면 무너진 우리는 고치는 것이 당연한 수순이라는 것이다. 고기를 잡았다고 해서 통발을 던져버리면 다음 고기를 잡을 수 없는 것은 사물의 이치고 역사의 교훈이다.

지금 시대에 사람들은 예전의 잘못을 반복하려 하고 있다고 정약용은 보았다. 전쟁이 아니더라도 나라가 망할 상황은 얼마든지 전개될 수 있다. 새재를 단속하듯이 나라의 허점을 찾아내 보강하고 강점을 강화시키지 않는다면 다시 나라를 걸고 배수진을 쳐야 할 사태가 벌어지리라는 사실을 정약용은 경고하고자 했던 것이다.

길게 한숨을 쉬면서 새재의 험한 산줄기를 보는 정약용의 심사는 우울하기만 하다. 그 경고와 충고에 귀 기울이는 사람이 나날이 줄어들고 있기 때문이었다.

海狼狼身而獺皮	솔피란 놈 이미 몸통에 수달 가죽으로
行處十百群相隨	가는 곳마다 열 마리 백 마리 떼지어 따른다네.

水中打圍捷如飛	물속에서 사냥할 땐 나는 듯 재빠르기에
欻忽揵襲魚不知	재빨리 덮쳐오면 고기들도 모른다오.
長鯨一吸魚千石	큰 고래 한번에 고기 천석 삼키기에
長黦一過魚無跡	큰 고래 한번 지나가면 고기떼 자취도 없다.
狼不逢魚恨長鯨	고기 떼 만나지 못한 솔피 큰 고래 원망하여
擬殺長鯨發謀策	큰 고래 죽이려고 계책을 헤아리고 짜내었겠다.
一羣衝鯨首	한 떼는 고래 머리 들이받고
一群繞鯨後	한 떼는 고래 뒤를 둘러싸고
一群伺鯨左	한 떼는 고래 왼편에서 기다리고
一群犯鯨右	한 떼는 고래 오른편을 습격하고
一群沈水仰鯨腹	한 떼는 물에 잠겨 고래 배를 치받고
一群騰躍令鯨負	한 떼는 뛰어올라 고래 등에 올라타고서
上下四方齊發號	위아래 사방에서 일제히 고함을 지르며
抓膚齧肌何殘暴	살갗 긁어대고 살을 물어뜯고 어찌 그리 잔인하고 흉포했으랴.
鯨吼如雷口噴水	우레같이 부르짖으며 입으로 물을 뿜어
海波鼎沸晴虹起	바닷 물결 들끓고 맑은 하늘에 무지개 일더니
虹光漸微波漸平	무지갯빛 점점 옅어지고 물결 점점 잔잔해지니
嗚呼哀哉鯨已死	아아! 슬퍼라 고래 이미 죽었구나.
獨夫不遑敵衆力	혼자서는 뭉친 힘을 당해낼 수 없어
小黠乃能殲巨慝	약삭빠른 조무래기들 잘도 큰 재앙을 없앴네.
汝輩血戰胡至此	너희들 피 터지는 싸움 어찌 이 지경에 이르렀나
本意不過爭飮食	본뜻은 기껏해야 먹이 싸움 아니더냐.
瀛海漭洋浩無岸	가없고 끝없는 그 넓은 바다에서
汝輩何不揚鬐掉尾相休息.	너희들 왜 지느러미 날리고 꼬리 치면서 서로 좋게 살지 않느냐.

－솔피노래[海狼行]

소인배들이 정권을 차지하고 지키기에만 골몰하여 골육이 무너도록 다툼으로 치닫는 현실을 풍자한 이 우화시(寓話詩)는 그래서 의미심장하다. 고래는 고래대로 배포 크게 세상의 재물을 제 뱃속에 채우려 하고, 솔피(범고래)는 솔피대로 작당하여 권력을 차지하려 드는 것이 당시의 정국이었다. 바다가 오염되어 삶터를 잃은 채 방황하고 비명을 지르는 물고기들의 참상이 그들의 눈에는 들어오지 않았다. 뜻 있는 인사들은 유배지로 내몰리거나 죽임을 당했다.

고래든 솔피든 말로는 나라를 위한다는 명분을 내세운다. 그러나 그들이 말하는 위국(爲國)은 자신들이 독점해야 할 먹이가 있는 사전(私田)일 뿐이었다. 바다와 강과 들판과 농토, 산야가 골고루 배치된 이 강토는 서로 도우면서 경작한다면 모두 함께 번영을 누릴 잠재력을 지니고 있었다. 너무나 확연한 이 이치를 모르는 모리배들의 근시안이 정약용을 더욱 탄식하게 만들었다.

6. 끝맺는 말

약 9개월의 짧은 장기 유배 생활을 마치고 정약용은 다시 심문을 받은 뒤 강진으로 유배 길을 떠나야 했다. 이는 숙종 때 정론을 펴다 평안도 선천으로 유배를 간 뒤 1년 뒤 풀려났다 다시 남해로 유배를 간 김만중(金萬重, 1637~1692)의 처지를 연상시킨다. 김만중은 노론이었고 정약용은 남인이었지만, 그들의 마음은 한결같이 나라를 염려하고 백성들의 삶을 향하고 있었다.

강진 유배기는 18년의 긴 기간이었지만, 장기에서의 그것보다는 상대적으로 생활하기에 난관은 적었다. 외가인 해남 윤씨 집안이 인근에 있었고, 이미 장기에서 겪은 심신의 고통은 그에게 좋은 담금질이 되었다. 장기에서 보고 들은, 그래서 더욱 단단한 생각으로 다져진 현실 인식은 그가 강진에서 우람한 경세학을 구축하는 데 더할 나위 없이 소중한 밑거름이 되었다. 이런 점에서 짧은 장기에서의 유배 생활과 그 체험이 녹아난 유배시들은 그 가치가 더욱 높은 것이다. 정약용 문학과 사상의 전모를 읽는 데 장기 생활과 유배시는 등신대의 거울이라고 해도 무방하다.

蒙庵 李埰의 생애와 문학

시문에 나타난 벽이단론 및 포폄론, 정명론적 역사인식을 중심으로

1. 들어가는 말

공자는 일찍이 백이(伯夷)와 숙제(叔齊), 우중(虞仲), 이일(夷逸), 주장(朱張), 유하혜(柳下惠), 소련(少連) 등을 일민(逸民)으로 거론하면서[1] 그들이 비록 세상에서 크게 현달하지는 않았지만 사람들이 본받을 만한 점이 있다면서 이들의 행적을 주목해야 한다고 말했다. 이 말은 높은 관직에 오르지 않고 큰 업적을 남기지 않았다 해서 그들의 인품과 덕망을 가벼이 여겨서는 안 될 것이란 교훈을 담고 있다고 할 수 있다. 즉 산야에 숨어 살면서 은일(隱逸)로 자처한 사람들의 말과 글이야말로 후세에 그 가치가 빛날 것이란 뜻으로 풀이할 수 있다.

몽암(蒙庵) 이채(李埰, 1616~1684)는 평생 과거(科擧)에 연연하지 않고 경주란 지방에 은거하면서 학문을 익히고 후학을 가르치는 일에 전념했다. 이런 그의 행적만으로도 우리는 그를 공자가 말한 일민의 한 예로 드는 데 주저할 필요를 느끼지 않는다. 더구나 그는 지방인으로서 은거하는 일에만 국한하지 않고 자기 지역의 역사와 문화에 깊은 관심을 보여, 이를 시문으로 남겼다. 그 결과를 우리는 『몽암집』에서 읽을 수 있다.

---

1) 『논어(論語)』 미자편(微子篇) 8.

이런 이채의 은일인으로서의 생애와 업적을 조명하는 것은 대단히 중요한 일이다. 그가 세상을 떠나고 330여 년이 지난 오늘에야 그의 업적을 살펴보는 자리를 가지게 된 것은, 그가 남긴 글의 무게를 따져볼 때 때늦은 감이 들 정도다.

본고는 그런 작업의 일환으로 이채의 생애와 문학, 사상, 영향 등을 살펴보고자 이뤄진다. 다만 필자의 역량이 한계가 있고, 시간적인 제약 때문에 우선 그의 생애와 문학적인 성과를 먼저 짚어보고자 한다. 문학적 업적 가운데서도 그의 사상의 일단이 드러나는 불교시와 역사관을 읽을 볼 수 있는 영사시문(詠史詩文), 참신한 언어유희가 드러난 일부 시들에 담긴 의미를 풀어보고자 한다. 기타 부분들도 좀 더 시간을 가지고 천착한다면 이채의 전면모를 입체적으로 재구할 수 있는 성과를 거두리라 생각한다.

2. 몽암 이채의 생애

몽암 이채의 생애는 이현일(李玄逸)[2]이 작성한 「행장(行狀)」[3]을 통해 확인할 수 있다.

이채는 광해군 8년인 1616년에 태어나 숙종 10년인 1684년에 세상을 떠났다. 본관은 여주(驪州)고, 자는 석오(錫吾)며, 호는 몽암(蒙庵)으로,

---

2) 이현일 : 1627~1704. 조선 후기의 문신. 학자. 본관은 재령(載寧)이고, 자는 익승(翼升)이며, 호는 갈암(葛庵)이다. 영남학파(嶺南學派)의 거두로 이황(李滉)의 학풍을 계승한 대표적인 산림(山林)으로 꼽힌다. 1646년과 1648년에 걸쳐 두 차례 초시에 합격했지만 벼슬에 뜻이 없어 향리에 칩거했다. 1677년 공조좌랑을 제수받아 비로소 중앙정계에 나아갔고, 1699년 방귀전리(放歸田里)되었다. 저서에『갈암집』과『홍범연의(洪範衍義)』가 있다.

3)『몽암집』권6 부록(附錄).

경주 양좌리(良佐里)에 살았다. 고조부는 백세의 스승으로 칭송되는 회재(晦齋) 이언적(李彦迪, 1491~1553)이고, 증조부는 사옹원판관을 지낸 이응인(李應仁)이며, 조부는 양졸당(養拙堂) 이의징(李宜澄)이고, 부친은 종사랑(從仕郞) 이교(李皦)다. 더 거슬러 올라가면 고려시대 때 향공진사(鄕貢進士)였던 이세정(李世貞)의 후손이다. 집안은 조선조에 들어 이번(李蕃)이란 분이 영일(迎日)에서 경주로 옮겨와 살면서 경주에 터전을 잡게 되었다.

태어날 때부터 남다른 재질을 보였는데, 8·9세 때 종조(從祖)인 군수공(郡守公) 이의활(李宜活)[4]에게서 배웠다. 군수공은 "우리 집안을 빛낼 사람은 바로 이 아이(世吾家者 必此兒也)"라면서 극찬했다.

그는 특히 경전과 역사에 능통했고, 시문도 잘 지었다. 그때 고을에서 하과(夏課)를 내어 인재를 뽑았는데, 누가 다른 사람의 손을 빌려 글을 내라고 하자 "하과 또한 나라의 시험인데, 어찌 남의 손을 빌려 관원을 속이겠냐."면서 직접 쓴 글을 내 선자의 좋은 평가를 받았다. 그의 성품의 일단을 보여주는 예라고 할 수 있다.

사서(沙西) 전식(全湜)[5]이 경주부윤(慶州府尹)으로 왔다가 그의 재주를

---

4) 이의활 : 1573~1627. 조선 중기의 문신. 학자. 본관은 여주(驪州)고, 자는 호연(浩然)이며, 호는 설천(雪川)이다. 1610년 성균관에 들어가 수학하고, 진사시에 합격하여 호조좌랑과 감찰을 거쳐 고령현감에 나갔다. 1618년 증광시에 급제하여 함경도사로 나갔다. 1620년 이이첨(李爾瞻) 등이 전횡하자 낙향했다. 1623년 반정이 성립되어 흥해군수에 발탁되었다. 폐정을 바로잡으며 선정을 베풀었고 탐관오리를 근절했다. 1627년 몸을 돌보지 않고 일하다 군청에서 순직했다. 저서에 『설천문집』 4권이 있다.

5) 전식 : 1563~1642. 조선 중기의 문신. 자는 정원(淨遠)이고, 호는 사서(沙西)며, 본관은 옥천(沃川)이다. 1589년 진사가 되었다. 임진왜란 때 의병을 모아 왜적 수십 명을 죽이고, 김익남(金益南)의 추천으로 연원도찰방(連原道察訪)이 되었다. 1603년 식년문과에 급제했지만 광해군의 실정으로 벼슬을 단념했다. 인조반정으로 예조정랑에 등용되었다. 병자호란이 일어나자 의병을 일으켜 적을 방어했다. 상주(尙州) 백옥동서원(白玉洞書院)에 제향되었다. 시호는 충간(忠簡)이다.

아껴 손녀사위로 삼았다. 전식은 "내가 경주(동경)에 와서 기이한 보배를 얻었다.(吾於東京得一奇寶)"고 했으니, 바로 그를 두고 한 말이었다.

여러 차례 향시(鄕試)에 응하였으나 번번이 낙방하고 1665년(현종 6)에 비로소 상사(上舍)에 뽑혔다. 1666년(현종 7) 병오식년사마시(丙午式年司馬試)에 진사(進士) 2등으로 합격했다. 1676년(숙종 2)에 유일(遺逸)로 천거되어 영릉참봉(英陵參奉), 다음 해에는 빙고별검(氷庫別檢)에 제수되었으나 모두 부임하지 않았다. 이처럼 당시 고을원이 여러 차례 학행을 들어 천거했지만, 그는 "유일이란 은거하면서 뜻을 구하지 문달하기를 바라지 않는 것이다. 어찌 과거시험에 매달려 성과도 얻지 못하고 병들어 머뭇거리다가 늙어 물러나 주저앉은 이를 일컫겠는가. 내실도 없이 명성만 얻는다면 이는 크게 부끄러운 일이다.(所謂遺逸者 乃是隱居求志 不要聞達者之稱 豈從事科場 勤苦而無成 疾病淹滯衰退屛伏者之謂 無其實而得其名 可羞之甚也)"라고 하면서 사양했다.

그리고는 지금 머무는 곳이 유한(幽閑)한 정취가 부족하다면서 안계리(安溪里)로 거처를 옮기고, 이곳에 집을 짓고 곁에 별당을 지어 이름을 몽암(蒙庵)이라 했다. 집안에는 도서를 갖추고, 주변에는 화훼를 심어 즐기는 한편 집안 자제들과 동네 아이들을 모아 가르치니, 병이 아주 깊지 않으면 그치지 않았다.

그는 두 번 혼인했다. 첫 번째 아내는 위에 말한 전식의 손녀딸인데, 현모양처였지만 그의 나이 33살 때 사별했다. 둘째 아내는 승사랑 박문립(朴文立)의 딸인데, 그는 이 두 부인에게서 아들 다섯을 보았다. 이덕현(李德玄), 이덕제(李德齊), 이덕무(李德袤), 이덕언(李德言), 이덕경(李德慶)이 그들이다.

이채는 7형제 가운데 둘째로 태어났다. 형제들 사이에 우애가 좋아 같은 고을에서 살다 늙어 흩어졌는데, 늘 그리는 마음을 달래지 못해 애통해 했다. 사람들을 가르칠 때는 늘 백인(百忍)을 강조했고, 남들의 안위를 염려하면서 말을 했으면 실천에 옮길 것을 중시했다.

다른 사람의 장단점이나 사사로운 일에 대해 따지지 않았으며, 가족들이 화목하게 지내고 이웃사람들에게 공손하면서 청소담박(淸疎淡泊)한 삶을 좋아했다. 사업을 경영해 후손을 위한 계책으로 삼지 않아 집안이 늘 궁색했지만 항상 분수를 지켜 편안하게 지냈다.

과거 공부에 얽매이는 것을 싫어해 자제들에게 "남자의 사업은 과거시험에 있지 않고 전대 유학자들의 업적을 살펴 이를 계승하는 것을 책무로 삼아야 한다.(男子事業 不在科擧 觀前代遺賢 以繼開爲己責)"고 강조했다. 한묵(翰墨)에 연연하지 말고 속학(俗學)에 빠지지 말며 허생허사(虛生虛死)해서는 안 되니, 부모에게 효성을 다하고 형제간에 우애롭게 지내며 벗들에게는 믿음을 주는 삶을 사는 일에 가치를 두었다.

많은 책을 읽었지만 특히 『중용』과 『맹자』를 중시했고, 손수 지은 시문은 평담소산(平淡蕭散)한 풍격을 보여주었다.

말년에 계모인 손부인의 상을 당해 애통함이 지나쳐 건강이 상해 1683년 겨울부터 병으로 누었는데, 병이 위중해지자 아이들을 불러 검소하게 장례를 치를 것을 당부하고는 1684년 7월 4일 69세를 일기로 세상을 떠났다. 그해 10월 3일 자인현(慈仁縣) 광석산(廣石山) 해향(亥向) 언덕에 묻혔다. 이때 수백 명의 사람들이 만사(輓詞)를 지어 선생의 덕행을 기렸다.

3. 이채의 저서와 문집에 대하여

그에게는 문집 외에 1669년(현종 10)에 경주부윤인 민주면(閔周冕) 등과 함께 편찬한 저서 『동경잡기(東京雜記)』가 있다. 이 책에는 17세기 경주지역의 사정과 신라시대 이래의 전설과 역사, 풍속, 문물 등이 매우 풍부하게 수록되어 있다. 1845년(헌종 11)에 성원묵(成原默)에 의해 증보, 중간되어 지금도 지방문화지로서 소중하게 읽히고 있다.

『몽암선생집(夢菴先生集)』은 1832년(순조 32)에 후손인 이윤상(李潤祥) 등이 편집하고 간행했다. 6권 3책으로 이루어져 있으며, 권두에는 유심춘(柳尋春)의 서문과 권말에는 이병원(李秉遠)과 이정기(李鼎基)의 발문이 있다. 목판본으로 규장각과 국립중앙도서관에 소장되어 있다.

권1~3에 시 311수[6], 사(詞) 1편, 소(疏) 3편, 권4에 서(書) 5편, 잡저 7편, 서(序) 3편, 기(記) 1편, 발(跋) 1편, 권5에 축문 7편, 제문 10편, 잠(箴) 1편, 명(銘) 4편, 상량문 3편, 묘갈명 1편, 묘지명 4편, 행장 2편, 권6에 부록으로 행장, 가장후서(家藏後敍), 묘갈명, 묘지명, 만사 42수, 제문 11편 등이 수록되어 있다.

시에는 자연을 노래한 작품이 많은데, 시풍이 평이하면서 담박하고 조용하면서 한가하다(平淡蕭散)하다는 평을 들었다. 그 가운데 「정식잡영(庭植雜詠)」 14수는 매(梅)·국(菊)·도(桃) 등 14종의 화훼를 들어 노래한 작품으로, 정서적인 풍취가 넘쳐흐른다.

「엽사시(獵史詩)」는 선생이 심혈을 기울여 지은 대작이다. 오언장편(五言長篇) 약 270여운으로 이루어져 있는데, 중국 상고시대로부터 명나라 때까지 역대 제왕의 치란흥망사(治亂興亡史)와 재상들의 현부(賢否), 인재의 쇠퇴와 융성 등을 상세하게 기술하는 한편 역사적 교훈이 무엇인지에 대해서도 조목조목 지적하고 있다. 중국 역사 교과서와 윤리 교훈서로서도 큰 의미가 있는 작품이라 하겠다.

---

6) 작품 제목으로만 보면 269수다. 이 수치는 연작시의 작품을 별개 작품으로 계산해 산출한 것으로 보인다.

서(書)에는 주로 예설(禮說)에 대한 논술이 많다. 소 가운데 「경주청복구호소(慶州請復舊號疏)」는 1601년(선조 34) 경주부(慶州府)를 읍으로 강등하고, 감영을 대구로 옮긴 데 대해 반대하는 내용의 상소문이다. 경주가 신라의 발상지로서 고도(古都)의 유풍여속(遺風餘俗)이 존재하고 있음을 강조하고 감영을 경주에 두어 경주부로 복원할 것을 촉구했다.

잡저 가운데 「유도덕산록(遊道德山錄)」은 경주에 있는 도덕산 일대를 유람하고 쓴 글이다. 그 산의 형태와 기상이 도덕군자와 같다고 극찬하면서, 등산의 목적이 심지(心志)를 단련시키는 데 있다고 지적하고, 학문에 견주어 설명했다.

「작구양소편(鵲鳩兩巢篇)」은 사람이 분수를 알면 편하다는 내용을 까치와 비둘기에 비유해 논술한 글이다. 「봉설(蜂說)」에서는 미물인 꿀벌에게도 군신지의(君臣之義)가 있음을 들어 충의를 강조하고 있다.

「차원조오잠(次元朝五箴)」은 고조부인 이언적의 「오잠(五箴)」을 본받아 지은 것이다. 외천(畏天)·양심(養心)·경신(敬身)·개과(改過)·독지(篤志) 등에 대해, 진덕수업(進德修業)을 목적으로 서술한 자경문(自警文)이다.[7]

4. 시문과 생애에 대한 평가

이채의 문학과 생애에 대한 평가는 문집의 모두에 실린 「서문」과 끝에 실린 「발문」을 통해 전모를 확인할 수 있다. 『몽암집』 서문은 유심춘(柳尋春)[8]이 썼고, 발문은 이병원(李秉遠)[9]과 이정기(李鼎基)가 썼다.

---

7) 『몽암집』에 대한 설명은 『민족문화대백과사전』 '몽암문집'조에 나오는 해제를 주로 참조했다.

8) 유심춘 : 1762~1834. 조선 정조와 철종 때의 문신. 본관은 풍산(豊山)이고, 자는 상원

유심춘은 덕행과 문예는 본말과 선후의 순서가 있는데, 문행(文行)이 겸비되어야 지극하다고 지적하면서 이채가 바로 그런 인물임을 내세웠다. 이채는 실천을 중시하면서 여력이 있으면 학문에 힘썼지만 깊이가 녹록치 않고 『중용』과 『맹자』를 깊이 배워, 그 울력이 문장에 드러났다고 평가했다.

문장의 풍격은 평담소산하여 이미 여러 현학들의 높은 칭송을 들었다면서 이런 점으로 볼 때 이채는 "문행을 겸비하면서도 본말 어느 쪽도 놓치지 않은 군자(文行兼備本末不遺之君子)"라는 것이다. 또 덕이 이미 높았어도 겸손했고 성취에 만족하지 않은 품성도 높이 기렸다. 미수 허목(許穆, 1595~1682)이 선생의 능력이 크게 펼쳐지지는 못했지만 공에게는 아무런 허물이 되지 못하며 세도(世道)가 융성하지 못한 안타까움이라고 한 말을 인용해 그의 재능과 인품을 거듭 높이 평가하고 있다.

발문을 쓴 이병원은 대현(大賢)이 사라진 뒤 공문(孔門)의 시례(詩禮)가 계승되지 못하더니 회재 이언적 선생의 후손인 몽암이 산림초택에서 가학 계승을 자신의 임무로 삼아 이를 이었다고 평가했다. 회재가 염민(濂閩)의 끊어진 실마리를 이었고, 몽암은 이를 가정에서 훈습하면서 옛 덕을 되살렸다고 지적했던 것이다.

아울러 평생 벼슬하지 않고 지방의 산야에서 공부한 것이 회재의 회(晦)[10]에 담긴 뜻을 실천한 것이라고 하면서, 이채의 문장은 우여섬후

(象元)이며, 호는 강고(江皐)다. 유광수(柳光洙)의 아들로, 유발(柳潑)에게 출계했다. 평소 『주자대전(朱子大全)』을 탐독하여 성리학에 조예가 깊고 시문(詩文)에도 능했다.

9) 이병원 : 1774~1840. 조선 말기의 문인. 자는 신가(愼可)고, 호는 소암(所庵)이며, 본관은 한산(韓山)이다. 1801년 진사시에 합격하고, 1815년 목릉참봉(穆陵參奉)을 거쳐 의금부도사(義禁府都事), 청하(淸河)와 비안(比安)의 현감을 지냈다. 공덕을 쌓기에 힘썼고, 넓은 식견으로도 항상 부족한 마음을 가져 일용에서 힘을 쏟았다. 저서에 『가범(家範)』과 『문답기(問答記)』가 있다.

(紆餘贍厚, 폭이 넓고 넉넉하며 풍부하고 두터움)하여 의리(義理)에 뿌리를 두고 있다고 지적했다.

이채의 현손인 이정기는 증조가 겸허회양(謙虛晦養, 겸손하게 자신을 낮추고 은거하면서 뜻을 기름)한 실재가 있는 분이라고 말했다. 선갱이 평소에 "나는 먼저 후손들을 바로잡아 속학이나 통속적인 틀 안에 갇혀 선조들의 가르침을 잃을까 두려워한다.(余以先正耳孫 落在俗學科臼隆 失先訓爲可懼)"고 말했다면서 큰소리로 과장하지 않고 자신을 낮추었으니 여기에서 선생의 뜻을 살펴볼 수 있다고 지적했다. 이런 글들이 후세에 전하지 못할까 염려해 집안사람들이 상의해 문집을 간행했다면서, 문집 발간의 경위도 설명하고 있다.

이를 통해 몽암은 학문이란 수기(修己)에만 머물지 않고 치인(治人)에 이르는 실천이 중요하며, 자신을 낮추고 상대를 존중하는 겸손한 자세로 평생을 살아간 사람이라는 사실을 알 수 있다. 또 공령문(功令文)에 빠지는 폐단을 염려해 과거에 힘쓰지 못하게 하면서 글은 심성의 바름을 표출한 것이라는 지론을 내세웠음도 알 수 있다. 이런 점들이 후세 학자들이 몽암을 높게 평가하는 기준이자 근거였다. 그 실제적인 예는 몽암의 문집에 실린 글들을 차근차근 살펴봄으로서 확인할 수 있을 것이다.

5. 불교 관련 시문에 보이는 몽암의 사상 : 벽이단과 선경·투한의 지향

몽암이 살다 간 17세기 초중반은 임진왜란이 끝난 지 얼마 지나지

---

10) 도회(韜晦) : 재지(才智)나 학문(學問) 등을 감추고 드러내지 않음. 도장(韜藏).

않았고 병자호란이 발발해 국난과 국치(國恥)가 거듭되던 시기[11]였다. 한 마디로 200여 년 동안 지속되던 양반 사대부의 통치 기반에 균열이 와서 대안이 모색되던 시기였다. 전란으로 피폐해진 국가의 경제를 재건하고 민심을 수습하는 일이 당면한 과제로 대두되고 있었다. 몽암이 사색보다는 실천을 중시한 점은 이런 시대의 요구에 부응한 결과로도 보인다.

한편 몽암은 비상시국을 맞아 유가 지식인들이 정신적으로 나태해지고 위축되는 점에 깊은 우려를 했던 것으로 보인다. 그런 몽암의 우려는 벽이단(闢異端)의 강고한 자세로 나타나고 있다. 보통 조선시대 유가 지식들의 불교에 대한 태도를 두고 외유내불(外儒內佛)이라 해서 유불 간의 소통과 상호 이해를 많이 이야기한다. 그런데 몽암의 시문을 읽으면 이런 문제에 대해 상당히 분명한 선을 긋고 있음을 알게 된다. 이런 자세가 곧 불교에 대한 적의라든가 부정으로 이어지는 것은 아니겠지만, 근본은 든든히 하지 않고 외치(外侈)에만 골몰하는 세태에 경종을 울리려는 의도가 있었던 것은 분명해 보인다.

경주 인근에 있는 산인 도덕산(道德山)을 유람하고 쓴 「유도덕산록」(계미년[1643년, 몽암 28세] 지음)은 기본적으로 기행문이지만, 이 글에도 불교에 대한 몽암의 인식을 보여주는 기술이 몇 군데 있어 주목을 요한다.

몽암 일행이 두덕암을 거쳐 정상 가까이 올라가 작은 암자에 이르렀을 때 늙은 승려가 나와 마중해 주었다. 승려가 원래 이 암자는 한때 대찰(大刹)이었는데 퇴락하고 다시 중창하려고 하나 재력이 부족해 그렇지 못했다면서 절경에 비해 거처가 누추한 것을 아쉬워했다. 이에 대해 몽암은 상당히 단호하게 자신의 생각을 밝히고 있다.

---

11) 임진왜란은 1592년에 발발해 1598년에 종결되었고, 병자호란은 1636년에 일어났다.

　무릇 천지 사이에 있는 만물은 시작과 끝, 흥하고 망하지 않는 것이
없는데, 어찌 유독 사찰만 그렇지 않겠는가. 너희 조사(祖師)[12]께서도 말
한 바 '진찰구겁(塵刹舊劫)'[13]도 바로 이를 두고 한 말이었다. 지금 우리들
의 발걸음은 단지 기이한 경치를 보려는 것이니 사찰의 흥폐는 논할 일이
아니다.[14]

　이런 일침은 사실 승려를 향한 것이라기보다는 같이 간 일행을 염두
에 둔 발언으로 보아도 좋을 것이다. 도탄에 빠진 나라의 경제를 되살려
야 하는 마당에 사사로운 이익이나 욕심에 사로잡혀서는 안 된다는 주
장으로 보이기 때문이다. 또한 불교적 사고에 잠심해 현실을 고해로
보고 탈속하려는 소극적인 자세에 대한 나름대로의 의구심을 피력한
것으로 볼 수도 있다.

　다시 유람을 계속하는데, 제법 글을 아는 지총(智聰), 민홍(敏弘)이라
는 두 승려가 길 안내를 맡아 앞장섰다. 그러자 동행 가운데 한 사람이
오늘 유람이 두 승려를 만난 것은 옛날 한유(韓愈)가 태전(太顚)이란 승
려를 얻은 것과 다름이 없다고 하자 여기에서도 자신의 생각을 분명하
게 밝히고 있다.

---

12) 조사(祖師) : 불교에서 1종(宗)이나 1파(派)를 세우거나 또는 뛰어난 행적을 남긴 승려를
　비롯하여 사찰의 창건주 등에게 붙여지는 호칭. 특히 선종(禪宗)에서 조사라는 명칭을
　많이 사용한다.
13) 진찰구겁 : 진찰은 범어(梵語)로 국토(國土)를 뜻한다. 미세한 먼지의 숫자처럼 무량(無
　量)한 세계를 가리킨다. 겁(劫)은 시간의 단위로 가장 길고 영원하며, 무한한 시간을
　말하는데, 겁파(劫波)라고도 한다. 세계가 성립되어 존속하고 파괴되어 공무(空無)가
　되는 하나하나의 시기를 말하며, 측정할 수 없는 시간, 즉 몇 억 만 년이나 되는 극대한
　시간의 한계를 가리킨다.
14) 「유도덕산록」, 『몽암집』 권4, 凡天地間萬物 莫不有始終興廢 何獨至於寺而不然也 汝
　祖師所謂塵刹舊劫 亦慮此也 今吾之行 只爲窮奇探勝 梵宇之興廢 非所論也.

안타깝구나. 다른 가르침이 사람을 (엉뚱한 길로) 빠뜨림이여. 만약 저들로 하여금 머리에 관을 쓰고 여염집에 살아 우리들을 같은 무리로 여기고 우리 도를 따르게 한다면 뒷날 그 발전된 모습을 아마도 헤아릴 수 있지 않겠는가.[15]

이 발언도 단순히 속세를 벗어난 승려들에 대한 비난이라기보다는 그 역할과 쓰임새가 있는 인재가 바른 길로 들어서지 못하고 엉뚱한 곳에서 재능을 허비하는 것이 안타까워 한 말이라고 봐야 할 것이다. 한 사람의 인재도 아쉬운 시기에 재능이 비범한 사람이 적재적소에서 활동하지 못하는 현실을 지적하려는 의도가 짙다. 이런 점에서 몽암의 벽이단론은 교조적인 과격함보다는 현실에 대한 깊은 성찰에서 비롯된 것으로 탄력적이고 융통성 있는 사고의 일환이었던 것이다.

이 글에는 몽암이 실천적이고 긍정적인 사고를 중시하는 자세를 보여주는 발언도 있어 주목할 필요가 있다. 사람들이 앞길이 험하다면서 주저하자 다음과 같은 말을 일행들에게 한다.

무릇 뜻이란 것은 모든 일의 근본이다. 이 뜻이 단단하지 못하면 아무 일도 이뤄지지 않는데, 여러분들이 산에 오르기로 약속하니 그 뜻이 당당해 좋아보였다. 그런데 지금 중도에 길이 험난하다 꺼려 그친다면, 그 뜻을 이루지 못하는 것이다. 여러분들이 취할 태도가 아니라고 생각한다.[16]

사람이 뜻을 세운 것은 이를 성취하고 전진하게 위해서 세운 것이다.

---

15) 같은 글, 惜乎 異敎之陷人也 若使冠其顚而廬其居 人吾人而道吾道 則異日所就 其可量乎.
16) 같은 글. 夫志者 萬事之根柢也 此志不堅 則萬事不立 諸君結約登山 此志落落可尙 而今乃中路憚難而止 不得遂其志 竊爲諸君不取也.

그런데 조금 어려움이 닥쳤다고 해서 멈추거나 그친다면 결코 그 뜻을
이룰 수 없다. 목표를 정하고 뜻을 세웠다면 어려움이 있더라도 중단해
서는 안 된다고 몽암은 말하고 있는 것이다. 이것은 바로 몽암의 학문하
는 자세이면서 세상을 살아가는 좌우명이었고, 부정한 세계와 충돌했을
때 돌파해나가는 구호이기도 했다. 불교를 대하는 몽암의 태도 역시
대결보다는 차이에 대한 이해가 바탕이 된 상황에서 나온 것으로 보이는
것도 이런 그의 사고의 일단을 간파할 수 있기 때문이다.

몽암의 벽이단론이 반영된 불교 소재 시부터 먼저 읽기로 하자.

寂滅何年廢	적멸암은 언제 없어졌는가?
庵名廢固宜	암자 이름을 보니 없어진 것도 당연하네.
吾儒眞一幸	우리 유가에게는 참으로 한 다행이니
禪道可占衰	선종의 도가 쇠약해져 가는 것이지.[17]

이 시가 무너진 암자를 보면서 기뻐하는 속내를 드러낸 것으로 보아
서는 곤란할 것이다. 기구와 승구에서 한때 흥성했던 적멸암이 없어진
것을 두고 '언어유희(Pun 또는 Paronomasia)'를 펼친 것을 보아도 알 수
있다. 이름이 '적멸'이니 없어진 게 당연하지 않느냐는 반농담조의 표현
이 비장감보다는 웃음을 자아낸다. 앞선 「유도덕산록」에도 나왔지만
삼라만상은 때가 되면 없어지는 것이다. 없어지는 것이 만물의 이치인
데 그 자체에 너무 집착하지 말자는 뜻이 숨어 있다. 이는 달리 말하면
측은지심(惻隱之心)의 발로라 보아도 좋을 듯하다.

그렇다고 해도 이단이 너무 흥성해 유교의 가르침이 흔들리는 것은
바람직하지 않다는 몽암의 생각에는 큰 변함이 없다. 감정보다는 원칙

---

17) 『몽암집』 권2, 「寂滅廢庵」.

을 중시하는 몽암의 생각을 유추할 수 있다.

논리와 실천에서는 엄격한 잣대를 포기하지 않았지만, 사찰을 대하는 그의 정서는 유연하면서 자연인으로서의 정취가 곳곳에 묻어난다. 몽암에게 아름다운 산천 경관 안에 자리한 산사는 선경(仙境)의 이미지로 인식되고 있다.

山作芙蓉石作臺　　　산에는 부용꽃이 피었고 돌로는 누대를 세웠는데
紫霞深處隔紅埃　　　보랏빛 안개 자욱한 곳이 속세와는 떨어져 있네.
蓬萊仙子吾何羨　　　봉래산의 신선을 내 어찌 부러워하리오
吾亦今朝羽化來　　　나 또한 오늘 아침에 우화등선한 것을.[18]

두덕암(斗德庵)은 도덕산을 오르면 초입에 있는 암자다. 계곡 사이 연못에는 부용꽃이 피어 있고, 돌을 쌓아 누대의 기초를 다졌다. 게다가 아침 안개가 자욱해 코앞에 있는 티끌세상도 아득하게 멀어져 보인다. 이런 두덕암의 산사 풍경에서 몽암은 신선 세계를 떠올리게 된다. 신선세계란 멀리 있는 것이 아니라 가까운 산천, 그윽한 안개가 감도는 산사에서 얼마든지 찾을 수 있다는 말이다.

이런 토로는 단지 몽암이 별세계에 대한 취향이 있어서 나온 것은 아니다. 몽암이 경험을 중시했고, 산사를 접한 경험과 불교를 이해한 깊이에서 파생된 것이다. 그의 벽이단론이 단순한 자기 합리화나 일방적인 적대의식에서 비롯된 것이 아님을 이 시는 잘 보여준다.

또 산사는 몽암에게 한때의 투한(偸閑)을 즐길 수 있는 공간으로 의미가 있다. 번잡한 세사에서 벗어나 물아일체가 되어 휴식할 수 있는 공간으로서 산사는 자리매김하고 있는 것이다.

---

18) 『몽암집』 권2, 「遊斗德庵」.

閱盡千灰㤞	천 번의 회겁[19]을 모두 겪고서
瀟然絶世間	맑고 고요하게 세상과는 떨어져 있네.
蒼蒼天外樹	푸르고 푸르기는 하늘 너머 나무들이고
點點望中山	점점이 펼쳐진 것은 눈앞에 보이는 산들일세.
雲氣晴猶濕	구름 기운은 맑았다 다시 물기에 젖고
苔花老欲斑	이끼 꽃은 오래 되어 얼룩이 졌구나.
登臨魂骨爽	올라 바라보니 넋과 뼛속까지 시원하니
偸得暫時閒	잠시 머물면서 한가로움을 얻으려네.[20]

천 년의 전화를 겪고 생존한 것은 사찰만이 아니었다. 조선이라는 나라도 마찬가지였다. 은일의 삶을 살지만 조선의 백성임에는 변함이 없다. 그 근심과 번뇌를 가슴에 안고 사찰을 찾았다. 몽암은 푸른 숲과 빗살처럼 이어진 산사의 자연을 보면서 전화에 시달린 나라의 미래를 보고 싶었을 것이다.

조선의 역사보다 더 오랜 세월을 지내면서도 부석사는 돌처럼 굳건하게 그 모습을 잃지 않았다. 맑았던 날씨가 물기를 잔뜩 머금은 구름이 흘러 오락가락해도 연륜을 보여주듯이 이끼 꽃은 바위에 얼룩을 남긴 채 장구한 역사를 대변하고 있다. 이런 산사의 유서 깊은 풍경을 보면서 몽암은 한 가닥을 위안을 얻고 있다. 전란의 후유증으로 신음하는 현실과 그런 신산한 현실을 이기고 제 모습을 지키는 산사에서 몽암은 조선과 자신의 미래를 엿보았던 것이다.

때문에 산사에 오니 넋과 뼈까지 상쾌한 기분으로 떨려오는 것이다. 잠시 이곳에 머물면서 몽암은 휴식과 재충전의 기회를 얻고자 한다.

---

19) 회겁(灰㤞) : 회겁(灰劫). 대삼재(大三災) 가운데 화겁(火劫) 뒤에 남은 재[灰]를 가리키는 말. 큰 전란 뒤의 비참한 모습을 비유하기도 한다.
20) 「浮石寺」, 『몽암집』 권2.

그리하여 그 휴식과 한가로움은 망중한(忙中閑)이면서 정중동(靜中動)의 역동성을 띤다. 궁극적으로 몽암은 불교와 산사의 존재 의미를 긍정하고 있는 셈이다.

6. 영사시문(詠史詩文)에 나타난 역사인식

『몽암집』권4에는 몽암의 회심작이라 할 수 있는 5언장시 한 편이 실려 있다. 270여 운에 이르는 이 장편 영사시(詠史詩)「엽사시」는 몽암 시학의 결정판이면서 그의 역사인식을 재구해 볼 수 있는 뛰어난 작품이다. 은거한 유학자로서, 특히 임진왜란과 병자호란이라는 미증유의 환란을 겪은 난세를 살면서 그가 역사를 어떻게 인식했고 또 어디서 대안을 찾으려 했는지 알고자 한다면 이 작품에 주목하지 않을 수 없다. 더구나 이 시에는 작품만큼이나 긴 서문이 붙어 있어 그의 창작 동기와 주제를 엿볼 수 있다.

몽암에게는 역사와 역사 인물을 품평하는 시문이 여러 편 있다. 같은 책 권2에는 7언절구로 된 「영사시」16수가 실려 있으며, 권4에는 세 편의 역사논문「예양설(豫讓說)」과「전횡설(專橫說)」,「장량설(張良說)」도 나온다. 이들 작품이 우리나라의 역사를 다룬 것이 아니라 중국의 역사를 재제로 하고 있어 다소 아쉽기는 하지만, 역사를 바라보는 나름의 이론과 사실을 해석하는 안목을 재구하는 데는 아무 문제도 없어 보인다.

먼저 세 편의 역사 논문부터 살펴보기로 하자.

예양과 전횡, 장량은 각자 중국사의 격변기를 살다간 인물들이다. 예양과 전횡은 충절과 지조를 지키다 스스로 목숨을 끊은 사람이고, 장량은 한고조 유방(劉邦)을 도와 천하를 통일한 장본인이다. 이들에 대한 평가는 이미 잘 알려져 있고, 다들 동의하는 부분이기도 하다. 그런데 몽암은 조금 다른 각도에서 세 사람의 행동에 대해 반론을 제기하고 있다.

칠신탄탄(漆身吞炭)의 고사로 유명한 예양은 죽은 주군 지백(智伯)의 원수를 갚으려고 조양자(趙襄子)를 살해하려다 실패한 뒤 스스로 자결한 인물이다. 자신을 국사(國士)로 대우한 사람을 위해 원수를 갚지 않는다면 후세의 부끄러움이 될 것이라며 자신의 의지를 실천에 옮기려고 희생을 마다하지 않았다. 그래서 후세에도 충절의 인물로 높은 평가를 받는다. 그러나 몽암은 이런 평가를 수긍하지 않는다.

처음 섬긴 범중행(范仲行)을 죽인 지백을 섬겼으니 지백은 범중행의 원수인데, 조양자가 지백을 죽였으니 대신 원수를 갚은 셈이다. 그러나 예양은 지백은 섬기고 조양자는 죽이려고 했다. 그 이유를 범중행은 자신을 중인(衆人)으로 대했지만, 지백은 자신을 국사로 대했기 때문이라고 그 까닭을 설명한다. 이에 대해 몽암은 의문을 제기한다.

참다운 충신과 참다운 의사(義士)의 마음 씀과 행동이 이와 같은데 예양을 일러 의사라 한다면 누군들 의사가 되지 않겠는가. 호인(胡寅)[21]의 논의는 따로 본 바가 있어 그러한 것인가? 예양이 말하기를 자신이 이런 행동을 한 이유는 장차 천하 후세에 신하가 된 사람이 두 마음을 품는 것을 부끄럽게 여기고자 했다고 주장했다.

---

21) 호인 : 1098~1156. 송나라 건녕(建寧) 숭안(崇安) 사람. 자는 명중(明仲)이고, 학자들은 치당선생(致堂先生)이라 부른다. 고종(高宗) 건염(建炎) 연간에 발탁되자 글을 올려 금나라에 대항할 대책을 진술하고 구차하게 화의하는 것에 반대했다. 소흥(紹興) 연간에도 금나라에 사신 보내는 것을 극력 저지했다. 진회(秦檜)가 정권을 잡자 몹시 꺼려하여 조정을 비방하고 폄하했다는 이유로 파직되고, 진회가 죽은 뒤 복직했다. 시호는 문충(文忠)이다. 저서에『논어상설(論語詳說)』과『독사관견(讀史管見)』,『비연집(斐然集)』이 있다.

신하가 되어 두 마음을 품은 부끄러움을 예양이 스스로 잘 알고 있으면서도 일찍이 아침에는 범중행을 섬겼다가 저녁에는 지백을 섬긴 일이 두 마음을 품는 일인 줄 몰랐고, 스스로 그 마음에 부끄럽게 여기지 않고 오히려 후세 사람들에게 부끄럽게 하고자 했다. 이는 남을 꾸짖는 데는 밝고 자신을 꾸짖는 데는 어두운 것이니, 그 언행이 과연 일치하는가? 공실을 배반한 것으로 따진다면 그는 진(晉)나라의 죄인이고, 섬긴 사람을 배신한 것으로 말한다면 그는 범중행의 죄인이다.

그러나 원수를 갚고자 궁 안에 깊이 들어가 변소에 숨고 몸에 옻칠을 하고 숯불을 먹으며 스스로 그 몸을 고통스럽게 하고, 죽은 뒤에야 원수 갚기를 그친 일이라면 온 마음을 모아 반드시 원수 갚기를 한 것이니 비록 이를 두고 열(烈)이라 해도 또한 옳을 것이다.[22]

자신의 상반된 행동을 말 바꾸기로 정당화하는 예양의 태도를 두고 몽암은 올바른 태도가 아니라면서 논리적으로 이를 논박하고 있다. 후세의 난신적자(亂臣賊子)에게 부끄러움을 주고자 한다는 말도 원칙적으로는 옳지만 예양이 주장하기에는 자신의 언행이 일치하지 않음을 통렬하게 지적한다. 명분을 그럴듯하게 호도하는 태도에 일침을 가하는 것이다. 이런 점에서 몽암은 이름(또는 명분)부터 먼저 바르게 해야 한다는 공자(孔子)의 정명론(正名論)을 실천적으로 계승하고 있다고 보아도 좋을 것이다.

그러나 글의 끝부분에서도 보이듯이 그가 원수를 갚기 위해 자신의

---

22)『몽암집』권4,「豫讓說」, 眞忠臣眞義士之用心行事如此 豫讓而爲義士 孰不爲義士 胡氏之論 別有所見而然邪 讓曰所以爲此者 將以愧天下後世爲人臣懷二心者也 爲人臣懷二心之恥 讓也自知甚明 而曾不知朝事范暮事智之爲懷二心 不自愧於其心 而反欲愧人於後世 此則明於責人而暗於責己 言行果相符乎 以背公室而論 則晉國之罪人也 以背所事而言 則范仲行之罪人也 然至於欲報之 深入宮塗厠 漆身吞炭 自苦其身 死而後已 則其於專心必報 雖謂之烈 亦可矣.

몸이 괴로운 것도 잊지 않고 죽어서야 비로소 그친 일에 대해서는 긍정적인 평가를 한다. 즉 그의 다른 행동은 문제가 있지만, 올바른 뜻을 이루기 위해 최선을 다한 점은 열(烈)의 이름을 가져도 좋다는 것이다. 임진왜란과 병자호란 이후 왜인(倭人)과 만주족에 대한 적개심, 북벌(北伐) 논의가 무르익는 시점에서 그가 정의 실현을 위해 충심을 다했던 예양의 행동을 옹호한 것은 시사하는 바가 적지 않다. 또 동일한 사람이라고 해도 그릇된 일은 비판하지만 잘한 일은 칭찬한다는 포폄(褒貶)의 춘추대의를 적용하고 있는 점도 눈여겨보아야 할 대목일 것이다.

다른 두 편의 역사 논문도 각기 다른 상황에서 비슷한 맥락의 논의를 펼치고 있다.

그러면 「엽사시」에 대해 논의해보기로 하자.

몽암은 중국 역대의 제왕과 신하들이 행한 일들에 대해 열거하면서 그 말과 행동들이 역사에 어떤 영향을 끼쳤는지 해명해 나간다. 그가 얼마나 중국 역사에 해박하고, 역사 분석에 투철했는지 서문과 시문은 운문과 산문이라는 두 서술 방식을 이용해 생생하게 보여준다. 이런 입체적인 역사 서술은 사실을 숙지하고 사실 뒤에 드러나지 않은 의미를 추적해 나가는 데 크게 도움을 준다. 관념으로서의 역사가 아니라 사실에 입각한 지식을 체험하게 함으로써 몽암은 실사구시(實事求是)적인 역사 탐구의 실제를 보여주는 것이다. 그러면서 역사를 통해 우리가 얻어야 할 교훈이 무엇인지 말한다.

대개 삼대(三代) 이후 왕조의 수명이 길고 먼 나라는 한나라와 당나라, 송나라 셋이었다. 주자는 말하기를 "한나라는 큰 기강이 반듯했고, 당나라는 온갖 조목들이 갖춰졌는데, 송나라는 이를 겸비했다. 그 사적에 근거해서 그 실제를 논의하면 그러한 것을 알 수 있을 것"이라고 했다. 비록

그렇지만 한나라가 4백년, 당나라가 3백년, 송나라가 3백여 년 동안 이어
졌지만, 그 사이 나라가 잘 다스려진 시기는 대개 짧고 어지러웠던 시기
가 대개 길었던 것은 그 까닭이 무엇인가? 크게 논한다면 세 나라의 권력
이 외척의 전횡으로 돌아가지 않으면 환관들의 천단(擅斷)으로 돌아갔거
나, 환관들의 천단에 돌아가지 않았다면 간사한 무리들의 경알(傾軋)²³⁾로
돌아갔고, 간사한 무리들의 경알로 돌아가지 않았다면 번진(藩鎭)들의 작
란(作亂)으로 돌아갔다. 이리하여 안으로 황음에 빠진 즐거움이 있지 않
으면 반드시 외적의 변란이 있었고, 무력 침략의 전역(戰役)이 있지 않으
면 반드시 신선을 구하는 행동이 있었다. 이 때문에 평화는 오래가지 못
하고 변란은 끊이지 않아 마침내 한·당·송이 되어서야(왕조가 바뀌고 나
서야) 그치고 말았던 것이다.

　오호라! 천하를 얻기는 어렵지 않지만 천하를 지키기는 어려우며, 천하
를 지키기는 어렵지 않지만 천하를 잘 다스리기는 더욱 어려우니, 천하에
군림한 사람이 소홀히 할 수 있겠는가! 반양절(潘陽節)²⁴⁾이 총괄해 논하
기를 명(明)·단(斷)·순(順) 세 가지가 천하를 다스리는 근본으로 이 세 가
지 요점으로 몸을 단정히 하고 마음을 참되게 해야 한다고 했으니, 참되
도다 이 말이여. 명으로써 현사(賢邪)를 가리고, 단으로써 상벌을 믿음직
하게 시행하며 순으로써 예악을 일으키는데, 이 세 가지가 비록 갖추어졌
어도 몸이 수양되지 못하고 마음이 참되지 못하다면 또한 어찌 능히 지시
할 바가 있겠는가.²⁵⁾

23) 경알: 서로 질투하고 꾀를 내 다른 사람을 모함에 빠트림. 주로 정치적인 갈등을 표현하
　는 용어로 사용한다.
24) 반양절: 미상. 『통감론(通鑑論)』이란 저술이 있다고 한다.
25)『몽암집』권4,「獵史詩」서문 중, 大抵三代而下 享國長遠者漢唐宋三國 而子朱子云
　漢則太綱正 唐則萬目擧 宋則兼有之矣 據其跡而論其實 則可知其然矣 雖然漢之四百 唐
　之三百 宋之三百餘年 其間治日常少 亂日常多者 此其故何也 總論三國之治政 柄不歸於
　外戚之專恣 則歸於宦寺之擅弄 不歸於宦寺之擅弄 則歸歸於憸小之傾軋 不歸於憸小之
　傾軋 則歸於藩鎭之釀亂 不有內荒之樂 則必有外夷之變 不有開邊之役 則必有求仙之擧
　此所以治不久亂不絕 而終爲漢唐宋而止耳 嗚呼得天下不難 而守天下爲難 守天下不難

인용이 길어지긴 했지만, 몽암이 「엽사시」를 쓰게 된 동기와 목적이 무엇인지 이 서문의 구절은 분명하게 보여준다. 역사는 현재의 거울이니 현재의 문제가 무엇이고 이를 해결해 나가고자 한다면 역사를 통해 그 교훈을 얻어야 한다는 논리다. 장구한 시간 동안 천하를 지배했던 제국이 결국 망한 원인이 무엇인지 보여주면서, 왕조를 온전하게 보전하고 훌륭한 정치를 할 수 있는 비결이 무엇인지 몽암은 누구보다 적확하게 제시하고 있는 것이다. 그가 한낱 지방의 은거한 선비에 머물지 않고 천하대세와 치국의 핵심을 잘 짚고 있었던 지식인이었음을 이 작품은 명쾌하게 보여주고 있다.

다음 구절은 몽암의 포폄적 역사의식이 잘 드러나는 예라 할 수 있다.

太宗龍鳳姿	태종은 용봉의 자태를 지녀서
端拱流化澤	단정히 앉았어도[26] 교화의 은택이 흘렀지.
房杜善謀斷	방현령과 두여회는 꾸미고 단안하는 데 뛰어났고
魏褚動謇諤	위징과 저수량은 거리낌 없이 바른 말을 했지.
瀛洲十八士	영주[27]의 열여덟 선비들은
濟濟富學識	하나하나 학식이 풍부했다네.
經緯固密勿	경위는 진실로 잘 조화를 이루었고[28]

而治天下爲尤難 君天下者 其可忽哉 潘陽節總要論 以明斷順三者爲治天下之本 而三者之要 歸之於身端心誠 誠哉是言也 明以辨賢邪 團以信賞罰 順以興禮樂 三者雖擧 而身不修心不誠 則安能有所指哉.

26) 단정히 앉았어도[端拱] : 단공은 몸가짐을 단정히 하고 공수(拱手)함. 그리하여 제왕이 장중한 몸가짐으로 조정에 나아가 깨끗한 정사를 폄.

27) 영주(瀛洲) : 등영주(登瀛州)는 선경(仙境)에 들어간다는 뜻으로, 선비나 문인이 특별한 영예를 얻는 것을 일컫는 말. 당나라 태종(太宗)이 두여회(杜如晦)와 방현령(房玄齡) 등 글 잘 하는 18명의 학사(學士)를 모아서 우대하니, 당시 사람들이 그들을 신선이 사는 영주에 올랐다며 부러워했다.

28) 조화를 이루었고[密勿] : 밀물은 부지런히 힘씀. 그리하여 임금의 곁에서 기밀(機密)에

治道何煥爀	다스림의 도는 어찌 그리 빛났었나.
只恨禁門內	다만 한스럽기는 궁궐 문으로 들어가서
抽刀殘骨肉	칼을 뽑아 골육의 피를 본 것이지.
閨門行不正	규문에서의 행실도 바르지 못해
禽獸同淫瀆	금수가 함께 음란하고 더러웠네.
雖有致治功	비록 잘 다스린 공은 이루었지만
慚德何能贖	부끄러운 덕은 어떻게 씻어낼까.[29]

몽암은 정관지치(貞觀之治)를 이루어낸 태종의 뛰어난 업적은 칭송했지만, 그가 저지른 과오에 대해서도 눈감아주지 않았다. 또 태종이 뛰어난 정치를 할 수 있었던 데는 훌륭한 신하의 보좌가 있었음도 소홀히 보지 않았다. 제왕의 다스림에는 현신의 보좌가 필수적임을 지적해 조선의 정치에도 경종을 울렸던 것이다.

몽암은 태종이 황제의 자리에 오르기 위해 제 피붙이들을 무참하게 살해한 일을 잊지 않았다. 또 집안을 잘 다스리지 못해 황음한 일이 빈번했음도 분명하게 꾸짖었다. 덕치의 공도 있지만 불미했던 일도 있었으니, 이는 씻을 수 없는 과오였음을 냉정하게 지적했던 것이다.

이런 일련의 시편들은 몽암이 견지했던 포폄의 춘추대의가 잘 드러난 구절이라고 할 수 있다.

참여하는 일. 또는 그 사람. 대신과 같이 임금과 그 사이가 긴밀한 자리를 말한다. 또는 중요한 일을 뜻하기도 한다.

29)『몽암집』권4,「獵史詩」당나라 부분.

7. 언어유희가 드러난 시를 통해 본 몽암 시세계의 한 양상

몽암의 시세계가 추구하는 양상 가운데 하나인 '언어유희'[30]의 일면
을 보여주고 있는 일련의 시들을 간략하게 살펴보도록 하자.

飛簷突兀出蘿藤　　날 듯한 처마가 넌출 밖으로 우뚝한데
踏石穿林緩步登　　돌을 밟고 숲을 지나며 천천히 걸어 오르네.
滿目雲山俱可樂　　눈에 가득한 구름과 산이 즐거움을 다 갖췄는데
庵名怪底大悲稱　　암자 이름은 '대비'라 부르니 그저 괴이하여라.[31]

이 작품은 대비암이란 암자에 올라 느낀 바를 노래한 것이다. 시인은
구름과 산이 눈에 가득해 온갖 즐거움이 다 갖춰져 있는데, 왜 사찰
이름이 '대비(큰 슬픔)'인가 라면서 고개를 갸우뚱거린다. 물론 몽암이
그 의미가 '대자대비(大慈大悲)'를 가리키는 것임을 모를 리는 없을 것이
다. 말이 가진 겉 뜻과 속뜻을 교묘하게 중복시켜 시를 읽는 맛을 느끼
게 만드는 속셈이다.

다음 작품은 회문시(回文詩)라 불리는 잡체시(雜體詩)의 하나다. 시를
앞으로 읽으나 뒤로 읽으나 다 뜻이 통하는, 특이한 형태를 취한 작품이
다. 쓸쓸하게 가을을 맞는 고적한 풍경과 심회를 잘 그려내고 있다.

西窓曉月落　　서쪽 창가로 새벽달은 떨어지고
列出翠依依　　늘어선 봉우리는 아스라이 푸르러라.
溪鎖雲光暗　　시내에 막혀 구름 빛은 어둡고

---

30) 언어유희는 시인이 가지고 있는 심리적 여유와 자유의지, 또 그것의 실현을 실천적으로
　　보여주는 방식이라 주목할 가치가 있다.
31) 『몽암집』 권2, 「大悲庵」.

樹涵露色微	나무에 젖어 이슬 빛은 희미해라.
樓空臥病瘦	누대는 비고 병들어 수척해 누웠자니
歲歎困寒饑	세월은 궁핍해 추위와 굶주림에 떠네.
迷影燭堆淚	어지러운 그림자에 촛불은 눈물을 머금었고
遠天霜鴈飛	먼 하늘 서리 날리고 기러기 날아가네.[32)

이 시를 거꾸로 읽어 풀어보면 다음과 같다.

飛鴈霜天遠	나는 기러기 서리 내리는 하늘은 멀고
淚堆燭影迷	눈물에 젖어 촛불 그림자는 어지럽구나.
饑寒困歎歲	굶주림과 추위 어려운 세월에 곤궁하고
瘦病臥空樓	수척해 병들어 빈 누대에 누웠노라.
微色露涵樹	희미한 빛에 이슬은 나무를 적시고
暗光雲鎖溪	어두운 빛에 구름은 시내에 갇혔네.
依依翠岫列	아득히 푸르른 봉우리는 이어지고
落月曉窓西	떨어지는 달은 새벽 창가에 서녘으로 가네.

끝으로 볼 작품은 7언율시이긴 하지만, 압운 부분을 모두 의(宜)자만 써서 시인의 시적 재능을 과시한 것이다. 이 시 앞에 조현부(趙顯夫)란 사람이 오직헌(五直軒)이라고 이름 지은 집에 제영(題詠)한 5편의 연작시가 있는데, 각시마다 붙인 '마땅하다(宜)'란 부제를 이용하여 달리 한 작품을 만든 것이다. 몽암의 시적인 재치와 임기응변에 능란한 솜씨를 읽을 수 있다.

五宜軒額得名宜	오의라 헌액하니 이름 얻음이 마땅한데
況復溪山揆地宜	더욱이 시내와 산에 땅을 헤아림도 마땅하네.
簾角風來和氣暢	주렴 끝으로 바람 불어 기운은 화창하고
枕邊涼透懶眠宜	베개 곁을 시원하게 지나니 나른한 잠도 마땅하구나.
蟾光襲骨心魂爽	달빛33)이 뼈에 스미니 마음과 넋은 상쾌하고
獸炭燼肥坐臥宜	숯불34)은 활활 타올라 앉고 눕기도 마땅하여라.
偃仰其間閑趣足	편히 지내는 사이35) 한가한 취향도 만족스러우니
四時佳興與人宜	네 계절마다 아름다운 흥취가 사람과 함께 마땅하네.36)

8. 글을 마치면서

아직 몽암의 시문을 완독하지 못하고, 지금까지 읽은 부분들만으로 이루어진 글이라 몽암 이채의 문학과 학문, 사상을 온전히 다 드러냈다고는 말할 수 없다. 그러나 이 정도만 가지고도 우리는 이채의 면모를 충분히 파악할 수 있다.

몽암 이채는 경주에서 평생을 은거한 재야학자로, 절조와 실천을 중시한 올곧은 인품을 지녔던 인물이었다. 양난을 치르고 난 뒤 어지러웠던 정세를 눈여겨보았고, 변화의 시대에 새로운 대안을 모색하면서 일

---

33) 달빛[蟾光] : 섬광은 달빛. 월색(月色). 월광(月光). 달에 두꺼비가 산다고 하여 이렇게 불린다.

34) 숯불[獸炭] : 수탄은 짐승 모양으로 만든 숯. 그래서 보통 숯이나 숯불을 가리킨다.

35) 편히 지내는 사이[偃仰] : 언앙은 부앙(俯仰). 몸을 굽혔다가 위를 우러러봄. 그리하여 몹시 자유로이 움직이는 것을 말한다.

36) 『몽암집』 권2, 「又以五宜字 吟成七言近體 以應軒名之五宜」.

생을 보냈다. 집안에서는 화목을 우선했고, 친지들의 자제뿐만 아니라 이웃 아이들까지 모아 바른 가르침을 주고자 노력했다. 또한 『동경잡기 (東京雜記)』를 지어 자기 고향에 대한 연혁을 정리하는 한편 애향의 마음 을 드러내기도 했다.

이채는 3책 6권으로 이루어진 문집 『몽암선생집』을 남겼다. 이 책에 는 그가 평생 동안 일구어낸 다양한 시문들이 수록되어 있어 몽암의 삶과 생각, 문학을 일별하게 해주고 있다.

몽암은 불교 관련 시들을 통해 불교가 없을 수는 없으나 국시는 유학 임을 분명하게 천명했다. 이러한 벽이단론은 강고하기는 했지만, 불교 와 사찰이 갖는 순기능도 외면하지는 않았다. 그는 산사를 찾아 선경(仙 境)의 정취와 투한(偸閒)의 기쁨을 맛보고 있었다.

세 편의 역사 논문과 장편서사시 「엽사시」를 통해 역사적 사실에만 얽매이지 않고 이면에 숨어 있는 진실을 찾는 학자적 자세를 보여주었 다. 이를 통해 정명론과 포폄의 춘추대의를 몽암만의 시선과 해석을 담아 실천적으로 보여주었다.

세 편의 독특한 형식을 보이는 시를 통해 우리는 몽암의 해학적인 시세계를 읽을 수 있었다. 그의 시에 보이는 '언어유희'적 요소들은 그 의 시가 보수적인 원칙론에만 머물지 않고 시인으로서 자유로운 의식 세계를 표출했던 것을 확인하게 된다.

몽암의 정신세계는 아직도 미답의 상태에 놓여 있다고 해도 과언은 아니다. 그의 문학적·학문적·사상적 업적이 알알이 담겨 있는 문집 『몽 암선생집』이 어서 빨리 번역되어 일반인들에게도 선생의 전모가 쉽게 전해질 수 있는 날이 오기를 기대하면서 글을 마친다.

白下 宋殷成의 현실인식과 영사시

1. 들어가는 말

조선 말기는 열강들이 한반도를 쟁취하고자 다툼을 벌였던 시기였다. 이미 주도권을 상실한 조선 정부는 무력하게 그들의 요구를 들어줄 수밖에 없었고, 결국 조선은 일본에 의해 병합되는 치욕을 겪고야 말았다.

나라가 어지러운 시기에 충신열사가 나오는 것은 당연한 일이다. 나라가 도탄에 빠지는 것을 참을 수 없었던 많은 사람들이 의병을 통한 무력 항쟁을 벌이기도 했고, 시무책을 올려 혁신을 꾀하고자 하기도 했다. 물론 그들의 노력은 수포로 돌아가고 말았지만, 나라와 백성의 안위를 외면하지 않았던 태도는 크게 본받아야 할 점이다.

백하 송은성(1836~1898)은 조선 말기를 살았던 선비이자 시인, 우국지사로, 정국이 혼란으로 치닫는 현실을 염려해 상소문을 두 차례나 올려 바로잡고자 한 분이다. 또한 말년에는 향리 김해로 내려와 촌로들과 나라의 미래에 대해 토론하기도 했다.

63살을 살다간 송은성은 생전에 많은 시문을 남겼다. 4권으로 이루어진 『백하문집』에는 128편의 한시(권1)와 3편의 상소문(권2), 7편의 잡저(雜著), 4편의 서문(序文), 3편의 기문(記文), 각 1편의 발문(跋文)과 명문(銘文), 찬문(贊文), 2편의 송문(頌文), 7편의 제문(祭文)(권3)이 실려 있다.

권4는 가장(家狀)과 행장(行狀), 묘갈명(墓碣銘)과 묘비명(墓碑銘)이 실려
있다. 이 분량은 아주 많다고는 할 수 없지만, 그가 시문에만 전념한
선비가 아니라 행동과 은둔으로 시대문제에 마주선 사람이라는 점을
참작하면 결코 적다고 할 수는 없다. 특히 문집의 모두에 실린 장편부(長
篇賦) 「장산부(萇山賦)」는 고향 동래(東萊)의 역사와 풍광을 노래한 거작
으로 문학사적으로도 높은 가치가 있다고 말할 수 있을 것이다.

　본고는 이런 백하 송은성의 생애와 문학, 사상의 일단을 밝히기 위해
쓰였다. 역사적·문학사적 가치가 큼에도 불구하고 아직까지 선생에 대
한 본격적인 연구가 없는 점을 감안하여 그의 학문을 이해할 수 있는
기본적인 틀을 제시하는 데 중점을 두었다. 이 글을 통해 그의 삶과
사상들이 재조명되기를 바란다. 다만 본고는 시고(試考)의 성격을 띤 글
이라, 그의 문학이나 사상 전반을 다루지는 못하고, 주로 생애와 시문
학에 국한하여 먼저 접근하고자 한다.

　먼저 논의의 편의를 위해 송은성의 관향인 청주송씨(淸州宋氏)에 대해
간략하게 살피기로 하겠다.

　청주 송씨의 시조는 고려 말기에 자헌대부(資憲大夫) 예부상서(禮部尙
書)를 지낸 송춘(宋椿)이다. 그에 대한 자세한 이력은 전하지 않는다.
송춘의 아들 송유충(宋有忠)이 충숙왕 때 청원군(淸原君)에 봉해졌고, 손
자 송훤(宋暄)은 조선 창업에 공을 세워 개국삼등공신(開國三等功臣)으로
청백리(淸白吏)에 녹선(錄選)되어 서원군(西原君)에 봉해졌다. 이런 연고
로 후손들이 청주를 본관으로 삼아 세계를 이어왔다.

　이후 중간 세계(世系)가 끊어져 연원을 알 수 없자 후손들이 성균관대
사성(成均館大司成)을 지낸 송승은(宋承殷)을 일세조로 삼았다. 그는 단종
때 칠원현감으로 나갔다가 계유정란 때 울분을 품고 낙향하여 가족을
데리고 경남 김해 하계면 대종리에 정착했다. 이때부터 청주 송씨는

김해에 세거하게 되었다.

2세 송숙형(宋淑亨)은 훈련원 참군을 역임했고, 5세로 절제사를 지낸 송창(宋昌)은 아들 송밀(宋密)과 송빈(宋賓, 1542~1592)을 두었다. 송밀의 두 아들 가운데 송민영(宋敏英)은 만호공파(萬戶公派)로, 송정영(宋廷英)은 부사공파(府事公派)로 분파되었으며, 송빈의 두 아들 다운데 송정백(宋廷伯)은 청암공파로, 송정남(宋廷男)은 부사공파로 각각 분파되었다.

임진왜란 때 순절한 송빈을 추모하는 장소인 충단(忠壇)은 경남 김해시 동상동에 있고, 동일한 취지로 세워진 추원재(追遠齋)는 경남 김해시 진례면 도강동에 있다. 「증이조참판청주송공순절기념비」가 경남 김해시 서상동에 있다.

청주 송씨로 이름을 남긴 몇몇 분들의 이력을 정리하면 다음과 같다.

　　－송밀의 자는 사성(士成)이고, 예빈시주부를 지냈다.
　　－송빈은 임진왜란 때 창의하여 순절했으며, 이조참판에 추증되었다.
　　－송정백의 자는 공보(公輔)고, 호는 청암(晴庵)이며, 진사(進士)에 올랐다.
　　－송민영의 자는 수이(秀而)고, 선전관(宣傳官)을 지냈다.
　　－송제용(宋齊龍)의 자는 치운(致雲)이고, 절충장군과 부사과를 지냈다.
　　－송재식(宋在軾)의 자는 서운(瑞雲)이고, 통정대부에 올랐다.
　　－송처관(宋處寬, 1410~1477)은 1432년(세종 14년) 문과에 급제, 1449년 지청풍군사를 거쳐 집현전 부제학과 이조참의, 전라도관찰사, 지중추원사를 역임했다.
　　－송처검(宋處儉)은 송처관의 동생으로 1434년(세종 16년) 문과에 급제하여 대사성을 지냈다.

청주 송씨의 주요 세거지는 경남 김해시 이북면 퇴래리와 진례면,

진영읍 여래리 등이다. 2000년 통계청이 발표한 자료에 따르면 청주
송씨는 2,183가구에 6,942명의 후손이 있는 것으로 되어 있다.

2. 생애

송은성의 생애를 알 수 있는 글은 문집 권4에 실린 「가장」과 「행장」,
묘갈명과 묘비명 등이라고 할 수 있다. 각기 쓰임새에 맞게 내용이 채워
져 있지만, 그 가운데 가장 포괄적으로 청주 송씨의 연혁과 백하의 생애
를 알려주는 글은 「가장」인 듯하다.

이 글에는 청주 송씨의 유래 및 그들이 김해로 내려와 살게 된 배경,
백하 송은성의 일대기가 일목요연하게 정리되어 있다. 또 그의 후손들
에 대한 기록도 상세해 「가장」에 어울리는 형식을 갖추고 있다. 그래서
따로 송은성의 생애를 정리하는 것보다는 이 글을 일독하는 것이 좋을
듯해, 원문과 함께 번역을 그대로 실었다.

> 부군의 이름은 송은성이고, 자는 원백이며, 호는 백하 또는 해기(海寄)
> 다. 고려 말 때 청주군이었던 송유충이 있었고, 송원은 우리 태종 때 서원군
> 을 습봉했으니, 서원은 바로 청주다. 송승은은 대사성을 지냈는데, 경태
> 계유년(1453년) 칠원으로 외직을 나갔다가 이어 하계의 대종리에 터를 정
> 해 살았으니, 우리 송씨가 김해에 뿌리를 내린 것이 그때가 처음이었다.
> 참군을 지낸 송숙형은 문장과 덕망이 있어 탁영 김일손[1] 선생과 함께

---

1) 김일손(金馹孫) : 1464~1498. 조선시대의 학자·문신. 본관은 김해고, 자는 계운(季雲)
이며, 호는 탁영(濯纓)이고, 시호는 문민(文愍)이다. 1498년에 『성종실록』을 편찬할 때
앞서 스승 김종직이 쓴 「조의제문(弔義帝文)」을 사초(史草)에 실은 것이 이극돈을 통하
여 연산군에게 알려져 사형에 처해졌고, 다른 많은 사류(士類)도 화를 입었다.

향약을 논의해 정했다. 송빈에 이르러서는 백의로 임진왜란 때 순절하여 선조 경자년(1600년)에 공조참의가 추증되었고, 정조 갑진년(1784년)에는 표충사가 송담으로 옮겨가 제향되었다. 순조 계사년(1833년)에는 치유²⁾하라는 명령이 있었고, 태상왕 을해년(1875년)에는 이조판서에 추증되었으며, 고을 사람들이 충렬이란 사시(私諡)를 내렸다.

송정백은 호가 청암인데, 충익공 곽재우³⁾가 화왕⁴⁾의 전역을 치를 때 함께 고생했다. 병오년(1606년)에 사마시에 급제하니, 선조가 그 재능과 그릇을 아름답게 여겨 『대학』 한 부를 내렸다. 일찍이 문소⁵⁾에 살았는데, 오봉 신지제⁶⁾와 호계 신적도⁷⁾, 오우 김근⁸⁾ 등과 도의로 사귀었다. 고향

---

2) 치유(致侑) : 왕이 어느 특정한 사람의 제사를 지내 주는 것으로, 아주 특별한 은전(恩典)의 하나였다.

3) 곽재우(郭再祐) : 1552~1617. 조선시대의 의병장. 자는 계수(季綏)고, 호는 망우당(忘憂堂)이다. 임진왜란이 일어나자 의병을 일으켜 천강홍의장군(天降紅衣將軍)이라 불리며 거듭 왜적을 무찔렀다. 정유재란에 경상좌도방어사(慶尙左道防禦使)가 되어 화왕산성(火旺山城)을 지켰다. 1613년 영창대군(永昌大君)을 신구(伸救)하는 상소문을 올리고 사직, 낙향했다.

4) 화왕(火旺) : 오행(五行)에서 불의 기운이 가장 왕성한 때. 전란의 때를 말한다. 여기서는 화왕산성에서의 전투를 일컫기도 한다.

5) 문소(聞韶) : 경북 의성(義城)의 옛 이름.

6) 신지제(申之悌) : 1562~1624. 조선 중기의 문신. 본관은 아계(鵝溪)고, 자는 순보(順甫)며, 호는 오봉(梧峰) 또는 오재(梧齋)다. 1589년 증광문과에 갑과로 급제했다. 1613년 창녕부사(昌寧府使)로 나가 백성을 괴롭히는 도적을 토평, 민심을 안정시킨 공으로 통정대부(通政大夫)에 올랐다. 저서에 『오봉문집』이 있다.

7) 신적도(申適道) : 1574~1663. 조선 선조 때의 문신. 본관은 아계고, 자는 사립(士立)이며, 호는 호계(虎溪)다. 정구(鄭逑)와 장현광(張顯光)의 문하에서 수학했다. 1605년 향시에 합격하여 유성룡(柳成龍)의 칭찬을 크게 받기도 했지만 벼슬은 찰방에 그쳤다. 정묘호란과 병자호란 때 의병을 일으켰지만 실패한 뒤 학산(鶴山) 미곡(微谷)에 채미헌(採薇軒)을 짓고 두문불출했다.

8) 김근(金近) : 1579~1656. 조선 인조 때의 학자. 본관은 의성이고, 자는 성지(性之)며, 호는 오우당(五友堂)이다. 15살이 되기도 전에 경사(經史)를 두루 섭렵했고, 독서를 할 때는 여러 줄을 한꺼번에 읽는 능력이 있었다. 1623년 우수한 성적으로 소과에 합격했지만 발표가 취소되는 불운을 겪었다. 64살 때 진사시를 봐 제3인의 성적으로 합격했다.

으로 돌아오는 날 오우 김근이 시를 써주니 이후로 더욱 절조를 단단히 가져 북인(北人)들이 거듭 불렀지만 나가지 않았다. 동계 정온[9] 선생이 만시를 써서 "북풍에도 마음이 바뀌지 않았으니, 남쪽 고을에서 오직 한 사람이 있었다."고 했다.

고조의 이름은 송상일인데, 호는 구계고 문장과 행실로 명성이 높았다. 증조의 이름은 송후증이고, 조부의 이름은 송윤이며, 부친의 이름은 송재선이다. 모친의 밀성 손씨로, 통덕랑 손택광의 딸이자 장형 손지형의 손녀로, 부녀자로서 행실과 범절을 잘 갖춘 분이었다.

부군은 헌종 병신년(1836년) 5월 20일에 진례방 안리 집에서 태어나셨는데, 이 날 아홉 무지개가 안 뜰에 떴다. 어릴 때부터 대단히 총명하여 사람들이 글 읽는 소리만 듣고도 내용을 모두 암기하셨다. 학교에 가서는 매일 글월을 수십 행씩 암송하니 조부께서 크게 사랑하셔서 기대를 한 몸에 받으셨다. 어떤 노인분이 '거모우루' 운으로 시험하니, 그 자리에서 "멀리서 보니 산악인 듯하더니 가까이서 보니 누대였구나."란 시구를 지으셨다.

일찍이 이웃 마을 노석구 공에게 역사를 배웠는데, 매일 아침마다 더 많은 과제를 청했고, 양의 많고 적음을 따지지 않고 반드시 읽으시면서 정해놓은 분량을 여러 번 채운 뒤에야 돌아와 밥을 드셨다. 하과[10]에서 등수 밖으로 떨어지면 반드시 몇 수를 더 지어 수석을 차지한 뒤에야 그

저서에 『오우당집』 4권 2책이 있다.

9) 정온(鄭蘊) : 1569~1641. 조선 중기의 문신. 본관은 초계(草溪)고, 자는 휘원(輝遠)이며, 호는 동계(桐溪) 또는 고고자(鼓鼓子)고, 시호는 문간(文簡)이다. 1614년 영창대군(永昌大君)의 처형이 부당함을 상소, 강화부사 정항(鄭沆)의 참수를 주장하다가 제주도 대정(大靜)에서 10년간 유배생활을 했다. 1623년 인조반정으로 재등용되었다. 1636년 병자호란 때 김상헌(金尙憲)과 함께 척화(斥和)를 주장하다가 사직하고 덕유산에 은거하다가 5년 만에 죽었다.

10) 하과(夏課) : 공부하는 사람들이 여름철이면 고문(古文)이나 고시(古詩)와 당송(唐宋)의 절구(絶句)를 읽으며 시와 부(賦)를 짓던 공부. 대개 5~6월 사이에 시작하여 50일이 되면 이를 파했다.

만두셨다. 책 안에 격언이나 지론이 나오면 권점을 찍어 표시하고 따로 모아 책을 엮으니, 이름을 '금립'이라 했다. 또는 책상에 써두어 출입할 때 자리에서 보도록 했다. 열 살이 되자 능히 시부를 지어 상대할 이가 없었다.

고을 원 김건수 공이 대에 올려 연자루에서 시험을 보았는데, 부군께서 수석을 차지했다. 원이 앞으로 나오도록 해 대탁[11]을 차려주었지만 부군께서는 먹지 않고 앉아만 있었다. 원이 까닭을 물으니 "저의 할아버지께서 누대 아래 계셔서 감히 혼자 원님이 주신 음식을 먹지 못하겠습니다." 하고 대답했다. 원이 기이하게 여겨 따로 주찬을 마련해 예를 갖춰 드리면서 하례하며 말했다. "노인장께서는 어떤 선행을 하셨기에 이런 손자를 두셨습니까?" 또 부군에게 머물면서 자신의 손자와 함께 공부하도록 했는데, 관아는 책을 읽을 장소가 아니라면서 고사하고 나오셨다.

이전에 담인 신좌모[12]와 청사 조운식이 시문으로 나라에서 이름을 떨쳤는데, 부군께서 성장해 그 이름을 듣고 일찍이 지은 원고를 들고 북쪽으로 한양까지 천 리 길을 달려가 두 분을 만났다. 두 분이 모두 크게 놀라고 경탄하며 자신들은 미치지 못한다고 했다. 또 박원 정현석[13]과 우전

---

11) 대탁(大卓) : 남을 접대하기 위해 썩 잘 차려 놓은 음식상. 또는 그러한 대접을 일컫는 말. 이것은 조선시대에 혼례(婚禮)를 올리는 집에서 사위를 맞이하는 날 저녁에 진수성찬(珍羞盛饌)을 차려 사위의 종자들을 먹이고, 또 신부와 사위에게 잔치하기 위해 사방 12척이나 되는 유밀과상(油蜜果床)을 차렸다는 것에서 유래되었다.

12) 신좌모(申佐模) : 1799~1877. 조선 후기의 문신. 자는 좌인(左人)이고, 호는 담인(澹人)이다. 성균관전적과 병조정랑, 종부시정 등을 지냈고, 춘추관편수관이 되어 실록편찬에도 참여했다. 1849년 사헌부집의를 거쳐 사간원사간 등을 지내고, 1855년 진위진향사(進慰進香使)의 서장관으로 청나라에 다녀온 뒤 이조판서에 올랐다. 은퇴하여 향리에 화수헌(花樹軒)을 짓고 종친과 후진들을 가르쳤다.

13) 정현석(鄭顯奭) : 1817~1899. 조선 말기의 문신. 자는 보여(保汝)고, 호는 박원(璞園)이다. 1867년 진주목사(晉州牧使)로 부임하여 1870년까지 활동했다. 의기사를 중건했으며, 교방기구(敎坊機具)를 재설치하고, 의암별제(義巖別祭)를 신설했다. 1870년에 김해부사로 전임되어 갔다. 문장명필(文章名筆)을 겸비한 선비로 음악에 관심이 많았다. 1872년에 진주 교방(敎坊)에서 쓰이는 노래와 춤 등을 기록한 『교방가요(敎坊歌謠)』를

정현덕[14], 임철수 여러분들과도 돈독하게 사귀셨으니, 이로부터 한때 사대부들이 다투어 사백(詞伯)으로 추앙하면서 공경했다.

경오년(1870년) 어머님이 돌아가시자 고향으로 돌아오셨고, 신미년(1871년)에는 아버님께서 돌아가셨다. 슬픔을 지극히 갖추셨지만, 돌아가시기 전에 편안히 봉양하지 못한 것을 크게 한스러워하셨다. 동생이 무덤에서 시묘하려고 하자 부군께서 "옛 예법에 없는 일이다. 어찌 나를 두고 성묘하는 것이 심정을 따르는 예라 하겠느냐." 하니 동생이 실행하지 못했다. 날마다 무덤에서 제상을 차려놓고 통곡하셨는데, 추우나 더우나 비바람이 불어도 그치지 않으셨다.

복결[15]하자 가사를 동생에게 맡기고는 "자식이 되어 입신양명하여 어버이 이름을 떨치는 것이 도리거늘 나는 아직 이뤄놓은 게 없구나. 부모님은 이미 돌아가셨으니, 내 한이 어찌 다함이 있겠느냐. 더구나 문장을 숭상하는 때를 만나 끝내 어찌 구차하게 방구들만 지고 지내겠느냐?" 하시고는 나가셔서 과거에 응시하시고자 했다. 그러나 양요가 일어나 나라 안팎이 시끄러워지자 처자를 데리고 소백산 아래 들어가 유유자적하며 다시는 세상에 나갈 뜻을 두지 않으셨다.

경상도 관찰사 이근필[16] 공과 순흥령 임철수 공이 이를 알고 억지로 권하니 태상왕 기묘년(1879년)에 과거에 응시하셨다. 일찍이 향시에서 급

지었다.

14) 정현덕(鄭顯德) : 1810~1883. 조선 말기의 대신. 자는 백순(伯純)이고, 호는 우전(雨田)이다. 1850년 증광문과(增廣文科)에 병과로 급제했다. 대원군이 집권하자 동래부사가 되어 일본과의 교섭을 담당했다. 1882년 임오군란 때 형조참판으로 기용되었지만 대원군이 물러나자 파면되어 원악도(遠惡島)로 유배된 뒤 사사(賜死)되었다.

15) 복결(服関) : 상복의 기간이 끝남. 대공복(大功服) 이상의 중복(重服)을 입은 사람의 상기(喪期)가 끝나는 것을 일컫는 말이지만, 일반적으로는 부모나 조부모상에 대해 상기가 끝난다는 것을 지칭한다. 결복(関服). 사복(卸服).

16) 이근필(李根弼) : 1816~1882. 한말의 문신. 자는 여해(汝諧)고, 시호는 효문(孝文)이다. 1852년 정시문과에 병과로 급제했다. 1872년 동지부사로, 1873년 진하겸사은정사(進賀兼謝恩正使)로 청나라에 다녀왔다. 경상도관찰사 시절 문란한 양안(量案)을 개조하고 왜인들의 불법 체류를 막는 등 많은 치적을 남겼다.

제한 것이 여덟 번이었는데, 이번까지 합해 아홉 번이니, 사람들이 태어날 때 나타난 아홉 무지개의 기이한 단서가 실현된 것이라 여겼다. 이로 인해 부군은 시문에서 큰 명성을 얻고 마침내 대과에 응시하게 되었다.

그런데 부군께서는 선비의 본령은 처음부터 여기에 있지 않으며 올바른 길을 좇는 것임을 아셔서, 일찍이 성재 문헌공 허전[17) 선생의 문하에 들어가 심성을 연구하고 의리를 질정하여 여러 차례 칭찬을 들으시면서 승상[18)을 기다리셨다. 냉천에서 발표를 기다리니 새벽닭이 울 무렵 발표가 났다. 부군께서 눈물을 흘리며 울기를 그치지 않으니, 허전 선생이 "좋은 소식을 듣고 어찌 이러느냐?"고 묻자 "비록 작은 성취이자 선조들의 정성과 도움이나 살아계실 때 이루지 못했으니, 목석이라 한들 어찌 느낌이 없겠습니까?"라고 대답했다. 선생께서 친히 술잔을 부어 위로하고 시를 지어주시니, "효자가 고어[19)처럼 우니 무덤 앞 잣나무를 잡고 호곡하는구나."란 구절이 있었다.

또 일찍이 큰 뜻을 품어 치군택민을 목표로 삼아 정치와 경제를 깊이 연찬하셨다. 그 방법을 스스로 헤아려 정리하고 이를 시행할 방법을 강구한 뒤에 국태공[20)을 찾아뵈었다. 나라의 큰 정치에 대해 말씀을 드리고

---

17) 허전(許傳) : 1797~1886. 조선 말기의 문신. 자는 이로(而老)고, 호는 성재(性齋)며, 시호는 문헌(文憲)이다. 1835년 별시문과 병과로 급제했다. 1855년 당상관이 되어 우부승지와 병조참의에 이르렀다. 1864년 김해부사에 부임하여 향음주례를 행하고 향약을 강론하여 유도를 크게 일으켰다. 저서에 『성재집』과 『종요록(宗堯錄)』, 『철명편(哲命編)』이 있고, 선비의 생활의식을 집대성한 『사의(士儀)』가 있다.

18) 승상(升庠) : 승상과시(陞庠課試). 성균관 대사성(成均館大司成)이 사부학당(四部學堂)이나 지방 학교의 유생(儒生) 가운데 15살이 된 선비를 모아 매년 10월까지 봄, 가을로 시험을 보여 성적이 우수한 사람을 성균관의 기재(寄齋)에 입학시키는 제도.

19) 고어(皐魚) : ?~?. 춘추시대 초(楚)나라 때 사람. 효자. 배우기를 좋아하여 천하를 두루 다녔는데, 어버이가 돌아가시자 몹시 슬프게 울었다. 공자(孔子)가 까닭을 물으니, 이렇게 대답했다. "나무는 조용히 하려고 했지만 바람이 멈춰 주지 아니하고, 자식은 봉양하려고 했지만 어버이가 기다리지 않는다. 지나가면 돌이킬 수 없는 것이 세월이고, 돌아가시면 다시 뵐 수 없는 것이 어버이다.(樹欲靜而風不止 子欲養而親不在 往而不來者年野 不可得再見者親野)"라고 슬퍼하고서 곡(哭)하다가 죽었다고 한다.

이어 만언소를 올렸다. 그 요점은 균전(均田)과 입교(立敎), 조적(糶糴), 봉전(封錢), 건중(建中), 고어(固圉), 토성(土城), 알도(遏盜), 집복(集福) 아홉 가지 일이었다. 복식 제도를 바꾼다는 조칙이 내려지자 심의를 입을 것을 건의하는 글을 올렸지만 모두 윤허를 받지 못했다.

이후 나라의 정치가 날로 문란해지자 호연히 고향으로 돌아와 전원에 자취를 감추고 촌로들과 농사일을 이야기하면서 세월을 보내셨다. 맑고 화락하게 지내며 스스로 즐거워하셨고, 조금도 원망하는 마음은 두지 않으셨다. 한가할 때는 선비들을 가르치면서 "세상이 점점 말발굽 자취가 두루 닿고 수레며 기선이 날고 운항하니 옛날의 예속이 땅을 쓸 듯 바뀌어 점차 금전주의가 지배한다. 책을 읽는 선비는 마땅히 근본을 든든히 하면서도 변화에 대응하는 도리도 갖추어야 한다. 단지 구구한 문자에만 얽매인다면 더욱 도움이 되지 않을 것이다."라며 탄식하셨다.

무술년(1898년) 4월 10일에 사시던 용강 병사[21]에서 세상을 마치시니 향년 63세였다. 장유면 신안리 선영 언덕에서 장례를 치렀다. 광주 노씨 경의당 노일연의 따님, 해은 노한석의 후손과 혼인하셔서 1남 3녀를 두셨고, 해주 정씨 정광호의 따님, 농포 정문부의 후손과 재혼하셔서 3남 3녀를 두셨다. 장남은 송한영인데 지사를 지냈고, 차남은 송한경이며, 3남은 진사를 지낸 송한준이고, 4남은 송한정이다. 장녀는 안정중에게 시집갔고, 2녀는 박봉곤에게, 3녀는 윤행건에게, 4녀는 안효삼에게, 5녀는 김홍순에게, 6녀는 김종정에게 시집갔다.

송한영은 아들 손세태와 송세강을 두었고, 딸은 정연달과 어윤심에게 시집갔다. 송한경은 아들 송세열과 송세희, 송세권을 두었다. 송한준은 아들 송세호와 송세근, 송세길을 두었고, 딸은 조병식과 한민희에게 시집 갔다. 송한정은 아들 송세갑과 송세적을 두었다.

안정중은 아들 안효진과 안효린을 두었고, 딸은 조익환에게 시집갔다.

---

20) 국태공(國太公) : 흥선대원군 이하응(李昰應, 1820~1898)을 가리키는 말.
21) 병사(丙舍) : 향제(鄕第). 무덤의 남쪽 가까이 임시로 지은 작은 상엿집. 묘막(墓幕).

박봉곤은 아들 박용수와 박근수를 두었고, 딸은 김위준에게 시집갔다. 윤행건은 아들 윤명규를 두었고, 딸은 이은동과 권혁태에게 시집갔다. 안효삼은 아들 안천행을 두었고, 딸은 장세호에게 시집갔다. 김홍순은 아들 김창식을 두었고, 김종정은 아들 김홍구와 김희구를 두었다. 그 밖의 증손과 현손을 기록하지 않는다.

부군께서 불초소생의 곁을 떠난 지 올해로 서른아홉 해가 되었다. 세상은 변했고, 우리 집안도 많이 영락했다. 형제들도 모두 세상을 떠나 오직 아둔한 나 송한준만 남았다. 돌아보니 선친의 유고 가운데 아주 일부만 그럭저럭 보존되어 있으니, 생각하니 더욱 슬퍼질 뿐이다. 그러나 부군의 학문과 문장이 졸지에 없어져 전해지지 않는다면 이것이 어찌 나만이 늘 걱정하는 일이겠는가. 세상에서 부군을 알고 계신 분으로 그렇지 않을 이가 없을 것이다. 이에 삼가 평소 듣고 본 일 대략을 정리해 글로 적으니 군자들께서 자세히 살피길 바라노라.

병자년(1936년) 정월 상순에 불초 아들 송한준이 피눈물을 흘리면서 삼가 쓰노라.

府君諱殷成字元伯 號白下一號海寄 麗季有諱有忠淸州君 諱暄我太宗朝 襲封西原君 西原卽淸州也 諱承殷 大司成 景泰癸酉 外補漆原 仍卜居于荷溪之大宗里 吾宋之胙于金海 此其始也 諱叔亨參軍 有文章德望 與濯纓金先生 議定鄕約 至諱賓以白衣殉龍蛇難 宣廟庚子贈工曹參議 正廟甲辰 自表忠祠移享松潭 純廟癸巳命致侑 太上乙亥贈吏曹參判 鄕人私諡曰忠烈 諱廷伯號晴菴 郭忠翼火旺之役 與同苦焉 丙午升司馬 宣廟嘉其才器 賜大學一部 嘗寓聞韶 與申梧峯之悌·申虎溪適道 金五友近爲道義交 還山之日 五友有贈詩 自後益堅素操 北黨屢要不起 桐溪鄭先生挽曰 北風心不變 南國一人存 高祖諱商一 號九溪 以文行著 曾祖諱厚增 祖諱閏 禰諱在蕭 妣密城孫氏 通德郞宅觀女 掌令之亨孫 有壺範 府君以憲廟丙申五月二十日 生于進禮坊淡安里第 是日九虹見于內庭 幼甚慧 聞人讀書 能盡記之 及上學日誦數十行 祖父鍾愛 大爲期望 長老有以巨牡牛樓韻試之 輒應曰 遠看如

嶽近看樓 嘗受史于隣里盧公錫龜 每朝請益 不論多少必讀 滿所定遍數 然後歸食 夏課若落等人後 則必加作幾首得魁然後已 卷中遇有格言至論 標加圈點 別箚鈔集 目日金粒 或書于几案 使出入見之座 甫十歲已能爲詩賦無敵 本倅金公建洙 試臺上作於燕子樓 府君居其魁 倅令進前 賞大卓需 府君不食而坐 倅問其故日 生之祖在樓下 不敢獨嘗侯之饋也 倅尤奇之 別具酒饌延禮 且賀日老丈種何善 有孫如此 又要府君留與其孫同業 以衙舍非讀書之所 固辭而出 先是澹人申佐模·晴簑趙雲植 俱以詩文鳴於國中 府君旣長聞其名 乃亟攜所嘗爲藁 北走京師千里 以謁兩公 兩公皆驚倒歎賞 以爲不可及 又與鄭璞園顯奭·鄭雨田顯德·林徹洙諸公 相友善 由是一時賢士大夫 爭推爲詞伯而敬之 庚午丁內艱奔歸 辛未又遭外艱 易戚備至 尤以前喪之不得終養爲至恨 弟公欲盧于墓 府君日 古禮無之 曷若間日省掃之爲順情禮 弟公不果行 日上墓奠酒果號哭 未嘗以寒暑風雨而廢 服闋家事付之弟日 爲人子者 莫大乎立揚 以顯親 今吾未有所成 而父母遽已亡矣 則吾之恨 寧有已耶 然值此右文之世 終安能區區守오(穴奧)奜已乎 遂出而求擧 旣而洋擾起 朝野大騷 卽攜妻孥 入小白山下 嘯遨自適 無復有出世意 嶺伯李公根弼·順興令林公徹洙 知之强起 應試擧於太上己卯 嘗捷鄕解者八而幷此爲九 人以爲應九虹之異瑞也 府君故得大名於詩文 卒亦以是取科第 然知儒者本領 初不在此 而趨向當正也 早已摳衣於性齋許文憲先生之門 攻究心性 質正義理 多被奬詡 當其升庠也 待榜於冷泉 雞鳴而榜至 則泣咳咳不止 先生日 何聞善而此爲 對日雖小成矣 乃父祖勤誠 攸蔭而不得逮其存 木石之頑 自不能無所憾 先生親爵慰之 因贈詩而及於孝子泣皐魚 攀號墓前柏之句 又嘗有大度 以致君澤民爲志 於政治經濟 研鑽窮源 安排有案自量 可措於施爲然後 則往見國太公 語以君國大政 因上萬言疏 其要有均田·立敎·糶糴·封錢·建中·固圉·土城·遏盜·集福九事 及下變衣制之詔 上書請服深衣 皆未得蒙允 自是以往 國是紊倒日以甚 乃浩然歸梓鄕 晦跡田園 與村翁野叟談桑麻以終歲 淸和自樂 絶無怨尤意 暇日敎授諸生 嘆日世將蹄跡交遍 車船飛潛 古先禮俗 一變掃地 寢假而爲金錢主義矣 讀書之士 須宜植定根本 兼達應變之道 若徒以區區文字爲則 益無濟矣 戊戌四

月初十日 於所居之龍岡丙舍考終 享年六十三 葬于長有面新安里先兆下枕
坤之原 配光州盧氏敬義堂一淵女 海隱漢錫後 生一男三女 海州鄭氏匡祜
女 農圃文孚後 生三男三女 長漢榮進士 次漢卿·次漢駿進士·次漢正 女長
適安鼎重·次朴奉坤·次尹行健·次安孝三·次金洪淳·次金鍾鼎 漢榮男世泰·
世剛·世坤 女適鄭淵達·魚允深 漢卿男世烈·世喜·世權 漢駿男世扈·世
根·世吉 女適曹秉植·韓玟熙 漢正男世甲·世勘 安鼎重男孝珍·孝璘 女適
曹益煥 朴奉坤男鎔秀·謹秀 女適金渭俊 尹行健系男明圭 女適李殷東·權
赫泰 安孝三男天幸 女適張世昊 金洪淳男昌植 金鍾鼎男洪求·希求 曾玄
不錄 府君之棄不肖 今三十有九年 世則變矣 吾家亦寥寥落矣 諸兄弟又皆
殂喪以盡 惟駿之愚頑尙存 顧以屑屑欲保 先人遺緖於萬一 念之益悲矣 然
府君行學文章之不可卒以湮沒而無傳 則豈但不肖之所早夜憂懼也 而世之
知府君者 莫不知然也 玆謹草平昔所見聞之大略立言 君子當有所考也
　　丙子正月上浣 不肖男漢駿 泣血謹錄

이처럼 송은성은 조선 말기의 험난한 시기를 올곧은 의식과 행동으
로 일관했다. 선생은 말년까지도 나라의 미래를 염려하면서 변화에 대
처하는 슬기로움을 보일 것도 강조했다. 옛것만 고집하지 않고 새로운
것에 대해 유연하게 대응하는 자세를 권한 것은 선생의 시대 변화를
바라보는 인식의 유연함과 법고창신(法古創新)하는 실학적(實學的) 태도
를 엿볼 수 있어 흥미롭다.

3. 한시에 나타난 시세계

송은성은 많은 한시를 남기지는 않았다. 전문 시인으로 활동하지 않
은 탓이 클 것이다. 그러나 그의 한시를 살펴보면 그가 다정다감한 시인
적 기질과 안목을 가졌던 것을 알 수 있다. 그의 시는 크게 개인의 감회

를 노래한 작품들과 당시 교유했던 사람들과 주고받은 시, 그리고 그의 향리이기도 한 김해 일대의 역사 유적이나 풍물을 노래한 작품으로 크게 나눠진다.

구체적인 문학적 접근은 차후의 과제로 남겨 두고, 여기서는 그런 작품군들의 특성과 내용을 소개하는 정도에서 그치고자 한다. 그의 시세계 전반을 다루자면 좀 더 방대한 분량의 원고가 필요하기 때문이다.

1) 감회시 : 유유자적하는 심경과 신변잡사의 술회

송은성의 시를 읽으면 향리를 떠나 한양에서 지내면서 겪은 여러 감상을 적은 작품과 가정사의 애환 등을 노래한 작품이 눈에 띤다. 시가 개인의 체험을 드러내는 가장 진솔하면서 은유적인 수단이기에 이런 심회가 담기는 것은 당연한 일이라 할 것이다.

먼저 칠월칠석을 맞아 쓴 시를 읽어보자.

分外涼飀占早秋　　뜻밖에 시원한 바람이 이른 가을에 불어오니
有人深夜倚高樓　　한 사람 늦은 밤에 높은 누대에 올라 기댔네.
虛名自媿如箕斗　　헛된 명성은 기두[22]와 같아 스스로 부끄럽고
巧思何須乞女牛　　교묘한 생각을 어찌 여우[23]에게 빌릴 수 있겠는가.
草際乍明螢影亂　　풀밭 사이로 언뜻 반딧불 그림자가 어지럽고
雲間高翥雁聲流　　구름 너머 높이 나는 기러기 소리 흐르네.
新詩題破梧桐葉　　새로운 시를 오동 잎 위에 다 적어놓으니

---

22) 기두(箕斗) : 별[星] 이름. 기수(箕宿)와 두수(斗宿)를 말한다. 나중에 명성이 헛된 것을 비유하는 말이 되었다.

23) 여우(女牛) : 직녀성(織女星)과 견우성(牽牛星).

自笑衰年尙遠遊	늙어서도 먼 길 떠나길 바라 스스로 웃노라.
雙扇初開一度秋	부채 둘을 처음 펼쳐 가을을 맞이하니
西風吹客晚登樓	서녘 바람 부는데 나그네는 저녁 누대를 오르노라.
羈悰孰不思家室	타향살이 즐거운들 누가 고향 생각지 않겠으며
寶氣吾方看斗牛	보배스런 기운이 서린 두우24)를 나는 바라보노라.
九陌曉風橫短笛	큰 도로에 새벽바람 부니 단소 소리 흐르고
五江凉雨漲新流	강마다 시원한 비 내려 새로 물결이 넘실거리네.
年華冉冉歸期晚	한 해도 지나가는데 돌아갈 날은 늦어지니
且可隨緣作勝遊	그저 인연 따라 좋은 유람을 해야겠구나.

　　　　　　　　　　　　　　　　　　　　　－칠석날을 맞아25)

　칠석은 견우와 직녀가 한 해 한 번 만나는 날이다. 그날을 타향에서 만나니 고향에 있을 친지들 얼굴이 절로 떠올랐다. 세운 뜻이 있기에 타향을 떠돌지만 정다운 사람들이 사는 고향이 뇌리에서 지워질 날이 있을 리 없다.

　이 시에는 전반적으로 망향(望鄕)의 소회가 여러 이미지들로 묘사되어 있다. 늦은 밤에 홀로 누대를 오른다거나 구름이 흘러 고향으로 가고 기러기도 울며 길을 떠나는 모습, 저물어가는 세월을 보내며 귀향의 시기가 늦어지고 있음을 탄식하는 대목 등이 그렇다. 물론 이런 감상이 시인의 감정을 마냥 어둡게만 만들지는 않는다. 체념보다는 달관으로 시인은 자신의 처지와 현재 상황에 대해 의미를 부여하는 것이다. 시인적 감성과 지사적 열정의 사이에 서서 균형 감각을 잃지 않는 모습을 발견할 수 있다.

---

24) 두우(斗牛) : 28수(宿) 가운데 두수(斗宿)와 우수(牛宿).
25) 「七夕」, 『백하문집』 권1.

　다음 시도 정월 대보름날을 맞아 사향(思鄕)의 심정을 드러내고 있는
데, 앞 시보다는 조금 더 감정이 구체적으로 드러났다는 차이를 볼 수
있다.

佳辰獨酌不成歡	좋은 계절에 홀로 술 마시니 흥취도 일지 않는데
散步前庭尙怕寒	앞뜰을 선선히 걷자니 아직 추위는 가시지 않았네.
東國腥塵無日定	이 나라에 비린내 먼지가 멈출 날이 없으니
上元明月有誰看	대보름 밝은 달을 누가 있어 볼 것인가?
妻持舊屋瓶罍罄	아내는 옛 집에서 빈 독을 끼고 있고
兒寓殊鄕道路難	아이는 먼 고을에 있어 갈 길이 험하네.
家事關心眠不得	집안 일을 생각하니 누워도 잠이 오지 않아
回頭只祝報平安	고개 돌리며 다만 평안하기만 축원하노라.

-대보름날에²⁶⁾

　정월 대보름을 맞았지만, 선생은 홀로 한양에 머물고 있었다. 혼자
앉아 마시는 술에 흥취가 일 까닭이 없다. 더구나 나라의 운명은 시시각
각으로 위태로워가고 있다. 현실에 부대끼고 앞날을 근심하느라 둥글
게 뜬 달을 편안하게 볼 사람도 없을 정도다. 개인의 비감이 나라에
대한 근심으로 확산되는 것을 볼 수 있다.
　집에서 홀로 지낼 아내를 생각하니 자신이 못할 짓을 하고 있다는
자괴감이 든다. 더구나 아들은 타지에 나가 있어 외로운 어머니를 돌볼
틈이 없다. 이런저런 집안일을 생각하니 취해 잠들고자 해도 뜬 눈으로
밤을 새우고야 말았다. 그저 바라기는 집안사람 모두가 대보름 달빛처
럼 올 한 해도 내내 평안하기를 기원할 뿐이다. 난세로 치닫는 현실

---

26) 「上元」, 『백하문집』 권1.

앞에서 비장한 마음을 감추지 못하는 시인의 심회가 생생하게 전달되는 작품이다.

다음 두 편의 시는 그 정서가 밝다. 맏아들 송한영과 셋째 송한준이 과거에 응시해 급제했다는 소식을 받고 그 기쁨을 노래한 작품이기 때문이다. 자식들이 본분에 충실해 열심히 수학하여 작은 성과를 거두었으니 부모로서 당연히 흡족했을 것이다.

升庠我已十年時	승상27)에 급제한 지 내 어느새 십년이 지났는데
兒又升庠事便奇	아이가 다시 급제하니 일이 참으로 기이하구나.
一色杏花如昨日	살구나무 꽃은 어제처럼 여전히 한 빛이고
五枝桂樹占前期	다섯 가지 계수나무는 이전 기약을 점지한 듯.
祖崇積累寧無報	조상님들의 적덕에 어찌 보답이 없으리오
皇考神明預有知	황고28) 신명께서도 이 일 미리 아셨으리라.
憑仗春風抃一醉	난간에 기대 봄바람 맞으며 즐겁게 취했나니
碧桃庭院起題詩	푸른 복숭아 핀 정원에서 시 한 수를 짓노라.

　　　　－맏아들 한영이 급제했다는 소식을 듣고 기뻐서 무자년(1888년)29)

升庠翁亦喜	과거 급제 소식에 늙은이도 기쁘니
伯叔又佳兒	맏이와 동생이 또 좋은 아이로구나.
八世追先業	팔대조 할아버지의 선업을 이었고
三年慰旅思	세 해 타향 공부 힘겨움을 위로하네.
誰憐心力竭	누가 마음과 노력 다한 것을 걱정하리오
我與鬢毛知	나와 하얀 귀밑털이 알아주리라.

---

27) 승상(陞庠)이라고도 한다. 지방 향리(鄕里)에 세워져 운영되는 학교인 상서(庠序)나 사부학당(四部學堂)에서 선출하여 성균관(成均館)으로 올리는 것을 일컫는 말.

28) 황고(皇考) : 옛날에 돌아가신 증조(曾祖)에 대한 존칭.

29) 「喜長兒漢榮榜聲戊子」, 『백하문집』 권1.

天惜孤根在　　하늘이 외로운 뿌리가 남은 것을 애석히 여겨
年年花滿枝　　해마다 가지에 꽃이 만발하게 했네.
　　　　　　　－셋째 한준이 급제한 날 기뻐서 신묘년(1891년)[30]

　큰아들 송한영이 급제한 해가 1888년이니 그의 나이 52살 때 일이고, 셋째 송한준이 급제한 1891년은 55살이 되던 해였다. 그도 말년으로 다가가는 시기였다. 1884년 갑신년에 만언소 등을 올렸지만 뜻을 이루지 못하고 낙향한 뒤에 오랜만에 맞는 경사였다.

　시인은 먼저 조상의 음덕에 감사했고, 한편으로 선조의 유업을 이은 점을 기렸다. 두 사람 모두 어려운 형편에서도 근면하게 학업에 임해 큰 성취를 거두었으니 대견함이나 미래에 거는 희망이 클 수밖에 없다. 그런 기쁨을 시인은 각각 시로 써서 노래했다.

　이렇게 그의 감회시에는 잔잔한 일상의 여운들이 봄눈처럼 녹아 있다. 시국의 어려움 때문에 한시도 마음 편할 날이 없었던 그이었기에 감회시의 전반적인 정조도 밝지 않다. 소소한 즐거움이나 아름다운 풍경을 맞아 이를 시화한 작품도 없진 않지만, 방랑과 우국으로 점철된 생애에서 그의 눈에 들어온 물상들은 비감을 주로 불러일으켰다. 시대상황과 더불어 우국의 정취를 노래한 조선 말기 여러 시인들의 작품들과 함께 읽는다 해도, 그의 시가 보여준 진지한 태도는 돋보일 것이다.

2) 교유시 : 걸출한 인물들과의 만남과 벗들과의 교감

　송은성의 생애에 있어서 국태공 흥선대원군 이하응(李昰應, 1820~1898)과의 만남은 큰 획을 긋는 사건이었다. 국태공 이하응은 그보다

---

30) 「兒駿應榜日志喜辛卯」, 『백하문집』 권1.

16년 연장이지만, 같은 해에 세상을 떠났다. 그의 기일이 4월 10일인데, 이하응은 그해 2월에 죽었으니, 평생을 동지와 스승으로 살아온 것을 알 수 있다.

그에게는 국태공 이하응에게 보낸 시가 두 수 남아 있다. 내용으로 보건대 이하응이 권좌에서 물러나 권토중래를 다짐하고 있거나 쓸쓸히 말년을 보내고 있을 때 올린 것으로 짐작된다.

安閒几舃卜菟裘	궤석31)을 편안히 벗어버리고 토구32)를 정하셨으나
公議淸時未肯休	맑은 날에 공변된 논의는 그치질 않네.
手障百川功配禹	손으로 뭇 개울을 막으니 공은 우임금에 짝하고
躬扶九鼎化隆周	몸소 구정33)을 받드셨으니 교화는 주나라에 이르렀네.
終知天地難爲夜	천지가 밤이 되기 어려움을 끝내 알겠으니
又見光陰却換秋	또 세월 속에 가을로 바뀜을 보노라.
孝理吾君方準誨	효성 지극한 우리 군주 가르침을 좇으리니
一言那得徹珠琉	한 마디 말이 어떻게 하면 면류관을 넘어갈까.

---

31) 궤석(几舃) : 주(周)나라 때 고관이 신었던 붉은 색 신발. 그리하여 고관의 신발을 대신하는 말로 쓰인다.

32) 토구(菟裘) : 원래는 지금의 산동성(山東省) 사수현(泗水縣)에 있는 지명이나, 늙음을 이유로 물러나 은거한다는 뜻으로 사용된다. 이 일은『좌전(左傳)』은공(隱公) 11년에 보인다. 우보(羽父)가 은공의 동생이자 태자인 환공(桓公)을 죽이기를 청했으니, 이는 자신이 노나라의 태재(大宰)가 되려는 욕심에서였다. 은공이 말하기를 "아우가 아직 어리기 때문에 내가 왕위에 있는 것이다. 내 장차 그에게 왕위를 넘겨줄 것이다. 토구(菟裘)의 땅에 집을 짓게 하여 내 장자 거기서 여행을 보낼 것이다."라고 했다.

33) 구정(九鼎) : 하(夏)나라의 우(禹) 임금이 구주(九州)에서 금을 거두어 주조(鑄造)한 큰 솥을 일컫는 말. 2개의 손잡이와 3개의 발이 있는데, 하(夏), 은(殷)나라 이래로 천자(天子)에게 전해져 오는 귀중한 보물로 궁중에 보관했다고 전해지며, 천하(天下)를 상징하기도 한다.

迂儒志大竟無成	어리석은 선비 뜻은 크나 끝내 이룬 것 없으니
旅食經年滯漢城	한 해를 넘겨 한양 땅에 머물며 지내고 있네.
千里鄕關芳艸暗	천 리 고향 땅에는 향기로운 풀이 그늘졌고
一春風雨杏花明	한 봄에 비바람에 살구나무 꽃이 밝구나.
黑貂弊盡何人補	다 헤어진 검은 담비 옷을 누가 기워줄거나
漆室憂深萬事輕	칠실34)에서는 근심이 깊어 온갖 일이 가볍구나.
晩歲登門猶竊喜	늦은 나이에 용문을 오르니 남몰래 기쁜데
會須拭眼見升平	모름지기 눈을 씻고 태평 세상을 보아야지.

－직곡 한거에서 엎드려 국태공에게 올림35)

첫 시에서는 국태공의 치적에 대해 높은 평가를 내리고 있다. 대원군의 정치는 대홍수로 천하의 백성들이 재난에 처했을 때 이를 슬기롭게 극복하여 사람들을 안락한 삶으로 이끈 우임금의 공에 버금간다고 칭송했다. 또 흔들리는 조정의 기강을 바로잡고 위난에 처한 나라를 굳건하게 만든 공적과 교화는 주나라 조정의 업적에까지 이르렀다는 것이다.

이런 치적으로 나라가 암흑의 위기에서 벗어나 밝은 세상을 맞았지만, 끝내 대원군은 권좌에서 물러났고 세상에는 다시 위기가 닥쳤다. 세월이 가을로 접어든다는 말은 시를 썼을 때의 계절이기도 하겠지만, 곧 춥고 긴 겨울이 닥칠 것이란 불안한 마음을 대신하는 것이기도 하다.

다만 기대를 거는 것은 국왕이 효성이 지극하니, 아버지의 뜻을 좇아 다시 권좌로 모실 것이란 희망이다. 자신이라도 나서서 그 말을 국왕에게 알리고 싶다는 간절한 바람으로 시는 결말을 맺고 있다.

두 번째 시는 자신의 굳건한 의지와 심정이 드러나 있다. 나라에 도

---

34) 칠실(漆室) : 아주 깜깜하고 어두운 방. 몹시 근심함 또는 보통 칠실지우(漆室之憂)의 준말로 사용한다.

35) 「伏呈國太公直谷閑居」, 『백하문집』 권1.

움이 되고자 한양 땅에 한 해를 넘기면서 머물고 있지만 어리석은 선비라 이룬 것이 없다고 자탄한다. 그러나 '향기로운 풀'과 '살구나무 꽃'으로 대변된 비유처럼 시인은 일말의 희망을 버리지 않고 있다. 천지신명이 조선을 버리지 않으리니 반드시 어두운 현실을 타개하고 밝은 미래가 열리리라는 희망을 피력한다.

그러면서도 시인은 현실의 무거운 불안을 놓치고 있지는 않다. '다 헤어진 검은 담비 옷'이란 누더기가 되어가는 조정의 현실을 암시하며 '칠실의 근심'은 권한과 이익을 모두 빼앗긴 현실에 대한 우려를 반영한다.

현실에 절망해 소백산에 은거하고 있던 그는 몇몇 지인의 권유로 다시 세상에 나와 과거에 응시해 급제했다. 그는 이 일을 계기로 마음을 다잡아 위정(爲政)의 방안을 다각도로 고심하고 대안을 찾기에 골몰했다. 그리고 대원군을 만나 정책에 대해 건의하고 궁극적으로 「만언소」를 올려 치국의 도리에 대해 논파했다.

그러나 상소문은 채택되지 않았고, 대원군의 권좌 복귀도 항상 좌절되었다. 결국 모든 희망을 버리고 낙향하고야 말았다. 국태공으로 불린 이하응의 치적에 대해서는 보는 이의 관점에 따라 다른 평가를 내릴 수 있을 것이다. 그러나 대원군의 정치를 암울한 현실에 대한 대안으로 생각하고 이를 이루고자 했던 그의 생각과 행동은 그 진정성이란 측면에서 올바른 평가를 받아야 할 것이다.

송은성은 일찍이 성재 허전(許傳, 1797~1886) 문하에 들어가 학문을 닦았다. 허전은 이익(李瀷)과 안정복(安鼎福), 황덕길을 이은 기호(畿湖)의 남인학자로, 당대 유림의 종장(宗匠)이었다. 특히 영남 퇴계학파를 계승한 유치명(柳致明)과 쌍벽을 이룬 대학자이기도 했다.

1835년 39살의 나이로 과거에 급제한 허전은 1862년 진주민란을 비롯해 전국 각지에서 민란이 들끓자 그 해소책을 제시하기도 했다. 1864년

에는 김해부사로 부임해 향음주례를 행하고 향약을 강론하는 한편, 지방
선비들을 모아 강학하기도 했는데, 이때 그와 허전의 만남이 이루어지지
않았을까 짐작된다.

　허전은 경의(經義)와 관련해 항상 실심(實心)과 실정(實政)을 강조했을
뿐만 아니라 현실에 바탕을 둔 구체적인 개혁안도 제시했다. 이런 실학
적인 정신은 그대로 송은성의 학문에도 계승되었다. 그가 상소문을 통해
시무책을 제시한 것도 허전의 학문과 사상을 이은 행동이었을 것이다.
다음 시는 그런 스승이자 전범이기도 했던 허전에게 올린 작품이다.

爝火涓涔是可憐	햇불이 물에 젖어 꺼지니 안타까운 일인데
性齋夫子獨超然	성재 스승께서 홀로 초연하셨지.
儀文夙講周公禮	의례와 문장은 새벽에 주공[36]의 예법으로 강의하셨고
箴儆猶勤衛武年	경계하는 마음은 위무의 해에도 오히려 부지런하셨네.
窓前草色含春意	창 앞의 풀빛은 봄기운을 머금었고
枕下泉聲出夜眠	침상 아래 샘물 소리는 밤잠에서 깨게 하네.
恭知聖主虛心久	성스런 군주께서 오래 마음 비움을 삼가 아노니
會見明時濟巨川	모름지기 밝은 시절에 큰 강 건넘을 보겠네.

　　　　　　　　　　　　　　　　　-성재 허전 선생께 올림[37]

　시인은 먼저 말기로 접어든 조선에 유가(儒家)의 명맥이 흐려지는 상

---

36) 주공(周公) : ?~?. 서주(西周)의 왕족(王族). 이름은 단(旦)이고, 성은 희(姬)다. 숙단
　(叔旦)으로도 불린다. 서주 왕조를 세운 문왕(文王)의 아들이자 무왕(武王)의 동생이다.
　채읍(采邑)이 주(周)에 있었다. 무왕을 도와 주(紂)를 쳐서 상(商)나라를 멸했다. 무왕의
　아들 성왕(成王)을 도와 주왕조의 기초를 확립했다.
37) 「上性齋先生」, 『백하문집』 권1.

황을 직시하고 있다. 햇불이 물에 젖어 꺼지는 비유를 통해 이런 풍조가 얼마나 급작스럽고 재앙이 큰가를 설명한다. 그런 위기의 시대에 자신의 뜻과 방향을 잃지 않고 분투한 사람으로 시인은 성재 선생을 추앙한다. 흔들리는 시대 상황에도 굴하지 않고 초연히 자신의 목소리를 보이는 스승에 대한 존경의 마음이 가식 없이 드러나는 대목이다.

허전은 주공의 예법을 이상적이라 보았고, 경계하고 삼가는 태도를 견지할 것을 주장했다. 현재가 위태로우면 과거를 돌아보고, 어지러운 시대에는 안팎을 살피는 넓은 시야를 가져야 된다고 본 것이다. 이런 스승의 가르침이 효과를 거둔다면 세상은 봄기운이 완연하고 맑은 샘물 소리가 사람들을 깨우는 역할을 할 것이라고 시인은 보고 있다.

더욱이 국왕은 마음을 비워 인재를 보듬고 올바른 길을 모색하려 하고 있었다. 이렇게 군주와 신하, 학자들이 한 마음이 되어 시대의 어둠을 연다면 밝은 시절이 열려 아무리 파도가 거센 강이라도 건널 수 있으리라고 시인은 생각하는 것이다. 시인은 그 지렛대 구실을 할 사람으로 성재 허전을 염두에 두고 있는 것이다. 스승에 대한 강한 믿음과 존경이 한 편의 시로 승화되었다.

앞에서 인용한 두 편의 시는 그에게 모범이 되는 인물과의 교유를 통해 남긴 작품들이었다. 국태공 이하응이 정치의 모범이라면 성재 허전은 학문의 모범이었다. 두 사람의 덕망과 인품은 그에게 많은 영향을 끼쳤다.

그러나 난국을 타개하려 할 때 가장 믿음직한 동지는 역시 마음을 함께 나눈 벗들이라 하지 않을 수 없다. 그의 문집에는 그런 벗들과 나눈 시들이 적지 않게 실려 있다. 정헌시와 정창시, 이원긍 역시 그런 벗들 가운데 한 사람이었다.

邪堪衰鬢着塵沙　　센 귀밑털에 먼지 모래 묻는 걸 어찌 견디리

鍾斷嚴城噪噪鵝　　삼엄한 성에 종소리 끊기고 거위만 우는구나.

寒食東風吹禁陌　　한식 날 동녘 바람은 한양 골목으로 불고

文星南斗照君家　　문성[38]과 남두[39]는 그대들 집을 비추네.

蘇黃雅謔追餘緖　　소식과 황정견이 남긴 우아한 해학의 실마리를
　　　　　　　　　　좇고

元白詩聲屬後車　　원진과 백거이의 시 명성을 뒤 수레가 이었네.

邪得聯翩參汐社　　어떻게 하면 훨훨 날아 석사[40]에 참여할까

探春細馬好看花　　준마를 타고 봄을 찾아 즐겨 꽃을 보아야지.

　　　　　　　– 주부[41] 정헌시 집에서 상사[42] 정창시(호 난실)와
　　　　　　　　　　　　상사 이원긍과 함께 짓노라[43]

　시의 내용으로 보건대 등장하는 세 사람은 시우(詩友)로서의 만남이 컸던 듯하다. 정헌시와 정창시는 형제로 보이고, 이원긍은 친구였을 것이다. 주부는 종6품직이고, 상사라면 이제 막 과거에 오른 신예라고 할 수 있다. 송은성이 비교적 늦은 나이에 과거에 급제한 점으로 볼

---

38) 문성(文星) : 문창성(文昌星). 문곡성(文曲星). 문성은 문재(文才)를 주관함. 이후 문재가 있는 인물을 의미함.

39) 남두(南斗) : 별[星] 이름. 두수(斗宿)로, 별이 여섯 개 모여 있다. 북두성 남쪽에 있으면서 모양이 서로 닮아 이렇게 불린다. 현재의 궁수자리다.

40) 석사(汐社) : 송(宋)나라의 유민(遺民) 사고(謝翶)가 절수(折水) 동쪽으로 피해 머물면서 원로와 동지들을 찾고 벗을 모아 만든 문사(文社). 저녁을 기약하여 만났기 때문에 조석(潮汐)에서 이름을 따서 석사라 했다.

41) 주부(主簿) : 조선시대의 관직. 돈녕부(敦寧府), 봉상시(奉常寺), 군자감(軍資監), 사역원(司譯院), 훈련원(訓鍊院) 등 동(東), 서반(西班)의 30여 관아에 설치되었던 종6품직(從六品職). 각 아문(衙門)의 문서(文書)와 부적(簿籍)을 주관하는 임무를 맡았다.

42) 상사(上舍) : 조선시대에 성균관의 유생으로서 생원(生員), 진사(進士) 시험에 합격한 사람을 일컫는 말.

43) 「鄭主簿憲時宅 與鄭上舍昌時號蘭室·李上舍源兢共賦」, 『백하문집』 권1.

때 세 사람 모두 연하의 벗이었을 것으로 보인다.

4월 초순 봄이 무르익는 시간에 네 사람은 만났다. '문성'과 '남두'가 집을 비춘다는 말로 다들 문재와 시재가 뛰어난 인재임을 암시했다. 그들은 자주 모여 고담준론을 나누는 한편 우아한 해학으로 격의 없이 지냈다. 원진과 백거이의 시풍을 좇았다고 한다면 이들이 지향한 시세계가 어떤지 짐작할 수 있다.

원진과 백거이는 신악부운동(新樂府運動)의 지도자였다. 두 사람은 문학관도 서로 비슷했고, 작품의 풍격 또한 유사했다. 그들은 시가의 풍유적(諷諭的) 기능을 강조하면서 현실을 철저하게 반영한 작품을 많이 썼다. 모두 신악부와 7언가행(七言歌行), 장편배율(長篇排律) 등에 능했고, 시어가 평이하고 쉽게 이해되며 통속적이기를 추구했다.

중당 시기 시단에 끼친 그들의 영향은 대단한 것이었다. 『구당서·원진백거이전』에서는 "아마도 작품의 풍조나 율격의 정도에 있어서 고금을 떨쳐 휩쓸었으며, 뛰어난 이든 못한 이든 모두 그 문장을 감상한 작가로는 원백만큼 풍성했던 이는 없을 것(若品調律度 揚榷古今 賢不肖皆賞其文 未如元白之盛也)"이라고 지적했다.

이것으로 보자면 네 사람은 문체는 소식과 황정견의 해학적인 풍모를 따랐고, 시풍에서는 원진과 백거이의 풍유(諷諭)정신을 본받았다고 할 수 있겠다.

3) 영사시 : 김해의 역사를 노래한 작품들

송은성은 당시 조선의 현실에 관심이 많았다. 그는 당시를 난세라 인식했고, 그 극복을 위해 다양한 방안을 고민했다. 그런 과정의 하나로 그는 역사를 깊이 있게 성찰했다. 우리가 지금 어디에 서 있으며, 옛 사람들은 자신들의 역사 현실을 어떻게 이해하고 위기를 극복했는지 주목했다.

이런 추구가 구체적으로 드러난 예를 우리는 그의 김해 역사에 대한 관심에서 발견할 수 있다. 김해는 바다가 코앞에 보이는 요충지이면서 과거 금관가야가 자리했던 곳이다. 그의 선조들이 김해에 터를 잡은 것은 훨씬 후대의 일이었지만, 그는 이런 김해의 지리적·역사적 조건에 많은 흥미를 느꼈다.

이런 흥미는 그대로 문학에서도 승화되었다. 「장산부」[44]와 같은 장편 서사시는 압권에 해당하고, 그 밖에도 「납릉회고(納陵懷古)」[45]「가락행(駕洛行)」, 「사충단(四忠壇)」 등 김해 관련 많은 한시들이 문집에 수록되어 있다. 이들 가운데 백미는 역시 「장산부」이지만, 워낙 대작이라 여기서는 논의를 할애하고, 이에 견주어도 손색이 없는 연작시 「금관십절」[46]을 읽어보기로 하겠다.

이 연작시는 모두 10편의 7언절구로 구성되어 있다. 그가 이 시를 짓게 된 배경이나 의도를 알려주는 짧은 「소서(小敍)」가 시의 모두에 실려 있어 참고가 된다.

> 금관은 가락국의 옛 도읍이다. 산수와 고을의 아름다움과 능침과 누대의 빼어남이 강남땅에서 제일인데, 의연히 가락왕의 유풍을 보여주고 있다. 기묘년(1879년)에 내가 노림에서 지내다가 고향으로 돌아와 여러 차례 성안에 들어가 좋은 경치들을 두루 구경했다. 그리고 『주지』에서 뽑아 절구 10수를 지어 뒷날 책 상자에서 꺼내 읽어 고향을 그리는 마음을 달래볼까 하였다.[47]

---

44) 「萇山賦」, 『백하문집』 권1.
45) 「納陵懷古」, 『백하문집』 권1.
46) 「金官十絶」, 『백하문집』 권1.
47) 小敍, 金官駕洛古都也 山水邑屋之美 陵寢樓觀之勝 甲于江右 依然有洛王遺風焉 歲己

「소서」에 따르면 이 시는 1879년, 그의 나이 44살 때 지어졌다. 이 무렵 그는 노림에서 수학하고 있었던 듯하다. 노림이 어느 곳인지 확인이 되지 않는데, 안동에 있는 노림서원(魯林書院)[48]이라면, 이 서원은 1868년(고종 5년)에 철폐되었으니 이곳이 아니거나 철폐된 이후에도 수학을 위해 건물은 유지되었을 수도 있겠다. 연보가 확인되지 않는 상황에서 더 이상의 추측은 힘들다.

여하간 타지에서 있던 중 잠시 향리에 들른 그는 곧 다시 고향을 떠나야 했든가 아니면 떠날 계획이었던 듯하다. 당분간 귀향할 준비가 없었던 그는 향리 주변을 유람하면서 타지에 있을 때 고향의 정경을 되새기고자 10편의 시를 짓고, 이름을 「금관십절」이라 붙였다.

이 시에는 김해 일대의 풍광과 역사 유적들을 둘러보면서 느낀 그의 감회가 상세하게 실려 있을 뿐만 아니라 관련된 여러 가지 사실들이 주석으로 붙어 있어 김해 지방사 연구에도 귀중한 자료가 될 것으로 보인다. 시를 번역하면서 원주(原註)를 소개하기로 하겠다.

金官風物舊曾諳　　금관의 풍물을 예부터 다 외었더니
城郭樓臺海色涵　　성곽이며 누대가 바다빛깔에 무젖었네.
才子佳人魂欲斷　　재자가인들의 넋이 모두 끊어질 듯
繁華恰是小江南　　번화한 모습은 흡사 작은 강남땅이로구나.

卯 余自魯林寓舍 還故莊 屢入城中 周流登覽 遂取州誌作詩 十絶 庶佗日開篋覽閱 欲慰首邱之思云.

48) 노림서원 : 경북 안동시 일직면 송리리에 있었던 서원. 1649년(인조 27) 지방유림의 공의로 남치리(南致利)의 학문과 덕행을 추모하기 위해 창건하여 위패를 모셨다. 선현배향과 지방교육의 일익을 담당해오던 중 흥선대원군의 서원철폐령으로 1868년(고종 5)에 훼철된 뒤 복원되지 못하였다.

龜旨峰頭金盒兒⁴⁹⁾ 구지봉 정상에 금빛 함에 든 아이는
天敎靑裔⁵⁰⁾肇王基 하늘이 후손을 시켜 왕의 기틀을 연 것이지.
嘆息羅麗無信筆 신라와 고려에 훌륭한 문장가 없음을 탄식하노니
行人指點到今疑 지나가는 사람들 지금도 가리키며 의심하네.

肅肅西陵象設尊 쓸쓸한 서릉엔 술잔이 베풀어져 있지만
陰塵玉殿晝常昏 그늘지고 먼지 낀 궁전은 낮에도 어둑하네.
故遣莨芽驚異表 짐짓 장초나무 싹을 보내 경이로움을 드러내니
千年腦骨似銅盆⁵¹⁾ 천 년 지난 뇌골이 구리 동이인 듯하구나.

石塔當年鎭海風⁵²⁾ 돌탑은 당시에는 바다 바람을 눌렀으니
緋帆西出茜旗紅⁵³⁾ 붉은 돛이 서쪽으로 나가니 진홍 깃발이 붉어라.
許氏至今從母姓 허씨들이 지금까지도 어미 성을 따랐으니
嬋姸柯葉遍吾東 아름다운 가지와 잎이 우리 동방에 퍼졌다네.

燕子樓空燕子回 연자루는 비었어도 제비들은 돌아오고
春風愁絶舊栽梅⁵⁴⁾ 봄바람에 근심은 옛날에 심은 매화에 끊겼네.

---

49) 原註 : 금합 가운데 여섯 개 알이 있었는데, 변화하여 여섯 아이가 되었다. 제일 먼저
나온 아이가 수로왕이다.(金盒中有六卵 化爲六童子 第一首露王)
50) 原註 : 최치원이 지은 「석리정전」에 보면 "대가야는 처음에 신녀가 있었는데, 이비가와
감응하여 뇌질을 낳았다. 청예는 가락의 수로왕이다."고 하였다.(崔致遠作釋利貞傳曰
大伽倻厥初有神女 感夷毗訶生腦窒 靑裔卽駕洛首露王)
51) 原註 : 임진년에 왜군이 수로왕릉을 도굴했는데, 두뇌가 구리 동이만했다.(壬辰日兵
發首露王陵 頭腦如銅盆)
52) 原註 : 허황후가 서해로 나왔을 때 해풍을 잠재우는 돌이 있었는데, 이름하여 파사탑이
라 했다.(許后出西海時 有鎭風石 號婆娑石)
53) 原註 : 붉은 돛과 진홍 깃발은 허황후가 탔던 배의 장비들이다.(緋帆茜旗 許后舟具)
54) 原註 : 고려시대 헌납 이첨이 김해에 안행하러 왔을 때 연자루 앞에 매화를 심었는데,
포은 정몽주가 시를 주어 "연자루 앞에 제비는 돌아갔는데, 낭군은 한 번 가니 다시
오질 않네. 그 해 손수 심은 매화나무에게, 동풍에 몇 번이나 꽃을 피웠나 묻노라."고
했다.(高麗李獻納詹 按行金海時 種梅燕子樓前 圃隱寄詩云 燕子樓前燕子回 郎君一去

落花千古傷心地	꽃잎 떨어져 천고 세월 근심 어린 땅 위로
恰遣荷花朶朶開	연꽃이 떨기 지어 피어나는 듯하구나.

涵虛亭子曲欄干	텅 빈 물가에 자리한 정자 굽은 난간에 서니
金碧增輝照水看	금빛 푸른빛이 수면에 비춰 빛나네.
紅粉兩行牽錦纜	기생들이 양편에서 비단 닻줄을 끌게 하니
風流却憶鄭都官55)	그 풍류 문득 정도관을 생각나게 하네.

四忠壇下草離離	사충단 아래 풀들은 우거졌는데
壇上穹然數尺碑	단 위로 높고 큰 몇 척 비석이 서 있네.
牲酒年年趨將士	희생과 술을 해마다 장사들에게 올리노니
靈風乍動繡龍旗56)	신령한 바람이 문득 용을 수놓은 깃발을 흔드네.

迢遞盆城萬丈臺57)	아득히 먼 분성58)에 만 길 높이의 누대여
霜淸木落角聲哀	서리는 맑고 나뭇잎 떨어지는데 뿔피리 소리 슬퍼라.
莫道山川天險固	산천이 험준하다고 말하지 말아라
安危須仗濟時才	나라 안위는 오로지 시대의 인재가 구제한다네.

十里蘆花浦浦風	갈대 우거진 십 리 길에 갯가마다 바람 부는데
漁舟來往畫圖中	고깃배는 그림 속에선 듯 오고가는구나.

不重來 當年手種梅花樹 爲問東風幾度開)

55) 原註 : 박원 정현석이 기생들에게 명해 꽃배를 끌게 했다.(鄭璞園命諸妓牽畫舫)

56) 原註 : 임진년에 우리의 9세조인 이름 송빈 공과 유식 공, 이대형 공, 김득기 공은 모두 순절하셨다. 고을 원 정현석이 사충단을 설치해 4월 20일 군사들을 이끌고 제사하여 보답하니 관례가 되었다.(壬辰我九世祖諱賓 柳公湜 李公大亨 金公得器 皆殉節 鄭侯顯奭率軍校報享 爲定式)

57) 原註 : 박원 정현석이 쌓았는데, 산성 안에 있다.(璞園所築 在山城內)

58) 분성(盆城) : 경남 김해(金海)의 옛 이름.

回笑東湖[59]湖上客　　동호의 호숫가 나그네가 돌아보며 웃나니
黃金數萬日消融　　　수 만 이랑 황금물결에 햇살이 녹아드는구나.

七點山頭削翠巖　　　칠점산[60] 정상에 푸른 바위 깎였는데
三叉江口列青帘　　　세 갈래로 합친 강 입구엔 푸른 술집 기가 갈렸네.
撥盡瑤絃人不見　　　가야금 소리 다해도 사람은 뵈지 않지만
一輪明月玉纖纖[61]　둥근 밝은 달 아래 옥섬섬이로구나.

　번역을 통해서 알 수 있듯이 이 10편의 시는 그가 유람하면서 본 김해
일대의 아름다운 풍광과 금관가야와 연결된 여러 역사적 사실들이 다
양하게 소재로 등장하고 있다. 또 읽는 이의 편의를 위해 친절한 주석까
지 붙여두어 영사시로서의 엄밀성과 전거를 통해 교훈을 얻도록 배려
하기도 했다.[62]
　10편의 시는 각기 다른 사실에 대해 노래하고 있다. 전체적인 맥락을
보기 위해 간단히 내용을 소개하면 다음과 같다.

　　1편 : 김해의 아름다운 경관에 대한 묘사와 감회.
　　2편 : 수로왕의 출현 과정과 진실 여부를 따지는 일에 대한 안타까움
　　　　　토로.

---

59) 原註 : 명지도를 말한다.(鳴旨島)
60) 칠점산(七點山) : 경남 김해(金海) 남쪽 포구(浦口)에 있었다고 전해지는 산.
61) 原註 : 옥섬섬은 고려시대 때 금관에 있었던 기생이다. 가야금을 잘 연주해 야은 전록생
　　선생이 시를 주어 "바다 위 신선 산 칠점산이 푸른데, 가야금 안 하얀 달이 둥글게 밝구
　　나. 세상에 옥섬섬의 손이 없었다면, 누가 능히 태고의 소리를 듣겠는가."라고 했다.(玉
　　纖纖 高麗時金官籍妓也 善鼓琴 田野隱贈詩云 海上仙山七點青 琴中素月一輪明 世間不
　　有纖纖手- 誰能彈太古聲)
62) 왜병(倭兵)을 일병(日兵) 등으로 표기한 것으로 보아, 이 주는 그가 직접 단 것은 아니고
　　1936년 문집을 발간할 때 첨기한 것으로 보인다.

3편 : 금관가야 왕궁이 폐허로 변한 사실에 대한 애상.

4편 : 허황후가 가져온 파사탑의 유래와 후손들의 번창.

5편 : 연자루에서의 상심과 이첨이 심은 매화나무에 대한 회고.

6편 : 도관이었던 정현석의 풍류에 대한 회고.

7편 : 사충단에서의 감회와 대대로 이어진 향사(享祀)에 대한 회고.

8편 : 만장대에 올라 나라의 안위를 염려하는 마음을 토로함.

9편 : 동호(東湖) 호숫가에서 본 아름다운 풍광의 찬탄.

10편 : 필점산 아래 주가(酒家)와 고려 때의 기생 옥섬섬에 대한 회상.

작품의 대강만 살펴보더라도 김해 일대의 명승지와 유적지가 망라되었음을 알 수 있다. 그는 객관적인 사실을 충실히 시화하면서도 시인으로서의 본분도 잃지 않아 자신의 감상과 각오 등을 표현하는 데도 정성을 기울이고 있다. 이 10편의 시만 읽고도 우리는 김해 일대의 역사와 풍물에 대한 상세한 안내도를 얻은 느낌을 갖게 된다. 나중에 김해의 풍물지(風物誌)를 쓸 날이 오게 된다면 그의 김해 관련 영사시들이 크게 도움이 될 것이다.

4. 마치는 글

백하 송은성은 국운이 바람 앞의 등불 같았던 조선시대 말기에 태어나 활동했던 시인이자 우국지사였다. 때로는 좌절하여 은둔하기도 했지만, 선생은 적극적으로 국난을 타개할 방안을 모색한 분이었다. 그 결과 국정의 파탄을 극복할 대안으로서 아홉 가지 절실한 방안을 제시하여 이를 시정하도록 건의하기도 했다. 또 흥선대원군의 정치적 입장을 지지해 이것이 실현되지 못한 현실을 분개하기도 했다.

  백하 선생은 당시 누구보다 나라의 미래를 염려하고 적극적으로 대책을 찾아나갔다. 여느 유학자들과는 달리 과거에만 안주하지 않았고, 현실의 모순을 이겨내기 위해서는 법고창신(法古創新)하는 실학적 자세를 가져야 함도 역설했다. 그런 노력의 일환으로 만언소와 같은 상소문을 올리기도 하고, 동지들과 함께 학문에 전념하면서 새로운 길을 모색하기도 했다.

  백하 선생은 자신의 고향인 김해의 풍광과 역사를 시화하는 일에도 열성을 보였다. 영사시(詠史詩)라 불릴 수 있는 이런 일련의 작품들은 양이나 질적인 면에서 높은 수준을 보여주고 있어, 조선말기 문학사를 재조명한다면 당연히 선생의 문학이 거론되어야 할 것으로 보인다. 우리는 선생의 영사시편들을 통해 김해의 역사를 되새기는 계기를 마련할 수 있을 것이다.

  모두에서 말했던 것처럼 이 글은 백하 송은성 성생의 문집 『백하문집』에 실린 시문을 본격적으로 연구하기 위한 시론으로서 쓰여졌다. 때문에 아직 논의하고 살펴보아야 할 내용들이 상당히 많이 남아 있다.

  본고에서는 생애와 한시를 중심으로 한 부분에만 국한하여 백하 선생의 문학에 대해 살펴보았다. 그 밖의 다른 글을 살펴 선생의 사상과 현실 인식 등을 논의해야 하리라 본다. 백하 선생에 대한 연구는 이제 시작되었다고 해도과언이 아니다.

  이 글을 계기로 많은 사람들이 관심을 가져 선생의 진면모가 유감없이 드러나기를 바란다.

愼菴 盧應奎의 생애와 의병활동

1. 들어가는 말

　망국의 길로 접어든 구한말은 시대의 아픔과 위기를 목격하면서 이를 극복하고 새로운 출구를 모색하던 인물들이 출현한 시기이기도 했다. 이념이나 대응 방식에 따라 과정이나 결과는 달랐지만, 그들이 궁극적으로 추구한 목적은 망국을 코앞에 둔 왕조를 안정적으로 구원하자는 데 있었다. 집권자들이 사태의 변화를 너무 늦게 깨달았고, 따라서 대처가 사후약방문에 지나지 않아 조선왕조는 끝내 합방이라는 비운을 맞이했다. 그럼에도 불구하고 그들의 고투와 충정은 분명 가치있는 일이었다. 특히 개인의 이익이나 안녕을 위해 매국을 서슴지 않은 인물이나 집단과 비교할 때 분명 그들의 행동은 숭고한 것이었다.

　망국을 막고자 노력했던 인물들은 조정 내의 벼슬아치들에서도 나왔지만, 각 지역에서도 배출되었다. 때로는 글로 때로는 무력으로 그들은 열강, 특히 일본 제국주의에 맞서 싸웠다. 그들은 자신들의 재산과 목숨을 내걸고 불온한 세력들과 투쟁했을 뿐더러 많은 그 과정에서 의로운 생명을 잃기도 했다. 이들의 노력과 희생을 기리고 정리하는 일은 후세인들이 당연히 보여야 할 자세일 것이다.

　신암(愼菴) 노응규(盧應奎, 1861~1907) 또한 그런 인물 가운데 한 사람이다. 그는 조선 말기의 의병장으로서, 유가의 교육을 받아 유맥(儒脈)의 정통을 이어받았다. 1895년 을미사변으로 명성황후가 시해되자 이듬해 1월 안의(安義)에서 의거한 것을 시작으로 1907년 한성경무서 감옥에서 옥중 투쟁을 계속하다 옥사할 때까지 선생은 자신의 모든 역량을 쏟아 부어 누란의 위기에 선 조국을 구원하는 일에 매진했다. 비록 그가 순국한 지 3년 뒤 조선 왕조는 일제에 합병되어 역사에서 사라졌지만, 그의 우국충정은 결코 잊어서는 안 될 업적임에 분명하다. 그의 업적을 기려 1977년 독립장이 추서되었다.

이 글은 아직 체계적으로 발표되지 않은 그의 생애와 업적을, 1993년 후손인 노성용(盧成容)에 의해 편찬된 『신암유고(愼菴遺稿)』에 근거해 정리한 것이다. 이 글을 계기로 그의 업적과 사상이 뜻있는 사람들에게 새롭게 인식되고 전파되기를 바란다.

2. 노응규 선생의 생애

그의 생애는 『신암유고』에 실려 있는 「생애」편을 통해 상세하게 알 수 있다.

그의 본관은 광주(光州)고, 자는 성오(聖五, 나중에 景五로 고침)며, 호는 신암이다. 노이선(盧以善)의 둘째 아들로 태어나, 일찍이 허전(許傳) 문하에서 수학했다. 30살을 전후한 시기에 최익현(崔益鉉)을 비롯해 송병선(宋秉璿), 송근수(宋近洙) 등에게도 사사했다.

먼저 그의 생애를 「연보」에 실린 내용을 중심으로 연도별로 나눠 살펴보기로 하겠다.

●[1세]선생은 철종 12년 신유년(1861) 3월 15일에 경상남도 거창군 고제면(高梯面) 괘암리(卦岩里)에서 태어났다. 아버지는 노이선인데, 묵재(墨齋) 노필(盧㻻)의 후손이다. 어머니는 초계(草溪) 정씨로, 정도원(鄭道元)의 따님이다. 선조는 대대로 합천군 초계현에 거주했다. 태어난 뒤 경남 안의면(安義面) 본당리(本堂里) 죽전동(竹田洞)에서 성장했다.

젊어 성재(性齋) 허전 문하에 들어가 공부했다.

태어나 장성할 때까지의 생애에 대해서는 알려진 것이 거의 없다. 그 때문인지 「연보」에도 출생 이후 35살 때까지의 활동에 대해서는 아무런 기록도 남기지 않았다.

●[35세]고종 32년 을미년(1895) 8월에 명성황후가 시해되는 이른바 을미사변이 터지고, 그해 11월 고종이 머리를 서양식으로 깎은 후 단발령이 내려졌다. 유림으로서는 도저히 받아들일 수 없는 치욕이었다.

●[36세]고종 33년 병신년(1896) 1월 토왜(討倭)의 기치를 들고 안의에서 의병을 일으켰다. 진주성을 점거하고 의거한 지 십여 일만에 의병 수천 명이 모여들었다. 선생은 진주 의병장으로 추대되었다.

3월 7일 정한용(鄭漢鎔)의 배신으로 의병이 해산되었다. 선생은 한양으로 올라가 대궐 앞에서 대죄(待罪)할 작정으로 상경하던 중 삼가면(三嘉面)에 이르렀을 때 정한용과 정재(鄭在) 등이 선생을 붙잡아 현옥(縣獄)에 가두려고 모의했는데, 다행히 사론(士論)의 도움을 받아 석방되어 화를 면했다.

다음날 거창 대아점(大雅店)에 이르러 추종자 십여 명과 함께 그곳에 머물렀다. 9일 날이 밝자 길을 떠나 무촌(武村)에 이르렀다. 최두원(崔斗元), 서광진(徐光振) 등이 선생에게 달려와 "어젯밤 안의현의 벼슬아치들이 만행을 저질렀다."고 알려주었다. 즉 현리(縣吏)들이 선생의 아버지 노이선을 살해했고, 형 노응교(盧應交)는 아버지의 시신을 안고 함께 죽음을 당했다는 것이었다. 이 소식에 큰 충격을 받은 선생은 안읍(安邑)에 들어가지 않고 안전한 곳을 찾아 도피했다. 즉 전척동(剪尺洞) 정호선(鄭縞善)의 집에 가 머물다 강천(江川)의 사돈댁으로 돌아와 새벽에 무주(茂朱)로 넘어갔는데, 이때 따르는 이는 박진길(朴軫吉) 한 사람뿐이었다.

박진길과 함께 충청창의소(忠淸倡義所)로 가려 했지만 뜻대로 되지 않자 바로 한양으로 올라와 남문 밖 북도(北道) 사람의 집에 머물렀다. 그리고 북도 사람들이 굳세 함께 큰일을 도모할 수 있다는 말을 듣고 송경(松京)으로 향해 포은 정몽주 선생의 사당을 배알했다. 남문 밖에서 하루 잔 뒤 길을 떠나 재령(載寧)에 이르러 남쪽으로 길을 떠나 전라도에 도착했다. 먼저 절해고도로 갔다가 진도와 노화도, 보길도, 수완도 등의 섬을 다니다가 광주(光州)로 돌아왔다. 선생은 제주도까지 가려했지만 박진길이 만류해 광주로 왔던 것이다. 일곡동(日谷洞)에 가서 친척집을 찾아가니 장성의 참봉 기우만(奇宇萬)이 와 위로해 주었다. 이곳에 머물면서 1895년 여름을 보냈다.

7월에 순창 방축동(防築洞)을 지나다가 이석표(李錫杓)의 집에서 하루 묵었다. 이석표는 양조업을 하는 사람인데, 세상을 피해 은둔해 사는 사람이었다. 평소 선생과 교분이 없었지만 선생의 행색을 보고 음식과 의복을 제공해 주었다.

●[47세]고종 34년(실제로는 대한제국이 출범해 광무[光武] 1년) 정유년(1897) 4월 상경했다. 이때는 이석표의 인도를 받았는데, 종자인 박진길은 이석표의 집에 머물렀다. 오던 중 진주관찰사 이항의(李恒儀)가 조정에 "초계의 선비 노대용(盧大容)은 노응규의 집안사람으로 소청(疏廳)을 열어 통문(通文)을 돌렸다."고 보고한 사실을 듣게 되었다. 한양에서는 불의한 무리들이 사방으로 사람을 풀어 상소를 올린 자들을 잡으려고 혈안이었고 민심도 흉흉해져 오래 한양에 머물 수 없었다. 교하(交河)의

판서 민영달(閔泳達)의 집으로 발길을 돌려 가니 민영달이 반갑게 맞아 주었다. 이곳에서 여름 석 달을 보냈다.

10월 1일 도끼를 들고 대궐 앞으로 나가 죄를 기다리면서 상소를 올렸다. 당시 보국으로 있던 민영준(閔泳駿)이 입궐하여 고종에게 "신이 입궐할 때 한 선비가 도끼를 품에 안고 궐문 밖에서 상소문을 들고 있기에 물어보니 진주에서 창의한 유생 노응규였습니다. 그는 만고의 충신으로 의병을 모았으나 화가 아버지와 형에게 미쳤으니, 조정이 그를 받아들이지 않는다면 후세에 어떻게 충의로운 선비가 있겠습니까? 이 상소문은 하루라도 지체해서는 안 됩니다."라고 아뢰었다.

고종이 승지에게 명해 선생의 상소문을 가져오게 했다. 승정원에서 상소를 읽게 하니, 선생은 눈물을 흘리며 숙소로 돌아왔다. 다음 날 비답(批答)을 내렸다. 비답에서 "네가 죄를 알고 스스로 깨우쳐 새로워질 줄 아니 이것이 너의 도리다."라고 말했다. 선생은 비답을 받고 궐 밖으로 물러나 네 번 절한 뒤 통곡했다.

10월 5일 분상(奔喪)하기 위해 돌아왔다. 먼저 거창군 고제면 괘암리에 닿아 조모의 묘소에 부복하고 곡했다. 괘암리는 선생의 부형이 살던 곳으로, 이 마을 뒷산에 선생의 조모와 자부(姉夫)의 묘소가 있었는데, 선생의 아버지와 형의 시신은 자부의 집에 모셔두었다. 선생의 어머니 정씨가 선생의 처자식을 거두어 갈계(葛溪)에 살게 했다는 소식을 들었다. 선생의 형수는 자식을 데리고 신평(新坪)에 머물러 살았다. 현창리(玄昌里)로 갔는데, 두곡(豆谷)의 족손이 선생을 보고 눈물을 흘리며 200금을 희사했다.

10월 19일 한양에 사는 지인의 초청 편지를 받아 이현규(李鉉珪)와 동행해 상경했다. 다음 날 선생의 아버지와 형을 초계읍 아막촌(衙幕村) 산언덕에 장사지냈다. 28일 한양에 닿아 원동(苑洞) 이문화(李文和)의 집에 묵었다. 섣달 그믐날 판서 신기선(申箕善)을 만나니 판서가 선생에게 "안의의 벼슬아치들이 노형의 부형을 살해했으니 큰 변고인데도 지금 또 비답을 받고 분상하는 사람을 해치려고 모의하고 있소. 이런 흉악한 자들을 조정에서도 가만히 놔두어서는 안 될 것이요."라고 말했다. 선생이 대답하여 "나라로 보나 집안으로 보나 이들은 불구대천의 원수입니다. 사사로운 정으로 보면 집안의 원수를 갚는 것도 절박하지만, 대의로 보면 나라의 원수를 갚는 것이 더욱 중대합니다."라고 말했다.

●[38세]고종 35년(광무 2년) 무술년(1898) 1월 2일 시어(侍御) 송수만(宋秀萬)이 판서 신기선을 만나 물었다. "노응규와 함께 지내고 계십니까?" 판서가 그렇다고 대답하면서 "새해를 맞이했는데 시국은 어지러우니 어찌 보낼 수 있겠소."라고 말했다. 시어도 "차마 눈뜨고 보지 못할 일입니다. 지금 노응규의 원수는 개인의 원수일 뿐만 아니라 실로 나라의 원수입니다. 작년 분상을 당했을 때 대감께서 차마 그 참상을 보지 못해 여러 차례 법부(法部)에 찾아가 법부대신 조병식(趙秉式)에 건의해 시신을 매장하고 가산을 정리할 수 있는 처분을 내리도록 했습니다. 이는 실로 조정이 충의로운 사람을 포상하는 아름다운 전례입니다. 그러니 노응규는 조정에서 허락하고 권장한 사람입니다. 안의의 벼슬 아치들이 어찌 감히 함부로 살해할 수 있겠습니까? 만약 이 원수들을 다스리지 않는다면 나라에는 법이 없는 꼴이고 대대로 충신도 없을 것입니다."라고 말했다. 판서가 옳은 말이라고 대답했다.

1월 4일 신판서를 찾아가니 신판서가 김정목(金正睦, 당시 법부의 검사였다.)에게 물었다. "그대는 노응규의 지극한 원한을 아는가?" 자세히 모른다고 하자 판서가 이어 "지난해 주상전하로부터 특별한 지시가 있었네. 유인석(柳麟錫)과 노응규가 함께 은혜로운 비답을 받았고, 전하께서는 장차 이들을 중용하시려고 하시네. 노응규가 분상하려고 고향으로 가던 날 안의의 벼슬아치들이 그를 죽이려고 했지. 이러한 변괴는 조정의 기강과 관련된 문젤세. 노응규가 중도에 잠시 멈추어 법문(法門)에 호소하려고 하니 법관이 이를 받아들여야 하는가? 말아야 하는가?"고 물었다. 김정목이 "어찌 받아들이지 않을 수 있겠습니까?"고 대답했다.

선산(善山)의 선비 허위(許蔿)가 법상(法相) 이유인(李裕寅)의 집을 방문해 노응규의 복수에 대한 일을 상세하게 논의했다. 법상은 "이 일은 국가에 있어서 큰 송사이다. 나는 감히 함부로 단정 지을 수 없다."고 말했다. 허위가 목소리를 높여 "을미년의 변고로 삼강(三綱)이 끊어졌고, 10월 달의 변고(단발령)로 사람은 짐승이 되었습니다. 이때를 당해 세자 저하부터 평민에 이르기까지 창의(倡義)하지 않은 이는 모두 역적입니다. 근래에 세속의 위학(僞學)하는 무리들이 선비는 난세에 나와서는 안 된다고 말하니, 그 속내를 따져보면 역적을 옹호하는 것입니다. 머리 깎이는 것을 두려워 해 산야로 도피하는 것이야 어찌 족히 논할 것이겠습니까?"라고 말했다.

1월 17일 선생이 신판서에게 가니 판서가 주변 사람을 물리치고 "지난번에 대궐에서 법상을 만나 그 일에 대해 힘껏 말했소. 법상이 기꺼이 허락하면서 법문에 글을 올리는 게 옳다고 하더이다. 전국을 두루 다니면서 함께 일할 선비를 모아보는 것이 어떻겠소?"라고 권했다. 이에 선생이 "정읍(井邑)에 갔을 때 안계순(安桂淳)이란 사람을 보았는데, 진실로 쉽게 얻지 못할 인재였습니다."라고 대답했다. 판서가 그의 이름을 쓰고는 이어 "진주로 돌아간 뒤 노형의 가산은 어찌 되었소?"라고 묻자 선생은 "관찰사 조시영(曺時永)과 어사 조인승(曺仁承) 등이 가산을 적몰한 것처럼 꾸며 안의의 벼슬아치들에게 주었습니다."고 대답했다. 판서가 "적몰이라는 말은 무슨 근거에서 나온 거요? 역적을 옹호하는 마음이 온 세상에 흘러넘치니 어찌 사론(士論)의 비난을 면할 수 있겠

소."라고 대답했다. 이에 선생이 "의병이 해산된 뒤 진찰(晉察, 진주관찰
사) 이항의와 진목(晉牧, 진주목사) 권병직(權秉稷)이 저의 집 종손 노수학
(盧秀學)을 잡아 가두고 죽이려고 했는데, 다행히 사림의 도움에 힘입어
겨우 화를 면했습니다. 가산은 거의 탕진되고 말았습니다."고 대답했
다. 판서가 "노수학은 지금 한양에 있소?"라고 물으니, 선생이 "한양에
는 있지 않고, 봄이 되면 상경할 듯합니다."라고 대답했다. 판서가 "노
형과 노대용은 어떤 사이요?"라고 물으니, 선생이 "집안사람입니다."라
고 대답했다. 판서가 "혹형을 받아 사람구실을 못한다던데 과연 그러하
오?"라고 물으니 선생이 "온몸에 형벌 흉터가 남아 차마 보지 못할 지경
입니다."라고 대답했다. 판서가 "소청(疏廳)의 선비들이 노대용의 원한
을 씻고자 하는데, 노대용은 어찌 하여 상경하지 않는 거요?"라고 묻자
선생이 "걷지도 못하고 말을 타지도 못해 상경하지 못하는 것입니다."
라고 대답했다.

이문화가 "이항의의 집은 광주(廣州)에 있는데, 광주의 선비들이 모여
'우리들은 이항의과 교제를 끊는다.'고 말했습니다. 이에 이항의가 노
응규를 두고 비적(匪賊)이라 하고, 또 노응규와 함께 복수의 상소를 쓴
선비들은 비적과 내통한 자들이라고 말했습니다. 이항의가 노대용을
음해한 것이 노대용이 혹형을 받은 까닭이었습니다."라고 말했다.

이항의가 "내가 진주 관찰사로 있을 때 힘써 노응규의 집을 옹호했습
니다. 또 노대용에게는 매 한 대도 가하지 않았습니다. 음해했다는 말
은 모두 망발입니다."라고 말했다.

광주의 선비들이 사실을 확인하려고 소청에 와서 물었다. 광주의 선
비들이 이항의의 행적을 낱낱이 확인하고는 말했다. "이항의의 속마음
은 역적 유길준(俞吉濬), 역적 박영효(朴泳孝)와 다를 바가 없다."

관찰사 조시영이 정기석(鄭箕錫)을 노응규와 함께 통문을 돌린 자(거

창의 선비 이준형(李埈亨)이 급히 상경하여 정기석을 투옥한 사실을 알려주었다.)
로 몰아 잡아 옥에 가두었다. 사람들이 모두 조시영이 왜인(倭人)들에게
부역한 것은 이항의가 같다고 말했다.

진주 관찰사 조시영이 내부(內部)에 보고하기를 "노응규가 다시 창의
하여 소요를 일으킬 뜻을 품고 있다."고 했는데, 주상이 읽고 "진주 관
찰사의 보고는 전혀 근거 없는 사실이었다. 근거도 없는 일을 빙자하여
민심을 선동하는 자이다."라고 말했다.

법부에서 훈령(訓令)을 내려 잡아들인 관련자들을 속히 석방해 돌려
보내라고 했다.

4월 3일 법부대신 이유인이 입궐해 품의하여 말했다. "창의 유생 노
응규는 나라를 위하고 의로움을 도우려다가 오히려 괴변을 당한 것입
니다. 그 변고란 안의의 벼슬아치들이 노응규의 아버지와 형을 살해한
것입니다. 벼슬아치들이란 최춘근(崔春根), 하문명(河文明), 김경선(金景
善) 등입니다. 묘당에서부터 이 원수들을 응징하지 않는다면 후세에 어
찌 충신 의열(義烈)의 선비들이 있겠습니까?" 주상이 읽고 "노응규가 복
수한 일들은 법부로 하여금 그 실정을 조사하게 하고 공평하게 처리하
도록 하라."고 말했다.

4월 4일 조사를 맡을 순검(巡檢)을 파견했다.

4월 5일 미시(未時, 오후 1시-3시 사이)에 최춘근을 한양 남대문 안 대
평동(大平洞) 하석귀(河錫龜)의 집에서 체포해 감옥으로 압송했다.

4월 8일 하문명과 김경선을 체포해 안의의 감옥으로 압송했다.

4월 11일 하문명과 김경선 두 사람을 진주부의 감옥으로 이송했다.

4월 22일 법부대신 이유인이 체직(遞職)되었다. 판서 조병직(趙秉稷)
이 법부대신에 임명되었다.

안의의 벼슬아치 최춘근, 하문명, 김경선 등 세 사람의 죄수들이 몰

래 사민(士民)들에게 맡겨졌다. 안의의 벼슬아치 세 사람의 죄수들에게 큰 원한이 있기 때문이었다. 박국서(朴國瑞)와 하필동(河必東), 박임준(朴任俊) 등이 소장을 들고 상경했다.

6월 참판 이용익(李容翊)이 글을 올려 말했다. "가만히 노응규의 일을 생각하니 미미한 일개 유생으로서 모후(母后)의 시해를 통탄하여 창의하여 군사를 일으켜 나라의 원수를 토벌할 것을 맹세했습니다. 그 맑고 충성스러우며 큰 의로움은 천하에 널리 알리기에 남음이 있습니다. 다만 저 안의의 벼슬아치 최춘근과 하문명, 김경선 등이 그의 가산을 탐내 노응규의 의병이 해산되는 것을 보고 그의 아버지와 형을 살해하고 그 재산을 노략질했습니다. 또 노응규까지 죽이려고 하여 산골짜기로 달아나 부형을 매장도 하지 못하게 했습니다. 주상께서는 통촉하셔서 상소에 대한 비답을 내려주소서.

이에 가상히 여긴 비답이 내려졌습니다. '오호라! 저 세 죄수들은 도리를 돌아보지 않고 다만 복수할까 염려하여 또 노응규를 죽이려고 했다. 심하고 심하구나.' 지금 다행히 성은의 지중함에 힘입어 이 악한 세 사람을 잡아들이니, 무릇 사람을 죽인 자는 사형에 처함이 진실로 왕법(王法)이 존재하는 까닭이다. 만약 이 최춘근, 하문명, 김경선 세 사람을 주살하지 않는다면 충의로운 선비를 저지하고 역적을 옹호하는 꼴이 됩니다. 엎드려 빌건대 자세히 살펴주소서."

주상이 말했다. "지난달에 민영찬(閔泳瓚)이 말하여 법부로 하여금 이미 처결하라고 했다. 그런데 어찌 오늘까지도 처결되지 않은 것인가?"

●[42세]고종 39년(광무 6년) 임인년(1902) 2월 10일에 규장각주사(奎章閣主事, 9품관)에 임명되었다.

11월 6일 중추원의관(中樞院議官)에 임명되었다.

●[44세]고종 41년(광무 8년) 갑진년(1904) 4월 초하루 어머니 초계 정

씨가 별세했다.

●[45세]고종 42년(광무 9년) 을사년(1905) 1월 15일 부인 초계 정씨가 별세했다.

2월 그믐 주한 청나라 공사관에 갔다.

11월 일제에 의한 강제 조약(을사늑약)이 체결되는 것을 보고 울분을 참지 못하고 사직했다.

●[46세]고종 43년(광무 10년) 병오년(1906) 11월 황간(黃澗) 상촌면(上村面) 물한리(勿閑里) 직평(稷坪)[상촌리는 지금의 영동군에 속한다.]에서 창의하여 의병을 일으켜 황간 의병장이 되었다.

참봉 서은구(徐殷九)가 중군장(中軍將)이 되고, 의사(醫師) 엄해윤(嚴海潤)이 선봉장이 되었다. 노공일(盧公一, 선생의 족손으로 호는 담주[淡洲]다.)과 김보운(金寶雲), 오자홍(吳自弘)은 종사원(從事員)이 되었다.

●[47세]고종 44년(융희 1년) 정미년(1907) 1월 21일 상촌면 거리(巨里)에서 체포되어 충북 청산(靑山) 경무분서(警務分署)에 투옥되었다. 이때 서은구와 엄해윤, 노공일도 함께 체포되었다.

음력 12월 8일 경성(京城) 경무감옥서로 이송되었다.

2월 16일(음력 1월 4일) 음식을 끊고 지내다 옥에서 순국했다. 충남 서천군 종천면(鍾川面) 종천리 고량산(鼓樑山) 언덕에 매장되었다.

5월 18일 서은구와 엄해윤, 노공일 등 세 의병도 모두 실형을 선고받아 7년형에 처해졌다.

7월 9일 세 의병이 황해도 장연군 백령도로 유배되었다. 경술년(1910) 8월 그믐에 어부로부터 국치 소식을 듣고 세 의병은 함께 탈주했다.

「연보」에는 나오지 않은 사실들을 추가하면 다음과 같다.

● 1896년 1월 안의에서 의거하여 의병을 모집했을 때 승려 서재기(徐

再起)를 선봉장으로 하여 정도현(鄭道玄)과 박준필(朴準弼) 등과 함께 진주성을 공격하여 장악하는 데 성공했다.

● 1897년 10월 상경하여 「지부자현소(持斧自見疏)」를 올렸고, 1902년에는 동궁시종(東宮侍從)의 직책도 맡았다.

● 1906년 6월에는 최익현(崔益鉉)의 부하로 들어가 활약하고자 했다. 그러나 순창 일대에서 최익현 등 의병 12인이 자진 체포되어 의진(義鎭)이 해산되는 바람에 실현되지 못했다.

● 1906년 가을에는 매곡면 일대를 사병 훈련소로 삼아 인근의 이장춘(李長春)과 문태수(文泰守) 의진의 의병들과 함께 합동 훈련을 실시했다. 이들이 주축이 되어 8킬로미터 지점에 있던 일본군 및 척후대를 여러 차례 공격해 궤멸시켰다. 그 뒤 경부철도를 파괴하고 열차를 전복시키는 등의 의병 활동을 했다. 이어 한성으로 진군할 계획을 세웠지만 기밀이 누설되어 불행히도 체포되었던 것이다.

이처럼 노응규의 일생은 어쩌면 아주 단출하다고 볼 수 있다. 유년과 청년 시절의 행적은 거의 찾아볼 길 없다. 오직 을미사변 이후 의병으로 활약한 시기와 관군과 일부 의병의 배신 때문에 살해당한 아버지와 형의 억울한 죽음을 복수하기 위한 과정이 상세하게 전해질 뿐이다.

그는 슬하에 아들 둘을 두었다. 큰아들 노수덕(盧秀悳)은 1889년 6월 27일에 태어났는데, 평생 상복을 입고 살았다. 아버지의 원수를 갚으려고 만주 등지를 전전하다 귀국했다. 1924년 3월 10일에 별세하여 전북 정읍 방장산(方丈山)에 묻혔다. 향년 35세였다.

둘째 아들 노수열(盧秀悅)은 1899년 8월 24일에 태어나 경성 중동학교에서 수학했다. 1933년 2월 25일에 별세하여 의령군 궁류(宮柳)면 용호곡(龍虎谷)에 묻혔다. 향년 34세였다.

그는 47년이라는 짧은 생애를 살다 갔지만, 한결같은 우국충정으로 의병을 일으키고 자신의 진정을 글로 써서 상소한 사실만으로도 그의 생애는 누구보다 값졌다고 말할 수 있다. 특히 감옥에 갇혀서도 뜻을 굽히지 않고 곡기를 끊고 지내다 순국한 사실은 그의 의지가 얼마나 강했는지 잘 보여준다. 이런 점이 후세의 우리들이 더욱 그를 기억하고 기려야 할 이유라고 할 것이다.

3. 저서 『신암유고』에 대하여

격동의 조선 말기를 살면서 문필 활동보다는 의병으로서 행동하는 지식인의 모습을 보여준 그이기에 평생 썼던 글들은 오랜 동안 책으로 묶여지지 못했다. 그러다가 1993년에 와서야 그가 썼던 상소문과 기타 글들이 정리되어 후손 노성용의 편집으로 출간되었다. 노성용은 광주노씨종친회에 의해 그의 족손(族孫)으로 입적된 인물이다. 그에게는 아들이 둘 있었지만, 모두 젊은 나이에 죽어 자식을 두지 못한 것으로 보인다.

노성용은 입적된 뒤 할아버지의 업적을 널리 알리고자 그간의 유필(遺筆)과 관련 자료를 모아 『신암유고』를 발간했던 것이다.

『신암유고』에는 노응규가 직접 쓴 19편의 산문과 「연보」, 기타 그의 의병 활동과 관련된 여러 기록들이 수록되어 있다. 산문 가운데 대표적인 글은 역시 1897년 10월 상경하여 올린 「지부자현소(持斧自見疏)」이고, 문집의 첫 머리에 실려 있다. 그밖에 세 편의 기(記)과 한 편의 제문(祭文). 여덟 편의 서(書), 두 편의 논(論), 잡문 두 편과 면고문(面告文), 「무술일기(戊戌日記)」 등이 순서대로 실려 있다.

「무술일기」는 1898년 선생이 아버지와 형의 억울한 죽음을 복수하고 신원했던 과정을 일기 형식으로 기록한 것인데, 해원 과정을 자세하게 기술하고 있어 당시 법제도와 그의 행적, 의식 등을 유추하는 데 크게 도움을 주고 있다.

　문집에 산문만 실려 있고, 시가 없는 것은 참으로 안타까운 일이다. 그의 학식이나 문학적 재능으로 봤을 때 적지 않은 양의 한시를 남겼을 것으로 추측되기 때문이다. 동지의 배신으로 아버지와 형을 잃고, 나라를 구하기 위해 동부서주하며 우국충정을 불태우던 의병 활동에 관련된 작품들이 보존되어 실렸다면 더욱 그의 진면모를 볼 수 있었을 것이다. 산문은 직설적이지만 시는 상징과 은유를 동반하니, 그의 심성과 시국 또는 자연을 바라보는 태도 등을 시를 통해 확인할 수 없는 것이 아쉽다.

4. 노응규 선생의 활동상

　신암 노응규의 일생 동안 신명을 바쳐 이루고자 했던 것은 크게 두 가지로 나눌 수 있다. 하나는 의병 활동을 통한 구국의 뜻을 이루고자 하는 것이고, 또 하나는 동지의 배반으로 체포되어 죽음을 당한 아버지와 형에 대한 복수와 신원을 위한 노력이다. 이 두 가지 활동상은 각각 「지부자현소」와 「무술일기」 두 편의 글에 자세하게 소개되어 있다.

　본고에서는 그 가운데에서도 그의 일생의 목표였던 구국의 활동상을 함축적으로 보여주는 「지부자현소」를 중점적으로 보고자 한다. 이 상소문은 1897년 10월에 쓰였다.

　「지부자현소」 전문을 번역하면 다음과 같다.

죽을죄를 진 진주 창의 유생 노응규가 상소하여 아룁니다. 엎드려 생각
하니 신은 의로움을 해쳐 목숨을 연명했고, 생명을 버려 죽음을 천하게
여겼습니다. 처음에는 나라를 위해 일을 일으켰으나 끝내 몸도 잃고 집안
마저 뒤집혔습니다. 충성도 아니요 효성도 아니니 죽어 마땅했으나 죽지
도 못했습니다. 신 또한 인심을 가진 자라 무슨 얼굴로 하늘의 해를 보겠
으며 무슨 말로 충정을 말하겠습니까? 신은 용서받을 길 없는 큰 죄를
저질렀습니다. 또 하늘을 꿰뚫는 지극한 원한을 안고 있습니다. 이를 성
스럽고 현명한 전하에게 한 번 외쳐 만분의 일이나마 살펴지기를 바라지
못한다면 신은 군주와 어버이의 원수를 갚을 수 없습니다. 죽어 마땅히
악역의 귀신이 되고 또 몸은 부정하다는 이름에 빠져 죽을 것입니다. 그
런즉 죽음도 그 죄 값이 아닙니다. 이것이 마음을 누르고 고통을 참는 까
닭입니다. 이미 아니라면 몸은 법관에게 돌려보내고, 또 아니라면 스스로
물구덩이에 들어갈 것이니, 구차하게 성명을 연장하느니 때를 마치는 것
이 옳을 것입니다.

지금 천지는 다시 새로워지는 시기를 만났고, 의리는 펼쳐질 기회를
가졌습니다. 반역의 무리들은 조금씩 물러가고 있으며, 공론이 점점 행해
지고 있습니다. 이것이 죄를 바로잡아 신이 출두하여 죽음을 구하는 순간
입니다. 이에 감히 도끼를 지니고 궁궐 아래에서 애타게 호소합니다. 엎
드려 바라건대 조금이라도 살펴심을 내려주소서.

신이 삼가 『춘추』의 의리를 살펴보니 난신과 적자는 사람들이 잡아 주
살(誅殺)합니다. 한나라 때의 관동과 당나라 때의 하북에서는 충성스럽
고 의분에 찬 의로운 선비들이 병사를 일으켜 동탁과 안녹산을 토멸했습
니다. 일찍이 헌제와 명황(현종)의 명령이 없었어도 『강목』의 큰 글로써
내려주었습니다. 이 의로움으로 미루어보건대 나라에 난적이 있는데 나
라의 주군도 토벌하지 못하고 방백들도 토벌하지 못하면 비록 비천한 유
생일지라도 또 토벌하는 의로움이 없을 수 없는 것입니다. 대개 난적을
토벌하는 큰 의로움은 군왕의 명령을 받는 것보다 급하기 때문입니다.

오호라! 을미년(1895) 8월의 변괴는 개벽 이래 일찍이 없었던 큰 변고입

니다. 우리 동방의 신하라면 만세가 지나도 반드시 갚아야 할 원수입니다. 이런 때를 당하면 폐하의 몸 또한 아침과 저녁 사이에도 보존하지 못할 것인데 하물며 어느 겨를에 토벌하고 복수하는 거동이 있겠습니까? 방백의 신하들이 적들의 친위대가 되어 받들어 이바지하는 일이 미치지 못하게 되면 하물며 어느 겨를에 토벌하고 복수하는 마음을 가지겠습니까? 이어 11월에 머리를 깎는 재앙이 있었으니, 천하 사람들을 이끌어 이적(夷狄)이 되게 하고 살아 있는 사람들의 무리를 모두 몰아 금수가 되게 만드는 것입니다. 이와 같은데도 한 마디 말이 없다면 어찌 족히 천하 사람들이 부끄러워 할 바가 아니겠습니까? 기성(箕聖, 箕子)과 우리의 조종의 충효와 예의에 대한 가르침이 장차 어디에서 그 효과를 징험하겠습니까?

다행스럽게도 도성 안에 한두 진신(縉紳) 선비들이 앞장서서 창의하여 적군을 토벌하려 하고, 각 고을의 유생들이 의로움으로 일어나 급무를 맡고자 하니, 어디서나 이를 말할 수 있습니다. 비록 부녀자 같이 지극히 어리석은 사람이라도 오히려 모두 주먹을 갈고 손바닥을 비비며 한 자루 칼을 뽑아들고 적에게 향하려고 합니다.

하물며 신이 비록 지극히 어리석지만 오히려 옛 사람들의 글을 읽을 수 있어 조악하게나마 군신 간의 대의를 알고 있습니다. 중화와 이적(夷狄)의 큰 차이가 다시 가슴속에서 일어나니 맹세컨대 적과 더불어 생명을 함께할 뜻이 없습니다. 그러니 어찌 편안하게 앉아 이를 보면서 능히 몸속의 기운을 내놓지 않겠습니까?

이에 제 역량도 헤아리지 못하고 진양(진주)에서 기의했을 때 한 편의 상소문으로서 대략 출처의 마땅함을 진술하고자 합니다. 피로 쓴 격문을 곳곳에 돌려 열흘 한 달 만에 뜻을 같이 해 의로움으로 모이는 백성들을 장막 아래 모았으니, 하루도 되지 않아 세력을 떨치게 되었습니다. 왕성을 향해 나가면서 군왕을 보위하려 하니 삼가 진퇴의 명령을 기다립니다. 청컨대 역적의 머리를 베어버리고 나중에 함부로 군사를 일으킨 죄에 대한 처벌을 엎드려 기다리옵니다.

그러나 상소문을 미처 끝내기도 전에 일이 어그러지고 틀어졌고, 군사들도 먼저 궤멸되었습니다. 충성과 의분을 다 풀어내지도 못했는데 악한 이름이 갑자기 더해졌습니다. 아버지와 형은 재앙의 그물에 걸려 횡사하셨는데, 신은 이도 알지 못했습니다. 어머니와 아내는 칼끝과 화살촉 사이에서 떠돌아 다녔는데, 신은 이 또한 듣지 못했습니다. 창황하고 급박하여 분주하게 달아나고 숨는 이들도 비록 어머니의 원수와는 잠시라도 같은 시간을 용납하지 못할 줄 아는데, 어찌 아버지의 목숨이 엄중함을 알지 못하겠습니까? 한 번 유조(諭詔, 군주의 조서)가 내려진 이후 의병의 무리들을 해산시키고 원한을 품고 고통을 참으며 다만 조정에서 토벌하고 복수하는 날만 바랄 뿐입니다.

오호라! 신은 나라의 원수에게 복수하고자 나왔으나 아직 원수를 갚지 못했는데, 집안의 재앙은 이에 이르렀습니다. 위로는 군왕에게 충성을 다하지 못했고, 아래로는 아버지에게 효성을 다하지 못했으니, 신의 첫 번째 죄입니다. 왕의 군대가 내려온 날에 신은 비록 감히 화살 한 발도 쏘지 못했으나 또한 감히 스스로를 묶어 죄를 기다리지도 못하고 명령을 버리고 달아났으니, 신의 두 번째 죄입니다. 아버지와 형이 흙구덩이에 빠져 시신을 거둘 이 하나도 없고, 이제 이미 한 해가 지나는데도 상복을 입지 못해 자식 된 의리가 땅을 쓸 듯 없어졌으니, 신의 세 번째 죄입니다. 지난날에는 군주와 어버이의 원수를 갚는 것이 비록 칼날 위를 걷고 뜨거운 물에 뛰어드는 일이라 해도 사양하지 않았는데, 신은 구차하게 살아 지금에 이르고도 한 가지 계책이나 술책도 내놓지 못하고 자고 먹으며 말하고 움직이는 것이 여느 사람과 같으니, 신의 네 번째 죄입니다.

신은 이렇게 네 가지 죄를 범하고서도 천지 사이에서 살아가고 있는데, 어찌 짧은 칼이나 간단한 조문으로 족히 스스로 그 명을 갖출 줄도 모르겠습니까? 오히려 죽는 것도 한 방법이겠으나, 오직 왕의 법률 아래 죽어야 그 죄를 밝힐 수 있을 따름입니다.

엎드려 바라건대 빨리 이 도끼로 신을 죽이셔서 천하 사람들로 하여금 신하와 자식이 되어 불충하고 불효한 자들을 경계하게 만드소서. 그렇게만 된다면 신으로서는 다행일 것입니다.

비답(批答)하여 "상소문을 살펴 다 알겠으니, 네가 네 죄를 아는 것이
아름답다. 허물을 깨달아 고치고 스스로 새로워진다면 이것이 너의 도리
일 것이다."라고 말했다.

晉州倡義儒生死罪臣盧應奎疏曰 伏以臣敗義餘生 亡命賤殄 始焉爲國
而起事 終乃喪身而覆家 不忠不孝 宜死而未死 臣亦有人心者 以何顏見天
日 以何辭控衷情哉 第臣負罔赦之大罪 又抱徹天之至寃 而不能一號於聖
明地下 或冀萬一之察 則臣不得報君親之讐 死當爲惡逆之鬼 且身陷匪類
之名而死 則死非其罪 此所以抑情忍痛 旣不卽歸身司敗 又不卽自經溝瀆
苟延性命 以竣時可者也 乃今天地逢重新之會 義理有可伸之機 逆黨稍去
公論漸行 此正罪臣出頭 求死之秋也 慈[玆?]敢持斧哀鳴於魏闕之下 伏乞
少垂察焉 臣謹按春秋之義 亂臣賊子 人人得而誅之 故漢之關東 唐之河北
忠憤義士之起兵 討董卓祿山也 未嘗有獻獻帝明皇之命 而綱目大書以與
之 推此義也 國有亂賊 國君不能討 方伯不能討 則雖儒生之賤 亦無不可
討之義 蓋以討賊大義 急於受君命故也 嗚呼 乙未八月之變 開闢以來所未
有之大變 而我東臣子萬世所必報之讐也 當此時也 陛下之身 亦此朝夕不
得保 況暇爲討復之擧乎 方伯之臣 爲賊爪牙 奉供如不及 況肯有討復之心
乎 繼而有十一月剃髮之禍 則又奉天下而爲夷狄 使生人之類 盡陷爲禽獸
如此而無一辭 則豈不足爲天下之所羞 而箕聖及我祖宗忠孝禮義之敎 將
何處懲其效乎 幸而有都下一二縉紳之首倡討賊 而各郡儒生之擧義赴急者
在在可述 雖婦孺之至愚 猶皆磨拳擦掌 擬以一劍向賊 況臣雖至愚 猶能讀
古人書 粗識君臣大義 華夷大防 而又其胸中勃勃 誓不欲與賊俱生者 安得
晏然坐視 不能出一肚氣哉 乃不揆力量 起義晉陽之日 一邊封章 略陳臣出
處之當否 馳傳血檄 旬月之間 幕得同志赴義之士民 當不日振旅 向京觀王
恭竢進退之命 而請斬逆賊之首 後伏便宜弄兵之誅矣 章未登徹 而事反乖
錯 師徒先潰 忠憤未泄 惡名遽加 父兄橫死於禍網之中 而臣惟不知 母妻
離散於鋒鏑之間 而臣且不聞 蒼皇急迫 奔走竄匿者 雖識母讐之不可暫容
時刻 豈不知父命之亦係嚴重乎 一自宣諭詔下之後 解送義徒 含寃忍痛 只

望朝家討復之日而已 嗚呼 臣爲報國讐出 國讐未復 而家禍至此 上而不忠
於君 下而不孝於父 臣罪一也 當王師下來之日 臣雖不敢放一箭 而亦不敢
自縛待罪 亡命而逃 罪二也 父兄塡壑 收屍無人 今已過朞 尙不成服 人子
之義 掃地滅矣 罪三也 昔之報君親讐者 雖蹈白刃赴湯火 有所不辭 而臣
苟活至今 尙不能發一策出一謀 寢食言動 自同平人 罪四也 臣有此四大罪
而尙爾容息於覆載之間 豈不知寸刃尺條 足自辦其命 抑死亦有道 惟死於
王章 乃可以明其罪耳 伏乞亟以此斧 加臣顯戮 使天下爲人臣人子而不忠
不孝者知戒焉 則臣之幸也

批曰 省疏具悉 嘉爾能知爾罪 改悟自新 是爾道理也

군왕에 대한 충정과 의병 활동을 해야 했던 당위성, 부모와 처자를
죽이고 고통에 빠뜨린 일에 대한 자괴감과 설분 욕구 등이 도도한 문장
의 흐름 속에 잘 나타난 글이다. 또한 그가 하늘을 우러러 한 점 부끄러
움 없이 떳떳하게 구국의 현장에 뛰어들었음을 절실하게 보여주는 글
이기도 하다. 이런 대의명분과 정신을 가지고 의병 활동에 참가했기에
어떤 불의와 위험에 닥쳤어도 결코 피하거나 두려워하지 않고 신명을
바칠 수 있었던 것이다.

그가 짧은 일생 동안 오로지 위란에 빠진 조국을 구원하고자 노력한
자취와, 죽음을 불사하면서까지 분투한 과정은 『신암유고』의 부록에
첨부된 다양한 자료를 통해 충분히 확인할 수 있다. 이런 자료와 기록들
이 충실히 보강되고 순서에 맞게 정리된다면 그의 의병 활동과 부형(父
兄)을 죽음에 이르게 한 장본인들에 대해 그 죄상을 폭로하고 죄에 맞는
처벌을 받도록 노력한 실상이 더욱 자세하게 드러날 것으로 믿는다.
이는 조국과 민족의 안녕과 평화를 위해 투쟁하다 장렬하게 옥사한 그
의 삶과 정신을 되살리는 지름길이기도 하다.

5. 끝맺는 말

구한말의 격동기와 나라의 명맥이 풍전등화에 놓인 시기에 신명을
바쳐 산화한 순국선열은 한두 분이 아니었다. 그러나 그런 분들에 대한
응분의 보상과 그 활동상이 지금까지도 충분히 정리되어 알려지지 못
한 것도 사실이다. 위란의 시기에 목숨을 바친 분들이 있었기에 지금의
우리가 있음을 명심한다면 자랑스러운 선열에 비해 후세인으로서 부끄
러움과 책임감을 느끼지 않을 수 없다.

본고는 그런 순국선열 가운데 한 분인 신암 노응규 선생의 생애와
활동상을 일부라도 밝혀 보려는 목적에서 쓰였다.

그는 1895년 발발한 을미사변의 참상과 나라의 미풍양속이 불온한
세력들에 의해 침해당하는 것을 목도하면서 분연히 의병을 모아 이를
바로잡는 일에 앞장섰다. 이후 1907년 옥중에서 단식하다 순국할 때까
지 그의 삶은 국권 회복과 외세 간섭의 척결이라는 일관된 방향으로
진행되었다. 또한 일부 동참자의 배신으로 아버지와 형을 잃은 뒤 부형
의 억울한 죽음을 신원하고 관련자들의 죄상을 폭로하여 정의를 실현
하려 했던 그의 노력도 잊어서는 안 될 것이다.

이 글이 순국선열에 대한 관심을 불러일으키고, 그분들의 투쟁과 희
생에 어울리는 관심과 보상, 평가가 내려지는 데 도움이 되기를 바란다.

제3부

한문학 연구의 주변들

한국 문집 속의
불교 관련자료 전산화에 대하여

자료의 개관과 예시를 중심으로

1. 시작하면서

인도에서 석가모니 부처님에 의해 창시된 불교가 중국을 거쳐 우리 나라에 들어온 지도 어언 1500여 년이 흘렀다. 위로는 진리(眞理)를 찾고 아래로는 중생(衆生)을 교화하는 큰 서원을 품은 불교는 만민평등(萬民平等)을 내세운 포용의 종교였다. 진리 앞에서 모든 이들은 차별이 없었고, 모든 생명체는 부처가 될 씨앗으로서 존중받고 존경되어야 할 대상이라고 불교는 갈파했다. 그런 큰 이념이 오늘날 불교가 분쟁보다 는 화합을, 갈등보다는 조화를 실현할 가장 참된 종교가 되도록 만들었 다고 말해도 좋을 것이다.

2500년을 헤아리는 불교의 역사에서 때로 불교는 질시와 오해 때문에 수난을 당하고 사회적으로 소외되거나 부당한 대우를 받는 법난(法難)을 겪기도 했다. 그러나 불교는 항상 현재보다는 미래를 준비하면서 묵묵히 제 갈 길을 걸었다. 그 때문에 부처의 가르침이 진실로 어둠에 가렸던 적은 없었다. 그리하여 또 다른 차원의 무지와 무명(無明)이 횡행하는 현대 사회에서 불교의 등불은 더욱 소중한 자산이 되고 있다.

불교는 불자(佛子)가 아니라고 해서 그들을 폄훼하거나 적대시하지 않는다. 진리가 외부에 있는 허상이 아니라 마음속에 숨어있는 불꽃이라고 여기기 때문이다. 그 불꽃이 언제 누구의 가슴속에서 발화할 지 아무도 알 수 없는 일이다. 그리하여 불교는 항상 남과 더불어 살면서 남과 나의 아름다운 동행을 희망하고, 그런 조화의 세계를 만들기 위해 지금도 노력하고 있는 것이다.

삼국시대 때 우리나라에 들어와 우리 문화의 가장 빛나는 구역을 밝힌 불교가 이 땅에 남긴 유산은 상상을 초월한다. 이 땅 어디를 가도 불교의 손길을 미치지 않은 곳이 없다. 높은 산봉우리 이름에서 작은 실개천 이름까지, 골골마다 길목마다 세워져 있는 미륵상이며 불탑(佛塔)들은 곧 우리 민족의 정서를 대변하는 도량이다. 사람뿐만 아니라 짐승의 발길까지도 마다하지 않는 산사(山寺)의 열린 공간은 자비행(慈悲行)을 실천하고 공존(共存)의 의미를 잘 깨달은 우리의 마음이다.

이처럼 우리 문화는 토착 신앙과 유교(儒敎), 그리고 불교가 솥의 세 발처럼 편안하게 세 축을 받치면서 발전해 왔고, 앞으로도 발전해 가리라 믿어 의심치 않는다.

한때 유교는 불교를 이단(異端)이라 해서 사회적·정치적·경제적으로 매몰차게 배척한 적이 있었다. 특히 송나라 때 완성된 성리학(性理學)은 고려 말 우리나라로 들어오면서 그 배타성이 더욱 두드러지게 되어, 조선(朝鮮) 왕조가 들어서자 가혹하다고 할 정도로 불교를 억압했고, 그 앞장을 섰던 사람이 '선비'라는 말로 대표되는 사대부(士大夫)들이었다.

나라가 바람 앞에 등불처럼 위태롭던 임진왜란(壬辰倭亂) 때 계율을 버리면서까지 승병(僧兵)으로 나서자 잠시 우호적인 자세를 보인 적도 있지만, 조선조 5백년은 어찌 보더라도 말법(末法)의 시대였다고 할 수 있다.

그러나 정작 그들이 남기고 있는 문집을 읽노라면 끝없이 등장하는 불교와 관련된 시문(詩文)들은 사대부 문인들의 이면에 숨어 있는 또 다른 정서와 이념을 짐작하게 만든다. 성리학이 다 풀지 못하는 궁극의 물음에 대한 해답을 그들의 교리는 제공하지 못했고, 이런 한계는 자연스럽게 그들을 불교의 세계로 인도했던 것이다. 그밖에도 방외(方外)의 지식인으로서 승려들이 보여준 높고 깊은 사유의 세계는 그들을 매혹시켰고, 명산대천(名山大川)을 찾으면 으레 만나게 되는 비경(秘境) 속의 산사(山寺)는 지상에 현현한 이상향을 만나는 기쁨과 안도를 주었던 것도 사실이다.

이런 여러 가지 이유로 해서 사대부 문인들은 때로는 간곡하게 때로는 은근하게 불교에 귀의하는 모습을 숨기지 못했다.

서두가 좀 길어졌지만 이를 통해 우리는 왜 불교와 유교가 공존(共存)해야 했으며, 사대부들이 자신들의 강령을 외면하면서까지 불교에 관심을 두었는가를 짐작할 수 있을 것이다. 그리고 이런 사유와 경도 때문에 수많은 불교 관련 시문들이 사대부들의 문집에 편입될 수밖에 없었던 까닭도 헤아리게 된다.

이런 전제를 바탕으로 사대부 문집 속에 실린 불교 자료들의 현황과 이를 전산화하는 문제에 대한 필자의 생각을 간략하게 살펴보고자 한다.

다만 양해를 구할 일은 이런 성격의 논문은 사실 개괄적인 논의보다는 구체적인 실천이 중요한 문제인 만큼 문제제기를 하는 수준을 넘어서지 못한다는 점을 밝혀야겠다. 이미 발간된 자료집[1]을 본 사람이라면 느끼겠지만 『한국불교전서(韓國佛敎全書)』(전14권)에 실린 문헌들은 어떤 식으로든 전산화하는 과정에 있거나 완료된 데 비해 사대부 문집 속에

---

1) 한보광·임종욱 엮음, 『한국문집소재 불교관련시문 자료집』 전5권, 보고사, 2007.

실린 자료들은 이제 첫걸음을 시작하는 단계에 머물러 있기 때문이다. 결론을 미리 말하면 재미가 없지만, 이 분야에 대한 보다 적극적이고 지속적인 지원과 관심이 있기를 바란다.

2. 사대부 문집 속의 불교 관련 자료

고려와 조선시대를 거치면서 사대부들이 남긴 문헌들은 현재 그 전모를 다 파악하기 어려울 정도로 방대하다. 판각되어 출간된 문헌도 많지만, 수고본(手稿本)이나 필사본(筆寫本)으로 전하는 자료도 상당한 분량이다. 이를 체계적으로 정리하는 일은, 우리의 국고(國故)를 제대로 관리하고 연구하기 위해서라도 시급한 과제라고 할 것이다. 특히 후자의 경우 대개 유일본이 많으니 자칫 때를 놓쳐 귀중한 문화유산을 상실하는 일이 있어서는 안 될 것이다.

그런 사대부들의 문집 속에는 수의 다소를 막론하고 불교와 관련된 자료들이 수록되어 있다. 일부 문인들의 경우는 관련 자료가 전혀 발견되지 않는 경우도 없지는 않다. 이는 물론 문인 개인의 성향이나 문집이 편찬되는 여건 때문에 아예 집필하지 않았거나 고의로 누락된 경우라고 할 수 있다.

때문에 문집 속에서 불교 관련 시문을 발견하는 것은 그리 어려운 일은 아니라고 말해도 좋다. 다만 그 자료가 문집 곳곳에 흩어져 있거나 글 속에 숨어 있어 차근차근 문집을 살펴보지 않으면 찾아내기 어렵다는 문제는 있다. 또 깊이 있는 사유의 결과보다는 가벼운 여정(旅情)을 담거나 감상 정도에 머문 경우가 많은 것도 사실이다. 그러나 문집 속의 글들이 대개 철학적인 논의보다는(성리학과 관련된 것은 있지만) 문예적 요소가 많은 글이 중심을 이루다보니 반드시 이것이 불교를 경시한 단서로 볼 필요는 없을 것이다. 그들의 생활 속에 불교가 존재하고 그 관계를 지속하고 있다는 사실 자체가 문인과 불교 사이의 불가분의 친연성을 설명하기 때문이다.

또 불교를 비판적으로 접근하면서 이론적 대결을 추구한 글도 나온다. 이런 글이 사실 좀 많으면 좋을 텐데, 양도 적고 다소 형식적이다. 으레 하는 군소리 한 마디 정도에서 벗어나 좀 더 진지하게 유불간의 교리 논쟁이 담긴 글이 많이 발견되기를 기대한다.

문집 속의 관련 자료는 형식으로 보면 시와 산문으로 나눌 수 있다. 내용으로 보면 작가 개인의 경험이나 감정을 토로하고 묘사한 문예성이 짙은 작품이 주류를 차지하지만 왕실이나 국가로부터 의뢰를 받거나 또는 승려나 사찰로부터 부탁을 받아 쓴 의례성(儀禮性)이 짙은 글도 있다. 특히 이런 글들은 국가적으로 불교 행사가 벌어졌던 고려시대 문인들의 문집 속에 풍부하게 전한다. 물론 조선시대에도 그런 글이 나타나기는 하지만, 숫자나 양에 있어서 고려시대와 비교하기 어려울 만큼 현저하게 줄어든다. 왕조의 성격이 그대로 반영된 어쩔 수 없는 결과일 것이다.

사대부 문집 속에 담긴 불교 관련 자료는, 성격으로 볼 때 고려와 조선시대의 문집에서 약간 차이를 보인다.

고려시대는 불교가 국교였던 만큼 자료 자체도 풍부하지만 내용도 풍성하다. 불교 의식과 관련되어 쓰였던 글도 상당수 실려 있는데, 모연문(募緣文)이나 중창기(重創記), 비명(碑銘), 유람기(遊覽記) 등 자신의 불교 신앙을 생생하게 드러낸 산문(散文)이 적지 않다.

조선시대 문집은 주로 한시가 큰 비중을 차지한다. 대개 승려들과의 교유나 산사 유람이 원인이 되어 쓰였거나, 산문은 명산 유람기 속에 불교와 관련된 문장이 주류를 이룬다. 허균이나 김정희 등과 같이 불교에 깊이 있게 접근한 문인들의 글에서는 양상이 다르긴 하지만, 전반적인 자료의 성격은 일상사의 한 부분으로 스며있는 경우가 많다. 그러나 이런 글들은 진지하지는 않아도 진솔한 생각을 담은 만큼 그 가치를 굳이 평가 절하할 필요는 없을 것이다.

3. 문집 소재 불교 시문의 내용 : 사찰제영시를 중심으로

앞에서 간략하게 언급한 것처럼 사대부 문집에 실려 있는 불교 관련 시문들은 형식이나 내용에 있어서 다양하다. 방대한 문헌 속에 산재되어 있기 때문에 구체적인 성격이나 특징들을 예단할 수 없는 것이 사실이지만, 그 대략이라도 우선 파악할 필요는 분명 있다. 그래서 따로 장을 마련하여 한 가지 실례를 들어보기로 하겠다.

사찰제영시는 사대부들의 불교 시문 가운데 가장 방대한 양을 차지한다. 그만큼 사찰과 사대부들은 불리(不離)의 관련을 갖고 있다는 방증도 될 것이다. 천 수백여 년에 걸쳐 이루어진 사찰제영 자료는 여러 가지 면에서 유용하고 요긴한 자료임에 틀림없을 것이다. 이 자료에 어떻게 접근할 것인가는 수요자의 목표에 따라 달라지겠지만, 우리 문화사의 현장 가운데 하나를 발견하고 재구한다는 측면에서, 어떤 접근이든 그 가치는 크다고 할 수 있다.

여기서는 소재가 된 많은 사찰 가운데, 상대적으로 많은 관심과 작품을 남긴 사찰의 예를 들어 시의 내용과 의미를 살펴보도록 하겠다.

첫 번째 시는 건봉사(乾鳳寺)를 노래한 작품이다. 제목은 「건봉사를 찾아(訪乾鳳寺)」이다. 건봉사는 강원도 고성군(高城郡) 거진읍(巨津邑) 냉천리(冷泉里) 금강산에 있는 사찰이다. 520년(법흥왕 7) 아도(阿道)가 창건하여 원각사(圓覺寺)라 하고, 758년(경덕왕 17) 발징(發徵)이 중건, 한국 최초의 만일회인 염불만일회(念佛萬日會)를 베풀었다. 937년 도선(道詵)이 중수하여 서봉사(西鳳寺)라 개칭했으며, 다시 1358년(공민왕 7) 나옹(懶翁)이 중수하여 건봉사로 고쳤다. 조선시대에 이르러 1464년(세조 10) 세조가 학열(學悅)에게 명하여 어실각(御室閣)을 짓게 하고 역대 임금의 원당(願堂)으로 삼았으며 사명대사(四溟大師)의 사리와 치아가 안치되어 있다.

古道通行細	옛 길이 가늘게 이어졌는데
諸寮面勢分	여러 집들이 모양새도 분명하구나.
長松纏石壁	큰 소나무는 돌 벽을 감돌고 있고
複閣半寒雲	겹친 누각이 반은 구름에 잠겼네.
水碓春相應	물방아 소리가 동동 서로 울리니
霜林靜亦聞	서리 내린 숲이 고요해 또한 들리네.
不須談法偈	굳이 법게를 말하지 않더라도
心已遠人紛	마음은 벌써 시끄러운 세상과 멀어졌네.

이 작품은 최창대(崔昌大, 1669~1720)의 『곤륜집(昆侖集)』 권2에 실려 있다. 최창대는 조선 중기의 문신으로, 본관은 전주(全州)고, 자는 효백(孝伯)이며, 호는 곤륜(昆侖)이다. 1694년 별시문과에 급제했다. 제자백가와 경서(經書)에 밝고, 문장에 능했으며 글씨도 잘 썼다. 저술도 많았지만 대부분 없어지고, 『곤륜집』만 전한다.

건봉사를 향해가는 노정과 길가에서는 보고 듣는 풍경들을 묘사하고 있는데, 시의 핵심은 마지막 두 구에서 찾을 수 있다. 절을 향해 오는 그 길을 바로 정화(淨化)의 과정이었음을 암시하고 있다. 굳이 깨달음을 노래로 읊지 않더라도 마음을 어느 새 속세와 멀어졌다고 시인은 주저 없이 토로한다. 구업(舊業)을 씻어내는 도량으로서의 사찰의 모습을 보여주는 작품이라고 하겠다.

다음은 금산사(金山寺)를 노래한 작품이다. 제목은 「금산사에서(金山寺)」이다. 금산사는 전북 김제시 무악산(毋岳山)에 있는 사찰로, 백제 법왕 2년(600) 법왕이 창건되었다. 과거불인 가섭불(迦葉佛) 때의 옛 터를 중흥한 것이라고 한다. 신라 경덕왕 21년(762) 신라의 진표(眞表)가 중창을 시작하여 혜공왕 2년(766)에 완공했다. 이때 진표는 미륵장륙상(彌勒丈六像)을 조성하여 주존불로 삼았고 금당의 남쪽 벽에 미륵보살이 도솔천에서 내려와서 자신에게 계법을 주는 모습을 그렸다. 그 뒤 후백제 견훤의 도움으로 부분적으로 중수했는데, 견훤이 아들 신검(神劍)에 의해서 이 절에 갇혔다가 탈출하여 태조 왕건에게 항복하기도 했다.

三層古殿碧雲齊	삼 층의 오랜 불전은 푸른 구름과 나란히 했고
遠客呼僧問轉迷	먼 나그네 스님을 불러 미망에 대해 물어보네.
春滿中臺明月滿	봄 가득한 중대에 밝은 달빛도 그득하니
梨花如雪子規啼	배꽃은 눈처럼 떨어지고 자규새는 지저귄다.

작품은 이순인(李純仁, 1543~1592)의 『고담일고(孤潭逸稿)』 권1에 실려 있다. 이순인은 조선 중기 문신으로, 자는 백생(伯生) 또는 백옥(伯玉)이고, 호는 고담(孤潭)이며, 본관은 전의(全義)로, 서울 출생이다. 1564년 사마시에 합격했고, 1572년 별시문과에 급제했다. 1586년 사간이 되었고, 형조참의 등을 지냈다. 문장에 뛰어나 이산해(李山海) 등과 함께 '8문장'으로 불렸다. 문집에 『고담일고』가 있다.

시인이 본 삼층으로 된 전각은 미륵전(彌勒殿)이다. 진표율사가 지었다고 하는데, 시에서의 표현처럼 폭이 좁고 층은 높아 구름과 닿을 듯하다는 말이 전혀 어색하지 않다. 먼 길을 찾아온 시인의 마음은 역시 번뇌를 어떻게 하면 털어낼까이다. 그러나 그 답은 스님의 대답에 있지 않다. 봄빛과 달빛이 가득한 아름다운 선경(仙境)과 하얀 배꽃이 흐드러지게 날리고 자규 새가 지저귀는 그 속에 이미 번뇌와 미망은 머물 곳이 없는 것이다. 배꽃의 흰 빛깔과 자규 새의 구슬픈 소리가 공감각적인 운치를 불러일으킨다.

다음으로 낙산사(洛山寺)를 노래한 작품을 본다. 제목은 「낙산사에서 일출을 보면서(洛山寺觀日出)」이다. 낙산사는 강원도 양양군 강현면(降峴面) 전진리(前津里) 낙산에 있는 사찰이다. 해변에 있는 특이한 구조를 갖춘 사찰로, 한국 3대 관음기도도량 중 하나다. 671년 의상(義湘)이 창건했고, 고려 초기에 산불로 소실되었지만 관음보살과 정취보살을 모신 불전만은 화재를 면했다. 그 뒤 몽골의 침략으로 전소되었다. 전소된 뒤 몇 차례 중창·중건되었다가 한국전쟁 때 다시 전소된 것을 1953년 일부 복구했고, 1976년 원철(成徹)이 중건하여 오늘에 이른다. 얼마 전 큰 화재를 만나 사찰 전체가 소실하다시피 했는데, 현재 복원 불사가 끝내 옛 모습을 되찾은 사찰이다.

百神奔走捧朱曦	온갖 신이 분주하게 해[太陽]을 받드는데
鷄唱扶桑第幾枝	닭은 부상의 어느 가지에서 노래하는가.
海蕩波飜奔競世	바다 들끓고 파도 거세니 다투는 세상 꼴이고
天開雲散太平時	하늘 열리고 구름 흩어지니 태평한 시대로다.
元無私照帝王象	원래 사사로운 비침이 없으니 제왕의 형상이고
自有通明奴隷知	스스로 트여 밝으니 노예의 지혜일세.
坐久梨花亭下席	오랫동안 이화정에 앉았다 내려오니
指端千歲可推知	손가락 끝 천년 세월을 미루어 알겠구나.

이 작품은 박윤묵(朴允黙, 1771~1849)의 『존재집(存齋集)』 권4에 실려 있다. 박윤묵은 조선 후기의 문신으로, 본관은 밀양(密陽)이고, 자는 사집(士執)이며, 호는 존재(存齋)다. 정조와 영의정 김조순(金祖淳)의 신임을 받았고, 1835년 평신진첨절제사(平薪鎭僉節制使)로 선정을 베풀어 송덕비(頌德碑)가 세워졌다. 시문(詩文)에도 뛰어났고, 서예는 왕희지(王羲之)와 조맹부(趙孟頫)의 필법을 이어받았다. 문집에 『존재집』이 있다.

낙산사하면 으레 떠오르는 풍경이 동해의 일출이다. 이화정은 지금의 의상대 근처에 있던 정자인 듯하다. 낙산사 관련 시에 자주 등장하는 정자다. 이 작품은 낙산사의 풍광이나 느낌보다는 일출에 초점이 맞춰져 있다. 해수면으로 막 해가 떠오르는 광경을 아주 생생하게 묘사하고 있다. 들끓는 바다와 거센 파도의 모습을 배경으로 해가 막 떠오르는 장면을 담았고, 세상을 환히 비추는 변화에서 태평성대의 한 단락을 연상하고 있다. 햇빛의 공덕과 효용을 노래하면서 자연이 주는 위대한 형상을 시화하고 있다.

다음은 봉은사(奉恩寺)를 노래한 작품이다. 제목은 「봉은사에서(奉恩寺)」이다. 봉은사는 서울시 강남구 삼성동(三成洞) 수도산(修道山)에 있는 사찰이다. 794년(원성왕 10) 연회국사(緣會國師)가 창건하여 견성사(見性寺)라 했으며, 그 후 1498년(연산군 4) 정현왕후(貞顯王后)가 성종 선릉(宣陵)을 위하여 능의 동편에 있던 이 절을 크게 중창하여 절 이름을 봉은사라고 개칭했다. 1562년(명종 17) 보우(普雨)가 절을 현 위치로 이전하여 중창했다. 임진왜란과 병자호란 때 병화로 소실되었으나 1637년(인조 15) 경림(敬林)과 벽암(碧巖)이 모연(募緣)하여 중건했다. 1665년(현종 6) 다시 화재로 소실되었지만 숙종 때 중건되었다.

天開巨刹倚長江	하늘이 큰 사찰을 열어 장강에 기댔으니
棟宇玲瓏世少雙	기둥은 영롱하여 세상이 짝할 게 없네.
白蠟瀜成壇上燭	백랍을 녹여 이룬 촛불은 단에서 빛나고
紅羅翦作榻前幢	붉은 비단 잘라 만든 깃발은 탑 앞에서 날리네.
筒泉引遠源無渴	대나무 통 따라 흐르는 샘물은 마를 날이 없고
簷鐸風微響自撞	처마 끝 풍경은 가는 바람에 절로 울려 퍼지네.
坐久居僧添茗椀	망연히 앉았더니 스님이 차를 따르는데
夕陽松影落禪牕	지는 해에 솔 그림자가 선창에 떨어진다.

이 작품은 『허백당집(虛白堂集)』 보집(補集) 권4에 실려 있다. 성현(成俔, 1439~1504)은 조선 전기의 학자로, 본관은 창녕(昌寧)이고, 자는 경숙(磬叔)이며, 호는 용재(慵齋) 또는 허백당(虛白堂)이고, 시호는 문대(文戴)다. 1462년 식년문과에, 1466년 발영시(拔英試)에 급제했다. 글씨를 잘 썼다. 『용재총화(慵齋叢話)』는 조선 전기의 정치와 사회·문화를 살피는 데 중요한 자료다. 저서에 『허백당집』과 『풍아록(風雅錄)』, 『부휴자담론(浮休子談論)』, 『주의패설(奏議稗說)』, 『태평통재(太平通載)』 등이 있다.

사찰의 한적한 모습과 그 안에서 망기(忘機)한 시인의 심경이 조화를 이룬 작품이다. 한강을 눈앞에 두고 당당하게 자리한 형세와 불당(佛堂)의 웅장한 거취에 시인의 관심은 모아진다. 법단(法壇)이 촛불 불빛 아래 정적인 움직임을 보여준다면 오색으로 빛나는 당기(幢旗)는 화려한 움직임으로 대조를 이룬다. 대나무 통을 따라 떨어지는 샘물을 마시면서 시인은 속기(俗氣)를 씻어내고, 하늘로 울려 퍼지는 풍경 소리를 들으며 초월을 꿈꾼다. 스님과 마주앉아 마시는 차는 이미 해탈의 경지에 든 자신을 더욱 자연 속으로 끌어들인다. 도성(都城)에 가까워 번뇌도 멀지 않은 곳에 있지만, 그런 거리감을 완전히 잊어버린 시인의 기쁨이 저변에 흐르고 있는 작품이다.

이어지는 작품은 부석사(浮石寺)를 노래한 시다. 제목은 「부석사에서
(浮石寺)」이다. 부석사는 경북 영주시 봉황산(鳳凰山)에 있는 사찰이다.
신라 문무왕 원년(661) 의상이 당(唐)나라에 유학하러 갔다가 양주(揚州)
아문(衙門)에 묵게 되었는데, 한 신도의 딸인 선묘(善妙)가 결혼할 것을
요청하자 의상은 선묘를 감화시켜 깨달음을 얻게 했다. 선묘는 의상이
귀국할 때 용이 되어 줄곧 의상을 호위했는데, 부석사 자리에 있던 도적
을 몰아내고 절을 세울 수 있게 도왔다는 설화가 있다. 문무왕 16년(676)
2월 의상이 문무왕의 명령으로 창건했다. 의상은 이 절을 중심으로 화엄
사상을 널리 설법했으므로 의상을 부석존자(浮石尊者)라고 하며, 이 절은
화엄십찰(華嚴十刹) 가운데 중심 도량이 되었다. 그 뒤 의상의 제자인
신림(神琳)이 머물렀고, 신라 말 대표적인 선사들 가운데, 원성왕 15년
(799) 적인(寂忍) 혜철(惠哲), 헌덕왕 5년(813)에 낭혜(朗慧) 무염(無染), 그
리고 문성왕 2년(840)에 징효(澄曉) 절중(折中)이 이곳에서 『화엄경』을
배웠다고 한다.

浮石千年寺	부석은 천 년의 고찰
平臨鶴駕山	학가산에 길게 누웠네.
樓居雲雨上	누대는 비구름 위에 있고
鐘動斗牛間	범종은 두우 사이에서 울린다.
刳木分河迥	나무를 잘라 멀리 강물을 가르고
開巖種玉閒	바위를 열어 느긋하게 옥을 심었네.
非關貪佛宿	부처 경지를 탐해 묵는 것 아니니
瀟灑却忘還	시원한 기운에 돌아갈 일 잊었네.

작품은 『무릉잡고(武陵雜稿)』 권3에 실려 있다. 작자 주세붕(周世鵬,
1495~1554)은 조선 중기의 학자로, 본관은 상주(尙州)고, 자는 경유(景遊)

며, 호는 신재(愼齋) 또는 손옹(巽翁), 남고(南皋) 등을 썼고, 시호는 문민 (文敏)이다. 1543년 주자(朱子)의 백록동학규(白鹿洞學規)를 본받아 백운 동서원(白雲洞書院, 紹修書院)을 세워 서원의 시초를 이루었다. 저서에『무 릉잡고』가 있고, 편서로는『죽계지(竹溪誌)』와『동국명신언행록(東國名臣 言行錄)』,『심도이훈(心圖彝訓)』등이 있다.

의상대사와 선묘와의 아름다운 전설이 깃들어 있는 부석사는 야트막 한 산에 자리했으면서도 기품이 있는 사찰이다. 산과 들, 강과 언덕을 두루 감싸고 있는 경관이 욕망보다는 절제와 금욕을 깨우치는 분위기 를 자아낸다.

뭐든 욕심을 낸다고 이뤄지는 것은 아니다. 발심하여 그 마음대로 움직이면 희망은 결국 실현되는 것이다. 그 과정을 견디지 못한다면 꿈이란 것도 몽상에 지나지 않는다. 이 시는 바로 그런 깨달음을 담고 있다. 평범하게 이어지는 사찰의 외모지만 거기서 시인은 참다운 길을 알게 되었다. 소쇄(瀟灑)하게 열린 마음, 그곳에 진정한 부처의 경지가 있음을 시인은 우리에게 귓속말로 알려주고 있다.

다음은 송광사(松廣寺)를 노래한 작품이다. 제목은「송광사에서(松廣 寺)」이다. 송광사는 전남 순천시 송광면(松廣面) 조계산(曹溪山)에 있는 사찰이다. 신라 말기 체징(體澄)에 의하여 창건되었으며, 당시에는 길상 사(吉祥寺)라 했고 승려 30~40인 정도의 소규모 사찰이었다. 그 후 고려 인종(仁宗) 때 석조(釋照)가 중창하려는 원(願)을 세우고 역부(役夫)를 소 집하여 임목(林木)을 준비했는데, 완공하지 못하고 죽었다. 50여년 뒤 보조국사(普照國師)가 거의 폐허화되었던 길상사에 지리산 상무주암(上 無住庵)으로부터 수행결사(修行結社)인 정혜사(定慧寺)를 옮겨옴으로써 대규모의 수도 도량을 마련했다.

丹靑殿宇鬱昭嶢	단청으로 꾸민 불전이 우뚝하게 둘렀는데
煙火當年未盡燒	전쟁의 불길 그때에도 다 타지 않았구나.
獨臥上房眠不得	홀로 상방에 누워 잠들지 못하노니
數聲淸磬動寒宵	몇 가닥 맑은 풍경소리가 찬 밤을 울린다.

『휴옹집(休翁集)』 권1에 실려 있다. 심광세(沈光世, 1577~1624)는 조선 중기의 문신으로, 본관은 청송(靑松)이고, 자는 덕현(德顯)이며, 호는 휴옹(休翁)이다. 무설(巫說)을 믿는 광해군을 간하다가 사직했다. 1613년 계축옥사로 고성(固城)에 유배, 인조반정 때 다시 교리가 되고 응교(應敎)를 거쳐 사인(舍人)이 되었다. 문집에 『휴옹집』이 있다.

임진왜란 직후에 사찰을 찾은 모양이다. 송광사는 이 전쟁으로 거의 폐허가 되다시피 했었다. 이후에도 몇 차례 화마의 피해를 입었지만 대중과 스님들의 울력과 발원으로 지금의 대가람이 되었다. 시인이 늦은 밤에도 잠들지 못하는 것은 단지 풍경 소리가 귀에 쟁쟁했던 탓은 아닐 것이다. 속세의 환란이 사찰까지도 불태워버린 그 참화의 여파에 가슴이 아리고, 제대로 세속을 이끌지 못해 비극을 빚어낸 사대부의 책임감 따위가 그를 더욱 불면으로 밤으로 이끌었을 듯하다. 시인의 심경을 이제 한 편 시만으로 반추하기에는 한계가 있지만, 우리는 그렇게 믿고 싶은 것이다. 그들이 보여준 행동에 거짓이 많았는데, 문학마저 가식으로 점철되어 있다면 너무나 뒤끝이 개운치 않을 것이기 때문이다.

이어서 신륵사(神勒寺)에 관한 시를 보자. 제목은 「신륵사에서(神勒寺)」이다. 신륵사는 경기도 여주군 여주읍 천송리 봉미산(鳳尾山)에 있는 사찰이다. 신라 진평왕 때 원효(元曉)가 창건했다고 전해지고 있다. 벽돌로 쌓아올린 탑이 있어, 고려 때부터 '벽절[甓寺]'로 불렸다. 이 탑은 현전하는 고려시대 유일의 전탑으로서, 보물 226호로 지정되었다.

淺山如笑大江含	얕은 산이 웃는 듯 큰 강을 머금었으니
窈窕當心有佛龕	그윽하게 담은 마음이 불감 안에 있구나.
新倣惠公金骨相	새로 혜공을 본뜨니 금빛의 골상이고
舊留詞伯石鍾鑱	오래 전 사백이 머물렀으니 석종에 새겼구나.
峨冠儼笏排蒼壁	우뚝한 모자 엄연한 홀은 푸른 벽에 걸어두었고
濯錦按藍俯碧潭	씻은 비단 짙은 남색은 푸른 연못을 내려다보네.
最是東臺饒勝賞	동대에서 절경을 즐기는 것이 최고려니
春風倚棹興難堪	봄바람에 배 띄우니 그 흥을 견딜 수 없구나.

『동토집(童土集)』권1에 실려 있다. 윤순거(尹舜擧, 1596~1668)는 조선 중기의 지사(志士)로, 본관은 파평(坡平)이고, 자는 노직(魯直)이며, 호는 동토(童土)다. 1633년 사마시에 합격했지만 문과에는 실패했다. 문장과 글씨에 뛰어났고, 연산(連山) 구산서원(龜山書院) 등에 제향되었다. 문집에『동토집』, 저서에『노릉지(魯陵志)』, 글씨에「심원사취운당대사비(深源寺翠雲堂大師碑)」가 있다.

한강 자락에 바로 붙어 지어진 신륵사는 옛날부터 강원도에서 물건을 싣고 한강을 질러 내려오던 상선(商船)들을 첫머리에서 반기는 사찰로 유명했다. 뱃사공들도 이 절의 모전탑이 멀리 보이면 이제 목적지에 닿은 것을 실감했다고 한다. 그래서 공덕이 많은 절이라 할 수 있다. 더구나 사찰 앞을 흐르는 한강은 수심이며 흐름이 완만해 배를 띄우고 행락을 즐기기 딱 좋은 곳이다. 강가 바위에 지어진 강월헌(江月軒)에서 바라본 풍광은 눈을 놀라게 할 정도의 절경은 아니지만, 들뜬 마음을 가라앉히기에 적당하다. 이 시도 그런 시인의 경험이 녹아 있다.

다음은 쌍계사(雙溪寺)를 노래한 작품이다. 제목은「쌍계사에서(雙溪寺)」이다. 쌍계사는 경남 하동군 지리산 남쪽에 있는 사찰로, 신라 성덕왕 22년(723) 의상(義湘)의 제자인 삼법(三法)이 창건했다. 삼법은 당(唐)

나라에서 귀국하기 전에 "육조 혜능(慧能) 정상(頂相)을 모셔다가 삼신산 (三神山)의 눈 쌓인 계곡 위 꽃이 피는 곳에 봉안하라."는 꿈을 꾸고 혜능 의 머리를 취한 뒤 귀국했다. 그 뒤 지리산에 이르러 지금의 쌍계사 금당 자리에 혜능의 머리를 평장한 뒤 절을 짓고 옥천사(玉泉寺)라고 했 다. 그 뒤 흥덕왕 5년(830)에 진감국사 혜소(慧昭)가 중국에서 차의 종자 를 가져와 절 주위에 심고 대가람으로 중창했으며, 정강왕 원년(886)에 쌍계사라고 했다.

強策玄黃馬	검고 누런 말에 채찍질을 하며
行尋峽路長	골짜기에 난 긴 길을 찾아 가노라.
菊花含白露	국화꽃은 흰 이슬을 머금었고
楓葉得紅霜	단풍잎은 붉은 서리에 젖었네.
佛殿淸鍾響	불전에는 종소리 울림이 맑고
禪窓濾月光	선창에는 달빛이 밝게 비친다.
平生所畜眼	평생을 두고 썼던 눈으로
看此雪堆莊	이런 장엄한 눈덩이를 보게 되네.

작품은 『백곡집』 권3에 실려 있다. 김득신(金得臣, 1604~1684)은 조선 중기의 시인으로, 본관은 안동이고, 자는 자공(子公)이며, 호는 백곡(栢 谷) 또는 귀석산인(龜石山人)이다. 1662년 증광문과에 병과로 급제했다. 당시 시명(詩名)이 있었다. 저서에 『백곡집』과 시화집 『종남총지(終南叢 志)』 등이 있다.

가을날 찾아온 절간에는 노란 국화와 울긋불긋 단풍들이 어우러져 흥취를 돋운다. 맑은 범종 소리며 창가에 어린 달빛이 속세에서 지친 몸을 쉬기에 그만이다. 온갖 궂은일을 보며 피로에 지쳤던 눈[眼]도 오 랜만에 눈처럼 희고 깨끗한 형상을 보며 묵은 때를 씻어낸다. 먼 길을 힘겹게 왔던 인내가 큰 보람으로 맺어지는 것을 시인은 느끼고 있는 것이다.

다음은 월정사(月精寺)다. 제목은 「오대산 월정사에서(五臺山月精寺)」다. 월정사는 강원도 평창군 오대산(五臺山)에 있는 사찰이다. 신라 선덕여왕 12년(634) 자장(慈藏)이 당(唐)나라 오대산의 문수보살석상(文殊菩薩石像) 앞에서 7일 동안 기도했는데, 기도 끝에 한 늙은 스님이 나타나 부처의 가사와 발우, 사리를 전해주면서 "신라의 오대산은 문수보살이 항상 머물고 있는 곳이니, 반드시 찾아가 보라."고 했는데, 오대산 태화지(太和池)에 살고 있던 용이 나타나 이 노인이 문수보살임을 알려주었다. 자장은 귀국 즉시 오대산에 와서 풀로 만든 집을 지었는데, 이것이 월정사였다는 설화가 전한다.

名山能使旅懷開	명산은 능히 나그네 마음을 열어주니
恨未攀窮最上臺	가장 높은 곳까지 오르지 못함이 한스럽네.
佛刹當年羅代刱	이 사찰은 그 옛날 신라 때 창건되었으니
經文幾種雪山來	경문은 몇 가지나 설산에서 왔을까?
巖楓鋪得高低錦	바위 틈 단풍은 아래위로 비단을 깐 듯하고
層瀑噴成上下雷	높은 폭포수는 떨어지며 사방에 우레 소릴세.
三百里來無此勝	삼백 리 안에 이런 절경이 없으니
臨歸那可不遲回	돌아갈 때 어찌 걸음이 더뎌지지 않으리오.

『내재집(耐齋集)』 권1에 실려 있다. 홍태유(洪泰猷, 1672~1715)는 조선 중기의 문신으로, 자는 백형(伯亨)이고, 호는 내재(耐齋)며, 본관은 남양이다. 문집에 『내재집』이 있다.

태백산맥의 주봉 가운데 하나인 오대산에는 월정사를 비롯하여 상원사(上元寺)와 적멸보궁(寂滅寶宮) 등 유서 깊은 대찰들이 산줄기를 타고

이어져 있어 보기 드문 명승지로 이름이 높다. 게다가 사찰로 가는 길목
마다 명승지가 연이어지고 가을 단풍마저 유람객의 눈을 즐겁게 한다.
천 년 고찰이 지닌 장엄함과 자연이 주는 매력을 함께 즐기기에 더할
나위 없이 좋은 장소이기도 하다. 이런 사실을 이 시는 그대로 전해준
다. 고산준령이 이어지는 태백산맥에서 사방 3백 리 안에 이만한 절경
이 없다고 자신하는 시인의 한 마디가 모든 것을 대변한다.

다음은 청평사(清平寺)를 노래한 작품이다. 제목은 「청평사에서(清平
寺)」이다. 청평사는 강원도 춘성군 북산면 청평리에 있는 사찰이다.
973년(광종 24) 창건되어 백암선원(白岩禪院)이라 했다. 1068년(문종 22)
이의(李顗)가 중건해서 보현암이라 불렀다. 1089년 이자현(李資玄)이 중
건하면서 청평사로 고쳤다. 회전문(廻轉門, 국보 277호)이 유명하다.

谷樹悄生響	골짜기 나무에서 소리가 아련하고
鐘鳴客到時	범종이 울리니 손님이 오는 때로다.
偶來流水遠	우연히 흐르는 물처럼 멀리 왔더니
此意古人知	이 마음을 옛 사람은 알리로다.
樓靜雲依榻	누대는 고요해 구름이 자리를 둘렀고
山虛月倒池	산은 비어 달빛이 못에 어렸다.
新霜楓葉淨	새로 서리 맞은 단풍잎이 맑으니
一一寫吾詩	한 잎 한 잎 내 시를 써야겠구나.

『진암집(晉菴集)』권1에 실려 있다. 이천보(李天輔, 1698~1761)는 조선
후기의 문신으로, 본관은 연안(延安)이고, 자는 의숙(宜叔)이며, 호는 진
암(晉菴)이고, 시호는 문간(文簡)이다. 이조와 병조 판서를 거쳐 1752년
우의정이 되고 같은 해 좌의정을 거쳐 1754년 영의정에 승진된 후 돈령부
영사(敦寧府領事)로 전임했다. 문집에 『진암집』이 있다.

산사 주변의 아름다운 경치를 읊은 작품이다. 왜 굳이 먼 길을 꺼려하지 않고 절간을 찾느냐면서 시인은 자문하고, 그 심정을 옛 사람은 알 것이라면서 자답한다. 즉 말로는 설명할 수 없는 이심전심(以心傳心)의 세계라는 뜻이다. 자연의 물상들은 하나하나가 곧 시의 소재이자 제재가 된다고 시인은 말한다. 그리고 산사는 인위의 건물이 아닌 자연의 일부라는 의미도 함축되어 있다. 범종 소리, 독경 소리, 풍경 소리, 목탁 치는 소리 등등. 이런 것은 자연을 닮아 있기에 가장 진리에 근접해 있다. 인공은 자연을 거스르는 것이라 불편하다. 몸에 딱 맞는 옷보다는 약간 헐거운 옷이 움직이기에 좋듯이 투박하지만 진솔한 생각이며 행동들이 인간의 성정에 더 친숙하다는 의미일 것이다. 시인이 나뭇잎 하나하나마다 쓰고 싶은 시 역시 바로 그런 마음을 표현하는 구절일 것이다.

마지막으로 해인사(海印寺)를 노래한 작품이다. 제목은 「밤에 해인사에서 자면서(夜宿海印寺)」이다. 해인사는 경남 합천군 가야면(伽倻面) 가야산 남서쪽에 있는 사찰이다. 신라 애장왕(哀莊王) 때 순응(順應)과 이정(利貞)이 당나라에서 돌아와 우두산(牛頭山, 가야산)에 초당(草堂)을 지은 데서 비롯되었다. 그들이 선정(禪定)에 들었을 때 마침 애장왕비가 등창이 났는데 그 병을 낫게 해주자, 이에 감동한 왕은 가야산에 와서 원당(願堂)을 짓고 정사(政事)를 돌보며 해인사의 창건에 착수하게 했다. 918년 고려를 건국한 태조는 당시의 주지 희랑(希郞)이 후백제의 견훤을 뿌리치고 도와준 데 대한 보답으로 이 절을 고려의 국찰(國刹)로 삼아 해동 제일의 도량(道場)이 되게 했다.

禪寮邃窈窕	선방에는 그윽한 기운이 감도니
人客自團圓	주인이나 손님이나 절로 단란하구나.
落木山多月	낙엽 지는 산에는 달빛이 많고

寒鐘塔在煙	종소리 찬 탑에는 안개가 끼었네.
四溟碑已老	사명당의 비석도 이끼가 자욱하고
中土鉢猶傳	중국서 온 의발도 여전히 전하네.
斗起蹦城念	문득 성을 넘으려는 생각이 일어나니
經聲境悄然	불경 읽는 소리에 사방이 고즈넉하구나.

『간옹집(艮翁集)』 권1에 실려 있다. 이헌경(李獻慶, 1719~1791)은 조선 후기 때의 학자로, 자는 몽서(夢瑞)고, 호는 간옹(艮翁)이며, 본관은 전주다. 1743년 진사로 정시문과에 급제, 1751년 정언을 지냈다. 1763년 사간원사간과 사헌부집의 등을 거쳐 1766년 홍문관수찬이 되었다. 1777년 동부승지에 발탁되었다. 벼슬보다 문학에 힘을 기울여 많은 글을 남겼다. 문집에 『간옹집』이 있다.

민족과 왕조가 맞이한 수난을 부처의 가피력으로 이겨내고자 발원하여 만들어진 위대한 인류의 유산 팔만대장경(八萬大藏經)이 보관된 사찰이 바로 해인사다. 조선조 내내 불가의 물건이니 차라리 일본에 건네주자는 선비들의 못난 생각을 견디면서 지금에까지 이르렀다. 속세의 출세를 보장하는 유가 경전은 신주처럼 모시면서 그 무엇으로도 바꿀 수 없는 가치를 지닌 물건은 철저하게 외면했던 그들의 오만과 독선을 떨치기 어렵다.

물론 이 작품에는 그런 내력이며 의도가 담겨있지는 않다. 오히려 자신도 옛날 부처님처럼 유성출가(蹦城出家)하고픈 심정을 담았다. 손님과 주인이 하나로 어우러지고 유불(儒佛)의 차별 없는 공간을 시인은 노래한다. 세상의 이치를 대립에서 찾는 유가의 눈에 원융무애(圓融無礙)를 희구하는 불교의 강령이 어떻게 영혼을 사로잡았는지 이 시를 통해 우리는 짐작할 수 있게 된다.

본 장에서는 유서 깊은 사찰을 노래한 유가 사대부들의 한시 작품들을 살펴보았다. 그야말로 빙산의 일각밖에 되지 않는 보기지만, 충분히 이런 유의 작품이 지니는 가치와 의미를 느낄 수 있었으리라 여겨진다. 그 밖의 많은 작품들이 우리의 관심과 손길을 기다리고 있는 것이다.

4. 불교 자료의 전산화 문제

불가에 의해 쓰인 문헌이나 자료는 오랜 동안의 노력으로 그 수집이나 정리가 어느 정도 완결된 느낌을 준다. 『한국불교전서』가 대표적인 사례고, 이밖에도 사지(寺誌)나 승전(僧傳)도 상당수 수집되어 영인(影印) 작업이 끝난 상태다.

이와 비교할 때 사대부 문집 속의 자료 정치는 미비하기 그지없다. 문집 정리 자체가 완비되지 않았으니, 불교 자료 수집 정리가 정비되기를 기대하는 것도 무리지만, 불교계에서 이 방면의 노력이나 관심이 너무 소홀한 것이 아닌가 하는 아쉬움은 어쩔 수 없다. 기왕에 다양한 방식으로 정리된 문집 자료들을 바탕으로 1차적인 수집 정리가 시작되어야 할 시점에 왔다고 말하고 싶다. 국회도서관이나 국립도서관, 규장각 등에 상당량의 문집들이 마이크로필름으로 보관되어 있으니, 이들을 살펴 필요한 자료를 우선 발굴할 수 있을 것이다. 또 각 지방에 산재한 서원(書院)에 소장된 문집이나 종가(宗家)들이 관리하고 있는 문집, 개인 소장 문집 등을 순차적으로 조사하여 목록만이라도 만들 필요가 있다. 엄밀하게 말하면 아직 우리는 사대부 문집 속에 얼마만큼의 불교 자료들이 수장되어 있는지 아무런 정보도 가지고 있지 못하다.

이번에 발간된 자료집은 분량으로 따지면 전체의 20% 이상을 넘어서

지 못할 것으로 추측된다. 그러니 나머지 80%에 해당하는 자료는 방치되어 있는 것이나 마찬가지다. 요즘의 연구 추세가 자료가 없어서 발굴하는 단계가 아니라 어떻게 자료가 존재하고 있는지에 관한 탐색으로 시야를 옮겨가고 있는 만큼 이번 자료집 발간을 계기로 작업이 활발해지기를 기대한다.

자료의 수집 정리가 이런 형편이니 전산화 문제는 더욱 요원하다고 할 수밖에 없다. 이번 자료집에 수록된 문집은 주로 민족문화추진회에서 간행한 『한국문집총간』(전 350권)과 그 밖의 일부 문집이 주종을 이룬다. 『문집총간』의 경우 대략 280권까지는 민족문화추진회 사이트에 원문이 전산화되어 있어 수집하여 정리하기가 어렵지는 않았다.[2] 그러나 나머지 70여 권에 실린 자료들은 찾아 입력하는 데도 많은 노력과 시간, 비용이 소모되었다. 또 영인 상태에 따라 글자 판독이 어려운 경우도 왕왕 있어 정확도에 대한 기대도 상대적으로 떨어진다. 그러므로 앞으로 남은 문집 속에서 자료를 전산화하는 일은 난제가 아닐 수 없다. 시간과 인력, 지원이 충분하지 않으면 개인적으로 감당할 수 없는 과제임에 분명하다.

자료의 전산화가 단순이 입력만을 의미하는 것은 아니다. 이를 데이터베이스화하여 다양한 찾기 기능을 완비하고 누구나 쉽게 접근할 수 있게 했을 때 진정으로 전산화가 되었다고 할 수 있을 것이다. 한 걸음 더 나아가 이런 자료들이 우리말로 번역되어 기록문자의 한계 때문에 자료의 활용을 막는 애로가 사라졌을 때 전산화 과제는 완료되었다고 말할 수 있을 것이다.

본고에서도 거론되었지만, 불가에서 저술된 문헌들은 완역 사업이

---

2) 2015년 현재 『한국문집총간』은 본집 350권, 속집 150권 등 500권(문집의 수자는 더 많을 것이다.)이 원문 이미지와 전산화 파일로 정리되어 있다.

이미 시작되었고, 이를 데이터베이스화하는 문제에 대해서도 심도 있는 관심과 논의가 이루어지고 있다. 불교를 알기 위해서는 내적인 세밀한 탐색도 절실하지만, 외부에서 바라본 전망을 이해하는 것도 꼭 필요한 과정이다. 그런 면에서 유가 사대부 문집 속의 불교 자료를 수집 정리하고, 전산화하여 궁극적으로 역주하는 일은 우리 불교계가 반드시 마무리해야 할 과업이라고 말할 수 있는 것이다.

5. 불교 자료 전산화의 효과

마지막으로 사대부 문집 속의 불교 관련 자료들이 수집 정리되어 전산화되었을 때 기대할 수 있는 효과에 대해 살펴보면서 글을 마치고자 한다.

첫째, 그간 막연하게 논의되던 유불교섭의 실체를 이 과정을 통해 구체적으로 확인할 수 있을 것이다. 그간 특정 시대나 몇몇 문인들의 사례를 들어 논의할 수밖에 없었던 이 문제를 자료가 완비됨으로써 공시적, 통시적, 지역적 등 다각도로 접근할 수 있는 길이 열릴 것이다. 특히 『한국불교전서(韓國佛敎全書)』에 실려 있는 불가의 유가와의 교류 자료들과 대비하면서 살핀다면 더욱 가치는 빛날 것이다.

둘째, 유가 문집에 실려 있는 자료들은 우리의 유서 깊은 고찰(古刹)들이 시대마다 어떤 모습을 띠고 있었는지 재구할 수 있도록 도와줄 것이고, 역사 속에 묻혀 버린 고승(高僧)들의 활동을 재현하는 구실을 하리라 생각한다. 문집 속에 나오는 많은 승려들의 법명(法名)이나 활동상은 비록 단편적인 기록이라 하더라도 우리 불교사의 사라진 조각을 맞추는 데 크게 기여하리라 믿는다.

셋째, 시대와 사람을 달리하면서 꾸준히 이루어진, 명찰(名刹)에 대한 기록은 새로운 불교 문화사를 정리하는 데 큰 도움이 될 것이다. 예컨대 강원도 양양의 대찰인 낙산사(洛山寺)에 관한 시문만 하더라도 조사된 것만 1백 편을 넘어선다. 이것은 비단 낙산사에만 그치지 않고 오늘날 대표적인 우리 사찰들에 관한 기록들이 문집 속에는 무궁무진하게 수록되어 있다. 이런 자료들을 사찰별로 정리하면 우리 시대의 사지(寺誌)를 새로 쓰는 효과가 있으리라 믿는다. 아울러 현재는 없어진 전국 각지의 사찰에 대한 자료와 정보를 얻는 데도 큰 도움이 될 것이다.

넷째, 문인들의 사찰기행시문이나 승려와의 교유시문들은 사대부 문인들이 가졌던 자연에 대한 미학적 관점과 인생관, 인간관 등을 조명할 수 있는 중요한 자료가 될 것이다. 현재 우리 미학사의 연구가 주로 유가 자료에 바탕으로 두고 있는 현실에서 그들의 눈에 보인 불교문화는 어떻게 해석되고 있는가를 살피는 것도 큰 의의가 있을 것이다. 이런 결과들을 불가 승려들의 그것과 함께 살필 때 우리 고전시대 미학사의 한 장을 새로 쓰는 단초를 열게 될 것이다.

다섯째, 이 자료집을 통해 우리 불교문화에 대한 인식의 지평을 더욱 넓히는 계기가 될 것이다. 불교적 사고와 가치관은 단지 현재형으로만 존재하는 것이 아니라 이미 우리의 지성사와 함께 그 맥이 닿아있음을 확인하여 연면한 역사의 흐름 속에서 이해할 수 있게 될 것이고, 이는 곧 불교 유산을 통한 우리 문화에 대한 이해와 자긍심을 불러일으키는 동기 부여도 하게 될 것이라 믿는다.

이밖에도 많은 부수적인 효과도 기대할 수 있다. 새로운 불교 학자들이 배출될 것이고, 새로운 연구 과제도 부각되리라 생각한다. 아울러 옛 사람들의 여행 노정에서 사찰의 지리학적 의미를 도출할 수도 있을 것이고, 당시 불교의 사회적 지위나 위상 등도 재구해 볼 수 있을 것이다. 또 자료를 활용하기에 따라 우리 불교 유산을 안내하는 길잡이 역할을 하리라 믿는다. 세대와 계층, 지역을 뛰어넘어 우리를 하나로 융화할 수 있는 원천이 이들 자료 속에 숨어 있음은 자명한 사실이다.

佛敎人材 육성에 대한 몇 가지 단상

1. '사람'과 '인재'

이 세상에 제일 흔한 것이 무엇이냐는 한고조(漢高祖) 유방(劉邦)의 질문에 한신(韓信)은 '사람'이라고 대답했다고 한다. 이어 제일 귀한 것은 무엇이냐는 질문을 던졌는데, 한신은 '역시 사람'이라고 대답했다. 천재적인 전략가 하면 보통 제갈량(諸葛亮)을 많이 손꼽지만, 용병술의 귀재는 역시 한신을 따를 자가 없을 것이다. 주변을 돌아보면 정말 사람은 많다. 그러나 꼭 필요한 사람을 찾자면 항상 부족하다. 그것은 인재가 없어서가 아니다. 인재를 보는 눈이 없는 탓도 크다. 자신만 잘났다고 생각하면서 의욕적으로 일을 추진하는 사람치고 제대로 된 인재를 발탁하는 경우는 드물다. 대개 그런 사람은 인재(人材)보다는 악재(惡材)를 뽑고, 세상에 악재(惡災)를 남긴다. 인재를 발탁할 자리에 있는 사람의 눈이 근시안이거나 독선적이면, 결국 역량을 따져 사람을 보지 않고 '제 기분'에 취해 사람을 보게 된다. 그런 사람의 주변에 들끓는 것은 천리마가 아니라 날파리뿐일 것이다.

한 사람의 천재가 백만 명의 사람을 먹여 살린다는 천재론(天才論)을 주장한 대기업 총수도 있었고, 글로벌 시대에 맞는 인재를 뽑겠다며 목청을 높이는 대학에서는 인재 모으기에 혈안이 되어 있다. 그러나 인재나 천재는 어떤 틀에 맞춰 이런 사람이라는 기준이 없다. 기준이라는 것은 규격화하기 위한 척도인데, 기준을 벗어난 사람인 인재를 뽑는데 기준을 들이대면. 이것은 쪽배를 타고 고래를 잡자는 것과 마찬가지가 아닐까? 치어(穉魚)들이나 잡힐 것이고 고래를 잡으려 들다가는 배가 전복되고 말 것이다.

요즘 우리 불교계에서도 인재 육성의 필요성을 절감하고, 여러 모로 인재를 발굴하고 육성하기 위해 애쓰는 모습이 많이 눈에 띤다. 그간 다른 종교에 비해 인재 운영이 다소 주먹구구식이었던 폐해가 없지 않았는데, 뒤늦게나마 이런 움직임이 이는 것은 참으로 바람직한 변화가 아닐 수 없다. 종단을 비롯해 교계나 학계 등에서 이런 변화에 발맞추어 능동적이고 적극적인 행보가 이루어지는 것은, 비록 약간의 부작용이나 잡음이 있다고 해도 절실하며 필요한 일인 것이다.

그러나 애꾸가 사는 동네에 가면 정상적으로 두 눈을 가진 사람이 비정상 취급을 받기도 한다. 원래 비정상적인 환경에 오래 익숙하다 보니, 정상에 대한 감각이 상실되어 버렸기 때문이다. 1400여 년 전에 원효(元曉)나 의상(義湘) 같은 뛰어난 인재가 배출된 것은 그들이 하늘이 낸 천재였기 때문만은 아니었다. 그들의 능력과 숨은 재능을 귀하게 여기고 일구어낸 사회적, 정신적 토대가 있었기 때문이다. 불교계가 오랜 동면에서 깨어나 미래 불교를 이끌어갈 인재를 육성하겠다는 큰 서원을 세운 지금, 이에 대한 몇 가지 생각을 적어본다.

2. 누가 인재를 육성하나?

하나의 비근한 비유를 들어보자. 여기 인재가 한 사람 있다. 그런데 그 사람의 종교는 불교가 아니다. 그 사람은 자타가 공인하는 인재이기 때문에 많은 후학과 제자들이 그의 그늘 밑에서 공부를 하겠다고 모여든다. 그러면 이 사람 밑에서 불교 인재가 배출될 수 있을까?

없다고는 장담 못한다. 하지만 사람은 어쩔 수 없이 환경의 영향을 받는데, 교육도 마찬가지다. 스승의 종교가 불교가 아니라면 제자 역시 스승의 종교를 추종하기 마련이다. 아무리 스승이 공정하고 불편부당하다고 해도 출신의 한계는 분명히 있기 때문이다. 하물며 종교적 편견은 그 어떤 편견보다 더 강고하고 파급 효과도 크지 않은가?

반대로 한 인재가 있는데, 그는 종교가 불교다. 그런 사람이 학당을 열면 여러 신분과 성향을 가진 사람이 모이겠지만, 결국은 스승의 덕망을 추종하게 되고, 자연 종교적인 감화도 뒤따를 수밖에 없다. 그야말로 한 사람의 유능한 불교 인재를 키워 수십 명의 유능한 불교인재를 육성하는 효과를 가져 오는 것이다.

이 말은 다른 종교를 지닌 인재를 배척하자는 말이 아니다. 불치하문(不恥下問)도 서슴지 않는데, 그깟 종교가 대수겠는가. 불교 인재를 육성하자면 먼저 그럴만한 토대, 즉 인프라도 중요하지만, 아무리 잘 닦은 고속도로라도 달리는 차가 없으면 무용지물(無用之物)이라는 얘기다. 구호만 높이 외치고, 미래의 청사진만 걸어둔다고 해서 일이 해결되는 것은 아니다. 미래의 인재를 키울 사람은 현재의 인재다. 인재가 하늘에서 뚝 떨어진다면 딱 좋겠지만, 인재도 교육의 산물이다. 온고지신(溫故知新)이니 파천황(破天荒)의 인재도 제대로 된 교육을 받아야 지식의 틀을 벗어날 수 있는 것이다. 탐스러운 열매도 씨앗을 뿌리지 않으면 거둘 수 없다. 그런데 다들 지금 너무 열매에만 치우쳐 있지, 뿌릴 씨앗이 어디에 있고 누구인지에 대해서는 크게 관심을 기울이지 않는다. 왜냐하면 이미 편 가르기가 다 되어 있기 때문이다.

저 사람은 학교가, 저 사람은 출신지가, 저 사람은 지지하는 사람이 달라서라는 등등 온갖 방식으로 사람에게 딱지와 서열, 핑계와 혐오하는 이유를 달아놓고, 제 입맛에 맞는 사람만 인재라 하여 뽑는다. 다행히 그런 파벌과 편견의 도가니 속에서 걸러지는 사람 가운데도 인재는 있긴 하겠지만, 더 많은 인재들은 사장되거나 도태되고 비루먹은 말들이 용마(龍馬)를 부리는 부조리가 공공연하게 횡행한다. 그리고 그게 당연한 질서인 것처럼 자리하여, 뒤이어 공부하려는 후진들 역시 실력보다는 줄서기에 급급하게 된다. 그리하여 인재는 사라지고 만다.

크게 건물을 짓고 연구소를 만들면서 다양한 학술회의를 개최하는 것도 절실한 일이다. 그러나 멍석을 깔기 전에 그 멍석 위에서 놀 사람부터 찾아야 한다. 자칫 포장만 인재인 사람이 멍석에서 놀게 되면 진짜는 구린내를 맡고 진작 등을 돌려버린다. 부처님 전에 그가 백만 배(拜)를 한다고 해도 둔재가 인재로 돌변하지는 않는다. 줄타기의 맛을 보고 성공을 거둔 사람이면 더욱 그렇다. 그는 계속 어떤 줄이 동아줄인지 염탐하기에 바쁠 것이고, 노력이나 진리 추구보다는 소문이나 풍문 수집에 골몰하면서 철밥 통을 지켜나갈 것이다. 삼대도 쑥밭에 들어가면 쑥이 되듯이 악화(惡貨)가 양화(良貨)를 구축하는 일은 이 판에서도 똑같이 빚어진다.

결국 미래의 인재를 육성하려고 하면 현재의 인재를 잘 등용해야 한다는 말이다. 금광석으로 원석을 깎아야 금강석이 나오듯이 인재가 인재를 키우는 것은 만고의 진리다. 이 빠진 조약돌로 비벼봐야 돌가루만 쏟아지지 소기의 성과는 나타나지 않는다. 겉만 보지 말고 속을 보면서 숨어있는 인재를 찾아내고, 그에게 교육의 기회를 맡긴다면 멀지 않은 시간에 우리는 인재의 숲을 만나게 되지 않을까?

3. 남의 '밭'도 살피자

필자가 주로 관심을 기울이며 공부하는 분야는 불교한문학(佛敎漢文學)이다. 그런데 이 분야는 대단히 생소하다. 아직도 한문학도 아니고 불교학도 아니다. 한문학계에서는 변방 정도가 아니라 이국(異國)이다. 천덕꾸러기 신세를 벗어나지 못한다. 그것은 불교학계 쪽에서도 마찬가지다. 불교한문학은 경전(經典)을 연구하는 것이 아니라 옛 선승들이 남긴 시문집(詩文集)을 연구하는 분야다. 그런데 여기서도 곁다리 취급을 받고 있다. 꿰다놓은 보리자루다.

어떤 불교학자는 우리나라에 아직까지도 제대로 된 '한국불교사'가 나오지 못하는 이유로, 조선(朝鮮) 중후기의 빈 공간을 메울 방법이 없기 때문이라고 진단한다. 그 말은 삼국과 신라, 고려, 조선 전기까지는 기라성 같은 고승대덕(高僧大德)들이 나와 뛰어난 저서와 논의를 많이 남겨 역사적 전개를 가늠할 수 있는데, 이것이 중기에 접어들어 후기로 오면 영 발견되지 않는다는 것이다. 그러다가 한말(韓末)에 와서야 다시 자료나 인물이 나타난다는 것이다.

그런 푸념을 듣고 필자는 이런 대안을 내놓은 적이 있다. 왜 조선 중후기에 인물이나 자료가 없는가. 그야말로 어느 시대보다 더욱 풍성하다. 바로 불교 시문집(詩文集)과 그것을 남긴 선승(禪僧)들이라고 대답했다. 선승들의 시문집은 직접적인 불교적인 논의나 이론이 담겨있지는 않지만, 사상을 가장 아름다운 말로 녹여놓은 문학이 넘쳐난다. 문학만큼 사람의 가슴을 녹이고 울리는 매개가 어디 있겠는가? 물이 흐리면 속이 들여다보이지는 않지만, 그렇다고 그 아래 물고기가 살지 않는 것은 아니다. 조금 시간과 인내심을 가지고 탁기(濁氣)가 가라앉을 때를 기다리거나 용기를 내어 물속으로 들어 가보면, 그 속에는 무궁무진한 자원들이 살아 숨 쉬고 있는 것이다.

불교한문학은 한문학계에서나 불교학계에서나 찬밥 신세인데, 사실 그럴 이유가 전혀 없다. 그런데 그런 푸대접을 받는 것은, 여러 가지 이유가 있겠지만, 가장 큰 것은 연구하는 사람이 적기 때문이다. 그러니 많은 연구 성과가 나오지도 않고, 나온다고 해도 소수니 관심 밖이거나 편견 때문에 외면 또는 질시를 받는다.

연구자가 많이 없는 것은 재미가 없거나 해봤자 결과가 뻔하기 때문이 아니다. 그것을 전공해서는 대학에 자리를 못 잡기 때문이다. 아무도 중요하다고 여기지 않으니 어떻게 밥상이 차려지겠는가? 자본주의 사회 속에서 자신의 생계는 자신이 책임을 져야하는데 손가락 빨면서 공부를 할 수는 없다. 더구나 가족이 생기면 이는 더욱 절실해진다. 지금 공부하는 몇몇 연구자들도 처지가 한심한데, 누가 그 초라한 모습을 보면서 이 분야에 뛰어들겠는가?

비단 이것은 불교한문학에만 국한된 상황은 아닐 것이다. 전반적으로 불교학 관련 연구를 해서는 대학 강단에 자리 잡기가 어려운 게 현실이다. 불교사상도 그렇고 불교사도 그런데, 하물며 불교문학이야 새삼스러울 게 없다.

지금 건학 이념을 불교로 내세우는 대학은 한 손에 붙은 손가락만 써도 남을 정도다. 그리고 그 중심에 한 대학이 있다. 그런데 그 대학이 순 혈통주의에 빠져서 타 대학에서 불교를 전공하고 공부하는 인재들을, 고작 밥그릇에 대한 라이벌쯤으로 여겨 배척하고 고사시키려고 든다면 이것은 참으로 창피한 일이다. 동종교배가 기형아를 많이 낳는다는 것은 생물학에서만의 교훈은 아니다. 학문도 마찬가지다. 뿐만 아니라 이런 불균형은 학문, 특히 불교학을 더욱 고립시킬 뿐이다. 타 대학 출신들에 대해, 특히 역량이나 성과가 우수하다면 두 손 벌리고 환영하며 받아들어야 한다. 그래야 경쟁력도 강화되고, 학문의 신진대사도 활발해진다. 또 연구자도 많이 나온다. 햇빛을 차단하고 온실에서 식물을 키우면 당장은 별 탈이 없겠지만, 얼마 가지 않아 다 죽어버린다. 그러니 언감생심 열매를 기대하겠는가?

불교한문학을 하는 사람이 전국에 십여 명 정도 되는 것으로 알고 있는데, 대개는 불교와는 관련 없는 대학 출신이다. 그런데 그들은 오히려 그런 점 때문에 불교에 대해 더욱 애착이 크고, 독자적이면서 독특한 관점을 가지고 있다. 내 밭만 파먹다 보면 토질도 떨어져서 산출량도 떨어지며, 게다가 품질도 나빠진다. 남의 밭에서 풍파를 이기고 잘 자란 곡식이나 농산물이 있으면 '남'의 밭에서 나왔다고 해서 가릴 필요는 없다.

그렇게 했을 때 비로소 인재는 다층화되고, 전파력은 더욱 확대될 것이다. 불교연구를 세계화하기 위해서는 먼저 한국화부터 해야 한다.

4. 인재는 '하나'면 된다?

다시 한신 얘기를 해 보자. 유방이 한신에게 이렇게 물었다. 나는 몇 사람의 군대를 부릴 수 있는 역량이 있는가? 한신은 만 명이라고 했다. 기분이 상한 유방은 다시 물었다. 그러면 너는 몇 명이나 부릴 수 있냐고. 한신은 "많으면 많을수록 좋다."고 대답했다. 우리가 즐겨 쓰는 고사성어 다다익선(多多益善)의 기원이다.

꽤 오래 전에 TV를 보면서 의아한 적이 있었다. 불교와 관련된 새로운 유물이나 자료가 발견되거나 발굴되면 사계의 권위자를 찾아가 그것의 가치와 의미에 대해 인터뷰하는 것은 예나 지금이나 마찬가지다.

그런데 신기한 것은 거의 특정인 한 사람만 찾아간다는 사실이었다. 어느 대학의 교수였던 그 분은 물론 그 방면의 뛰어난 학자고 업적도 많았지만, 과연 그가 사통팔달(四通八達) 전지전능(全知全能)한 지식을 갖추었을까 하는 의문은 떨칠 수 없었다. 불상(佛像)에 대해서도 불교건축에 대해서도 불교문헌에 대해서도 불교사에 대해서도 마이크는 항상 그 사람의 입만 찾아 다녔다.

불교학의 그 넓은 분야를 한 사람이 다 꿰뚫었다면 기뻐해야 할 일이지만, 사실은 이런 풍토가 인재 육성을 가로막는 재앙의 시발점이다. 학문에는 다양한 전공 분야가 있고, 다양한 만큼 다양한 전문가가 있어야 한다. 그것도 꼭 한 사람일 필요는 없다. 말 그대로 다다익선이다. 그런데 이 모든 분야를 한 사람이 독식해 버린다면 그 사람에게도 좋을 게 없지만, 의욕을 가지고 공부하는 사람에게 찬물을 끼얹는 일이 될 것이다.

지금도 이런 고질적인 병폐가 시정되었을까? 사실 자신이 없다. 한 사람만 있으면 된다는 무사안일주의와 가학적인 에고이즘은 지식의 다양한 파생을 억압한다. 다들 한 사람의 입만 쳐다보니, 제자는 앵무새가 되지 자기의 목소리를 갖추지 못한다. 그러나 다양한 전문가 집단의 존재를 인정하고 존중하는 분위기라면 모두 제 주장을 갖기 위해 노력할 것이고, 그렇게 되면 우리는 많은 전문가를 확보하게 될 것이다.

이런 그릇된 현상은 비단 불교학계만의 악습은 아니다. 한국의 학계 전체가 아직도 이런 올가미에서 벗어나지 못했다. 전문가는 한 사람이면 된다는 생각은 이기적인 망상일뿐더러 자칫 자기 밥그릇 챙기기의 일환이라는 오명도 뒤집어쓸 수 있다. 이렇게 되면 학계도 정치계처럼 '보스'에 의해 좌지우지되는 험난한 꼴을 당하게 되는 것이다. '보스'는 아부하는 잔챙이는 키우겠지만, 새로운 보스는 키우지 않는다. 한국 현대 정치사가 잘 보여주지 않았는가.

5. 의욕만으로 인재는 나오지 않는다

너무나 당연하지만 인재 키우기는 맨입으로 되는 사업이 아니다. 여러 가지 여건을 갖추어야만 가능하다. 그들이 다양한 지식을 섭취할 수 있는 공간이나 시간적 여유, 해외 학계의 동정이나 새로운 성과를 숙지할 수 있는 기회의 배분 등 한 사람을 키우기 위해 많은 투자와 노력, 그리고 인내심이 필요하다. 그러나 대개 이런 기회는 갓 입문한 학문의 초년생들에게는 잘 돌아오지 않는다. 기득권층에게만 유리하게 배분될뿐더러 그런 사람들은 그런 기회를 수학여행쯤으로 치부하여 낭비하기 일쑤다. 이것은 결국 시간과 물자의 낭비를 가져오고, 재생산을 위한 효과적인 투자로 이어지지 않는다.

지금 벌어지고 있는 여러 방식의 불교 인재 육성 노력이 자칫 이런 공염불에 그칠 염려가 다분한 것도 이 점 때문이다. 경천동지(驚天動地)에 서일필(鼠一匹)할 조짐이 사실 보이고 있다. 관계자들이 구색 갖추기에만 열을 올리거나 얼굴 내밀기의 호기로 이를 악용하기 시작하면 차라리 이런 노력이 없는 것만도 못하다. 패배주의만 심어줄 공산이 크기 때문이다. 다전선고(多錢善賈)라고 했다. 장사도 밑천이 있어야 계획을 가지고 끈기 있게 벌일 수 있듯이, 물적 토대가 결여된 인재 육성은 더할 수 없는 상처만 남기고 안개처럼 사라질 수 있다.

교계나 학계, 종단이 구호에 그치는 일회성 행사가 아니라 장기적인 안목과 대안을 가지고, 이에 필요한 물적 토대를 갖추는 문제에도 노력을 기울여야 할 것이다. 불사(佛事) 가운데 가장 큰 불사는 사람 키우는 불사다. 이를 부정한 사람은 아무도 없을 것이다. 건물은 세우면 백 년을 간다고 보장하기 어렵지만 인재는 한 번 육성되면 천 년도 갈 수 있다. 가장 내구성 있는 문화재가 바로 인재인 것이다. 그러니 투자 없이 이 일이 성취되겠는가?

6. 학계 외 다른 분야는 어떤가?

　필자의 전공이 연구 분야라 주로 필자의 경험에 국한하여 생각을 개진했다. 그러나 불교 인재 인프라의 열악한 구조는 여기에만 머물지 않는다. 예술계 전반의 문제라고 해도 과언은 아니다. 물론 국악(國樂)이라든가 불교건축, 불교예술처럼 이미 우리 예술의 중요한, 아니 핵심적인 반열에 오른 분야는 다르겠지만, 외국에서 수입된 그러면서 가장 대중적인 친밀도가 높고 지적 성취도가 고양된 분야에서 불교와 불교 인재가 갖는 위상은 걱정스러운 정도가 아니라 참담할 지경이다.

　예를 들어 클래식 음악계 얘기를 해보자. 어떤 연주자가 있는데, 외국의 유명 대학에서 전공했고, 실력도 인정받았다. 그리고 국내에서 연주 활동을 하고 있다. 그(녀)의 집안은 대대로 불교 집안이다. 그런데 그(녀)는 자기 분야에서 자신이 불자(佛子)라는 사실을 밝히지 못한다. 왜냐고? 이유는 간단하다. 밝히면 따돌림을 당하기 때문이다. 클래식 분야의 종교 성향은 거의 기독교이고 일부 천주교 형태다. 천주교는 조금 덜하지만 기독교의 불교에 대한 사시(斜視)는 도를 넘어선다. 서양 음악이 교회 음악에 큰 뿌리를 두고 있으니 기독교도가 많이 전공하는 것은 어쩔 수 없는 현상이라고 하겠지만, 인류 보편의 언어인 음악을 사랑하면서 보여주는 이런 차별은 아마 한국 음악계가 보여주는 또 하나의 꼴불견일 것이다. 하여간 이러저런 이유로 불자가 클래식 음악을 전공하는 경우는 드문데, 과연 그럴까?

　실상을 살펴보면 꼭 그렇지만은 않다. 내심은 불자이면서도 말도 못하고 전전긍긍하는 사람이 의외로 많다. 우연한 기회에 이런 사실을 알게 되었는데, 참으로 딱한 일이다. 무슨 죄진 사람처럼 종교(불교)를 숨기고 활동하는 예술계의 숨은 인재들이 적지 않은데, 그들에게는 어떤 은신처(?)나 활동 공간도 보장되어 있지 않다. 종립대학에 미술대학이나 음악대학, 하다못해 좀 더 내실 있는 예술대학이라도 하나쯤 있다면 이들도 조금은 활개를 치며 활동할 수 있을 텐데 여전히 기대하기 어려운 백일몽일 뿐이다. 불교계에서도 전통 음악에 대해서는 나름대로 애정과 관심을 갖지만 클래식 음악에 대해서는 거의 눈길을 주지 않는다. 물론 전통 음악에서도 인재를 발굴하고 향유층을 넓혀야겠다. 그러나 클래식 음악이 지니고 있는 폭과 질을 겸비하여 쌍두마차로 달리게 한다면, 음악이 종교에 미치는 영향력을 생각할 때 불교 포교에도 큰 도움이 될 것이라 생각한다.

현대인의 가장 큰 관심 분야의 하나인 연예계 쪽은 더 심하다고 할 수 있다. 짊어져도 될 만한 십자가를 목에 걸고 방송에 출연하는 사람은 널렸다. 그리고 당당하게 자기 종교를 밝힌다. 그러나 불교는 어떤지, 말할 필요도 없다. 종교가 불교임을 내세우면 이익보다는 손해가 되는 예가 점점 늘어나고 있다. 왜 이렇게 되었는지 이제는 진지하게 고민할 때가 되지 않았나 생각한다.

불교 인재 육성이 특정한, 이미 불가침의 영역으로 자리한 분야로만 경도되지 않고 다양한 분야에서 이루어져야 하는 이유도 여기에 있다. 어쩌면 너무 애태울 필요가 없을지도 모른다. 사필귀정(事必歸正). 시간이 이 모든 문제를 해소할지도 모른다. 그러나 위기 위식이 없는 가운데 대안 모색은 없다. 사고가 나서 많은 사람이 다친 다음에야 신호등을 설치하고 도로 보수를 한다고 해도, 이미 죽은 사람은 되살아나지 않는다.

7. 왜 '인문학'의 위기인가?

불교가 가진 가장 큰 미덕은 무엇일까? 사람마다 해답은 다르겠지만 필자는 자비행(慈悲行)과 이타행(利他行)이라 생각한다. 사람의 행주좌와 (行住坐臥)를 긍휼한 마음으로 인도하며, 나보다는 남을 위해 희생하고 봉사하는 정신이 불교만큼 일치하는 종교도 많지 않다. 더구나 불교의 미덕은 내 식구에게만 국한되지 않고 만물(萬物)을 두루 포용한다. 중생 (衆生)은 인간뿐만 아니라 동식물, 나아가 돌덩이 하나까지도 포괄한다. 이렇게 공영(共榮)과 공존(共存)을 소중하게 여기는 종교는 드물다.

근래 인문학이 위기라는 말이 곳곳에서 망령처럼 떠돌고 그 대책을 마련해야 한다는 요구도 비명처럼 날카롭다. 그래서 국가적인 차원에서 자구책을 마련하기도 한다.

그런데 잘못된 생각 중의 하나가 인문학의 위기를 인문학자의 위기로 보는 시각이다. 즉 인문학을 전공하거나 공부하면 먹고 살기 힘들다는 논리다. 먹고 살기 힘드니 전공자는 줄어들고, 알량한 강사 자리라도 잃을까 노심초사한다는 것이다. 그래서 그 생계 대책으로 국가에서 적지 않은 돈을 풀어 여러 가지 사업을 마련하고 있기도 하다.

그런데 한 번 생각해 보자. 대체 어느 시대, 어느 사회에서 인문학을 업으로 삼는 사람이 호의호식(好衣好食)한 적이 있었는가? 다들 그들은 가난했고, 빈곤(貧困)을 천직처럼 여기며 살았다. 공자(孔子)가 기름진 음식에 배불렀고, 소크라테스가 향유로 목욕하며 살았는가? 부처는 왕자의 지위까지 버리고 인문학의 길을 걸었다. 그게 바람직한지는 모르겠지만, 인문학자는 항상 가난했고 굶주렸다. 그들이 무능해서가 아니라 그게 인문학의 숙명이다. 그런데 이제 와서 인문학자들에게 꿀과 기름을 던져주면서 인문학의 위기를 타개하겠다고 한다. 사실 이것은 극단적으로 말한다면 인문학을 말살하려는 짓과도 같다.

그러면 인문학의 위기라는 말의 정체는 무엇일까? 사실은 위기도 없는데, 굶주린 인문학자의 넋두리가 빚어낸 환청일까? 아니다. 현재 인문학은 엄청난 위기 상황에 직면해 있다. 그러면 무엇이 위기인가?

인문학자가 굶주려 위기가 아니라 인문정신(人文精神)이 사라지기에 위기다.

인문학의 궁극적인 목표는 무엇인가? 인문학을 전공하겠다고 들어온 대학생들에게 물어봐도 모른다. 왜 인문학이 존재하는지 깨닫는 것, 문제의 해결은 거기에서 출발해야 한다.

인문학의 본질은 휴머니즘이다. 즉 인본주의(人本主義)다. 인본주의는 인간을 유일한 목표로 삼는 정신을 말한다. 인간을 수단으로 삼는 학문은 인문학이 아니다. 오로지 인간의 생명과 가치를 최우선으로 하는 학문. 그 사람의 지위나 학식이나 재산 정도나 출신지, 학벌, 계파 등등에 따라 고객으로 받들기도 하고 거지처럼 문전박대하는 그런 학문은 실용학문이지 인문학은 아니다.

너무 뻔한 대답이라 실망했을지도 모르겠지만, 지금 현대 사회는 인간이 최우선이 아니다. 그런 풍조가 점점 확대되어 가고 있다. 인간은 점점 더 도구화되어 가고 있다. 인간의 생명이나 존엄성보다 더욱 높은 위치에 있는 가치가 점점 더 늘어가고 있다. 그것이 바로 인문학의 위기인 것이다. 인간이 설 자리는 점점 비좁아져 가고 있다.

이렇게 전도된 가치관을 바로잡을 수 있는 가장 중요하고 믿음직한 대안이 불교라고 필자는 생각한다. 부처는 이것을 독존(獨尊)이란 말로 표현했다. 인간을 포함한 생명을 가진 모든 것들은 어떤 것보다 우월적이고 절대적인 존재라고 갈파했다.

현시점에서 불교 인재가 양성되어야 하고, 그것에 더욱 채찍질해야

하는 것도 이런 이유 때문이다. 차제의 불교 인재 육성 바람[風]이 구호
에만 그치지 않고, 또 몇몇 사람이 행세하거나 기득권을 가진 무능력한
사람들의 자리보전을 위한 도구가 되어서는 안 되는 이유도 여기에 있
다. 좀 더 대승적인 견지에서 마음을 열고 이 문제에 접근해야 할 충분
한 근거도 여기에서 벗어나지 않는다. 우리 시대에 누가 인재인지를
올바르고 정확하게 가름할 백락(伯樂)이 나오기를 간절히 고대한다.

漢文教育에서의
用事典故의 활용 방안 시론

故事成語의 활용을 중심으로

1. 들어가는 말

우리나라는 오랜 시간 한자문화권과 유교문화권에 속해 역사적 발전을 이룬 전통을 가지고 있다. 때문에 우리의 문화와 역사, 철학을 알기 위해서는 유교와 한문을 제외하고는 접근이 불가능하다고까지 말할 수 있다. 한자(또는 한문)는 우리에게 있어서 단순한 표기 체계 그 이상의 의미를 가지고 있는 매체인 것이다. 때문에 우리나라에서는 한자·한문 교육을 중시하여 꾸준히 지도하고 있다.

그러나 현재 한문교육은 초등학교 과정에서는 공식적으로는 포함되어 있지 않으며 중학교와 고등학교에서 일정 시간을 배정해 가르치고 있는 형편이다. 그러나 한자와 한문은 대학 생활이나 사회생활을 하면서 반드시 익혀야 할 중요한 지식으로 자리한 지는 오래되었고, 그 비중이나 가치는 세계화 추세에 발맞추어 더욱 높아가고 있는 실정이다. 특히 우리나라가 속해있는 동아시아의 여러 나라들, 중국이나 일본은 한자를 병용하고 있는 국가로, 중국어나 일본어를 익혀 그들과 대등한 관계에서 경쟁해야 할 상황에 처한 우리로서는 더욱 한자 학습을 등한

시할 수 없게 되었다. 실리적인 측면에서나 당위적인 측면에서 우리는 점차 한자·한문 교육을 강화해야 하는 상황에 처해있는 것이다.

본고는 한자 한문 교육이 중시되어 가는 현 추세에 발맞추어 효과적이고 체계적인 한문 교육 방안을 모색하는 노력의 일환으로 쓰였다. 본고는 다양하게 제안되어 있는 한문 교육 방안 가운데 용사(用事)와 전고(典故)라는, 한문과 한시를 쓰고 지을 때 즐겨, 아니 반드시 사용되는 방식을 통하여 한문 교육의 효과를 제고하는 계기를 만들고자 하는 목적으로 쓰였다. 한자도 외국어인 만큼 다양한 외국어 교육 방법이 개발되어 있으므로 이를 활용하는 것도 좋겠지만, 한자만이 가진 특성을 활용한다면 보다 체계적이고 효율적인 교수 방법이 개발되리라 믿는다. 용사와 전고를 활용한 교수 방법도 그런 효과를 달성하리라 믿으면서 논의를 전개하고자 한다.

2. 용사와 전고의 의미와 기준

용사와 전고란 무엇일까? 교수 방법이 아무리 좋다고 해도 그 대상이 되는 주체에 대한 정확한 파악이 없다면 헛된 작업이 될 것이다. 먼저 이 문제부터 살펴보기로 하자.

사전적으로 두 말을 풀어보면 다음과 같다.

> 용사(用事) : 한시를 지을 때, 옛날의 뛰어난 글들에서 표현을 이끌어 쓰는 일. 우리나라의 경우 고려 말에 이규보(李奎報), 이제현(李齊賢), 최자(崔滋)와 같은 사람들에 의하여 용사에 대한 활발한 논의가 있었다.

전고(典故) : ① 전례(典例)와 고사(故事)를 아울러 이르는 말.
　　　　　② 전거(典據)로 삼을 만한 옛일. 고실(故實).[1]

　용사와 전고의 의미를 한 마디로 정의하면 전거가 있는 사실이나 문
구를 빌려와 자신의 글이나 시에서 활용하는 작문 기법을 말한다. 이런
표현 방식의 기원을 따져 들어가면 문학에서 활용하기 이전에 외교적
수사나 의견을 전달하는 과정에서 먼저 사용되었음을 알 수 있다. 이른
바 단장취의(斷章取義)가 그것이다.
　단장취의는 자신의 의견을 증명하거나 의향을 대변하기 위해 남의
글에서 한두 구절을 따와 전체 글의 의미와는 관계없이 풀이하는 방식을
말한다. 춘추시대 경대부(卿大夫)들은 회의나 연회석상 같은 교제 장소
에서 자신의 의사를 표시하거나 태도를 암시하기 위해서 『시경(詩經)』
안의 시구를 따다 읊곤 하였다. 그 때 인용되는 시 구절은 완전한 한
편의 작품은 아니고 시 가운데 일부였기 때문에 단장(斷章)이라 하였다.
그리고 그들이 선택한 구절은 모두 자신의 심정을 나타내기 위한 것이었
기 때문에 이를 가리켜 취의(取意)라 하게 된 것이다. 예컨대 다음과 같은
이야기가 있다.

　　어느 날 진(晉)나라와 노(魯)나라 등 10여 개 국가의 군대가 연합하여
　진(秦)나라를 공격한 적이 있었다. 연합군이 경수(涇水)에 이르렀을 때 강을
　건널 것인가 말 것인가를 두고 격론이 벌어졌다. 이 때 진(晉)나라의 대부
　숙향(叔向)이 노나라 경대부 숙손표(叔孫豹)를 찾아가서 그의 의향을 물었
　다. 그랬더니 숙손표는 즉시 '匏有苦葉'이라고 대답했다. 이에 숙향은 그가
　도강하는 쪽을 지지하는 줄 알아차리고 강을 건널 배를 준비했다고 한다.[2]

---

1) 아래아한글 인터넷 한컴사전에서 발췌함.
2) 『左傳』襄公 10년조.

여기에서 '포유고엽'이라는 것은 『시경·패풍(邶風)』에 나오는 일종의 연애시의 제목이다. 작품의 내용은 한 여인이 물가에서 사랑하는 사람을 기다리는 정경을 묘사한 것이다. 이 시는 모두 4장으로 구성되어 있고 매 장은 4구절로 되어 있는데, 첫 장의 4구는 다음과 같다.

匏有苦葉   박에는 마른 잎이 달려 있고
濟有深涉   제수에는 깊은 나루가 있네.
深則厲   깊으면 옷 입은 채 건너고
淺則揭   얕으면 옷을 걷고 건너야지.[3]

뜻은 바로 물이 깊든 얕든 반드시 강을 건너리라는 것이었다. 숙손표는 바로 첫 장의 첫 구절을 인용함으로써 반드시 강을 건너야 한다는 자신의 입장을 은연중에 표시했던 것이다.

이상에서 보는 바와 같이 단장취의는 처음에는 완전히 좋은 뜻으로 쓰였다. 그러나 나중에는 그 뜻이 변해서, 글귀의 한두 구절을 자의적으로 따내 무리하게 사용하는 폐단을 가리키게도 되었다. 어쨌든 이와 같은 전통은 동양 문학에서 용사와 전고라는 문학적 의장이 널리 성행하게 되는 계기를 던져준 것만은 부정할 수 없는 사실이라고 할 수 있다.

실제로 창작 과정에서 옛 문헌에 실린 내용을 빌려와 사용하는 것은 전고까지 포괄한 의미로 용사라 부른다. 용사는 작품을 쓰면서 전고를 인용하거나 이전 작가들의 전적(典籍) 속에서 창작 자료를 차용하는 관습을 말한다. 이 말은 종영(鍾嶸, ?~518)의 「시품서(詩品序)」에 나온다.

---

3) 『詩經』 邶風, 「匏有苦葉」.

만약 나라를 경영할 문부(文符)라면 마땅히 해박하고 옛 일을 두루 참
조해야 하고, 덕행을 편찬하여 논박하고 아뢰는 상소문이라면 마땅히 지
난날의 업적을 상세히 다뤄야 한다. 성정을 읊조리는 경우라면 무엇 때문
에 용사를 귀하게 여기겠는가?[4]

종영은 문학이란 객관적인 자연 경물과 사회 현상이 작가의 의식 속에
반영된 성과물로 인식했다. 시가는 '성정을 읊조리는(吟詠情性)' 것으로,
작가가 생활에서 느낀 진실한 감정을 묘사하여 생동감 넘치는 예술 형상
으로 승화시켜 우아하고 아름다운 의경(意境)을 창조하는 것이다. 시는
자미(滋味)가 있어야 하며, 상세하게 "사물을 가리켜 형상을 창조하고,
감정을 다하여 사물을 묘사하면(指事造形 窮情寫物)" 그 뿐으로, "용사를
귀하게(貴于用事)" 여기지는 않는다. 그러나 송(宋)·제(齊)이래 몇몇 시인
들은 현실을 일탈하여 생활에 대해 진실한 감정을 가지지 않은 채 시를
쓸 때 경전을 인용하거나 학식을 바탕으로 창작에 임하는 등의 태도를
보였다. 그 결과 시인들은 다투어 새로운 일을 찾고 이를 차용하는 것이
습속이 되어 버렸는데, 종영은 이러한 풍조에 대해 비판하는 입장을
견지했던 것이다. 그는 또 다음과 같은 말도 남기고 있다.

안연지와 사장은 더욱 번거롭고 **빽빽**해서 당시 사람들에게 영향을 주
었다. 때문에 대명(457~464)과 태시(465~471) 연간의 문장은 거의 같
은 책을 베껴 쓰 듯했다. 근래에 임방과 왕융(王融) 등도 문채가 기이함을
숭상하지 않고 다투어 새로운 전고에만 골몰해서 이후 작가들도 이에 물
들어 습속이 되었다. 마침내 문구에는 전고가 없는 말이 없게 되고, 말에
도 빈 글자가 없어졌다. 장구에 구애를 받고 이것저것 모아 이어 붙이는

---

4) 鍾嶸, 「詩品序」, 若乃經國文符 應資博古 撰德駁奏 宜窮往烈 至乎吟詠情性 亦何貴于
用事.

등 문장을 좀 먹게 하는 일이 더욱 많아지고 말았다. 그러나 자연의 영지는 마땅한 사람을 만나는 경우가 드무니, 문장이 이미 고아함을 잃었으면 마땅히 일과 의리를 더해야 한다. 비록 하늘이 내린 재능일지라도 밖으로는 학문을 갖춰야 하니 또한 한 가지 이치일 것이다.[5]

시가의 창작이 전고를 다투어 사용하고 기존 문장에 얽매이고 절취해써서 문장이 같은 책을 베낀 지경에 이르렀다는 것이다. 이것이 비록 작가의 학문을 과시한 꼴은 되지만, 시가 속에 담겨야 할 "자연이 내린 영령한 뜻(自然英旨)"을 파괴하고 말아 시가의 예술적 생명력을 잃어버리기에 이르렀다. 시가를 창작하면서 어떻게 용사할 것인가 하는 방법론은 종영이 보기에 시가의 우열을 평가하는 중요한 기준이었던 것이다. 때문에 그는 임방(460~508)의 문학에 대해 "그는 이미 폭넓게 사물을 배워서 문장을 운용할 때마다 용사를 사용했기 때문에 시가 기이하지 못했다.(眆旣博物 運輒用事 所以詩不得奇)"고 비판했으며, 이어 안연지(384~456)에 대해서도 "옛 전고를 즐겨 써서 더욱 구속을 당했는데, 비록 수일한 풍격과는 어그러졌지만, 경륜을 담은 문장은 우아하고 재기가 넘쳤다.(又喜用古事 彌見拘束 雖乖秀逸 是經綸文雅才)"[6]고 평가했다.

창작을 하면서 옛 일을 빌어 현재를 증명하는 경우도 때로 필요한 일이고, 시가도 예외일 수는 없다. 만약 그것이 성공적으로 이루어진다면 예술적 표현을 증강시키는 효과도 기대할 수 있다. 『문심조룡(文心雕龍)·사류(事類)』편은 이 문제를 구체적으로 논의한 글이다. 종영의 관점은 유협(劉勰, 465?~520?)과 그대로 일치한다. 그는 나라를 경영하는 데

---

5) 顔延(之)·謝莊 尤爲繁密 于時化之 故大明·泰始中 文章殆同書鈔 近任昉·王元長等 辭不貴奇 競須新事 以來作者 寖以成俗 遂乃句無虛語 語無虛字 拘攣補納 蠹文已甚 但自然英旨 罕値其人 詞旣失高 則宜加事義 雖謝天才 且表學問 亦一理乎.

6) 鍾嶸, 『詩品』.

408 제3부 ‖ 한문학 연구의 주변들

필요한 글이나 덕행을 편찬해서 아뢰는 글은 모두 전고를 충실하게 인용해야 한다고 했지만, 시가가 지나치게 이를 사용하게 되면 시의 참다운 경계(境界)를 해칠 수도 있다는 우려를 표명했다. 이는 종영의 문학 형상화의 문제에 대한 인식이 한층 정확한 것이었음을 설명해준다.

이처럼 중국 비평사에서 용사와 전고의 문제는 때로는 긍정적으로 때로는 비판적으로 인식되어 왔다. 그러나 가치와 관점을 어디에 두든 용사와 전고 자체를 부정하는 일은 없었다고 하겠다. 그만큼 한문 창작에 있어서 용사와 전고는 뗄 수 없는 필수불가결의 요소라는 것이다.

비평사에서 말하는 용사와 전고에 대한 논의를 고려하지 않고 본다면 용사는 우선 작시(作詩)할 때 쓰이는 방식에 대한 명칭이고, 전고는 대개 작문(作文)할 때 불리는 이름이라고 구별할 수 있다. 한시나 한문은 창작에 있어 여러 가지 규제를 받는다. 또 그런 규제에 잘 맞을 때 좋은 작품으로 거듭나게 된다. 글자 수의 제한이라든가 압운 평측법의 엄수, 음악적인 요소의 중시, 대구법(對句法)의 요구 등 오랜 각고와 노력이 없다면 좋은 한시와 한문은 나오지 않게끔 되어 있었다. 이런 난관을 이기고, 규제가 주는 미덕을 최대한 살리려는 오랜 고심이 만들어낸 결과가 용사이고 전고인 것이다. 특히 옛 것을 숭상하여 고전(古典)에 대한 탐구를 소중히 여기는 유교(儒敎)의 특징상 상고주의(尙古主義)에서 비롯된 용사와 전고에 대한 호의도 무시할 수 없을 것이다.

그러면 용사와 전고의 범위는 어디까지일까? 물론 어떤 특정한 문헌이나 작품으로 제한한다는 규정은 어디에도 없다. 어떻게 보면 용사하고 전고하는 대상은 시간이 흐르면서 차곡차곡 쌓여나간다고도 볼 수 있다. 새로운 문헌이라도 시간이 지나면 전고할 수 있는 고전이 되는 것이고, 새로운 시라고 해서 항상 새로울 수는 없는 법이다. 때문에 그 대상이 되는 전적의 범위는 무한대라고 할 수 있을 것이다.

그러나 용사와 전고란 작자만 안다고 해서 되는 것은 아니다. 시를 짓고 글을 쓰는 이유는 독자로 하여금 읽혀 감동과 수긍을 끌어내기 위한 것이다. 그런데 읽는 사람이 이해할 수 없거나 읽지 못한 전적에서 용사와 전고를 한다면 그 효과를 기대할 수 없게 된다. 때문에 대개 옛 사람들이 이용하는 전적은 사서삼경(四書三經)과 같은 유가의 경전과 제자백가(諸子百家)의 저술들, 불경(佛經)과 역사서(歷史書) 이상을 넘어서지는 않는다. 물론 송나라의 시인인 소식(蘇軾)처럼 워낙 잡다한 전적을 글쓰기에 이용하여 박사시(博士詩)[7]라는 평가를 받은 문인도 없진 않지만, 의사소통 수단으로서의 시문(詩文)의 가치를 염두에 둘 때 그 범위도 전반적으로 통용되는 문헌을 넘어서지 않았을 것으로 여겨진다.

3. 용사와 전고의 교육적인 기능

용사와 전고는 실제로 한시와 한문을 읽고 감상하는 과정에서 반드시 숙지해야 할 지식이다. 한시나 한문은 자신의 감정이나 생각을 표현할 때 개성적인 글쓰기를 지향하면서도 기왕에 이룩한 선인들의 업적을 이용하는 방법도 사용했다. 그런 전통은 자칫 표현의 영역을 위축시킬 우려도 있지만 실제적으로는 표현의 범위를 확장하는 결과를 가져왔다. 이른바 온고지신(溫故知新)이라는 것이다. 옛 것을 익혔지만 거기에 매몰되지 않고 새로움을 창출해낸 능력과 노력을 옛 문인들은 보여주었던 것이다. 이런 글쓰기 정신은 그 자체가 오늘날의 피교육자에게 모범을 제공할 것이다.

---

7) 丁若鏞,『與猶堂全書』권21,「示家兒」, 蘇子瞻之詩 句句用事 而有痕有迹 瞥看 不曉意味 必也左考右檢 探其根本然後 僅通其義 所以爲博士也.

우선 용사와 전고를 익히는 과정 자체가 교육적인 효과가 크다. 용사와 전고를 알기 위해서는 여러 가지 방식이 있을 수 있다. 먼저 말해야 할 사실은 용사와 전고는 개개가 떨어져 있는 파편들이 아니라는 점이다. 용사와 전고는 한 문학 작품이나 문헌 속에 녹아들어 있다. 그 녹아 있는 상황이나 표현이 결정화되어 나온 것이 용사와 전고다. 때문에 용사와 전고를 습득하기 위해서는 그 전거가 되었던 작품과 문헌에 대한 지식이 없어서는 곤란하다. 조각화 된 지식을 외우는 과정이 아니라 용사와 전고가 근거하고 있는 원 텍스트에 대한 관심과 독서를 지속함으로써 죽은 지식이 아닌 살아 있는 지식을 피교육자들에게 보여줄 수 있는 것이다.

다음으로 자칫 지루해지기 쉬운 한문 교육에 흥미를 유발시킬 수 있다는 점을 들 수 있다. 단순히 한문 교육이 글자의 훈과 음과 외우고 파생하는 단어를 익히는 방식으로 진행되면 단조로움 때문에 지루해질 수 있다. 피교육자가 학습에 대해 지루함을 느낀다면 효과는 그만큼 줄어들 것은 자명하다. 아무리 좋은 교과목이고 내용이라 할지라도 피교육자의 학습 의욕을 끌어올릴 수 없다면 올바른 교수법이라고 할 수는 없는 것이다. 그런데 이런 학습 과정에 용사와 전고를 적절히 활용하여 소개하고, 관련된 부분까지 일정 정도 확장하여 교육한다면 자연스럽게 교육 효과를 제고할 수 있을 것이다.

예를 들어서 ‘친구(親舊)’이란 단어에 대해 가르친다고 하자. 학습자는 먼저 단어를 이루고 있는 두 글자의 훈과 뜻을 알려 주고 단어의 사전적 의미를 인식시킴으로써 기본적인 교육은 마칠 수 있다. 여기서 한 걸음 더 나아가 ‘우정(友情)’이라든가 ‘동창회(同窓會)’와 같은 파생 단어까지 첨가하여 교수한다면 효과는 더욱 커질 것이다. 그러나 여기서 머물지 않고, 친구와 우정과 관련된 다양한 용사와 전고, 즉 고사성어를 활용하

여 수업을 전개한다면 살아있는 경험을 추체험함으로써 학생들의 관심
과 흥미는 배가될 것이다. 또 우리가 익히 알고 있는 고사성어인 '지음(知
音)'이나 '관포지교(管鮑之交)', '지란지교(芝蘭之交)'를 넘어서서 좀 더 색
다르고 전문적인 전고인 '문경지교(刎頸之交)'까지 나간다면 더욱 효과는
높아질 것이다. 동시에 우정과 관련한 우리의 전설이나 설화까지 첨가하
여 말해주면 그야말로 살아있는 교육에 가까워지게 된다. 이를 통해
한문 교육이 단순한 주입식·암기식 교육이 아닌 경험식·이해식 교육으
로 한 걸음 나갈 수 있게 된다.

용사와 전고를 학습한 것이 그 자체로도 의의가 있지만, 궁극적으로는
우리의 의사소통 생활에 직접적인 기여가 있어야 그 목표를 이룬 셈이
될 것이다. 이 부분은 용사 전고 학습의 파생적인 기능이면서 최종적인
기능이 되겠는데, 바로 실생활에 살아 있는 용사와 전고를 만드는 일이
다. 이를 위해서는 이미 학습한 용사와 전고들을 어떻게 언어생활에 활용
할 수 있는지 서로 분임 토의를 벌이는 방법을 쓸 수 있을 것이다. 이런
어휘들이 쓰일 만한 여러 정황들을 상정하게 하여 각각 역할을 맡아 대화
를 나누도록 한다면 피교육자의 뇌리에서 영원히 지워지지 않을 것이다.

용사와 전고를 이용한 한문 교육이 장점은 이처럼 한자와 한문에 대
한 지식을 평면적으로 정리하지 않고 입체적으로 보여준다는 데 있다.
다양한 자료를 준비하여 이런 방식의 한문 교육을 실시한다면 용사 전
고의 교육적인 기능은 훨씬 배가될 것이다.

4. 고등학교 한문 교과서에서의 용사와 전고

그러면 실제로 현행 교육 과정 속에서 용사와 전고는 어느 수준까지

제공되고 있으며 활용되고 있는가? 교육은 현장을 무시할 수 없는 특성이 있다. 아무리 이론이 좋아도 현장에서 활용이 불가능하거나 불필요하다면 이는 무용지물(無用之物)이 될 것이다. 그러므로 실제 한문 교과서를 통해 용사와 전고가 어떻게 반영되고 있으며, 그 빈도수라든가 교수 방식은 어떤지도 꼼꼼히 살펴야 할 것이다.

이를 위해 본고에서 그 많은 한문 교과서를 다 활용하기는 여러 가지 면에서 한계가 있으므로 그 가운데 고등학교 한문 시간에 쓰이는 검인정 교과서 가운데 1종을 택해 현황을 살펴보고자 한다. 본고에서 채택한 교과서는 을유문화사에서 발간된 이명학·박희병·장호성 공저로 된 『한문(漢文)』I 과 II다. 실제로 교과서에서는 중국의 작품과 우리나라의 작품들이 섞여 있고, 정통 고문에서 사자성어와 설화 등등 다양한 한문 형식이 수록되어 있다. 때문에 다시 범위를 좁혀 한시로만 국한하여 용사의 현황을 살펴보고자 한다.

을유문화사 간 『한문』I 과 II에는 모두 26편의 한시가 실려 있다. I권에 9수가 실려 있고, II권에 17수가 실려 있다. 작품의 이름과 작가를 열거하면 다음과 같다.

    I 권(9수)

    1. 「偶成」 – 朱熹(1130~1200) : 中國 宋
    2. 「秋夜雨中」 – 崔致遠(857~?) : 韓國 新羅
    3. 「四時」 – 陶潛(365~427) : 中國 東晉
    4. 「春曉」 – 孟浩然(689~740) : 中國 唐
    5. 「花石亭」 – 李珥(1536~1584) : 韓國 朝鮮
    6. 「奉使入金」 – 陳澕(?~?) : 韓國 高麗
    7. 「天鷄」 – 洪良浩(1724~1802) : 韓國 朝鮮
    8. 「古雜曲」 – 崔成大(1691~?) : 韓國 朝鮮

9. 「情人」 - 權用正(1801~?) : 韓國 朝鮮

Ⅱ권(17수)

1. 「大同江」 - 鄭知常(?~1135) : 韓國 高麗
2. 「無語別」 - 林悌(1549~1587) : 韓國 朝鮮
3. 「送元二使安西」 - 王維(699~759) : 中國 唐
4. 「黃鶴樓送孟浩然之廣陵」 - 李白(701~762) : 中國 唐
5. 「歸園田居」 - 陶潛(365~427) : 中國 東晉
6. 「登鸛雀樓」 - 王之渙(688~742) : 中國 唐
7. 「江雪」 - 柳宗元(773~819) : 中國 唐
8. 「秋庭」 - 金正喜(1786~1856) : 韓國 朝鮮
9. 「流民嘆」 - 魚無迹(?~?) : 韓國 朝鮮
10. 「憫農」 - 李紳(772~846) : 中國 唐
11. 「貧女吟」 - 許蘭雪軒(1563~1589) : 韓國 朝鮮
12. 「月夜瞻鄕路」 - 慧超(704~787) : 韓國 新羅
13. 「過鄭松江墓有感」 - 權韠(1569~1612) : 韓國 朝鮮
14. 「靜夜思」 - 李白(701~762) : 中國 唐
15. 「松都懷古」 - 權韠(?~?) : 韓國 朝鮮
16. 「鄭瓜亭」 - 李齊賢(1287~1367) : 韓國 高麗
17. 「子規啼」 - 申緯(1769~1847) : 韓國 朝鮮

26수의 작품 가운데 중국 시인의 것이 10수이고, 우리나라 시인의 것이 16수다. 그러면 이들 작품 속에 담긴 용사(用事)의 예를 살펴보기로 하자.8)

---

8) 한 가지 덧붙일 말은 원래 용사란 것은 창작 방법론으로 보면 상당히 복잡한 양상과 이론을 가진 것이라는 점이다. 그러나 본고에서 분류하려는 용사의 범위는 고등학교 한문 교육 수준에 맞는 정도의 용사만 뽑으려고 한다. 전문적인 용사는 그만한 전문적인

Ⅰ권(9수)

1. 「偶成」: 光陰(1)

2. 「秋夜雨中」: 知音(1)

3. 「四時」: 없음.

4. 「春曉」: 없음.

5. 「花石亭」: 騷客(1)

6. 「奉使入金」: 西華 / 北寨 / 文明(3)

7. 「天鷄」: 八表 / 東方 / 扶桑(3)

8. 「古雜曲」: 中閨 / 擧頭 / 星七(3)

9. 「情人」: 海靑(1)

Ⅱ권(17수)

1. 「大同江」: 南浦 / 悲歌(2)

2. 「無語別」: 越溪女 / 梨花(2)

3. 「送元二使安西」: 陽關(1)

4. 「黃鶴樓送孟浩然之廣陵」: 黃鶴樓 / 揚州 / 長江(3)

5. 「歸園田居」: 塵網 / 狗吠 / 樊籠 / 自然(4)

6. 「登鸛雀樓」: 白日 / 黃河(2)

7. 「江雪」: 孤舟(1)

8. 「秋庭」: 없음.

9. 「流民嘆」: 蒼生 / 小人 / 君子 / 北闕 / 汲淮陽(5)

10. 「憫農」: 當午 / 盤中飱(2)

11. 「貧女吟」: 없음.

12. 「月夜瞻鄕路」: 浮雲 / 緘書(2)

13. 「過鄭松江墓有感」: 風流 / 惆悵(2)

지식이 필요하기 때문에 교육 범위를 넘어선다. 그러므로 필자가 선별한 용사에는 엄격하게 말해 용사에 포함되지 않는 것도 있음을 밝힌다. 또 전반적인 용사의 수준도 고사성어(故事成語)의 수준을 따르고 있음도 밝힌다.

14. 「靜夜思」: 없음.
15. 「松都懷古」: 寒鐘(1)
16. 「鄭瓜亭」: 殘月曉星(1)
17. 「子規啼」: 五更 / 杜鵑(2)

이렇게 26수의 시에 쓰인 용사를 찾아보면 43개가 된다. 용사가 없다고 정리한 작품은 반드시 없어서라기보다는 그 작품 자체가 후세 시인들에게 용사의 대상으로 쓰인 탓에 뺐거나 점화(點化)⁹⁾의 형태를 띠고 있어 제외한 것일 뿐이다. 대략 1작품에 1.7개 정도의 용사가 이용되었음을 알 수 있다. 그만큼 고등학교 한문교육에 있어서 용사의 비중이 높아져야 할 것을 이를 통해서도 알 수 있다.

물론 이런 수준의 용사는 현행의 교사용 지침서나 참고서 등에 상세하게 설명되어 있다. 용사의 수준 때문에 난이도에 있어서는 차이가 나겠지만, 작품을 이해하는 데에는 불편함이 없을 만큼 갖추어져 있는 것이다. 그러나 문제는 이런 자료를 어떻게 피교육자들에게 효과적이고 입체적으로 교육하는가 하는 점이다. 단순하게 외워서 익히라는 식으로 가르친다면 피교육자들은 한문에 더욱 싫증을 낼 것이다. 때문에 한시와 용사, 산문과 전고는 서로 밀접한 연관 관계를 맺고 있는 만큼 그 연관성을 이용해 학습 효과를 높이는 방식을 최대한 개발해야 하는 것이다.

예컨대 이이의 「화석정」 시에 나오는 '소객(騷客)'이란 표현은 단순히 "시인(詩人)의 다른 표현" 정도로만 가르친다면 좋은 자료를 헛되이 버리는 결과를 가져온다. 이것을 중국 춘추시대 초(楚)나라의 애국시인 굴원

---

9) 점화(點化)란 전대의 문인들이 이뤄놓은 성과를 새롭게 개편하거나 환골탈태(換骨奪胎)하여 쓴 작품을 말한다. 이런 작품은 언뜻 보면 전혀 다른 작품처럼 보이지만 주제나 분위기, 느낌, 구성 등을 잘 살펴보면 근거가 있어 나온 것임을 알 수 있다.

(屈原)의 초사『이소경(離騷驚)』과 관련지어 그 연원과 함께 굴원의 파란 만장한 일생, 그리고 당시 중국의 역사 상황 등을 곁들여 설명한다면 피교육자들은 훨씬 흥미와 관심을 가지고 교육에 임할 것이다. 뿐만 아니라 굴원과 같은 애국 시인들의 사례를 몇 사람 인용해서 들어준다면 애국심(愛國心)을 고취하는 부가적인 효과도 거둘 수 있을 것이다.

또 어무적의「유민탄」에 나오는 '군자(君子)'와 '소인(小人)'의 관계를 『논어(論語)』나『맹자(孟子)』등에 나오는 사실들을 병행해서 들려준다면 피교육자들은 훨씬 작품에 흥미를 느끼고, 시인이 왜 자신의 작품에서 이 두 인간상을 대비시켰는가 하는 점에도 깨달음을 얻을 것이다. 더구나 교과서 안에 사서(四書)와 제자백가(諸子百家)의 사상을 다루는 부분이 있는 만큼 이 부분과 연계시켜 설명한다면 입체적인 한문 교육의 성과를 일부나마 달성할 수 있을 것이다.

어떻게 생각하면 옛날 일들은 모두 용사와 전고가 될 가능성을 가지고 있다고 해도 과언이 아니다. 묵은 이야기라고 해서 지금의 신세대 피교육자들에게 울림이 없으리라고 단정한다면 오산이다. 그들에게는 새로운 이야기이기 때문에 신선하게 다가갈 수도 있다.[10] 문제는 그런 정보를 어떻게 참신하고 효과적으로 전달하는가 하는 점에 있다. 또 이 문제는 본고가 지향하는 문제이기도 하다. 필자는 연전에『고사성어큰사전』이라고 하는 책을 낸 적이 있다.[11] 이 책에는 총 1,500여 개의 고사성어가 실려 있다. 사실상 후세의 한시 한문에 실린 용사와 전고를 모은 것이라고 해도 좋을 양이다. 본고에서는 이제부터 필자의『고사성어대3

---

10) 이런 경험은 현장에서 한문 교육에 참여해본 경험이 있는 사람이라면 누구나 조금씩은 수긍할 것이다. 지식 자체가 낡았다고 해서 본질조차 낡은 것은 아니다. 오히려 금시초문 (今始初聞)이라는 피교육자들의 경험이 해묵은 지식도 새로운 의미와 가치로 다가서기도 한다.

11) 임종욱,『고사성어큰사전』, 이회문화사, 2013, 1520쪽.

사전』에 실린 용례들을 중심으로 어떻게 하면 효과적인 용사 전고를 바탕으로 한 한문교육(漢文敎育)이 이뤄질 수 있는지를 검토하고자 한다.

5. 활용 방식의 모색

지식과 정보를 전달할 때 살아있는 것으로 만들기 위해서는 전달하는 방법을 어떻게 할 것인가도 대단히 중요하다. 피교육자는 아직 학습 과정이나 방법을 주도적으로 이끌 만한 능력이나 경험이 없기 때문이다. 때문에 피교육자의 지적 수준이나 여러 가지 상황 등을 고려한 교수법의 개발은 교육 내용만큼이나 중요한 것이다. 정보의 성격에 따라 교육 방식을 적절하게 구사하면 그 효과는 훨씬 향상될 것이다. 용사와 전고 역시 마찬가지다. 교육할 내용의 선별 작업도 절실하고 긴요하지만 기왕에 응용할 내용을 효과적으로 전달하는 문제에도 많은 고려를 해야 할 것이다. 본고에서는 이 문제를 크게 다섯 가지 방향에서 풀어보고자 한다. 물론 이들 방법은 상황에 따라 독립적으로 쓸 수도 있고, 조합해서 사용할 수도 있을 것이다.

1) 인물 중심 활용법

가장 손쉽고 간편한 활용법이라고 할 수 있다. 거의 대부분의 용사 전고들이 인물과 관련된 것인 만큼 자료를 찾고 정리하는 데도 어려움이 상대적으로 적다.[12] 그러나 쉬운 만큼 효과는 반감될 수 있으니 신중

---

12) 물론 시구(詩句)를 차용하거나 점화(點化)한 경우는 인물이 주체는 아니다. 그러니 그 시구를 쓴 시인도 결국은 사람이니 인물로 분류할 수 있을 것이다.

하게 선택해야 할 방식이기도 하다.

그러나 인물 중심으로 용사와 전고를 정리하면 파생 효과도 적지 않다. 우선 한 인물의 생애나 사상 등을 알 수 있는 계기가 된다. 결국 문학사를 이어주는 고리가 사람(작가)인 것을 생각하면 반드시 불필요한 활용법이라고만 할 수는 없다. 또 인물은 혼자서만 활동하는 것이 아닌 만큼 그를 둘러싼 다른 인물들이나 사건들과도 자연스럽게 연계되어 관심과 독서의 폭을 넓혀나갈 수도 있다.

필자의 책에서 가장 많은 항목을 남긴 인물은 공자(孔子)다. 모두 93번 공자가 등장한다.[13] 그의 언행록인『논어』는 499장이 모두 용사와 전고의 대상이라고 해도 과언이 아닌 만큼 빈도수로 가장 많이 등장하는 인물이 공자인 것은 당연하다고 해도 좋겠다. 그 밖의 인물로는 도연명(陶淵明, 15회), 두보(杜甫, 21회), 소식(蘇軾, 22회), 안회(顏回, 16회), 유방(劉邦, 47회), 유비(劉備, 18회), 이백(李白, 22회), 제갈량(諸葛亮, 27회), 조비(曹丕, 17회), 조조(曹操, 33회), 주(紂, 20회), 주자(朱子, 20회), 한신(韓信, 21회), 한유(韓愈, 36회), 항우(項羽, 40회) 등이 자주 등장하는 인물들이다.[14] 면면을 통해 알 수 있듯이 중국사와 문학사에서 중심적인 역할을 했던 인물들이고, 대중적으로 익히 알려진 사람들로 채워져 있다.

2) 주제 중심 활용법

주제 중심으로 활용하는 방식은 자료를 정리하는 데 시간과 노력은

---

13) 헤아리는 방식에 따라 약간 차이는 있겠지만, 빈도수가 많다는 사실에는 큰 변함이 없을 것이다.

14) 이 자료는 필자의 졸저『고사성어큰사전』끝에 실린 인물 색인(1105~1137쪽)을 참조한 것이다. 이해 마찬가지다.

많이 들지만 그만큼 교육적인 효과는 높은 방법이라고 할 수 있다. 반대로 불편한 점은 자료를 모으기가 쉽지 않다는 점이다.

예컨대 효행(孝行)을 주제로 한 용사 전고들을 모을 수 있겠고, 그밖에 우정(友情)과 관련된 것, 충신(忠臣)과 관련된 것, 성군(聖君)과 관련된 것, 부부애(夫婦愛)와 관련된 것, 학문(學問)과 관련된 것, 가정(家庭)과 관련된 것, 동식물(動植物)과 관련된 것 등등 피교육자들의 흥미와 관심을 유발할 수 있는 다양한 아이템을 개발할 수 있고, 한 번 개발하면 여러 차례 활용하면서 보완할 수 있기도 하다. 그러면 앞에서 열거한 주제에 들어갈 만한 용사와 전고들을 정리해보기로 하자.

> 孝行 : 老牛舐犢, 身體髮膚, 孝子終治命
> 友情 : 肝膽相照, 管鮑之交, 膠漆之心, 金蘭之交, 刎頸之交, 水魚之
>   交, 知音, 竹馬故友, 伯牙絶絃, 割席分坐
> 忠臣 : 乞骸骨, 骨鯁之臣, 掛冠, 君辱臣死, 董狐之筆, 移木之信
> 聖君 : 鼓腹擊壤, 過門不入, 多難興邦, 時雨之化, 臥薪嘗膽
> 夫婦愛 : 擧案齊眉, 未亡人, 三從之道, 鴛鴦之契, 糟糠之妻, 破鏡重
>   圓, 河東獅吼
> 學問 : 開卷有益, 三省吾身, 反求諸己, 不恥下問, 手不釋卷, 韋編三
>   絶, 螢雪之功
> 家庭 : 家徒四壁, 家和萬事成, 樹欲靜而風不止
> 動植物 : 桀犬吠堯, 犬兎之爭, 狡兎狗烹, 螳螂捕蟬, 馬耳東風

이밖에도 정밀하게 조사하고, 상황과 형편에 맞춰 수집하면 더욱 다양한 자료를 모을 수 있을 것이다.

3) 사건 중심 활용법

어떤 큰 사건과 관련하여 만들어진 용사 전고들을 모아 활용하는 방법이다. 이런 활용법은 인물과 주제, 사건 등등을 한꺼번에 조감할 수 있어 그 사건의 전모를 확인할 수 있다는 장점이 있다. 다만 특정 사건에 대한 용사 전고가 다량으로 있는 경우가 많지 않다는 것이 한계다. 사건으로는 주로 전쟁에 몰려 있는데, 춘추시대 오(吳)나라와 월(越)나라 사이의 전쟁, 초(楚, 項羽)나라와 한(漢, 劉邦)나라 사이의 전쟁, 삼국(三國, 魏·蜀·吳) 사이의 전쟁이 그 주 무대라고 하겠다. 전쟁이란 것 자체가 인간이 겪을 수 있는 가장 극한 상황이면서 기회의 시기이니, 여러 인물 군상들이 난립하여 흥미롭고 교훈적인 일화들이 많이 나오게 되어 있다. 또 가장 인간의 본능과 본질이 유감없이 발휘되는 현장인 만큼 이런 용사와 전고들은 피교육자들의 인성(人性) 교육에도 유용할 것이다. 이 세 전쟁 동안에 만들어진 여러 용사 전고들을 살펴보면 다음과 같다.

> 吳越戰爭 : 吳越同舟, 臥薪嘗膽, 陶朱猗頓之富, 執牛耳, 千金之子 不
> 　　　　　死於市, 效顰, 侯門如海
> 楚漢戰爭 : 力拔山氣蓋世, 四面楚歌, 狡兔狗烹, 多多益善, 國士無雙,
> 　　　　　三戶亡秦, 書足以記姓名, 敗軍之將, 一飯之恩
> 三國戰爭 : 三顧草廬, 天下三分之計, 苦肉之策, 空城計, 鞠躬盡瘁, 斷
> 　　　　　頭將軍, 萬事具備, 寺諸葛走生仲達, 食素事繁, 鷄肋

이러한 전쟁 관련 용사 전고들은 사람이 살아가면서 겪어야 할 상황 속에서 부릴 수 있는 지혜가 곳곳에 담겨 있다. 단순한 처세술(處世術)의 차원이 아니라 삶의 지혜를 보여주는 예로써 문학 작품의 감상 단계를 높일 수 있을 것이다.

4) 시대 중심 활용법

이 방법은 앞의 사건 중심보다 더 큰 시간대로 나눠 용사 전고를 정리하는 것이다. 예컨대 선진시대(先秦時代), 또는 춘추전국시대(春秋戰國時代), 전한시대(前漢時代), 후한시대(後漢時代), 위진남북조시대(魏晉南北朝時代), 당송시대(唐宋時代) 등의 분류가 그것이다. 이런 식의 분류는 워낙 시간대의 크기가 넓어 분류 자체가 무의미하게 보일 수도 있다. 그러나 각 시대마다 문학이나 사상, 사회사 등이 차이가 있는 만큼 피교육자들에게 한 시대의 개성을 보여주고 이해시키는 데에는 도움이 될 것이다. 좀 더 시대를 세분하거나 특징적인 시기를 중점적으로 부각하여 교육한다면 나름의 교육적 성과를 기대할 수도 있으리라 여겨진다.

또 여기에 부가하여 중국 중심의 용사 전고를 넘어서서 우리나라의 그것도 개발해 낸다면 더욱 좋을 것이다.[15] 삼국시대(三國時代)나 고려시대(高麗時代), 조선시대(朝鮮時代)에 나온 용사 전고들을 차분하게 찾아내어 정리한다면 용사 전고의 전통이 중국의 것에서만 나온 것이 아님을 제시할 수 있으리라 생각된다. 용사 전고의 활용이 한시와 한문의 학습 효과를 높이려는 목적이 우선하는 만큼, 중국 못지않게 활발하게 한시문 창작이 이뤄지고 폭넓은 수용자 층을 가졌던 우리나라에서의 전통이나 용례(用例)를 찾아 정리하는 일도 필요한 것이다. 자칫 피교육자들이 한시문 자체가 중국의 것이라는 잘못된 인식을 할 여지를 불식시키고 동아시아의 공유문자(共有文字)로서 한문의 위상을 강조하기 위

---

15) 이 방법에 도움이 되는 책으로 임종대 편, 『한국고사성어』(미래문화사, 2011년)가 있다.

해서도 이런 작업은 필요하다. 이런 문제는 학교에서 교육에 전념하는 교사의 몫이라기보다는 학계와 연구자들의 몫이라고 봐야겠지만, 현장에서 활동하는 교사들이 능동적으로 참여할 필요도 있다.

5) 문헌 중심 활용법

이 활용법은 용사와 전고가 출발한 원 문헌을 중심으로 살피면서 교육하는 방식으로, 용사 전고의 기원(起源)을 알려주는 데 유용한 것이다. 이를 통해 얼마나 다양한 서적을 통해 이런 전통이 출발했는가를 일깨울 수 있을 것이다. 필자가 졸저를 통해 조사한 대표 문헌들을 살펴보면 다음과 같다.

> 『論語』(81회), 『唐書』(18회), 『孟子』(62회), 『史記』(169회),
> 『三國志』(29회), 『書經』(27회), 『世說新語』(25회), 『詩經』(45회),
> 『呂氏春秋』(17회), 『列子』(18회), 『禮記』(17회), 『莊子』(59회),
> 『戰國策』(35회), 『左傳』(74회), 『晉書』(43회), 『韓非子』(22회),
> 『前漢書』(57회), 『韓詩外傳』(12회), 『淮南子』(22회), 『後漢書』(50회)

대략 이 정도의 문헌이 빈번하게 용사 전고가 만들어진 문헌들이다. 목록을 통해서도 알 수 있는 것처럼 우리가 익히 알고 있는 경전(經典)과 제자백가서(諸子百家書)들이 중심을 이루고 있다. 용사 전고의 보고라 할 수 있는 『사기(史記)』에서 역시 가장 많은 용사 전고가 나왔음이 확인된다. 이들 문헌을 바탕으로 용사 전고의 현황과 함께 각 문헌이 가진 철학사적·문학사적 성격을 곁들여 교육한다면 한시와 한문에 대한 피교육자들의 관심과 애정을 높이는 데 도움이 되리라 믿는다.

6. 끝맺는 말

동아시아 한문학에서 용사 전고가 차지하는 비중은 아무리 강조해도 지나침이 없다. 문학사의 흐름을 일종의 문학적 전통의 축적과 개척이라는 측면에서 보면 다양한 용사 전고가 전해진다는 것은 그만큼 문학적 전통이 깊다는 사실을 대변한다. 때문에 한시와 한문을 읽고 가르치는 상황에서 이런 부분에 중점을 두어 가르친다면 그 학습 효과의 증진을 기대할 수 있는 것이다.

본고는 그런 한문학적 전통의 중심에 선 용사 전고의 의미와 기준을 살피고, 이것의 교육적인 효과를 검토하면서 현행 고등학교 한문 교과서를 중심으로 그 활용의 방안을 시론적으로 검토했다. 또 구체적으로 그 활용 방안을 다섯 가지 방향에서 거론해 보았다. 1) 인물 중심 활용법, 2) 주제 중심 활용법, 3) 사건 중심 활용법, 4) 시대 중심 활용법, 5) 문헌 중심 활용법이 그것이다. 물론 이런 활용법은 개별적으로 사용할 수도 있지만, 필요와 상황에 따라 적절하게 혼합해서 쓴다면 더욱 효과적일 것이다. 또한 슬라이드나 비디오, 화보, 사진 등의 자료를 보충해서 지도한다면 더욱 흥미를 유발시키고 학습 효과도 높일 수 있을 것이다.

아쉬운 점은 본고에서 주로 논의한 용사와 전고는 비교적 초보적인 수준의 것이라는 점이다. 용사 전고를 보다 전문적으로 거론하면 이것은 초·중·고등학교 교과 수준을 넘어서는 부분이라 할애했고, 또 이 정도로도 충분히 소기의 목적을 달성할 수 있다고 보기 때문이었다. 그런 관계로 분명 용사 전고의 범주에 속하지만 일반적인 관점에서 보기에는 고사성어(故事成語)의 영역에 속하는 자료들을 주된 논의 대상으로 삼았다. 사실 고사성어의 대부분이 용사 전고라고 봐도 무방하기 때문이다.

시론적 수준에 그친 글이라 보완과 보충이 많이 필요하다. 아직까지 우리나라에는 한문교육과 관련된 교육 방법이나 자료 활용법에 대한 연구가 일천한 편이다. 앞으로 학계와 현장에서 활동하는 교사들의 관심과 연구가 절실함을 느끼면서 글을 마감한다.

南海 金石文의 현황과 과제

남해의 역사를 재구하려는 시도로서

1. 들어가는 말

섬 지방이라는 지역적인 한계에도 불구하고 남해군에는 대단히 많은 금석문 유산들이 곳곳에 남아 전하고 있다. 남해에 있는 마을 어느 곳을 가도 금석문이 실린 비석들이 한두 점 이상은 존재한다. 이는 남해 사람들이 자신의 과거와 선인들의 업적을 고귀하게 여겨 그것을 후대에 전하려는 의지의 표현으로 보아도 좋을 것이다.

여기서 우리는 먼저 '금석문'의 정확한 의미와 범위부터 논의해 보아야 할 것이다. 사전적인 의미로 보면 금석문은 "쇠붙이[金屬]나 돌붙이[石類]에다 새긴 글씨 또는 그림"[1]을 뜻한다. 간단하게 '금석'으로도 불리는데, "그 내용을 풀이하여 자체와 화풍을 연구하고, 그 시대를 밝혀 인문 발달의 연원을 캐며, 역사의 자료로 사용하여 미술과 공예, 사상 등 여러 방면의 학술적 탐구를 진행하는 것을 '금석학(金石學)'이라 한다."[2]

금석문의 역사는 대단히 오래 되어, 인류의 역사와 함께 출발했다고 해도 과언은 아니다. 지적인 동물인 인간은 자신의 경험과 느낌을 어떤

---

1) 『한국민족문화대백과』(한국학중앙연구원) '금석문' 조 참조.
2) 같은 책.

식으로든 표현하고자 하는 욕구를 가졌고, 그 시도나 결과로써 나무나
돌, 또는 쇠붙이에 이를 새겨 넣었을 것이다. 시간이 흐름에 따라 종이
라는 기록 수단이 발명되어 금석문의 가치나 활용도는 떨어졌겠지만,
돌이나 쇠가 갖는 안정성과 보존성, 상징성 때문에 현재까지도 금석문
은 끊임없이 생산되고 있다.

금석문은 한 번 새겨지면 풍화작용이나 고의적인 훼손이 아닌 이상
상당히 오랜 기간 원형을 그대로 보존하는 장점이 있다. 이 때문에 위조
나 변형이 쉽지 않아 역사 자료로서 그 가치가 더욱 커지는 것이다.
역사적으로 볼 때 다양한 금석문 자료집들이 편찬된 것도 이런 장점을
설명해준다.

남해에 언제부터 사람이 거주했는지는 현재로서는 확인하기 어렵다.
그러나 남해 곳곳에 고인돌이 남아 있고, 양아리에 '서불과차'로 불리는
석각물이 있는 것으로 보아, 적어도 청동기 시대 이전부터 사람들이
생활 터전으로 삼았을 것으로 추정된다. 한반도 내륙이나 대륙과 어깨
를 견줄 정도는 아니더라도 유구한 생활사를 가졌을 것임에 틀림없다.

그에 어울리게 남해군에는 수없이 많은 금석문들이 세워졌다. 초기
에 만들어진 금석문 유산들은 여러 가지 이유로 현존하지 못하는 것이
현실이지만, 그렇다고 해도 어느 지방과 비교해 보아도 많은 양의 금석
문이 남아 있는 사실은 부인할 수 없다. 상대적으로 남해군과 관련된
역사 기록이 부족한 상황에서 이런 자료들은 남해사(南海史)를 편찬하
는 데 소중한 자료라 아니할 수 없다. 지방사로서 남해의 역사가 굳건히
자리하기 위해서도 우리는 남해군에 있는 금석문 자료를 소홀히 할 수
없는 것이다.

지방사의 편찬이 최근 학계의 관심을 끌고 있는 이유 가운데 하나는
중앙 정부 중심의 역사 서술이 보편성을 담보하지 못하기 때문이다.

과거 왕조 시대의 역사 기록물은 지배층 중심의 이익을 보장하는 차원의 성과물이어서 지방의 문화나 역사, 유물 등은 상대적으로 도외시되었다. 그렇게 관심 밖으로 밀리면서 많은 자료들이 사라져 버렸다. 이 때문에 지방사를 연구하고 그 성과를 정리하려는 사람은 늘어나고 있지만, 사료의 빈곤은 항상 가장 큰 난제로 대두되고 있다.

그런 난관을 극복하는 방법 가운데 하나로 금석문의 가치는 더욱 빛을 발한다. 앞에서 말한 것처럼 금석문은 인위적 파괴나 훼손이 어렵기 때문이다. 지방에 산재한 금석문 자료들을 잘 보존하고, 그 안에 담긴 내용을 채록해서 번역하는 작업이 소중한 것도 이런 이유에서다.

남해군에 정확하게 몇 건의 금석문이 존재하고 있는지 아직 통계로 정리된 것은 없다. 이번 남해금석문 답사 과정에서 최근에 세워진 것까지 포함해 약 3백 건의 자료가 확인되었다. 그러나 이번 답사 과정 중에 그간 알려지지 않은 자료가 다수 발견된 점을 감안하면 아직도 답사의 손길을 기다리는 자료는 적지 않을 것이다. 이 책에는 이들 자료 가운데 비교적 역사가 오래 되고 역사적 가치가 있는 것을 추려 번역해 실었다. 앞으로 보완 작업이 이루어져 남해군에 있는 모든 금석문들이 빠짐없이 채록, 번역될 날을 기다려 본다.

『남해금석문총람(南海金石文總覽)』[3]이 발간된 것을 계기로 이 책에 담겨 있는 금석문들의 내용이나, 가치, 의미 등을 소개하는 것도 괜찮다고 여겨 이 글을 쓰게 되었다. 이 글이 남해의 역사와 풍속에 관심이 있는 많은 분들이 더욱 정밀하고 진지한 연구를 하는 데 보탬이 되기를 바란다.

---

3) 남해문화원 2014년 발행.

2. 남해 금석문 자료 통계

이 책에는 모두 171건의 금석문 자료가 수록되어 있다. 철제(鐵製)로 된 단 한 건[4]을 제외하면 모든 금석문은 석조(石造) 형태로 남아 있다.[5] 나무에 새겨진 자료들도 답사 과정에서 많이 확인했지만 '금석문'의 범주에 들지 않는 것이라 제외되었다. 앞으로 보완 작업이 이뤄져야 할 과제라 여겨진다.

먼저 『남해금석문총람』에 실린 자료들을 성격에 따라 분류해보면 다음과 같다.

    (1) 금석문의 내용
    불망비·공적비·시혜비·선정비(조선시대) : 57건
    공적비·시혜비·순시비(일제강점기 시대) : 29건
    기념비·공적비(해방 이후) : 18건
    애국지사 묘비 : 13건
    효자비 : 6건
    효부비·열부비 : 7건
    사업기공비·사적비 : 16건
    충무공관련 : 9건
    기타 : 16건 / 총 171건

    (2) 금석문에 사용된 문자
    한문 : 142건 / 한글(국한문혼용) : 27건
    기타(암각화) : 2건 / 총 171건

---

4) 남해읍 남산 입구 비석군 내 「순상국윤공자승영세불망비」.
5) 이 가운데는 금석문이라기보다는 석조 건축물로 보아야 할 것도 있지만, 기념물로서의 가치를 고려해 포함시켰다.

(3) 비석의 형태

가첨석 설치 : 65건

비수 구비 : 26건

비신만 존재 : 53건

마애비 : 18건

철제 : 1건

기타 : 8건 / 총 171건

(4) 비석 제작 시기

고대 : 2건

16세기(1599년) 이전 : 3건

17세기(1600년-1699년) : 6건

18세기(1700년-1799년) : 13건

19세기(1800년-1899년) : 45건

20세기 전반(1900년-1949년) : 54건

20세기 후반(1950년-현재) : 46건

미상 : 2건 / 총 171건

이들 금석문의 보존 상태를 비교해보면 상당한 차이가 난다고 말할 수 있다. 금석문이 새겨진 비석은 관청(또는 관아)에서 경비를 마련해 세운 경우부터 개인(후손)이나 문중에서 세운 경우, 또는 마을에서 세운 경우 등 여러 가지로 나눠진다. 또 제작된 이후 문화사적 가치 때문에 관청의 관리를 받는 사례도 많지만, 많은 금석문들이 방치되거나 보존의 손길이 크게 미치지 못한 경우가 많았다.[6]

전자의 경우는 비각(碑閣) 등이 갖춰져 보존 상태가 양호하지만, 후자

---

6) 이는 비단 남해만의 상황은 아니다. 다른 지역을 갈 때마다 금석비문이 눈에 띄면 살펴보곤 하는데, 대개의 경우 보존 상태는 비슷했다.

는 비바람에 의한 풍화 작용의 피해를 입어 글자가 심하게 마모되거나 비석 몸체가 기울어지거나 파손되기 직전인 경우도 적지 않았다.[7]

채록 및 답사를 하는 과정에서 원형이 최소한 현상 유지를 하기 위해서 보강 작업이나 주변 정비가 시급한 사례를 많이 목격했다. 소중한 군민의 재산이 위치나 내용을 알려주는 안내판조차 설치되지 않은 경우가 너무 많았다. 아직까지 널리 알려지지 못한 남해의 역사를 복원하는 데 금석문 자료들이 중요한 역할을 한다는 사실을 염두에 둔다면 군 차원의 보존 사업을 추진할 필요를 절실하게 느꼈다.

3. 남해 금석문의 현황 : 내용을 중심으로

1) 공적비

금석문의 내용에 따라 분류한 자료에서도 알 수 있듯이 가장 큰 비중을 차지하고 있는 금석문은 공적비라 불리는 것들이었다. 조선시대부터 해방 이후까지 세워진 공적비 숫자는 모두 104건에 이른다.

공적비가 세워진 인물은 현령이나 감목관(監牧官), 첨사(僉使) 등과 같은 벼슬아치들의 시혜비나 불망비가 압도적으로 많다. 실제 치적이 있었기 때문에 세워진 것이겠지만, 관원이 임기가 차 떠나면 으레 세우는 것이 관례였던 만큼 이들 공적비를 근거로 그들의 공과를 확인하는 작업도 필요해 보인다.

대개의 공적비는 구체적인 활동 사항보다는 주로 4언(言)으로 된 송

---

7) 본 책자에 포함되지 못한 개인 묘비 가운데는 이미 파손이 심하게 진행되어 원형 복구가 불가능해 보이는 경우도 있었다.

시(頌詩)가 네 구에서 열두 구로 짝을 이뤄 새겨져 있다.[8] 송시를 통해 어느 정도 그 치적이 드러나기는 하는데, 송시의 내용보다는 문학 작품으로서 그 가치와 의미를 찾아보는 것도 재미있을 것이다.

錦山之重兮	남해 금산이 우뚝함이여
侍臣南莅	조정의 신하가 남쪽으로 내려왔네.
民役俱鐲兮	백성들의 노역을 모두 없앰이여
官稅自備	관청의 세금 체계도 절로 갖추어졌네.
鎭周設宴兮	진영을 두루 설치하고 연회를 여심이여
儒文按事	아름다운 문장으로 일을 살피셨네.
十朔仁政兮	열 달 동안 어진 정치를 베풂이여
一心公義	한 마음으로 공정하고 정의로웠지.
五倫作歌兮	오륜을 주제로 노래를 지음이여
四禮爲治	사례를 다스림의 바탕으로 삼았네.
斯銘聖恩兮	여기 성은은 새겨놓음이여
惠我良吏	훌륭한 관리로 우리들에게 은혜를 주셨네.[9]

1785년 9월에 재임했다가 다음 해 7월에 이임한 현령 이신경(李身敬)의 선정을 노래한 불망비 송시 전문이다. 비석은 이임하던 해인 1786년 7월에 고을 백성들의 이름으로 새겨졌는데, 당시 남해의 유림 이름이 열거되어 있는 것으로 보아 실제 사업은 유림들을 중심으로 진행되었던 듯하다.

초사체(楚辭體)로 압운을 맞춘 송시는 그 자체로도 좋은 문학작품이라 아니할 수 없다. 재임 기간이 열한 달에 불과한데도 이런 정도의 정성이

---

8) 송시가 없는 공적비도 적지 않다.
9) 「행현령이후신경선정불망비」, 남해읍 남산비석군 소재.

〈그림 1〉 현령이신경선정불망비

담긴 송시가 쓰였다는 것은 현령 이신경이 의례적인 관리가 아니라 남해 주민들의 애로사항을 개선하고자 애썼기 때문일 것이다. 내용을 봐도 불필요한 노역을 없애고 세금 체계도 정비했을 뿐만 아니라 노래[10]와 글을 지어 민심을 수습하는 데 노력하는 등 선정을 베푼 흔적이 완연하게 드러난다.

이 송시를 지은 사람이 누구인지는 확인되지 않는다. 남해의 유림 가운데 한 사람이 지었을 것임에는 틀림없다. 먼 변방의 선비이지만 이 정도 진정성을 담아 감회를 전한 것으로 보아 학문적인 역량이 일정 수준에 오른 지식인이었을 것이다. 남해의 학문 풍토나 수준이 타 지역에 비해 뒤지지 않았음을 이를 통해서도 엿볼 수 있다.

기타 공적비의 주인공은 남해에서 태어나 죽은 인물들이 차지한다. 사실 남해의 역사를 재구하는 데는 이런 분들의 공적이 더 가치가 있다. 더구나 이분들은 공적비만 남아 있지 구체적인 활동 사항은 거의 알려져 있지 않다. 이번 채록 번역 사업이 이분들의 숨겨진 일화나 업적을 널리 알리는 데 기여하기를 바란다.

그들 가운데 두 분의 금석문 송시를 소개한다.

簪纓世裔　　　대대로 벼슬한 집안의 후예로서
菩薩身心　　　몸과 마음은 보살의 정기를 타고났네.

---

10) 비문의 내용으로 보아 「오륜가」가 아니었을까 추정된다.

曇華再現	우담발화가 다시 피어났으니
願海甚深	축원의 바다는 깊고도 깊구나.
自損納土	스스로 재산을 덜고 땅을 헌납했으니
同符布金	금은보화를 깐 것과 다름이 없었네.
虔奉慈悲	자비로운 마음으로 정성스레 받들었고
供養晨夕	새벽부터 저녁까지 항상 공양했네.
猿山屹兮	원산은 우뚝 높고 높아라
虎丘千尺	호구산은 천 척으로 솟았네.
永不壞兮	영원히 없어지지 않으리니
頌公之德	공께서 베푼 그 덕을 찬송하리라.[11]

性本卓越	성품은 본래 우뚝하게 뛰어났으니
丈夫人斯	대장부 같은 이가 바로 이 분이로다.
彈竭心力	정성과 노력을 모두 기울여서
擔當學資	아이들 학자금을 도맡으셨지.
賙恤不吝	어려운 사람 돕는 데 인색하지 않았고
急難有施	위난을 다급히 여겨 재물을 베풀었네.
萬口感應	많은 사람들 이 일에 감응하여
聿乃頌辭	붓을 들어 기리는 글을 적어두노라.[12]

박필종(朴弼鍾) 공은 남해 사람이 아니고 하동 사람이다. 사과(司果)는 조선시대 오위(五衛)[13]에 둔 정6품의 무관직 벼슬이다. 하동군의 지주

---

11) 「전사과박공필종사시비」, 이동면 용문사 천왕각 앞 소재.
12) 「김군소대장학비」, 서면 대정마을 마을 앞 도로변 소재.
13) 조선 초기와 중기에 근간을 이루었던 군사조직. 의흥위(義興衛 : 中衛)와 용양위(龍驤衛 : 左衛), 호분위(虎賁衛 : 右衛), 충좌위(忠佐衛 : 前衛), 충무위(忠武衛 : 後衛)를 말한다. 조선 개국 초 고려 중앙군 조직인 8위(八衛)에 태조 이성계의 친병(親兵)을 바탕으로 하는 의흥친군좌위(義興親軍左衛)와 의흥친군우위를 가설해 10위의 중앙군 조직

〈그림 2〉 김소대장학비

였는데, 소작인들에게 논밭을 주어 농사를 짓게 하고 수확을 반분했는데, 세금도 자신이 모두 부담해 소작인들의 어려움을 덜어 주었다. 이런 선행으로 하동 지역 소작인들이 1926년 5월 마을 앞 도로변에 「시혜불망비」를 세우기도 했다. 또 불교 신자로서 신앙심이 깊어 전라도 화엄사의 불사(佛事)에 많은 희사를 해 「화엄사 사과공 공덕비」가 1930년 5월에 세워졌다. 이 비석은 화엄사 사천왕문 바로 뒤에 있다. 이런 이력으로 볼 때 남해 용문사 불사에도 적지 않은 희사를 했을 것이고, 그 선행에 대한 보답으로 사시비가 세워졌을 것이다.

박필종 공은 남해 사람은 아니지만, 이웃한 고을 하동 주민으로서 선행의 손길이 남해까지 미친 분이라 주목할 필요가 있다. 후손들을 만나 그분의 활동상을 좀 더 자세히 알아보면 남해에 남긴 행적이 더 나올 수도 있을 것이다. 이를 통해 남해와 주변 지역과의 교류사라든가 지역민 사이에 협력한 사실들을 자세히 확인할 수도 있을 것이다.

이 금석문에 실린 송시 역시 상당한 수준이다. 12구 가운데 중간에 환운(換韻)을 해 시문의 흐름에 변화를 준 것이라든가 대구(對句)를 처리하는 솜씨가 시 자체로서도 매력이 있다. 당시 용문사 시승(詩僧) 가운데 한 사람이거나 문재(文才)가 있는 신도가 지었을 것으로 보이는데, 역시 남해 사람이 남긴 문학 작품으로서 관심을 기울여야 할 것이다.

을 갖추었다.

김소대(金小大) 님은 여성이다. 송시의 내용으로 보건대 인품과 덕망이 남달라 대장부의 기상을 지녔던 분인 듯하다. 더구나 재산을 아끼지 않고 마을 학생들의 학자금으로 내놓아 미래의 동량을 키우는 일에도 열성적이었다. 그런 공적을 잊지 않고자 마을 사람들이 이 비를 세운 것이다. 고현면 이어리비석군에 있는 「숙부인진양정씨혜시비」와 함께 여성인 공적비의 주인공인 두 건의 사례 중 하나로 남다른 의미가 있다.

송시를 읽어봐도 김소대 님의 평소 선행과 베풀기 좋아하는 마음을 잘 드러냈다. 압운도 정확하고, 대구 역시 많이 신경을 쓰고 있다.

이처럼 공적비는 고을의 수령부터 촌부(村婦)에 이르기까지 각 개인의 아름다운 행적을 송시로 표현한 유산들이다. 그분들의 미담을 찾아내 알리는 일은 우리 후손들이 맡아야 할 몫일 것이다.

2) 애국지사와 충무공 관련비

남해에서는, 이 땅이 충무공 이순신 장군의 순국지라는 역사적 사실에 어울리게 일제강점기 때 우리나라의 독립을 위해 헌신했던 애국지사도 많이 배출되었다. 이 책에는 13건의 금석문 자료가 실렸는데, 인물로 보면 12분의 묘비가 수록되었다. 선정 기준[14)에 해당하지 않아 책에 실리지 못한 애국지사의 묘비도 있는데, 김우영 선생이 남해에서 항일운동을 펼쳤던 분들의 기록을 상세하게 정리해 발간한 책[15)이 있으니 참고하면 좋을 것이다.

애국지사들의 묘비나 묘소는 후손들의 노력과 군청의 노력으로 비교

---

14) 정부로부터 유공자 포상을 받은 분으로만 국한했다.
15) 김우영, 『南海郡의 抗日運動』, 남해군 花田史바로알기 모임, 2003.

적 잘 정비되어 관리되고 있었다. 그분들의 희생과 노고를 생각할 때 당연한 일로 여겨지지만, 후손이 남해에 없거나 관련 부서의 손길이 닿지 못해 방치된 경우도 있었다.[16]

애국지사의 대부분은 3·1독립만세운동 때 앞장서서 군민들을 이끌고 만세운동을 선도하다가 일제에 의해 투옥되어 옥고를 치른 분들이다.[17] 출옥 후에도 고문의 후유증 때문에 고통받거나 옥사(獄死)까지 한 분도 있었다. 이분들의 행적은 아무리 강조하고 추앙해도 부족할 것이 없는데, 군내 학교나 교육단체에서 학생이나 군민, 관광객들을 대상으로 답사 코스를 마련해도 좋지 않을까 싶었다.

3·1독립만세운동 때 활약한 분들도 있지만, 그 밖의 활동으로 우리 독립운동사에 이름을 남긴 분도 있다. 그 중 한 분을 소개하겠다.

윤덕섭(尹德燮) 선생은 독립운동에 헌신하시다 1941년 '대구사범학교 사건'에 연루되어 5년 동안 옥고를 치른 분이다. 조국이 광복된 뒤 교직에 복귀했지만 모진 고문의 여파로 서른한 살의 젊은 나이로 세상을 떠나셨다. 여기 그 묘비를 소개한다.

윤덕섭 선생은 고려조 문숙공 윤관의 31대손 영식의 장남으로 1921년 4월 12일 이동면 신전리에서 태어났다.

성품이 강직하고 재질이 특출한 사람으로 일찍이 교육에 뜻을 두어 일제치하인 1936년 대구사범학교에 입학하였으나 함께 배우는 일본인 학생

---

16) 설천면 내곡마을 갱번마루 휴게소 뒤편 숲속에 있는 애국지사 정재모 선생의 묘소가 그 예다. 답사자가 묘소를 찾았을 때 묘소에는 사람의 발자취가 거의 없었고, 무슨 연유에선지 무연고묘소로 공시되어 안내판이 묘소 옆에 세워져 있었다. 행정상의 착오로 여기지고 이미 바로잡혔다면 다행이지만, 여전히 방치되어 있다면 시급히 시정 조치를 취해야 할 것이다.

17) 이 일로 23분의 애국지사가 체포되어 옥고를 치렀다.

들과의 민족적 차별 대우가 너무 심함을 보고 자주 독립의 필요성을 절감
하여 졸업을 1년 앞둔 1940년 동료학생 이태길, 양명복, 오용수, 강두안,
김영복 외 여러 동지들과 함께 표면상으로는 온전한 것처럼 연구부, 문예
부 등의 이름을 붙인 비밀결사를 조직하고 문예지『반딧불』을 발간하여
학생들에게 민족의식을 고취하는 한편, 비밀리에 동지를 규합하여 일제
의 황민화운동 반대, 자주독립을 대비한 천재교육실시, 학술심화를 위한
연구발표회 등 다양하고 적극적인 항일운동을 폈다.

1941년 동교를 졸업, 3월에 중현공립소학교 훈도로 부임한 후에도 계
속 활동을 했는데 동년 8월 이 일이 충남 홍성에서 발각됨으로써 전국적
으로 검거 선풍이 일어 선생을 포함한 주동자 35명은 모조리 붙잡혔고
연루자는 수백 명에 이르렀다.

이른바 대구사범학교 사건으로 선생은 대전형무소에서 5년간의 모진
옥고를 치렀고 동료 5명은 옥사까지 했다. 선생은 조국 광복 후 교직에
복귀하여 새나라 교육의 건설에 힘썼다. 그러나 악형의 여독으로 생긴 병
은 젊은 몸으로도 이겨낼 수가 없었다.

남해수산학교 교감 재직 중인 1951년 7월 28일 선생은 서른한 살의 아
까운 나이로 눈을 감고 말았다. 배위 전주이씨 선엽여사는 고생하며 두
아들을 성장시켜 놓고 1974년 4월 4일 향년 47세로 별세했다.

그 혹독한 일제 탄압 속에서도 목숨을 걸고 항거한 선생의 굳센 민족정
기는 겨레의 역사와 더불어 길이 빛날 것이다. 이 거룩한 애국정신을 후
대에 전하고자 여기에 공적의 일단을 새겨둔다.[18]

대구사범학교사건은 일제강점기인 1940년대에 대구사범학교(현재의
대구교육대학교) 학생들이 조직한 비밀결사 활동이 적발된 사건이다. 대
구사범학교 학생들이 1940년 11월 23일 장차 올 독립에 대비하고자 대

---

18) 「애국지사윤덕섭선생묘비」, 이동면 신전리 소재.

구시 봉산동에서 '문예부(文藝部)'라는 비밀결사를 조직한 것이 발단이었다. 다음 해 1월에는 독립운동을 학술적으로 연구하는 기관을 설치했다가 3월에는 항일투쟁을 실천하기 위한 조직으로 다혁당(茶革黨)을 결성했다. 이들은 1주일에 한 차례 이상 모여서 항일투쟁의 효과적 방법을 모색하는 한편 사범학교를 졸업하고 학교에 부임하면 학생들에게 국사와 국어를 가르칠 것을 강령으로 삼았다. 그러다 1941년 8월 왜경이 『반딧불』을 입수함으로써 관련자 전원이 체포되고 말았던 것이다.

윤덕섭 선생은 1919년 23분의 애국지사가 체포당한 만세운동의 정신이 남해에 면면히 이어져 왔음을 보여주는 예라고 할 수 있다. 태평양전쟁 시기 5년 동안 옥고를 치르면서도 선생은 끝까지 자신의 신념을 저버리지 않았다. 서른한 살이라는 젊은 나이에 유명을 달리하고 말았지만, 정의와 자유를 존중하고 항일 정신을 굳건하게 지킨 선생의 업적은 길이 잊지 말아야 할 것이다.

아울러 고현면 차면마을에 있는 이락사와 설천면 노량마을에 있는 충렬사는 충무공 이순신 장군의 순국혼이 살아 숨 쉬는 남해의 소중한 유적지다. 이락사는 충무공이 순국한 관음포 일대에 조성된 순국유적지고, 충렬사는 충무공의 유해가 잠시 안치되었던 노량 언덕에 자리한 사당이다.

충무공이 순국한 지 30년이 지난 1628년에 남해의 선비 김여빈(金汝贇) 선생과 고승후(高承厚) 선생 두 분이 노량 언덕에 사당을 세움으로서 충렬사는 그 기틀을 마련했다.[19] 1663년에는 어필(御筆)로 '충렬사'라는 현판이 내려져 사액사당으로서의 전통이 지금까지도 빛나고 있다. 이락사 인근에는 충무공의 활약상을 살펴볼 수 있는 이순신영상관이 개

---

19) 두 분의 업적을 기려 2011년 설천면 노량마을 충렬사 앞 해변에 「숭록대부경주김공여빈 가선대부제주고공승후 영세불망비」가 세워졌다.

관했고, 2016년 개관 예정으로 이순신순국공원이 조성되고 있다. 충렬사는 해마다 많은 참배객들이 찾아와 충무공의 애국정신을 기리고 있다. 충렬사에는 13년 동안 유배 생활을 하면서 어떤 시련에도 흔들리지 않는 선비의 모범을 보여준 자암 김구 선생의 「유허비」와 전국적으로도 몇 점 남지 않은 「대원군척화비」도 남아 있으니 함께 살펴봐도 좋을 것이다.

이락사와 충렬사는 그 역사가 오래된 만큼 다양한 유적과 그간의 사정을 알려주는 비석들이 잘 보존되어 있다. 유적들과 비석들을 찬찬히 살피면서 충무공의 넋을 기리고, 애국정신을 되새기면서 우리들의 마음가짐을 다지는 것도 좋은 경험이 될 것이다.

3) 효자비와 효부·열부비

남해군은 충렬의 고장으로 명성이 있을 뿐만 아니라 효열(孝烈)의 고장으로도 손색이 없을 만큼 많은 효자와 효부, 열부들이 살다 갔다. 특히 이분들은 충무공 이순신과 최영(崔瑩, 1316~1388) 장군,[20] 정지(鄭地, 1347~1391)[21] 장군이나 김만중 선생 같은 유배객들이 외지에서 태어나 활약하다가 남해와 인연을 맺은 경우와는 달리 모두 이곳 남해에서 태어나 효열로 이름을 남긴 분들이라 더욱 소중하다. 척박한 환경 속에서도 사람으로서의 도리를 다하면서 주민들의 모범이 되었으니 더욱 가

---

20) 최영 장군의 위패를 모신 무민사(武愍祠)가 남해군 미조면 본촌리 언덕에 있어 찾아가 볼 만하다. 무민사에는 조선시대 후기 이곳에서 활동한 첨사(僉使)들의 업적을 기리는 선정비 7기가 보존되어 있기도 하다.

21) 정지 장군과 관련한 금석문은 고현면 대사마을에는 정지석탑(鄭地石塔)과 마을 청년단에서 세운 「비문」이 있고, 남면 상가마을 임존성 입구에는 「경렬공정지장군사적비」가 있다.

치가 있고 관심을 가져야 하리라 여겨진다.

남해는 환경과 풍토가 어느 지역보다 열악했던 만큼 가족 간의 유대감이야말로 힘거운 삶을 지탱해주는 든든한 버팀목이 되었다. 때문에 지금도 혈연 공동체로 결속된 남해 사람들은 강한 지역적 연대 의식을 가지고 있다. 이런 연대감이 가장 잘 발현된 예가 부모와 자식 사이, 가족들 간에 어려운 일이 일어나면 서로를 끝까지 책임지고 돌보는 미풍양속이다. 또 그들의 희생과 봉사 정신을 남해 사람들은 잊지 않아 다양한 효자비와 효부비·열부비로 남게 되었다.

이 책에는 그런 비석들이 13건 수록되어 있는데, 연대가 최근인 자료까지 더해진다면 훨씬 더 많은 관련 자료들을 찾아볼 수 있을 것이다. 남해의 인구 구성비가 고령층이 점점 늘어가고 청장년층이 줄어드는 상황에서 금석문에 실린 이와 같은 미담을 널리 알려 지난날의 강고했던 유대감을 되새겨 발전시킬 필요가 있다.

먼저 효자비 한 건을 읽어본다. 효자 박정규 공은 어려 아버지를 잃고 어머니를 지극정성으로 돌본 효행으로 칭송을 들었다.

공의 이름은 정규로 족보상의 이름은 정진이며, 자는 찬명이고, 호는 우정이다. 밀양 사람으로, 규정공 박위현의 21대손이자 절도공 박대현의 15대손이며, 현감공 박환의 14대손이고, 병절공 박지실의 10대손이다. 고조는 학생 박광택이고, 증조는 학생 박필원이며, 할아버지는 박익신이고, 아버지는 학생 박치환이다.

공은 계유년(1873년) 8월 10일에 태어났다. 공은 어릴 때부터 자품이 아주 밝았고, 책 읽기를 좋아했다. 아버지가 숙환에 걸리자 간병하여 여력을 남기지 않았다. 24살 때 아버님 상을 당하자 애통해 하기가 예법을 넘어섰다. 일찍이 아버님을 잃은 사실을 아파하여 항상 모임자리에서 다른 집안의 어른을 보면 모시면서 눈물을 흘리고 홀로 기뻐하면서 나는 어쩌다 어려 아버님을 잃었는가 탄식했다. 자제 가운데 혹 마음에 들지 못한 일이 있어도 어머니의 마음을 상하게 할까 걱정해 감히 책망하지도 않고, 스스로 어려 아버지를 잃었음을 한탄하여 우니 자제들도 깨달아 마음으로 복종했다.

그 즈음 가뭄이 들어 논에 물을 대고자 밤에 들에 나갔다가 잠이 들었다. 죽은 아버지가 꿈에 나타나 "비가 올 터이니 집에 돌아가거라." 말하기에 문득 깨어나 귀가했는데, 과연 비가 내리니 경작을 하기에 충분한 양이었다. 이것은 아마도 아버지의 정성이 빚어낸 결과라고 생각했다. 사람들이 동생이 많으니 내보내라고 해도 끝내 허락하지 않고 "내가 아버지를 잃어 한이 깊은데, 다만 형제들을 데리고서 함께 겨우 어머님의 마음을 위로하고 있다."고 말했다.

46살 때 아내가 세상을 떠나자 사람들이 재혼을 권했지만 허락하지 않고 "어진 아내를 얻으면 좋겠지만, 그렇지 못하면 오히려 어머님을 근심스럽게 할 뿐이다."고 말했다. 매일 아침저녁으로 어머니가 식사를 하신 뒤에 밥을 먹었는데, 때로 맛있는 음식이 상 위에 오르면 상을 물리고 며느리에게 "내가 먹기엔 아직 이르니 잘 남겨 두었다가 나중에 어머님 상에 올리라."고 말했다. 58살 때 어머니의 연세가 82살이었는데, 늙고 병들어 사지 거동이 불편해 편히 출입할 수 없었다. 온갖 약으로 치료했지만 효과가 없자 항상 자식의 직분이 불민하다면서 탄식하고 울기를 그치지 않았다.

밤낮 어머님 곁을 떠나지 않고 똥과 오줌 수발을 들어 하룻밤에도 열 번 일어났고, 이불이나 옷가지를 챙겨 하룻밤에도 열 번 씻어냈다. 열흘에 한 번 몸을 씻기고 열흘에 열 차례 머리를 감기고 빗겨 비녀를 찔러 정리해 주었다. 죽을 끓여 먹이고 고기나 육회를 손수 정갈하게 바쳤다. 때로 부득이해 외출을 하게 되면 자제들에게 곁에서 모시도록 일러두었다. 이러기를 아홉 해 동안에 어머니에게서는 나쁜 냄새가 나지 않았으니, 와서 본 사람들이 감탄하기를 마지않았다.

이런 효행으로 교풍회로부터 특별히 포상을 받았으니 비록 왕실의 전례는 없었지만 모두 동영(董永)이 학의 호위를 받거나 왕상(王祥)이 잉어를 얻는 일에 버금가는 큰 효자라고 칭송했다. 스스로 천수를 누리면서 주변을 정리하지 않았지만 어떤 질병에도 걸리지 않았다. 무인년(1938년) 6월에 세상을 떠나니 향년 66살이었다. 구십 노모도 다음 날 뒤따라 세상을 떠나니, 아마도 자식의 정성에 의지해 천명을 늘이다가 자식이 죽자 뒤따라 세상을 떠난 것이로다.

부인은 경주김씨 김양근의 따님이었고, 슬하에 3남 1녀를 두었다. 아들은 진기·종옥·종길이고, 딸은 정삼환에게 출가했으며, 손자에 춘동·우동이 있다.

중원 경진년(1940년) 8월 청송 심준섭이 지었다.[22]

〈그림 3〉 효자 박정규 사적비 비각

---

22) 「박정규 효행사적비」, 서면 대정마을 도로변 소재.

박정규 공은 평생 어머니를 효성으로 섬긴다는 마음으로 정성을 다하다 세상을 떠났다. 어려 아버지를 잃은 것을 늘 가슴 아파해 가족들과 함께 한 지붕 아래 살면서 우애와 사랑을 지속했다. 가뭄이 들었을 때 밭에 나가 잠들었는데, 아버지가 꿈에 나타나 귀가를 종용하고 곧 비가 내릴 것이라는 예언대로 큰비가 내렸다. 이런 비범한 일이 일어난 까닭이 박정규 공의 지극한 효성이 하늘을 감응시킨 결과라 말한들 누구도 부인하지 못할 것이다.

공이 세상을 떠나고 다음 날 구십 노모가 뒤따라 세상을 떠났다는 사실은 사람들에게 큰 감동을 준다. 자식의 효성으로 인해 어머니가 천수를 누리고 세상을 떠났으니, 박정규 공 또한 편히 눈을 감았을 것이다.

이러한 효행 미담은 남해 사람들의 품성과 행실을 세상에 널리 알리는 좋은 글감으로도 쓰일 수 있겠다. 남해의 역사를 스토리텔링하는 일이 여러 사람에 의해 이뤄지고 있는데, 새로운 자료를 찾기가 쉽지 않다. 이러한 금석문 자료는 장차 남해를 스토리텔링하려는 사람에게는 큰 보탬이 될 것으로 여겨진다.

이런 효행과 효열이 비단 여기서 소개한 분이나 이 책에 실린 사람들에게 국한된 일은 아닐 것이다. 다행이 이런 분들의 언행은 세상에 널리 알려져 금석문으로 남게 되었지만, 그렇지 않은 분들이라고 해도 효열이 어찌 없다고 할 수 있겠는가? 지금이라도 이런 분들의 숨은 이야기들을 많이 발굴해 세상에 알리는 일에 힘써야 할 것이다.

4) 사업기공비와 사적비

앞서 본 효열비는 남해 군민 개인들의 삶과 행적을 소상하게 알려주는 자료들이었다. 그 반면에 사업기공비와 사적비들은 남해의 군민들이 함께 힘을 모으고 지혜를 발휘해 척박한 자연 환경을 극복하면서 자신들의 삶의 터전을 개척한 노력들을 보여준다. 높은 산이 많고 상대적으로 농토가 비좁은 남해에서 한 뼘의 땅이라도 착실하게 경작함으로써 소중한 알곡을 수확하기 위해 분투한 남해 사람들의 기록이 이런 금석문에는 절절하고 생생하게 살아 숨 쉬고 있다. 또 그런 일에 헌신한 사람들의 공적을 잊지 않는 마음가짐 역시 오늘날 우리가 본받아야 할 점이기도 하다.

이런 자료를 읽다보면 현재의 남해가 아무런 대가나 고충 없이 이루어진 것이 아님을 알 수 있다. 조상들의 뼈가 묻혀 있고 자손들의 호흡이 길이 이어져야 할 땅이기에 그들은 한때의 수고와 고통을 참으면서 힘겨운 일에 최선을 다했던 것이다. 물론 부분적으로 알려진 일들이기는 하지만, 이런 자료들을 시대적으로나 지역적으로 잘 정리해 살피면 남해 역사의 유서 있는 흔적들을 되찾을 수 있을 것이다.

〈그림 4〉 장평 저수지 기공비

남해읍에서 이동면 쪽으로 19번 지방도로를 타고 달리다 보면 남해
국제탈공연예술촌 못 미쳐 마늘 연구소 맞은편에 큰 저수지가 있는 것
을 볼 수 있다. 2014년 튤립축제도 열렸고 해마다 마늘축제가 개최되는
장소 인근인지라 많은 사람이 알고 있는 곳이다. 장평저수지라 불리는
이곳이 어떤 배경과 노력을 거쳐 현재의 모습을 유지하게 되었을까?
그 궁금증을 시원하게 알려주는 비석이 저수지 연못가에 세워져 있다.

  장평의 들판은 서북쪽으로 산이 둘렀고, 동쪽은 바다로 이어져 있다.
땅은 경사져서 헐벗은 골짜기로 물의 흐름이 빨랐다. 그런데도 보(洑)나
방죽으로 물을 가둬두는 대비가 없어 조금만 가물어도 모가 말라죽어 그
해에는 여물지 않았다. 이 때문에 농부들이 양식을 잃어 생활을 마치지
못할까 근심했다.
  지난 청나라 가경 12년(1807년) 봄에 지현 채익영23) 공이 처음으로 백
성들에게 들판의 머리 쪽에 연못을 파 물을 가둬두어 관개에 쓰도록 했
다. 땅의 성질이 물을 잘 융해함에 푸른 연못 안에 쌓이니 거의 2,300평
이었는데, 힘을 써 이를 실행하니 장평의 부민들이 그 은덕에 감격했다.
월구산 서쪽 언덕 기슭의 큰 돌을 깎아 이를 찬송했다. 당시의 구획이나
크기는 사람들의 기록이 없어 지금 확인할 수 없는데다 그 뜻을 이어 저
수지를 수리하려는 사람들도 마침내 끊어졌으니, 아쉬운 일이다.
  세월이 흐르자 진흙이 밀려와 쌓여 막히니 연못의 바닥도 황폐해져 갔
다. 그러다 대정 3년(1914년) 3월 군수 서기은24) 공이 이를 보고 개탄하
면서 면장 김병용 군과 함께 밭 150평을 사 인근의 소작인을 동원해 돌을
캐어 넓혔고, 대정 10년(1921년) 5월 군수 성두식25) 공이 도에 말해 지방

---

23) 1806년 1월부터 1808년 7월까지 2년 7개월 동안 재직했다.(『남해군지』 참조)
24) 1911년 2월 2일부터 1914년 2월까지 3년 동안 재직했다.(『남해군지』 참조)
25) 1916년 2월부터 1921년 11월까지 5년 9개월 동안 재직했다.(『남해군지』 참조)

비 보조금 5백 원을 얻어 밭 600평을 구입해 수면을 넓히고 바닥을 파내 원산 골짜기 입구에 있는 보를 수축하고 물길이 통하게 하였다.

8년이 지난 소화 4년(1929년) 기사년 봄에 이필동[26] 공이 우리 군의 군수로 왔다. 부임하면서부터 이 연못을 크게 준설할 계획을 세워 도에 말해 보조금 850원을 받아 옛 보를 증수하고, 다음 해 봄에 도의원 임종길 군과 면장 정종묵 군에게 자문을 구하는 한편 도에도 따로 교섭하여 가뭄 구제 지방비 보조금 5,155원을 받아 다시 소작인들을 구해 경지 분담금 5,455원을 책정해 연못 주변 밭 5,500여 평을 구입하여 연못을 파고 뚫었다. 동쪽으로 긴 제방을 쌓아 월구산 남쪽 언덕에서 시작되니 길이가 6,098척이었다. 제방 사이에 폭 102척의 수로를 두었고, 수로에는 높이 22척의 갑문을 설치해 수량이 증감함에 맞춰 열고 닫게 했다. 동쪽에는 따로 연못에서 채취한 흙을 쌓아 6백여 평에 이르는 대를 만들어 나중에 올라 풍광을 감상하는 데 구색을 갖추게 했다. 경내의 이재민들이 와서 일해 임금을 받도록 해 생활 자금으로 삼게 했다.

날마다 직원 김종은 군과 도 파견기수 지영기 군을 파견해 공사를 돕고 일을 감독하게 했다. 다로 면기수 채진홍 군, 구민 이시봉 군을 뽑아 그 일을 거들게 하고 성공을 다그치게 했다. 이해 4월 6일 일을 시작해 6월 20일 마무리하니, 총면적은 약 9천 평이었다. 여러 산에서 흘러내리는 크고 작은 물줄기를 거두어들이니, 실로 물길은 출렁거려 넘치고 연못 위로 물결은 만 이랑으로 떠 흐르는데, 구불구불 가로지르는 것이 제방은 마치 무지개가 1천 척 위로 걸린 듯했다.

물은 제방 입구에서 뿜어져 나와 문득 폭포를 이루었다. 거꾸로 흘러내려 여러 논에 물을 대니 그 이득을 얻은 곳이 무려 33만여 평에 이르렀고, 남은 물줄기를 얻은 곳은 따로 셀 수 없을 정도였다. 이로부터 장평의 주민들이 영원히 가뭄의 기근에서 걱정하는 일을 털어냈다. 대개 이 저수지는 채익영 공으로부터 기원했는데, 그 풍성한 업적은 없어지지 않아 근

---

26) 1928년 12월부터 1930년 8월까지 1년 8개월 동안 재직했다.(『남해군지』 참조)

2백 년을 지나 두 분의 군수를 거쳐 마침내 완성되기에 이르렀다. 모두 오늘에 이르러 그분들을 마주 대한 듯하니, 오호라! 또한 크게 도움을 받은 것이 아니겠는가. 이것이 바로 사람들의 도모함에서 받은 감동이리라. 이공의 공덕도 마땅히 널리 알려 없어지지 않게 해야 하리라. 이에 마침내 이 사실을 돌에 새기노라.

명문은 다음과 같다.

우리 밭에 물을 댐이여 연못이 마르지 않네.

우리 부모를 먹임이여 처자들도 배불리 먹네.

옛날 우리들이 굶주렸다가 오늘날 배부름이여

곡식들이 잘 여묾이여, 풍년이 왔구나.

풍년을 즐겨 재앙이 없음이여

누구의 내리심인가 끝내 잊을 수 없구나.

공의 덕을 생각함이여 연못물처럼 깊고

공의 장수를 축원함이여 연못물처럼 길어라.

금릉 김영두가 짓고, 월성 김병추가 썼다.[27]

이 금석문을 통해 우리는 장평저수지가 현령 채익영 공에 의해 1807년 처음 축조된 사실을 알게 된다. 땅의 경사가 급해 물길이 쉬 바다로 빠지는 지형을 극복하고자 2천 평이 넘는 넓은 저수지를 완공했던 것이다.

그러나 저수지는 시간이 흐르자 흙이 바닥에 쌓여 면적은 좁아지고 저수량도 줄어버렸다. 이에 다시 여러 차례 준설 작업과 확장 공사가 거듭되었다. 1914년 서기은 군수 때 재개된 공사는 1921년 성두식 군수와 1929년 이필동 군수를 거치면서 9천 평에 이르는 광대한 저수지가 규모를 갖추게 되었던 것이다. 실로 120년 동안 걸쳐 많은 사람들의 피땀 어린 노력이 지금의 장평저수지를 있게 만들었다.

---

27) 「초곡장평저수지류지기공비」, 이동면 초곡마을 장평저수지 내 공원 안 소재.

〈그림 5〉 장평 마애미

남해 사람들은 이들의 노력과 업적을 기념하고자 저수지로 들어오는 길목에 있는 큰 바위를 이용해 불망비를 세웠다. 마애비로 남아 있는 이 금석문은 장평저수지의 축조 역사를 한눈에 보여주는 좋은 자료다. 현령 채익영과 군수 서기은, 군수 성두식, 직원 이시봉, 네 분의 불망비가 인근 도로변에 마애비로 새겨져 있는데, 유독 이필동 군수의 불망비만 없는 것이 이상하다. 원래 세우지 않았을 수도 있지만, 어디 다른 곳에 세워졌다가 유실된 것인지 관심을 두고 찾아볼 필요를 느낀다.

이처럼 수장이 솔선수범하여 관내의 숙원을 해결하는 예도 금석문에는 많이 나오지만, 책임도 없는 주민이 앞장서서 문제를 해결하는 사례도 금석문은 보여준다. 그들에게는 공적이라는 상징적인 보상도 돌아가지 않는다. 그럼에도 불구하고 자신의 시간과 재력을 희생하면서 주민들의 고통을 해결하는 일에 매진해 자신을 돌보지 않았다. 그런 분들

가운데 한 사람으로 이미 없어진 목장에 대한 세금이 계속 징수되는
폐단을 오랜 기간 동안 투쟁하여 없앤 정익환 공과 정무근 공이 있다.

창선은 예전에는 흥선현이었다. 조선 중기에 현이 없어지고 면이 되어
진주로 이관되어 목장을 두고 민결을 절수(折受)[28]하여 도세를 정해 말을
기르게 되었다. 그때 원래 논밭은 그대로 주민들의 소유가 되어 농사를
지은 지 수백여 년이 지났다. 그렇게 바뀌거나 옮겨가지 않고 대대로 이
어져서 주민들이 각자 본업에 힘쓰며 편안하게 살았다.

그러다 고종 갑오경장(1894년) 때 목장은 마침내 없어졌고, 승총(陞
總)[29]하여 의논한 결과 국유가 되었다. 그러나 도세라는 것은 그대로 남
아 징세하며 다그치는 일이 그치지 않고 계속되었는데, 이를 호소해서 바
로잡지 못한 것이 12년 동안 이어졌다. 주민들이 그 고충을 견디지 못해
한 개 면, 마흔아홉 개 마을, 만여 명의 주민이 거의 엎어지거나 떠돌며
살게 될 지경에 이르렀다.

이때 정익환 공은 울분을 참지 못하고 달게 희생을 하여 주민들을 구해
살리리라 결심하고, 스스로 맹세해 목장 들판 바깥에 천막을 치고 단을
쌓아 하늘에 호소하여 소원을 들어주기를 기도했다. 얼마 뒤 다시 을사년
(1905년) 12월 23일에 크게 민회를 개최하여 이 일을 잘 견디며 마무리할
사람 한 명을 선발해 대표로 삼아 이 문제를 호소하고 교섭하는 등 여러
업무를 전담시키기로 했다. 그리하여 정익환 공의 종제 정무근 씨가 당선
되었는데, 그는 사양했지만 받아들여지지 않았다.

이에 다음 해(1906년) 정월 6일 경성으로 출발하여 천 리 길을 걸어가
동분서주했으니, 때로는 경성 감옥에 갇히기도 하고 때로는 부나 군 또는
감독관청에 가서 질의하기도 하는 등 위험에 직면하면서도 굽히거나 흔

---

28) 국가로부터 일종의 토지 소유권 증명서인 입안(立案)을 발급 받거나 전조(田租)의 수조
   권(受租權)을 지급받는 행위.
29) 세금 징수에서 빠진 논밭을 세금 장부에 기록하는 일.

들리지 않았다. 그렇게 네 해를 지나면서 여섯 차례 담판을 벌였으니, 그 언사가 적절하고 간절해 귀 밝고 총명한 사람으로 감동하지 않는 이가 없었다. 무신년(1908년) 4월 비로소 주민들의 소유로 확정되어 일이 바른 곳으로 돌아가게 되었다.

오호라! 정씨 집안의 두 형제가 모두 자비와 선행의 마음을 가지고 뜻을 확고하게 세워 한편으로는 몸을 바쳐 일에 앞장서고 한편으로는 일에 나가 능히 처리하여 오래 묵은 원한을 떨치게 되니 큰 재앙에서 절로 소생하고 창선의 사람들도 거의 죽다가 다시 살아나게 되었다. 앞서 울다가 나중에 웃게 만든 공적의 덕스러움이 없어질 수 있겠는가. 이에 그 일의 전말을 대강 돌에 기록해 후세에도 없어지지 않게 하노라.

금릉 김영두가 짓고, 전주 이기숙이 쓰다

소화 15년(1940년) 4월 10일 나주 정씨 문중의 청년들이 세우다.[30]

〈그림 6〉 정익환 사적비

청선면은 오래 전부터 국가에서 필요한 말을 기르는 목장으로서 역할을 했다. 이 일을 감독하는 감목관(監牧官)이 파견되었는데, 그들 가운데 주민들의 이익을 중시한 사람들을 기린 선정비들은 지금 창선면 부윤 1리 면민동산에 모아져 있다.

창선면에서 말을 기르는 일이 공식적으로 폐지된 것은 1894년 갑오경장 때였다. 목장이 폐지되기 이전까지 주변의 논밭은 실질적으로 주민들의 사유지로 인정을 받아 도세(賭稅)가 징수되었던 모양인

---

30) 「창선목도세견면정씨익환사적비」, 창선면 상신리 상신마을회관 맞은편 남쪽 30미터 지점 소재.

데, 목장이 폐지되면서 모든 농토가 국유화되었으니 사유지에 대해 부과한 세금인 도세도 없어져야 옳았다. 그런데 무슨 영문인지 이미 국유지가 된 논밭을 사용하면서 내는 세금도 납부하면서 따로 도세까지 내야 하는 처지에 창선주민들은 놓였던 것이다.[31] 일종의 이중과세였고, 이로 인한 창선 주민들의 부담과 고통은 상당했다.

이 일이 억울하다는 점은 모두 알았지만 아무도 말을 못하고 12년 동안이나 세금 부담을 고스란히 떠맡았다. 창선 주민들의 삶은 나날이 피폐해져 갔다. 이런 불합리한 현실을 타개하고자 나섰던 분이 정익환 공이었다. 그와 그의 동생 정무근 공은 자신에게 닥치는 위협과 고통을 감내하면서 서울로 올라가 네 해 동안 도세를 없애는 일에 전념했다. 그 결과 마침내 1908년 도세가 폐지되는 성과를 가져왔다.

사실상 국권을 빼앗겼던 것이나 마찬가지인 시대에 이 노력의 실질적인 효과가 어떠했는지는 판단하기 어렵다. 그러나 과중한 세금 부담을 줄이기 위해 애썼고, 그 성과를 얻은 것만은 분명하다. 주민들이 그 멸사봉공한 공적을 잊지는 않았지만 이를 사람들에게 알리는 일까지는 감당하지 못했다. 세월이 지나니 기억 속에서 이 공적은 점차 잊혔고, 꽤 시간이 지난 1940년 정씨 집안의 청년들이 나서서 두 분의 공훈을 담은 비석을 세웠던 것이다. 이 비석이 없었다면 두 분의 노력은 까마득히 지워졌을 테니, 금석문의 존재가 얼마나 값진 것인지 새삼 느끼게 된다.

---

31) 창선면에 부과된 도세의 의미와 대상이 무엇인지는 모호한 부분이 있다. 목장을 운영하는 데 필요한 비용의 일부를 주민들에게 세금으로 부과한 성질인 듯도 하다. 이렇게 본다면 목장이 없어졌을 때 역시 도세도 폐지되어야 했다. 도세가 어떤 성격이든 주민들에게 이중과세였던 것은 틀림없어 보인다.

5) 마애비

타 지역과 비교할 만한 통계는 없지만, 남해군에는 상당수의 마애비가 전하고 있다. 이 책에 수록된 금석문 171건 가운데 18건이 마애비니, 10%가 넘는 비율이다. 왜 남해에는 마애비가 많은 것일까? 남해 금산이 자랑하는 38경(景)의 대부분이 기이한 바위 형상에 유래한 사실로 볼 때, 남해에 바위산이 많은 것도 그 원인일 수는 있겠다. 그러나 남해군 전체로 보면 노출된 자연석이 많은 것은 아니라고 보여 꼭 이것으로만 이유를 따지기는 어렵다. 개인적으로 필자는 비석을 세우는 비용을 절약하자는 근검 의식과 자연과 사람의 공존을 중시한 남해 사람들의 가치관에서 나온 것이 아닐까 판단한다. 여기서는 그 가운데 두 건만 소개하겠다.

〈그림 7〉 축마비

먼저 1655년에 조성된 「축마비1」을 읽어보자.

　남해는 현이지만 바다 가운데 치우쳐 있고 금산이 영역의 반을 차지한다. 예전에는 읍이 없이 보(堡, 작은 성) 한 곳만 설치되어 있었다. 그때 이 금산 가운데 말을 풀어놓아 길렀다. 험한 산골에는 소나무 재목이 있고 백성들의 밭이 그 사이에 있었지만, 잡초가 무성하게 자라났다. 우리 왕조에 들어 현령을 두고 필진(匹鎭)을 설치해 흥선도로 말들을 보내버린 뒤 이곳에는 황폐한 밭을 개간하고 배를 만들 때 쓸 재목을 양성했으니, 실로 관방을 중시하는 배려였다. 백성들이 지금까지 그 본업을 즐겁게 지킨 것이 어언 2백년에 이어졌으니, 당시 묘당의 생각이 어찌 우연이었겠는가.
　그러나 순치[32] 말엽에 이르러 흥선도의 목동과 목관 들이 국가 관방의 중요성은 돌보지 않고 오직 다른 섬을 제 땅으로 점유할 것만 도모하여 점마사에게 호소하고, 관원이 조정에 보고하였다. 그리하여 다음 해 말 백여 필을 옮겨 이곳에서 키우게 하고 산에서 자라던 적송 재목을 불태워버렸다. 말떼가 들판에 덮이니 백성들은 본업을 잃어 한 해만에 울며 흩어진 자들이 태반이었다. 등짐을 진 사람들이 길에 넘쳐나 고을이 장차 텅 빌 판이었다.
　갑오년(1654년) 가을 고을 사람 전찰방 고대명과 유학 정주장, 정(定) 윤귀승 등이 모여 사정을 아뢰어 성군의 자비를 입어 윤허를 받아 묘당에 건의를 올렸고, 관찰사도 조사해 장계를 올렸다. 이리하여 을미년(1655년) 봄에 말떼를 흥선의 옛 목장으로 돌려보내게 되었다. 생각하니 우리 원님께서 다방면으로 힘을 쓰고 실지로 의견을 주장했으니, 이는 즉 공적이 지금부터 후대에까지 이른 것으로, 백성들로서 어찌 감히 칭송하지 않을 수 있겠는가. 태수는 누구인가? 이홍규[33] 공이다. 사람됨이 강개하고 큰 절조가 많은 분으로, 직무에도 성실하여 게으름을 보이지 않으셨다. 이에 명을 짓노라.

---

32) 청나라 세조(世祖) 순치제 때 사용한 연호. 1644년~1661년.
33) 1655년 1월 7일부터 1656년 10월 10일까지 1년 9개월 동안 재직했다.(『남해군지』 참조)

저 금산이 하늘로 우뚝 솟아오름이여
우리 원님의 덕 또한 하늘과 가지런하도다.
감찰방 고대균 향소 박이직
순치 12년(1655년) 을미년에
유학 박인걸이 짓고, 유학 고문환이 썼다.[34]

앞에서 본 것처럼 남해에 목장이 설치된 지역은 창선면이 중심이었
다. 그런데 1664년을 전후해 창선도의 감목관들이 토지를 강점할 목적
으로 중앙 정부에 청원해 남해 본도의 일부를 목장으로 점유해 사용하
게 되었다. 이 때문에 편안하게 농사를 짓던 본도의 주민들이 졸지에
생업을 잃고 유리걸식하는 지경에 이르고 말았다.

명분도 없을뿐더러 주민의 생계까지 위협하는 한편 실익도 없는 모
순이었다. 일부 감목관들의 탐욕이 빚어낸 소란이었지만, 피해는 고스
란히 백성들의 몫으로 돌아갔다. 남해 본도에 목장이 개설된 위치가
어딘지는 나와 있지 않다. 다만 마애비가 세워진 곳이 이동면 난음리
니, 마을 앞 넓은 들판이었을 것으로 추정된다. 이처럼 상당히 넓은 농
토가 목장으로 변했다면 주민들의 피해도 적지 않았을 것이다.

이런 폐단을 목격한 몇몇 관원들이 조정에 탄원해 한 해만에 말떼는
다시 창선면으로 옮겨가게 되었다. 관원으로서는 작은 노력이었을지
모르나 주민들의 입장에서는 후대에 길이 이어질 도움이었으니, 그 전
말과 감사의 뜻을 담은 비석이 세워진 것도 당연한 일이겠다.

끝으로 이번 답사 과정에서 새롭게 발굴된 마애비 한 건을 소개하겠
다. 2012년 여름 처음 이 비를 발견했을 때 자연석은 덩굴에 덮여 있었
고, 비문도 마모가 심해 전문을 해독하기 어려울 정도였다.

---

34) 「축마비」, 이동면 난음리 대밭마을 1128번지 손종순 씨 댁 마당 안 소재.

〈그림 8〉 첨사 김계홍 청백선정비

늙은이들도 좋은 다스림을 받았으니
덕을 주로 했고 근검함을 앞세웠네.
매달 급여를 다 쏟아 부어
은혜로움은 키질을 하듯 퍼져갔지.
넓은 창고의 면모를 바꾸니
떠도는 백성들이 기쁘게 돌아왔네.
길에서는 흥겨워 찬송했고
길옆의 언덕이었네.
함풍 3년(1853년) 2월 주민들이 세우다.[35]

첨사는 첨절제사(僉節制使)를 줄인 말인데, 조선시대 때 각 진영(鎭營)

---

35)「가선대부행첨사김후계홍청백선정비」, 미조면 송남마을 송정해수욕장 입구 미조 방향
   30m 지점 왼쪽 소재.

에 속한 종3품의 무관을 말한다. 역할에 따라 병마첨절제사(兵馬僉節制
使)와 수군첨절제사(水軍僉節制使), 첨절제사(僉節制使) 등으로 나뉘졌다.
품계인 가선대부(嘉善大夫)는 조선시대 문관(文官)으로 종2품 하(下)에
해당하는 품계다. 품계보다 직책이 낮았기 때문에 '행(行)'('항'으로도 읽
힌다.)이란 말이 붙은 것이다.

첨사 김계홍이 어떤 선정을 베풀었는지는 조사해야 할 과제이지만,
비문의 내용으로 보아 녹봉을 모아 어려운 주민들을 돌봤음을 알 수
있다.

남해 금산 일대에는 다양한 형태의 마애비가 상당수 남아 있다. 굳이
채록해 소개할 만큼 중요하지 않은 것도 많지만, 시간을 두고 찬찬히
살피면 남해의 숨은 역사 한 줄기를 말해주는 자료도 있을 것이다. 또
첨사 김계홍의 선정비처럼 어딘가 숨어 있을 귀중한 문화유산도 있으
리라 믿는다. 이런 자료들은 단시간에 한 번 살펴보아서는 눈에 띠지
않을 가능성이 크다. 남해의 주민이 모두 답사자의 심정이 되어 관심을
가진다면 뜻밖의 수확이 나오리라 생각한다.

4. 끝맺는 말

이번에 발간한 『남해금석문총람』은 그간 남해 도처에 흩어져 있던
금석문 자료들을 정리하고 판독해 번역했다는 점에서 큰 의의를 갖는
다. 많은 금석문들이 수집되긴 했지만, 편자로서 아쉬움도 남는다.

먼저 편자의 역량이 미치지 못해 금석문이 실린 비석의 양식을 시대
별로 정리하는 일에는 손을 대지 못했다. 비석 자체가 일종의 문화유산
이고 예술작품임은 누구나 인정하는 바다. 대단히 긴 시간 동안 만들어

진 비석들이니 시기에 따라 그 양식이 변했을 것임은 자명하다. 앞으로 이 분야의 전문가가 남해 금석비문의 양식적인 변화 과정을 연구하는 성과를 내기를 바란다.

지역사(地域史)는 말 그대로 지역 주민들의 역사다. 중앙의 시각으로 보면 가치가 떨어질지 모르지만 지방의 역사를 재구하는 데는 아주 요긴한 자료들도 많다. 그 가운데 하나가 금석문 자료라고 편자는 의심치 않는다. 장차 남해의 역사를 기술할 날이 온다면 이번 금석문 자료의 집성은 더욱 그 값어치를 발휘하리라 편자는 확신한다. 남해의 주민들부터 앞장서서 이런 자료들을 소중히 다루고 보존하는 일이 이뤄지기를 바란다.

금석비문은 역사자료로서도 값지지만, 그 자체가 문화재다. 남해를 찾는 사람들이 널리 알려진 남해의 문화유산을 감상하는 일과 함께 남해의 숨겨진 보물들을 찾는 경험을 누리게 할 필요도 있다고 본다. 금석문이 있는 곳마다 간단한 안내문이라도 설치해 남해를 찾는 사람에게는 새로운 볼거리를 제공하고, 남해 주민들에게도 고향의 옛 문화유산을 다시 살펴볼 수 있는 동기를 제공했으면 좋겠다.

아무쪼록 이 책의 발간을 발판으로 우리 남해의 문화유산 창고가 넉넉해지고, 그 가치가 높아지는 계기가 되기를 간절히 바란다.

朴聖源의 유배일기 『南遷錄』을 읽다

2012년 겨울이 시작될 무렵 뜻밖에 반가운 책 한 권을 만나게 되었다. 저자는 조선 영조 때의 학자인 박성원(1697~1757)인데, 그는 영조 때인 1744년부터 1746년까지 남해에서 유배 생활을 한 인물이기도 하다.

박성원의 유배 기간은 1744년 8월 30일 유배령을 받은 때부터 1746년 2월 9일 해배되어 귀가할 때까지 달수로는 17개월이 조금 넘고 만으로는 두 해가 모자라는 기간이었다. 한양을 출발해 닿을 때까지 오가는 기간을 뺀다면 더욱 짧아질 것이다. 그러나 박성원은 이 기간 동안 남해에 유배 온 어떤 유배객보다 더욱 의미 있는 일을 실천했다. 즉 집을 떠날 때부터 유배를 끝내고 귀가한 날까지 꾸준히 유배 생활을 소재로 한 시를 창작한 것이다.

그의 문집 가운데 하나인 『광암집(廣巖集)』에 실려 있는 『남천록』은 말 그대로 저자가 남쪽 바다 남해로 유배 와서 살면서 자신의 일상을 시로 기록한 글이다. 거의 매일 시를 써서 경험과 감상을 기록했으니 「일기」라 해도 무방할 양이고 내용이다. 남해에 유배 와서 시 작품을 남긴 사람들이야 많지만, 이렇게 일거수일투족을 세심하게 시로 남긴 이는 찾아보기 드물다. 『남천록』에는 얼추 500수에 이르는 시가 실려 있는 것으로 보인다. 양으로 따져도 견줄 사람이 없을 듯싶다.

반가운 마음에 복사본을 받아온 나는 작품 하나하나를 컴퓨터에 입력하면서 그 전모를 살펴보고 있는 중이다. 상당수 작품이 남해에서 만난 사람들과 주고받은 증답시(贈答詩)에 속하지만, 남해의 풍습이나 풍토, 경치, 사찰 등을 노래한 작품도 적지 않았다. 250여 년 전 남해의 풍광과 남해 사람들의 삶이 거울을 들여다보듯이 생생하게 구현되고 있는 것이다.

『남천록』 전체를 다 읽고 번역을 마쳤지만[1] 그 전모를 논하기에는 아직 이르다. 그러나 그 가운데 남해와 직접 관련이 있는 시를 얼추 가려 뽑아 알리는 것도 의미 있는 일일 듯하여 24편을 추려 간단한 해설과 함께 소개하기로 했다.

아무쪼록 남해를 사랑하고 아끼는 사람들에게 남해를 더욱 깊이 아는 기회가 되기를 바란다. 소개에 앞서 먼저 저자인 박성원에 대해 간단하게 알아보기로 하자.

박성원은 조선 중기의 문신이자 학자다. 본관은 밀양(密陽)이고, 자는 사수(士洙)며, 호는 겸재(謙齋) 또는 광암(廣巖)이다. 이재(李縡)의 문하에서 수학했다. 1721년 생원시에 합격했고, 1728년 별시문과의 을과에 급제, 사간원정자(司諫院正字)와 사헌부감찰(司憲府監察) 등을 지냈다.

1744년 지평(持平)으로 있을 때 영조가 기로소(耆老所, 70세 이상 문관 정2품 이상의 노인 우대소)에 들어가겠다는 것을 반대하다가 남해에 위리안치(圍離安置, 죄인의 배소에 가시울타리를 쳐 그 안에 가두어 둠)되었다가 2년 뒤 석방되었다.

돌아온 뒤 세손강서원좌익선(世孫講書院左翊善)이 되어 세손인 정조를 보도(輔導)했는데, 참판을 끝으로 관직에서 물러나 봉조하(奉朝賀)가 되었다. 효가 화민성속(化民成俗)의 근본이 되는 점을 들어 백성들을 보호

---

1) 필자가 역주한 『남천록』은 2013년 남해유배문학에서 발간되었다.

하고 국기를 다지는 원동력이 됨을 정책적인 차원에서 실시해보려는
의도를 그의 저술들을 통하여 엿볼 수 있다.

　학자로서 그의 심성론은 스승인 이간(李柬)의 학설을 지지함으로써
인물성동이논쟁(人物性同異論爭)에서 한원진(韓元震) 등의 호론(湖論, 異
論)을 반박하고 낙론(洛論, 同論)에 동조했다. 또한 예서(禮書)의 연구에
많은 노력을 기울여 의혹된 점을 일일이 초출하여 조목마다 사견을 첨
부해『예의유집(禮疑類輯)』이라는 책자를 만들어 예서 연구에 많은 도움
을 주었다. 이조판서에 추증되었고, 시호는 문헌(文憲)이다. 저서로는
『돈효록(敦孝錄)』과『보민록(保民錄)』,『돈녕록(敦寧錄)』,『겸재집』,『광
암집』등이 있다. 그밖에 음운학 관련 저서인『화동정음통석운고(華東正
音通釋韻考)』과『화동협음통석(華東協音通釋)』도 남겨 우리 말 연구에도
공헌했다.[2]

---

2)『민족문화대백과사전』'박성원' 조 참조.

1744년(영조 20년) 8월 30일 남해로 유배를 보내라는 왕명이
있고, 과천에 이르러 짓다
三十日有南海島配之命 至果川有吟

臺閣寥寥晝閉門	대각3)은 쓸쓸하여 낮에도 문은 닫혔으니
來從草野進狂言	예부터 초야에서는 미친 소리4) 올렸었네.
登筵忍聽非常敎	경연에 올라 차마 올바르지 못한 말씀을 듣겠는가
投海猶知不世恩	바다로 던져졌어도 세상에 드문 은혜임을 알겠네.
南渡銅江遙陛闥	남으로 동강을 건너니 궁궐은 멀어지고
東望車嶺隔晨昏	동쪽으로 차령을 보니 부모님과도 떨어졌구나.
此中耿結懷難定	이 가운데 꽉 맺힌 생각 가다듬기 어려우니
前路間關且莫論	앞길이 험한 것5)이야 또 따져 무엇 하리오.

◉ 『남천록』에서 두 번째 나오는 시다. 실제로 유배령을 받아 먼 길을
떠나는 심경이 잘 드러나 있다. 자신이 군왕에게 올린 말은 충언으로
관원들이 제 역할을 못한다면 초야에서도 글을 올려 이를 바로잡았으
니, 자신이 한 일 또한 여기에 해당됨을 밝히고 있다. 시에 나오는 '미친
소리[狂言]'는 온 마음을 다해 올렸다는 뜻을 담고 있다. 유배가 비록
개인적으로는 고된 역경이지만, 군주의 뜻을 거스른 대죄에 유배로 처
벌해 준 은덕에 감사하는 마음도 잊지 않고 있다.

---

3) 대각(臺閣) : 사헌부(司憲府)와 사간원(司諫院)을 아울러 이른 말. 조선시대 대간은 왕
   권과 의정부(議政府)와 육조(六曹), 특히 이조를 상호 견제하도록 짜인 권력 구조 위에서
   정치의 안정을 도모하는데 큰 구실을 했다.
4) 미친 소리[狂言] : 대단히 솔직하고 직설적인 말.
5) 험한 것[間關] : 길이 험해서 걷기에 곤란한 모양.

9월 10일에 진주를 지나면서
初十日 過晉州

矗樓高壓大江潯	촉석루는 남강의 물가에 우뚝 솟았고
處處人居繞竹林	사람 사는 곳곳마다 대나무 숲이 둘렀네.
南去行裝唯伴影	남쪽 길 행장이라곤 오직 내 그림자뿐이고
北來消息尙驚心	북에서 오는 소식은 가슴을 더욱 놀라게 한다.
山連智異雲巒疊	산은 지리산으로 이어져 구름 낀 봉우리 첩첩하고
地近花田瘴海深	땅은 화전6)이 가까우니 바다 기운이 독하구나.
萬事悠悠都付命	모든 일이 아득하여 다 운명에 맡겼으니
不妨驪背費閑吟	노새 등에 앉아 한가로이 읊조림도 나쁘지 않겠네.
花田 南海別號	화전은 남해의 다른 이름이다.

◉ 유배 길에 올라 열흘 정도 내려오니 남해로 가는 마지막 길목 진주
에 닿았다. 학문의 고장이고 충절의 고장인 진주에서 남강 절벽에 우뚝
선 촉석루를 보며 시인은 깊은 감회에 사로잡힌다. 오십 평생에 처음
와 보는 남도의 땅. 벌써 풍토도 달라져 역한 바다 기운이 느껴진다.
온전히 유배 생활을 마치고 무사히 고향으로 돌아갈지 걱정부터 앞선
다. 그러면서도 시인은 근심은 모두 운명에 맡기자면서 애써 위로한다.
타고난 시인이기 때문일까? 그는 자신의 유배 생활을 시에 모두 담으리
라 은연중에 다짐한다.

---

6) 화전(花田) : 경남 남해(南海)의 옛 이름.

충렬사를 참배하면서
謁忠烈祠

湘潭去路露梁祠	상담7)으로 가는 길 노량에 사당이 있으니
黃葉蕭蕭九月時	누런 낙엽이 우수수 떨어지는 구월이라네.
百戰山河餘古寺	전란에 시달려도 산하에는 옛 절이 남아 있고
中興功業有穹碑	나라를 중흥한 공덕으로 높고 큰 비석이 섰구나.
陣容遙海重雲結	진용은 먼 바다에 구름 드리운 듯 펼쳐졌고
怒氣寒潮萬馬馳	노한 기운은 찬 물결 같아 뭇 군마들이 치달렸지.
千古英雄無限淚	천고 세월 영웅들이 한없이 눈물 흘렸으니
楚些今欲薦江蘺	초사8)를 부르며 강가 띠풀9)을 바치려 하네.

◉ 남해 충렬사는 충무공 이순신(李舜臣, 1545~1598) 장군을 모신 사당으로 충무공이 순국한지 34년이 지난 1632년 지역의 선비들이 노량해전과 충무공을 기념하기 위해 조그만 사당을 세운 데서 비롯되었다. 그 뒤 1658년에 통제사 정익이 다시 지었는데, 1663년에 나라에서 충렬사란 이름을 내렸다. 지금은 사적 233호로 해마다 다양한 추모 행사가 펼쳐지고 있다.

나라가 백척간두에 서서 미래를 알 수 없었을 때 충무공은 자신의

---

7) 상담(湘潭) : 중국에 있는 지명인데, 시문(詩文)에서는 주로 상강(湘江)과 동정호(洞庭湖) 일대를 가리킨다. 이 근처에서 초나라의 충신 굴원(屈原)이 방랑하다 스스로 목숨을 끊었다.

8) 초사[楚些] : 초사(楚辭)를 달리 부르는 말. 초사는 고대 초나라 민간에서 유행했던 일종의 초혼가(招魂歌) 형식을 빌려 쓰였다. 구절 끝에 구절 끝에 모두 사(些)자가 들어가 이렇게 불린다.

9) 강가 띠풀[江蘺] : 향초(香草) 이름. 미무(蘼蕪)라 부르기도 한다.

목숨은 돌보지 않고 오로지 구구의 일념으로 왜적과 맞서 싸웠다. 그 옛날 바다와 적군 앞에서 호령한 충무공의 모습을 회고하면서 시인은 자신의 처지를 돌아본다. 장렬한 최후에 후세 영웅들이 눈물을 흘렸듯이 시인 또한 감정에 복받쳐 머리를 떨어뜨린다. 그러면서도 그 정신을 기려 자신 또한 나라에 충절을 다하는 사람이 되고자 다짐하는 것이다.

9월 14일 밤에 달을 보면서
十四日 夜對月

籬棘重重碧海潯	가시 울타리가 푸른 바닷가에 빙 둘러쳤으니
眞如籠裡鎖孤禽	참으로 새장에 갇힌 외로운 새와 다름없네.
每逢素月窺茅棟	항상 하얀 달을 맞아 초가집에서 엿보았더니
時有淸風過竹林	때로 맑은 바람이 대나무 숲을 스치는구나.
窮島九秋懷易感	궁벽한 섬 가을 구월에 마음은 쉬 쓸쓸해지니
故鄕千里夢難尋	고향 땅은 천 리 밖이라 꿈에도 찾기 어려워라.
猶容一席安身地	그래도 대자리 위에 이 한 몸 둘 곳 있으니
始覺君恩到底深	비로소 나라님 은혜가 깊은 것을 깨닫노라.

◉ 유배지 남해에 와 처음 보름달을 맞이했다. 박성원이 유배 살이를 했던 위치가 정확하게 어딘지 알 수는 없다. 그러나 이 시로 미뤄보건대 바닷가에 있고, 보름달이 훤히 비치는 남향의 장소였음은 짐작할 수 있다.

유배 사는 처지가 궁색한 것은 당연하다. 새장에 갇힌 심정이라는 말이 이를 잘 대변한다. 고향과 가족들이 사무치게 그립고, 홀로 잠드는 밤은 외롭기 그지없다. 그러면서도 시인은 군주에 대한 감사한 마음은 잊지 않는다. 이 말이 상투적일 수도 있지만, 옳고 그름을 따지다 유배를 당한 그를 생각하면 반드시 빈 소리는 아닐 것이다.

9월 16일 날 시를 읊다
十六日 有吟

千里驅馳不暫休	천 리 길 말을 달려 잠시도 쉬지 못했더니
重籬矮屋且淹留	울타리 친 비좁은 방에 또 틀어 앉았네.
嶺頭已盡荊榛路	봉우리 너머로 벌써 가시나무 길은 다했고
海外方濃橘柚秋	바다 너머에는 귤과 유자의 계절이 무르익네.
雨歇山容看盡洗	비 그치자 산 모습은 씻긴 듯 시원하고
風高瘴氣欲全收	바람은 높아 궂은 기운을 말끔히 걷어갈 듯하구나.
人稱善地還無怪	사람들이 좋은 땅이라 부르니 이상하게 여기지 말라
到此愈知聖渥優	이곳에 와서 임금의 은혜 한이 없음을 새삼 알겠네.

조정의 권력자들이 유배지가 좋다는 이 시구를 들어 가극(加棘)[10]해야 한다고 주청했다.

權賢以所配處是善地 故請加棘云

⊙ 시간이 지나면서 착잡했던 마음도 조금씩 가라앉았다. 남해의 풍물이 눈에 들어오고 있는 것을 알 수 있다. 가을도 무르익은 9월 하순임에도 날은 상쾌해 귤과 유자가 익어가는 것이 눈에 보이고 비 그친 뒤 산의 자태도 싱그럽게 다가온다. 어찌 유배지라 해서 사람 살 곳이 못된다고 할까보냐. 일점선도(一點仙島)로 불리는 남해의 절승(絶勝)에 시인의 입에서는 절로 감탄이 나온다.

그러나 시인이 직접 쓴(또는 후대 필사를 한 누군가의 기록일 수도 있지만)

---

10) 죄가 중한 경우에 행하는 형벌의 하나. 귀양살이하는 사람이 있는 집의 담이나 울타리에 가시나무를 밖으로 둘러치는 일.

'좋은 땅[善地]'이라 말한 시구가 문제가 되어 가시나무가 둘러쳐지는 제약이 가해졌으니, 참으로 딱한 노릇이다. 선의에서 한 말이 오히려 시인에게는 독이 되어 찾아온 셈이다.

9월 21일은 나의 생일이라 느낀 바 있어 두 수를 짓노라
二十一日 是余生日 感吟 二首

坐送光陰碧海隅　　하릴없이 푸른 바닷가 구석에서 세월을 보내노라니

忽驚今日是懸弧　　문득 오늘이 내 태어난 날[11]임을 알고 놀라네.

鄕書千里稀歸鴈　　천 리 밖 고향으로 부칠 편지도 보낼 길 없어서

彩服三秋負弄雛　　가을 구월에 때때옷 입고 어리광 받지도 못하겠구나.

待我正開籬畔菊　　나를 기다려 울타리에는 국화가 때마침 피었고

懷人應有室中壺　　가족을 그리자니 응당 방안에는 호리병[12]이 있네.

重圍莫遏還家夢　　담장이 높이 쳐져 집으로 갈 꿈마저 가로 막으니

覺起空憐隻影孤　　깨어나 버려진 외로움으로 헛되이 안타까워하노라.

夜夢歸家　　　　　밤에 집으로 가는 꿈을 꾸었다.

橘樹秋深海日淸　　굴나무에 가을은 깊고 바다는 날마다 맑은데

我家何在嶺雲橫　　우리 집은 어디인가 언덕엔 구름만 자욱하네.

徒嬰罪累憐畸迹　　그저 죄와 허물에 들씌워져 딱한 처지가 애처로운데

---

11) 내 태어난 날[懸弧] : 옛날 풍속(風俗)에 무예를 숭상하여 집안에서 사내아이가 태어나면 문에 활을 걸어둔 데서 나온 말. 그리하여 사내가 태어난 것을 말한다.

12) 호리병[壺天] : 전설에 후한(後漢)의 비장방(費長房)이 시연(市掾)으로 있을 때 시장에 노옹(老翁)이 약을 팔았는데, 가게 앞에 호리병을 하나 걸어 두고 장사가 끝나면 호리병 속으로 들어가는 것을 보았다. 비장방이 그것을 누대에서 보고 비상(非常)한 사람인 것을 알았다. 다음 날 노옹에게 가서 노옹과 함께 호리병 속으로 들어갔는데 옥당(玉堂)이 아름답게 세워져 있고, 맛있는 술과 안주가 잔에 가득 차 있었다. 함께 마시고는 나왔다고 한다. 그리하여 선경(仙境)이나 승경(勝景)을 뜻하게 되었다.

莫報劬勞愧寸誠	부모님 은혜[13]를 갚을 길 없으니 작은 정성이 부끄럽구나.
此世已深何怙痛	이 신세가 이미 깊어져(나빠져) 너무나 고통스러우니
今辰那忍遠離情	오늘 이 날 아득히 이별한 정을 어찌 참겠는가.
旁人强勸盃中物	주위 사람들 술잔을 들어 억지로 권하지만
不禁雙瞳感涕盈	두 눈에 가득 흐르는 눈물을 멈출 길 없어라.

◉ 타향 땅에서 맞은 생일도 서글프기 짝이 없는데, 더구나 유배 살이를 시작하고 맞은 생일의 기분은 어떠할까? 만 가지 회한이 복받칠 것은 상상할 필요도 없을 것이다. 자식들이 아버지의 생일을 맞아 때때옷을 입고 부모 앞에서 어리광을 피우는 옛 고사도 헛된 꿈일 뿐이다. 또 자식 걱정으로 잠을 이루지 못할 부모님 생각에 가슴이 저민다.(저자의 연보를 살펴봐야겠지만, 『남천록』의 내용으로 볼 때 아버지는 이미 세상을 떠났고 집에는 홀로 된 어머니만 계신 듯하다.) 유배를 왔으니 운신도 어렵지만 가극(加棘)의 형벌까지 덧씌워져 출입마저 불편한 처지가 되었다. 그런 딱한 심경이 시에 잘 드러나 있다. 주변 사람들이 그래도 생일이라고 술자리를 마련했지만, 눈물이 먼저 흐르는 것은 고향과 가족에 대한 그리움만큼이나 훈훈한 인정에 감동한 마음 때문이기도 할 것이다.

---

13) 부모님 은혜[劬勞] : 몹시 애써 일함. 힘들여 수고함. 부모가 자식을 낳아 기르는 수고를 말한다.

9월 26일 새벽에 집으로 돌아가는 꿈을 꾸었는데, 유배지 담장을 넘어간 것이 무척이나 두려워 급히 발길을 돌리려는데 꿈에서 깨어 적이 마음을 놓았다. 이에 절구 두 수를 지어 이일을 적노라

二十六日 曉夢歸家 甚以擅籬爲惧 方促還謫所 覺來心安 吟二絕以識之

鯨波四面限孤囚	거센 파도14)가 사방을 둘러 외로운 죄인을 옭죄니
一步難從棘外投	한 발자국도 울타리 밖으로 내디딜 수 없구나.
夢裏亦應存此戒	꿈속에도 당연히 이 계율은 존재하는 것이니
還家不得少淹留	집에 간들 잠시도 머물 수 없었네.
不關島棘鎖重重	섬 유배지 가시 울타리가 촘촘한 것도 모르고
夜夢無端越海峰	밤 꿈에 함부로 바다와 봉우리를 건넜지.
曉枕摧來魂始定	새벽에 잠에 깨어 비로소 마음이 안정되니
客窓依舊聽寒舂	나그네 방 창 너머로 쓸쓸한 절구 소리만 들리네.

● 고향과 가족을 그리는 마음이 꿈에서야 이루어졌다. 기쁜 마음도 잠시 유배된 죄인이 유배지를 벗어났으니 큰 죄를 진 사실에 깜짝 놀란다. 그래서 부랴부랴 돌아오려고 서두르다 꿈에서 깨었다. 꿈인 줄 알고서야 놀란 마음을 가라앉히면서 한편으로 자신의 꼴이 우스워 시를 지었다.

시인이 얼마나 다정다감하면서도 공사의 구별을 분명히 한 사람인지

---

14) 거센 파도[鯨波] : 큰 바다 물결. 또는 넓은 바다. 고래가 큰 바다에 살며 일으키는 물결이라는 뜻으로 붙여진 용어로, 한시(漢詩) 등에 시어로 자주 쓰인다. 경해(鯨海).

이 시가 잘 보여준다. 나중에 영조가 세손인 정조의 교육을 맡겼던 것도
다 까닭이 있어서였다. 고향에 가고 싶은 절절한 심정과 법률에 얽매인
답답한 현실, 이 두 심정이 뒤얽혀 뒤척이는 시인의 모습이 눈에 선하게
잡힌다.

10월 24일 석사 김명세가 금산에 놀러왔다가 지은 시를 보여주기에 두 수 차운하노라
二十四日 金碩士鳴世 遊錦山來 示所作詩 次韻 二首

虹門石室夙聞奇　　홍문[15)과 석실이 예부터 기이하다 들었더니
咫尺仙笻恨未隨　　코앞에 신선 터전을 두고 좇지 못해 한탄했지.
差喜臥遊諧宿願　　편히 누워 노니니[16) 묵은 원을 이뤄 기쁜데
新篇還似畫廚移　　새로 지은 시가 그림 상자를 옮겨 놓은 듯하여라.

莫惜秋林減錦紅　　가을숲에 비단 홍엽(紅葉)이 줄었다 섭섭해 말라
一望天海碧遐通　　탁 트인 하늘과 바다가 푸르게 아득히 통했노라.
群仙象外應嘲我　　뭇 신선님들 저 밖에서[17) 응당 나를 비웃으리니
塊坐空吟竹裏風　　홀로 앉아 하릴없이 대나무 바람 맞으며 시를 읊네.

◉ 유배 온 지 얼마 지나지 않은 몸이라 바깥출입이 여의치 않았다. 그런데 지인인 김명세가 남해의 명소 금산에 다녀왔다며 거기서 지은 시를 보여주는 것이 아닌가? 금산의 아름다움을 그인들 왜 몰랐겠는가. 반가운 마음에 시운을 빌려 시를 지었다.

　　시인은 먼저 금산의 아름다움을 잘 묘사한 김명세의 시재를 칭찬하면서, 시만 읽고도 금산에 다녀온 듯하다고 고마워한다. 그러면서 속으

---

15) 홍문(虹門) : 남해 금산에 있는 바위. 조선시대의 학자 주세붕(周世鵬, 1495~1554)이 썼다는 "홍문을 지나 금산에 오른다(由虹門 上錦山)"는 글이 새겨져 있다.

16) 편히 누워 노닐고 보니[臥遊] : 실제로 경치를 가서 보지 않고 그림이나 시문 등을 통해 간접적으로 경치를 감상하고 즐기는 일.

17) 저 밖에서[象外] : 현상계(現象界)의 밖. 이 세상 밖. 마음이 형체 밖에서 초연한 것을 일컫는 말.

로 여건이 되면 어서 빨리 금산 나들이를 하리라 다짐하는데, 명산을 코앞에 두고도 머뭇거리는 자신을 두고 남해의 신선님들이 나를 비웃 겠다면서 겸연쩍어 한다. 대나무 숲에 이는 바람 소리를 들으면서 시를 지으며 위로하는 시인의 모습이 그리 궁색하게 느껴지지 않는 것은 무 엇보다 시인의 타고난 성품이 낙천적이기 때문일 것이다.

이 작품에도 나오지만, 박성원은 유배지가 정해지자 집 주변에 대나 무를 몇 그루 심어놓은 듯하다. 아마도 자신의 꿋꿋한 심정을 대변하고 사람들과 쉽게 접촉할 수 없는 처지라 마음의 벗으로 삼으려는 심산에 서였으리라. 『남천록』에는 대나무를 벗으로 삼아 쓴 시가 상당히 많다.

11월 9일에 처음 눈 내리는 것을 보면서
初九日始見雪

曉壁燈殘誦古經	새벽 방안에서 등불 켜고 옛 경전을 읽자니
南天夜雪報初零	남녘 하늘에 밤눈이 내려 날 차가워진 걸 알리네.
催開紙戶驚新白	급히 창문을 열어 새로 하얘진 세상에 놀라는데
輕壓筠籬失半靑	대나무 울타리가 가볍게 눌려 반이나 푸른빛을 잃었구나.
爽氣漫空炎瘴退	시원한 기운 하늘에 가득해 더운 장기(瘴氣)는 물러가고
寒光入室醉魂醒	차가운 빛이 방안으로 들어 취한 넋을 깨운다.
依微送目茅簷外	가늘게 눈을 떠서 띠 풀 처마 밖으로 보니
海上群巒玉作屏	바다 위 뭇 봉우리가 옥처럼 빙 둘러쳤네.

◉ 남해는 남녘에 있는 땅이라 겨울에도 큰 추위가 없고, 날씨도 온화한 편이다. 시인도 그렇게 소식을 듣고 왔는데, 때 이르게 눈이 내리는 것을 보았다. 그가 오고 난 뒤 처음 내리는 눈일 것이다. 새벽 등불 아래 글을 읽고 있는데, 밖에서 뭔가 사각거리는 소리가 들렸다. 인기척인가 싶어 문을 열어보니 놀랍게도 펑펑 함박눈이 내리는 것이다. 자신도 모르게 버선발로 밖으로 뛰쳐나갔을 듯싶다.

상쾌하고 서늘한 눈을 맞으면서 시인은 그간 쌓였던 근심과 울화를 다 날려 보낸다. 눈이 쌓이면서 날은 밝아오고 집을 두른 울타리에서 멀리 봉우리들까지 모두 은빛으로 둘러친 것을 확인한다. 그 놀라운 세상의 변화를 경이롭게 바라보는 시인이 이 시의 한가운데 서 있다.

11월 12일 친구 김명세가 충무공 비를 읽고 쓴 시에 차운하다
十二日 次金友鳴世 讀忠武公碑韻

百戰山河掃蟻群	전란에 지친 산하에서 개미 떼를 쓸어버렸으니
露祠遺蹟已曾聞	노량 사당의 유적은 이미 일찍이 들었었지.
元戎義烈懸秋日	나라를 지킨 의로운 위엄은 가을 해 아래 드리웠고
大老文章耀海雲	문호의 큰 문장은 바다 구름 너머로 빛나는구나.
社稷獨全生晟地	사직을 홀로 지켜 살아서는 이 땅을 밝혔고
江淮永賴死巡勳	강회[18]가 길이 의지하니 죽어 훈공이 이어졌네.
精忠曠世無窮感	정성과 충성은 세상에 드물어 영원히 감동을 주는데
尙白南州士女裙	남녘 고을의 모든 백성들 그 결백을 숭상하노라.

◉ 앞에서 나온 김명세가 다시 등장했다. 비슷한 시기에 귀양 온 사람인지 남해에서 알게 된 지인인지는 모르겠지만(행동이 자유로운 것을 보면 고을 사람인 듯하다.), 수더분한 사람임에는 분명하다. 전번에는 금산에 다녀갔다 와 쓴 시를 보이더니 이번에는 충렬사에 있는 충무공 비를 읽고 난 뒤 쓴 시를 보여준다. 이미 막 남해에 들어섰을 때 한 번 접한 충렬사고, 추모한 적이 있는 충무공이었다. 시인은 다시 김명세의 시에 화답한다.

일신의 영달을 돌보지 않은 충혼의 삶을 회고하면서도 이순신의 죽음을 아쉬워하는 마음도 감추지 않고 있다. 한 사람이 목숨을 버려 조국 강산과 만백성의 삶이 지켜질 수 있었다. 그 충성을 알아 달라 충무공이

---

18) 강회(江淮) : 중국의 장강(長江)과 회하(淮河)를 가리키지만, 여기서는 이 나라 삼천리 강토와 거기에 깃들여 사는 백성들을 뜻한다.

주장할 리 없지만, 백성들의 마음에는 위대한 영웅으로 여전히 그는 남아 있다. 가장 위대한 일을 하고서도 제대로 대접을 받지 못하는 충무공에 대한 회한과 이를 위로하는 심정이 시구 속에 서려 있다.

11월 21일 그제부터 몹시 춥고 바람이 매섭더니 오늘은 다시 따뜻해졌다. 이곳 사람들이 해마다 이렇다고 말하는데, 대개 충무공께서 11월 19일에 돌아가시고 다음날 발상을 했다. 때문에 충렬사에서는 20일 날 기제사를 올렸다는 것이다. 이에 느낀 바 있어 절구 두 수를 짓노라.

二十一日 自再昨大寒風烈 今日復溫 俗傳每歲如此 蓋忠武公死於十九日 翌日發喪 故忠烈祠 以二十日行忌祀云 感作二絶

遺恨千秋五丈同	천추에 남긴 한은 오장원[19]과 같으니
荒祠洒淚幾英雄	황량한 사당에서 눈물 흘린 영웅이 그 몇이던가.
至今勇氣山河在	아직도 그 용맹과 기상 산하에 남아 있으니
噓作長空烈烈風	긴 하늘로 기운을 뿜어 매서운 바람이 부노라.

南州尙暖不知冬	남쪽 고을이라 오히려 따뜻해 겨울을 모르더니
是日風威凜似鋒	이 날만은 바람의 위세가 칼날처럼 차갑구나.
草木震驚山海盪	초목도 놀라 떨고 산과 바다도 흔들리니
龜船髣髴巨波衝	거북선 닮은 큰 파도가 사방에서 출렁거리네.

◉ 이 시에서 우리는 남해에서만 전해지는 아름다운 이야기를 접하게 된다. 11월 19일과 20일 그렇게 춥더니 21일이 되자 날씨가 거짓말처럼 풀렸다. 이 무슨 조화인가 싶어 주변 마을 사람들에게 물어보았다. 그랬더니 뜻밖의 대답을 듣게 되었다.

충무공 이순신이 순국한 날이 19일이고, 다음 날 발상을 했다는 것이

---

19) 오장원(五丈原) : 중국 섬서성에 있는 지명. 삼국시대 때 촉한(蜀漢)의 제갈량(諸葛亮)이 위(魏)나라를 치다가 병들어 죽은 곳이다.

다. 그래서 충렬사에서도 이 전례를 따라 제사를 지내는 모양이었다. 순국한 날과 발상한 날까지도 충무공이 왜적에 대한 분노와 나라를 위하는 충절심이 매섭게 뻗어 날씨가 그렇게 춥다는 것이다. 그리고 이 날이 지나면 계절은 여느 때처럼 포근해진다. 과연 그런지는 이 글을 쓰는 나도 잘 알 수는 없지만, 오랜 세월(박성원이 유배 온 때만 해도 순국한 지 150여 년이 지났으니) 경험한 당시의 남해 사람들이야 누구보다 잘 알고 있었을 것이다. 충무공을 기리는 마음이 사람을 넘어서 하늘까지도 감동을 시킨 사실도 놀랍지만, 그 사실을 수고를 아끼지 않고 확인하고 이를 기록한 시인의 마음도 잊을 수 없다.

1745년 3월 25일 망운산 아래 오동 마을에 산수 자연이 아름다운 곳이 있다. 어제 여러 사람들이 함께 노닐자고 하기에 허락하고, 돌아와 각자 지은 시를 내놓았다. 그래서 김경휘의 시에 차운하노라.

二十五日 望雲山下梧桐坊 有泉石之勝 昨日諸君請往遊許之 歸來各進所賦 遂次金君鏡徽韻

南州佳境說梧桐	남쪽 고을 아름다운 곳으로 오동 마을을 말하는데
暫許冠童六七同	잠시 관동[20] 예닐곱과 함께 노닐길 허락했지.
穿壑溪聲聯步外	골짜기 사이 개울물소리는 발걸음 밖으로 이어지고
望雲山色獨看中	망운산의 산 빛은 홀로 그 가운데서 보노라.
奚囊拾得吟邊物	해낭[21]에는 주변 사물을 읊은 시들을 모아 담았고
輕袂携來浴後風	가벼운 소매 깃에는 뒷바람에 씻긴 몸을 담아왔지.
咫尺仙源猶阻我	눈앞이 신선 고장인데 나는 외려 못 갔더니
一春消息爾能通	봄 한 철의 소식을 네가 능히 통하는구나.
梧桐在望雲山下	오동은 망운산 아래 있다.

◉ 망운산 기슭에 가면 실제로 이 시에 나오는 오동 마을이 있다. 명승지가 많은 남해에서도 이 곳 경관은 더욱 빼어나다. 홀로 유배를 와 적적한 시인을 찾아온 마을의 지인들이 함께 경승(景勝)을 찾자고 하기

---

20) 관동(冠童) :『논어(論語)』선진(先進)편에 나오는 욕기(浴沂)를 두고 일컫는 말. 기수 (沂水)에서 목욕한다는 뜻으로, 세상사를 잊고 유유자적하며 사는 것을 비유한다. 공자 (孔子)가 제자들에게 자신의 뜻을 물었을 때 증점(曾點)이 "기수에서 목욕하고 무우(舞 雩)에 올라 바람을 쐬며 노래하면서 돌아오겠다."고 대답한 데서 나왔다.
21) 해낭(奚囊) : 여행할 때 시를 써서 적어 넣는 주머니. 당나라의 이하(李賀)가 명승지를 유람하면서 쓴 시를 종자(從者, 奚奴)가 등에 진 주머니에 넣었는데, 저녁에 돌아오면 주머니가 가득했다는 데서 나왔다.

에 선뜻 따라나섰다. 가보니 역시 명불허전(名不虛傳)이었다.

옛날 공자의 제자 증점이 그랬던 것처럼 가벼운 차림으로 탐승(探勝) 길에 올랐다. 망운산의 웅장한 산세와 오동 마을의 아름다운 경치에 입에서는 절로 시 구절이 흥얼거려지고, 찌푸려졌던 기분도 바람 따라 휘 날아가 버렸다. 남해에 산재한 신선 고을 또 한 곳을 발견하고 즐긴 기쁨이 시에 잘 녹아 있다.

5월 5일에 비를 보면서 율시 한 수를 짓노라

初五日 雨中吟一律

그 때 같은 마을의 이지화가 통제영에서 찾아왔다.

時有同里李枝華 自統幕來訪

已孤寒食洛橋春	외로웠던 한식날 낙교22)에도 봄은 왔으려니
重午風光又海濱	중양절 풍경을 다시 바닷가에서 맞았네.
連日厭聽孤舘雨	날마다 쓸쓸한 여관에서 빗소리를 물리게 들었더니
一宵欣對故鄕人	하룻밤 고향 사람을 만나니 흥겹구나.
歸心倍向佳辰切	돌아가고픈 마음은 좋은 명절이면 더욱 간절하니
華祝徒憑漫語伸	축하의 말23)은 단지 희롱의 말에 담아 풀었네.
誰把寶鑑投宸極	누가 보배로운 거울을 임금님24) 계신 데 보내
浴來蘭湯願日新	난탕25)에 몸을 씻어 날마다 새롭기를 바랄까.

◉ 유배 온 지도 해를 넘겨 초여름에 접어들었다. 중국에서 중양절이면 높은 산에 올라가 산수유 꽃을 꺾어들고 술을 마시는 풍습이 있는 명절이다. 또 고향으로 돌아가 안부를 서로 주고받기도 한다. 그런데 시인은 혼자 유배지에 있었다. 게다가 청승맞게 비까지 흩뿌리니 시인의 기분도 쓸쓸했으리라. 그때 마침 아는 사람이 찾아왔다. 더구나 고

---

22) 낙교(洛橋) : 낙양(洛陽)에 있는 천진교(天津橋)를 가리키는 말. 다리가 낙수(洛水) 위에 있어 이렇게 부른다.

23) 축하의 말[華祝] : 화봉삼축(華封三祝). 요(堯) 임금이 화(華) 지방을 순행할 때, 그곳의 봉인(封人)이 요 임금의 덕을 찬양하여, "성인(聖人)은 장수(長壽)하시고, 성인은 부귀(富貴)하시고, 성인은 다남(多男)하시라."고 축복했다는 고사. 이 고사에 근거하여 임금에게 경축(慶祝)의 인사말을 올릴 때 자주 사용한다.

24) 임금님[宸極] : 임금의 거처. 대궐(大闕). 임금님의 자리를 말한다. 군위(君位).

25) 난탕(蘭湯) : 향기가 배어 있는 목욕물. 그리하여 온천(溫泉)을 가리키는 말.

향 사람이다.

　함께 비를 맞으며 하루 밤을 보내면서 객수(客愁)를 달래지만 그가 전해온 한양 소식은 썩 반갑지 않았다. 국왕의 변덕이 정세를 염려스럽게 만드는데 충언을 올리는 사람은 귀하기만 하다. 유배 온 죄인의 몸이라 상소를 올리지도 못하는 불충(不忠)을 자탄하는 시인의 마음을 읽을 수 있다.

12월 7일 밤 꿈에 어머님을 뵈었는데, 아침에 깨어 이를 기록하노라
初七日 夜夢陪慈顏 朝起記之

遊子精誠愧感通	떠도는 자식의 정성이 감통26)에 부끄러워
夢中猶未往憧憧	꿈에서도 오히려 그리운 마음을 보내지 못했네.
萊堂日日承歡願	초가집 방에서 날마다 즐거움의 소원을 이었더니
一枕今霄始策功	오늘밤 잠자리에서 비로소 그 효험을 이루었구나.

覺來幸甚憂還多	깨고 나니 다행스러워도 근심 다시 많아지니
鶴髮依俙減舊和	흰 머리 희끗한 것이 옛 모습 상했기 때문이지.
祇爲暮閭勞想久	오로지 마을 어귀27)에서 근심이 많았던 탓이니
隆寒無或更添痾	이 추운 날 혹여 몸이라도 상하지 않으시려는가.

寢衣携進足巾搜	잠옷을 찾아 올리고 다리 수건을 찾노라니
子職空憑夢裏修	자식의 직분을 헛되이 꿈속에서 닦으려하네.
歲律將窮歸路永	한해28)는 저물려 하고 돌아갈 길은 아득한데
燠寒苟癢問何由	더운 지 추운지 힘든지 괴로운지 물을 길 바이 없어라.

---

26) 감통(感通): 이 일에 느낀 바가 있어 저것과 통하는 것을 일컫는 말. 즉 한쪽의 행동이 상대방에서 느낌을 주어 서로 반응하는 것을 말한다.
27) 마을 어귀[暮閭]: 어머니가 날이 저물었는데도 자식의 귀가가 늦어지자 마을 어귀까지 나와 아들이 돌아오는 것을 기다린다는 말. 자식이 잘못될까 염려하는 부모의 마음을 비유하는 말이다.
28) 한해[歲律]: 해마다 있는 사계절.

ⓞ박성원은 효심이 지극한 사람이었다. 천 리 먼 곳 남해에서 힘겨운 유배생활을 하면서도 항상 어머니 걱정에 잠 못 이루었다. 그런 근심과 회한이 꿈에 어머니를 뵙게 만들었다. 스스로 감통(感通)의 효험에 놀라면서도 자식의 정성은 아직 모자란다면 자책한다.

그러나 꿈에서 뵌 어머님은 떠나올 때 본 모습보다 많이 늙어버렸다. 흰 머리는 더욱 늘었고, 안색도 예전 같지 않았다. 언제나 자식이 돌아올까 노심초사한 결과 빚어진 일이라 생각하니 불효한 자신의 죄가 더욱 사무친다. 꿈속에서 비록 잠옷도 챙겨드리고 겨울 추위를 막으려고 이불도 덮어드렸지만, 그것은 현실이 아닌 꿈속의 일일 뿐이었다. 얼마나 헛된 정성인가. 빨리 유배의 삶을 마치고 돌아가 지성으로 모시고 싶지만, 그것 또한 꿈같은 일이다.

어머니를 향한 시인의 정성과 자책을 읽노라면 남해에 유배 왔다가 어머니의 부음을 듣고 상심했던 서포 김만중 선생이 떠오른다. 80년이 지난 뒤 다시 남해로 유배를 온 박성원도 김만중 못지않은 효자였던 것이다.

병인년(1746) 새해 첫날 새벽에 두 수의 율시를 짓노라
丙寅元日曉 吟成二律

耿耿寒燈獨坐時	깜박이는 찬 등불 아래 홀로 앉았노라니
自然心緒亂如絲	절로 마음은 실타래처럼 헝클어지네.
島鷄再報新春曉	섬 닭은 거듭 새 봄 온 새벽이라 알리는데
歲籥三遷舊棘籬	세월의 끝29)은 세 번이나 옛 가시 울타리를 도네.
家已一千餘里遠	집은 이미 천 여 리 밖으로 멀어졌고
非方四十九年知	그릇된 것이 무려 마흔 아홉 해인 것을 알겠구나.
收功且作桑楡計	공훈을 거두고 다시 말년30)의 계책을 세우나니
不用窮廬謾自悲	궁벽한 초가집에서 공연히 스스로 슬퍼할 필요 없다네.

永夜沈吟不寐時	긴 밤 시를 읊으며 잠들지 못하는 때
新愁非爲鬢添絲	새로운 근심은 머리가 희어지기 때문이 아닐세.
一心惟惜高堂日	한 마음으로 오직 부모님 모실 때를 아까워하니
萬死何關絶海籬	만 번 죽은들 어찌 절해에서의 삶과 관계있겠는가.
歲久蠻鄕多舊識	오랜 세월 낯선 땅에서 사니 옛 지인은 많아지나
工疎簡册少新知	서간 서책과는 멀어져 새로운 지인은 적어지네.
佇聞孝理恩光遍	가만히 효의 이치와 은혜의 빛이 두루한다는 소식을 들으니
且賀元朝莫自悲	새해 아침을 하례할 뿐 스스로 슬퍼하지 말아야지.

---

29) 세월의 끝[歲籥] : 세말(歲末), 연말(年末). 본래는 사제(蜡祭) 때에 부는 피리라는 뜻인데, 세말(歲末)이란 말로 쓰이고 있다.

30) 말년[桑楡] : 뽕나무와 느릅나무. 서쪽의 해지는 곳. 그리하여 늘그막이나 만년(晚年)을 말한다.

◉ 유배를 와서 두 번째로 맞는 새해다. 첫 번째 새해 때는 아직 유배 살이가 서툴러 경황없이 보냈는데, 다시 새해를 맞으니 주변과 마음을 둘러볼 짬이 생겼다. 자기반성과 성찰로 이어지는 시구가 그런 마음 자세를 알려준다.

이 시에는 중국 위(衛)나라 때의 대부 거백옥(蘧伯玉)의 고사가 나온다. 거백옥은 겸손하면서도 스스로 자신의 허물을 살필 줄 아는 지혜를 지닌 사람이었다. 이런 덕성을 기려 공자(孔子)도 『논어(論語)』 위령공편 (衛靈公篇)에서 "군자로다, 거백옥이여. 나라에 도가 있으면 벼슬하고, 나라에 도가 없으면 거두어 숨길 수 있다.(君子哉 蘧伯玉 邦有道則仕 邦無道則可卷而懷之)"고 하면서 그의 덕을 칭송했다.

또 유명한 고사는 『회남자(淮南子)』 원도(遠道)편에 나오는데, "나이 쉰에 지난 49년 동안의 잘못을 알았다.(年五十 而知四十九年非)는 것이다. 이 고사에서 나이 쉰 살을 달리 지비(知非)라 부르게 되었다.

마침 시인이 새해를 맞은 이 해도 나이가 쉰에 이르렀다. 새삼 자신의 지난 삶이 부족한 점이 많았음을 깨닫고는 깊은 반성의 심정에 젖어든다. 그러면서도 한 해를 희망차게 시작할 마음을 잊지 말아야 한다면서 자포자기(自暴自棄)하는 태도에 대해 경종을 울리는 것이다.

1월 20일에 관화헌에서 놀다가 시운을 불러 함께 짓다
二十日 遊觀華軒 呼韻共賦

전함이 정박한 곳에 창고가 있는데, 병기를 보관하는 곳이다. 그 곁에 관청의 집이 있으니, 현령이 이 집의 이름을 지어 달라 부탁했다. 그래서 '관화'라 부르고 현판을 걸었다.

戰艦所泊處有庫 藏兵器 傍又有官軒 主倅請余名軒 遂以觀華揭之

天海蒼然一望同　하늘과 바다가 푸르게 한 눈에 다 들어오는데
三年籠裏忽船中　세 해 이어진 유배살이 문득 배 안에 들어왔네.
從來快事今尤快　지난날 통쾌한 일보다 오늘 일이 더욱 통쾌하니
始識乾坤造化功　비로소 천하에 조화옹의 공력이 있음을 알겠구나.

亭前畫舳眞龍同　정자 앞의 화려한 배는 진정 용과 같으니
咫尺長鯨出沒中　코앞 바다에서는 큰 고래가 요동을 치네.
蒼崖屹立波常晏　푸른 벼랑이 우뚝 서서 파랑도 항상 잔잔하니
誰記天朝掃賊功　누가 조정에서 왜적 소탕한 공을 기록할까?

向晚城東少長同　저물녘 읍성 동쪽에 남녀노소 함께 했는데
山光海色一亭中　산 빛과 바다 빛이 한 정자 안에 다 있네.
臨歸舟將供盃酒　돌아갈 무렵 함선의 장수와 술 한 잔을 올리는데
四座詩成亦爾功　사방 자리서 시가 이뤄짐도 또한 그대의 공이로다.

◉ 현령의 초청을 받아 전함에 오르는 기회를 가졌다. 바다에서 제일 큰 동물이 고래라면 이 배는 용이라면서 전함의 규모와 위용에 가슴 벅차한다. 이런 배로 지난날 왜란 때 적선을 제압했을 일을 생각하니 감동이 더욱 커졌다. 이런 장병들의 노고와 희생이 있었기에 오늘날 종묘사직과 만백성의 안녕이 지속된 것을 새삼 깨닫는다. 그러나 한편

당파 싸움에 바쁜 고관대작들은 이 사실을 까맣게 잊고 있으니 안타까움을 감출 수 없다.

그런데 현령이 병기를 보관하고 있는 창고 옆에 있는 관아 건물에 이름이 없으니 이 기회에 지어달라고 부탁한다. 그래서 시인은 '관화'라는 이름을 짓고, 현판을 새겨 걸었다. '화'란 단순히 '화려함'을 뜻하는 말이 아니다. 한 나라의 문화가 모두 모여 이룬 성과를 일러 '화'라 부르는 것이다. 이 나라 문물이 더욱 빛나고 이름 없는 병사, 말단에서 수고하는 관원들의 정성을 잊지 말자는 취지가 담겨 있는 명칭이다.

박성원이 유배를 마치고 한양에 가 세손 정조의 교육을 맡았을 때 그가 정조에게 무엇을 가르쳤을지 이 시를 통해서도 짐작할 수 있다.

1월 22일 여러 사람들과 함께 금산에 오르는 도중 그 자리에
서 율시 한 수를 짓다
二十二日 與諸君上錦山路中 占一律

飄然出塵外	홀가분하게 세상 밖으로 나서는데
巖路一輿輕	바위 틈 길 사이로 남여(藍輿)도 가벼워라.
雪滿雲同白	눈은 가득 구름과 함께 새하얗고
松高天與靑	소나무는 높아 하늘과 더불어 푸르네.
望中渾海色	바라보니 바다 빛깔 아슴푸레 이어져도
登處亦泉聲	오르는 곳에도 샘물 소리 여전해라.
却疑瀛洲是	문득 영주31)가 이곳인가 여겼더니
風來仙夢醒	바람결에 그만 신선 꿈을 깨고 말았네.

◉ 예전에 김명세가 금산에 다녀오면서 지은 시에 차운한 적이 있었
는데, 이번에는 직접 올라 그 장관을 만나게 되었다. 아직 정상에는 오
르지 않았는데도 벌써 웅장한 금산의 산세가 시인을 압도했다. 왜 남해
가 신선의 고장임을 절감하는 것이다.

지역이 높아 쌓인 눈은 여전히 골짜기마다 덮여 있어 구름인지 눈인지
분간하기도 어렵다. 게다가 소나무는 푸르러 푸른 하늘과 어울려 선명한
빛깔의 대조를 보여준다. 흰 빛과 푸른빛이 어우러진 금산은 진실로
신선이 깃들어 사는 낙원이고, 선몽(仙夢)을 꿈꾸기에 적소였던 것이다.

흔들거리는 수레에 기대 깜빡 선몽에 빠졌던 시인은 언뜻 이는 바람을
맞으며 꿈에서 깨어난다. 내가 꿈을 꾸어 신선이 되었는지, 신선이 꿈을
꾸어 현실의 내가 된 것인지 잠시 오령부득이다. 그 옛날 장주(莊周)가

31) 영주(瀛洲) : 동해 가운데 있는, 신선이 산다는 삼신산(三神山)의 하나.

꾸었던 호접몽(胡蝶夢)의 실체를 그도 금산에서 징험하고 있는 것이다. 금산의 절경 속에 세상의 이해득실을 잊은 시인의 상쾌한 마음이 잘 그려져 있다.

보리암에 올라 아름다운 경치를 두루 논하다가 율시 한 수를 짓다
至菩提菴 總論諸勝 成一律

錦色春秋且莫論　　금산의 빛깔 봄 가을 언제가 좋은지 따지지 마오

海中山岳此爲尊　　바다 안 산악으로 이곳이 으뜸일세.

鐘音地與緇徒樂　　범종 소리를 땅이 주니 스님과 불자들 즐거워하고

虹勢天成法界門　　홍문(虹門)의 기세는 하늘이 법계의 문으로 만들었네.

臺石欲飛還欲墜　　바위들은 날 듯 오르다 다시 떨어질 듯하고

島巒如走又如蹲　　섬 안 봉우리는 달리는 듯 뻗치다 또 웅크렸어라.

寬胸最是洋無際　　탁 트인 가슴 부풀고 바다는 끝이 없으니

一望令人九夢吞　　한 번 바라보자 사람의 구몽(九夢)을 다 삼켜버렸구나.

　보리암 아래 동굴에 있는데, 안에서 땅을 치면 소리가 나니 마치 범종이 울리는 듯했다. 그래서 음성이라 했다. 굴에는 또 가로지른 문이 있는데, 모양이 무지개와 같아 홍문이라 불렀다. 그래서 두 번째 절에서 이를 언급했다.

　菴下有窟 擊地則聲如鐘鳴 謂之音聲 窟又有戶門 狀如虹名虹門 故第二節 及之

◉ 드디어 보리암에 올랐다. 멀리 장엄하게 펼쳐져 있는 바다와 점점이 이어진 섬들. 범종 소리에 맞춰 합장하며 기도를 올리는 스님들과 불자들. 홍문이 보여주는 신기한 조화와 금산 정상을 감싸며 기이한 모양으로 흩어져 있는 기암괴석들. 이곳은 정녕 인간 세상이 아니고 무릉도원(武陵桃源)이면서 신선향(神仙鄕)임을 절절히 느낀다.

　시의 마지막 구절에 나오는 '구몽'은 김만중의 소설 『구운몽(九雲夢)』을 말하는 것이 아닐까? 인간 세상의 모든 부귀영화가 한갓 꿈같이 허

망할 뿐이라는 이치를 재미난 이야기로 설파한 『구운몽』. 인간세상의 부귀영화가 일체무상(一切無常)이라는 깨침의 이야기가 이 시에서 등장하는 것은 의미심장하다. 『구운몽』의 내용이 그러한 탓도 있고, 김만중이 남해에서 유배 와 살다 죽은 사람이었으니 또 그럼직하다.

한편으로 좀 더 깊이 생각해보면 이 시구는 김만중이 남해에서 『구운몽』을 썼음을 시사하는 발언이기도 하다. 황량일몽(黃粱一夢)의 고사를 굳이 쓰지 않고 『구운몽』을 드러낸 것은, 우리 시에는 우리 고사(故事)를 쓰자는 시인의 뜻과 함께 『구운몽』이 남해에서 쓰이고 읽혀진, 즉 남해의 유산임을 은근히 내비치는 대목으로 다가오기 때문이다.

이것이 『구운몽』이 남해에서 쓰였다는 결정적인 자료는 되지 못할 것이지만, 적어도 문헌적 근거의 하나로 주장할 수는 있을 듯하다. 『구운몽』이 남해가 아니라 성천에서 창작되었다고 주장하는 근거는 『서포연보』에서 '몽환(夢幻)' 구절이 나오기 때문이다. '몽환'을 『구운몽』과 바로 연결시킬 결정적인 단서는 없음에도 일부 사람들은 이 기록을 가지고 마치 진실인 양 '성천설'을 주장한다. 이 시는 남해와 『구운몽』의 연관성을 말하는 중요한 단서다. 또 그런 기록으로는 처음이 아닐까 싶다. 시인이 아무 까닭도 없이 시에서 '구몽'을 얘기하지는 않았을 것이다. 박성원이 남긴 문집인 『광암집』이나 『겸재집』을 읽어보면 뭔가 중요한 단서가 실려 있을 수도 있다. 이렇게 계속 근거를 찾아나가노라면 『구운몽』이 남해에서 쓰인 사실을 적어놓은 결정적인 문헌 자료가 나올지도 모를 일이다.

이 날(1월 22일) 금산을 떠나 호구산을 찾아 용문사에서 하룻밤 묵다

是日 自錦山訪虎丘山 宿龍門寺

踏盡菩提雪色還　　눈빛갈이 돌아왔을 때 보리암을 다 밟아보고
龍門入望暮雲間　　용문사에 들어 바라보니 저녁 구름 질 무렵이었지.
三年處海未觀海　　세 해를 바닷가에 살고도 바다를 보지 못했더니
一日登山更訪山　　하루 만에 산에 오르고 또 산사를 찾았네.
筇屐後前皆舊伴　　앞뒤로 들리는 지팡이와 나막신 소리는 다들 옛
　　　　　　　　　벗들이고
巖溪左右摠新顏　　바위며 개울 좌우로는 온통 새로운 얼굴일세.
蓮坊夜久鐘聲歇　　절간에 밤은 깊어 범종 소리도 잦아드는데
老釋談詩客意閑　　늙은 스님의 시 이야기가 나그네 마음을 한가롭
　　　　　　　　　게 만드네.

◉ 보리암에서 하루를 보내고 금산을 내려와 호구산으로 향했다. 멀리 용문사가 보일 때는 또 하루해가 저물 무렵이었다. 세 해를 바닷가에 살면서 바다를 보지 못했다는 것은 바다를 제대로 본 적이 없다는 말이겠다. 산에 올라서 바라본 바다와 산을 내려오면서 바라본 바다, 또 낮은 평지에서 바라본 바다. 그 바다의 물색이 위치에 따라 다 다른 느낌을 주기 때문이다. 어느 선승의 "산은 산이요, 물은 물"이라는 깨달음을 떠올리게 한다.

호구산은 금산과는 또 다른 맛을 주는 장소였다. 금산 산행 때나 호구산 산행 때 함께 길을 걷는 이들은 오랜 친구들이지만, 주변의 풍경은 완전히 새롭다. 자연은 만날 때마다 경이롭게 시인에게 다가오는

것이다.

절간의 밤은 깊어 가고 범종도 잠시 휴식을 취하고 있다. 이따금 들리는 풍경 소리만 산사의 정적을 깬다. 그리고 노스님의 시 읊조리는 소리가 독경 소리마냥 귓가를 맴돈다. 그 한가로움 속에 평생을 살았으면 하는 바람이 샘물처럼 솟아오른다.

1월 23일 시승 보명이 '능'자 운을 써서 지은 시를 보여주기에 나도 한 수 지어 화답하다
二十三日 詩僧普明 用能字韻以示 更疊走和

驢背吟詩爾亦能 나귀 타고 시 읊조리는 일이 그대 또한 능하니
龍門此日我猶登 용문사엘 오늘 나도 오히려 올라와 있네.
逢場仍作留衣別 만나는 자리에서 다시 옷깃을 잡는 이별을 하니
歸路依依玉數層 돌아가는 길엔 하늘하늘 옥 충계가 여럿이겠구려.

◉ 어제 저녁 밤을 지새우며 시 이야기를 주고받은 스님의 법명이 보명(普明)이다. 시인이 용문사에서 처음 대면한 승려인 듯하다. 사대부와 시에 대해 토론하고 차운하며 주고받을 정도의 노스님이라면 역시 시재가 대단했을 것이다.

용문사에서 하루를 묵고 난 다음날 보명 스님이 다시 찾아와 시 한 수를 내놓았다. 한눈에 시 쓰는 재능이 남다른 것을 눈치 챘다. 이런 재능이면 세상에 나와 살았어도 큰일을 했을 터인데 인재가 산야에 버려진 것이 안타깝기만 했다. 그래서 자신도 그만 세상 일 버리고 산사에 들어와야겠다고 은근히 농담을 던진다. 서로 처지를 바꾸자는 말로도 들린다.

그러나 현실은 그럴 수 없다. 시인은 유배지로 돌아가야 하고 스님은 절간에 남아야 한다. 만나자 헤어지는 마음이 섭섭하지만 좋은 시승을 만났으니 가는 길도 옥돌로 만든 계단을 걷듯 상쾌하겠다면서 애써 아쉬움을 달랜다.

백운당에서 절구 한 수를 지어 보명에게 보이다
白雲堂 吟一絶 示普明

四面群峰勢最奇	사방의 뭇 봉우리들 그 기세가 더욱 기이한데
滄溟一道入爲池	푸른 바다 한 줄기가 들어와 연못이 되었네.
盲風不至波常靜	거센 바람 불지 않아 물결도 항상 잔잔하니
眞味唯應老釋知	참된 선미(禪味)는 오직 노스님만 아시리라.

◉ 길면 길고 짧다면 짧은 유배 살이가 끝나 마침내 도성으로 돌아가게 되었다. 남해에서 만난 많은 사람들과 석별의 정을 나누면서 시를 주고받았다. 또 사람들이 전송하면서 멀리까지 함께 따라와 주었다. 그때 보명 스님도 동행한 듯하다.

마루에 앉아 이런저런 생각을 하다가 노스님을 뵙고 시 한 수를 지었다. 시인이 앉은 백운당 앞에 작은 연못이라도 있었던 모양이다. 봉우리들이 사방으로 둘러쌌고, 그 봉우리들을 다 담은 잔잔한 연못. 그런 분위기에서 노스님의 유유자적하고 은근한 풍모가 떠올랐다. 거센 바람 불지 않아 물결이 잔잔한 것은 시인 주변의 고즈넉한 경치이기도 하지만 노스님의 마음 터전이기도 하다.

화개를 지나 쌍계사를 찾아가다 말위에서 바로 짓다
由花開訪雙磎寺 馬上口號

花開春日未花開	화개에 봄날은 왔는데 꽃은 아직 피지 않아
且共諸君沂石溪	벗님들과 함께 돌 개울을 거슬러 오르네.
一蠹遺墟淵九德	일두 선생 남긴 자취는 구덕 연못에 있고
孤雲陳跡洞雙磎	고운 선생 묵은 흔적은 쌍계 골짜기에 있지.
山留雪色供人目	산에 남은 눈 빛깔은 사람들 눈에 들어오고
泉和松聲送馬蹄	샘물과 소나무 소리는 말발굽 소리에 보내노라.
巖面乍開疎竹出	바위 얼굴이 살짝 열리자 성근 대나무 드러나니
征鞭指點是招提	나그네 채찍 가리키는 곳이 바로 절간이라네.

일두의 유적 북쪽에 연못이 있는데, 이름이 '구덕'이다.
一蠹遺北有淵 名九德

◉ 귀로에 오르다가 이른 봄 화개 고을을 찾았는데 이름과는 달리 아직 꽃은 피지 않았다. 그래서 꽃구경은 접고 개울물을 따라 계곡으로 접어들었다. 이 골짜기를 따라 쭉 올라가면 쌍계사가 나오리라. 개울물이 고여 연못을 이루었는데, 이름이 구덕연이다. 마침 근처에는 고운 최치원(崔致遠, 857~?) 선생의 옛 자취도 남아 있어 이곳이 유서 깊은 고장임을 깨닫게 만든다. 최치원의 옛 자취란 그가 쓴 진감선사대공탑비(眞鑑禪師大空塔碑)를 말한다. 쌍계사 경내에 있다. 글씨는 해서(楷書) 체로, 최치원이 직접 썼고, 국보 제47호로 지정되어 있다. 전체 높이는 3.63미터이고, 비신은 높이가 2.02미터, 폭이 1미터다. 귀부(龜趺)와 이수(螭首)는 화강석이고, 비신은 검은 대리석이다. 최치원의 사산비(四山碑)의 하나인데, 비신에 손상은 입었지만 귀부와 이수를 갖추고 있다.

정여창(鄭汝昌, 1450~1504)은 조선 중기의 문신이자 학자로, 본관은 하동(河東)이고, 자는 백욱(伯勗)이며, 호는 일두(一蠹) 또는 수옹(睡翁)이다. 김종직(金宗直)의 문하에서 학문을 연마했다. 지리산을 찾아 진양(지금의 진주)의 악양동(岳陽洞) 부근 섬진(蟾津) 나루에 집을 짓고 대나무와 매화를 심으며 그곳에서 평생을 마치고자 했다. 아마 구덕연 언저리였으리라. 그러나 그런 뜻과는 달리 나중에 먼 북녘 땅으로 유배를 당했고, 죽은 뒤에도 갑자사화에 연루되어 부관참시 당하는 비운을 겪었다.

최치원의 삶도 고달프기는 마찬가지였다. 젊어 당나라로 건너가 빈공과(賓貢科)에 급제해 문명을 날렸지만, 조국으로 돌아온 그는 후삼국 시대의 풍파 속에서 뜻을 펼치지 못하고 남녘땅으로 내려와 방랑하다 세상으로부터 몸을 감추고 말았다.

그런 옛 사람들의 삶을 되새기면서 걷는 쌍계사로의 길이니, 시인의 푸념처럼 꽃 피는 고장에 왔는데도 꽃은 피지 않았다는 비유가 너무나 적절해 보인다. 절간으로 향하는 시인의 심정은 자신도 두 선인의 뒤를 밟고 있는 것 같아 울적했을 것이다.

집에 돌아온 뒤 율시 한 수를 지어 슬픔과 기쁨을 노래하다
還家後 占一律 識悲喜

三載離家客	세 해를 집을 떠나 나그네로 살다가
新從海外還	이제야 바다 밖에서 집으로 돌아왔네.
鄕隣驚白髮	이웃 사람들 백발이 된 내 모습 보고 놀라고
骨肉多靑山	친지들은 많이도 이승을 떠나 버렸구나.
忍聽孀閨哭	차마 규방 청상의 울음소리를 들을 수 있나
幸供萱室歡	어머님32)과 기쁨을 함께 하니 다행일세.
諸兒猶滿眼	어린아이들은 오히려 마음을 다하는지라33)
課讀且相寬	과제로 책을 읽혀도 또 마음은 서로 느긋해라.

◉ 유배를 떠난 지 17개월 만에 고향으로 돌아왔다. 그간의 고초는 괴로웠지만 무사히 돌아오니 오늘이 꿈만 같다. 그러나 짧은 세월에도 세상의 풍상은 쉬지 않아 자신은 백발이 더 늘었고 알고 지내던 친지도 여러 분이 이 세상 사람이 아니었다. 그러니 산다는 것은 바로 고해(苦海)를 떠도는 일인지도 모른다.

그렇다고 해도 근심으로 밤을 지새운 어머님을 다시 뵈어 위로해 드리니 큰 기쁨이고, 아이들도 진중하고 심지가 굳어 글공부를 시키니 마음은 느껍기만 하다. 유배 생활을 마치고 돌아왔어도 들뜨지 않고 차분히 주변을 살피는 시인의 성품을 짐작하게 만든다.

---

32) 어머님[萱室] : 훤당(萱堂). 모친(母親). 어머니.

33) 마음을 다하는지라[滿眼] : 일심일의(一心一意). 한 마음 한 뜻으로 어떤 일에 전념함.

유배지를 떠나올 때 여러 사람들과 이별의 글을 주고받았는
데, 대나무 벗들과는 미처 증답하지 못해 뒤이어 이별의 회포
를 적다

離棘舍時 應酬諸君別章 未暇與竹友贈答 追敍別懷

絕海風霜共飽更　　절해에서 비바람 서리를 함께 겪었더니
三年圍裏最關情　　새 해 유배 살이에 가장 정을 붙였었지.
滿庭叢色難重對　　뜰에 가득 대숲 모습은 다시 대하기 어려워도
疎韻惟應入夢淸　　성근 운율은 응당 꿈속에 맑게 들어오리라.
대나무에게 올리는 시다.
右贈竹

世間離合不須評　　세상의 만나고 헤어짐을 따져 무엇하리오
我自無心君有情　　나는 본래 무심한데 그대는 정을 남겼구려.
若敎襟韻終相契　　마음 속 회포³⁴⁾가 끝내 서로 맞는다면
千里何殊對一庭　　천 리 밖인들 한 뜰에서 대하는 것과 어찌 다르겠
　　　　　　　　　는가.
대나무의 대답이다.
右竹答

◉ 박성원은 남해로 유배를 와 거처가 정해지자 울타리 일대에 대나
무를 심어 마음으로 벗으로 삼았다. 힘들 때는 위안을 받기도 했고, 기
쁠 때는 함께 웃음을 나누기도 했다. 그러니 사람만큼이나 정이 들었던

---

34) 마음 속 회포[襟韻] : 가슴속에 갖고 있는 풍운(風韻)과 멋. 마음이나 시심(詩心), 시운
(時韻)의 뜻도 된다.

것은 당연하다.

그러나 급히 해배가 되어 한양으로 되돌아오느라고 희노애락을 함께
했던 대나무 벗들과 제대로 작별의 인사를 나누지 못했다. 뒤늦게 이
일에 생각이 미친 시인은 부끄러움과 미안함, 아쉬움을 동시에 느낀다.
그래서 멀리서나마 시를 지어 석별의 정을 대신했는데, 그 방식이 문답
식이다. 대나무를 의인화해서 한 인격체로 대우하고 있는 것이다.

오랜 풍상의 세월을 함께 해준 대나무에게 감사의 말을 전하면서 다
시 만날 수는 없어도 꿈에서나마 볼 수 있을 것이라며 위로의 말을 대나
무에게 전한다. 그러자 대나무는 대인(大人)의 풍모를 보이면서 만남과
헤어짐이야 인생사의 다반사임을 갈파한다. 서로 정리가 통하고 마음
에서 늘 잊지 않는다면 몸이야 천 리 밖으로 떨어져 있다고 해도 한
자리에서 마주하는 것과 마찬가지라는 것이다.

이 시는 『남천록』의 마지막을 장식하는 작품이다. 그리고 마지막 시
구가 2년 여의 유배 생활에서 얻은 시인의 교훈을 한 마디로 정리하고
있다. 몸은 떨어져도 마음이 떨어지지 않으면 그것은 헤어진 것이 아니
라는 깨달음이다. 박성원이 남해에 살면서 그 많은 시를 쓰고 남긴 것도
바로 이런 마음가짐이 빚어낸 결과일 것이다. 눈앞에서 보여주는 교언영
색(巧言令色)에 현혹되지 않고 사람들 내면을 흐르는 진심을 보고 그것을
기리는 자세. 이것이 박성원 시의 저변을 흐르는 시정신일 것이다.

찾아보기

저자 약력

임종욱

약력

1962년 경북 예천에서 태어났다. 동국대학교 국어국문학과를 졸업하고, 같은 대학원에서 「운곡 원천석의 시문학 연구」로 박사학위를 받았다. 동국대학교와 추계예술대학교, 한성대학교, 청주대학교 등에서 강의했고, 현재는 진주교육대학교에서 강의하고 있다. 계간 『불교문예』에 〈화쟁의 장〉을 연재하고 있고, 인터넷신문 『미디어붓다』에 〈선시 365일〉을 연재하고 있다.
2012년 장편소설 『남해는 잠들지 않는다』로 제3회 김만중문학상 대상을 수상했고, 남해에 내려와 연구와 창작을 병행하고 있다.

저서

『운곡 원천석과 그의 문학』, 『고려시대 문학의 연구』, 『한국 한문학의 이론과 양상』, 『우리 고승들의 禪詩 세계』, 『여말선초 한문학의 동향과 불교 한문학의 진폭』, 『여왕의 시대』, 『미로 속에서 광장 찾기』 등이 있다.

번역서

『화담집』, 『초의선집』, 『촌은집』, 『자암집』, 『서포집』, 『남천록』, 『남해금석문총람』 등이 있다.

소설

『소정묘 파일』, 『황진이는 죽지 않는다』, 『1870 열하』, 『이상은 왜?』, 『남해는 잠들지 않는다』, 『불멸의 대다라』, 『테마소설집 : 남해, 바다가 준 선물』 등이 있다.

조선시대 불교 공간과 한문학의 자장

2015년 8월 20일 초판 1쇄 펴냄

지은이 임종욱
펴낸이 김흥국
펴낸곳 이회

책임편집 이순민
표지디자인 윤인희

등록 1990년 12월 13일 제6-0429호
주소 서울특별시 성북구 보문동7가 11번지 2층
전화 922-5120~1(편집), 922-2246(영업)
팩스 922-6990
메일 kanapub3@naver.com
http://www.bogosabooks.co.kr

ISBN 978-89-8107-556-9 93810
ⓒ 임종욱, 2015

정가 31,000원